共和国血脉

雷献和 ◎ 著

THE PIONEERS
OF CHINA OIL INDUSTRY

上

SPM 南方出版传媒 广东人民出版社
· 广州 ·

图书在版编目（CIP）数据

共和国血脉 / 雷献和著 . — 广州：广东人民出版
社，2019.7
ISBN 978-7-218-13670-7

Ⅰ．①共… Ⅱ．①雷… Ⅲ．①纪实文学－中国－当代
Ⅳ．① I25

中国版本图书馆 CIP 数据核字（2019）第 121971 号

GONGHEGUO XUEMAI

共和国血脉

雷献和　著

出 版 人：肖风华

责任编辑：肖风华　马妮璐
责任技编：周　杰　易志华
装帧设计：八牛·设计 34508448@QQ.com

出版发行：广东人民出版社
地　　址：广东省广州市海珠区新港西路 204 号 2 号楼（邮政编码：510300）
电　　话：（020）85716809（总编室）
传　　真：（020）85716872
网　　址：http://www.gdpph.com
印　　刷：山东临沂新华印刷物流集团有限责任公司
开　　本：787mm×1092mm　1/16
印　　张：45　字　数：730 千
版　　次：2019 年 7 月第 1 版　2019 年 7 月第 1 次印刷
定　　价：78.00 元（全二册）

如发现印装质量问题，影响阅读，请与出版社（020 - 85716808）联系调换。
售书热线：（020）85716826

一切为了石油!
一切为了祖国!

——石油师誓言

01

"同志们，冲啊……"随着一声震天怒吼，一匹白马嘶叫着从炮火浓烟中跳了出来，马背上的石兴国目光如炬，枪指前方。他紧握缰绳，连人带马飞奔过沟壑，冲向对面炮火密集的敌营阵地。与此同时，西北野战军五十七师的一支又一支部队紧随其后，排山倒海般向敌军猛攻过去……枪炮声、呐喊声，裹挟着雄壮的冲锋号声，响彻云霄。

石兴国带领的这支能征善战的连队曾是我党的秘密武装，隶属十七路军，经历了西安事变、中条山战役，为抗日救国立下赫赫战功，后回归人民军队的序列。解放战争中，这支雄师又加入到解放大西北的战斗中。

阵地上炮声隆隆、硝烟弥漫，前敌指挥所里电话铃声、收发报声此起彼伏，激战正在进行。师长宋豫杰和政委王振华站在军用作战地图前，研究着战局。一名参谋上前："报告师长、政委，我一七〇团一、三营和一七一团二营已攻占小牛蹄岭。"

"好，命令部队，一鼓作气拿下牛蹄岭。"两人眼神碰撞了一下，宋豫杰下令道。

这时，外面传来一声报告，随后一位身材高大的军人走进指挥所。军人行了一个标准的军礼："师长好，政委好！"

王振华侧头见是石兴国，含笑着上前拍打他结实的肩膀："石兴国，好小子……有什么好消息？"

　　"报告师长、政委，安康新城国民党匪徒大部分肃清，全歼500余人。"石兴国声音洪亮。

　　"好！"宋豫杰转身用笔在地图上标注着："加上兄弟部队在老城西关包圆的那两个团，胡宗南留下的这点老本快输光了。"

　　"师长、政委，还有一部分残匪正向宁强阳平关、青木川方向逃窜。"石兴国继续报告。

　　宋豫杰双眉一拧，立刻命令道："宜将剩勇追穷寇。石兴国，你带领尖刀连马上出发，残匪务必全部肃清，不留隐患。"

　　"记住，一定要保证群众安全！"王振华补充道。

　　"是！"石兴国行了一个标准的军礼，转身出去。副师长张大海恰好走进门来，看着离去的石兴国，问道："这小子是谁，怎么这么面熟？"

　　"石兴国，中条山战役立过功的。他父母不识字，那时大家都喊他石蛋，是我帮他改的名儿，取'国家兴亡，匹夫有责'之意。他受伤后去了延安，做过西北军区习仲勋政委的警卫员。"王振华介绍道。

　　宋豫杰眼睛里含着笑意："就是这小子，小小年纪为了给父母报仇，愣是抱着炸药包炸毁了鬼子的坦克。去了延安也待不住，就盼着打仗，听说我们有任务，就闹着跑回来了，现在是一七〇团尖刀连连长。"

　　"好钢用在刀刃上，这尖刀连连长选得好，师长、政委，你们可太有眼光了。"张大海透过窗户盯着石兴国的背影不住点头。忽然，他的眼神定住，脸上现出一丝意味深长的笑意。宋豫杰、王振华见到张大海的表情也不禁凑到窗口。

　　前敌指挥所门外，拿着电报夹走来的许茹与正离开的石兴国擦肩而过，又都止步互相回头凝视着。石兴国首先压低声音说道："对不起，又有任务了。这一仗打完了，我立马就回来。"

　　许茹张了张口，低下头，片刻，抬起清澈的眼眸注视着石兴国，轻声道："我等你……"

　　石兴国深深地看了一眼许茹，转身便大步流星地离去。许茹垂下电报夹，依依不舍地望着石兴国远去的方向。

　　"小许呀……"一声呼唤让许茹倏地转回头，发现王振华正笑吟吟看着自己。许茹有些羞涩："报告政委，我……我来送电报。"

这时张大海也走了出来，凑近许茹戏谑道："烽火关头送情郎，战地儿女情更长啊！"

王振华接着说道："一个是延安军政大学的优等生，一个是北平女中到延安的进步青年，也算才女配英雄。打完最后一仗，你们就可以团圆了。"

脸色绯红的许茹羞赧地笑着，将手里的电报递给王振华。王振华打开电报夹，眉头不禁皱了起来。原来川陕公路运送物资的车队遭到土匪袭击，车辆全部被劫了。刚好石兴国率领尖刀连正赶往宁阳方向，王振华与宋豫杰商量后迅速给石兴国下达了任务。

油灯下，接到任务的石兴国抓紧与大家一起研究行动方案。他们还没找到土匪老巢，但土匪抢了汽车和物资，想要运走，缺的就是汽油，因此石兴国让人摸清了县城中的汽油公司只有一家后，决定夜里来个守株待兔。

夜深人静，石兴国带着齐占山、段铁生的两个班，悄悄潜入汉江汽油公司的大院。他们迅速找到掩护，观察了一下形势，便互相配合，快速拐过一排房子，向亮着灯的经理办公室靠近。

石兴国小声命令："一班盯紧仓库，二班守住大门，来了人先放进来，再动手。"

夜幕下，齐占山、段铁生带领战士们悄无声息地抵达指定位置。

不久，果然有一辆汽车驶到汽油公司院外，车灯闪了三下，值班室跑出一个人，打开大门。

汽车开进门，刚刚熄火，"不许动！"段铁生一声暴喝，十几名战士持枪守住门口。一个人影蹿出驾驶室刚想跑，被段铁生一串子弹打到脚前，其他人皆不敢再动，惊恐地举起双手。

此时，县城北关一辆汽车正向汽油公司行驶，听到突然传来的枪声，坐在驾驶室内戴着眼镜的田义文立即拔枪对准司机："调头，快走！"

司机稍一迟疑，田义文便一脚将司机踹下车，刹车、调头，迅速绝尘而去。

石兴国听到远处的汽车声，急忙招呼齐占山："快，还有人。"众战士跟着石兴国冲出大院，但汽车早已消失在夜幕中。

齐占山懊恼地看着远方。石兴国拍了拍他，招手示意大家回去。

汽油公司经理室内灯火通明，战士们执枪对着一个只穿一件白褂衫、一条大裤衩子的四十多岁微胖男人。一个浓妆艳抹衣衫不整的女子缩在墙角，嘤嘤低泣。

段铁生押着那个欲逃跑的青年男子进屋，石兴国和齐占山也跟着进了屋。

齐占山冲着胖男人开口问道："你们谁是土匪？"

胖男人看到持枪的解放军，几乎吓傻了，哆哆嗦嗦说道："土匪？老总，我们都是生意人，正经生意人呀。我叫邱财旺，是这儿的经理……"说着指了指墙角的女子，"这是我婆姨，阿香。"

瑟缩着的女人立刻慌乱点头应和："对对，邱经理说得对，俺就是邱经理的婆姨。"

段铁生冷笑："唬谁呢，婆姨？婆姨管自己的老汉叫经理？！"

气急败坏的邱财旺狠狠瞪了一眼那女子，女子忙闭口不再说话。

石兴国转身面向被押进来的男子："你是干什么的？"

男子挺了挺胸，不卑不亢地看着石兴国："送油的。"

"送什么油？"石兴国追问。

"玉门油田给汉江汽油公司的油。"男子看着石兴国等人手里的枪，有些轻蔑，"你们是来剿匪的？成王败寇，无非是换一拨人做官罢了。"

"我不管你说什么，我们的任务就是剿灭匪患，还陕南百姓一个安宁。我叫石兴国，是这里的最高军事领导。剿匪期间，我们有权对一切有土匪嫌疑的人和土匪藏身嫌疑之处进行搜查。"石兴国义正词严。

男子张开双臂，装作配合："我叫刘大勇，从玉门来的，这十桶汽油，都是邱经理的货，既然共产党想要，那请便吧。"说着拿出货单，刚要递过去，被齐占山一把夺过，扔到地下。

"齐占山，还给他。"石兴国严肃道。齐占山嘟哝着捡起货单，没好气地塞给刘大勇。

石兴国语气威严："是不是邱经理的货，我没时间查。不过，我可以负责地告诉你，不是我们的财物，我们一点也不会要。段铁生，把人跟货都押回去，交师部处理。"

刘大勇不干："你们凭什么？"

见风使舵的邱财旺却是一脸谄媚："我同意，这兵荒马乱的，我这汽油公司再开下去，命都没了。"

师指挥部门口，王振华看向汽车上刚刚被带过来的油和空油桶。穿上长褂衫的邱财旺跟在身后不停地解释："长官，我真的是正经商人呀。在这汉中，在川陕公路卖了四五年的油，您打听打听，我汉江汽油公司，我邱财旺，绝没干过什么私通土匪的事。"

王振华似乎并没听邱财旺说什么，他伸手从车上拿过一个空桶："邱财旺，油老虎是你吧？整个川陕公路跑的车，在汉中，都是用你邱老虎的油，没错吧。"

邱财旺一愣，连忙解释："小本生意，混口饭吃，混口饭吃。"

王振华指着大小空桶："大桶进，小桶出，以小卖大，这中间，连空气也让你卖成钱了啊。"

邱财旺见被识破，吓得不断擦冷汗。

王振华正色道："我们共产党的政策是支持合法经营，只要配合人民政府，愿意为新社会建设出力的守法商人，我们都保护。但是，如果有不法奸商想做投机生意，跟政府过不去的话……"

"不敢，不敢，报告长官，这兵荒马乱的，我也是为了谋生，那'救国军'……呸，是那些土匪非逼着我把汽油低价卖给他们。为了保本，我就只好大桶小桶做手脚，我也是没办法呀。"邱财旺急忙说道。

"真的？"王振华严肃地看向邱财旺。

邱财旺连连点头："绝对真实。长官，你放心，给贵军的油，我绝对不短一斤。这样，原价卖给你们，不，八折，也算我邱财旺对贵军剿除匪患、解放陕南做贡献。"

王振华看了看油桶："我们公平买卖，不会占老百姓便宜的。以后，等陕南匪患一除，这些装不下良心的桶，希望不要再让我看见。"

"不会，绝对不会。"邱财旺边说边看向刘大勇："卸车，快卸车，这车油，解放军全帮我们买了。"

卸完车，刘大勇驾驶汽车向指挥部外驶去。师部大门外的空地上，许茹、唐娜几个女兵站在板凳上，正在教一群识字班的妇女唱歌。

刘大勇听到歌声，侧过头去看，正好与许茹的目光相对。刘大勇像被电击一般，浑身一颤。转眼汽车转弯，许茹从刘大勇视线中消失。刘大勇猛然停车，全然没有理会车里坐着的邱财旺，嗖地一下跳了下去。

远处，许茹等人刚刚散去，刘大勇愣愣地盯着许茹的背影，一动不动。

不明情况的邱财旺紧跟着下了车，见到呆立不动的刘大勇，用力拍了下他肩膀："刘大勇，你疯了？"

刘大勇如梦方醒一般，自言自语地说："共产党也不是那么处处招人烦，谁要是能讨这么一个婆姨……"

"你做梦了吧？连共产党的女兵也敢打主意！走了，快走。"邱财旺说着拉刘大勇上了车。

根据尖刀连侦察的情况，师指挥部内宋豫杰和王振华等人围在作战地图前研究剿匪计划。现在的几股土匪，都逃到了宁强以西阳平关、青木川一带的深山老林里，而且元气大伤，必须趁他们没缓过劲来，将其一网打尽。大家意见一致，宋豫杰下令一七〇团担任主攻，一六九团负责在元坝和川陕公路围堵，防止流匪回窜。一七〇团的尖刀连则负责在朝天驿方向做个口袋，把赶来会合的土匪都装进去，一网打尽。这是陕南的最后一仗，大家都干劲十足，即刻领命出发。

一片寂静的山林里，石兴国带领尖刀连悄悄潜伏着。

"哒哒哒……"远处的林中小路上响起了几匹快马飞奔的声音。身穿国民党军军服的田义文和铁三等几名贴身随从策马奔来。忽然，马嘶叫了一声，田义文勒起缰绳停了下来。

跟在后面的铁三等人也赶紧停下："少爷，怎么了？"

田义文环顾一下四周："有情况。"

铁三见周围一片静谧，又望了望远处的山说道："没事吧，马上就到咱们地界了。"

"不行，这空气里火药味太浓，不能让共匪跟着我们找到六爷的地儿。我们往回走，回县城给六爷弄点大礼。"田义文边说边调转了马头，几人也随之飞奔下山。几只乌鸦似乎受到了惊吓，纷纷扑棱着翅膀鸣叫着飞起……

山坡上，头顶野草埋伏着的石兴国举着望远镜观察到这伙土匪突然转头下山，忙下令："段铁生，上。"

段铁生应了一声，端起狙击步枪。瞄准镜内，两骑不停地变换路线，以曲线前行。

"曲线避弹！没见过这么狡猾的土匪。"段铁山有些沮丧。

"奶奶的！"齐占山忍不住骂了一句，一挥手打出一枪，尖刀连众人也纷纷瞄准射击。但经验丰富的田义文带领铁三等人猫腰紧贴在马上，快马加鞭迅速以蛇行路线朝山下跑去。

眼睁睁看着土匪逃掉，众人又气又恨。端着狙击步枪的段铁生更是恨恨地骂了一句"老狐狸"，却也是毫无办法。

不远处密林中的土匪窝内，三四个土匪头子正躲在山洞里喝酒。几个人边喝边争论是应该跟解放军对抗到底还是要顺应形势，保命要紧。说着说着，意见不合的两人突然伸手去掏枪，眼瞅着就要动手。

一直在旁边抽着旱烟没吭声的田老六腾地站起来，喝道："好了！都给我消停点。现在是起内讧的时候吗？共匪没来，你们自己就先乱了阵脚，兄弟自残，那是找死！都给我坐下，等田参谋回来了，自然会有办法。老三，你先出去，吩咐弟兄们睁大眼睛，咱们劫了共匪的物资，他们是不会善罢甘休的，派人在各个路口守着，千万别让共匪摸过来……"

田老六话没说完，外面突然响起密集的枪声。洞里所有人都吓得趴在了地上。时间不长，枪声停止，田老六忙派人出去打探情况。

第二天一早，宋豫杰、王振华赶到宁强县城。城内一片寂静，倒塌的断垣残壁、烧焦的树木、满地的碎砖瓦片……到处是烧杀抢掠过的痕迹。看着眼前的一切，两人心情无比沉重。

临时找了一处空屋子做指挥部，两人将军事地图铺在桌子上研究土匪动向。

王振华看看地图又望向前来汇报情况的石兴国："这个田老六，确实有两下子，敢在这时候杀回县城，抢了东西不说，还抓走百姓做人质。"

"政委，田老六倒没什么，但他有个侄子不容小觑，那人叫田义文，以前在胡宗南司令部干过副官，肚子里有点墨水。昨天我碰到他们了，是在我眼皮子底下跑掉的，我请求把消灭田老六的任务交给尖刀连。"石兴国介绍完情况主动请战。

王振华点点头，看向宋豫杰："小庙出高人，有点意思。我同意石兴国的请求，看师长……"

宋豫杰冲石兴国一挥手："好，给你两天时间，务必全歼。"

"记住，一定要保证老百姓的安全。"王振华再次叮嘱道。

"坚决完成任务！"石兴国行了一个利落的军礼，转身出去。

山林中的土匪窝前，有土匪在站岗把守，其他土匪出出进进，秩序井然。

田义文带着铁三和另一个土匪四处巡察，见并无异常，便交代另一个土匪再去后山看看，他与铁三往回走去。

铁三边走边问："少爷，咱们能打得过解放军吗？"

田义文笑了下："打得过？几百万正规军都打没了，就凭这些虾兵蟹将……唉，尽尽人事而已。"

铁三愣住了，张了张嘴又把话咽了回去。

山洞前的空场上，四周燃着火把。田老六坐在桌子前一碗一碗喝着酒。

一排排哭天喊地的人质被反绑着双手，身上绑满了布条，还被浇上了汽油。

"六叔，外边没有一点动静，这可不像共产党的打法呀。"田义文走到田老六身前说道。

田老六一笑："要我看，共产党也就那点把戏了，他们怎么也想不到你会带人杀回县城，弄回这么多人肉火种。"

田义文看着百姓："六叔，这么多人，都做人肉火种？"

田老六恨恨地道："共产党不是护着老百姓吗，他们要真来攻山，我们只有鱼死网破。"

田义文犹豫了一下："我们的汽油只有不到两桶了，还够吗……"

"够了够了，多弄点布条，关键是要让那些老百姓弄出点动静，让共产党投鼠忌器，不好动手。"田老六得意地又干了一碗酒。

两人正说着，一边传来哭闹声。一个老头被两个土匪拖着走，后面跌跌撞撞紧跟着一个胖乎乎的姑娘，边跑边大声呼叫："爹，你们放开俺爹，别动俺爹……"忽然姑娘一大步冲向一个土匪，低头就咬住了土匪的胳膊，土匪疼得大叫："哎哟！你这个臭婆娘，属狗的？！"说着拿起枪托就要砸向姑娘。

"住手。"田老六喝止了土匪，笑眯眯走了过去，"这肥婆娘细皮嫩肉的，长得真不赖啊，给我做个压寨夫人吧！"说着，伸手欲摸姑娘的脸。

姑娘一歪头躲开，怒视着田老六咬牙切齿道："王八蛋，俺梅大妮就是死，也不会跟你这种人……"

"这脾气，我喜欢，哈哈哈……给我带走，今晚就成亲。"田老六大笑着向屋里走去。

"不要碰俺女儿，求求你，大爷，你不能这样啊，求求你放过她吧。"一旁的梅老爹一下子拦住田老六，跪地苦苦哀求。

田老六厌烦地一脚踢开梅老爹，扬长而去。

梅大妮被连拖带拽地关进一间屋子里，任她不停哭闹、砸门都无济于事。梅大妮仍在不停地用力拍门，门忽然开了，田老六走进来并迅速反关上门，梅大妮吓得往后退了几步："你，你想干什么？"

田老六笑嘻嘻朝梅大妮走过去："肥婆娘，爷相中你了，今晚就成亲。"

"你别过来，别过来啊……"梅大妮边说边拿起手边的瓶瓶罐罐，噼里啪啦砸向田老六。

田老六哈哈大笑:"好,压寨夫人就得有股子野劲。"

梅大妮后退着,突然摸到一把剪刀,横在咽喉:"你,你别过来,再过来,俺……俺就死给你看。"

田老六一下愣住:"别,肥婆娘,你要敢死,你爹就活不成……"

梅大妮犹豫着,剪刀缓缓离开咽喉。她想了想,抹了把眼泪:"让俺和你成亲也行,但是,俺有两个条件。"

田老六满脸堆笑:"哈哈,别说两个,就是二十个,二百个,我也答应你,说吧,什么条件?"

"第一,必须放了俺爹。"梅大妮说道,"不能糊弄俺,必须马上就放人。"

"这个好办,来人啊。"说着,田老六朝屋外大喊一声,一个土匪应声跑了进来。

田老六吩咐道:"去,把我未来的岳老爷放了,好好伺候着。"土匪领命出去。

田老六回过头来笑眯眯问道:"那第二呢?"

"第二,俺是黄花大闺女,要大摆宴席,要明媒正娶……"梅大妮转着眼珠,"还有,成亲之前,俺……俺要跟俺爹见个面,要给俺爹单独找个房子,也算是从娘家出嫁。"

田老六大笑:"这都没问题,我这就去办。"

夜色渐浓,操办喜事的土匪窝人声鼎沸,酒令声不绝于耳。梅老爹被推进一间屋子,看到已经穿上新娘红装的梅大妮:"大妮,你怎么能答应那土匪呢。"

梅大妮小声道:"爹,俺如果不答应,根本就见不到你。爹,趁着他们都去喝酒了,你快跑吧。"

"要跑一起跑,要死一起死,俺不能丢下你啊。"梅老爹心疼地道。

梅大妮催促着:"爹,你听俺的,你快跑,下山找解放军,带他们来救俺。要是没人跑出去,那全都是死路一条。你放心,俺有办法,他不会把俺怎么样。"

听闻女儿的话,梅老爹虽然担心,也只能先去找救兵。他又嘱咐了几句,才从后门离开。

后山上，梅老爹一边跑，一边不时地回头张望，见并没人追来，才松了一口气，一门心思埋头向山下跑去。不知过了多久，梅老爹举头望了望，看到山口处一队解放军疾走而来，他不由加快了步伐。

跑了大半夜的梅老爹早已筋疲力尽，还没到队伍跟前，就一下子跌倒在地上，声音虚弱："救命……救……命……"

队伍前面的石兴国立刻跑过去，扶住梅老爹。喝了点水后，梅老爹渐渐缓过气来："你们是剿匪的共产党部队……"

石兴国点头："对，老乡，我们是解放军。"

梅老爹紧紧抓住石兴国："快，快救人，土匪要放火烧山，俺们所有被抓上去的人，都是人肉火种，放火之后，必死无疑啊。"

石兴国大惊："这个田老六，一定要抓住他。"

"太没有人性了，老乡，怎么就你一个人逃出来了？"旁边的齐占山问道。

梅老爹低头叹气："哎，我女儿，她，她……她答应和土匪成亲，那田老六才放了我。"

"快，送老乡下山，咱们立即攻山。"石兴国转头吩咐。

梅老爹连忙摆手："不，不，我不能走，我要给你们带路，我一定要看到我女儿没事才放心啊。"

石兴国迟疑了一下，还是点了头。

喜宴厅里，众匪依然在吃肉喝酒，猜拳行令。地上燃着一堆篝火，桌上堆满了酒肉。

歪七扭八穿着新郎礼服的田老六拉着一身红装的梅大妮举杯："弟兄们，看清楚了，这就是你们的压寨夫人，你们以后怎么孝敬我，就要怎么孝敬新夫人，听清楚了吗？"

一个土匪站起来拍马屁："来，敬我们的压寨夫人一杯……"

梅大妮接过酒杯，一下倒在地上："今天是六爷的大喜日子，你们光敬俺，把六爷放哪里了？"

田老六和土匪们都愣住了。

"在这里，六爷为大，俺为小，六爷喝两个，我喝一个。"梅大妮说着自己倒上酒，一饮而尽。

"好！"田老六哈哈狂笑，拿过酒杯，"给我倒上两杯。"

田义文警惕地凑过来："六叔，今天可不是喝酒的时候……"

田老六一把推开田义文："行了，今天不喝什么时候喝？你别管了，到门口给我守着去。"

田义文看着喝得正酣的众土匪："六叔，今天确实不能多喝，您让弟兄们都少喝点。"

"我大喜的日子，你小子怎么回事？出去，给我出去。"田老六不耐烦地向外挥挥手。

田义文见劝说不动，只好愤然转身离去。

那些被虏来当人肉火种的百姓一排排站在山头，身后站着一手拿枪一手拿着火把的土匪看守。

见田义文过来，土匪小头目抬头看着天："少当家的，这马上要下雨了，共军不会来了吧。"

心中本就憋着气的田义文喝道："都给我打起精神来。越是这时候，越要小心。"

看着田义文走远，土匪们有些不以为然："共军又不是天兵天将，这时候怎么可能上来呢。今天是六爷大喜的日子，弟兄们派几个当值的，其他人都回屋里喝酒去吧。"说着留下几人，其他人纷纷散去。

狭窄的山路上，石兴国和梅老爹一起走在队伍的最前面。路越来越难走，最后梅老爹拨开一片茂密的植被，前面豁然开朗。远处的土匪窝，闪烁着星星点点的火光。

石兴国低声交代众人："听老爹说，土匪把老乡当了人肉火种，注意情况，万不得已，就是牺牲我们也不能伤了老乡……"

这时梅老爹抬头看了看天，仔细闻着空气中的气息，说道："不妨事，连长，今晚可能有雨，人肉火种没啥用了。"

众人听闻惊奇地看向梅老爹。

梅老爹解释道："我原来是这山上的道士，自幼跟师父学了些用鼻子闻雨水湿气的法子。"

"那太好了！"石兴国低声传达命令，"注意隐蔽，保护好老乡，还要当心他们点火。"

夜色掩护下，尖刀连悄悄移到土匪窝下找好位置。

远处瞭望楼上的哨兵若隐若现，素有神枪手之称的段铁生举枪瞄准。石兴国一声令下，段铁生手起枪落，瞭望楼上的土匪从楼上应声栽下。

田义文听到枪声，急忙跑回到山上："快，共军上来了，都给我出来，准备点火！"众土匪连滚带爬纷纷出动，开始点火。正在此时，电闪雷鸣，大雨突降。拿着火把的土匪顿时慌乱起来，胡乱点燃百姓身上包着的布条，把人往山下推去。铁三眼睛四处扫了扫，见没人注意，扔掉火把，悄悄消失在大雨中。

随着一声声惨叫，人肉火种滚下山去，身上的大火很快被雨水和泥土熄灭。

田义文探出脑袋来看，气得猛拍大腿："天要灭曹啊！"

雨越下越大，在林中潜伏的石兴国向梅老爹竖起大拇指，然后与身后的众人互看一眼，做了一个进攻的手势："上……"说着已经跳起来，边开枪边向山上冲去。

所有人直冲山顶，梅老爹也躲避着枪林弹雨向山顶狂奔。

山洞布置成的洞房内，早已喝醉的田老六半躺在椅子上，梅大妮站在一旁边给他捶腿，边伺机逃跑。

忽然，一声巨响，梅大妮吓得蹲在地上。田老六也一个激灵从椅子上坐了起来："什么……什么动静？"

这时，一个土匪冲进屋："六爷，不好了，不好了，共……共产党打进来了。"

"他妈的，给我顶住。"醉醺醺的田老六边骂边摸枪，不料一个趔趄，一下子摔倒在地。

梅大妮紧张地看着挣扎着要爬起来的田老六，猛然拿起一旁的椅子，狠狠向他头上砸去。田老六一声没吭，倒在地上。

梅大妮刚要开门逃走，听到外面电闪雷鸣，枪炮作响，犹豫了一下又退回屋角。

忽然，外面传来梅老爹的呼喊声："大妮……大妮……"

"爹？爹……俺在这儿……"梅大妮边答应边跑出屋去。

石兴国的队伍已经攻到了洞口前，气急败坏的田义文挥舞着枪指挥土匪们："快打，打！"

梅老爹拉着梅大妮跑出洞口。一串子弹飞来，梅老爹急忙将女儿按倒。趴了一会儿，梅老爹见枪弹都向解放军方向打去，一把拉起梅大妮："大妮，快走……"两人还没跑几步，又有土匪将枪口对准了他们。

梅老爹见势不妙，用力推开女儿，自己却中枪倒地。梅大妮看到老爹倒下，撕心裂肺地大叫一声："爹……"

趁着土匪们的注意力分散，齐占山等人纷纷举枪射击，尖刀连瞬间冲到了洞口。石兴国见一个土匪向只顾悲痛哭喊的梅大妮举枪，立刻飞身将其扑倒在地，梅大妮下意识地紧紧抓住石兴国的衣服，两人滚到一旁，子弹打在石头上，火花四溅。

这时齐占山已经冲上前，用枪抵住了田义文的头，大喝一声："放下武器！"

田义文见大势已去，无奈放下手枪。

刚刚爬起来的梅大妮看到田义文，发疯般冲过去，双手用力扑打着哭喊道："畜生……你还俺爹，还俺的爹……"

"不是我，真不是我……"田义文招架不住，出声辩解。

石兴国过来拉开梅大妮，梅大妮却疯了似的，转头就对着石兴国又捶又打起来，似乎这样还不够解恨，疯狂的梅大妮竟然抱起石兴国的胳膊狠狠咬了一口。石兴国咬牙忍住，一言不发。过了一会儿，累了的梅大妮趴在石兴国身上大哭起来。石兴国轻轻推开梅大妮，安抚她坐下。

梅大妮脸颊挂着泪痕呆呆地坐着，看着远处来来往往的人影，突然感觉手里有什么东西，张开手一看，是一枚纽扣。梅大妮脑海里顿时浮现起石兴国飞身将自己扑倒的一幕，那粒纽扣，正是她无意中从石兴国衣服上拽下来的。梅大妮默默将纽扣收起，紧紧贴在胸口。

尖刀连将抓获的土匪暂时押到汽油公司大院内。经过一夜的战斗，再加上天上大太阳的炙烤，几十个土匪蹲在墙根，个个口干舌燥、饥肠辘辘，几乎快要被晒晕过去了。旁边几个拿枪的战士也渴得舔着嘴唇。

这时邱财旺拿着水壶、茶碗跑出来："哎呀，解放军为民除害，百姓之幸，百姓之福呀。来来，喝水。"

战士们没动，看向齐占山。齐占山看看邱财旺端来的水，对大家说道："喝吧，邱经理恨不得水都当油卖，今天难得这么大方，大家就别客气了。"

邱财旺有些尴尬："这小同志，怎么说话呢。"

战士们笑着接过碗。田义文见状也凑上前，齐占山立刻端起了枪。

田义文推了推眼镜："说什么共产党优待俘虏，是仁义之师，我看未必。"

"嘿，败军之将还嘴硬，不要命了。"邱财旺呵斥道。

田义文撇撇嘴："有本事就给我个痛快的。"听到这话，一个小战士怒目而视，拉起枪栓，齐占山急忙喝止。

大门外，一辆吉普车远远驶来，到了门口，王振华打开车门下了车。早已等候在门口的石兴国端正地敬了一个军礼。

王振华还礼后，拍着石兴国："行呀，尖刀连又立了大功一件。人在哪儿呢？"

"谢谢政委鼓励，人都在院里看着呢。政委，这姓田的，什么西南联大高才生，简直又臭又硬……"石兴国有些沮丧。

"有本事的人，能没点儿脾气吗，走，看看去。"王振华边说边率先向院子里走去。

靠墙或蹲或坐的土匪中，唯一穿着国民党军装、站立着的田义文，让王振华一眼就看到了，他走上前去："哦，这就是那个上过大学的高才生？"

田义文轻蔑地看了王振华一眼，转过身去："败军之将，要杀要剐，随便……"

"嘿，这家伙，见了大首长还这么横，真不想活了。"旁边的邱财旺一副义愤填膺的样子打断了田义文的话。

石兴国刚要上前，被王振华拦住。

正在此时，外面传来哭喊声，接着，穿着孝服的梅大妮愤怒地冲进院内。她手里拿着哭丧棒，一下子冲到田义文面前又打又抓："王八蛋，你还俺爹，你个王八蛋。"田义文躲闪不及，眼镜被梅大妮抓掉。

齐占山上前阻止梅大妮，梅大妮却一下子夺过他的枪，对着田义文就要开枪。田义文吓得抱头蹲到地下，石兴国一个箭步冲上前，一把将枪夺下来："胡闹，把她弄出去。"

几名战士拖着哭喊的梅大妮出了院子。王振华捡起地上的眼镜，递到蹲着的田义文手里："看到了吗，你们欠老百姓的，老百姓都会向你们讨回来的。"

"她爹真不是我杀的……"田义文还想解释，一抬头见众多枪口对着自己，"好吧，大不了还你一命。"

王振华意味深长地说道："仗打完了。战争，是为了什么？不是为了报仇，不是为了讨还血债，是为了不再打仗，和平建设我们这个国家，这将会是我们今后的任务。田义文，你有知识，有文化，希望你能认识到自己的罪行，将功补过，想想怎么医治战争创伤，怎么建设我们这个国家。"

田义文不语。

"好，说得太好了，我邱财旺盼的就是这一天，我就是想好好建设建设……"邱财旺说着说着突然停住，看看自己破败的汽油公司，叹了口气："可惜，本钱都赔光了。"

王振华看着邱财旺："有人在就行，一切都可以从头再来。"

邱财旺连忙点头："对对，从头再来。"

按照王振华的指示，尖刀连原地休整，处理后续问题。对于那些土匪，只要没有血债的，全部释放回家。对于匪首或罪行重大的，押到汉中请示上级，集中改造处理。

西北石油管理局，一栋陈旧的两层小楼里，刚刚从北京回来的局长唐国恩，命令立刻召开紧急会议。

简单的会议室里，一身工装的唐国恩看着参会人员："我这次从北京开会回来，中央有重要精神要向大家传达。在北京，中央组织我们听了几场报告，特别是朝鲜战场的报告，参观了一些工厂，亲身感受到咱们石油战线拖了国家发展和战争的后腿。现在全国各条战线都在飞速发展，朝鲜战场上也打得非常残酷，各方面都需要油。可是咱们油供不上，许多工厂只能停产，北京大街上跑的公交车都背着个大气袋子。而战场上，坦克大炮上不去，只能靠战士们用血肉之躯抗击武装到牙齿的美帝国主义。"

众人表情凝重。

唐国恩翻开手边的黑色笔记本，继续说道："毛主席的意见很明确，要让社会主义的车轮动起来，让朝鲜战场的坦克动起来，关键就是石油。朱老总说得更直接，现代战争打的就是钢铁和石油，没有石油，飞机、坦克、大炮不如一根打狗棍。"

大家纷纷点头。

唐国恩环顾一下大家，继续说道："但是，现在全国年产原油加上人造油不足二十万吨，远远满足不了战争和建设的需要。国际上，帝国主义对我们实行原油禁运，进行经济封锁，妄图把新中国困死、渴死。毛主席和中央领导忧心如焚，连觉都睡不着！作为石油部门，我们必须为国家分忧，千方百计找到大油田。"

"可咱们是贫油国，英国专家、美国专家就连苏联专家都下了定论的，中国的地质状况是贫油构造，不可能储存石油！"一个人插话道。

"那是外国人的说法，我就不信这个邪，中国这么地大物博，就没有石油？！"有人不服气。

"对，这话说得好。中国的地底下有没有油，得咱们中国人说了算。但是找油打油，得要有人。这次在北京我给朱老总打了报告，请求从解放军选调一个建制师转业搞石油。"唐国恩的一番话让众人一愣。紧接着大家纷纷议论起来：

"调部队打油，不可能吧？""是啊，解放军现在忙着剿匪，朝鲜那边还打着仗呢。"

这时，会议室的门开了，秘书拿着一份电报递给唐国恩。唐国恩一看，眼睛顿时亮了："批了！周总理批了，调给我们一个建制师改编成石油工程师。"

"太好了！""这下咱们有人了，一个师，好几千人呢！"众人听闻都兴奋起来。

唐国恩站起来，感慨地说："12天，仅仅12天，中央就批准了咱们的报告。同志们，这说明了什么？"他顿了顿，"说明了中央对石油工作的重视，说明了石油在国家发展大局上的重要！所以，我们石油人要快马加鞭啊！"

众人频频点头。

唐国恩合上笔记本："大家分头准备，我立即去西北军区，请示军区政委，要抽调最强的部队组建石油工程师。"

到了西北军区政委办公室，唐国恩开门见山，说明来意。

精神矍铄的老政委听完唐国恩的话，思索了一下，和蔼地问："你是咱们军区的老人了，说说你的想法，想要哪个师？"

唐国恩沉吟片刻，干脆地说："如果可能，请首长把五十七师抽调给我们。"

老政委一愣，然后如数家珍般说道："参加过西安事变、中条山战役、延安保卫战、上党战役、陕南战役……这是一支能打仗的队伍啊！为什么偏偏选这支队伍？说说你的理由。"

唐国恩面色严肃："正如首长所说，这是一支能征善战的队伍。而未来的石油战争，也是一场硬仗。我们面临的情况，甚至比战争年代更复杂，也更艰难。"

老政委点点头："未来的战争是石油战争，说得好啊。二十世纪，人类进入工业化、现代化时代，能源是国家社会进步的动力，任何行业都离不开石油，这是国家发展的重中之重。这样吧，我们军区党委研究一下，尽量满足你的要求。对了，国恩啊，你知道杨宇照的情况吗？"

"杨将军的长子，亲历过西安事变，现在在玉门油田当局长。"唐国恩说道。

"是啊，他那个局长还是我和彭总安排的。"老政委有些感慨。

唐国恩惊讶道："这我还真不知道。"

"杨宇照回国后，周总理给我打电话，嘱咐把他安排好。宇照想到部队，我考虑战争快要结束了，国家建设需要人才，就和彭总商量，将他安排到玉门油田当局长。现在他父亲的旧部又改编为石油师去玉门，你说这是不是缘分？"政委微笑着看向唐国恩。

唐国恩连连点头："真是缘分！但也都是首长安排的。"

这时，秘书走进来递过一份电报。政委接过一看，皱眉道："说玉门，玉门油田就有情况了。情报部门截获敌人密电，国民党派特务秘密前往玉门，企图与潜伏特务联系，伺机炸毁玉门油田。"

唐国恩一惊："玉门是新中国唯一的油矿，他们是想釜底抽薪啊！"

老政委沉吟片刻，下令："让作战部通知十九军，从五十七师抽一个连，迅速赶到玉门，缉拿敌特，保护油矿。"

秘书领命出去。老政委看着唐国恩："既然你点了五十七师的将，就让他们尽早进入状态吧。"

唐国恩由衷地赞叹道："首长想得太周到了。"

老政委笑了，口吻不无欣赏："你不知道，我那个警卫员石兴国，现在是五十七师一七〇团尖刀连连长。那是个渴望打仗的家伙，硬是离开我去了战斗部队。说不定，这个任务就落到他头上喽。"

夜色已深，宋豫杰、王振华两人还在办公室里讨论着剿匪的事情。

"这个石兴国，还真是块好材料。陕南残匪肃清了，这回可以过几天安稳日子了。"宋豫杰由衷地道。

王振华摇摇头："有人可不愿看我们过太平日子。老美在朝鲜那边一闹动静，台湾的老蒋也不安分呀。"

宋豫杰皱眉："是呀，树欲静而风不止。所以咱们还真不能马放南山！对了，政委，下一步各团训练计划，我让参谋长提前做了，要尽快开常委会研究定下来。"

两人正说着，忽然一声"报告"让两人都有些诧异，毕竟时间已经很晚了。王振华喊了一声"进来"后，许茹拿着电报夹快步走进来："报告师长、政委，军区急电。"

两人看完电文，都皱起了眉头。

"保护玉门油田。这可是新中国唯一一座油矿，不是大麻烦，老领导不会亲自找到我们。"王振华正说着，电话铃忽然响起，许茹拿起话筒交给宋豫杰。

"是，是，一定抽调最强的兵力，保证完成任务。"宋豫杰一番保证后挂断电话，来到地图前，"军区又是电报又是电话的，情况紧急啊，这能最快赶到玉门的部队……"

"尖刀连。"两人几乎异口同声。

02

尖刀连连部里，刚刚接到命令的石兴国与指导员周远商讨行动计划。

"咱这百十号人，三天之内要赶到玉门，师里可真把咱当飞毛腿了。"石兴国一边用铅笔在地图上画着路线一边说道。

周远想了想："除了师里的那一辆吉普，这回缴获的车可都要派上用场了。"

"可要是没油，那就是一堆铁疙瘩。"石兴国说着站起身，戴上军帽，"你组织部队，随时准备出发。我找油老虎要油去。"

汽油公司经理室里，邱财旺见石兴国前来很是热情，但一听说要汽油，脑袋立刻摇得像拨浪鼓一样，推说没有那么多。

石兴国意味深长地摸了摸腰里的枪："这可是军事行动，邱老板应该会有办法。"

邱财旺满脸堆笑："石连长，您可别吓我，我这汽油公司也是小本经营，纵有天大的本事，一下也搞不到那么多汽油呀。"

"那我就帮邱老板算一笔账。从这儿到玉门，多远的距离，用多少油，邱老板应该清楚。那么来回的油钱，不需要邱老板掏一分钱，但从玉门，邱老板可以轻轻松松把油拉回来赚钱。这笔账，邱老板应该比我会算吧。"石兴国边说边用手指敲击着桌子。

邱财旺眼珠转了转："这个……我想想办法，不过，我可不是为了钱，我也是为了支持你们完成任务。"

石兴国笑道："那是，邱老板对我们解放军的支持，在人民政府的功劳簿上，会记上这一笔的。"

邱财旺很是开心："记上好，记上好，我邱财旺一直是拥护共产党，拥护解放军的。"

"那就有劳邱老板了。"石兴国说着看到桌上的电话，问，"你这电话能打汉中吗？"

邱财旺找到巴结的机会，连声说："能，能，绝对能。"

"那请邱老板回避一下，我打个电话。"石兴国极为礼貌客气。

"好嘞，你打……"邱财旺说着转身出门。

石兴国拿起电话："喂，给我接汉中……汉中，五十七师机要科……机要科……"电话却怎么都接不通。石兴国看了看表，生气地将话筒压在机座上，想了想，转身走了。

梅大妮渐渐从丧父的悲痛中走出来后，脑海里时时会浮现出那天石兴国英勇相救的画面。她将从石兴国衣服上拽下来的那颗纽扣用一根红毛线串起来，小心地挂在胸前贴身衣服里。

这天梅大妮在家里炖了鸡汤，想送去给受伤的齐占山，顺便看能不能见到石兴国。

宿舍里，卧床养伤的齐占山见梅大妮进来，赶紧坐起来："梅大妮，你怎么来了？"

梅大妮扬了扬手中的瓦罐："齐班长，这是俺给你炖的鸡汤，加了山蘑菇，对养伤很有帮助的！你是因为救俺才受伤的，俺得赶快让你把伤养好，不然俺怎么对得起俺爹啊！"说着话，梅大妮盛了一碗汤端给齐占山。

齐占山忙说："大妮，不用这么麻烦，其实我早就没事了，像我这种粗人，身子硬着呢！就是连长非要我天天待在屋子里养伤，我都快憋坏了！"

听到这话，梅大妮四下看看："齐班长，今天怎么没见你们连长呀，你们连长老是这么忙啊？"

"那是，连长不像我们，抱着枪杆子就可以了。连长不光管着全连的大事，还每天看书学习，教我们识字，给我们讲革命道理。"说起石兴国，齐占山眼里满是崇敬。

梅大妮倒是有些意外："你们当兵的还看书啊？"

"那是！我们连长文武全才，以前还做过军区政委的警卫员呢！"齐占山骄傲地说道。

梅大妮越听越觉得害羞，低头扒拉着自己的麻花辫子。良久，她抬起头："齐班长，你们部队还要人吗？"

正低头喝汤的齐占山一时没反应过来："要人？要什么人？"

梅大妮有些扭怩："比方说，俺要想当兵……"

齐占山看着一脸认真的梅大妮哈哈大笑："你？当兵？我看就算了吧，你给我们做饭还差不多！"

"那行，这可是你说的，以后俺就给你们做饭！"梅大妮认真地说道。

齐占山一愣，他没想到梅大妮会把玩笑话当真。

这时外面响起集合哨，齐占山急忙站起身，抓起帽子向外走去。梅大妮见状也跟着走了出去。

院内，指导员周远站在队伍前传达首长的命令，要大家马上准备，午饭后立即出发赶赴玉门。

队伍解散，梅大妮也冲出了院子。

午后，几辆汽车整齐排列在街道边，正组织登车的周远见段铁生押着田义文等俘虏也上了车，不禁走近石兴国问道："怎么把这些人带来了？"

石兴国答道："师首长的安排，这些匪首，让我们先押到玉门再说。"

周远点点头，见战士们都已上车，下令准备出发。

正在这时，梅大妮拿着行李包袱一边喊着"等会儿"一边气喘吁吁地跑到近前。

"梅大妮？你……你怎么来了？"石兴国一脸诧异。

梅大妮气冲冲道："说好了带俺一块走的，要不是俺跑得快，你们就把俺扔下了。"

石兴国和周远对视了一眼："说好的，谁说的？"

梅大妮一指周远："他说的，中午饭后，集合出发……俺还没吃午饭呢，你们就出发了。"

周远哭笑不得："梅大妮，我是说我们尖刀连的战士，跟你又没关系。"

梅大妮一脸认真："怎么没关系，俺现在也是尖刀连的战士！"

石兴国愣住："你？谁批准的？"

"齐占山，他说要带俺走的，让俺以后给你们做饭。"梅大妮底气十足。

石兴国一听，气得冲着车上喊："齐占山，你给我滚下来。"

不明情况的齐占山翻身下车，跑步到石兴国面前，一看眼前这情形，不禁满腹委屈，连忙解释。

周远、石兴国明白了事情的来龙去脉，都笑着劝说梅大妮，要她别当真。梅大妮却是谁的话都听不进，铁了心跟队伍一起走，最后竟然冲到汽车旁，死死扒住车厢："俺要跟你们一起走，不带上俺，俺就不下来。"

三人一时无语，对这个执拗的姑娘皆是束手无策。石兴国看了看表，一狠心："没时间了，出发！车发动后，她一害怕就放手回家了。"

几人只好上车。司机发动了车子，后视镜里，梅大妮死死扒着车厢板。

石兴国连忙让司机停车，气呼呼冲下车骂："疯了，你不要命了。"

梅大妮眼里噙着泪水，语气笃定地说："命是你给的，不带俺走，俺就不要了。"

石兴国胸脯剧烈起伏着，忽然大步走向车后，捡起梅大妮刚才掉落的鞋，甩到梅大妮面前："穿上！"

梅大妮扒着车厢板不动。

石兴国吼道："我说话你听不懂是吗？！让你把鞋穿上——上车！"

听到"上车"两个字，梅大妮的眼泪瞬间流下来，不一会儿她却又破涕为笑，边擦眼泪边穿鞋："石连长，你放心，俺啥活都能干，啥饭都会做，不会吃闲饭的。"

石兴国黑着脸没搭理她，沉默了一会儿，才说道："带上你可以，但你要保证绝对服从命令，不许再胡闹，不然就把你丢半路上。"

"好！好！俺一定听话。"梅大妮答应着急忙爬上车去。

车队行进很快，驶入黄沙蔽日的戈壁后，满眼枯燥的黄色让战士们都在车厢打起瞌睡来，只有梅大妮兴奋地扒着汽车篷布，一直看着车外，看着这片她从来没有经历过的崭新天地。

距离玉门镇还有一段距离，几辆车停了下来。根据军区提供的情报，携带液体炸弹的敌特分子还没有进入油矿，可能一两天内到达。为了不打草惊蛇，石兴国先带人进去摸摸情况。周远带大部队在镇外休整。

换上便装的十几名战士刚要出发，石兴国忽然发现梅大妮站在了队尾，不禁皱眉道："梅大妮，回去。忘了来的时候怎么说的？"

"没忘！俺说了，只要能让俺跟你，你让俺干啥俺就干啥。"梅大妮站在那儿一动没动。

石兴国无奈地挥挥手："那你可别给我惹麻烦。齐占山，你负责把她看好了。"

一脸无奈的齐占山只得领命。

尖刀连按时到达玉门的电报传回指挥部，宋豫杰、王振华都很高兴，交代许茹马上回电报让他们抓紧时间展开搜捕，同时注意人员安全。

拿着电报夹的许茹没有说话，默默地又递过一封电报。王振华见许茹表情有些异样，不禁纳闷地接过电报，一眼扫过，顿时懵了："什么？！成建制改编？"

宋豫杰一听急忙抢过电报，瞪大眼睛看着，良久，失神地一屁股坐在凳子上："军区让我俩立即赶到兰州，首长要亲自找我们谈话。"

毫不知情的石兴国带着便装的战士们穿梭在熙熙攘攘的玉门街道上。他们分散在各处，眼神犀利地观察着形形色色的行人以及他们手中提着的行李箱、包袱、篮子……

齐占山带着人去旅店内盘查，叮嘱梅大妮在门口等着。梅大妮手里拿着刚买的风车，十分听话地坐在旅店门口。

街道上，一名帽檐压得很低的年轻黑衣男子，手里拎着一只皮箱，下了黄包车后迅速挤进人群最多的地方，行色匆匆。这一切没逃过石兴国的眼睛，他立刻大步跟了上去。经过旅店门口，正百无聊赖坐着的梅大妮看见石兴国，赶忙站起身大喊："连长，石连长。"

这一声喊，让警觉的黑衣男子迅速回头瞥了一眼，然后闪电般拐入一条小巷里。石兴国紧跑两步，追到巷口，发现早已没了人影。

这时梅大妮举着风车冲到石兴国面前："连长，石连长，你看这风车好看吗？"

石兴国气恼地瞪着梅大妮，梅大妮却浑然不觉，献宝似的把风车递到石兴国面前。石兴国接过风车狠狠摔在地下，然后抬脚踩了上去。

梅大妮一惊，上前一把推开石兴国，捡起地上的风车，瞬间委屈得泪如雨下。

齐占山等人从旅店出来，看着脸色铁青的连长和坐在地上哭的梅大妮，面面相觑。沉默了片刻，齐占山汇报道："……连长，查了，没有可疑的人。"

"有也早跑了！马上，马上把她送走，再也不要让我见到她。"石兴国指了指梅大妮，怒吼道。

齐占山拉起梅大妮，不解地问："怎么回事这是？"

梅大妮抽泣着："你让俺等在这里，俺就等在这里……俺看到连长了，就喊了一声，可是他跑过来就把风车给扔了，还用脚踩……"

齐占山忙打圆场："连长……连长他不是故意的，他不知道这风车是送给他的。"

听到这话，石兴国感觉有些理亏，但仍怒视着齐占山等人："你们，你们谁买的风车？"

段铁生说道："不是我们买的，是她非得买，还说要送给连长。"

石兴国心里有些过意不去，但仍嘴硬："好了好了，既然是要送给我的，那我愿意怎么处理就怎么处理，还哭什么哭。"

梅大妮止住了哭泣，从地下捡起坏了的风车，拿到石兴国面前，神态天真地问："人家是送给你看的，不是让你踩的……你看看，这风车好看吗？"

石兴国无奈地接过踩扁的风车，咬着后槽牙道："好看，真好看！"

众战士忍不住纷纷捂着嘴背过身去笑。

"好了好了，严肃点，现在给大家布置一下任务。"石兴国看向众人，"刚才我发现一个形迹可疑的人进了这条巷子，可等我赶过来就不见了，估计他还在附近，应该还没接上头。现在，我们分头去找，一定要把那人给揪出来。"

一旁的梅大妮急忙说："那俺呢？"

"你就在这好好待着……这样，你就在这街上逛，什么也不要干。"石兴国说着从兜里掏出几块钱，塞给梅大妮，"想买什么就买点什么，不要离开这条街。去吧。"

梅大妮见石兴国对她的态度转好，高兴地拿了钱逛街去了。

"刚才，我们都在暗处，但是梅大妮那一声'连长'，把敌人吓跑了。现在，敌人在暗处，我们在明处。等一会儿，就让梅大妮在明处，我们就可以在暗处了。齐占山，你找两个人暗中盯紧了，确保她的安全。"梅大妮走后，石兴国有条不紊地分配任务。

不久，黑衣男子果然出现在另一个巷口，石兴国连忙起身跟上。

那黑衣男子专门朝人多的地方走，人力车、货郎担、各种商品摊位，都好像故意为难石兴国一样，不停地在他眼前晃来晃去，黑衣男子若隐若现，眼看就要消失。

这时一个戴着草帽拉着一车草的男子经过黑衣男子身边，黑衣男子突然将手中的皮箱迅速放到车上草堆里，然后拎起旁边一只一模一样的箱子，快速拐进一条巷子里。

远处的石兴国虽然没有看清楚，但通过观察黑衣男子拎箱子的姿势发现箱子的重量已发生变化，而且人车交错的地方，有一些草掉落了下来。石兴国知道箱子肯定被调换过了，抬腿就要去追草帽男。

"连长，什么情况？"齐占山忽然奔到跟前。

石兴国正分身乏术，见是齐占山，用手一指巷子里黑衣男子的背影："跟上他，有人调包了，千万别跟丢了。"说着，拔腿就跑。

闹市区内，草帽男拉着车竟然健步如飞，一连绕过好几条街，气喘吁吁的石兴国一直坚持追在后面。忽然，草帽男拉着车跑了起来，石兴国眼看追不上了，恰巧看见一辆自行车停放在一家店门前，他想也没想，推着自行车骑上就走……

另一边，齐占山跟踪黑衣男子走了几条巷子，随后见他进了一家书店，待他也走进去时，却发现黑衣人早已不见了。齐占山很快发现书店竟然还有一个后门，拉开后门，又到了一条繁华街道上。熙攘的人群里，哪里还有黑衣人的影子？齐占山懊悔不已。

梅大妮兴奋地在那条繁华的大街上逛着、买着，两手已拿了好多东西，却仍两眼放光地紧紧盯着面前各种各样眼花缭乱的商品，一刻不肯放松。她忽然发现一个卖篮子的小摊，欣喜地挑了一个精巧别致的藤编篮子，把买的东西全部放到里面，然后将篮子挎到胳膊上，又高高兴兴地挑拣别的东西去了。

忽然，一个草帽男飞快跑过，梅大妮的身体被撞了一下，篮子里瞬时多了一个拔开拉销的圆形手榴弹，她却浑然不觉，还在愣愣地望着撞了自己的那人的背影没有回过神。突然身后又一阵风过，梅大妮还没来得及反应，石兴国冲过来一把抢过她的篮子，疯狂地向无人处跑去。

"你干什么？又抢俺东西！"梅大妮的喊声还未落，前面"轰"的一声巨响，梅大妮呆若木鸡。

"石连长，石兴国！"梅大妮疯也似的跑过去，抱着趴在地上的石兴国大哭。

石兴国挣脱梅大妮，抖了抖身上的土："你干什么？"

"俺……俺还以为你死了呢。"梅大妮惊喜地瞪大了泪眼。

"我命硬得很，哪能那么容易就……"石兴国话还没说完，远处突然传来枪声，两人连忙起身，循声跑去。

小巷里，草帽男躺在血泊中。石兴国赶紧蹲下试了试他的呼吸，然后看向拿着枪站在一边的齐占山："怎么不抓活的？"

齐占山一脸委屈："连长，不是……真不是我开的枪。"

此时，战士们陆续聚集过来。一个战士拎着一个皮箱跑过来："连长，这是在那个板车上发现的。"

"别动，快放下，大家都后退！"石兴国连忙喊道。

战士忙把皮箱放下。退后的几名战士拉着不肯动的梅大妮强行向远处走去。

石兴国趴在地上，小心翼翼打开皮箱，里边却空空如也。大家虚惊一场，但也知道那个黑衣男子再也不会出现了。

夕阳中的玉门镇和远处的油矿，在风沙和昏黄天际的衬托下，显得格外苍凉。

回到镇外驻地，周远了解了情况后问："线索断了，下一步怎么办？"

石兴国想了想："他们的最终目标是油矿，我们明天先进油矿，再查线索。"

周远点点头："好的。那个邱老板说自己在玉门镇有朋友，就先进去了。这做生意的，无利不起早，他来玉门，说不定比我们有收获。"

"道不同，不相为谋，能一起到玉门，也难为他了。不管他了，让大家好好休息，明天准备入城。"石兴国说道。

夜色如水，战士们早已休息。石兴国掏出身上那封一直没有来得及寄出的信看了看，放到桌上，又铺开一张纸，写："茹，由于事发突然，我们原来的约定又要推迟了。虽然遥遥，但也有期。我们都是军人，在军令面前，我们要做的，只有服从。马上八一节了，但愿八一前任务能够完成，能回汉中相见。"

宋豫杰和王振华赶到西北军区政委办公室，正伏案工作的政委见他们二人到了，马上交代秘书他们有重要的事情要谈，不要让任何人来打扰。

秘书点头退出办公室，政委看看他俩的脸色，笑道："脸色不好看啊，看来对部队改编有情绪嘛。"

宋豫杰、王振华互相看了一眼，没吭气。

政委接着说道："有情绪是正常的。一支能征善战的部队，突然间要放下武器改行去搞经济建设，这个弯子转得是有点大。军区知道你们会有想法，这不，把你们从大老远请来了嘛，军区还让我亲自和你们谈话。振华、豫杰，我印象中咱们除了大的场合见面，像这种单独谈话不多吧？"

"首长指挥千军万马，哪有时间……"王振华话未说完，政委摇了摇头自嘲地说："也指挥不了多久了……"

王振华和宋豫杰一惊："首长也要……"

政委点点头："国内大的战争已经结束了，朝鲜战场上美国也撑不了多久了，现在摆在我们面前的首要任务是搞建设，把国家建设好，让老百姓有好日子过。国民党给咱们留下的是烂摊子，这次党中央、毛主席下了大决心，从部队抽调20个建制师改编为国家建设急需的工程师。咱们军区就抽了你们师，二位肩上的担子不轻啊。"

王振华为难道："首长，论打仗咱没得说，可这搞经济……"

政委笑了："怕当外行吧？可谁天生就是内行呢？就说打仗吧，正如毛主席说的那样，咱们也是从战争中学习战争。现在搞经济建设，没有捷径可走，咱们还是靠老办法、老传统，从实践中长见识，在实践中学本领。"

两人用眼神互相交流了一下后，王振华说道："首长，我们一定认真学习落实您的指示，把这次改编搞好。"

政委站起来与二人握手："好，我等待你们的好消息。你们师是我们军区唯一的代表队，要为军区部队增光……"

回到师部，两人立即召开五十七师党委常委会议。听到这个惊人的消息，大家都难以接受。会议开了差不多一个下午，仍未结束。

会议室里，常委们沉默不语，气氛凝重。

"刚才，师长宣布了军委毛主席关于咱们师整编为石油工程第一师的命令，我把军区首长提的要求和这次整编的意义，向大家做了传达。总之，这是一次史无前例的改编，是咱们共和国军队历史上的第一次，也是我们师史上第一次，所以，责任非常重大。我们一定不能辜负党和人民的信任，下面，请大家发言，有什么想法、建议，各抒己见。"王振华说完拿起笔准备记录。

各常委仍是沉默不语。

王振华抬起头："大家谈谈下一步整编的工作部署。"

会议室里还是一片寂静。

宋豫杰忽然一拍桌子："说话呀！一个个闷不吭声，干什么？开作战会的时候，一个比一个兴奋，一个比一个能说，现在怎么了？低着个头倒成了闷蛋了！是打败仗了，还是家里死人了？！"

各常委一个个满脸憋屈的样子，但依然没人吭声。

忽然，张大海抬起头："那好，我先说。政委，我们五十七师，战斗力怎么样，军区、兄弟部队都是有目共睹，党中央、毛主席也应该知道。大家从抗日战争到解放战争，打仗那是没说的。现在，剿匪刚结束，朝鲜战争又刚刚开始，怎么就让我们师解散了？"

"张副师长，我纠正一下，这不是解散，是改编。"王振华说道。

张大海很是气愤："性质还不是一个样？自古国家不能没有兵，让我们五十七师改编，是不是中央军委不信任我们了？"

张大海这一开口，大家憋了半天的怨气一股脑都发泄出来了。有的说哪有当兵不握枪杆子的，与其到地方上搞石油，还不如回家种地享受天伦之乐。有的说扛了大半辈子的枪，只会带兵打仗，现在要去打石油，就是赶着鸭子上架。还有人担心后勤保障体系会发生变化……总之，大家都希望师长、政委跟上级反映一下，换个部队去。

"你以为这是小孩玩过家家啊？亏你们都是老同志了，这是军委的命令，不服和毛主席反映去！枪林弹雨都过来了，石油就搞不了啦？！"见大家乱糟糟说了半天，仍是满腹的牢骚抱怨，宋豫杰火了。

这时政治部主任高峰站了起来："我说两句。军委毛主席的命令，我们必须无条件执行，这是军人的职责，我没有任何意见。另外，我们都是党员干部，我觉得选择我们师进行改编，军区是经过深思熟虑的，现在我们的任务，就是把思想统一到改编这项工作上来，保证在政治上不出任何问题。但是，大家感情上一时接受不了，发发牢骚，我觉得是可以理解的……"

宋豫杰动员大家向政治部主任学习的话还没来得及出口，听到他后面的话顿时一阵尴尬。

王振华看了看宋豫杰，又扫视了一下大家，放下笔，语重心长地说道："同志们，感情上接受不了，发发牢骚可以理解。大家都是老同志了，一路上经历了多少坎坷、多少挫折，走到现在经过了多少考验？不容易。现在突然之间让大家放下枪，谁心里也不好受。但是我知道，大家对党中央、中央军委和毛主席的决定没有任何意见，也不应该有意见，而且一定会不折不扣、无条件地执行。因为你们是受党教育多年的老战士、老党员，都是领导干部，是带兵的人。大家想一想，当初咱们参加革命，连死都不怕，这点事儿算什么？你们对这支部队有感情，我和师长和你们的心情一样，也很复杂，也很舍不得。可是大家想一想，虽然五十七师的番号在中国人民解放军的作战序列里消失了，但是新中国出现了一支新的部队——'中国石油师'！我们放下了枪，也还是军人，我们军人的本色没有丢，我们还在一起并肩作战，无非是放下了枪杆子，拿起了刹把子，但都是为人民服务，为新中国的建设在战斗！在座的都是领导干部，肩负着带兵的职责，这次改编涉及每一个干部战士，有大量的思想工作要做，只有在座的领导从思想上转过弯子，才能保证部队不乱，顺利完成改编任务。"

大家静静地听着，脸色逐渐变得平和。

宋豫杰看看大家，开口道："我和政委向军区首长立下了军令状，希望大家都要向党和人民立下军令状。一切听从党指挥，一切听从党号令！"

众人心头震动，望着师长、政委严肃的面孔，瞬间感受到肩上重担的分量非比寻常。

第二天，消息传开，几乎所有人心里都觉得委屈、不公平。午饭时间，大家你一言我一语地抱怨着，情绪有些激动。突然一名战士喊了一句："走，咱找领导要个说法去。"立刻有人附和，于是一群人风风火火地拥挤着出了食堂。

会议室内，宋豫杰、王振华正在安排军政整编计划，外面忽然传来吵吵嚷嚷的声音。问明情况，宋豫杰、王振华起身向外走去，众人也跟着走出办公楼。

办公楼外，警卫连战士围成人墙，将从食堂拥过来的人们挡在了外面，大家不停吵嚷着。

王振华看了一眼外边的阵势，冲警卫喊道："让开，都让开！"众警卫战士退后，吵嚷的人们见师长和政委出来，也闭了嘴站在原地。

王振华严肃地看着众人："干什么？你们这都是在干什么？看看你们的样子，还像一个革命军人的样子吗？你们中，有几个党员，站出来，站到前面来。"

几个老战士站到了前面，还有好几个战士不好意思地低下了头。

王振华指着前面一个大个子："你，告诉我，共产党员，应该干什么冲在最前面。"

大个儿战士老老实实回答:"吃苦在前,享受在后。"

王振华点点头:"好,那你们看看今天你们这是在干什么?这是一个党员,一个军人应该做的吗?我知道你们心里有疙瘩,这样吧,不要说我不给你们讲话的机会,选个代表,有什么想法意见,现在提出来。"

前面几人交流了一下眼神,仍是大个儿开口:"政委,我们不是不服从命令,我们就是想不通,咱五十七师哪点不行,为什么非让我们解散?"

"好,我告诉你,第一,我们不是解散,是改编,是由战斗部队改编为石油部队;第二,我们五十七师没有哪点不行,我们非常优秀。现在,全国解放了,和平时期,我们的主要任务就是发展经济,建设国家,可现在帝国主义用石油卡着我们的脖子,要让我们的国民经济崩溃,要让我们回到解放前。这个时候,需要有一支部队去搞石油,支援国家经济建设。那你们说,这个时候,党中央是派一支有战斗力的部队上还是派一支不能打仗的部队上?"王振华的话干脆利落。

"当然是能打仗的部队。"大个儿脱口而出。

王振华点头:"好,那中央选择了我们五十七师,是对我们的信任还是不信任?是说明我们有战斗力还是没有战斗力?既然中央军委这么信任我们,毛主席这么信任我们,把我们放到一个这么重要的位置上去,你们还有什么想不开的!有谁想不开的,现在可以走人,我王振华绝不会拦着。"

众人鸦雀无声,垂下了头。

王振华扫视了一眼众人,语气严肃:"在这里,我想告诉大家几点,第一,和平年代的战争,就是要与天斗与地斗与大自然斗;第二,不听党的话的兵,不是一个好兵;第三,不想当大师父的厨子不是好厨子;最后,不会生产的部队同样不是好部队。"

见战士们都若有所思地认真听着,宋豫杰开口道:"这下明白了吧。立正!向后转,回食堂,吃饭。"

战士们自觉列队,步伐整齐地转身离去。

回到会议室,大家都若有所思。王振华提出首先通过政治教育,把部队思想转变到和平建设上来,以确保改编的顺利进行,必要时师常委可以到各团蹲点，帮助指导工作。

除去思想工作，实际工作任务性质已发生改变，参谋长程孟华建议提前派一些文化程度高的同志先到油田上，或者专业学校进行培训、学习，尽快熟悉业务。

最棘手的就是武器的清点验收，对于视枪如命的战士来说，收枪可不是件容易的事儿。

工作千头万绪，宋豫杰交代各部门先搞好方案，然后统一汇总，尽快制订一个完整周密的整编计划。

"我再补充一点，从师机关最近的情况看，关于整编消息，目前只限于传达到团以上干部，尽量避免部队出现波动。"宋豫杰最后叮嘱大家。

众人点头。

"别忘了，咱们玉门还有个尖刀连。"王振华提醒道。

宋豫杰眉梢一挑："原地休整，让他们把打仗的劲儿先降下来。"

提前进入玉门的邱财旺约了刘大勇喝酒。昏暗的小酒馆一角，两人边喝边聊。

几杯酒下肚，刘大勇斜眼瞧着邱财旺："邱老板，上次送那趟油，可把我坑苦了，差点没把命搭上，以后跟送油有关的差事，你可别找我。"

邱财旺一副无奈的样子："当时还不是为了两个小钱。"

刘大勇冷哼一声："我还不知道你？！说吧，现在为了什么？"

邱财旺嘿嘿一笑："大勇真是爽快人。老弟，是这样的，现在是人家共产党的天下，我那汽油公司，我看出来了，就是个出力挣不到钱的苦差事。今儿到了玉门，才知道啥叫真正的油矿。老弟，你就给我牵个线，在这儿给我找个营生。"

"邱经理，我们石油可不需要小桶换大桶啊。"刘大勇揶揄道。

邱财旺讪笑道："老弟，别取笑你老哥了，我是说真的。"

"那我也跟你说真的，我们搞油的都是技术活，你……"刘大勇话没说完，意思却很明显。

"技术，没问题，那不都是人学出来的吗？有机会，你就帮我通融通融。"

没想到邱财旺丝毫没有犹豫，边摘腕上的手表边说，"也没来得及带啥好东西，这块表跟了我五六年了，是标准的瑞士货，你要不嫌弃，就先戴着。"

刘大勇眼睛一亮，接过表在耳边仔细听了听："那……算我借你的。"

"兄弟你跟我还见外。"邱财旺说着帮刘大勇倒上酒，"来，哥敬你一杯。"两人碰杯，一饮而尽。

清晨，朝阳将远处玉门油田的矿井和大门涂上一层金色。

石兴国带领荷枪实弹、一身戎装的尖刀连，浩浩荡荡地走进玉门油田大门。队伍后面穿老百姓服装的梅大妮及被战士押着的田义文格外显眼，一些站在旁边看热闹的工人们指指点点，小声议论着。

人群后面，一双眼睛有些不安地看着这一切，然后悄悄退出了人群。

尖刀连行进到油矿办公楼门口，杨宇照带着管理局工作人员迎上前去："欢迎，欢迎解放军同志。我是玉门石油管理局的杨宇照。"

石兴国行了一个军礼："杨局长好。我是五十七师尖刀连连长石兴国，奉命前来保护玉门油田。"

杨宇照上前与石兴国握手："我已经接到了上级领导的通知，正等你们呢，快请进，请进。"

石兴国跟着杨宇照进了办公楼，身后齐占山带部队原地稍息。

来到办公室，石兴国汇报了前一天在城里与特务交手的情况，分析虽没抓到敌人，但他们的目标既然在油矿，就肯定会到矿里来，建议要认真仔细排查可疑人员。

杨宇照眉头紧锁，表示一定全力配合。

油矿分生产区和生活区，石兴国安排战士们分别进行排查。自见到解放军进驻就紧张不安的任新我，看着三三两两的战士正背着枪挨家挨户检查，赶忙回到自己的宿舍，紧紧关上了门。

任新我将桌上一台老式的小收音机上自制的小天线轻轻拆了下来，夹在一本笔记本中，然后，合上眼前的黑色笔记本。刚站起来，门忽然被推开，一个十四五岁的小姑娘站在眼前。任新我见是小雨，连忙警惕地看了一眼屋外，然后一把拉过小雨，指了指屋外，又指了指屋内，意思是让小雨待在屋内别乱跑。

小雨也咿咿呀呀地指了指屋外，一脸疑问地比画着外面有穿军装拿枪的人。任新我没有解释，只再次指了指屋内，眼神严肃地看了小雨一眼，转身出了屋子。

这天上班时间，齐占山带着战士守在油矿生产区大门口，对进入油井作业的工人进行严格搜身排查。身着工装、拿着工具的工人们，在门口排起了长长的队伍。

斜戴着帽子、嘴里叼着根草棍儿的刘大勇和几个工友来上班，老远就看见大门口堆了好多人。到了近前，见是因为解放军在挨个查特务，心里顿时不悦："油矿是我们的，他们才来几天，欺人太甚！"想到这儿，刘大勇吐掉口里的草棍儿，朝门口挤去。身后的任新我伸手去拽，示意他千万别惹事，刘大勇却是一副不屑的样子，径直往里冲。

"哎，回来，还没检查呢！"一名战士拉住他。

刘大勇一把推开战士，大声喊道："凭什么搜查我！老子在这油田干了十多年了，你们还怀疑到老子头上了！"

任新我赶过来，急忙上前拽住刘大勇。刘大勇一下甩开："兄弟们，别理他们，这油矿是我们的，我们自己说了算。"

工人们听到刘大勇的鼓动，愤怒的情绪涌了上来，几个工人跟着往里冲。

齐占山急忙上前制止，却被刘大勇一把推在伤口上，差点倒地，幸好被身边的战士扶住。齐占山怒火中烧，反手将刘大勇拽住，二人对峙起来。工人们见状，呼啦啦上来把战士们围在了中间。

石兴国闻声赶到时，两人已经滚在地上，扭打成一团。齐占山毕竟受过正规训练，两三回合就占了上风，刘大勇被摔倒在地，齐占山顺势骑在了他身上。

"住手！"石兴国忙厉声喊，"齐占山，我让你住手，没听见吗？"

齐占山不情愿地站起来："连长，他带头闹事！"

任新我扶起地上的刘大勇，刘大勇缓过神后气急败坏地嚷道："看见了吗？解放军打人啦！解放军打人啦！"

石兴国走上前看向大家:"工人兄弟们,我们是为了油田的安全,为了大家的安全,希望你们理解……"

"狗屁,什么安全,仗着你们有几支破枪,就耀武扬威的,你们不就是为了占我们的矿,要我们的油吗?"没等石兴国说完,刘大勇打断道。

"这位同志,话不能这么说,现在解放了,油田是人民的,是国家的,我们保护的是国家的资源和全体人民的财产……哟,这位兄弟很面熟啊!"当石兴国面向刘大勇说话时,忽然认出了他。

想起汉江汽油公司那一幕,刘大勇有些尴尬,也有些恼羞成怒:"什么生不生,熟不熟的。这是我们的地盘,由不得你们撒野……"说着抓起一根铁钎,向石兴国抢去。

任新我眼疾手快,从后面死死抱住刘大勇,齐占山、段铁生上前夺过铁钎。

刘大勇不依不饶地大喊:"解放军打人啦……"

这时,听到消息的杨宇照匆忙赶了过来,将刘大勇带回了办公室。

办公室里,刘大勇还是一副不服气的样子。一起跟过来的任新我不停地做和事佬,一边劝局长别生气,一边劝刘大勇去给战士们道歉。

杨宇照气愤道:"军民一家亲,黄土变成金。刘大勇,你是井上的技术骨干,怎么一点觉悟都没有啊!你这是破坏军民关系,破坏军民团结,必须去诚恳道歉,知道吗?"

"大勇,快向局长承认错误。"见刘大勇不吭声,任新我捅了捅他。

"我没错!"刘大勇突然大喊一句,然后愤然离去。

"局长,我教徒无方,我批评他。"脑门冒汗的任新我说完慌忙追了出去。

"大勇,你能不能不惹事!解放军检查他们的,碍你什么事了!"任新我边追边喊。

"师父,我16岁到矿上当学徒,快十年了,你什么时候见我无缘无故跟人斗过嘴、打过架,我就是看不惯,看不惯别人在咱们的地盘上撒野!"刘大勇头也不回地说道。

"他们是扛枪的咱惹不起!你怎么这么混呢!跟我去道歉去。"任新我仍试图说服刘大勇。

"我不去，要去你去。"刘大勇说完加快了速度。

远处，百无聊赖的田义文在士兵的看管下遛弯，看似随便转悠，但他那双眼睛却在仔细观察着每条路。

下了班，任新我来到刘大勇宿舍，想继续劝说刘大勇去道歉。刘大勇斩钉截铁地表示不会去，最多以后见了他们睁一眼，闭一眼，只要对方不招惹自己，自己绝不会再跟他们打架。

任新我叹了口气，不知还能说什么。

"那……我说的那个老乡安排工作的事，师父你可得帮帮忙。"刘大勇的口气忽然缓和下来，看着任新我试探地说。

"现在形势这么紧张……"任新我有些犹豫。

刘大勇还是有些气愤："紧张？那还不是解放军搞的。我这老乡，以前开过汽油公司，干过石油，他肯定能行。"

"那……这事，我也做不了主，明天，我去找局长说说去。"任新我勉强答应下来。

第二天，任新我在刘大勇的催促下来到局长办公室，邱财旺也心急地跟到办公室外等待结果。

任新我向杨局长介绍了邱财旺的基本情况，油矿正是缺人之际，杨宇照自然欢迎有人能来，但再三叮嘱任新我一定要严格把关，必要时可以请解放军来帮忙。

由于杨宇照临时要去参加一个会议，两人边说边走出办公室。经过邱财旺时，本已经向前走去的杨宇照忽然停住脚步，回过身仔细辨认。

"哦，杨局长，这就是我跟你说的那个邱……"任新我忙做介绍。

"老邱？邱财旺……"杨宇照却自顾自地惊叫了起来。

邱财旺一愣，仔细看看杨宇照："老杨，宇照兄！"

两人都有些惊讶又有些激动，杨宇照一边与邱财旺握手一边问道："老任说的那个人就是你呀？"

"对对，我现在叫邱建……设……"邱财旺有些不好意思，"宇照兄，解放了，建设国家，我就想着给自己改个名。"

"好，改得好，我们油田就需要你这样的建设者。"杨宇照用力摇晃了一下他的双手。

旁边的任新我忍不住问道："杨局长，你们早就认识？"

"大学同学，那时候，他就是个生意经，一毕业，我们都去打油，就他卖油，怎么样，没少发大财吧。"杨宇照笑着说道。

邱建设摇着头："惭愧，惭愧呀，时运不济，又逢战乱，以前尚可勉强度日，现在……不说了，既然老同学在这里，我就表个态，我是想踏踏实实地打油，建设咱们国家。"

杨宇照仍拉着邱建设的手："好，太好了，邱建设！把你财旺的劲用在建设上，一定是个人才。我可不会放你走的。"

邱建设脸上堆着笑、语气诚恳地说："放心，宇照兄放心，不，是杨局长放心，我邱建设一定会干出个样来的。"

连续多日，尖刀连的战士们守在矿区大院门口，检查着进进出出的工人们，却没有任何发现。

一些战士们却待不住了，开始抱怨上级是不是把尖刀连给忘了，派到这么远的地方来又没有什么事干，这么久了也不下达其他命令。有人甚至感叹再不打仗都该发霉了。

盼来盼去，尖刀连终于盼到了师部的电报，却是原地休整待命。石兴国如百爪挠心，不知如何是好，周远却似早已看清大局，心平气和地捧起一本书来看。

石兴国一把夺过周远的书："兄弟们都急着回去打仗，你倒还有闲工夫看书。"

"我这是按照上级的命令，一边休整，看看书学习学习，一边待命。再说，全国都解放了，哪有那么多仗让你打！"周远没好气道。

"朝鲜战场我们师可是抽调了一个整团去参战呢，要不是正剿匪，我肯定也报名了！"石兴国不服。

　　周远站起身夺回书："行了，我说石兴国同志，上级的良苦用心，你一定要明白！领导是觉得咱们这段时间长途跋涉，连续征战，心疼咱们，让咱们休整休整！"

　　石兴国顿时高兴起来："那好吧，既然休整，也不能闲着。上级肯定是要我们继续加强油田的安全保卫。另外，别忘了，咱是部队，当兵打仗这根弦什么时候都不能松，根据我们现有条件，把训练好好抓抓。"

　　周远看着兴冲冲的石兴国，暗暗摇了摇头。

　　晚上，战士们得知还要继续在这里休整待命，不禁议论纷纷。有的说尖刀连应该是直插敌人心脏的尖刀，在这兔子不拉屎的地方休哪门子整，待哪门子命；有人猜测是不是不让回汉中了；有人气愤怎么能光给油田站岗……段铁生却只顾低头擦枪，闷不作声。

　　齐占山听了好一会儿，不耐烦道："都嘟囔什么？这些大事儿还轮到你们在这儿开会研究了？！都给我睡觉。"

　　战士们不情愿地闭上嘴，钻进被窝，只有段铁生还在擦枪。

　　齐占山招呼道："老段，睡觉了……"

　　段铁生拿着枪，似乎在自言自语："不伺候好它，睡不着。"

　　这天任新我从镇上回来后，脸色有些不好，他躲进宿舍将收音机、笔记本等东西塞进一个小木盒，然后藏到小雨床下。

　　小雨疑惑地看着，比画着询问发生了什么事。

　　任新我叹口气："已经走了，死的死，逃的逃，现在谁也联系不上了。"

　　小雨拍着胸脯表示自己可以。

　　任新我摆摆手："行了，小雨，你最近就在家里好好待着，出去危险，等过了这阵风再说。"

03

一大早，玉门油田尖刀连驻地响起一声声清脆的哨声，战士们迅速跑出来列队。

宿舍里，工人们一个个被惊醒，满是抱怨地看向窗外。

外面，石兴国走到队列前："同志们，按照上级命令，我们原地休整待命。什么叫休整，什么叫待命，我是这么理解的，休整是休息式的整顿；待命呢，那就是随时准备投入战斗的命令。所以，从今天起，我们尖刀连就一切都正规起来，训练、执勤、工作、生活一律按照整顿、待命的标准，严格执行。训练计划我已经制定好了，出操后，由通信员发到各班。"

各班喊着口号跑步离去。

这时听到动静的杨宇照披着衣服出来："石连长，你们这是……"

"杨局长，忘了告诉你，我们接到命令原地休整待命。所以，就先把部队训练抓起来，当兵的不打仗，就得练打仗，时刻准备打仗。"石兴国回答道。

"好……好，你们这么一搞，起码特务肯定吓得不敢露头了！"杨宇照点头。

石兴国笑道："那是。对了，局长，我想了一晚上，这个接头的特务还没抓到，下一步我们还要加强安全保卫工作，对靠近油井的人员要严格检查，万一特务把炸药带进油井，我们新中国唯一的油田不就完蛋了吗？！"

杨宇照频频点头，表示一定全力配合。

连日持续的检查，让工人们觉得有些麻烦，尤其见到战士们就别扭的刘大勇。

这天早晨，几个战士在门口检查上班的工人，一边空地上，段铁生带着几个班的战士练习刺杀。震天的口号声引来油矿工人的侧目，但他们都尽量躲避得远远的。

刘大勇拎着矿工帽和几个工友却故意走近。正在纠正别人动作的段铁生回头见他们，礼貌地道："你们几个，请那边绕一下。"

刘大勇站在原地语气不善："凭什么，这是油矿的地儿，我凭什么绕？倒是你们赖在我们油矿多少天了，特务抓到几个了？我看你们是吃饱了撑的没事干了吧？拿个枪杆子，就知道冲我们油矿工人耍横，有本事，抓几个特务给我们看看。"

段铁生又急又气："我……我看你就像特务。"

刘大勇呸了一口："那我看你还像土匪呢。"

情急之下段铁生不自觉地举起了枪。

"段铁生，把枪放下！"随着石兴国一声断喝，他和周远很快走到近前。

"连长，他……他骂我们是土匪，这也太欺负人了。"段铁生委屈道。

石兴国摆摆手："你先给我回去。"

另一边，刘大勇也被任新我和几个工友拉着离开。

段铁生悻悻地跟在周远和石兴国身后，嘴里仍不服气地小声嘀咕着。

周远看了看一言不发的石兴国："连长，我看凡是舞枪弄刀的训练科目，要不就先……"

段铁生一听急了："别呀，连长，谁不知道我段铁生是全师神射手，总不能去拿烧火棍子吧。再说了，我们是革命战士，有句口头禅叫什么来着，战士交命不交枪！人在枪在，枪失人亡！"

石兴国停住脚步，瞪着段铁生："说得对啊，段铁生，战士舍命不舍枪！我叫你交枪了吗？！"

段铁生一下愣住，委屈地看着石兴国。

"连里并没有让大家交枪，只是要改变训练科目。我们既要抓好训练，也不能影响矿上正常生产。这叫训练生产两不误。"石兴国说道。

正在这时，通信员跑过来说师部打来电话，两人忙奔回连部。

一心想快点接受新任务的石兴国，兴奋地拿起电话，听到的却还是原地休整，等待上级安排。石兴国正失落间，忽然听到师政治部保卫科的高科长带机关工作组已经出发来玉门，不禁又兴奋起来："政委，啥重大任务，还要麻烦机关首长亲自来宣布。"

"重大任务！你们原地待命就是了。"王振华说道。

石兴国一听高兴了："您放心吧，政委！尖刀连永远都是一把闪亮的尖刀！"

挂断电话，石兴国兴奋地对周远说道："重大任务，又有大仗打了。"

周远一脸冷静："全国都已经解放了，没听说哪里有大仗打呀。"

"同志，台湾还没有解放，朝鲜战争还没有结束，指导员同志，你可不能有刀枪入库的思想啊……我们可是尖刀连！"石兴国语重心长地道。

周远平静地拿起书："没有仗可打了，尖刀，是该放下的时候了。"

"退化，退化！……反正明天高科长一到，命令就会宣布。"石兴国对周远摇了摇头又满怀信心地看向窗外。

夜半，石兴国打着手电筒到各宿舍巡查，战士们都在熟睡，角落里一个抱着枪的身影突兀地落入光圈。

"老段？你怎么不睡觉，这是干什么呢？"石兴国压低声音问道。

"石连长，我睡不着，起来摸摸我的枪。这不，给它上上油，擦几把，哎，跟了我大半辈子了，现在，倒是歇下咯……"段铁生说着，继续擦枪。

石兴国摆摆手："行了，睡觉，明天再擦。"

段铁生嘿嘿笑着："睡不着啊连长！说出来不怕您笑话，这枪杆子就是我的命根子。当年，它保护我在枪林弹雨里打鬼子，打老蒋，现在解放了，可俺不能亏了它吧。"

石兴国深有体会地点点头："咱扛过枪的人，都有这种感受，也能理解。放心吧，我们这就是临时休整，早晚有一天，你和你的枪还会派上用场的。好了，不早了，睡吧。"

段铁生又留恋地摸了摸乌黑的枪杆，这才不舍地将它端正地摆在墙边。

石油是新中国的血液，现在却紧缺得很，按照西北石油管理局的指示和要求，为了加强采油工作，杨宇照决定成立专门的钻井处，他亲自兼任处长。想到老同学邱建设搞过汽油公司，有经验，便任命他为副处长。

见老同学如此信任，邱建设暗喜，一番推托后答应了下来，并承诺不管用什么办法，一定保证多打油，多出油。

邱建设一上任，果然打了鸡血般拼命鼓舞大家提高工作效率，争取在下个月的产油量上写下一个红火数字。对他那空洞口号般的讲话，大家都有些反感。刘大勇实在听不下去了，大声说道："说得好不如干得好。我们要干得好，条件十分有限，现在，玉门油田出油的最大问题，就是人手不够，设备缺乏，我们就是把口号喊到天上，地下也不会冒出油啊。"

邱建设冷笑道："真正的实干家是永远不会找借口的。困难肯定是有的，但我们是干什么的？我们就是来解决困难的。你们玉门的历史，我还是很了解的，你说现在人手不够，那为什么玉门油田被国民党控制的时候，你们怎么就能打出油来呢？现在人民当家做主了，反而不出油了，什么原因，啊？"

刘大勇一时语塞。

邱建设瞟了一眼刘大勇，继续道："大家都听好了，今天，我把话放在这儿，不要找什么借口，也不要有什么理由，哪口井打不好，哪口井不出油，我可是记着呢。现在，部队正在查国民党特务，在你们中间，我不能保证就没有内奸，有没有问题，在生产上，那是一目了然的。"

听到这话，工人们都有些紧张，刘大勇则死死地盯着他一言不发。见大家有些激动，邱建设忙心虚地看向别处。

午饭时间，工人们都匆匆走向食堂。尖刀连的战士却被挡在了食堂外。新官上任的邱建设煞有介事地挡在大门口，以为了生产为了多出油，必须优先保证工人们的伙食为由，要战士们等工人吃完再进去。

齐占山等人不忿，上前与之理论。闻讯赶来的石兴国见门口已拥堵起来，立刻命令战士们退后。

刘大勇等一群工人蜂拥进入食堂，还大笑着议论："我们吃完要干活，要钻井！他们反正也没有什么事，先吃后吃或是不吃，都无所谓。""是呀，干活的就有饭吃，不干活的，就不应该有饭吃……"

战士们气愤不已，却也没有办法。待工人们都吃完，战士们看着仅剩的菜汤、干饼，谁都没有动。

石兴国看看大家，拿起干饼："怎么了，这比起咱打鬼子那时候，吃得可好多了。来，吃呀。"说着大口大口地嚼了起来。

战士们见状，也只好跟着吃起来。

回到连部，石兴国正郁闷着，梅大妮兴高采烈地跑了进来："听齐占山说，大家都没有吃饱饭？要不，从明天起，俺给大伙做饭吧，我做的可好吃了。"

石兴国不满地看了梅大妮一眼："我们来这里是执行任务的，油矿有食堂，有饭吃。再说，我们不具备单独开伙的条件。"

"哎呀，很简单，你就给俺弄两口锅，找两间屋，再找几个人。"梅大妮大大咧咧地说道。

石兴国白了一眼梅大妮："你以为这地方是你家的？我们现在住的房间都是工人宿舍挤出来的。"

自己的一番好意，石兴国却毫不领情，梅大妮自然感觉委屈，但见石兴国满脸不耐烦的模样，也不好再坚持己见，只得自个儿低声嘟囔："不让做就不做呗，那么大脾气干什么……"这时，外面突然传来枪响。

石兴国警觉地掏出枪，立即冲出门去。

赶到矿区，石兴国见段铁生正拎着一只野兔炫耀，一群战士围在旁边看热闹。见连长铁青着脸过来，战士们停止喧哗，纷纷让开。

齐占山小心翼翼地说道："连长，这老段还真有两下子，一枪就给撂倒了。"

石兴国没理齐占山，而是盯着段铁生："谁让你随便开枪的？"

段铁生有些懵："啊，我看大伙没啥吃的，想给大伙改善改善……"

"我问谁给你的权利，让你可以随便开枪？"石兴国提高了声音。

段铁生不服气："连长，咱是军人，开枪怎么了？咱是尖刀连，没必要在这儿受窝囊气……钻井的怎么了，没我们舍着命解放全中国，有他们今天的好日子吗……"

见两人吵起来，齐占山和战士们忙拉着段铁生离开。石兴国长长地叹了口气，一拳打在旁边一棵胡杨树上。

远处，一辆汽车卷着尘土驶进矿区。石兴国认出是师部的车，连忙跑了过去。

吉普车停下后，保卫科长高永亮下了车。石兴国兴奋地敬了一个军礼："首长好。"

高永亮还礼："我可不是什么首长，兴国，在这儿怎么样？"

石兴国瞅瞅左右没人便凑近高永亮："高科长，可算见到亲人了。你们再不来接我们走，战士们都快憋坏了。"

"憋坏了？为什么呀？"高永亮明知故问。

"想打仗啊！我们尖刀连从来都是枪里来弹里去的，闲不下来。科长，这回又有什么大任务，让您亲自跑一趟？"石兴国满脸期待。

高永亮看着一脸兴奋的石兴国，严肃道："石连长，还是集合部队吧。"

石兴国有些纳闷："你这保卫科长，啥时改保密科长了？行吧，首长都下命令了，我马上执行。"

很快，尖刀连集合完毕。高永亮站在队伍前面讲话："……改编为石油工程师，这是西北军区党委，是党中央、毛主席的决定，是对我们五十七师的充分信任。来的时候，政委专门讲过，你们尖刀连打仗、剿匪、训练，都是全师的标杆红旗，在改编这项重大任务面前，希望你们也能发扬以前的优良作风，把红旗继续扛下去。"

战士们抱着枪，低头坐在地上，毫无反应，就连石兴国也铁青着脸一动不动。

见大家失魂落魄的样子，周远只好礼节性地鼓起掌，孤零零的掌声显得那么冷清而单薄。

此时，师部办公室里，王振华面对一纸任命书，心情复杂、百感交集。接到任命书那一刻，他和妻子闫竹都非常高兴，如果去四军当政治部主任，意味着以后他们一家就能安稳地待在一起，再不用像以前那样东奔西走了。但一想到待了多年，而且正面临改制的五十七师，王振华的心就乱了。

大礼堂里，战士们为王振华准备欢送会，而他，仍坐在办公室里纠结。

宋豫杰见他始终愁眉不展，过去倒了杯水，劝解道："提升到四军当政治部主任，这是咱的光荣，说明咱五十七师有人才，说明西北军区、毛主席对咱师工作的肯定。你就别犹豫了，这是好事，提副军了，以后授衔就是将军了，所以我要高高兴兴送你走马上任……就是，就是你这一下子要调走，我心里还真有点舍不得。你一走，我这个师长，一下子就成光杆司令了。"说到最后，宋豫杰也忍不住有点鼻子发酸。

王振华愈发伤感："这次任命，也是我没想到的。师长，你最了解我，和十九军、和五十七师这么多年的感情，别说是去四军当什么政治部主任，就是给我个更大的官儿，我也不想离开咱们师啊。何况咱们同甘共苦、枪林弹雨里滚爬了这么多年了，一块石头身上捂三年也舍不得扔呢！最重要的是咱师现在是关键时期啊。"

宋豫杰擦了擦眼睛："放心吧，天塌不下来，还有张副师长、程参谋长、高主任、罗部长，还有师党委、各团党委，再重的担子大家一起挑，也就轻了。你放心吧，回去好好收拾收拾，准备上任吧。车我已经派好了，一辆吉普拉家人，一辆卡车帮着搬家。"

王振华连连摆手："师长，这些我都没想，这两天，我其实心里一直乱得很……我想着，能不能给中央，给朱总司令申请一下，撤销对我的这个任命？"

宋豫杰眼睛一瞪："为什么？这可是军政治部主任，振华，你可别犯傻！"

王振华摇了摇头："如果师里没有这次改编，也许我不会这么想，当将军是多少军人的梦想啊！可现在全师上下，对于这次改编成石油师，没有几个心里不打鼓的。这个时候，我这个当政委的要是拍拍屁股走人，这对全师官兵，对于那些跟着咱们这么多年，出生入死打仗的每一个战士来说，都是不负责任的。所以，我想申请撤销任命。"

宋豫杰再也控制不住自己的感情，上前紧紧握住王振华的手："振华啊振华，我代表师党委，全师官兵谢谢你，我也从心眼里希望你留下来。但是人不能只考虑自己，老哥还是劝你上任去吧。不说其他，就说闫竹和孩子们，这么多年跟着你东奔西走，不要说家了，就连个固定的窝都没有。四军驻在城市，以后闫竹还有孩子可以稳定下来，再不会跟着你受那么大委屈了。"

"她们……应该会理解的。"王振华低着头，声音低沉。

两人正说着话，负责欢送会的高峰主任走了进来，请他们过去。王振华站起来刚要摆手，被宋豫杰一把拉住："都是同志们的一片心意，我们还是去一下吧。"

三人来到张灯结彩的大礼堂门口，正巧看见有战士抬着几大坛老汾酒进入会场，是西北石油管理局唐国恩局长亲自派人送来的。

宋豫杰、王振华两人互相看了看，不明白这石油局长葫芦里卖的什么药。

走进礼堂，大家掌声雷动。宋豫杰示意大家停止鼓掌，请即将荣升的政委再作最后一次指示。

王振华在掌声中走上主席台，看着大家动情地开口："同志们，今天，大家在这里给我王振华送行，首先，我要感谢大家。在五十七师这几年，枪林弹雨，炮火硝烟让我们共同经历了五十七师的成长，见证了五十七师的发展。眼下，是我们五十七师重要的转折时刻，对于我王振华来说，也是人生中一个重要的节点……在这个重要节点上，对于我们在座的每个人，都是一次人生的抉择……"

这时，一个参谋匆匆走进来，对宋豫杰附耳说了些什么。宋豫杰马上站起身走上主席台，与王振华耳语了几句，又跟高峰交代了一下，然后两人匆匆离去。

"同志们，首长有重要事情，欢送会，就……就先到这里。"高峰无奈地宣布欢送会结束。台下众人不禁纷纷议论起来。

礼堂外，唐国恩的吉普车停在台阶下。宋豫杰和王振华跑步下了台阶，与等在车旁的唐国恩握手。

"唐局长，您怎么没打招呼，突然就来了？"宋豫杰边握手边说。

唐国恩指指王振华："古有'萧何月下追韩信'，我今天啊，是顶风冒日来追振华呀。"

王振华一惊："追我？老领导，您这是……"

"我这是代表我个人还有石油部想跟朱总司令和西北军区抢人来啦。"唐国恩笑道。

宋豫杰和王振华对视了一下，说道："唐局长，先到办公室吧，喝杯茶，咱慢慢说。"

办公室里，三人落座。宋豫杰亲自端上茶水。

王振华开口道："唐局长，您今天大老远地送我老家的老汾酒，又亲自来送行，这也太隆重了吧。"

唐国恩摆摆手："隆重啥，我这是屁股坐不住了……现在我们国家的情况你们也知道，经济建设要油，朝鲜战场要油，可是我们石油部门接下的是国民党的烂摊子，全国没几个出油的矿，没有几个打油的人。我这个石油局长，真正是白手起家，一穷二白啊！所以才给中央打报告，把你们师改编成石油工程师。今儿我来，是想商量，或者说是请求……"

"唐局长，您是说我去四军的事儿……"王振华早已猜出几分。

唐国恩连忙点头："是啊，能到四军任职，是个好事，是对你王振华能力的认可，也是对我们五十七师工作的肯定。可现在，石油师正处在改编的关键时期，八千子弟兵能不能成为合格的八千石油战士，我心里没底呀。当初选你们师，你们班子团结是一条重要原因，团结才能出战斗力。振华呀，站在全军的角度，一个四军的政治部主任也许会有几个十几个人选，可我们现在的石油师，不能少了师政委啊。"

"振华跟我提出过想留下，可我总觉得，人这一辈子，有的机会错过了就再也没有了，所以我主张送他走。"宋豫杰抢先说道。

唐国恩看着王振华："振华，也许我很自私，我还是想问一声，能不能留下来？"

"其实这些天这个念头一直在我心里纠结，唐局长，师长，如果说人生真的有那么一次机会不能错过的话，对于我，那就是石油师！能和全师同志一起经历这次改编，一起投身国家建设，一起为祖国找油打油，是我王振华的荣幸，也是我最好的选择。"王振华有些激动。

唐国恩听到此话，高兴之余忙又追问一句："决定了？"

"决定了！"王振华语气坚定。

唐国恩笑着站起来："好，王振华就是王振华。走，喝酒去！"

三人来到拜将台，简单的折叠桌椅，桌上摆着几个凉菜，几壶老白汾酒醒目地摆在那儿。周围苍松翠柏，古风古色中透出历史的沧桑。

大家围桌而坐。唐国恩端起酒杯："振华，亲不亲家乡人，甜不甜故乡水。这是你们家乡水酿的家乡酒，地道的老白汾，来，干一杯。"

三人碰杯一饮而尽。

宋豫杰看着古松："这就是汉王当年拜将的地方？"

唐国恩点头："是呀，当年刘邦依萧何之言，拜韩信为大将军，才有了楚汉之争，汉王一统江山，成就千秋霸业呀。"

宋豫杰感慨道："这么说，汉中还真是人杰地灵。"

唐国恩又给每人倒了一杯酒："当年汉王拜将，今天，我用老白汾招待你们，有异曲同工之妙。眼下你们二位搞石油师改编，责任和意义岂是韩信所能比。"

"局长放心，我五十七师官兵永远都过得硬。"宋豫杰一口喝干杯中酒。

唐国恩点点头："这一点我和咱们军区习政委有共识，五十七师永远是一支过得硬的部队。但是，今天我要给你们交交底。搞石油，可不像打仗那么简单。咱们都是当兵的人，打仗，跟鬼子敌人真刀真枪干，咱们谁都不是孬种，可是搞石油……就没那么简单了。首先，石油在哪里？根据美国、英国和苏联一些专家推论，中国是贫油国……"

"这怎么可能？咱们国家这么大，东方不亮西方亮，黑了南方还有北方，怎么就没有石油了？！"王振华忍不住插嘴道。

"说得好，我也深信，咱们地底下肯定有石油。可石油究竟藏在哪里？需要去勘探，去发现。再说，就是发现地底下有油，怎么开采，怎么提炼？怎么运输？这都是科学，需要知识。我知道咱们师的文化底子，大多数战士斗大的字认不了一笸箩，文化程度最高的也就是李路，高中还没有毕业。要把一支以文盲为主体的队伍打造成有文化、懂技术、能战斗的队伍，你们肩上的担子很重啊！"唐国恩面色凝重。

王振华信心满满地说道:"汉王忍辱负重,那是为一家天下,我们是共产党员,国家的需要,那就是我们的责任。今天,咱不说什么拜将,我们就在这里表个决心,党中央、毛主席信任我们,军区党委、首长信任我们,把石油师交到我们手里,从现在起,我们想的干的,就是找油,打油。天大的困难,只要有我们石油师,就不会让战场上的飞机、坦克缺油,就不会让帝国主义反动派笑话我们是贫油国。"

唐国恩站起来,紧紧握住两人的手:"谢谢你们。既然来到拜将台,还是要说拜托的话,中国石油的未来,中国石油的希望,就拜托二位,就拜托石油师了!来,咱们干了这杯酒。"三只酒杯碰在一起,三人一饮而尽。

高台无语,凝视着这庄严而神圣的一刻。

自从听到丈夫调任的消息,闫竹就开始边收拾行李边憧憬将来安定幸福的生活了。今天开完欢送会,明天就该走了,闫竹把收拾好的行李堆放整齐,心情愉快地与孩子一起等王振华回家。

过了午饭时间,又过了晚饭时间,闫竹没有等到丈夫,却等到他们去拜将台的消息,闫竹一屁股坐在行李上,她自然知道拜将台的意义。

已然暮色四合,王振华站在自家门口,却不敢进去。犹豫了好久,王振华轻轻推开家门,看到闫竹一语不发地坐在椅子上。床上,孩子已经睡着了。地上,摊着打开的行李……

"说,什么时候去报到?"两人沉默良久,闫竹才开口问道。

王振华一愣:"啊?哦……那等通知吧……"

闫竹眼泪唰地流下来:"振华,我不想当什么官太太,我……我就想要个安定的家。结婚多少年了,孩子都这么大了,你天天忙,天天忙,我们一年能见几面呀?以前打仗,总盼着等解放了,不打仗了,能过几天安稳日子,能一家人团团圆圆的。"说到这儿,闫竹拭了拭泪,看着王振华,"四军,你真的不打算去了吗?"

王振华看着闫竹:"闫竹,你听我说,石油师现在确实离不开我。"

"可你想没想过我和孩子能不能离开你?"闫竹的泪又落了下来。

王振华沉默了。

闫竹看着丈夫，含泪问道："有句顺口溜，你知道是怎么说的吗？有女莫嫁石油郎……"

"……一年到头守空房，难得回了一次家，洗了三天油衣裳。"王振华轻轻给妻子擦着泪接了下去。

闫竹语气缓和了些："都知道啊，那你还一根筋地要搞石油？！"

王振华看着妻子，动情道："闫竹，我知道你这些年带着孩子，吃了不少苦，受了不少罪。可我是党员领导干部，是一师官兵的政委。现在全国是解放了和平了，可国家搞建设、抗美援朝，缺的就是石油。为了石油，毛主席、朱总司令、周总理连觉都睡不着，现在党把打油的任务交给咱们，这是多么大的光荣，多么大的信任啊！这份光荣和信任，是任何东西也换不来的。不要说不当那个官，就是豁出命来，咱们也不能皱一下眉头。"

闫竹一下捂住王振华的嘴："别说不吉利的话，这些我懂。"

王振华拿开闫竹的手："我知道你懂。你不是说不羡慕什么大城市，就想有个安稳的家吗？这样吧，我去找领导，把你调到石油师来，不管以后我到哪里，我们都在一起，苦也好，累也好，一家人在一起，好吗？"

闫竹叹了口气，看着熟睡的孩子："我就是想让孩子每天能见到爸爸。"

王振华心疼地揽过妻子："会的，以后每天都会的。"

明月挂在深蓝的夜空，银色的月光涂满静静的井架，也温柔地包裹了躺在山坡上的石兴国。如此静谧的夜，他的心却始终安静不下来。

井架逐渐被晨曦染红。石兴国坐起身，没有了早操的军号声，油矿院内战士们的吵嚷声愈发刺耳。

石兴国站起身往山下走去。驻地院子里，一些士兵挤在宣传栏前叽叽喳喳，议论纷纷。

"怎么啦？一早上乱哄哄的，还像不像个兵！"石兴国板起脸。

一个士兵哭丧着脸："连长，我们不是兵了，真的不是兵了。"

石兴国一愣："什么意思？"

大家赶紧让开路，指着宣传栏里的通知，让石兴国看。石兴国一看竟是要收大家的枪，气得一下子揭了下来："这件事我和大家一样，也是刚刚知道，我去找高科长，问问到底为什么。"

看着连长快速远去的背影，大家又议论开来。段铁生激动地说道："兄弟们，这枪，咱们不能交。不说这枪保护了我们多少回命，打开了多少敌人的脑壳，至少，它跟着我们跑了那么多地方。交了这枪，咱们拿什么给死去的弟兄们报仇？现在，这里就是咱们的阵地，谁要让咱们交枪，先问问我手里的枪答不答应！"

"对，我们来油矿，就是保护油矿，现在没有了枪，我们拿什么抓特务。""我们不交枪……这枪就是我们的弟兄，我们不能丢下我们的好弟兄们！""对，不能丢，不交枪。"众人都跟着附和。

石兴国脸色铁青地进入连部。周远一见忙问："连长，昨晚你上哪儿去了，师里紧急通知，也没找到你。"

石兴国一把将通知拍到两人面前："就是这个通知？"

高永亮见石兴国脸色难看，解释道："改编为石油师是中央军委、军区的决定，交枪这也是师里的决定。"

石兴国火了："这个决定我不理解，我们是军人，不管怎么改，我们都还穿军装，还是军队序列。如果交了枪，我们还算是军人吗？"

"我们虽然是军人，可以后主要任务是钻井打油，钻井打油用的是钻机和刹把子，没必要再用枪，枪杆子必然要换成刹把子。我们只有放下一个武器，才能拿起另一个武器。"高永亮耐心解释。

周远也劝道："石连长，执行吧，我们是军人！"

石兴国转过身："对不起，这个命令，我无法执行。"说完昂着头大步走出房间，留高永亮和周远二人面面相觑。

出了连部，石兴国想了想，来到电话局。这样的石油师他实在待不下去了，他要跟首长申请调走，无论哪里，只要能穿军装，能扛枪打仗就行。

电话却始终打不通，最后石兴国想到了许茹。他拨通了许茹的电话，说明情况后要她帮忙给首长发封电报。但这是违反纪律的，许茹犹豫着。

石兴国着急了:"我枪都要被下了,还谈什么纪律?许茹,就算为了我,就犯一次纪律吧。既然你喜欢我,就让我做喜欢做的事。真的,我喜欢扛枪,喜欢打仗,你就帮我实现这个愿望吧。"

听着爱人急迫热切的声音,许茹心里挣扎了一番还是答应了。

大家虽然想不通,上级的命令还是要执行的。第二天,高永亮、周远和工作组同志走进尖刀连宿舍。

周远率先说道:"同志们,高科长和工作组是我们的上级首长,他们执行的也是师首长的命令,请大家放下手里的枪,配合工作组的工作。"

战士们抱着枪,低头一言不发。周远皱着眉等了会儿,仍然没有动静,于是示意工作组的人上去收枪。

没想到段铁生突然站起来,举枪指向周远。与此同时,工作组人员也端起枪,双方对峙起来。

"段铁生,你干什么,想违抗命令吗?"周远吼道。

"连我们的枪都要抢走,我们还要服从什么命令?指导员,这些枪,有的是部队发的,有的是我们从敌人手里缴获的,跟了我们多少年了,求求您别拿走,别拿走好吗?"本来怒气冲冲的段铁生,说到最后却是有些眼圈发红。

周远无奈,又看向一班长齐占山:"一班长,你们一班是我们尖刀连的尖刀,在这个问题上,我不希望你们成为全连的反面教材。"

"指导员,你都下我们枪了,没有枪,还谈什么尖刀?这个事,我就算想通了,同志们也想不通!"齐占山并不配合,气氛越发紧张。

心情烦躁的石兴国借口身体不适,躲在连部值班室蒙头大睡。一阵震山响的拍门声后,得知消息的石兴国急忙赶往连宿舍。

宿舍外,早被看热闹的工人围得水泄不通。石兴国用力扒开人群,挤了进去。

"齐占山,让你的人把枪放下!"石兴国一看屋内情形,急忙喊道。

齐占山见到连长,有些犹豫。段铁生却丝毫没有理会,仍双眼喷火般拿枪瞄着周远。

"把枪放下，听到没有？段铁生，这是命令！"说着，石兴国朝段铁生走去。

"别过来！连长，你别过来，今天，谁过来我就朝谁开枪，谁也别想从我手里收走枪！"段铁生突然狂躁地怒吼，同时动了一下手臂，将枪口对准石兴国。

所有人都吓了一跳，身后的工人们更是发出了惊呼声，然后立刻安静了下来，鸦雀无声地看着屋内。

段铁生举枪的手微微颤抖，声音哀伤却又决绝："连长，你说过，我们是战士，枪就是我们的生命，人在枪在，枪不在，人也不在。现在，你要让我放下枪，你也就是我的敌人！"

石兴国的心猛抽了一下，他怎么能不理解他的感受！理智却告诉他不能冲动，他慢慢向段铁生走过去："我是你的连长，不是你的敌人，拿过来，给我……"

段铁生盯着逐渐靠近的石兴国，突然把枪指向自己："连长，你别过来，你别逼我，你们谁也别逼我！"

石兴国连忙停下，屋内气氛异常紧张。

"好吧，既然大家对交枪有意见，有想法，那就给大家一点时间，让大家好好想一想。"高永亮叹了口气说道，"不过，我们是人民军队，有铁的纪律，谁也不要做傻事。"说完，与周远和工作组同志相继离开。

石兴国看了看战士们，也缓缓走了出去。段铁生抱着枪，一下瘫坐在地上。

夜色降临，矿区后山中传来悲凉的唢呐声。段铁生用尽全力吹着，却怎么也挡不住眼里的泪，肆意横流。

第二天周远在连里做石兴国的思想工作，尖刀连战士们最佩服的就是连长，也最听连长的话，只要石兴国思想上转过弯来，说服战士们应该不是问题。

两人正说着话，齐占山突然气喘吁吁地跑了进来："连长，指导员，不，不好了，段，老段他带着枪跑了……"

两人一惊，忙随齐占山冲了出去。

几人在齐占山指引下朝戈壁滩狂奔，跑了一会儿，果然，远远看见前面的段铁生拎着枪边跑边不住地回头张望。

"段铁生，你个兔崽子，你给我回来。"石兴国大喊。

段铁生见是连长，非但没停，反而疯了似的向前跑去。跑着跑着，似乎被什么东西绊了一下，段铁生突然跌倒在地，一条腿顿时疼痛难忍。但他已顾不了许多，爬起来一瘸一拐继续向前跑。

这时石兴国从后面飞快追上来，一下扑倒段铁生，两人在地上翻滚着向坡下滑去。一到坡底，石兴国敏捷地翻身而起，迅速捡起地上的枪，而段铁生的小腿处，有殷红的鲜血淌下来。他艰难地跪爬到石兴国面前："连长，枪，给我，给我……"

"滚，逃兵，逃兵！"石兴国怒吼着。

"不，我不是逃兵。战场上，枪林弹雨从没有逃过，鬼子的子弹从我头皮上擦过的时候，我还是站着往前冲，我不是逃兵。连长，我真不是逃兵，我是神枪手，师长政委说的，我是全师最好的神枪手。可没了枪，我什么也不是，我是个废人！"段铁生嘶哑着声音辩解。

"你就是个孬种！上级要我们交枪，有意见可以提，你这样带着枪跑，算什么？逃兵！知道吗，逃兵！神枪手是什么？荣誉是什么？荣誉是人创造的，不是枪给你的。你要是真正的神枪手，什么工具在你手里都可以是枪，都可以再成为神枪手。"一通责骂后，石兴国站起身，"段铁生，交枪，我也有意见，可有意见要反映，不能跑，更不能拿枪对自己人。如果你还要跑，那就真是逃兵！在尖刀连的历史上，没有人会记住你是神枪手，大家只会记住，我们尖刀连，有一个逃兵！"说完，石兴国转身走了。

低头听完连长的训话，段铁生泪流满面地站起身，大声吼起来："西安城头捉老蒋，中条山上杀日顽，保卫延安挑重担，上党战役冲在前，五十七师好样的，一仗全歼胡宗南……"

突然一个响雷在天空炸响，风骤起，暴雨将至。

回来后，石兴国突然发现师部的吉普车停在路边，王振华正站在车旁等着他。石兴国一惊，忙跑步上前。

王振华一脸严肃："石兴国啊石兴国，你胆子真够大的，竟敢动用私人关系给军区首长发电报？你知道你犯了多大的错误吗？"

石兴国辩解："首长的电话打不通……"

"打不通电话就违反纪律？幸亏许茹有组织观念，向我报告了你的情况，不然，你等着军区首长收拾你吧。"王振华说道。

石兴国松了一口气："啊，电报没有发啊……"

"你真该庆幸。不过我把你的情况向习政委汇报了，习政委不但不同意你调走，还要求你在石油师扎根。政委说了，你是尖刀连连长，现在国家最紧缺的是石油，要求你尽快掌握刹把子，成为石油战线的尖刀！"王振华认真道。

"首长真是这样说的？"石兴国很是失望。

旁边的高永亮瞪了他一眼："习政委讲的还能错？你这个石兴国啊，咱们王政委为了留在石油师，提升四军政治部主任的命令都到了，硬是放弃了。你还想着往外跑，真给石油师丢人！"

石兴国难以置信地看着高永亮，又看向王政委，随即立正敬礼："王政委，我错了……"

"知错即改就是好同志。现在我命令你立即集合连队，我有话给大家说。"王振华严肃说道。

此时，电闪雷鸣，豆大的雨点打落下来，油矿瞬间笼罩在了滂沱大雨中……

尖刀连的战士们个个抱着枪，站在雨中岿然不动。

与战士们同样站在雨中的王振华不顾风雨，慷慨陈词："同志们，战争年代，你们尖刀连向来是师里的尖刀，所向无敌。现在，日本鬼子投降了，国民党反动派被打到孤岛上去了，国内和平了。但是，国民党留下的是烂摊子，特别是石油，朝鲜战场由于没有油，我们的坦克、大炮开不上去，战士们靠血肉之躯抗击美帝国主义的飞机、大炮；国内工厂没有油，机器转动不起来，工人们等工下料。石油就像人的血液一样，没有它，国家就失去了生命的动力。现在党中央和毛主席让我们师改编成石油师，为祖国找油打油，这是对我们全师八千名官兵的高度信任。你们说，我们应该怎么办？"

"服从命令，为祖国打油！"战士们齐声吼道。

王振华看着暴雨中钢铁般的战士很是欣慰，继续说道："我和师长知道，过去打仗时你们尖刀连是师里的尖刀，现在任务转换了，师党委希望你们放下手中的枪，拿起另一支枪，还要成为师里的尖刀。不，你们要成为全国石油战线上一把永不卷刃的尖刀！"

讲话完毕，交枪仪式正式开始。

石兴国第一个将背上的枪取下来，双手举着，放到嘴边亲吻，然后放到一旁的桌子上。接着，尖刀连的干部战士，一个接一个地亲吻钢枪，然后依次将枪放到连长的枪旁……段铁生抹了几把眼泪，恋恋不舍地把枪放在嘴边亲了又亲，最后一个将枪放到桌子上。

没有人说话，只有哗哗的雨声记录着玉门油田历史上这一难忘的时刻。

与此同时，汉中师部大校场上，各连队也在组织交枪。蒙蒙细雨中，五十七师全体官兵完成了无枪战士的角色转换。

04

　　八一建军节，汉中城北校场焕然一新，装饰得格外庄重漂亮。五十七师近八千名官兵在此整装集结。迎风招展的旗帜，雄壮整齐的队伍，在碧空如洗的蓝天下熠熠生辉。

　　宋豫杰、王振华陪同陕西省军区政治部代表马可明和唐国恩，坐在吉普车上检阅全师官兵。

　　"毛主席万岁！""中华人民共和国万岁！"官兵们的口号声震耳欲聋。

　　检阅完毕，首长们在主席台上依次就座。

　　负责主持大会的宋豫杰语气庄重："同志们，刚才我们举行了世界上最奇特、最神圣的阅兵式，一个官兵手中没有武器的阅兵式。因为，党中央、毛主席赋予我们新的、最神圣的任务！下面，请陕西省军区政治部首长宣读命令。"

　　马可明站起来，手捧命令宣读："中华人民共和国中央人民政府人民革命军事委员会命令：中国人民解放军西北军区第十九军五十七师从即日起，改编为中国人民解放军石油工程第一师。任命原五十七师师长宋豫杰、政治委员王振华、参谋长程孟华、后勤部部长罗建国为石油工程第一师师长、政治委员、参谋长、后勤部部长。西北军区司令员彭德怀，政治委员习仲勋。"

　　场中一面面随风舞动的军旗，台下一张张洋溢着青春热血的脸庞，都见证着这场历史性的变革。

　　"下面，请西北石油管理局局长唐国恩同志讲话。"宋豫杰声音落下，众人鼓掌。

　　唐国恩站起身，环顾台下整齐的队列，激动地说："同志们，今天，我以西北石油管理局局长的身份，欢迎你们成为新中国的第一批石油工程兵。这是一个划时代的大事件——你们的这一次大改编，必将载入史册。五十七师是一支能征善战、有着光荣传统的英雄劲旅。毛主席亲自批准你们改编成为'中国石油工程第一师'，是对你们的高度信任和肯定。你们的加入，给我们石油队伍注入了血液，增加了力量。我满怀信心地相信，有你们的加入，我们一定能够把贫油的帽子扔进大海，一定会让在地下沉睡千年的石油喷薄而出，推动社会主义建设的车轮滚滚向前！中国石油的历史将会由你们改写！"说完，唐国恩向全体战士深深鞠了一躬。

　　"收旗！"宋豫杰一声令下，五十七师师旗缓缓降下，被礼兵收起。五十七师官兵眼含热泪，凝望着主席台一侧的旗杆。接着，在庄严的乐曲声中，宋豫杰、王振华从马可明手中接过"中国人民解放军石油工程第一师"的旗帜。

　　校场响起雄壮的中国人民解放军进行曲，"石油工程第一师"的旗帜由礼兵徐徐升起，在灿烂的阳光下迎风飘扬。

　　升旗仪式结束，王振华难掩内心的澎湃："同志们，今天是个特别的日子，我们五十七师从今天起，正式从作战部队序列退出，改编为'中国人民解放军石油工程第一师'。我很激动！我们曾在战争年代创造的辉煌，将成为历史。那时候，我们为了民族和祖国的解放而浴血奋战；新中国成立了，我们义不容辞要为国家的建设继续流血流汗。虽然我们放下了武器，但我们还是军人，军人的使命感，军人的本色不能丢；我们放下枪杆子，但我们会拿起刹把子，会转起方向盘。下一步，我们要面对的敌人，有可能看不见，摸不着，有可能就是我们自己，那就要求我们每个人都要变得更加强大，这样，才能战胜将要面临的困难，完成更加艰巨的任务，为新中国的建设打赢一场漂亮的石油战役。同志们，大家有没有信心？"

　　八千官兵齐声高喊："有！"

　　王振华欣慰地环顾了一下台下的官兵："下面，让我们向党，向祖国宣誓。"说着举起右手，握拳宣誓："我宣誓———一切为了祖国！一切为了石油！战斗！"

八千官兵全部举起右手，庄严宣誓："一切为了祖国！一切为了石油！战斗！"

与此同时，玉门油田"中国人民解放军石油工程第一师第一团尖刀钻井队"的旗帜也升了起来。

周远宣读改编命令，一七〇团改编为钻井一团，尖刀连改编为钻井一队。石兴国为一队队长，周远为指导员。

战士们表情凝重地向着军旗庄严敬礼，渐渐地，所有人眼里都含满泪水，甚至有低低的抽泣声响起。

齐占山擦了一把眼泪，正步走到队列前："报告连长……"

石兴国转过身："叫队长！"

齐占山含着泪："报告……队……长！部队是否带回，请指示？"

"晚上会餐。带回。"石兴国说完，齐占山面向部队，声嘶力竭地喊道："带回！"

食堂里，邱建设忙里忙外指挥工人们布置食堂。挂横幅、摆桌子、搞卫生，因为知道杨局长也会来参加，最后还不忘吩咐厨师多做几个好菜。忙得差不多了，邱建设又端详了一下醒目的"热烈欢迎解放军"的横幅，才满意地离开，快步向办公楼走去。

"邱老板！你这风风火火地干什么去？"刘大勇忽然看见哼着小曲的邱建设。

"大勇，以后不要叫我老板。现在是社会主义了，资本主义那一套过时了。咱们都是新中国油田的工人，你叫我副处长，或者称我为同志，都可以。"邱建设表情严肃，"好了，不跟你聊了，晚上欢迎解放军会餐，我正要向局长汇报去。有事儿到我办公室吧。"说完，他转过身背着手走开。

"汇报？呸……"刘大勇看着邱建设急匆匆的背影一脸不屑。他想了想，向任新我的宿舍走去。

一进屋，刘大勇就气愤地抱怨："师父，那群当兵的真的留下来永远不走了！听说整个五十七师都改编成了石油师，说不定以后还会有更多部队到咱玉门来呢。"

任新我一屁股坐在椅子上，眼神里闪烁着不安。

"师父你怎么了？"刘大勇关切地询问。

"没事没事，有点不舒服，你接着说。"任新我忙摆手。

"玉门油田可是咱们一手建立起来的！这不明摆着抢咱们的饭碗吗？刚才我碰见那个邱财旺，不对，现在得叫邱处长——师父，您说这个人是不是个见风使舵的家伙？他告诉我，今天晚上杨局长要在咱们食堂设宴欢迎那些当兵的！师父您去吗……师父，我跟您说话呢！"刘大勇说了半天不见任新我吱声，不禁提高了音量。

任新我一惊："去，一定得去。"

刘大勇不解："您去？我不去！我今天来就是告诉您，咱师徒二人都别去！要让他们知道，玉门油田的钻头离了咱师徒二人，就没法转！"

任新我急忙说："不行！咱俩都得去！心里窝火也得去！"

食堂里，人们已陆续到齐。矿工和尖刀连的战士们混坐在一张张圆桌旁——战士们挺拔的坐姿与工人们随意的姿态形成了鲜明的对比。

饭堂中间的圆桌旁坐着杨宇照、石兴国等人，还有油田的其他一些领导。

"石连长……"杨宇照话一出口，忙笑着改口，"错了！现在应该叫你石队长，衷心欢迎你们加入到石油工业战线上来，我们军民团结一心，一定会为祖国找出更多更好的石油。"

"杨局长说得对！"邱建设眉开眼笑地说，"我们在杨局长的领导下一定战无不胜，天下无敌！"

杨宇照笑道："邱处长，石队长他们以后在业务上可就隶属钻井处了，你不说两句？"

"对对对！说两句，说两句！"邱建设急忙站起来，掏出早已准备好的发言稿，"尊敬的杨局长，钻井队石队长、周指导员，以及人民子弟兵，还有矿工兄弟，不，同志们……"

矿工一片哄笑。

邱建设咳嗽两声，继续念道："大家晚上好！"

刘大勇不屑地看了一眼邱建设，带领矿工们稀稀拉拉地鼓掌。尖刀连的战士却是纹丝不动。

齐占山看了一眼石兴国，石兴国示意鼓掌。战士们在齐占山的口令下集体热烈鼓掌。

待雷鸣般的掌声停止后，邱建设继续往下念："新中国刚刚成立，百废待兴，石油就是国家的血液！党中央、毛主席审时度势，让一支英雄的部队解甲归田加入我们油矿工人的队伍，这是我们油矿上下之大幸！虽然你们已经解甲归田，但是我们不能忘记，你们曾经是战场上的英雄；虽然，刀枪入库，你们不再拿枪，但是，拿起刹把子，也是伟大的工人阶级！你们一路奔波，一路辛苦，现在终于找到了家，这个辛苦没白费！我们玉门油田就是你们的家！永远的家！"

石兴国等人听到"解甲归田""不再拿枪"等词语，眉头紧锁，脸上露出不快。邱建设却丝毫没有觉察，带头使劲儿鼓掌。战士们却依旧保持着标准的军姿端坐不动，场面有些尴尬。

这时周远站起来："尊敬的杨局长，工人老大哥们，大家晚上好！刚才邱处长的欢迎辞讲得非常好！我代表我们尖刀连，不，代表石油工程第一师第一团尖刀钻井队，向工友兄弟们对我们的欢迎和款待，表示感谢！"说到这儿，周远庄重地敬了一个礼，然后继续说道，"刚才邱处长欢迎辞中，好像用了几个成语——解甲归田、刀枪入库……在这里我要解释几句，作为军人，我们虽然改编为石油师，可我们与矿工还是有些区别，我们是石油兵。石油兵那也是兵，我们为了祖国的建设与和平，放下心爱的钢枪，拿起了刹把子。但是，我们无怨无悔！因为我们是兵！军人，服从命令，听党召唤，那就是天职！"

杨宇照带头鼓起掌，全场响起了热烈的掌声。段铁生等几名战士却抑制不住地掉下了眼泪。

灯火通明的食堂外，圆月挂在天空。食不知味的石兴国、周远走出食堂，来到后面的一个山丘上，静静地看着夜空中的明月。

"老石，还记得当初当兵时的梦想吗？"周远问。

"那时候我还小，只想杀鬼子，为父母报仇。后来，我被送到了延安，在延安，我给首长当警卫员，还上了军政学校，这时候我才有了梦想，就是消灭日本鬼子，实现民族解放。解放战争开始后，我离开首长来到五十七师，当上尖刀连连长，我又多了一个梦想，带领我的连队打胜仗，解放人民，解放全中国。"石兴国边回忆边说。

"你很成功，梦想一个个全都实现了。"周远真诚地道。

"可尖刀连这支英雄的连队，在我手里，没了！"石兴国又陷入痛苦中。

"老石，我一直都很敬佩你，你勇敢、善战、打起仗来不要命。你浑身上下都散发着一个战士的气息，你天生就是军人，就应该是活在战场上的英雄，窝在这种兔子不拉屎、鸟不生蛋的地方，你不觉得可惜，我都为你可惜！"周远似乎在为石兴国抱不平，不过话锋一转，又接着说道，"可任何时代都需要英雄，和平年代更需要你这样的人！就说找石油吧，我觉得这事不简单，不比打仗轻松。也是一场艰难的战争！你得再树立一个新的理想！"周远说完，舒服地躺下。

石兴国若有所思地看向远方。

过了好一会儿，周远低声问："好久没见许茹了吧？"

"上次在师部见过一次，可剿匪任务急，都没来得及说话。"石兴国回答。

"我也好久没见唐娜了！"周远说完，二人一起叹了一口气。

"我都没脸去见她了。这次整编，我们很有可能会在这戈壁荒滩待一辈子——难道让一个弱女子跟咱们在这儿受一辈子苦？我不忍心呀！"周远长长地叹了口气，然后仰望着那轮圆月不再说话。

石兴国看看周远，心里也是思绪万千。

"队长、指导员……"通信员忽然气喘吁吁地跑来。两人急忙站起来询问出了什么事儿。

"段……段铁生喝醉了酒，在食堂闹事儿！"通信员跑得上气不接下气。

"又是这个段铁生！"石兴国气愤地拔腿就走，周远和通信员紧随其后，一起向食堂跑去。

食堂里，已经喝得醉醺醺的段铁生举着一个军用水壶，吼道："同志们，安静！今天，我段铁生给大家发福利！这是我在陕南剿匪的时候缴获的一壶酒，珍藏到现在，本想八一建军节那天喝。可是那天我的枪也交了，咱们五十七师没了，我这个'神枪手'也没了，没心情喝。今天，咱把它喝了！"说完拿着水壶给战士们一一倒上酒，然后举起碗，"酒不多，一人一口。这可能是咱们最后一次享受战利品了！"

"干了！""干了！"战士们仰头一口喝干碗里的酒。

"向前向前向前……"不知是谁带头唱起了军歌，众战士立刻加入合唱："向前向前向前……"当大家唱完最后一句歌词，战士们情不自禁抱成一团，大哭起来。

喝得有点醉的刘大勇、邱建设，还有一直保持清醒的任新我，以及众矿工都被战士们的举动惊呆了，他们傻傻地看着大哭的战士们，不知所措。

段铁生哭号着爬上了桌子，手舞足蹈地抄起杯盘碗筷就要往地上砸，嘴里还不住地哭喊着："我是神枪手，没有了枪就等于没有了手；没有了手，我就是废人！废人！"

有战士接过他手里的东西，他就再去拿，甚至去抢去夺……

石兴国急匆匆冲进食堂，正看见段铁生举起一个盘子要摔。

"段铁生，你给我住手！"石兴国大声呵斥。

段铁生傻傻地看向石兴国："你是尖刀连连长，还是钻井队队长？尖刀连连长石兴国死了！你钻井队队长管不来我！"

"齐占山，把他给我关起来！关禁闭！"石兴国吼道。

齐占山看着石兴国却没有动，其他战士也都一动不动。

这时，邱建设带着杨宇照赶回食堂。没等询问，石兴国主动上前道歉，表示一定会严肃处理。

杨宇照连忙劝阻："使不得！石队长，我很理解战士们的心情，他们对枪有感情，发泄发泄是很正常的。现在我们是一家人，一家人不说两家话！我提议，咱们矿工和咱们子弟兵们，握个手，大家就是一家人了！"说着，杨宇照主动上前和战士们一一握手，任新我和邱建设也紧随其后。

战士们见状，也都主动伸出手。石兴国走到刘大勇跟前，略带醉意的刘大勇斜眼看了一下石兴国，冷笑道："石油工人的手能淘到黑金，很珍贵，不能和只会砍头杀人的手握手。"说完，趾高气扬地走出了食堂。

一旁的任新我见石兴国尴尬地站在那里，急忙解释："石队长别介意，他喝多了！"

"没事儿！都是一家人嘛！"石兴国摆了摆手，转身走向其他人。

闹哄哄的一晚终于结束了，躺在床上的石兴国却辗转反侧，无法入眠。透过窗棂，他久久凝望着夜空中闪烁的星星，心里翻腾着山丘上周远的那番话。

思量再三，石兴国披衣下床，走到桌前，点燃油灯，又从抽屉里拿出笔和纸，开始伏案写信："小茹，不知道这是不是最后一次给你写信。有些话，我思考了很长时间，今天必须告诉你——我决定扎根玉门，为祖国找石油。玉门是个啥地方，我相信你比我清楚，古人说过'春风不度玉门关'。这地方遍地风沙，环境恶劣，条件艰苦。为了你的幸福考虑，无论你如何选择，我都尊重你的意愿。兴国，于玉门。"

部队整编完毕，战士们手里没有了枪，一直被关押的田义文觉得时机到了，每天不停地砸墙踹门，闹着要求把他放出去。对于这个情况，梅大妮最是放心不下，她一心想赶快把他枪毙给爹报仇，却始终不能如愿。如今若真把他放了或让他跑了，岂不报仇无门了！因此，梅大妮一有空就来关押处看看。

这天，田义文又在里面大闹，齐占山闻声赶来，吓唬他没有枪也照样可以枪毙他。田义文哪里肯听，仍不断挑衅。齐占山气极，命令看押他的两名战士把他绑出来带到沙漠，挖个坑活埋了。

恰好在旁边的梅大妮听到了，高兴地张罗着去拿铁锹。

片刻后，两名战士将拼命挣扎的田义文五花大绑，塞住嘴巴押了出来，一行人向远处走去。

到了沙漠地带，梅大妮与两个战士一起挖好坑，齐占山一脚把田义文踹了下去，得意地道："你看我敢不敢弄死你！"

惊恐的田义文一边挣扎，一边用哀求的目光看着齐占山。

"把他嘴里的东西取出来，让他留下遗言。"齐占山命令道。一个战士跳下坑，取出田义文嘴里塞的东西。

没想到田义文立刻瞪眼骂道："姓齐的，你个混蛋，有本事枪毙我，给爷来个利索的！"

齐占山笑着抓了一把土："骂吧！最后一次骂了，骂得越凶，埋得越快。弟兄们，动手。"

两名战士犹豫道："班长，真埋？"

梅大妮已经铲起一锹土扔了下去："埋，那还有假吗？"

"齐占山，你个混蛋，你别发昏，你要考虑后果……"田义文声嘶力竭地吼道。

没等齐占山说话，梅大妮又是一锹土下去："臭土匪，死到临头还嘴硬。"

"住手！"远处忽然传来石兴国的声音，"齐占山，你给我住手！"

田义文听到声音急忙大喊："石连长，我在这里，快来救我！"

齐占山却是抢过战士的锹快速向坑里填土。田义文还要喊，一锹土恰好扔在了他脸上，他猛咳几声，拼命往外吐满嘴的沙土。

闻讯赶来的石兴国跑到近前，劈手夺过铁锹，把他们狠批了一顿。回到队部，齐占山和那两名战士被罚站在院子里，而田义文却被石兴国请进了办公室。

石兴国先让人打来了水，准备了毛巾。田义文不领情地洗了一把脸，擦了一下，然后使劲往地上吐唾沫："你们共产党不是优待俘虏的吗？你们就这样优待我？"

"对不起，让你受委屈了！但我知道，他们只是想吓唬吓唬你，并不是真要杀你！"石兴国诚恳道歉。

田义文吐了一口唾沫："呸！吓唬我！老子是吓大的吗？要杀要剐给个痛快。"

"好，有志气，不愧是西南联大的高才生啊……田义文，地质学专业，曾经是胡宗南司令部的少校副官，只可惜，胡宗南逃跑的时候，没顾得上你，才让你投奔了你那六叔，落草为寇。"石兴国对田义文的情况了如指掌。

提起从前，田义文有些愣怔，而后叹了口气："唉，落毛的凤凰不如鸡，败军之将，老子认了……"

石兴国倒了杯水端过来:"败军之将,也是将。"

田义文接过水却没有喝:"你们为什么不杀我?"

石兴国想了想,认真道:"新中国刚成立,国民党留下了个烂摊子。现在国家发展最需要的就是石油。你是名牌大学毕业,又是学地质的高才生,我们需要你这样的人才。"不等田义文回答,石兴国又说,"你不用急着回答我。我给你安排了新的住处,你回去后,好好想想,想好了再回答我。"说完让通信员带田义文去住处休息。

走出办公室,田义文看见烈日下已是汗水涔涔的齐占山,齐占山则狠狠瞪着田义文。

通信员把田义文带到新的住处后转身离开,嘴里愤愤不平地小声嘀咕着:"哼,一个土匪比队长、指导员住得还好!"

田义文躺在床上,仔细回想着刚才发生的一切。

汉中的师部会议室内,宋豫杰、王振华和各常委召开会议研究改编后的整训方案。

根据上级指示精神,经研究决定,一团到延安进行钻井技术和理论学习;二团到玉门进行油矿安装训练;三团在汉中就地学习汽车驾驶。

另外,对于石兴国请示的土匪田义文的处理方案,大家各有不同意见。由于田义文是西南联大地质系高才生,石兴国在电报里建议留下他帮忙一起搞石油。大多人却持反对意见,担心有政治风险,一颗老鼠屎坏了一锅汤。

听了大家的讨论,王振华笑道:"有什么政治风险?根据调查田义文手上没有血债,建设新中国正是用人之际,对于我们来说,为国家找到石油才是政治上的合格!我同意石兴国的建议,只要能把那个田义文改造成可用之才,为什么不让他戴罪立功呢!"

"政委说得对,田义文虽然当过国民党军官,不过只是机关的一个参谋,没有直接参与打仗,当了土匪也没有杀过人。现在我们新社会,就要敞开胸怀,容纳各路人才,是人才,我们就要重用,不能扼杀;没人才,我们也要想办法去挖;总之,我们要号召各路英雄齐聚石油师,国家的石油大业才会顺利完成。"

宋豫杰也表达了自己的看法。

"老规矩，举手表决吧。"王振华说完举起了手。宋豫杰也举起了手，参谋长、政治部主任、后勤部长……大家犹豫了一下，也都痛快地举起了手。

王振华笑道："好，通过。散会！对了，程参谋长，通知石兴国，尖刀钻井队也到延安学习。让他把那个田义文也带着，让田义文亲眼看看，毛主席是在什么样的条件下，指挥全军打败国民党，解放全中国的。"

宋豫杰笑了："这个办法好，对他进行一次实地思想教育。"

石油师一团很快开车到了延安。这天，宝塔山下的操场上彩旗飘扬，主席台上方"石油工程第一师延安钻井教导团开学暨大钻机开钻典礼"的横幅格外醒目。

宋豫杰、王振华和石油局的领导、专家等，在主席台就座。台下，官兵席地而坐。

台上，宋豫杰开始讲话："今天，我们在这里举行延安钻井教导团开学暨大钻机开钻典礼。这是我们石油师成立以来，第一次组织教导团集训……"

一侧，许茹探着头拼命在台下众人里搜寻石兴国。唐娜悄悄走到许茹身后，低声道："找谁呢……"

许茹一惊："啊，哦，师长让我数数，今天到了多少人。"

"得了吧，是找你们家石兴国吧。"唐娜笑着揶揄道。

"哼，你不也在找周远。"许茹反问。

"周远打过电话了，他没来，怎么，石兴国没给你打电话？"唐娜边问边看向操场上的战士们。

许茹正摇头间，唐娜突然指向人群："你看……石连长。"顺着唐娜手指的方向，许茹看见了远处的石兴国，脸上一喜，又低下头去。

"怎么了，不见的时候想，见了，又不看了？"唐娜问。

许茹若有所思道："有的时候，距离远了，反而感觉很近；有的时候，距离近了……"

"得了吧，别犯酸了，距离近了，一切都会近。开完会，我帮你把他叫过来。"唐娜爽快地说道。

"你……不用了吧。"许茹有些难为情地道。

典礼后，各部队带回。许茹悄悄站在路旁寻找石兴国的身影。许久，还是失落地叹了口气离开了。

窑洞内，刚刚安顿下来的战士们在整理内务。王振华笑容满面地走进来，询问大家习不习惯。

段铁生抢先说道："第一次到延安，心跳得挺快的。"

王振华笑道："是啊，革命圣地嘛。当年我来抗大学习，心跳得和你们一样快。"

大家说笑着气氛很融洽。忽然，王振华发现一个人独自坐在角落里，看起来有些桀骜不驯，于是走上前问道："如果没猜错的话，你就是大名鼎鼎的田义文了？"

田义文看了眼王振华，换了个舒服的坐姿，没有回答。

"田义文，你什么态度？别敬酒不吃吃罚酒！对你的特赦命令是师首长担着风险特批下来的，要不早把你交出去法办了，别不识好人心。"石兴国冷声道。

田义文站起身，叹了口气："胜者为王，败者为寇，败军之将，烂命一条，我倒随便！"

"看来以前胡宗南帐下的田高参，瞧不上我们这些曾经的土包子啊。"王振华说着转身朝外走，"走，今天，我给你们上第一课，看看我们的革命事业是怎么一步步走过来的。石兴国，你在延安待过，你带路，我们先到毛主席住的窑洞去看看。"

一行人随着石兴国、王振华去往枣园。大家参观了毛主席住过的窑洞和中央军委办公的地方，战士们既崇敬又惊讶，不敢相信毛主席和中央军委就是在这么简陋的地方指挥了全民抗战，又谋划了打倒蒋介石、解放全中国的宏图大计。

田义文跟在后面看着听着，内心也渐起波澜，不知不觉地跟紧了队伍。

最后，王振华带领大家来到张思德墓前，战士们庄严地行了军礼，对这位全心全意为人民服务的好战士表达了最高的敬意。

王振华看了看大家，说道："现在，我们取得了战争的胜利，全国解放了，但石油工业还是万里长征第一步，这项艰巨而伟大的事业什么时候取得胜利，就看你们这次的学习了。有人问为什么把训练基地放在延安？这正是要大家用延安精神来学习钻井技术，在未来的工作中永远发扬延安精神，早日将新中国建设成一个属于全中国人民的富强国家。毛主席说过，自力更生，艰苦奋斗，中国人民是不可战胜的。同样，我们石油师也必能战胜一切困难。"

大家都听得热血沸腾，石兴国站出来说道："王政委，您放心，我们一定学好技术，多打油，打好油。"

王振华点点头："毛主席说过，在战略上藐视敌人，在战术上重视敌人。打油是个技术活，我们需要一些能为这个国家付出，能和我们志同道合的技术人才。"说着看向田义文，"你是学地质的高才生，我希望你能为自己的国家建设出一份力。"

思绪万千的田义文忽然被点名，显得有些手足无措，完全没有了先前的桀骜。

纠结了许久的许茹，鼓起勇气跑到石兴国连队所住的窑洞来找他，却又没能见到。许茹失望地离开。她一个人默默往回走着，迎面忽然过来一队士兵，许茹下意识地站到旁边让路。

参观结束，带队回来的石兴国突然看见路旁的许茹，心里一跳，他实在没想到许茹会来。石兴国快速走出队伍，与许茹相对而立。二人怔怔地看着对方，一时不知如何开口。仿佛过去了一个世纪，石兴国拉起许茹的手，将她带到延河边。

许茹从口袋里掏出一封信："这是怎么回事儿？我们的感情，你真的说放就能放下吗？"

石兴国沉默了一会儿，看着河水淡淡道："我是为你好。那地方你没去过，风沙、戈壁，连草也没有几棵。你不应该跟着我吃这样的苦。"

"为什么？都是革命军人，为什么你能吃苦，我就不能？！"许茹掉下了眼泪。

"对不起！我……我是为你好。"看见许茹掉眼泪，石兴国有些手足无措。

"为我好，那就不要怀疑我，也不要怀疑你自己。知道我为什么把你让我给老政委发电报的事儿，告诉王政委吗？我是不想让你怀疑你自己，不想让你当逃兵！"许茹的声音不自觉地提高了。

"是啊，要不我可真的就成逃兵了！"石兴国惭愧地低下头。

许茹调整了一下情绪，又说道："还记得我们当年在延安吗？那时候我们比现在年轻，面对所有一切时，你告诉我的，只有两个字——勇敢。"

"勇敢……"石兴国重复着这两个字，眼前浮现起当年在延安抗大时，他手把手教胆小的许茹打枪的情景。

"那时候，你让我勇敢，让我相信自己。可今天，我越来越不知道，自己还能不能做到。"许茹看着石兴国，有些感伤，"我很幸运，刚到延安，就碰上了一个能握着我的手耐心教导我的好教官，可所有的事情，并不都像打枪那么简单。"

"闭上眼睛。"有些激动的石兴国忽然握住许茹的手说道。许茹愣了一下，听话地闭上了双眼。石兴国立刻贴身掏出一面小镜子，塞到她手里。许茹感觉到手里的东西，睁开眼打量。

"我相信我们都还能做到不改初心。我送你这个，每天睁开眼睛，你第一个遇见的，一定是勇敢自信的那个自己，更好的自己。"石兴国双手紧紧握住许茹的小手，那面小镜子被包裹在他们的手心里。

许茹重重地点头，将肩膀悄悄靠向石兴国。张开手，打开镜子，上面两个幸福的人肩并肩笑靥如花。

紧张的学习生活开始了，石油师人琅琅的读书声和钻机的轰鸣声，响彻宝塔山下，萦绕在延河水畔。

这天，石兴国正在模拟钻机前听课，远处许茹拿着行李向他招手。石兴国向教员请了假，跑到面色焦急的许茹跟前，问："怎么了？"

"我……家里来电报，父亲病重，我要回去一下。当年从家里出来就再也没有回去过，电报上也没说什么病，真不知道我爸怎么样了！"许茹眼睛里闪着泪光。

"别着急，会好的。"石兴国安慰着接过许茹的行李，"我送你。"两人一前一后走向蜿蜒的山路。走出很远，终于看见一辆马车，许茹搭上了老乡的马车，催石兴国赶快回去。

"注意安全，我等你回来。"石兴国看着渐渐远去的许茹说道。马车上的许茹拼命摆手，石兴国却站在那儿一动不动，直到马车消失在蜿蜒的山路上。

05

石油师各团的训练有条不紊地进行着。这天，师长宋豫杰、政委王振华和一些师党委成员去参观三团的训练成果。

汉中废弃的老旧飞机场上，几十辆老式卡车一字排开，一部分三团战士正在进行三步登车训练。远处，有的战士在进行实车驾驶练习，有的把小板凳当汽车座椅坐在上面，木棍为挡位，进行原地训练。

"师长政委，我们全团一千多号人，就这几十台车，但大伙不能闲着，战士们就想出了这土办法练习。"三团长在旁边解释。

"好哇，自力更生，艰苦奋斗，这一直就是我军的优良传统，宁让技术等汽车，不叫汽车等着人。那500辆新汽车一到，咱握枪杆子的手马上就能紧握方向盘了，不错！对了，程参谋长，延安钻井教导团那边怎么样了？"宋豫杰说完看向身后的参谋长。

"报告师长，延井教导团三个月的培训马上也要结束了，下一步就要回到玉门在油矿刀真枪地开钻打油了。"程孟华汇报道。

"一团钻，二团建，三团围着轮子转。现在各个主攻方向刀出鞘、弓上弦，都热火朝天地动起来了，师长，咱这个指挥部也该杀到前线了吧？"王振华笑着问宋豫杰。

宋豫杰点头，下令按照原定计划，各部门尽快组织向玉门进发。

接到石油师完成初期训练、即将到来的消息，杨宇照找来邱建设要求他负责接待工作，安排好战士们的衣食住行。

穿了一身中山装，显得极其严谨认真的邱建设，猛然听说有四千多人的石油大军即将来到玉门，加入到石油工业建设中来，顿时惊呆了。消化了一下这个信息，邱建设吞吞吐吐地道："咱们现在虽然缺人，但需要的是懂技术、有文化的石油工人，这样的人自然是韩信点兵多多益善，可是他们……"

"老邱，不要担心，这个师的情况我了解，别看他们现在不懂搞油，可很快会转变的，就等着他们放手大干吧。"杨宇照笑着摆摆手，邱建设只好附和着勉强笑了笑。

从办公室出来，刘大勇一脸心事重重地叫住了邱建设："邱处长，你说那些当兵的，最近也不知怎么了……"

"刘大勇！"邱建设装模作样板起脸来，"什么当兵的，解放军同志，要叫解放军同志……"

刘大勇愣了一下，眼神复杂地看着邱建设，摇了摇头不再说什么。

茫茫戈壁，一支浩浩荡荡的队伍行进着。满载着军人的卡车上写着"艰苦奋斗，再立新功""扎根玉门，建设玉门""久经锻炼的战斗队，石油建设的突击队"等标语，一眼望去，就知道是石油师正在开赴自己的主战场。

女兵们在车厢里看着外面越来越荒凉，不禁议论起玉门到底是个什么地方，石油到底长什么样子。

听周远说过一些情况的唐娜跟大家说道："刚打的石油我也没见过，不过一会儿到了玉门就能看见了。玉门虽然荒凉，却是一块出石油的宝地呢。"

大家叽叽喳喳的时候，汽车忽然停下，有人在车下指挥汽车排队。唐娜有些激动："同志们，玉门马上就要到了。"外面，一个男兵的声音传了进来："咱们当了石油工人，建设好玉门，可都是石油战线的大功臣呢。"

女兵们相视一笑。"来来来，为了玉门的明天，咱们唱首歌吧。"唐娜招呼着大家，带头唱起了军歌。

同时回来的石兴国等人坐在车上，看着远处被夕阳染成一片金色的井架，听着车队中传来的歌声，思绪万千。

一辆辆满载军人的汽车驶入玉门矿区。大街上拥满欢迎的人群。齐占山带着留守的战士使劲敲着锣鼓，梅大妮兴奋地边舞着红绸子边仔细看着汽车上同样着装的军人。

邱建设一脸堆笑地跑向吉普车，跟下来的每个人热情握手。

扛着背包的石兴国下了汽车，尖刀队的战士们拥了过去，眼尖的梅大妮冲在最前面。

女兵们也陆续下了车，在旁边冷冷观望的刘大勇看到女兵的身影，立刻眼睛放光，上前几步仔细辨认。

此时，周远终于看见唐娜，兴奋地跑了过去。刘大勇随之看向唐娜，却是一脸失落。一个工友见刘大勇举止怪异，好奇地问："大勇，干吗呢？"

"我……找个熟人。"刘大勇有些支吾。

工友看看满眼军装的战士们，更纳闷了："熟人？这里面能有你熟人？大勇，开什么玩笑。"

"走了走了，吃饭去了。"刘大勇掩饰着急忙走开。

战士们簇拥着石兴国，周远拿着唐娜的背包，大家有说有笑地往矿区内走去。

梅大妮也想帮石兴国拿点东西，却被瞪了回去，气得她冲着他们的背影噘嘴跺脚："哼！狗咬吕洞宾。"

落在后面的齐占山哈哈大笑："梅大妮，是狗拿耗子吧……"

"齐占山，再胡说，俺撕了你的嘴。"梅大妮挥舞着拳头。

"不说了，找石队长唠唠去，好几个月不见，想死我了。"齐占山忙找借口开溜。

梅大妮撇撇嘴，忽然注意到远处亲密的唐娜和周远，不禁拉住正往前走的齐占山："那女的跟指导员什么关系啊？"

齐占山顺着梅大妮的手看了一眼："未婚妻呀，人家马上要结婚了。"

梅大妮有些羞涩："哦，那连长也该成个家了。"

"对呀，怎么没见连长的未婚妻许茹参谋啊，他们应该一块儿来的呀。"齐占山猛然发觉还少了一个人。

梅大妮一听，瞬间愣在了那里。过了好半天，她决定去找唐娜，从那里一定能摸清石兴国未婚妻的情况。想好后，梅大妮立刻向女兵宿舍走去。

热情的梅大妮一会儿帮唐娜找地方打水，一会儿又指点她食堂所在，两人很快无话不谈。唐娜很快安顿好并熟悉了环境，梅大妮也打听清楚了许茹的情况。

回到队部，齐占山见梅大妮哼着歌，很高兴的样子，不禁问道："梅大妮，你傻乐什么呢。"

梅大妮眉飞色舞道："齐占山，俺告诉你个事。连长那个未婚妻，那个许参谋已经回家啦。"

"回家？"齐占山愣了一下回过神来，"那叫探亲，又没说不回来。"

"啊？她还回来干什么呀。"梅大妮脸上顿时没了笑容。

这时队部的门忽然打开，石兴国板着面孔出现在门口："你们俩，是不是都闲得没事干呀。"

齐占山连忙敬礼："报告连长，我有事。"

梅大妮却是满脸带笑地凑近石兴国："连长，俺没事，你有啥事就吩咐吧。"

石兴国看看远处打水的战士，又看向梅大妮："大伙刚来，你让齐占山给你弄口锅，给大伙烧点开水去。"

梅大妮只好跟在齐占山身后，悻悻离去。

天色渐晚，临时搭建的灶台前，梅大妮一会儿用手扇着浓烟，一会儿又趴在地上低头吹火。突然，来回折腾的梅大妮不经意地一瞥，发现远处山坡上一个人影在远远地眺望。

梅大妮警惕地站起身，若无其事地向那边山坡走过去，不时弯腰捡几根树枝拿在手里。

不一会儿，左顾右盼的任新我匆匆往山下走。梅大妮转过身去，装作没看见。见到有人，任新我迟疑了一下，待望见梅大妮手里的柴火，才平静下来，从容下山。

夜色降临，女儿小雨还没有回来。任新我在屋里走来走去，坐卧不宁。

外面忽然传来一阵声响，任新我一下拉灭电灯。透过窗户，看到门口一个瘦小的身影闪进院内。任新我急忙打开门让小雨进屋，然后拉上窗帘，才重新开了灯。

"小雨，你总算回来了，怎么样？那边有什么消息吗？"任新我急切问道。

看着小雨的手势，任新我失神道："你是说，人也撤了……"小雨点头。

任新我一屁股坐在椅子上，突然又站起身，从床底下摸出一个盒子，拿出里面一本笔记，递到小雨手里："快，把这扔了，扔得越远越好。"

见小雨愣着没动，任新我推了女儿一把："去呀，这要让别人知道了，咱可全完了。"

明白过来的小雨刚要出门，又被任新我一把拉住："等等，现在到处是人，不能让他们发现，不能，绝对不能……"

任新我喃喃地说着，又拿过木箱，先看了看床底下，又看了看顶棚，最后搬过来一把凳子站了上去。

第二天一大早，"向工人学习""热烈欢迎解放军""工人军人是一家，玉门油田把根扎"等标语挂满会场。工人和军人分列两个阵营，没穿军装的田义文和梅大妮站在尖刀队最后面。

掌声中，杨宇照和宋豫杰、王振华等走上主席台。

"同志们，今天，我们在这里举行欢迎大会，热烈欢迎解放军同志加入到我们石油战线。石油师的同志们在战场上是一支能打胜仗，能打硬仗的优秀部队。他们的到来，是对我们石油工业的巨大支持，也是对我们玉门油田的巨大支持。今后，解放军同志就要和咱们油矿工人一起生产，一起战斗，就要成为一个碗里吃饭的石油人了。为了表示我们对解放军的欢迎，我提议，咱们老石油工人，伸出你们的双手，对加入我们石油战线的新同志表示最热烈的欢迎！"杨宇照的话刚说完，台下立刻响起工人们愈加热烈的掌声。

"下面请我们玉门油田的任新我技术员，代表全体油矿工人致欢迎辞。"杨宇照说完带头鼓掌。

掌声中，任新我有些紧张地走上台，拿出发言稿："大家好，我叫任新我，是咱们玉门油田的一个老人儿了，今天，局长让我代表大家讲两句，我就跟大家简单地说说石油……"

田义文看着台上的任新我，脑海里突然闪过曾经在胡宗南司令部里发生的一幕。他推了推眼镜，向前挪去。

任新我还在讲着："……玉门，从孙建初先生在老君庙打出第一口油井开始，已经有十几个年头。当初，打井的第一部钻机还是经周恩来副主席批准，从陕甘宁边区的延长油田借过来的。今天解放军又来到玉门，也算是，算是我们的缘分。在这里，我代表油矿工人向你们的到来表示热烈的欢迎。"

会议结束，任新我从散场的人群中匆匆走过。田义文紧紧跟在后面："任先生，任先生……"

任新我愣了一下，又急急走开。田义文却紧追几步："任炳贤先生。"任新我只得停了下来。田义文来到任新我面前，伸出手，"任先生不认识我了？"

任新我警惕地看着四周，声音略带紧张："你是谁？"

田义文凑近任新我，小声道："在胡宗南胡司令那里，我好像见过任先生。"

"对不起，你认错人了。我叫任新我，也不认识什么胡司令马司令。"任新我说着侧身要走，田义文伸手想拦，又缩回来："哦……那，可能是我认错了，不过任先生真的很像我那个故人呀。"

任新我没有再理会田义文，匆匆离去。

他们简单的交谈并没有引起周围人的注意，但时刻关注着任新我的梅大妮却正躲在墙角，悄悄观察着这一切。

装了心事的梅大妮坐在灶前，精力再也无法集中。一锅水已经煮开，她依然漫不经心地往灶膛里添着柴。

"梅大妮，水开了，还烧！"齐占山的声音忽然响起来。

梅大妮倏然停手，抬起头来："哦，知道了，有事吗，齐班长？"

"连长让我通知你，以后各连队自己开火做饭，你就不用专门在这儿烧水了，你要没事儿，还是到炊事班帮忙。"齐占山说道。

"好，指导员也跟俺说过了。对了，齐班长，俺想问你点事儿。"梅大妮站起来，认真地看着齐占山，"咱尖刀连现在主要是打石油还是抓特务？"

齐占山皱皱眉："上午你没去开会？当然是打石油了！"

"那要是有特务的话，石队长还抓不抓？"梅大妮问。

"当然抓了。"齐占山答。

梅大妮想了想："那你说石队长他是喜欢抓特务还是喜欢打石油？"

齐占山看着一脸认真的梅大妮，伸手摸了摸她的额头："大妮，你没发烧吧？"

"你才发烧呢。"梅大妮一下甩开齐占山的手。

齐占山又好气又好笑地转身要走，却被梅大妮拦住："谁让你走了，还有最后一个问题，你说这特务都长什么样，怎么分辨是不是特务啊……"

见梅大妮突然对特务这么感兴趣，齐占山有些奇怪，开玩笑问："梅大妮，你是想抓特务还是想当特务？"

"呸，狗嘴里吐不出象牙来！俺……俺就是好奇嘛。"梅大妮言不由衷地说道。

"好奇？那我跟你说说，特务呢，跟普通人一样，脑门上决不会写坏人俩字。你得瞪大眼睛，看他有没有跟特务有关的东西，什么电台、密码本、手枪，还有炸弹……就是那种定时炸弹，上面有个表，哒哒哒哒……到了点——轰！"齐占山坏笑着吓唬梅大妮。

梅大妮果然被吓了一跳，定了定神又问："那，那还有什么？"

"我又不是特务，哪儿知道那么多。"齐占山瞪了一眼梅大妮，转身大步离开。

梅大妮愣愣地看着齐占山远去的背影，心里七上八下地翻腾不停，最后她决定去任新我家里一探究竟。

梅大妮悄悄来到任新我家门外，躲在一个墙角观察。不久，任新我拎着书包出了门，院里再没有任何动静，似乎小女孩也不在。梅大妮又耐心观察了一会儿，才探头探脑进了门。

屋子里一摞摞书籍、资料、水杯、眼镜盒……一切物品都摆放得整整齐齐。梅大妮不知从何处下手，不由愣在原地感叹。呆立了一会儿，梅大妮逐一打开柜子、抽屉翻看，没发现什么，又弯腰向床底下看去，一个木盒子赫然塞在最里面。梅大妮赶紧掏出木盒，小心地打开，里面装着一个精致的小盒子。梅大妮伸手去掀盖子，忽然有声响从外面传来。

梅大妮立刻响起齐占山的话，一脸惊恐地一把扣好盖子，抱起木盒冲出门去。

刚刚回来的小雨，看见匆匆从自家跑出去的梅大妮有些惊讶，慌忙躲了起来。

井场上正在作业的工人里并没有任新我，他借口不舒服请了假，此刻他已在山上挖了一个坑，准备埋掉一个布包包裹的东西。

正在这时，小雨急急忙忙跑来，比画着告诉他家里发生的事。任新我赶紧收起布包，拉着小雨赶回家里。

见家里被翻得乱七八糟的样子，任新我一屁股坐在床上："走不了啦，这下走不了啦。"

小雨在旁边一边比画一边咿咿呜呜解释。任新我明白了小雨的意思，一下站起来拉住小雨的手："走，到解放军那里，这事，只有你能说清楚。"

模拟训练场里，石兴国带着尖刀队的人正在训练，齐占山气喘吁吁跑过来报告发现定时炸弹，所有人都愣住了。

石兴国问明情况，立刻放下手里的刹把，火速向队部奔去。

队部外已围了不少人，周远站在门口疏散着前来看热闹的人群。屋内气氛十分紧张，唐娜小心地劝着梅大妮："大妮，给……给指导员他们吧，他们会处理好的……"

梅大妮抱着盒子缩在墙角，摇头不语。

石兴国一冲进队部，就对着梅大妮怒喝："给我！"

缩在墙角的梅大妮看见石兴国，高兴起来："石队长，这个俺就是要给你的，找到炸弹，抓到特务，你就可以立功了。"

"傻瓜，立个屁，你不要命了。"石兴国说着回头看向周远和齐占山，"所有人都给我撤离，撤远点！"

众多看热闹的人听到石兴国的吼声，才知道危险，纷纷向后退去。

梅大妮也紧张起来，停住迈向石兴国的脚步："对不起，石队长，俺……俺本来是想让你立功的，没想到……石队长，会爆炸吗？"

石兴国刚要发火，看着一脸无辜单纯的梅大妮，语气又缓和下来："有可能，给我……我是连长，给我，比你抱着安全。"

梅大妮一听，反而抱得更紧了："不行，俺不给你，俺不能让你有危险……俺不让你死。"

石兴国又急又气地看着梅大妮，不知如何是好。这时梅大妮反而笑了："石队长，你生气的样子真好看。你……你是不是喜欢俺，不想让俺有危险，不想俺死……"

石兴国无奈地盯着梅大妮手里的盒子，敷衍道："好好好，我不想让你死。"

"俺就知道会这样……那俺交给你，看着你处理炸弹，要死，咱一块死。"梅大妮笑得灿烂如花。

石兴国哭笑不得："行！给我吧。"说罢小心地伸出手，接过梅大妮递过来的盒子。

这时，队部外一阵骚动。任新我领着小雨往门里闯，齐占山带着战士们拼命阻拦。

"我找你们队长，是那个盒子……"僵持不下中任新我大声喊道。正在这时，已经确认盒子没有危险的石兴国突然打开门，对着外面说道："都进来吧。"

任新我带着小雨最先冲进屋，战士们也陆续跟了进来。

小盒子在桌上放着，任新我拿起来向大家介绍："这叫八音盒，是小雨小时候我在上海给她买的，这孩子不会说话，可她能听见。我就花了一个大洋，给她买了这个洋玩意。"任新我说着上了弦，八音盒奏出美妙的《婚礼进行曲》。

众多战士都瞪大眼睛盯着这个神奇的小盒子。梅大妮也张大了嘴巴，看着这个新奇东西一时反应不过来。

"至于这个盒子怎么跑到梅大妮手里的，我也不知道。小雨，要不，你给石队长解释一下。"任新我接着说道。

小雨立即指着梅大妮咿咿呜呜"说"了起来。

看着众多射向自己的目光，梅大妮尴尬地逃了出去。

石兴国把八音盒递到小雨手里，又向任新我敬了一个礼，给父女二人赔礼道歉，然后让齐占山送他们离开了。

田义文远远看着这一幕，神情复杂。

经过这件事，梅大妮对石兴国的一片真心，大家都看在了眼里，也让唐娜替许久未归的许茹担心起来。自回家一直没有消息的许茹，令大家摸不清情况，也让石兴国无比焦心。

接到电报匆匆赶回家的许茹做梦也不会想到，离家多年，再次回到故土，与老父却已阴阳两隔。悲痛中与兄嫂料理完后事，许茹想尽快回到延安参加学习。

听到小妹又要走，哥哥急了："这么多年，你心里还有没有这个家？爸就你一个女儿，从你走后，就再没见过。爸要走的时候，一直叫着小茹，小茹，就这么一直叫着……咽最后一口气的时候，也没合上眼……这刚几天，你不多陪陪他老人家……"说到最后，这个堂堂七尺汉子已是泪流满面。

望着父亲的遗像，许茹泣不成声："对不起，对不起爸，我接到电报就往回赶，三天三夜，在火车上，我哭了三天三夜……"许茹抹了抹眼泪，又看向哥哥，"可是哥，我是军人，现在打石油是国家下达给我们师的重要任务，这关系着咱新中国的经济命脉，我必须尽快回到部队上去。"

"打石油？打石油就不要家了是吧？再说，那是男人们的事，和你一个女孩子有什么关系？搞建设在哪儿都可以搞，我已经找过咱们这儿女中校长了，明天你就可以去那儿当老师，一样也是搞建设。"哥哥语气强硬。

"对不起哥，明天的票，我已经托人买了。"许茹坚定地说道。

"买了也不能走！许茹，我告诉你，爸不在了，咱家就长兄为父，我要替爸好好管管你！"哥哥吼完甩门而出。

"把门锁上，我就不信我管不了她，明天我就去跟部队说。"许茹听着门外哥哥对嫂子说的话，听着锁落下的声响，她转身对着父亲的遗像，失声痛哭。

"许茹她哥上午给科长打来电话，说让许茹转业。听说，她哥已经帮她找好了工作，而且也找了对象，马上就结婚。转业报告也会寄到师里来。"队部里，唐娜关好门，急切地把自己听来的消息告诉周远。

"咱是部队，怎么可能说不来就不来呢？老石这些天一直盼着呢，他要是知道了……"周远一脸惊愕。

唐娜忙嘱咐："我得跟你说一下，眼下，最好先不要让他知道。你也告诉你们队那些战士，嘴巴都严点儿，谁要是听到信儿，千万不许乱传。"

周远叹了口气："知道了。可瞒得了一时，瞒不了一世啊。"

他们却不知道，此时，原本来队部办事的石兴国正失魂落魄地蹲在门外发呆。

一时间，石兴国再也没心思做什么，甚至连晚饭都没去吃。梅大妮听说这事儿，忙做了碗面送了过来。

梅大妮敲了好久，石兴国才打开门。

"石队长，听说你没吃饭，俺给你专门做了碗臊子面，你尝尝。"梅大妮笑容满面地说。

石兴国面无表情："我不饿。"

梅大妮拨开石兴国进了屋，将面碗往桌上一放，大大咧咧地道："不饿也得吃，不就是个娘们吗，她不要咱，咱还不要她呢！"

石兴国一怔，随即眼睛喷火般指着梅大妮大吼："滚！"

梅大妮愣住，呆呆地望着暴怒的石兴国，眼泪在眼圈里打转，突然猛地一跺脚，跑了出去。

第二天，心绪不宁的石兴国请了假。齐占山自作主张带着部队来到井场，想让大家体会一下真正的刹把子。

井架前，战士们都很兴奋，段铁生第一个冲上来，不过手还没碰到刹把，只听一声断喝："下来，给我滚下来。"刘大勇带着几个人气冲冲地跑了过来。

段铁生不高兴道："刘队长，嘴干净点行吗？"

刘大勇冲上井台："行，干净点，那就是快滚！马上给我滚！"

段铁生气得一下揪住刘大勇的脖领子："你说什么呢。"

见状，齐占山连忙上前拉开两人，刘大勇顺势将段铁生推了下去。

"刘队长，你干什么？我们这是在学习，为了早日掌握技术，早日上井架操作。"齐占山不满地说道。

"学习，你们懂什么呀？你们知道啥叫开钻，啥叫完钻，啥叫钻头，啥叫钻杆吗……"刘大勇脸上满是不屑的笑，旁边的工人们也都哄笑起来。

"刘大勇，我们就是没有实际见过，可我们也是经过学习培训的，深井泵采油，无杆泵采油，我们也懂。"憋了半天的齐占山终于找到话说。

"行啊，跟谁学的？哪位师父教的你？"刘大勇一眼看到躲在队伍后面的田义文，用手一指，"是他吧？"

"对，他现在是我们队的正式成员。"段铁生抢着回答。

刘大勇立刻咋咋呼呼道："好呀，一窝的了，油田成土匪窝了！这可真是鱼找鱼，虾找虾，乌龟找王八，真正是兵匪一家啊。"

听到这话，田义文二话不说，捡起一块石头向刘大勇扔去："去你的。"

刘大勇身子一偏，石头砸到井架上。

"好，砸得好！说什么解放军抓特务找间谍，保护油矿。我看你们就是特务，你们就是间谍。弟兄们，给我看好了，谁也别让他们走。"刘大勇说完转身就走，留下工人们拿着铁钎等工具，与战士们对峙。

齐占山见事情不妙，忙示意一个战士赶快回去报信。

不一会儿，邱建设在刘大勇陪同下来到井场，紧接着石兴国和周远也跑步赶来。

邱建设看着石兴国酸酸地说道："石队长，杨局长一直让我们学习解放军，尊重解放军，你看这……这要我们怎么学习？"

石兴国黑着脸没理邱建设，只盯着战士们："谁干的？"大家面面相觑没有说话。这时田义文站了出来："是我，怎么了？"

段铁生忍不住指向刘大勇："是他，他先骂人，他骂老田是土匪。"

刘大勇不甘示弱地指着田义文："他不就是土匪吗，邱处长，我看现在不止一个土匪了！"

段铁生恼火地冲上前："你放屁。"

刘大勇抓住把柄般对邱建设说："你看，我没说错吧。兵匪一家，兵匪一家，现在，人家解放军是护着土匪的。”

石兴国没有理睬他们的冷嘲热讽，只黑着脸命令齐占山将尖刀队立刻带回。

看着战士们的背影，邱建设和刘大勇不禁面面相觑。

回到模拟训练场，大家默不作声地坐在地上。良久，齐占山站起身说道："指导员，咱这还算是军人吗？交了枪，比狗熊还熊，我们不能这么待下去了。我们走吧，上哪儿都行，只要离开这儿。"

众人都深有感触地站起来，嚷嚷着要走。

"你们这是带头闹事，是严重违反纪律，知道吗？"周远严肃地看着大家，又看看一旁不说话的石兴国。

齐占山几步冲到石兴国面前，声嘶力竭道："连长，我们是兵啊，打仗不怕死，就怕没仗打。现在，国家没仗打了，让我们改编我们就改编，让我们交枪我们就交枪，让我们打油我们就打油。可现在呢，我们是什么，我们是什么，我们连土匪都不如！"

"齐占山，不要乱说话，这要背处分的。"周远忙制止。

"处分算什么？来吧，比窝囊死好受！连长，我们是你的兵，你带我们一起走吧，跟领导请求带我们走，上哪儿都行。"齐占山毫不在乎，继续说下去。

"齐占山，你再胡说……"周远瞪眼。

石兴国沉着脸一语不发，忽然扭头对周远说道："指导员，让他们说，他们都是我的兵，从战场带到现在，我不想让他们受欺负。"

周远愣了一下："老石，你这是，这是要违反纪律的！"

石兴国突然吼起来："他们是我的兵……我不能让我的兵受委屈！"说完，掉头就走。

众战士跟着石兴国向队部走去。

齐占山提议大家联名上书，一起走。石兴国犹豫了一下，还是拿出了纸和印泥。

齐占山第一个写下名字，按上了手印。段铁生接过来说道："咱们当兵的流血流汗不流泪，绝不能受这样的窝囊气，我们都按！"众人纷纷在请愿书上写了名字按下手印，最后交到石兴国手里。

石兴国看了看，正要动手，却被挤进人群的周远一把拉住："老石，你不能犯错误。"

石兴国看了一眼周远，又看看身边的战士们，说道："我和尖刀连的兄弟们，有仗一起打，有难一起当！"说完，在请愿书上狠狠地按上了自己的手印。

一个个鲜红的手印像火苗在燃烧。

请愿书递了上去，大家有些兴奋，有些忐忑。没想到，很快王振华就脸色难看地赶到了队部。

"好你个石兴国，你还以为这是立军令状呢？！还'誓死捍卫我们连'？逃兵！逃兵还当得那么高尚是吧，啊？！"王振华将请愿书重重拍在桌子上，大声责问。

周远忙解释："政委，这，这也是事出有因，大家这一段时间，各方面都不适应，特别是和油矿工人相处不好，心理落差很大，所以……"

王振华打断周远："所以什么？所以就当逃兵？"

一直沉默的石兴国终于开口："政委，我们不是逃兵，我们可以为国家去死！可在这里，没人瞧得起，同志们憋屈！"

"瞧不起？我告诉你石兴国，没人瞧不起你们！瞧不起你们的是你们自己，是你们自己瞧不起自己！"王振华说完转身摔门而去。

石兴国一时愣在了那里。

回去后，王振华立刻召集师党委班子和油矿领导们开会。对于石油师改编以来的大半年时间，以及到玉门以后的一个月时间里发生的各项问题做了详尽的分析。

首先就是每个人对自己的身份不是很明确，许多战士包括干部，依然很难接受改编之后的石油人身份，没有认识到，也没有转变好这种身份。有的人觉得改编之后，受了冷落，受了委屈，甚至不愿意留在油矿，吵着要调走，要回家。如果这个思想问题不解决，那么不光部队的稳定是个问题，以后的工作也无法正常开展。而思想问题不能靠简单粗暴的制止、处分来解决，这需要一个过程。

作为领导，必须要挑起重担，促进这个过程尽快转变。党委班子成员要下到一线，亲力亲为，从各个方面抓起。当前学文化是重中之重，石油师要想从战斗队转变为生产队，除了技术方面的学习训练，文化学习也必须抓起来。要让别人瞧得起，自己首先就要过得硬。

王振华的分析得到大家的一致认可。杨宇照想了想，站起来说道："王政委，今天的事，我们油矿工人也有很大的责任，他们不够尊重解放军同志，这跟我们石油工人文化程度低，素质普遍不高很有关系，他们都是从旧体制过来的，集体意识、国家意识普遍不强。我觉得，可以利用这次文化学习，让石油工人和战士们混编在一起，让他们互相结对子，在学习中加深了解，加深友谊。"

"好，杨局长这个主意不错。下一步，我们挑选全师有文化的同志，组成补习班，在全师掀起学文化的高潮。黎明，你是咱师的高级知识分子，教员组织这一块就由你来负责。"王振华向黎明交代了任务，又对大家说道，"我们师常委，就先下到一线，多关注战士们的思想动态，发现问题及时纠正。"

众人纷纷点头赞同。

王振华最先来到尖刀队，为了消除战士们的压力，他特意把谈话地点选在了一个小山坡，让大家可以像朋友聊天般畅所欲言，说出自己的烦恼，讲出自己的困惑。

齐占山抢着最先发问："王政委，你不让我们调离玉门也可以，但是，我们不懂石油，咋办？"

"这个好办，不懂咱可以学，而且，油矿的每一位石油工人，都是大家的老师，咱们师父带徒弟，一个帮一个，总会学会的。"王振华的话音刚落，段铁生嚷嚷道："咋学啊？别说看那些石油书了，我们连自己的名字都不会写，恐怕是字认得我们，我们不认识字啊。"

众人被逗得哈哈大笑起来。

王振华也笑着说道："这个问题，我们想到了，马上就会有文化教员组织学习班，来负责教你们认字。你们学了文化，不光会写自己的名字，还会写信，记笔记，看各种资料。自己就能掌握石油知识。"

战士们互相看看，对政委描绘的未来感觉新奇，也充满了希望。

经过几天的调查统计，油矿所有工人及石油师一团的人中共有文盲637人，能认识自己的名字和几个字的，有551人，高小程度的776人，初中程度194人，高中程度89人，大学程度的只有6人。

石油局会议室里，王振华看着这份资料皱紧眉头："形势严峻啊，对于八千转业石油兵来说，文化可是个老虎关，难过啊。师长来电话说汉中那边的情况也不容乐观，统计的结果也大多是文盲。打仗的时候，文盲问题不大，但是改编以后，问题就大了。如果不会打石油，不会炼石油，不会开车，那我们怎么叫中国石油工程第一师啊。"

"实际操作方面，我们老工人可以负责带石油师的石油兵，但是理论学习上，恐怕就不行了。"杨宇照拿过那份资料研究。

这时黎明说道："我打听了，现在有个叫祁建华的同志提出了一个速成教学的办法，我个人觉得挺好，我们可以把这个方法借鉴过来。他认为成人学习和儿童学习是不一样的，因为成人大脑和儿童大脑的脑容量不一样，所以，我们要针对不同文化层次的人，制订不同的教学方案，上不同的课。这样，扫盲工作相对会快一些。"

王振华眼睛一亮："这个主意好啊，要我说咱们干脆一步到位，在玉门成立一个石油学校，采取分班教学，不同的班用不同的老师，对学生的要求也不一样，争取早点突破扫盲这一关。"

众人都非常赞同，随即讨论起校长的人选。

许茹没有听哥哥的安排去女中任教，哥哥愤怒之下一直关着许茹，不许她出家门半步。又气又急的许茹想尽办法，终于抓住一次机会逃了出来。

她只拿了几件衣服，手里没钱，只好在小火车站偷偷爬上一列去往西安的货车。听说石油师已开赴玉门后，许茹又风餐露宿地往玉门赶去。

"哥、嫂子，对不起，原谅我的不辞而别。我是个军人，我要回到我的部队，那里尽管艰苦，可那里有我的一切。这条路，是我自己选的，也许会很艰难，会很曲折，但我不会后悔，这是我的选择。无论以后是一条什么样的路，我都认了。小茹。"

许茹艰难地跋涉着，脑海里不时想起出门前给哥嫂留下的纸条上的话，是的，无论前方等着她的是什么，她都必须坚持到底。

终于到了玉门城外，再也坚持不住的许茹一头栽倒在地上。一个赶车的老汉恰好路过，急忙将许茹送去了医院。

队部里，当石兴国听到许茹的消息，立刻疯子般不顾一切地跑出矿区，向医院奔去。

06

石兴国疯了似的冲到医院，大声喊着"许茹"的名字。躺在病床上的许茹隐隐听到有人叫自己的名字，挣扎着坐起来。

窗外，石兴国焦急的身影一下映入眼中，许茹激动地扑到窗前。外面左顾右盼的石兴国也发现了许茹，隔着窗，两人彼此凝视着。许茹嘴唇翕动，轻喊着"兴国"，慢慢伸出手贴向玻璃；石兴国也轻声叫着"许茹"，缓缓向着玻璃伸出手去。隔着玻璃，两只手紧紧贴在一起。许茹紧咬着唇看着石兴国，突然，再也抑制不住，眼泪夺眶而出。

石兴国用最快的速度飞奔入病房，两双手终于紧紧握在了一起。"执手相看泪眼，竟无语凝噎"，好久好久，石兴国心疼地看着虚弱憔悴的许茹："……瘦了……"

许茹摇了摇头，幸福地笑着："不怕，只要还能见到你……什么都不怕……"

石兴国满心酸楚和不忍："你太傻了……以后，不许这样了。"

许茹摇了摇头，淡然而坚定地说："我愿意。"说完，许茹忽然抬头盯着石兴国，"兴国，如果……如果我不回来，你会去找我吗？"

石兴国稍一迟疑，许茹将手从石兴国手里抽回。石兴国又一把握住，语气坚定："会，一定会！不管你在哪儿，我都会把你找回来的！之前我一直在给你打电话，写信……"

许茹笑笑："嗯，我相信你，我哥为了不让我回来，断绝了我的一切联系……他们说，是为我好……"

石兴国满眼心疼："许茹，我一定会对你好，不会再让你受苦。今后，我们再也不分开了，好吗？"

许茹点着头，疲惫而幸福地靠在石兴国肩上。

晚饭时间，梅大妮未见石兴国来吃饭，到队部来找。正在说话的周远和齐占山立刻止住话题。周远站起身，端起一旁的茶缸子喝水。

齐占山刚要说话，周远咳嗽了一声。齐占山看看周远，也站起来："指导员，还有杯子吗，我渴……"

梅大妮一把夺过周远的杯子："都别喝了，啥意思，你们啥意思啊？俺一来，你们就一个个的渴、渴，俺长得有那么咸吗……"

齐占山笑着解释："不是，大妮……"

"得了得了，不说拉倒，俺自己去找，俺就不信石兴国他能人间蒸发了？"说完，梅大妮转身出去。

"指导员，队长这……"齐占山的话还没说完，周远严肃道："不该说的话坚决不说，不该添的乱坚决不添。"

齐占山笑着点头。

战士们都已经吃完饭，炊事班厨师们在收拾餐具，梅大妮边干活边不停地朝门口张望。石兴国匆匆走进来，见已空无一人，转身要走，却被一直观望着的梅大妮喊住："石队长，你咋才来？"

"有点事，忘了饭点儿了。"石兴国答道。

梅大妮嗔怪道："就知道你是个大傻子，你等着。"说着跑进后厨，随即手里端着一个饭盒出来，"俺专门给你留的蘑菇汤，赶紧趁热喝……"

石兴国没有接："大伙今天吃的啥？"

"萝卜汤。"梅大妮不明所以。

"梅大妮，这是咱钻井队的炊事班，你不能为了我一个人搞特殊！知道吗？"石兴国说完转身就往外走，梅大妮连忙解释："这不是你们炊事班的粮食，是俺自己上山采的山蘑菇，俺没有浪费炊事班的一棵蔬菜，俺也没有搞特殊让石队长犯错误……"

石兴国看着委屈的梅大妮，赶紧道歉："对不起，梅大妮同志，是我没调查了解，错怪你了。既然是你采的山蘑菇，那下次多挖点，让咱们尖刀队的同志们都能吃上，这样，大家都能好好学习多打油。"

梅大妮高兴地答应，然后将饭盒递到石兴国手里："这回可以吃了吧？山蘑菇最有营养了。"

石兴国接过来："那……我回去吃，谢谢梅大妮同志。"

梅大妮傻傻地笑着，一直望着石兴国的背影直到消失不见。

石兴国想着蘑菇汤有营养，自己没舍得喝，小心翼翼地端着送到了医院。看着许茹一口一口将汤喝完，石兴国比自己喝了还高兴。

"嗯？什么好吃的，满屋的香味，炊事班开小灶了吧。"两人正说着话，唐娜笑着走进病房，"许茹，石队长这个药引子，可是最能治你的病了……哎呀，我没打扰到你们吧？"

许茹笑骂着"死唐娜"，石兴国却红了脸："没，我……队里有点事，我正要回呢。"说着站了起来，"那，许茹，我走了，明天再来看你。"

"不用了，医生说明天就可以出院了。"许茹赶紧说。

"这么快。"石兴国有些惊讶。

唐娜插嘴道："有人照顾着，当然好得快了。"

许茹笑着挥手："有事快走吧，别在这儿给唐同志当靶子了。"

石兴国尴尬地笑笑，走了。唐娜看着石兴国的背影，夸奖道："挺细心的嘛。"

许茹哼了一声："他？脑子里都是尖刀队、改编、石油那些事，刚才说了半天了。"

唐娜笑道："现在谁不是这样呀？我们虽说改成石油师，可有些同志连石油两个字都不认识，还要打油，这也太难为他们了。这不，师里最近成立了石油学校，由咱们的高才生黎明任校长，先从扫盲抓起。"

许茹一听，高兴地说道："太好了！也不知道还缺不缺教员，明天我就去找黎校长……"

唐娜笑着打断她："哎哎，别激动，我早就替你请过战了，就等着你养好身体呢。"

扫盲班正式开学，为了搞好团结，互相帮助互相促进，上级安排工人们与战士们一起听课学习。

接到通知，刘大勇对宿舍中其他工友抱怨："这石油师的人搞识字班，咱跟着凑什么热闹啊，这儿是油矿，咱当工人的是爷！不能让他们说怎样就怎样，那些当兵的心眼子，我看就是秃子头上的跳蚤，明摆着的！他们巴不得把咱这一套赶紧学会了，然后再把咱一脚踢开，这油矿就是他们的了。"

本来觉得新鲜想去看看的工人们面面相觑，继而义愤填膺起来，纷纷表示不会去扫盲班了。

矿区大院中间空地上，扯起了一条横幅：石油师文化补习班。前面摆着几张桌子，许茹和唐娜站在桌子旁，每人手里端着一个铁盒子，一个盒子里面是一支支铅笔，另一个里面却是和铅笔一样大小的小木棍。由于物资供应紧张，铅笔比较珍贵，一个班只能给一支，大家轮流着写，其他人用小木棍在地上练习。

桌旁围满了人，唐娜不停地喊："都别挤，都别抢，人人都有份，大家先排队，听我说，领到铅笔的班级先到这边桌上登记，没有领到铅笔的，到我这儿来领……"

齐占山站在队伍前面，从许茹手里接过一支铅笔，同时接过唐娜递给他的几根小木棍，齐占山边签字边摇着头嘀咕："回到红军那会儿了，打仗用棱标了。"

宋豫杰和王振华等人走过来，看到这木棍代替铅笔的办法，却很是欣赏。

正式开课了，战士们席地而坐，一本正经地念着、写着或是在地上画着。却没有一个工人。

此时的刘大勇和一群工人们正眉飞色舞地打着麻将纸牌，似乎根本没有上课这件事。

几天过去，这些横扫战场的英勇汉子却一个个败下阵来，面对一块小黑板，面对几个方块字，满心都是挫败感。

这天上课，教员在黑板上写下昨天学过的"刹"字，叫段铁生念。段铁生站起来抓耳挠腮好半天，急得满脸通红，还是不知道念啥，耍赖道："老师同志，这个字，胳膊腿儿太多了，我认不出来。"

一句话，逗得大家哈哈大笑。

"这位同学，请你注意课堂纪律。这个字，是刹把手的刹。刹把手，在咱们石油钻探过程中，是一个很关键的职务，就好比打仗时候的神枪手一样。"教员循循善诱。

段铁生一听"神枪手"，眼睛顿时亮了，骄傲地一挺胸脯："这个我能理解，老子就是神枪手。但是一个字，何必写得那么难认？不就是刹把手嘛，你画个大叉叉，咱也能认得，大家说对不？"

教员啼笑皆非："这不是我说了算的，书上怎么写，咱们怎么学就是了。"

"可是这念书识字，太不痛快了，你教的那些字，既难念又难认还难写，这不是为难大家吗？实话告诉你吧，老子打仗打鬼子、打土匪，都没觉得有多难，咋认个字就这么难呢？你要是会教，就教简单些，不会教，趁早让我们下课吧。"段铁生大大咧咧地说道。

众人哄堂大笑，教员气结："你……你，你这是扰乱课堂纪律！"

"什么？扰乱纪律？老子还不学了！"段铁生说着就要往外走，其他人也跟着站起来，拍桌子打板凳哄笑不止。

正混乱间，宋豫杰和王振华突然走进教室，大家愣住，教室顿时鸦雀无声。

王振华严肃地说道："老师你继续，该怎么教就怎么教，并且要每天点名，随时点名，看谁敢缺课。"

"政委，我们不是不想学，是这个文化，它太难学了。"段铁生小声解释。

"不要找借口！刚才在外边我都看到了，你话说得没错，打仗那么困难，我们都能打赢，学几个字就怕了？你忘记毛主席的口号了？'世上无难事，只怕有心人'，学文化，这就是一场硬仗，我们不光要打下来，还要打得漂亮，只能赢，不能输！"王振华的话字字敲打着大家的心，段铁生却仍没有信心。

晚饭时间，段铁生皱着眉头走进炊事班，嘴里嘀咕着："以后我就留在炊事班，蒸馒头也比认字强！"

旁边的齐占山听见后说道："你，你这是严重的思想认识错误，知不知道？"

段铁生犟道："我不知道什么错误不错误，我就知道，字难认，也难写，让老子不痛快，从今往后，老子不打石油了还不行吗？"

"谁不想打石油了？"众人听到熟悉的声音，不由地看向门外，石兴国陪着王振华走了进来。

"我……我没说不打石油，可打石油，有在前面打的，有在后面打的，我学不会，就当个做饭的石油兵算了。"段铁生忙解释。

"段铁生，你连自己的名字都不会写，别说打石油，以后干什么都不行。"石兴国给他做思想工作。

段铁生却是不服气："那怨我吗，石队长、齐班长，你看你们那个姓，都咔咔咔几下，可他娘的咱这个段，一截一截的，就数这个姓难写。政委，你们就放过俺吧，俺是真不适合识字。"

王振华笑了："段铁生，这姓改不改你可以说了算，可这名，是你自己愿意的，名都学不会，对不起咱身上这身衣服。"说着用手指蘸水，在桌上子写了一个"兵"字。

段铁生不认识，问："这是啥，还两条腿站着的。"

"兵！当兵的兵！我们现在是石油师，当的是石油兵。头上戴铝盔，两脚踩大地。堂堂正正的石油兵。你说不想学习，那就是逃兵。逃兵，是站不起来的。"王振华说着将兵字的两点抹掉："这念丘，是小土堆的意思，一辈子就坐在这里，啥也干不成。"

段铁生挠挠头："那，俺要当兵。"

这时梅大妮从后厨走出来："段铁生，俺告诉你，俺不管政委说的啥，也不管齐班长说了啥，俺就问你一句，你现在还是尖刀队的人不？是，你就好好学习。反正石队长的兵哪个不好好干，以后俺这炊事班他就不准进来，饭也甭想吃。"

"哟，梅大妮同志权力挺大呀，石队长给的？"王振华笑着说道，"我看这样挺好，以后啊，还请梅大妮同志监督这帮家伙，学习不上进的同志，啥时候学会了啥时候再让他们吃饭。"

"是，政委！"梅大妮拿着勺子一个敬礼，差点打到段铁生。看到这欢乐的情景，大家都哈哈大笑起来。

其实梅大妮也曾去看过大家学习，黑板前美丽知性的许茹，下边认真练习的众人，都令她充满羡慕。但当齐占山要她也去学习时，梅大妮却借口不识字没事，但不会做饭就会饿跑自己男人，转身快速逃走了。

铅笔和本子的短缺，给学习班带来很大的不便。邱建设热情地到处张罗采购，这天终于落实到位，就赶紧向王振华、杨宇照汇报了进展。

王振华很高兴："谢谢邱处长全力帮忙啊！西北军区习政委得知我们的情况，也帮我们采购了一批，都到位后一定能满足每位学员学习使用。"

"邱处长自从负责石油师的接待后勤工作，比我们矿上自己的事都上心。"杨宇照呵呵笑道。

"应该的，应该的。以后这油矿还不都是石油师说了算。"邱建设态度极其谦虚。

王振华听到这话不干了："哎？！我们可都是一家人。"

"对对对，一家人。"邱建设知道自己说错了话，忙不迭地更正。

王振华笑着对邱建设说："对了，习政委还让军区电影队来给咱们放电影，国产影片《高歌猛进》，你安排一下吧。还有，过几天给石油师和工人们组织个篮球赛，让同志们通过打球多接触接触，熟悉熟悉。"

"好，好，看电影打球都是年轻人喜欢的，政委工作水平就是高。我这就去安排。"邱建设满脸堆着笑。

下了课，石兴国接过许茹手里的备课书包，两人在矿区大院肩并肩边走边聊。

石兴国担心许茹的身体状况，嘱咐她别太累。许茹却调皮地跑了两步、转了个圈，表明她好得很。两人说说笑笑很是亲昵。提到晚上的电影，两人约好一起去看。

周远和齐占山拿着篮球去打球，远远看到对面的石兴国和许茹，周远赶紧拉了齐占山躲到一边，笑嘻嘻道："走那边，给人家腾点儿空嘛，那么长时间不见了。这天气，这景色，不抓紧培养感情，还等到啥时候啊。"

　　齐占山却突然站住，朝另一边指了指："有不给腾空的。"见是梅大妮向这边走来，周远忙拉着齐占山迎了过去。

　　梅大妮正大步往前走着，突然一个篮球滚到面前，接着周远和齐占山迎面走来。梅大妮下意识地向左边靠去，让出路来，没想到他俩也向左边靠过来。梅大妮又转向右边，他俩也跟着堵到右边。见他俩故意拦她，梅大妮疑惑地道："指导员，齐占山，你们俩挡着俺干啥？"

　　齐占山身体略前倾，装作欲弯腰的样子："没有没有，我捡球。"

　　梅大妮瞪了一眼齐占山："你眼神不好使，球在那边。"

　　齐占山讪笑着走了几步，捡起球。

　　"梅大妮同志，你这是干啥去？"周远岔开话题。

　　梅大妮眼睛里闪出亮光："俺找石队长去啊，俺要他晚上陪我看电影去。"

　　齐占山有些急："那可不行，现在你不能去找他。"

　　"为啥？"梅大妮不满。

　　"秘密。"周远说着悄悄给齐占山递了一个眼神。

　　"啊，对，军事秘密。"齐占山连忙夸张地大声说道。

　　梅大妮纳闷地上下打量着面前这两个人，心里满是疑问。忽然，目光越过他俩，梅大妮瞧见了前面快要消失的石兴国和许茹的背影。

　　梅大妮一下急了："你们啥意思，那前面不就是石队长吗？他是跟谁在一起呢？"

　　两人有些慌张，互相看了看，没吱声。梅大妮看着表情怪怪的两人："你们俩啥意思？你们是故意的，对不？石兴国跟谁在一块呢，是不是个女的？哦，俺明白了，原来你们合起伙来欺负俺！"

　　齐占山慌了："梅大妮同志，你看你，先别急嘛，我们怎么会合伙欺负你呢，人家许教员本来就是石队长的未婚妻。"

　　梅大妮一惊："未婚妻？啥时候的未婚妻……哦，就是先前回家的那个许……"想到这儿，梅大妮一屁股坐到地上，哇哇大哭起来。

　　"梅大妮同志，你看天都快黑了，你这么哭，好像……好像我们欺负你了似的，快起来，别哭了。人家石队长的未婚妻是去探亲，这不，刚回到部队没几天。"周远蹲下身，耐心地劝着梅大妮。

梅大妮抹着眼泪站起来，扭头就跑。

"齐占山，你……你去处理一下。"周远担心出事，让齐占山赶快去追梅大妮。

没办法，齐占山只好苦着一张脸追了上去。

梅大妮一路小跑回到炊事班，后面跟着的齐占山见没事，转身要走。梅大妮忽然转过身，眼睛通红地问："齐占山，你跟俺说实话，石队长和那个许教员真的……"

齐占山见梅大妮说不下去，接过话头："你别难过，其实队长和许教员都认识好几年了，也早就确立了恋爱关系。要不是部队调来玉门，人家在汉中早就结婚了！"

梅大妮失神地喃喃道："那……那俺呢，石兴国他有未婚妻，为什么还把俺带到这儿来。"

"哎，梅大妮，这事儿你可冤枉不了我们队长，你来玉门可是扒着车……"齐占山说道。

"那是俺不知道，不行，我得去问问，他到底要那个女人，还是要俺。"梅大妮说着就要走。

齐占山看着这个单纯得有点傻气的姑娘，忍不住笑了："我看你还是别去了，我就能告诉你，队长肯定要她。人家许教员本来就是石队长的未婚妻，再说人家又是知识分子，识文断字，跟队长也有共同语言……"

"行了，别说了，她不就是多认几个字吗？俺要想认，比她认得多。"梅大妮生气地打断了齐占山的话。

"哎，这还真没准儿，要不，你也去识字班，一起比试一下。"齐占山故意说道。

梅大妮看看齐占山："俺知道你啥意思，放心吧，俺没那么傻，不会去学习班给你们队长丢人的。"

齐占山放下心来，略带讨好地说："那咱们一块儿看电影去吧。"

梅大妮摇摇头："不看了，没心情了。"说着转身进了屋。

第二天中午，石兴国到打饭窗口打饭，梅大妮眼皮都没抬，直接给他盛了一饭缸子涮锅水，身后的周远"扑哧"一下乐了："老石，唯女子和小人不好惹，你是撞上喽。"

石兴国还在一脸疑问，梅大妮已面无表情地转身进了后厨。

经过一段时间的学习，石兴国感觉效果不佳，那些战场上生龙活虎的兄弟们到了课堂上，一个个像困兽般，越来越烦躁。想来想去，为了顺利完成石油兵的身份转换，他向政委建议一边学文化，同时也学学石油知识，这样，有目的地学，再加上有实践机会，效果或许会好一些。

王振华非常赞同石兴国的提议，可是，老石油工人中有文化的没几个，而且会不会讲课也是个问题，要想找个既懂石油又懂文化的人很难……考虑再三，王振华忽然想到了田义文，能者为师，不论过往，这才是珍惜人才该有的态度，也是当时讨论留下他的初衷。

田义文却有些不自信，上第一堂课前，他紧张地两手插兜，不停地在教室外走来走去，一会儿用脚踢着小石子，一会儿又东瞅瞅西望望，一副心神不安的样子。

王振华和石兴国担心战士们对田义文有意见，特意赶过来助阵。见他还站在教室外，王振华开口道："怎么，小田，不进去？别有思想负担，走，咱们一起进去。"

田义文整整衣衫，跟在王振华身后进了课堂。听说田义文要做他们的教员，战士们顿时喧闹起来，纷纷表示不能让一个土匪给他们当教员。

王振华一脸严肃地看着战士们："我知道让田义文教大家学文化，学打油，大家会有想法，但大家想一想，咱们以前无论放过羊还是种过地，以后都可以拿枪，都可以打油，那为什么田义文以前当过土匪，现在就不能教大家学习了呢？一个人的过去并不代表着现在，而且小田现在正接受我们新中国的改造，也决心为咱们的石油工程做贡献，这样的人我们就应该欢迎。最关键的，人家是西南联大的高才生，学过地质，这你们谁能比？"

看着战士们复杂的表情，石兴国说道："我先表个态，从现在起，田义文同志就是我们石油师的一员，也是我们尖刀队的一员。"

"田义文，还同志？"下面的齐占山很是不满。

"对，只要接受了改造，愿意留在玉门打油，这就和我们有了共同的志向，就能称之为同志。另外，关于田义文同志的安排，我是请示了上级军区才做出的决定。在这里，我郑重宣布，既然田义文成了我们的新同志，你们这些老同志，谁也不许欺负他，知道吗？"王振华幽默的话让大家心情放松下来，也心悦诚服地接受了这位新教员。

田义文在王振华鼓励的目光中走到讲台中央："好，我们现在开始上课。"

下课后，石兴国和田义文边走边聊，对于怎样让大家更轻松地学好文化知识，成为名副其实的石油部队，两人各抒己见，田义文更表示会尽力而为。

两人正走着，突然，梅大妮从远处冲了过来，怒视着田义文和石兴国："俺倒要看看这杀人的土匪咋就成了先生了！他杀了我的父老乡亲，要不是他，俺爹也不会死！石队长，你不是说要给俺报仇吗？原来，原来你们是一伙的……"

"梅大妮同志，你先别激动，听我给你解释。"石兴国连忙劝慰。

"俺不听。土匪就是土匪，你解释再多也改变不了他是土匪的事实！"梅大妮怒吼。

石兴国提高了声音："梅大妮！你胡闹什么！咱们现在已经不打仗了，和平建设年代，我们都要有思想上的转变，现在，田义文同志已经在转变了，我希望梅大妮同志也能适应这个时代，发生转变。"

梅大妮听到这里，眼睛盯着石兴国："转变？对，转变，俺就知道，你们是一样的人！你早就变了……石兴国，俺告诉你，你别想欺负俺，俺梅大妮不会那么容易认输的。"梅大妮说完扭身跑了，留下一脸莫名其妙的石兴国与田义文面面相觑。

这时，周远、齐占山还有几个战士拿着篮球走了过来。

"队长，玩会儿去，后天就比赛了。"周远晃着手里的球喊。

石兴国看了看田义文，拉了他一起去打球。

运送物资的汽车在大家的盼望中终于到来，一辆辆排成长龙，缓缓驶进矿区大院。

邱建设热情地边和司机师父挥手，边指挥车辆直接开到部队营地。

排队等候领劳保用品的工人们看着汽车驶到面前却没停，不禁议论纷纷。脾气火爆的刘大勇见汽车开进了石油师，更是一下摔了手里的东西，气愤不已。

石油师营地里，邱建设招呼官兵来领物资。大家排成队，邱建设亲自将脸盆、毛巾、肥皂、茶缸等生活用品发放到每个人手里。

突然，一队工人浩浩荡荡地冲进营地，围住了他们。一个工人一把夺过一个战士手里的脸盆，扔到地上，怒气冲冲道："我们就想问问，为什么你们来了，我们就没得发了？！"

邱建设忙打圆场："都有，都有，你们的上个月不是发过了吗？"

"那算发了吗？凭什么他们一人一整块肥皂而我们只有半块？凭什么他们有毛巾我们没有毛巾？""我们是老工人，凭什么他们的待遇超过我们？"工人们七嘴八舌地吵嚷起来。

邱建设见工人越聚越多，吓得退到一边。

这时周远走到工人们面前："大家静一静，静一静！听我说，这可能是个误会，发放物资这件事呢，我们也只是听命令发放，邱处长给我们多少，我们就发多少，并不知道发得比你们多。"

工人们哪里肯听这种解释，仍旧吵个不停。刘大勇忽然看见刚刚出来的石兴国，立刻嚷嚷起来："石队长来了是吧，来了正好，你看看，这明明是发给我们的物资，你们石油师怎么连劳保用品都要抢，我们这些天天在矿上生产的老工人，为什么还不如你们的东西多。请石队长给个解释。"

石兴国向周远打听了下情况，说道："情况我们现在还不了解，但我可以向你保证，我们石油师不会贪小便宜，如果多占了，一定原数退回去。"说着，转向战士们，"大家先不要领了，刚才发下去的物资，立刻全部交上来！谁都不许用。"

战士们听到这个命令却不愿意了，互相抱怨着磨蹭着。刘大勇等工人们看着这一幕忍不住露出得意之色。

　　这件事很快被上报。杨宇照、宋豫杰、王振华等马上召开了会议处理此事。

　　据邱建设介绍，因为新来的石油师官兵人数太多，而物资又比上一次少，所以为了照顾石油师官兵，给老工人发的物资就少了点，没想到引起了他们的不满。

　　大家知道了事情的来龙去脉，王振华感叹："看来咱们都还处在磨合期，不光是我们石油师要和玉门磨合，还要和这里的工人们磨合。不过中央军委和军区既然选中五十七师，让我们成为一支前无古人的石油师，我们就会珍惜荣誉，服从大局。杨局长、邱处长你们也不用太为难，不管在哪里，我们军队吃苦耐劳的作风都不会丢，物资保障方面，一定要优先保证石油工人。"

　　杨宇照有些歉意："现在生活保障上还存在很多不足，石油师面对这样的困难条件，扎根玉门，实在是不容易，我们有些石油工人的思想觉悟没跟上，还需要加强教育啊。"

　　"请杨局长放心，这件事我会妥善处理好。石油师那边已经把多发的物资全部退回来了。"邱建设在旁边说道。

　　杨宇照佩服地看向宋豫杰和王振华："师长、政委治军有方啊。"

　　两人微笑着摆摆手。

　　"对了，明天的篮球友谊赛已经安排好了，领导们要不要亲自出席？"邱建设问道。

　　"现在这个时候打球……"王振华皱了一下眉，想了想又说道，"好吧，既然是安排好的，就照常进行吧，不过，要严控球场纪律。"

　　邱建设脸上堆着笑："政委放心，友谊赛嘛，不赛怎么出来友谊。明天我亲自当裁判，不会有事的。"

　　经过此事，王振华特意叮嘱战士们一定要与石油工人搞好关系，只有团结协作才能更好地促进工作。石兴国却发愁了，尖刀队与石油工人势如水火的情形，怎么才能缓和关系……

　　下课后，石兴国去找许茹商量。许茹想了想："那好办，你们明天是不是要跟他们举行篮球赛？"

　　"是呀，齐占山他们正练着呢，说既然上不了战场，就在球场上一决高下。"

石兴国答道。

许茹摇摇头："石油工人是敌人呀？这球场怎么能是战场？"

石兴国恍然大悟："对呀，那这比赛……"

"比，而且要好好比，但有一个关键，那就是，只许输，不能赢。"许茹眼睛里透着狡黠，"只有故意输给他们，才能让他们在心理上占上风，才能达到友谊赛的目的。石油师人和石油工人才能团结起来。"

"嗯，有道理有道理。"石兴国高兴地连连夸赞，然后忙向球场跑去。

正练球的齐占山等人听了石兴国"友谊第一，比赛第二"的策略，都抱着球默不作声，以示心中的不满。

齐占山呆立了一会儿，更是悻悻地拿起衣服，转身就走。

石兴国望向周远："指导员，你怎么看？"

周远想了想："友谊第一比赛第二可以理解，不过我觉得从这次分发劳保用品来看，那个邱建设好像是故意这么做的，就是要挑起工人和部队的矛盾。"

"嗯，保持警惕性有好处。不过政委说了，让我们为了石油，要团结一切可以团结的力量，尤其是重视老石油工人们的力量。我们和他们处好关系，学习他们的打油经验，是我们当前的唯一出路。"石兴国若有所思。

炊事班里，梅大妮已经在为胜利做准备，她手里扎着一朵大红花，准备给赢了比赛的石兴国戴上。

这时齐占山凑了过来："你这大红花，还是给刘大勇戴吧。"

梅大妮不明所以，只是骂齐占山说话不吉利。远处，周远和石兴国也并肩而来。梅大妮赶紧换作一副笑脸向他们迎了过去，到了跟前，梅大妮将手里的红花在石兴国身上比画："你要是赢了，俺就亲手把花给你戴上。红花配英雄，石队长就是俺心中的大英雄。"

石兴国和周远都尴尬地笑着，稍远些的齐占山也无奈地摇了摇头。

第二天，比赛场上热闹非凡。石油师文工队和油矿文工队敲锣打鼓，加油助威。主席台上方拉着一条大横幅，上面写着"玉门石油局篮球友谊赛"。台上摆放着一排桌椅，上面立着记分牌。杨宇照、宋豫杰、王振华几个领导坐在桌后观战。

赛前，战士们洪亮整齐的拉歌声，让工人们感到新鲜有趣，不住地鼓掌叫好。热烈的气氛中，邱建设穿着运动服，脖子上挂着哨子走到球场正中间："好，咱们的比赛马上开始，下面有请双方运动员上场。"

刘大勇、石兴国分别带着各自队员上场，双方啦啦队响起热烈的掌声。

球赛开始，两个队都生龙活虎、奋力拼杀。经过严格训练的战士们自然不输石油工人，齐占山看准时机，一个三步上篮，球进了。石油师啦啦队顿时响起热烈的锣鼓声，梅大妮兴奋地大喊："齐占山加油，石队长加油！"许茹站在人群后，静静地看着抢在最前面的梅大妮。

邱建设兴高采烈，让石油师队发球。石兴国脸色不好地瞪了齐占山一眼，齐占山这才想起队长的嘱咐，一气之下直接将球传给了刘大勇。观众一阵嘘声。

在石兴国等人配合下，比分不断向石油工人倾斜。邱建设看着主席台上的领导，有些着急。

刘大勇又进一个球后，邱建设吹响了哨子，直接判定进球无效。刘大勇等人怎能服气，顿时争吵起来。

"这打球打球，不能光你们自己打吧，刚才没人拦着，不算不算。"邱建设强词夺理。

"凭什么不算，没人拦着，说明他们没能耐，说明我们打得好，他们只有看的份儿。再说了，打油不也是我们打，别人在看吗？"激动的刘大勇将问题扯到石油上。

听到这话，围观的齐占山不干了："哎，刘大勇，你说什么呢。"

刘大勇理直气壮："我说错了吗？大家评评理，我说错了吗？我说得不对吗？"

邱建设见势头不对，忙打圆场："打球打球，今天不说打油。"

"我偏说打油，打球打油，一个道理。"刘大勇毫不相让。

愤怒的齐占山冲动中拿起球就向刘大勇砸了过去。刘大勇侧身躲过。石兴国见状忙上前阻拦。

刘大勇和工人们见齐占山动手，毫不示弱地迎了上去，双方剑拔弩张，眼看就要打起来。后面的许茹急了，一下冲到场地中间："别打，你们别打了！"

众人见许教员冲进来，都愣了一下。刘大勇乍一看到许茹，整个人都呆住了，脑海里瞬间闪现出那次在汉中五十七师门口见到的那个女兵。真的是她！刘大勇内心狂喜，自石油师开进玉门，他就盼望着能再见到她，但找了好久却没有丝毫消息。原本以为希望已破灭，此时，她却就这样突然出现在眼前。

刘大勇激动地看着许茹，转身拦住工友们："都给我住手，咱们是友谊赛嘛，友谊第一，比赛第二，都给我回去。"

工人们不解地看着刘大勇，但还是撤回了脚步。石兴国等人狐疑地看着对方主动退后，也忙将齐占山等战士拉了回来。

刘大勇再转身时，球场里已没有了许茹的身影，工人和战士们纷纷散去，满眼晃动的人影让刘大勇焦躁不已。

07

呆立片刻，刘大勇疯狂地跑进人群，一路寻找。

远处，石兴国和许茹并肩走着。梅大妮手里拿着红花，放慢脚步跟在后面，她一直盯着前面亲密交谈的两人，忽然恨恨地把红花扔在地上，用力踩了一脚。

快速穿梭于人群中的刘大勇这时候跑到梅大妮跟前，也发现了前面许茹和石兴国的背影。刘大勇失落地放慢脚步："哟，这不是梅大妮吗，前面跟石队长一块的是谁呀，以前怎么没见过？"

梅大妮没好气地说道："俺以前还没见过呢，什么未婚妻，未婚，就不是妻！石队长那么好的人，找啥人不好，偏找一个文弱弱的教员……"

刘大勇的心沉到谷底，喃喃道："是啊，那么好的一个人。"说完，机械地向前走去。

石兴国和许茹走进一座凉亭，两人手拉着手坐在石凳上说话。忽然许茹隐隐感觉有一道目光一直窥视着自己，于是不安地四处张望。

"怎么了？"石兴国问。

"噢，没事，也许是我回家这一趟发生了太多的事，回来后，特别怕失去什么。"许茹转回了头。

石兴国心疼地拉着许茹的手轻声安慰。过了一会儿，许茹不经意地侧头看见远处正向这里张望的刘大勇，敏感地站起身："走吧，那边有人在看。"

石兴国看向正转身离去的刘大勇的背影："怕什么？你呀，就是刚从家里回来，什么事都放不下，有空给家里写封信报个平安吧。"

许茹若有所思地点头，二人拉着手离开。

根据观察，近阶段石油师工作学习的进展情况，一团工作进度稍稍落后，主要是石油知识的基础要打好，以后工作才能干好，所谓磨刀不误砍柴工。而三团的工作走到了前面，后勤保障上也已经逐步理顺了供应关系，二团基本建设进度也很快，大家的住房问题应该很快会落实。

除了持续抓好文化基础学习和思想教育外，为了让大家彻底丢掉后顾之忧，安心扎根玉门，石兴国建议让战士们都给家里写封信，有条件的可以休假探亲，暂时走不开的，就让家人来玉门团聚。虽说解放好几年了，但无论干部还是战士，至今都还没有回过家，难免会想念远方的亲人，心里浮躁。这样，既能让大家亲人团聚，也可以让家属了解石油，支持石油师的工作，安定大家的心。

宋豫杰、王振华听到这个提议都非常支持，立即通知各单位组织安排，并特意把简陋的招待所重新粉刷打扫，为家属们提前安排好住处。

晚上，战士们都在宿舍给家里写信，齐占山却一个人来到后山，嘴巴里叼着一株狗尾巴草，仰头呆呆地望着月亮。

周远在宿舍里不见齐占山，寻到后山，见他坐在地上望着月亮出神的样子不禁笑道："齐占山，你这是望嫦娥呢？想让人家嫦娥给你当媳妇啊？"

齐占山没有笑："我在跟我娘说话。我出来参军的时候，我娘说，要是想她了，就抬头望月亮。不知道这么多年，我娘一个人望了多少回月亮，今晚，我也望望她老人家。"

周远拍拍他的肩："怪不得你不写信，跑这儿来了。"

"写了也没用，我娘又不识字，还得麻烦别人给她念。"齐占山淡淡道。

"哎，对了，政委还说允许家属来部队探亲，你要是想你娘了，可以让你娘来玉门啊。"周远提醒他。

齐占山一下跳了起来："对啊，我这就去写信让她来！"说着一溜烟向山下跑去。

晚上的学习班学员格外多，大家慢慢都明白了学文化的好处，越来越多的工人有时间就会来听课。刘大勇自从知道了许茹是学习班的教员后，对学习也积极起来。

这天晚上，刘大勇拿了书本，挤在教室的最前面。许茹走进教室的瞬间，几个新来的工人见是个漂亮女教员，不禁坏笑着低声嘀咕了几句，周围的人也跟着哄笑起来。

许茹走上讲台，看了一眼那几个学员，说道："大家好，我姓许，今晚的课由我来上。"

"太好了！许教员，上到天亮咋样啊？"其中一人故意喊道。

"是啊是啊，哈哈哈。"众人顿时跟着起哄。

这时，刘大勇突然铁青着脸站起来："都给我闭嘴！"众人一怔，顿时鸦雀无声。

许茹看了一眼刘大勇，目光里有感谢。刘大勇礼貌地回以微笑。

下课后，工人们陆续走出教室，许茹收拾书本也准备离开。一直悄悄盯着的刘大勇忙追上来："许教员，许教员等一下。"

许茹停住，回头见是刘大勇，微笑道："刚才课堂上的事谢谢你，有事吗？"

刘大勇嘿嘿笑着："许教员，都是小事一桩。对了，我……我叫刘大勇，以后，要是哪个敢欺负你就告诉我，我一定帮你教训他！"

许茹微笑："谢谢你，刘同志，你找我什么事？"

"哦，哦，许教员，刚才在课堂上你讲的那个石油的来历，可太有学问了，你看我，打了十几年的油，还不知道这石油就是中国最早发现的。你说的那个西周，是不是很早，听说书的说过东周列国，这西周，是不是就那时候？"刘大勇挖空心思找了个问题。

"比那时候还早。"许茹笑着回答。

刘大勇做出非常认真的样子："是吗，还要早？你给我讲讲呗。"

"现在下课了，我还有事，下节课我们接着讲吧。"许茹不好意思地笑笑。

"那，谢谢许老师了。"刘大勇不舍地看着转身离去的许茹，心里的滔天巨浪翻滚不已。

第二天上工时，刘大勇的脑海里一直萦绕着许茹的身影。休息期间，工人们聊起漂亮的女教员，刘大勇忽然正色道："你们以后再说话，把嘴洗干净点儿，特别是当着人家许教员，别显得我们石油工人都是没文化的大老粗。"

一个工人起哄道："哟，哟，咱刘队长什么时候会疼人了。刘队长，你是不是看上那个许教员了？"

另一人接口道："看上又怎么了，要我说啊，这全矿上就数咱刘队长最有本事，那个许教员要是能嫁给咱们刘队长，那是她的福气。弟兄们，对不对呀？"

"哎哎哎，你们这话在这儿说说还行，出去可别瞎说。"刘大勇心里美滋滋的，嘴上却叮嘱大家别乱说话。

"怕什么，刘队长，听人说，那许教员是石油师石队长的未婚妻，你是不是怕抢不过呀？"一个工人开玩笑道。

"他石兴国算个球。"听到这话，刘大勇忽然恨恨地站起身，"行了行了，干活，干活。"

同样烦恼的还有梅大妮。她想来想去，向齐占山要了笔和本子，打着跟大家一起学习进步的旗号，也来到学习班。许茹已经开始讲课，梅大妮在教室外趴着窗户先看到最后一排的石兴国，然后走进教室，径直坐到了石兴国旁边。

石兴国很诧异，低声问："你来干什么？"

梅大妮笑嘻嘻道："上课，学文化。"

正在讲课的许茹看到梅大妮和石兴国在后面窃窃私语，有些分心，但她尽力假装镇静地讲着："外界的沉积物不断地堆积加厚，导致岩层温度与压力上升……沉积层变成沉积岩，进而变成沉积盆地……"

梅大妮问石兴国："盆地？什么叫盆地。"

石兴国小声解释："中间低，两边高的地形。"

许茹继续讲课："沉积盆地的形成，这就为石油的生成，提供了基本的地质环境……"

梅大妮再问："地质环境，啥意思。"

石兴国有些不耐烦："接着听。"

"听不懂，你帮着讲讲嘛。"梅大妮依旧笑嘻嘻地看着石兴国。

许茹停止了讲课，看着最后一排。学员们也都转过头去。

石兴国大为尴尬，拉起梅大妮跑出了教室。

到了外面，梅大妮一脸的不高兴："石队长，咋了嘛？课还没上完呢。"

石兴国有些恼怒："梅大妮同志，真想学文化就好好听讲，东问西问的捣什么乱？你知不知道这样会影响到别人？"

"俺没捣乱，俺不会还不能问了？"梅大妮回答得理直气壮，透过窗户看着里面恢复讲课的许茹，梅大妮又道，"俺知道，俺没文化，可俺会洗衣，能做饭，能伺候人；她有文化，可是文化能当饭吃，能当水喝啊？石兴国，反正俺是为你好，你可别犯傻。"说完，梅大妮转身就走。

石兴国一时愣住，看着梅大妮的背影满脸疑问："说什么呢？我……犯傻，犯什么傻？"

下了课，刘大勇等人围着许茹问问题，石兴国等在一旁。过了一会儿，许茹向学员们告别。经过石兴国时，面无表情的许茹并没有停，石兴国赶紧跟了上去："许茹，你听我解释。刚才，那个，她……"

许茹淡淡道："梅大妮是吧？她喜欢你？"

石兴国愣了一下，连忙解释："哦，那，那是她的事。怎么，生气了？"

许茹一副事不关己的表情："干吗生气？有人喜欢，那才说明你优秀。"

石兴国没有注意许茹的表情，放下心说道："许茹，跟你说实话吧，我现在是一心想着是什么时候能真正打上油，别说梅大妮，就是七仙女，我都没时间想……"

突然，许茹加快了脚步，不明所以的石兴国反应过来后，连忙大步跟上。

刘大勇看着许茹和石兴国两人走后才朝自己家走去，到了家门口，却发现门虚掩着，刘大勇一惊，急忙推门进去。

一个人突然从门后蹿出，一下抱住刘大勇。刘大勇敏捷地甩开来人，眼前却是一个短发的假小子，刘大勇顿时大喜："小青？你啥时候来的？都多大了，还是没个姑娘样儿！"

"你也没有哥哥的样儿。"刘小青快言快语地回道。

"快了快了，等给你娶上嫂子，我就有哥样儿了。"刘大勇看了看自己乱糟糟的屋子，神秘一笑。

"嫂子？"刘小青兴奋了。

"哥今年也不小了，虽然咱爹咱娘都不在了，没人给张罗，咱自己得张罗，不能让老刘家绝了后吧。"刘大勇有些腼腆地看着妹妹，却忽然发现了问题，"哎，小青，你这一身行头……

"哥，怎么样？我现在可是司机了，石油运输公司调我来玉门，以后就能经常见到哥了。"刘小青语气里满是骄傲。

刘大勇却不太满意女孩子开车，不过也没说什么，张罗着出去买饭。刘小青忙说："不用了，我做好了，就等你回来吃呢。我还给你带来一瓶你喜欢的老汾酒。"

"哈哈，还是有妹妹好啊。"刘大勇高兴地走到桌前，拿起那瓶酒仔细端详，忽然，他想到了许茹，她会喜欢什么呢……刘大勇顾不上喝酒，立即兴奋地拉开抽屉，取出一个铁盒子，抱起来走向门外。

"哥，你干什么去？"刘小青纳闷地问。

"给你娶嫂子。"刘大勇说着，紧抱铁盒匆匆而去。他知道食堂的采购车每天大概这时候送货，再晚就来不及了。

到了食堂后门外，采购车果然停在那里，不一会儿，司机从食堂出来，刘大勇上前一把拉住他，将装钱的铁盒子塞到他手里，请他帮忙捎一样东西。司机痛快地答应了。

食堂里，几个战士在吃饭，段铁生看着旁边跑来跑去的一个小孩儿说："齐班长，你看人家三排长的孩子都来了，你娘怎么还不来？到时让你娘带点锅盔，馋死俺了。"

齐占山白了段铁生一眼："就知道吃，也不长脑子想想，三排长是甘肃人，俺老家是陕西的，那能一样吗？"

段铁生嘻嘻笑着："吃饱了才有劲干活，有劲打油呢。"

说话间，石兴国、许茹一起进了食堂。石兴国当着战士们的面，端起一副正经面孔："来，许教员，今天就尝尝我们群众的伙食。"

许茹俏皮地回答："好吧，反正毛主席说过，革命要从群众中来，到群众中去。今天，我可是带着革命任务来的。"

两人排在大家后面，战士们都羡慕地看着郎才女貌的这一对。

打饭窗口前的人慢慢减少，排到许茹时，梅大妮看看她又瞪向后面的石兴国，一勺热菜扣在了碗边上，许茹尖叫一声收回了手。

石兴国急忙上前一步握住许茹发红的手，冲梅大妮道："怎么不小心点？"

梅大妮拿着勺子面无表情："俺不是故意的。"

石兴国摇摇头，帮许茹端起饭菜两人一同离去。

心里暗气的梅大妮猛地将勺子摔在盆里，窗口前打饭的战士被吓了一跳。

石兴国带着许茹来到洗碗池，用自来水冲洗烫红的手。许茹见他焦急的样子，说道："我没事，倒是怕她有事。"

"别乱想，那就是个没心没肺的傻丫头，别跟她一般见识。"石兴国不以为意地劝道。

这时周远过来说政委要他们吃过饭去一趟，石兴国又看了看许茹的手，见果真没事，饭也没吃就和周远一起走了。

吃完饭，许茹在水龙头下刷碗，梅大妮端着一摞大盆也过来刷。盆都已刷好，许茹仍在冲洗着那只碗。梅大妮皱眉看看许茹，上前将水龙头关上。

"怎么了？"许茹疑惑地看向梅大妮。

"不知道这里缺水啊？刷这么久！"梅大妮不耐烦地说。

许茹没说什么，拿过一个抹布，将碗和筷子从里到外擦拭着。

梅大妮不屑地道："那么讲究的人，就不要到这么糙的地方来嘛。"

"再糙的地方，该是女人，还要是女人，都要过得有女人的样子。"许茹没有抬头，仍细致地擦拭着，擦完收好后，转身离开。

看着许茹的背影，梅大妮气呼呼地将手里的盆摔在台子上。这时齐占山和段铁生恰好走了过来。

"哟，梅大妮，跟饭盆生气呢？"齐占山笑嘻嘻地看着气鼓鼓的梅大妮。

梅大妮拿起勺子冲他们二人挥舞："滚，没一个好人！"

"梅大妮，我说句公道话吧，这女人，还真得有个女人样儿，有女人味的女人，才会有男人喜欢。比男人还男人的女人，段铁生，是不是你都不要？"齐占山说着看向旁边的段铁生。

梅大妮挥起铁勺打向齐占山："轮到你们要不要？！老娘可不是谁都给的！"

石兴国和周远来到政委办公室，王振华交代由于近期家属来队的较多，要二人协调一下，派人去玉门城里设个接待点，一定要热情周到地把家属们接过来。至于车辆情况，由杨宇照局长负责接送。

两人商量了一下，让唐娜和暂时没课的田义文一起去接。杨局长亲自跟车队打好招呼，派出两辆车专门负责接送。

第二天，田义文来到车队，找到派给他们的车，绕了一圈，却没有发现司机。

田义文抬头看了看太阳，见时间不早了，想着反正自己会开车，就拉开了驾驶室的门要上车。突然，肩膀被人拍了一下，田义文吓了一跳，回头一看，一个满手满脸油污，短发的瘦小个子正看着自己。

"是你的车吗？是去玉门城里拉人的吗？"田义文缓了一下问。

刚从车底下钻出来的刘小青非常爷们的用拇指指着另一侧："坐过车吗？那边，这是驾驶员的地儿。"

田义文无奈地走到另一边上了车。刘小青跳上驾驶室，熟练地挂挡，开车，汽车驶离油矿大门。

车平稳地行驶着，刘小青瞥了一眼旁边的田义文："眼镜兄弟，以前没坐过汽车吧？"

"是，没坐过……没坐过这么破的。"田义文的语气满是不屑。

刘小青扑哧一下被逗乐了："吹牛不交税，逮着使劲儿吹呀。哎，以前干吗的？你这样儿，不像当兵的呀。"

"对，本来就不是当兵的……是当土匪的。"田义文轻飘飘地说道。

刘小青哈哈大笑："哎呀妈呀，笑死我了，土匪？！你可真敢吹。"

田义文一本正经道："你别笑，我以前是胡宗南的正规军，后来在'陕南忠义救国军'，土匪头子田老六是我亲叔，手底下一共两百多兄弟，一百多杆枪。五十七师在陕南剿匪，我们打的最后一仗，要不是六叔看上那肥婆娘，那仗指不定谁赢谁输呢。"

刘小青愣住，怀疑地看着镇定自若的田义文："那，那你杀过人吗？"

田义文依然面无表情："我不杀人，我只负责作战计划。"

刘小青一手把着方向盘，一手拍着田义文的肩膀："行，兄弟，你是小牛回牛圈——牛到家了，我喜欢。你叫我青哥就行，以后要有人欺负你就告诉我一声。"

田义文瞅了瞅瘦小的刘小青，表情不屑地转头看向车外。

车到玉门，先来的唐娜陪着齐大娘等人上了车，田义文下车将他们的行李全搬了上来。刘小青开车返回油矿。

到了矿区大院，车刚停下，晕车的齐大娘忍不住趴在车厢边呕吐，唐娜挽起袖子，细心地在齐大娘背上轻拍："大娘，您这是第一次坐汽车吧？"

齐大娘吐了一会儿，有些气喘地说："是啊，年轻的时候，还骑过毛驴，不难受，没想到，这铁驴子，这么难骑，我咋感觉快要散架了一样。"

"没事，大娘，这是晕车，来，下来透透风，脚一沾地儿，就会好的。"唐娜说着扶齐大娘下车。

齐占山听说接家属的车到了，忙跑到矿区门口，正看见老娘由唐娜挽扶着下车，赶紧快跑几步迎了上去："娘……您总算来了。"

"臭小子，你多少年了不回家看老娘，等着回去给我上坟呀！"齐大娘看见儿子又高兴又激动，嘴上却笑骂着。

齐占山紧紧抓住老娘的手，望着她花白的头发既高兴又有些难过。

车上的人陆续下车，田义文把齐大娘的行李拿到齐占山面前。

看着堆了一地的行李，齐占山惊讶道："娘，这都是您的？您咋带这么多东西啊？"

齐大娘笑了："来一趟不容易，来了，娘就不打算走了。"

齐占山"啊"的一声，眼睛里难掩兴奋："娘，您真不打算走啦？"

齐大娘看着儿子孩子般的表情，重重地点头："反正我就你这一个儿子，以后儿子在哪儿，娘就在哪儿。"

齐占山高兴地边说话边把齐大娘带到简单整洁的招待所。一进屋，齐占山就让齐大娘先坐下歇息，放好行李后，他又忙活着打水拿毛巾，给齐大娘洗去这一路的风尘。

齐大娘坐在椅子上看儿子忙前忙后，心下感慨，说道："儿啊，你爹死得早，就咱孤儿寡母两个人。自打你干了革命，娘就知道你一时半会儿回不来了。打仗的时候吧，娘天天晚上做噩梦，生怕你回不来了。现在解放了，娘知道你还活着，娘这颗心啊，总算放下了。收到你的信后，娘就想这次一定要留在你身边，看着你，照顾你。占山，娘可不想拖累你，娘实在是想，你不在身边，娘是整晚整晚合不上眼啊。不过，占山，你放心，娘有手有脚，不会给你添麻烦的。"

齐占山低着头，眼泪大滴大滴地掉进端着的水盆里。他调整了一下心情，把水盆放在娘的面前："娘，这是玉门，专门打石油的地方，您又不会打石油，能干什么啊？您就别多想了，安心留在这儿，有儿子在呢！"

齐大娘笑了："傻孩子，这世上，只要有人的地方，就离不开女人。尤其你们这儿，尽是些新来的兵娃子，我虽然是个老婆子了，但还可以给你们这帮小子们洗洗衣裳，做做饭啥的。"

"太好了，那我明天就给我们队长汇报去。"听娘说得有道理，齐占山不禁高兴地应了。

采购车又来送货了，正搬东西的梅大妮忽然看见一个漂亮的盒子，好奇地拿起来看。算完账的采购员放下算盘，一把夺过盒子："别人的东西别动，这是给刘队长捎的，贵得很。"

"不看就不看，有什么了不起的。"梅大妮白了一眼那人，搬着东西离开。

刘大勇喜滋滋地把捎来的东西拿回家，悄悄放进抽屉。妹妹刘小青刚好回来，见哥哥神神秘秘的样子，问："哥，干吗呢？"

"没干吗，没干吗。"刘大勇忙掩饰。

"哼，一定没干好事。好吧，你不想说，我也不问了。"刘小青做出一副无所谓的样子，将话题岔开，跟哥哥聊起了田义文。

戴着眼镜、一副书生模样，却又当过土匪的田义文，成功引起了刘小青的兴趣，她想跟哥哥多了解一下这个人。

听到妹妹打听石油师的人，刘大勇正色道："我告诉你，离那些人远点，他们都不是好人。"

刘小青见哥哥那副样子，忍不住开玩笑道："不会吧，看他们都挺正常，不像坏人啊。倒是你，哥，我看你今天不正常。"

"臭丫头，小心我收拾你。"刘大勇作势挥了一下拳头。

"得了吧，收拾我的人还没生出来呢。"刘小青边冲着哥哥做鬼脸，边装模作样地躲闪，几下就绕到了柜子边，猛地拉开抽屉，拿出里面的盒子。

"放下，这是……这是给别人的。"刘大勇大惊，急忙制止妹妹。

刘小青看了眼盒子上的图案，一脸的不屑："切，女人吃的东西，我才不要。我回车队了。"说着将盒子扔给哥哥，扬长而去。

第二天，田义文路过车队，见几个司机正在擦车，不由想到那个瘦小的身影。他停下脚步，向一人打听："请问青哥在吗？"

那人看着田义文："你找青哥？"

"哦……也不是，我就问问。"田义文对那人的眼神有些捉摸不透。

"刘小青，有人找。"那人似乎根本没听田义文的回答，转头就喊。

不一会儿，白白净净的刘小青跑过来，见是田义文，不禁兴奋地拍着他的肩："眼镜，是你呀。"

田义文却呆呆地看着这个纤细白净的姑娘，如同石化。直到听到声音，又仔细瞅了瞅："你是青……哥？"

大大咧咧的刘小青却没有注意田义文复杂的表情："怎么了，有人欺负你了吗？"

"没事，我走了。"田义文忽然红了脸，转身就走。

刘小青却一把拉住田义文："走什么走，陪我聊会儿。说说你当土匪的事儿，我听着就过瘾。"

田义文正色道："那都是从前了，我是西南联大毕业的，学的是地质。"

"啊？这么有意思？大学生当土匪？给我讲讲呗。"刘小青彻底被吸引住了，不由分说地将田义文按在旁边石头上，兄弟般拍着他的肩催促。

　　刘大勇这个当哥哥的，却没有妹妹那般豪爽。他心神不宁地设想了好多种与许茹见面的场景，最后终于鼓足勇气向许茹的宿舍走去。

　　宿舍外面的小路上，刘大勇刚好遇见才离开宿舍的许茹，这种巧合，更让刘大勇激动不已。他满面笑容地迎上去："呀，许教员，你这是去哪儿啊？我正想找你呢。"

　　许茹停下脚步："你找我什么事？"

　　刘大勇笑眯眯地从身后拿出一个绑着粉红丝带的精致铁盒，递到许茹眼前："许茹同志，这是送给你的礼物，请你收下。"

　　"礼物？为什么要送我礼物？"许茹很是纳闷。

　　"因为，因为……"刘大勇朝周围看了看，憋红了脸，"因为我喜欢你，所以，想送你礼物，请你收下。"

　　突如其来的表白，让许茹愣住了。刘大勇则着急地解开丝带，打开盒子："请不要介意，也不是什么贵重的礼物，就是一盒糖，上海产的大白兔奶糖，很甜的。因为，我看到你的笑脸，我的心里就比吃了糖还要甜，所以，就想送你一盒糖……"

　　许茹慌乱地往后退了几步："对不起……"

　　见许茹惊慌的样子，刘大勇合上铁盒，抢着说道："哦，对不起，是不是吓到你了？许茹同志，你可能还不了解我刘大勇，我是咱矿上技术最好的队长，家里就一个妹妹，没爹没娘。我就是喜欢你……"

　　不远处，正往这边走的梅大妮看见刘大勇拦住许茹，忙掉头向模拟训练场跑去。

　　训练场里，石兴国正带着战士们训练。梅大妮气喘吁吁地冲了进来，顾不上说话，拉起石兴国就跑。

　　"梅大妮，你疯了？！"石兴国使劲儿挣脱梅大妮。

　　"快跟俺来，俺看见许教员了。"梅大妮上气不接下气地说道。

　　"许茹，她怎么了？"一听到许茹的名字，石兴国立刻跟着梅大妮跑了出去。

小路上，许茹再三拒绝刘大勇："对不起，我跟你不熟，也请你不要说这些……"

刘大勇却依然挡在她面前，不停地说："虽然我知道我没啥文化，配不上许教员，但我在油矿这么多年，凭技术吃饭，一定会让你过上好日子的。像许教员这样的人，应该有人疼，有人爱，不应该整天跟块木头在一起……"

许茹听到"木头"俩字，突然愣住。此时，梅大妮拉着石兴国从远处跑来。许茹看着停在前方不远处，木头一样呆立不动的石兴国。刘大勇也转过身，四人相向而立。

这时，一群小孩子边跑边唱着童谣经过："拉笛了，点响了……当兵的，真可怜，没房没地没有钱，没有钱讨婆娘，不要害了好姑娘……"

孩子们很快跑了过去，石兴国却听得真切，不由得看了看自己，再看看不远处的许茹，忽然转身离去……

梅大妮愣了一下，转身去追石兴国。许茹也要走，却被刘大勇挡住："许茹同志，这糖是我专门托人给你买的，你就吃一颗……"

没等刘大勇说完，许茹一把推开他，快步走掉。刘大勇手里的糖顿时掉落一地……

08

矿区大院，一排排房屋整齐有序，脖子上挂着毛巾的工人三三两两地提着钻探工具进进出出……一切都是那么井然有序、和谐自然，只有机器轰鸣的井场里的刘大勇，烦闷得简直要爆炸一般。

井架下不远处的一堆钻杆上，刘大勇双手抱着脑袋躺在上面，脑海里都是昨天的画面，他有些气恼也有些后悔，可仍抑制不住地去想许茹。渐渐地，蓝天上的白云仿佛也变成了许茹的笑脸，刘大勇嘴角泛起了一丝笑容。在他心里，许茹就是这天上的白云，温柔又好看；也像天鹅，只有翱翔长空的雄鹰才配与她为伍。"我是雄鹰还是癞蛤蟆？"刘大勇不禁自问起来，想了好久，他重重叹了口气，"唉，就是只癞蛤蟆，我也会喜欢这只美丽的天鹅的。"

石兴国的心也乱了，他想了很多，却理不出个头绪来。日落黄昏，他仍一个人坐在山丘上，望着荒凉的戈壁滩发呆。

许茹哪里都没有见到石兴国的影子，她知道他一定在戈壁上。在那里果然见到了他孤独的身影，她快步过去："风沙这么大，回去吧。"

"挺好，有风的地方，清醒清醒。"石兴国没有回头。

许茹没再说什么，默默坐在他身边。不知过了多久，风忽然停了，夕阳露出笑脸。许茹看了看石兴国："怎么了，生气呢？"

石兴国摇了摇头。

"还记不记得你以前打仗的时候说过的话？你……你说，等仗打完了，就娶我……"许茹轻声说着。

石兴国叹了口气:"是啊,那时候,我是真想呀,可现在,总不能让你和我一起住帐篷吧。"

许茹苦笑:"没事,我就是随口说说,我知道你现在一心想着的是打油。"

石兴国没有说话。许茹也沉默下来。

半晌,许茹又开了口:"兴国,上次,上次你看见的那个人……"石兴国低着头,没有吭声。许茹也没有再说下去。又过了一会儿,许茹低低的声音说道,"我不知道他为什么老缠着我。我根本不想见到他,可他……兴国,你不信任我,是吗?"

石兴国转过脸,认真地看着许茹,摇了摇头:"没有。"

"可是我感觉你的态度好像变了……"许茹说。

"我是怕苦了你。"石兴国的声音很低很闷。

许茹盯着石兴国的眼睛:"在你眼里,我就是怕苦的人?我说过,只要我们两个人在一起,我什么苦都能吃。"许茹的眼里涌出了泪花。

石兴国默默无语,只是轻轻地揽过许茹。夕阳中,两个人的剪影在戈壁上拉得很长很长……

石油学校筹建得差不多了,但学校管理是一门大学问,王振华忽然想到妻子曾有过这方面的经验,于是动员妻子闫竹去做学校的教务主任,协助校长管理好学校。

饭桌上,本来正在抱怨王振华从早忙到晚,没时间在家的闫竹,听到这个提议,笑道:"那这教务主任的官,能不能让政委常回家看看,一起吃个饭呢?"

"能,能!你要到了石油学校,那咱不光是一家人,还是战友、同志呢。"王振华也笑了。

闫竹笑着边给王振华夹菜边说:"你啊,以前一门心思想打仗,现在一门心思想石油,我看要不了多久,都该成石油专家了。"

"石油专家好啊,毛主席说了,干一行要专一行,我要是成了石油专家,能为咱新中国打出石油,保不准还要受到毛主席表扬呢。"王振华一本正经说道。

看着一心扑在工作上的爱人,闫竹笑着摇了摇头,起身又给他盛了一碗饭。

一直被感情困扰的刘大勇正一个人借酒浇愁。他拎着酒瓶坐在外面一个石凳上，路过的邱建设见他状态不对，上来搭话。

一听是为了女人发愁，邱建设顿时来了兴趣，一屁股坐在刘大勇身边追问起来。

"邱处长，我是认真的，跟你当年可不一样，你当年一个又一个的女人，都怎么哄到手的？"刘大勇有些醉意。

邱建设尴尬地伸手去捂刘大勇的嘴："瞎说什么呢？我知道你是认真的，我这不关心你一下嘛。"

刘大勇胡乱拨开邱建设的手："好好好，不瞎说，你告诉我到底怎么哄到手的，我就不再说。"

"刚才你不是说了吗？女人都是靠哄的。但情况还不一样，得看她缺什么，缺衣少穿的，就用钱，什么都不缺的，那就用心。"邱建设真如老师般传道授业起来。

刘大勇听到这儿痛苦地问："我恨不得把心都掏出来了，怎么还是不管用？"

邱建设笑着指点迷津："看你怎么掏呗，那得掏得像朵花一样，得让女人喜欢。"

刘大勇喝了一大口酒："要女人喜欢，还要花一样，真麻烦，可谁让我喜欢呢，谁让我就那么喜欢呢。"说着刘大勇起身晃晃悠悠离去。

第二天早上醒来，刘大勇回忆起昨天晚上与邱建设的对话，忽然眼前一亮。下班后，他急匆匆地向后山方向走去。待他站在戈壁滩上，望着荒凉的四周，心里一阵失落。想了想，他还是坚持向远处走去。走了好久，刘大勇口干舌燥，看见前面有几块大石，于是走过去坐下休息。西斜的阳光金灿灿地洒在他的身上，他不由眯起了眼。

忽然，刘大勇发现石头缝里竟然长着一株野花。他兴奋地跪在地上，努力伸手去采花。野花终于被采下来，但同时他还碰到了隐藏在缝隙里的一个马蜂窝，一群马蜂瞬间飞出扑向他。

傻眼的刘大勇本能地扬起手，想用手里的花拍打马蜂，却又立刻停住，迅速脱下衣服猛地向蜂群抡了几下，然后护住野花，疯狂地飞奔而去。

　　暮色降临，包裹得严严实实的刘大勇端着一个茶缸子向许茹宿舍走去。

　　宿舍里朦朦胧胧亮着灯。刘大勇整了整衣衫，轻咳一声，朝里面喊道："许教员……许教员你在吗？"屋子里没有动静。

　　刘大勇换了语气，嘴巴动了几下才喊出："许茹……同志……许茹同志……"

　　屋里依然没有动静。"她不想见我？"刘大勇失落地想。不甘心的他轻轻推了一下门，门竟然开了，屋子里却没有人。看来许茹一定是临时有事出去了，应该很快就会回来。

　　刘大勇悬着的心放下来，干脆坐在了门口。

　　这时唐娜过来找许茹，远远看到台阶上坐着一个人，吓了一跳。慢慢走近，见是刘大勇，手上还端着一个茶缸子，不禁有点惊讶："刘大勇？你这是……"

　　刘大勇抬头见是唐娜，连忙问道："哦，唐娜同志，你有没有看见许茹教员？"

　　"没有啊，我也是过来找她的。怎么了？你找许茹有什么事吗？"唐娜问。

　　"哦，没事。"刘大勇说着站起身要走。

　　正在这时，许茹的身影出现在了小路上。刘大勇一见许茹，立即兴奋地跑上前，将茶缸子递了过去："许教员好，这是给你的礼物。"

　　许茹看看刘大勇，没有答话，而是转头看向唐娜。

　　"这是一朵小花，咱这儿可不容易找到。给你的。"刘大勇又把茶缸往前凑了凑。

　　"唐娜，有事吗？进屋说。"许茹没有理会刘大勇，招呼着唐娜就要进屋。

　　刘大勇急了，一把拉住许茹："许教员，你别这么狠心好不好。我为了这朵小花，惹了一百多只马蜂，我就是想让你高兴高兴。"说着刘大勇摘下围巾和帽子，头上脸上红肿一片。

　　"我没让你去摘什么花，对不起，让一下。"许茹看到刘大勇的样子心里一惊，但脸上并未表露出什么，厌烦地挣脱了他的手，进了屋。

　　刘大勇望着屋门呆了一呆，然后将花放到窗台上："许教员，我知道你喜欢花，我就放在这儿了，明天别忘了浇水。"说完黯然离开。

　　唐娜见刘大勇走了，想了想，没有进屋，也转身离开了。

静谧的夜，许茹躺在床上翻来覆去难以入眠，透过窗户，看着窗台上的花，有些纠结。过了一会儿，她忽然翻过身去，不再看窗口。

来了几天的齐大娘闲不住，已经在替战士们洗衣服了。这天梅大妮见齐大娘一个人正洗着一大盆衣服，就过去帮忙，洗着洗着，梅大妮忽然想到一个主意，她立刻放下手中的衣服，风风火火地跑到了王振华的办公室。

梅大妮找到王振华，噼里啪啦地说了自己成立洗衣队为大家服务的想法，并征求王振华的意见。王振华琢磨了一下，觉得这个建议很值得操作，于是笑着夸奖道："没想到梅大妮同志的思想觉悟这么高啊，真是让我刮目相看。"

"这洗衣队，俺也是从石油学校突然想到的。政委，这是不是圣贤书上说的'近朱者赤，近墨者黑'啊。以前，俺啥都不知道，啥都不懂，现在，自从跟着解放军，跟着石队长，俺也有觉悟了。"梅大妮笑嘻嘻地有什么说什么，"所以俺就想，既然大家都在为石油做贡献，俺也不能落下。俺没文化，不会打石油，可俺会洗衣服会做饭，俺不光会给尖刀队的同志洗衣服，俺还会给所有石油工人们洗衣服，只要政委同意俺成立妇女洗衣队，以后，俺还想成立妇女裁缝厂呢！"

王振华看着梅大妮，认真地道："这个想法很好，假如真的成立了妇女洗衣队，你可以和家属区的妇女们一起洗洗衣服，缝缝补补，那咱们石油工人们的干劲，可就更大了。这样吧，你先回去，我和其他几位领导商量一下，再通知你。"

很快，在矿区大院一处院子门口，举行了"妇女洗衣队"的成立仪式。在鞭炮声和众人的叫好声、鼓掌声中，王振华亲自将"洗衣队"的牌子递到梅大妮手里："恭喜恭喜啊，梅队长，这下，咱们矿上的洗衣队，是真的成立了。这才是新时代的女性，上得厅堂下得厨房，能文能武啊。"

"谢谢政委，俺一定好好干，好好给大家伙儿服务。"梅大妮接过牌子挂在门口，一边感谢一边向人群里张望。

不远处，石兴国走了过来，许茹和唐娜一起走在他的身边。梅大妮有些失落，转身看看妇女洗衣队的牌子，她又一副骄傲的神情看向许茹。

从此梅大妮忙碌起来，每天领着人洗衣服、送衣服，看到有破了的衣服还会先缝补好再送去，让所有人都夸赞不已。

这天，梅大妮抱着一大摞衣服走进连部，石兴国正在翻看着资料，觉察到有人进来，他抬起头："哟，梅大妮来了。送衣服来啦？"

"嗯，一会儿你叫大家来取吧。"梅大妮说着看看石兴国手里的资料，崇敬地说，"队长，这么多密密麻麻的字，你都认识呀？"

"哦，也有不认识的，这不正在学嘛。你把衣服放这儿吧，一会我就通知大家。"石兴国说道。

"石队长，俺问你，俺带领的洗衣队咋样？"梅大妮放下衣服，并没有走。

"好呀，不光我说好，大家都说好。"石兴国认真地说道。

"那你的衣服为啥不送来洗？"梅大妮盯着石兴国。

"我……我不用。"石兴国的表情有些窘迫。

"那你就是不支持俺的工作。"梅大妮故意说道。

"哟，梅大妮同志这还上纲上线了，好，现在我没脏衣服，以后啊一定多支持。"石兴国无奈地说道。

梅大妮一听这话乐了，伸手指了指石兴国身上的衣服："还没脏衣服呢，俺看你这身衣服就应该洗了。"

石兴国连连摆手："这身算了吧，等以后，以后我给你们送过去。"

"那还是不支持俺的工作呗。"梅大妮不依不饶。

"好好好，支持。"石兴国真是怕了梅大妮，只好站起身。梅大妮连忙走过来帮他解扣子。

"不不不，不用你。"石兴国慌忙躲闪，梅大妮却热情地一定要帮忙。推脱之间，梅大妮突然停手，愣愣地看向门口。石兴国疑惑地转过头去，许茹正扭头跑了出去。

石兴国急忙追出，拉住许茹耐心解释。无奈怎么解释，许茹始终眼泪汪汪的一句话不说。石兴国急了，拽着许茹要去找梅大妮对质，许茹用力挣脱，流泪道："兴国，我相信你，我不是因为这个，我……我也不知道该怎么说……"

石兴国一把拉住她，焦急地问："那到底怎么了？"

许茹的嘴开开合合半天，终于说出一句："我……我不想当教员了。"

"为什么啊？这石油学校不是刚成立吗？为什么不想当了？"石兴国惊讶地问。

"兴国，我不知道，不知道为什么，我越来越觉得现在的一切好像都不是我想的样子，有时候，我真想离开这里。兴国，如果我回老家去教书，你和我一起踏踏实实地过日子……"许茹没有回答石兴国的问题，而是喃喃低语着自己的想法，可当她看到石兴国的表情，最后的话还是咽了回去。

果然，石兴国憋了半天，还是问了出来："许茹，你老实告诉我，你是不是嫌弃这里生活条件太差？你过惯了城里的生活，忍受不了这样的生活？如果真的是那样，你不用隐瞒，告诉我，我会放你走的。"

许茹叹了口气："石兴国，你根本就没有明白我的意思，我是，是因为……是因为害怕失去你，你懂吗？最近越来越多的事情让我心里发慌。"

石兴国确实不懂，他想不明白，自己好端端地站在她面前，她有什么害怕的呢？许茹见他迷茫的样子，摇摇头："算了，看来你是真的不明白，你去忙吧，我走了。"说着，她推开石兴国，落寞地离开了。

回到办公室，许茹趴在桌子上默默流眼泪。闫竹坐在一旁，轻轻抚摸着她的背，叹了口气："哎，男人啊，都不懂女人的心思，你也别太伤心了，至于留不留在这里，我还是觉得等你冷静之后再做决定吧。"

许茹擦了擦泪，抬起头说道："闫大姐，我不像别人说的那样娇气，要是那样的话，我也不会追着石兴国到玉门来。可是……可是现在，我真的害怕，害怕我们的感情没有未来，真的好害怕……"

"哎，大姐也不知道怎么安慰你，不过石兴国这人我了解，他是个值得去爱的人，这一点，不用怀疑。你也不用怀疑你们的感情，别哭了，一会儿还要给大伙儿上课呢。过几天，玉门还要来人，我们还有很多任务，要面对更多挑战。就像你们政委说的，把精力投入到工作中去，在工作中发现更多的幸福和快乐。"闫竹说着，起身倒了一杯水递给许茹。

许茹接过水喝了几口，擦干眼泪望向窗外。

调整好情绪的许茹按时去给学员们上课，快到下课时间，一阵自行车铃声忽然在教室外响起，刘大勇骑着一辆自行车由远而近。

下课了，许茹走出教室，刘大勇推着自行车横在她面前。"让开。"许茹冷着脸说道。

刘大勇却不说话，只是看着许茹笑。许茹抓住车把，想把他推开，没想到刘大勇却干脆松开了手，笑嘻嘻道："喜欢吗？许教员上课这么忙，要不，你就骑着吧，算我借你的。"说完，他立刻转身走开。许茹着急地叫了两声只得作罢。

女人们看见许茹骑着自行车都很羡慕，梅大妮却是一股无名火无处发泄。她想了想来到连部，吵着要石兴国教她骑自行车。正在看书的石兴国被闹得没办法，刚好齐占山进来，立刻被石兴国派去教梅大妮骑车，齐占山一脸苦相，却又没有办法。

没有自行车，齐占山不知从哪里找来一辆破三轮车。梅大妮一看就不乐意了："人家自行车都是两个轮子，这怎么三个？"

"不懂了吧，两个轮子的是两轮自行车，三个轮子的叫三轮自行车，多一个轮子，高级。"齐占山做出一副认真的样子，心里却使劲儿憋着笑。

梅大妮似懂非懂，信以为真："那……多一个轮子，好骑吗？"

"好骑，上去就会，来，我帮你。"齐占山指点着梅大妮歪歪扭扭地爬上了三轮车。

玉门油田又迎来了一大批石油建设人员。矿区大院到处挤满了人，基建队、钻探队、运输队各个宿舍前都围了一群。宋豫杰、王振华和杨宇照三人巡视了一圈，看着爆满的宿舍，对新来人员的住宿问题做出了安排。先是老员工发扬精神，集体打地铺，把宿舍让给新来的人员，以解当务之急。再者，调动一切力量，抓紧时间修建房屋，实在不行，还可以挖地窖子应急。先把住宿问题解决了，还要想办法解决本就不足的用水问题。

说干就干，工地上，人们很快热火朝天地干了起来。抬椽子、木板的，挖地壕和地窖子的……忙得不亦乐乎。

许茹将刘大勇硬塞给她的自行车骑了回去，过了两天，她找了个机会又把自行车还给了刘大勇。刘大勇费尽心思想说服她留下自行车，平时好方便些，许茹却严词拒绝，放下自行车扭头就走。看着她坚决的背影，刘大勇有些失落。

三轮车已经练得差不多了的梅大妮，骑着车在矿区里转悠。看见前面走着的许茹，梅大妮故意加快了速度，示威般从后面飞快地超了过去，并得意地回头笑看有些吃惊的许茹，待她扭回头重新看向前方，一拨新进驻人员正好迎面走过来，慌乱中的梅大妮却怎么都刹不住车，"让开！"随着梅大妮惊恐的叫声，速度飞快的三轮车重重撞到人群中。

工地上，石兴国几人正砌着泥墙，周远见队长手艺不错，调侃道："老石，你可真是上得房梁下得油井啊。"

"那没办法啊，总不能眼睁睁让新来的人被大风吹跑吧？"石兴国笑着说道，众人都哄笑起来。

正在这时，齐占山忽然匆匆跑过来，边跑边喊："队长，出事了！梅大妮撞人了！"

听到这话，石兴国急忙从高处下来，拉了齐占山就跑。到了出事的路口，只见梅大妮垂头坐在地上，三轮车也歪倒在路边，周围有一群人指指点点说个不停。

石兴国上前了解情况，才得知幸亏人们躲得快，所以并没有人受伤，梅大妮摔得也不重，都没什么大事。石兴国先向受到惊吓的人们解释道歉，安抚他们离开，才拉起梅大妮安慰道："行了行了，幸亏人没事，以后老老实实的，过些天我还要外出，你就别再给我添乱了。新来那么多人呢，你的任务就是洗好衣服、做好饭！"

梅大妮听话地点点头，忽又瞪大眼睛："你……你要干吗去？！"

玉门本就干旱少雨，水资源不足，大批人员的到来，更加剧了用水的短缺。于是，王振华派了石兴国几人出去寻找水源，以解决用水问题。

几人即将出发，唐娜见许茹还要去上课，一把拉住她："你还在这儿干什么啊？石兴国他们就要出发找水源去了，你怎么不去送送？你们俩能在一起挺不容易的，我可不希望你们之间有什么误会。"

许茹愣了一下，一把将书本塞给唐娜，转身往尖刀队营地跑去，跑了几步，又返回来，跑向宿舍。在宿舍床铺下，许茹抽出自己用的半新的军毯，卷起来就走……

矿区大院门口，一行人背着被褥，提着行李，正准备离开矿区。许茹急匆匆跑来，一把拉住队伍里的石兴国："石兴国，你等一下！"

石兴国见许茹跑得气喘吁吁，满头大汗，不禁问："许茹？你怎么……"

"拿着，要是晚上冷的话，就盖上。"许茹边说边将毯子塞给他。

"不用，许茹，老乡家里有炕，你在这边宿舍里冷，留着自己用吧，我没事。"石兴国将毯子推还给许茹，心里却暖呼呼的。

"哎呀，叫你拿你就拿着嘛！"许茹不依，又递了过去。

站在旁边的梅大妮看不下去了，上前接过毛毯："许教员同志，石队长同志是尖刀队队长，不是娇生惯养的大小姐，这毛毯既然石队长说不需要，就请你拿回去吧。"说着，将毛毯摊开，披在了许茹身上，然后扭头走了。

"梅大妮！"石兴国冲着梅大妮的背影气咻咻叫了一声，回头帮许茹收好毯子，递到手里，"快回去吧，我走了。"说完紧跑几步，跟上了队伍。

许茹抱着毯子呆呆站在原地，目送队伍走远。

一望无际的旷野，没有草，没有树，也没有任何生物。石兴国带着齐占山、段铁生、田义文等七八个人，翻山越岭，到处查看，却没有发现一滴水……

找水队来到一个小山头，大家拄着木棍，被太阳烤得嘴唇干裂、嗓子冒烟，已经筋疲力尽了。几人东倒西歪地坐下休息，石兴国解下身上的水壶，递给齐占山："来，一人喝一口润润嗓子。"

大伙一人一口轮流喝着，到了田义文那儿，这家伙二话不说，仰起头"咕咚咕咚"一下子喝光了。

"你……喝光了？队长和指导员都还没喝呢！"段铁生不满地问。

"早知道不够喝，为什么不多带点水。"田义文看看众人身上背着的都已空了的水壶，停了一下又问，"石队长，我们是打油的，找水源这么辛苦这么累的工作，为什么也是我们去干？"

　　"咱们是石油师，凡是跟打油有关的工作，我们都要承担。任何一项工作都是给开发油田做贡献，田义文，站起来再加把劲！天黑之前，我们要翻过那条沟。"石兴国说着站起身，步伐坚定地向前走去。

09

一天艰难的跋涉，走遍方圆几十公里，找水队仍然没找到一滴水。晚上回到住宿的老乡家，有的累得直接趴在了炕上，有的一屁股坐在凳子上揉着酸痛的双腿。

石兴国龇牙咧嘴地脱下已经穿破洞的鞋，发现脚上磨出了好几个水泡，再看看地上又脏又破的鞋，石兴国忽然想起当初许茹送鞋给自己的情形。那是上次队伍即将出发去剿匪前，许茹手里拿着一双新鞋气喘吁吁地跑过来，坚持亲手为石兴国换上，要他在最后一场剿匪战中穿着新鞋去打仗，再穿着它回来，回到自己身边……

周远拎着一桶热水进屋，招呼大家泡泡脚解解乏。石兴国收起了思绪，也收起了鞋，鼓励大家再坚持一下，说不定很快就会找到水源。

连续数天的跋涉，并没有让找水队有一丝的收获，大家都有些沮丧。烈日炎炎，口干舌燥的队员们停下休息，石兴国、周远、田义文三人躺在一块大石头上。田义文舔舔干裂的嘴唇："石队长，你这是打算让我和指导员陪着你把自个儿晒成人肉干吗？"

周远也看向石兴国："这都已经第三天了，再找不到水，队长，咱真的就要被渴死了，而且，咱们矿上也要停工停产了。"

石兴国翻身坐起来，拿出包里的地图查看："我们还有什么地方没有去找？"

"方圆几十里都找遍了，而且，可能有水的地方，不止找了一遍。"周远苦着脸说。

"嘘……别说话。"田义文忽然打断了他们俩的对话，坐起来侧耳静听了一会儿，然后又用鼻子嗅了嗅周围……

周远也坐了起来，看着田义文神秘的样子，问："眼镜，你这是干什么呢？"

"我听见了，有风……这风里边，带着雨，而且，不信你闻闻，这空气里，和昨天的不一样，有雨星子……"田义文兴奋起来，他努力控制着情绪尽量小声地说着，仿佛他一大声说话，雨就会被吓跑一样。

周远狐疑地抬头看了一眼又红又大的太阳："你是给晒晕了，还是烧糊涂了，说疯话了吧？"

石兴国却没有说话，跳下石头就走。

"哎，你去哪儿啊？"周远等人奇怪地问。

"回矿上……"石兴国头也不回，加快速度走着，后面的人茫然地赶快跟上。

油矿区洗衣队的院子里，一排排晾衣绳上搭着一块块巨大的塑料布，梅大妮正指挥妇女们扯着塑料布缝合，让它变成一块更大的塑料布，一块大雨布。

齐占山走过来听说要缝雨布，不禁纳闷地问梅大妮："这晴天大太阳的，你缝它干什么啊？"

梅大妮没抬头，一刻不停地走着手里的针线："说了你也不信，反正啊，眼前——说不定今晚就能派上用场，老天一下雨，俺这雨布就有大用处，到时候，就能帮石队长解决水源问题了。"

"越说我越糊涂，难道，老天今晚就下雨？"齐占山更加迷惑不解。

"没准儿，反正俺觉得不是今晚就是明晚。这是跟俺爹学的，俺爹当年就是俺们那儿能闻到十里八乡烟气水气的神鼻子，俺可是神鼻子的女儿，这老天啥时候有雨，啥时候下雨，俺还是能闻得出来的。"梅大妮一本正经地解释。

齐占山却压根不信，哈哈大笑着说梅大妮吹牛。梅大妮瞪了齐占山一眼，嘴里叨咕着"你爱信不信"，便不再理睬他了。

看着认真忙碌的梅大妮，齐占山也觉得她不像在故意吹牛，忙急匆匆往外跑。路上，刚好碰到才赶回矿区的石兴国等人，齐占山老远就喊起来："队长，我正要找你们去呢，快，你快去看看，梅大妮说今晚会下雨，正让洗衣队的人缝大雨布呢。"

石兴国心里一动,看了一眼田义文,问:"梅大妮说的?"

"对,她说她爹当年就是能闻出雨水雾气的神鼻子。"齐占山点头。

"走,去看看。"石兴国说着立刻向洗衣队走去。

夕阳西下,梅大妮因忙碌而微微潮红的脸庞映在夕阳里,很是柔和。风渐起,微风吹动塑料雨布,哗哗作响。

石兴国匆匆赶到梅大妮身边,急切地问:"梅大妮,你对齐占山说的话,是真的?"

梅大妮看了石兴国几人一眼,又看看天,闭上眼睛,用心感觉:"起风了,雨就要来了……"

石兴国兴奋地回头又问田义文:"你现在还能闻见这风里边的雨气吗?"

田义文点点头:"当然啊。"

石兴国激动起来:"太好了,梅大妮,不光是你一个人说有雨,田义文也说有雨,你确定今晚会下雨?"

"是啊,俺就是觉得马上要下雨了,才让大伙把这雨布缝起来,等下雨了,收集到了雨水,咱们不就有水了吗?"梅大妮说道。

"对啊,队长,你还记不记得那些老乡们说的话,他们说这里一年到头不下雨,如果下雨的话,也只下一场,所以,他们也是用雨布把雨水收集起来,存在水池水窖里,一吃吃半年。"周远也兴奋起来。

"嗯,我记得。看来咱们要准备好收集雨水了,快,齐占山,通知大家,拿好雨具,做好收集雨水的准备。"石兴国立刻安排大家去做准备。

由于出油量减少,下班后刘大勇正给工友们开会,讨论原因,以找出改进办法。外面忽然传来脚步声、说话声、铁桶撞击声,很是嘈杂。刘大勇让一个工人出去看看怎么回事,那人回来后一脸惊奇地说:"尖刀队的人疯了,想下雨想疯了,这月明星稀的,好端端地愣说要下雨,正号召大家拿着家伙什准备迎接下雨呢。"

"哦?真的?"刘大勇想了想,合上手里的工作笔记本,"走,咱们也去看看。"

刘大勇等人走出屋子，见许多人手里拎着铁桶、扛着铁锹、拿着棍子等朝油矿区大门外走去。他们跟着人流也向外走去。

距离矿区大院不远的两边，石兴国正指挥大家挖坑、挖沟渠，同时，几个人扯着一张大雨布往挖好的坑里铺，其他人将铁桶摆放成一排……

刘大勇心中暗笑，走过来揶揄道："石兴国，你真的急疯了吧？"

石兴国看了一眼刘大勇，没有理会，继续指挥大家把雨布压牢，防止被大风刮走。

"哼，石兴国，你别折腾了！我在玉门的时间比你长多了，很了解这里的气候，雨季啥时候来，我很清楚，所以，你也别耽误大家睡觉的工夫了。要不然，我看你就是担心找不到水源，不好给领导交差，在这里做做样子，是不是？"刘大勇继续阴阳怪气地嘲讽。

"今晚真的有雨，刘队长，为了矿上的生产，我劝你还是尽早准备收集点雨水吧。"石兴国没在意他说的话，而是认真提醒他。

"哈哈哈，疯了疯了，简直是听不进去人话了，要是白天，我还说你是做白日梦，这大晚上黑灯瞎火的，你也不怕影响别人休息。那好吧，你挖你的坑，我睡我的觉，咱们看看，这老天爷，到底向着谁？"刘大勇说着转身离开。

石兴国无奈地摇了摇头，继续忙活。

后半夜，狂风骤起，电闪雷鸣……接着，倾盆大雨瓢泼而下……

刘大勇躺在床上睡得正香，突然被轰隆隆的雷声惊醒，就听到外面大家在欢呼"下雨了……"，他一下子从床上翻起来，推开窗户一看，狂风暴雨倾泻而下，风夹着雨点呼啸着闯进屋子扑到他身上……他一个激灵，赶紧关上窗户，往屋外跑去。

矿区大门外，石兴国等人站在大雨中，任凭雨点噼里啪啦地打在身上。他们挽着裤腿，脚深陷在泥水里，面朝天空，高兴地吼着，喊着，欢呼着："下雨了……太好了，下雨了……"

第二天早晨，雨过天晴，火热的太阳又重新照耀着整个矿区。

一大早，石兴国和刘大勇两人被叫到办公室，王振华笑眯眯地看着两人："石兴国，不错啊，虽然天降喜雨，但功劳还是要记到你头上，找水任务完成得很好。你和刘队长给咱们矿上收集的雨水，不但可以供咱们的生产生活正常进行，甚至可以撑到下一个雨季来临啊。"

杨宇照接着说道："另外，根据我们前几个月石油学校学习的情况，大家对石油知识已基本掌握，这光纸上练兵，估计大家也疲惫了。我和政委商量过了，由你们尖刀队先行组建一支钻井队，和刘大勇的钻井队组成一个大队，开始一起打油。"

"局长，政委，真的吗？真的可以上油矿区打石油了？"石兴国听到这个消息兴奋异常。

王振华微笑地看着激动的石兴国："嗯，当然是真的，咱们的准备阶段已经过去，准备工作也做得很充分，接下来，就看你石兴国，怎么给我打出石油来了！"

杨宇照却有些为难："我和政委商量了一下，本来，打算让你当大队长，可政委的意见是刘大勇技术更成熟一些。但我觉得，油矿现在已经以石油师为主……"

"杨局长，您放心，什么大队长不大队长的，我真不在乎。对我石兴国和尖刀队来说，只要能打油，干啥都成！"石兴国很干脆地表态。

一直在旁边听着的刘大勇，脸上的表情阴晴不定。

杨宇照满意地向王振华点点头，又看向两人："那很好。经过石油局和石油师研究决定，尖刀队和刘大勇钻井队组成一个钻井大队。大队长人选，我再跟政委商量一下，明天，给你们举行一个正式的出征仪式。"

第二天，隆重的出征仪式上，石油局领导和石油师领导全部到场，石兴国的尖刀队和刘大勇的钻井队在场中整齐列队。

王振华首先为两个钻井队授旗，"突击队"和"先锋队"两面旗子分别在石兴国和刘大勇手上迎风飘舞。

授旗仪式结束，杨宇照宣布："好，让我们用热烈的掌声祝贺由解放军组成的钻探突击队和由石油工人组成的钻探先锋队成立。下面，有请钻井处副处长兼钻井大队大队长高永亮同志表决心。"

高永亮快步走上台:"石油工人兄弟和石油战士们,大家好。今天,是我们玉门油田一个大喜的日子,经过半年多的学习、训练、融合,我们解放军同志,和石油工人兄弟已经结成一个集体,我们随时准备接受新的任务。使命是神圣的,责任是光荣的,任务也是艰巨的。为此,我代表钻探大队,向各位领导表决心如下:下定决心,排除千难万险,流下几两血,淌下几斤汗,一心钻探,不叫苦,不怕愁,荒原戈壁出石油!"高永亮讲完,下面一阵掌声。

"另外,我有个提议,现在的突击队和先锋队两个钻井队,大家可以开展比赛,谁先打出石油,我这个大队长就让给谁,那才是最合适的钻探大队长。"高永亮又补充说道。

各位领导都点头表示同意,石兴国和刘大勇互相看着对方,心里暗暗较劲儿。

自石兴国找水回来,许茹一直没见过他。唐娜劝她主动去找石兴国,许茹却不肯,她觉得他若想见,一定会来找自己,既然他不来,自己又何必去。

唐娜见许茹如此,忍不住数落道:"你呀,就是小资产阶级思想,就算他想见你,可他那么忙,哪有时间来?我告诉你许茹,你最大的问题,就是有些事想得过于复杂,过于理想。感情的事,是需要感觉,但你的感觉要让别人感觉得到,那才叫感觉。反正我不希望自己的幸福到头来被抓在别人手里。我看这一点儿上呀,你还不如梅大妮。"

"梅大妮?"许茹诧异地看向唐娜。

"她敢想,敢爱,敢于表达。我告诉你许茹,如果有一天,你要输在梅大妮手里,我一定会骂你的。"唐娜的嘴巴毫不留情。

"好了好了,死唐娜,就你话多!我去就是了。"许茹无可奈何地合上书本,笑骂着唐娜。

石兴国宿舍里,梅大妮和洗衣队的一位妇女正收拾脏衣服,一股臭气引起了两人的注意。

梅大妮四处查看了一圈,发现原来是昨晚浸泡在泥水里的那双鞋,被石兴国摆在了凳子上。梅大妮一脸嫌弃地拎起来看了看,心里嘀咕着:都破成这样了还留着干吗，回头还是我给你做双新的吧。梅大妮想着，便拎着鞋走出屋子，随手将鞋丢在了一边。扔完，她拍了拍手上的土，一抬头，却见许茹不知何时站在了眼前，正盯着自己看。

陪着一起来的唐娜见许茹停下，拉了拉她："许茹，怎么了？走啊，干吗愣着？"

许茹不说话，红着眼圈，从梅大妮身上移到了那双被扔在一旁的鞋上。唐娜顺着许茹的目光，也看向那双鞋，梅大妮看了一眼她俩又看了一眼鞋，有些不明所以。

这时，石兴国回到宿舍，看见在门口对峙的三人。许茹一见石兴国，扭头就走。

"哎，许茹，你怎么了？到底怎么回事啊？"唐娜说着去追许茹。

梅大妮看着许茹的背影，没好气道："呸，大小姐脾气又来了！你不待见俺，俺还不待见你呢。"说着就要转身进屋，却见石兴国也喊着许茹的名字追了过去。

梅大妮急忙跑过去一把拉住石兴国，大声说："石队长，你那双鞋破得太厉害了，俺帮你扔了，回头俺再给你做一双新的……"

"我的东西，以后你少给我碰！"石兴国看着被扔到外面的鞋，顿时明白了许茹为什么生气了，不禁冲着梅大妮怒吼起来。吼完，他捡起鞋放到门口，转身向外冲去。

本来想讨好石兴国的梅大妮见弄巧成拙，看着他急急忙忙的背影，她一脸委屈地瞪向门口那双鞋："不就是一双烂鞋吗？有什么好的？"

石兴国没有追上许茹，于是一口气跑到她的宿舍，却怎么敲门都没人应答。焦急的石兴国管不了那么多了，站在门外冲里面大声喊道："许茹，我知道你在里边，有些事，可能是误会，我不想做太多解释。我只能告诉你，我石兴国，什么时候都不会变，和你一样，什么时候也不会变的！"说完，疲惫的石兴国转身离去。

屋内的许茹擦干眼泪，打开门，想叫住石兴国，但喉咙仿佛被什么东西噎住了。看着他越走越远，许茹的泪再次大滴大滴地滑落下来。

　　两个钻探队要比赛，谁都不想认输，尤其是首次真刀真枪操作的尖刀队。井场上，铺天盖地席卷而来的风沙都不能让战士们退缩，井架上"钻探突击队"的旗帜在狂风中颤抖，井架下，石兴国带领着队伍，顶着风沙仍然在战斗。坚持，再坚持一会儿，让钻头再下一百米……石兴国不停鼓励着大家，战士们虽然疲累，但依然坚持着。

　　时间越来越晚，风沙越来越大，战士们终于收工回到风沙包裹的帐篷里，极度疲惫的战士们和衣而卧，马上进入了梦乡。

　　石兴国却没有睡，还在打着手电筒研究着一些资料。一旁的周远找了块空地方躺下来，说道："不知道刘大勇他们那一队打出石油来了没有？"

　　石兴国摇了摇头，肯定地说："他们要是打出来，那动静，肯定上了天喽。"

　　周远笑笑，又叹了口气："哎，真希望明天的风沙能停了，这么大的风沙，身体稍微单薄点，一定会被刮跑。你说咱们在这里打石油，真是在跟老天爷战斗啊。"

　　石兴国点点头："是啊，而且，这也是咱们石油师人打的第一口油井，能不能出油……"

　　"行了，别琢磨了，你也早点休息吧，我先睡了，养足精神，明天还要继续战斗呢。"周远打断了石兴国，然后翻了个身，闭上了眼。

　　第二天，大家继续奋战，随着钻头一直往地下打进，却丝毫没有什么进展。田义文站了出来："石队长，咱们的井下深度，已经超过了预计的含油层，但是，钻头带上来的土里边，根本什么都没有。我们还往下打吗？"

　　石兴国皱眉想了想，问："老田，你有经验，你看怎么办？"

　　"咱现在打钻，就像没头的苍蝇一样，就算打到油，那也是蒙上的。要我看，我们可以兵分多路，先找到油气点，再开始钻探。这样看似耽误了时间，可一旦确定，肯定可以出油。"田义文说完，期待地看着石兴国。大家的目光也都看向队长。

　　"好，今天就暂时停止钻探，大家收工，从明天开始，我们兵分多路，重新选择打井点。"石兴国考虑了一下，果断下了命令。

周远对于田义文还存有些质疑，但石兴国坚持认为，既然田义文已经是一个队里的同志，就要相信他。

清晨，石兴国、田义文以及齐占山、段铁生等人背着背包，手里拿着探测杆，早早出发了。走上一个山头，田义文看了看周围，提议四个人分开行动，找到油砂的概率会大一些。

石兴国看了看齐占山和段铁生，想了一下说："他们目前还不能独立找油，要不，我们带一下。段铁生，你跟着我。齐占山、老田你们一组。咱们分头去找，天黑以前在营地碰头，别走岔了。"

"放心吧，我过惯了土匪的日子，绝对不会走岔。"田义文说完率先走了，齐占山赶紧跟上。

石兴国、段铁生朝另一个方向走去。

时间过得飞快，转眼太阳已经西斜，石兴国、段铁生两人拿着探测杆，早已累得满头大汗，但并没有什么收获。两人看看时间，擦了一把汗，叹着气收拾东西转身往回走去。

回到帐篷，石兴国发现田义文和齐占山还没回来，看着快要下山的太阳，他有些着急。正在这时，齐占山从远处走来。

"齐占山，你怎么一人回来了，老田呢？"石兴国忙问。

"哦，老田说为了天黑前能赶回来，我们分头去找的。怎么，他还没回来吗？"齐占山反问。

石兴国一屁股坐在地上。

留守的周远急道："看吧，我就知道会这样，那个土匪，恨不得从咱们这里逃跑呢。这下好了，这么好的机会，他不跑就不是土匪了。"

齐占山安慰大家："说不定眼镜只是迷路了呢。"

周远哼了一声："你们也太小看土匪了吧？那些藏在山林里的土匪，比地鼠还会认路……"

"好了，别说了，我去找田义文。不管什么情况，必须马上把他找回来，以防万一。"石兴国说道。

周远点点头:"好吧,发动大家,一起去找。"

"不行,其他人留在这里,不能影响明天的工作。指导员也留下,免得大家人心惶惶的,齐占山跟我去就行了。"石兴国说着已经向外走去。

田义文与齐占山分开后一直往前走着,边走边测,丝毫没有怠慢。忽然,他在空气里敏感地嗅到一丝石油的味道,田义文兴奋起来,一边不停地嗅来嗅去,一边拿着探测杆到处去扎……突然,田义文双腿跪地,把探测杆扔到一边,用双手在地上刨起来,嘴里不停地念叨着:"就在这,就在这……我闻到了,石油一定就在这儿……"

石兴国两人在路上走着,喊着,声音在山谷里回荡。走上一处坡地,石兴国喊着喊着,不小心一脚踩空,"啊……"的一声,跌下坡地。石兴国"哎哟"着爬起来,就看到眼前一个黑影在晃动,大惊之下定睛一看,竟然是正跪地刨土的田义文。

"田义文,你怎么在这儿?"石兴国紧走几步,到了跟前。

田义文抬头看到石兴国,高兴地举起手中一块黑乎乎的含油砂,兴奋地说道:"队长,是油砂!我找到了,油砂,你快闻闻,含油砂啊……"

石兴国怎么也想不到惊喜会来得如此突然,他定了定神,才激动地接过田义文手上的油砂,放到鼻子底下闻了闻:"果然是油砂,田义文,你真的找到石油了!"

"嗯,找到了!找到石油啦……"两人哈哈大笑,又忍不住对着夜空振臂呐喊起来。

找到石油的消息很快汇报给上级,王振华等几位领导当即决定去现场看看。

井场上,机器轰鸣,战士们加紧钻探,石兴国、田义文等人眼睁睁地盯着下钻的钻头。随着钻头的不断深入,大家的心情既紧张又兴奋。

宋豫杰、王振华、杨宇照等人一路快步走来,石兴国迎上去双手握住王振华的手,激动地说:"政委,我们马上就要打出石油了!"

"好啊好啊，这可是咱们石油师人在玉门打出的第一口油井啊，真是历史性的一刻，我们都要见证。"王振华也很激动。

这时田义文喊道："最后一杆，原油马上就能喷出来了……"

大家不再说话，都屏气凝神，眼睛紧紧盯着钻杆。突然，"噗……"的一声，一股气流冲天而上，紧接着，一股黑色原油喷洒下来……

"出油啦，出油啦……"战士们顿时欢呼起来。瞬时间，井场上沸腾了，人们欢呼着，跳跃着，眼睛里泛起了喜悦的泪花。他们手舞足蹈，他们互相拥抱，他们围着井台互相追逐，还有人竟然把冒着腾腾热气的原油涂抹到脸上……完全沉浸在了一种忘我的境界之中。

王振华也难掩激动之情，他抬起头，仰望天空，黑褐色的原油喷出油管，像是天空中开出了一朵美丽的石油花。

10

士气高涨的尖刀队战士们，雄赳赳气昂昂地唱着歌走进食堂，吸引了众人的目光。正在吃饭的刘大勇和身边的工友却颇不服气。

"牛气什么？不就是第一个打出了石油吗？老子打石油的时候，他们还在吃枪子儿呢。我们创造了多少个第一，都没他们那么嚣张。"一个工人不屑地说道。

"瞎猫碰到了死耗子，就以为自己长了抓老鼠的真本领……"万万没想到自己会输的刘大勇啪地放下碗，心里不忿。

"不过，刘队长，听说那个田义文是个大学生，好像真挺神……"一人犹豫了一下，还是忍不住说了出来。

刘大勇不悦地瞪向那人："别长他人威风，我就不信他们每次都先打出油来！"

几人不再说话，低头默默吃饭。刘大勇心里却琢磨着刚才那人的话。

尖刀钻井队打出油意味着石油师已经开始形成生产力，真正完成了从一个战斗队到建设队的转变，唐国恩局长听闻消息后也特意打来电话祝贺。宋豫杰、王振华受到上级的肯定心里很是安慰，感叹尖刀钻井队果然不负众望，为石油师赢得了荣誉。他们不仅是战场上的尖刀，也会成为石油战线上的尖刀，也说明石油师人已经将战场上的战斗力充分带到了石油战线。

自从军队改编后，学习阶段有困难，建设阶段有困难，准备阶段也有困难，重重困难就像一直压在王振华、宋豫杰二人心中的一块大石头。这次出油，证明石油师已经闯过了所有困难，经受住了考验。成绩虽小，但意义重大。二人心里的那块大石头终于落地了。

宋豫杰更是提议利用这个好的开端，动员全师官兵学习石兴国，超越石兴国，来个遍地开花，处处冒油。

正在石油师摩拳擦掌准备大干一场时，忽然接到上面通知，由于油矿的特殊情况，"三反""五反"运动一直没有搞，现在要求整个运动都要补课过筛子，一个人不漏，一个单位不漏。王振华看到文件，表情不由凝重起来……

很快，石油师领导们全员开会，研究讨论如何开展运动问题。会议室内，灯光明亮刺目，除了石油师领导外，杨宇照局长和邱建设也参加了会议。会场上人人表情严肃，气氛凝重。

王振华首先讲话："这次运动，不是针对某个人和某个行业，是全国范围内的一次大的政治运动。当然了，我们石油行业也需要'反一反'，在咱们领导中反对贪污，反对浪费，反对官僚主义，在咱们部队中反对盗窃国家情报，反对盗骗国家财产等等，具体怎么反？如何反？大家研究决定，但总的原则是，必须严肃认真地贯彻上级指示，上级领导要求我们，在开展好这次'三反''五反'运动的同时，不能影响石油生产。"

"是啊，咱们的尖刀队刚刚打出第一桶油，咱们要趁热打铁，争取打出更多的油。"宋豫杰说。

王振华接着说道："所以，我们开展运动要实事求是，既要动员大家检举汇报，也大力提倡个人的自我检查。下面，请大家发表一下各自的看法。"

杨宇照清了清嗓子，说道："我来说一说，油田这边，虽然我们是接收的国民党油田，但由于我们党组织进入得早，一直加强思想教育和组织管理工作，所以应该说在这方面不存在大问题。至于国家情报嘛，在你们尖刀队的保护之下，也没有泄露出去，特别是石油师进驻后，大兵压境，估计潜藏的特务也早已吓跑了。油田这边没有问题，那石油师这边就更没有问题了。我的意见是，对于运动，该传达的传达，该教育的教育，但咱们主要精力还是放在抓生产抓建设上。"

这时，邱建设突然开了口："师长政委，我这里有个问题。你们改编时，上缴的那些枪支，一直存放在咱们矿上。这也是属于国家财产，而且还是军备财产，你们看这一次，是不是应该全部上缴呢？"

宋豫杰点点头，王振华说道："是的，这个问题现在很敏感啊，一定要上缴，一支也不能少。高主任，高处长，这个事就由你们负责，认真清点，及时上缴。"

会后，高峰、高永亮等人打着手电筒来到仓库外，提着钥匙的邱建设走上前打开了仓库大门。

众人进入仓库，只见一箱箱手榴弹，一堆堆圆形地雷，一排排枪支，摆放得整整齐齐。

高峰和高永亮对视一眼，点头让后勤人员开始清点枪支武器。邱建设从一旁的抽屉里取出清单簿，一一核对。

清点到最后，邱建设满头大汗，双手哆哆嗦嗦一遍遍翻看手里的清单："不对啊，怎么会少呢？这里明明记着，手榴弹总共是二百七十一颗，地雷是一百零三颗，短枪是十三支，机枪是七挺，长枪是一百五十支，总共是……总共是一百七十支，怎么会不够呢？"

高峰在旁边安慰道："邱处长，你先别慌，好好想想，是不是有什么遗漏的地方？也有可能是数错了。"

高永亮说道："他们都数了三遍了，短枪应该是十三支，现在是十二支，缺一支，不会数错。肯定是出问题了。"

"这个库房立即封闭起来，马上报告师领导和油田领导。"高峰知道事情的严重性，忙让大家退出库房，做出了安排。

接到报告，各领导被迅速召集到会议室。王振华脸色严峻："在这个节骨眼上发现丢枪，是性质很严重的问题。先不追究谁的责任，必须先把丢失的枪找出来，否则，就出大问题了。"

邱建设脸冒虚汗："怎么找？没有线索，就像大海捞针一样。"

宋豫杰态度坚决："就是挖地三尺，也要把枪找回来。会后我们立刻开始仔细搜查，不过，石油工人偷盗枪支的可能性不大，毕竟，他们没有摸过枪。"

"枪是在油田库房丢的，整个油田的每个人都有责任。我看这样吧，为了不放过一个疑点，每个办公室，每间宿舍，每个职工的家都要搜查一遍，也就是说，油田的每个角落都要过目，不能留一点点死角。"杨宇照提出具体建议。

王振华点头表示赞同："杨局长的意见很好，现在是运动期间，咱们不能有一丝一毫的马虎。必须采取一切办法，仔细清查，尽快把枪找到。同时要注意保密，不能把丢枪的事扩散出去，免得引起恐慌。"

众人点头，立刻纷纷行动起来。

夜已深，任新我正在宿舍内研究石油书籍，女儿小雨在炕上已经睡着。忽然门被推开，一群人闯进来，二话不说，就在屋子里到处翻找。

炕上的小雨被吵醒，惊慌失措地扑到任新我怀里，任新我一边安慰着女儿，一边茫然地看着这群人。

最后邱建设走了进来："任专家，全国的'三反''五反'运动你大概也听说了，不巧，咱们矿上也出了点事，请你配合一下，我们搜查完了就走。"

任新我机械地点着头，什么话都说不出来。

夜色更深，睡得迷迷糊糊的田义文翻身起床，提着裤子出去，刚走出宿舍，站在外面不远处准备小便，"抓住他！"突如其来的一声大喊，吓得田义文一哆嗦，半眯着的眼睛也瞪大了，他猛回头看去，见无数手电筒光照射过来，同时一群人跑到他身后，一下子将他扑倒，把他抓了起来。田义文挣扎喊叫，却没有丝毫用处。

几个人押着田义文回到宿舍，另外一些人开始一通乱翻。

"你们知不知道你们在干什么？你们这种行为，我要上报领导！"不明所以的田义文义愤填膺。

突然，一个人掀起床单下摆，在床底下找到一支枪。那人赶紧拿出来："找到了，枪找到了，偷枪贼就是他，走，去报告邱处长……"

田义文看着枪目瞪口呆，随即大声喊道："你们这是诬陷！有人栽赃陷害我！陷害……"

那几人哪肯听他分辩，不由分说，押着他就向外走去。

齐占山听到动静，透过窗户看见田义文被一群人押走，不由大惊。急忙跑去找石兴国。

石兴国听神色慌张的齐占山说完情况，立刻叫了周远，一起往政委办公室赶去。

齐占山边走边担心地说："队长，我虽然看不惯田义文，平时也没少烦他，但这一次要真给抓走了，或者枪毙了，就完了，咱们打石油可不能少了他啊。"

石兴国紧皱眉头没说话，周远开口安慰道："不会的，有队长在，你放心，先别往坏处想。"

时间虽然已经很晚了，王振华办公室外，还是围满了赶来看热闹的人，大家纷纷猜测着这个土匪到底偷了什么贵重东西，会被关几天还是会被判刑。

见人越聚越多，第一时间赶到的杨宇照从办公室走了出来，示意大家散去。众人刚刚散去，石兴国等人气喘吁吁赶到。

"杨局长，到底怎么回事？"见到杨宇照，石兴国立刻问道。

"快进来说吧，政委正在等你呢。"杨宇照说着，几人走进办公室。

了解了事情的来龙去脉，石兴国提出质疑："政委，田义文怎么会是偷枪贼呢？他进不了库房，不可能去偷枪啊。"

"石队长，非常时期，你说话注意点。今天晚上，大家有目共睹，枪就是从他房间里搜出来的，这是人赃俱获。不是他，难道还是别人吗？"邱建设反驳道。

齐占山不干了："那也有可能是别人栽赃陷害啊！"

邱建设对齐占山的话嗤之以鼻："栽赃陷害？难道是你们自己人栽赃陷害吗？反正我们石油工人是不会那么干的，不管怎么说，你们别忘了，田义文以前的身份就是土匪，而且，这件事也和我们后勤处有重大关系，所以，这件事，我必须查清楚。"

"那样最好，邱处长，希望你不是自说自话，要知道，田义文可是我们石油突击队的找油能手，冤枉了他，就等于是侮辱了我们石油师！"齐占山语气不善。

办公室里的气氛有些紧张，石兴国先冲齐占山说道："齐占山，你少说两句。"然后又看向王振华和其他领导，"政委、师长、杨局长，说田义文是偷枪贼，我的确难以接受这样的事实。首先他偷枪干吗，他当土匪时都不拿枪，现在要枪做什么？再说了，凭着田义文的聪明脑袋，就算他真的偷了枪，也不会藏在自己房间，不会藏在床底下啊。所以，这中间，我觉得一定有蹊跷。"

几人互相看看，点了点头表示赞同。

王振华开口道："这件事，我们一定会查清楚的，事关重大，性质比较严重，也不能马虎，找你来，就是想了解了解这段时间，田义文有没有异常情况？是不是真有什么不轨行为？"

"没有，政委，一点都没有。"齐占山第一个打包票，抢着为田义文辩解。

周远也肯定地说："是啊，政委，田义文的确是转变了，这一点，大家都能看到。"

"石兴国，你也这么认为吗？"王振华看看两人，又看向石兴国。

"嗯，这个我可以担保，田义文绝不可能是偷枪的人！而且，政委，明天我们的新油井就要开钻了，那口井的位置是田义文确定的，咱们尖刀钻井队不能没有他。所以，我请求政委放人。"石兴国恳切地说道。

"石兴国，你不要冲动，这件事，不是你担不担保那么简单的。"宋豫杰表情严肃地制止。

"但是师长，没有田义文，我们打不了油井。再说，田义文绝对不可能偷枪。"石兴国坚持。

王振华与宋豫杰交换了一下眼神，说道："石兴国，虽然打油重要，但清查工作也不能马虎。这样吧，邱处长，给你三天时间，好好调查一下，三天以后若还没有结果，就把田义文交给石兴国。但是注意，一定要遵守党的纪律，严禁逼供。出了问题，你是要负责任的。"

邱建设愣了一下，只好答应下来。

田义文被抓的消息很快闹得沸沸扬扬，刘小青得知后很是着急，连忙赶回家让哥哥想办法救他出来。

刘大勇诧异于妹妹怎么会和田义文扯上关系，警告她离那个土匪远点。

刘小青心里本来就急，又见哥哥对待田义文如此态度，顿时火了，大喊道："刘大勇，你到底去还是不去？！"

刘大勇听妹妹竟然直呼自己的名字，愣了一下，气呼呼骂道："你……从小到大我真是把你惯得没样了！"

刘小青丝毫没有退让，反而冲刘大勇撒泼耍赖道："我警告你——在玉门，田义文是我最好的哥们！我不管你们把他当土匪，还是特务，我认准他是好人，他就是个好人！你如果不去救他，我刘小青就……就去找邱建设……说我和田义文是一伙儿的！"

刘大勇猛地捂住刘小青的嘴巴，低声道："你个臭丫头片子，不想活啦？你知道田义文犯的是什么罪吗？'反革命分子'！在他家里搜到了枪！闹不好会枪毙的！"

"你怎么知道搜到的是枪？我问了很多人，他们都只说清查人员从他宿舍搜到了东西，但不知道是什么。哥，你是从哪儿知道的？难道昨天晚上，搜田义文宿舍的时候你在现场？"意外得到这个信息，刘小青不停地追问。

"我……我是瞎蒙的！谁知道邱建设搜到的是什么东西。"刘大勇意识到自己说错了话，支支吾吾地想掩饰过去。

见哥哥神情异常，刘小青警觉起来，指着刘大勇的鼻子说道："我现在就去查，如果邱建设从田义文那儿搜到的真是枪，我回来找你算账！"说完，愤然离去……

禁闭室里，邱建设加紧审问田义文。无论威逼恐吓还是好言利诱，田义文一口咬定自己是被冤枉的。田义文最后被逼急了，还扬言要把邱建设在陕南当油老虎的事儿全给抖出来。

邱建设着实被吓出了一身冷汗，但外面有石兴国派来的人时刻监视着禁闭室的动静，他再气再怒也不敢真的对田义文严刑逼供，只有气急败坏、咬牙切齿地对田义文空挥着拳头。

刘小青很快打听清楚了田义文的事儿，想着那天哥哥古怪的言语表情，立刻愤怒地回家质问刘大勇："刘大勇，你真是神机妙算呀！我问你，你怎么知道是枪的？"

"刘小青，注意跟你哥的说话方式！我是你哥，你别吃里爬外！"刘大勇语气强硬，却是避而不答妹妹的问题。

"我问你，为什么要陷害田义文？！"刘小青再也忍不住，索性直接问了出来。

刘大勇也不再掩饰，歇斯底里地喊道："因为他是石兴国的左膀右臂。断了石兴国的左膀右臂，我倒要看看石兴国怎么找石油？！"

刘小青虽然早就猜到是哥哥所为，可是亲耳听他说出来，她还是不愿相信地用力摇着头，泪水纷飞中她一步一步退出家门："刘大勇，田义文没事儿也就罢了，如果他有事儿，我跟你没完！"

太阳升起又落下，落下复升起……

清晨，王振华、杨宇照和石兴国、周远从远处走向禁闭室。禁闭室里，也许是折腾得晚了，几人还在睡梦中。杨宇照大声叫醒邱建设，邱建设迷迷糊糊一睁眼，突然看见王振华和杨宇照都站在自己面前，急忙站起来，田义文等人也相继醒来。

"邱处长，三天时间到了，问出情况了吗？"王振华开口问道。

"政委，你再给我三天时间，不，两天。我一定问出情况！"邱建设不甘心地说道。

杨宇照看向邱建设："老邱，石队长来要人了！人家立了军令状，担保田义文没事儿。你看既然没审出什么问题，枪也找到了，就先放人吧。"

邱建设询问的目光看向王振华，王振华却故意扭过头装作没看见。邱建设明白了领导的意思，立即改口："政委，经过三天的审讯，确实没有从田义文嘴里得到任何有价值的口供，所以，我判断田义文应该是清白的！现在既然枪找到了，也没有造成严重后果，您看，是不是把他放了？"

王振华笑道："邱处长是'镇反运动'联合小组的组长，这个决定应该由你来下。不过，有石兴国的军令状在这儿，如果田义文出了问题，我们就拿石兴国是问。邱处长，你也不必担心负责任！"

"那太好了！放人！"邱建设立刻让人将田义文的手铐打开。

石兴国忙喊来齐占山，让他扶田义文先回去休息。田义文对石兴国点点头，又狠狠瞪了一眼邱建设，这才跟着齐占山走出了禁闭室。

回来后，田义文想来想去，提笔写了一份保证书，拿着来找石兴国。周远和石兴国正在研究油井情况。田义文走进来，径直将一张纸拍在石兴国眼前的办公桌上。

石兴国愕然抬头："这是什么？"

"保证书。这次的事虽然不是我的错，但我知道我以前的经历给你们添了不少麻烦，我田义文保证，从今以后我会彻底和以前划清界限，死心塌地跟着石队长，用自己所学的知识，多找油、多打油，再也不给队长惹任何麻烦。"田义文态度诚挚，言辞恳切。

石兴国拿过保证书认真看了看，然后叠好放进口袋："好啊，田义文，我用军令状，换你一份保证书，也算值了！不过，纠正一点，你不是为我找石油，是为祖国，为人民找石油！"

田义文笑了："我不管什么祖国、人民的，我心里服你石兴国，我就跟你！"

"还是一身土匪气！指导员，以后你好好地给他上上政治课。"石兴国笑着看向周远。

周远笑着点头："好，交给我了。"

田义文顿了顿，认真地说道："队长，我这次被人陷害，但我觉得这个人不是冲着我，而是冲着你来的。"

"既然出来了，就别胡思乱想了！好好想想怎么找石油吧。"石兴国安慰地说道。

田义文没说话，心里却思索着怎样才能找到那个幕后黑手。他第一个想到的是曾经在胡宗南司令部里有过一面之缘的任新我。

暮色降临后，一个黑影悄悄来到任新我的屋门前，往门下塞了一张纸条后，敲了两下门，然后匆匆离开。

任新我听见敲门声，打开门却并没有人，他纳闷地左右张望了一下，关门时才发现地下的纸条。任新我小心翼翼地捡起纸条，打开一看，只见上面写着："后山见面。"任新我一惊，急忙攥紧纸条，再次打开门，探出头四下观望，外面空无一人。任新我放下心，忙关紧大门，攥着纸条回到屋子里。

"难道矿区里有自己人？去还是不去？不行，一定得去，这么长时间没有他们的消息，我得把这件事了结了。"任新我边紧张地来回踱步，边快速地思索着。

办公室里，邱建设还在办公桌前写东西，一名工人气喘吁吁地跑了进来："报告处长，田义文往后山去了。"

邱建设霍地站起来："你没看错吧？"放了田义文后，邱建设不甘心，于是派了名工人监视着他，没想到这么快就有消息了。

"千真万确！我一直盯着呢，除了上厕所、睡觉外，他都没离开过我的视线。"这名工人保证道。

"好，干得不错！你赶快找几个人跟我过去，我们来个人赃俱获！哦，对了，钻井队的人都忙，你去运输队找人。"邱建设吩咐道。

人很快找来，邱建设立刻带人抄近路去后山埋伏。

他们刚刚埋伏好，田义文就走进了几人的视线。

"处长，什么时候上？"有人低声问。

"等接头人来了再上。"邱建设示意大家耐心等待。

过了一会儿，果然又有一个黑影出现了。邱建设一声令下，众人一拥而上，将田义文和另外一人一起抓住。

邱建设用手电筒对准那个人，得意地命令道："抬起头。"

那人微微抬头。

"刘小青？！"邱建设一脸惊讶。田义文也被这一连串的变故惊得目瞪口呆。

抓着刘小青的几人也急忙放手，纷纷询问："青哥，怎么是你呀，你没事儿吧？"刘小青无所谓地摆摆手。

"刘小青，快说，你怎么在这儿？"邱建设百思不解。

"我和田义文约好了在这儿见面呀！"刘小青一副理所当然的表情。

"你们在这儿见面干什么？"邱建设刨根问底。

刘小青一笑，反问道："我们俩这么晚了见面能干什么？"

邱建设恍然大悟，懊恼地一跺脚，转身离开。运输队的几人嘻嘻哈哈笑着跟刘小青打过招呼，也一起走了。

人都走后，一头雾水的田义文看向刘小青："刘小青，你怎么来了？"

"他们到我们运输队找人，说要抓你，所以我就来救你了呀！你深更半夜的来后山干什么？"刘小青简单解释后，又充满好奇地问。

田义文半开玩笑地说："跟特务接头，你信吗？"

"我信你是土匪，绝不信你是特务。你那把枪，一定是有人陷害你的。"刘小青说得很认真。

"你怎么知道？！"田义文瞪大眼睛看着刘小青，她能说出这番话，让他既感动又有些好奇。但他绝不会想到，她是真的知道是谁陷害了他。

刘小青内心几番挣扎，却是欲言又止："我……我猜的！"

此时任新我宿舍内，小雨从外面探听情况回来，用手势比画着告诉父亲已经没事了，一切平安。

任新我如释重负，摸了摸小雨的额头，指了指床，让她先去睡，然后自己一个人坐在那儿沉思起来……

经过晚上的事，邱建设主动找到王振华，建议油矿以大局为重，免于对田义文的怀疑和处分。对于他一夜之间一百八十度大转弯的态度，王振华非常意外。

邱建设生怕领导怀疑他的好意，连忙满脸堆笑地解释："我觉得田义文毕竟还是有真才实学的，咱们新中国石油工程，正需要他这样的人。其实这件事要说责任，我负责后勤保管着仓库钥匙，也脱不了关系。所以，既然枪支没有丢，这事儿就算翻篇了，翻篇了啊。"

没想到邱建设能这么说，王振华点着头哈哈笑道："既然邱处长自己揽责，咱们也就没必要旧事重提了，建设任务在前，咱们大家就团结一切可以团结的力量，好好打石油吧。"

　　两人正说着话，石兴国来到办公室门外，刚要敲门，听到屋内的谈话声，他停住手，思索了一下，才敲门进去。

　　"哎呀，石兴国，来得正好，邱处长刚刚和我交流完工作，我正要找你呢。"王振华见是石兴国，笑着说道。

　　邱建设很识趣地起身告辞。石兴国看了一眼邱建设出去的背影，说："不瞒政委说，你们的谈话，我刚才在门口听见了，这邱建设的态度，是不是转变得太快了？"

　　"哦，这个嘛，关于昨天的枪支事件，上级也决定不再追究了，所以，咱们还是要以油矿建设为重，团结一切可以团结的力量，打好石油仗啊。至于邱建设的态度问题嘛，可以理解。毕竟邱处长以前是个商人，商人的原则和我们部队的原则是不一样的。"王振华解释。

　　"商人唯利是图，可以理解，但我总感觉邱建设身上有一种不寻常的气息，政委还是不要太轻信他了。"石兴国皱眉说道。

　　王振华爽朗地笑道："这个我有分寸，你看你石兴国都能担保田义文，我相信一下邱建设，应该也能理解，哈哈。对了，回去让田义文放下心理包袱，多多打油。"

　　石兴国点头离开。

　　邱建设的行动让素来谨慎的任新我更加担惊受怕起来。他决定让不引人注意的女儿小雨出面，悄悄跟上边联系，说明情况和自己退出的打算，争取早日摆脱这种生活。然后父女俩离开玉门，找一个太平的地方安安稳稳过日子。

　　从小在玉门长大的小雨，已经喜欢上了这里，听父亲说将来要搬走，很是不舍。

　　任新我将一封信在小雨身上藏好，并给了她三颗信号弹，嘱咐道："小雨，这封信，你一定要送到咱们的上级手里。还有，这信号弹你拿好，如果遇到危险就尽快点燃它，这样无论你在任何地方，我都能看到，我就去接你。尽量不要超过十二点回来，不然会很危险，明白吗？"

　　小雨懂事地点点头，推开门出发了。

刘大勇的钻井队一直自认为是老石油人,不肯服输。田义文建议两队之间再进行一次石油知识比赛,争取打击打击他们嚣张的气焰。

石兴国、周远非常支持田义文的提议,但前提是一定要做好充分的准备,以免输掉比赛。

得到肯定的田义文下班后立即发动大家,集思广益,在宿舍里聚集了一大群矿上的老工人,不仅学习理论上的知识,还学习各种实践中总结出来的经验技巧。比如同样是打油,夏天和冬天就有所不同;握刹把的时候,地下压力越大,手上的功夫越要巧,所谓四两拨千斤……

时间一点点流逝,大家依然讨论得热火朝天,丝毫没留意外面已经漆黑一片。

天色越来越晚,任新我焦急地在宿舍走来走去,不时抬起手腕看时间。直到临近午夜,小雨还是没有任何消息。任新我越来越焦躁,他拿起手电筒,走到院子里,抬头望着夜空转了一圈,依然什么都没有发现。

周远和石兴国忙完手头上的事,见时间已经很晚了,田义文和一群工人还意犹未尽地在讨论学习,两人就说笑着向田义文的屋子走去。

忽然,天空"啾"的一声,升起一颗信号弹……

"这是怎么回事?"两人停下脚步,纳闷地四处查看。远处,任新我快步出了院子,似乎正是朝着信号弹升起的地方而去。周远急忙跑过去,一把拉住他:"任专家,你这是干什么去?"

任新我愣了一下,神情有些慌乱:"小雨,小雨,我的小雨迷路了……刚才,是小雨的信号弹,她发射的那个方位,是沙漠啊……"

周远"啊"了一声,还没等说什么,石兴国果断地说道:"都别说了,快去救人。指导员,你通知大家都去找人,任专家,我和你一起去。"说着,就往矿区外走。

任新我边走边不时仰头看天空,他在等小雨的第二颗信号弹以进一步确认方向,却再没有信号弹发出。了解了情况的石兴国担心小雨遇上了危险,为了尽快找到她,两人按照第一颗信号弹的大概方位分开向沙漠里找去。

沙漠边缘，小雨的一条腿被割伤了，流着血。她痛苦地趴在地上，发射了第二颗信号弹，但随着"噗噗噗"的几个火花，就停息了，是个哑弹。小雨看了看手中捏着的最后一颗信号弹，没有发射，而是艰难地向前爬去……

周远带着人也向沙漠深处寻了过来，众人边走边大声喊着小雨的名字，无数手电筒发出的光柱四处晃动着……

小雨爬着爬着，忽然依稀听见有人呼唤她的名字，她的心里升起了希望，挣扎着发射了最后一颗信号弹。

大家看见信号弹，纷纷朝小雨的方向跑过来。拼命奔跑的石兴国第一个跑到小雨身边，一把抱起地上的小雨："小雨，小雨你怎么了？"

小雨看到石兴国后，来不及比画，就昏厥了过去。

"小雨，小雨你坚持住……"石兴国说着，背起小雨，迅速朝矿区跑去。

任新我在旁边护着女儿，很快回到了家。石兴国轻轻把昏迷的小雨放到床上后，任新我熟练地给女儿包扎了腿上的伤口，盖好了被子。

见安顿好了小雨，一旁的周远忍不住问道："任专家，小雨好端端地为什么要离开矿上？又怎么会受伤呢？"

任新我假装忙着收拾东西，没有说话。

周远看了看身后的一群人："没事了，没事了，大家都回去吧，今晚辛苦大家了。"

众人七嘴八舌地说了些安慰的话后，纷纷走出屋子。也许是见屋里只剩下石兴国和周远两人了，任新我忽然开口说道："小雨有个亲戚在外边，离咱们这里不远，隔段时间小雨就会去亲戚家玩一趟，以前没出过事，但这一次，我也不知道她为什么会受伤。"

刚刚走出门口的田义文听见任新我的解释，摇了摇头。

"没事，只要小雨平安回来了就没事了，咱们也走吧，指导员，让小雨好好休息吧。"石兴国说着与周远一起离开。

两人出了院子，见田义文等在外边。周远奇怪地问："眼镜，你怎么还在这儿？"

田义文看了一眼身后的屋子，将石兴国往边上拉了拉："队长，今晚的事，我不得不提醒你一下。任专家和他女儿的身份，我希望你能注意一下。"

周远不解："眼镜，你的意思是……"

"我的意思是，我该回去睡觉咯。"田义文故意开了句玩笑，走开了。

两人疑惑地望着田义文的背影思索着。片刻，石兴国回过神来，对周远说道："现在，不是怀疑任何一个石油工人身份的时候，特别是像任专家这样的高级技术专家。就像政委说的，要团结一切可以团结的力量，找到石油。"

此时，屋子里的任新我正走来走去，百般纠结，终于，他还是转身出了屋，叫住已走出一段距离的石兴国二人。

石兴国和周远转回身，任新我走上前几步，说道："今晚谢谢你们及时救了我家小雨，其实，这些天，我一直有些话，不知道该不该说。"

石兴国与周远互相看了一眼，又收回目光看向任新我："任专家不用客气，有什么事你尽管说。"

任新我迟疑了一下，说道："我知道上次田义文同志是被冤枉的。"

"你怎么知道的？"石兴国和周远的眼睛都是一亮，不禁同时发问。

原来有一天任新我去邱建设办公室领物资，刚好遇见鬼鬼祟祟出来的刘大勇。两人在拐角处撞了个满怀，一串钥匙从刘大勇手里掉在了地上，刘大勇慌忙捡起来匆匆离开。任新我见他神色有些古怪，便转身偷偷跟了上去，然后就看到了刘大勇开了仓库门拿枪的过程。碍于刘大勇是他的徒弟，这事儿说出来对他们谁都不利，任新我就保持了沉默。

讲完情况，任新我向石兴国道歉："对不起，我知道他是被人栽赃陷害的，当时却没有站出来说明这个问题。"

"没关系，事情都已经过去了，也没造成什么严重后果，你不用有心理负担，快回屋照顾小雨吧。"石兴国摆摆手安慰了任新我几句，两人转身离去。

走着走着，一直皱着眉头思考的周远突然想明白了其中原委，他不可思议地冲着石兴国喊了起来："啊……难道，刘大勇是冲着你来的？老石，你想想，枪是刘大勇拿出来的，可他为什么把它放到田义文床下？是因为他知道田义文是个找油能手，所以，害了他就能达到害你的目的，从而咱们整个尖刀队就不如他的钻井队了。"

石兴国似乎早已了然，他只是听着，没有说一句话。

对于石兴国来说，他满脑子所想、所关心的只有石油，其他都是小事，都可以忽略不计。另外，他与许茹之间也有一些微妙的感觉，他害怕去面对，他只能将自己投入到繁忙的工作中，有意无意地逃避着。

王振华见两个情投意合的年轻人日渐疏远，心里很是着急。这个他亲自招来的兵，无论打仗还是打石油，都是一块好料，可就是对自己的个人问题，却总不上心。

闫竹自然早就注意到两人的状况，又听王振华提起，于是主动提出去找许茹谈谈。

这天放学后，闫竹跟着许茹来到宿舍，两人聊了会儿天，闫竹进入正题："许茹妹子啊，我今天来，其实是有些话想问你。白天人多，不方便。现在你就只跟大姐我一个人说句实话，你和石兴国，你们俩之间到底是什么情况？是不是又闹别扭了？"

许茹低下头，轻声道："闫大姐，是不是政委让你来做我思想工作的？"没等闫竹回答，许茹接着说道，"闫大姐，对不起，以前，是我不懂事，也害怕失去石兴国。但是现在，我不怕了，我知道他要的是什么，也理解他了，所以，你别担心，我没事，也不会给大家的工作添麻烦的。"

闫竹笑着点点头："哎，你能这样想，就太好了。咱们啊，都是女人，其实你的心思我能理解，就像我们家老王，从来就没给过我安全感。打仗的时候，害怕他牺牲，会随时离开我和孩子们，现在，和平年代打石油了吧，还是不能安安生生陪在我身边，可是，能怎么办呢？既然他不能陪在我身边，那就只有我想办法陪着他吧。"

"嗯，闫大姐，我现在不求能天天看见石兴国，只要他不分心，专心打他的石油，别那么累，我就知足了。"许茹淡淡说道。

"还有啊，大姐我是过来人，给你提个醒儿，男人都是吃软不吃硬的。你啊，也别脸皮太薄了，多主动关心关心他，这样，也能增加你们感情的热度。

不过你也别急，回去我跟老王提提意见，等一有时间，就把你和石兴国的事给定下来，那样就踏实了。"闫竹自顾自地说着，却没瞧见许茹的脸颊早已绯红一片。

全师钻井工作全面铺开，光靠石油学校培养技术工人，肯定跟不上。再者，学校只能从理论上辅导灌输，具体操作技术，还要靠实践来解决。因此石油学校黎明校长建议在石油师和老油田工人之间开展结对子活动，一帮一，手把手教，司钻的学司钻，勘探的学勘探……这样，相当于把教学从课堂搬到了井架，实践中教学的效果肯定要好很多，而且还可以提高教学进度，又解决了师资不够的问题。

宋豫杰、王振华听了黎明的建议，表示高度赞同。宋豫杰马上说道："政委，那咱们就不要再犹豫了，既然是军人，就拿出咱们军人的作风，立刻开展一帮一活动。另外，还要发扬咱们解放军的'三大民主'，开'诸葛会'，出点子，解决技术难点。咱也别天天坐在办公室了，到下边去走走，深入基层，深入群众，帮大家解决些实际问题。还有，咱们军人绝对不能拉不下脸皮来，该向工人学习的，就要向技术经验丰富的老工人们学习。都放下架子和身段，虚心拜师学艺，把自己的水平提高了，其他问题就好办了。"

王振华点头，立刻着手推进这件事。

很快，一帮一结对子活动的名单拟定出来。周远和石兴国特意来到齐占山的宿舍，他们希望动员他心悦诚服地去和刘大勇学技术。

听到是跟刘大勇结对子，齐占山沉默不语。

周远开导道："占山，我和队长都希望你能给大家做个榜样，能把石油工人们最好的技术学以致用，共同提高。刘大勇是技术尖子，让你跟他去学技术，是最合适不过的了。这也是把你留到最后一个派师父的原因。"

石兴国也劝解道："我知道你对刘大勇的印象不是很好，但是咱们解放军和工人阶级是一家，石油建设要团结一切可以团结的力量，打石油仗才能知己知彼百战不殆啊。"

"队长、指导员，道理我懂，但就是心里不畅快。"齐占山闷声说道。

"占山，这个时候，你可要发挥咱们尖刀队的好作风啊，让你去跟刘大勇学
技术，就是要你放下一切个人主义的偏见。你要知道，对于刘大勇来说，你就
是咱们队的一把尖刀！"石兴国继续说道。

　　内心一直挣扎的齐占山抬起头，犹豫了一下，还是说道："队长、指导员，
你们不用说了，我去！"

11

微风轻拂，天气正好。洗衣队的院子里，妇女们有说有笑地洗着衣服，梅大妮忽然在洗过的衣服堆里挑起一件："哎哎，谁说洗衣服不是技术活了？这是洗过的还是没洗过的？"

众人好奇地接过来传看，顿时七嘴八舌说开了："哟，这谁洗的呀，咋跟男人洗的一样。""这男人洗的衣服还另个样呀？""可不，另个样，就是不像样。男人要是能洗衣服，那女人都不用生娃了，全包了得了！"说着说着，所有人都哈哈大笑起来。

"好了好了，既然大家都知道男人该干啥，女人该干啥，那咱就干好咱该干的，把衣服洗好，让男人们都穿得齐齐整整的，别光着腚去打井。"梅大妮跟着大家笑过后，又认真地说道，"听说，矿上组织解放军向矿工兄弟拜师学艺，我看，我们洗衣队也不能落后。我提议，没结婚的向结婚的、年轻的向年长的拜师学习洗衣服。我首先拜齐大娘为师，她在我们当中最年长，衣服也洗得最快最干净。"说着，她冲一直微笑着的齐大娘喊，"齐大娘，您收我这个徒弟吗？"

齐大娘一边洗衣服一边看着大家笑闹，听到梅大妮的话，笑着点头："收了！收了！"

顿时，众女工开始争相拜师。

梅大妮端着盆子凑到齐大娘跟前："齐大娘，不对，俺应该叫师父，齐师父，对不对？"

"叫啥都一样。"齐大娘和蔼地笑着。

"那可不一样，搁过去，拜了师，还要三跪九拜的，要跟亲爹娘一样……坏了！"梅大妮正说着，忽然想起一件事，不禁喊了起来，"俺听说石队长分配齐占山拜刘大勇为师，这刘大勇可不是什么好东西，还要跟供个爷似的对他好，那齐占山以后的日子还不有罪受了！"

"那可咋办？齐大娘，你快告诉你儿子，可千万别跟刘大勇。"一个妇女赶紧给齐大娘出主意。

齐大娘却是默不作声，只顾低头洗衣服。大家不解地看着齐大娘，一会儿，都没趣地聊起了别的话题。

晚上，眼睛不好的齐大娘在灯下缝补衣服。收工回来的齐占山看见，上前就收走了衣服，责怪道："娘，您眼睛不好，这么晚了，还是先睡吧，明天再缝。"

"明天就耽误大伙穿了！"齐大娘说着，又从儿子手里拿回了衣服。

齐占山没有再制止，而是孝顺地给娘捶起了背。一边捶背，齐占山一边心事重重地问道："娘，您有不喜欢、讨厌的人吗？您会怎么对待他们？"

齐大娘想了想："每个人都会有自己不喜欢的人，不理他就是了。"

"可是又不能不理，反而还得求他。一个对你很重要的人让你去求……"齐占山愁眉苦脸。

"既然是重要之人相托，那就不能推辞。"齐大娘微笑着，"俗话说得好，大丈夫能屈能伸。再说了，你去求人，就不要老盯着人家的短处，多看他的长处嘛。这个理儿我儿子应该能想明白！"

齐占山纠结的心好像一下豁然开朗了，连忙笑着点头："娘，我明白了！谢谢娘，今晚我能睡个好觉了。"

齐大娘缝完最后一针，长舒了口气站起来："傻孩子，谢什么，我是你娘——做娘的最知道儿子的心事！"

一夜好梦。早晨，齐占山精神抖擞地大步走向机器轰鸣的井场。刘大勇带着队伍正在钻探，见齐占山过来，他故意转过身，没有理会。

旁边拿着图纸的任新我推了推眼镜，看了眼齐占山，然后拉了一把刘大勇：

"大勇，齐占山同志来了。"

刘大勇回过头，浑身上下打量一番齐占山，然后阴阳怪气地说道："哎呀，这不是大名鼎鼎的尖刀队一班班长齐占山齐大班长吗？大驾光临有失远迎！快来欢迎齐大班长！"说着冲工人们喊了一句。

工人们一边凌乱地鼓掌一边哄笑："欢迎齐大班长喽！"

齐占山一时不知所措。刘大勇见齐占山杵在那儿发愣，又举起手示意大家安静："静一静，让齐大班长讲话嘛。"

"刘队长，我是来……来……向您……学习的。"齐占山一句话说得结结巴巴、不情不愿。

刘大勇眉头一挑："学习？尖刀队个个都是尖刀，用得着向我学习？看来这尖刀队的刀不利了，到我这儿来磨刀了是吧！"

"你……"齐占山气得握紧拳头，说不出话来。

"兄弟们，你们是不是每个人都收了一个尖刀队的徒弟？现在连齐大班长也来拜师了，看来尖刀队以后得改名为'徒弟队'了。我们钻井队改名为'师父队'怎么样？"刘大勇继续嘲讽。

"好！"工人们哈哈笑着附和着队长的话。

任新我看齐占山愤怒又尴尬地僵立在那儿，不由冲刘大勇低声喊："大勇……"

"没事，师父练徒弟，谁不是这么过来的。"刘大勇无所谓地摆摆手。

"刘队长，你侮辱我可以，但不能侮辱我们尖刀队。"憋了半天的齐占山强压怒火，说完转身要走。

任新我急忙拉住齐占山，赶紧解释："占山同志，咱们石油工人是一家，大家跟你开个玩笑，别介意。"

刘大勇却是不依不饶："师父，当初我是怎么给您拜师的？是不是得三跪九拜真心真意地拜师？今天，可以不让齐大班长行大礼，也可以不用齐大班长摆拜师酒，敬拜师茶，只要他大喊三遍'尖刀队犯怂'，这个徒弟，我就算认下了！"

齐占山气得用手指着刘大勇，上前就要开打。任新我死死拉住齐占山，同时严厉呵斥刘大勇太过分了。

刘大勇没理任新我，而是伸手拦住向齐占山逼近的矿工们，不慌不忙地盯

着齐占山："以前你跟我动手，那是你冲动，今天徒弟跟师父动手，可是欺师灭
祖，大逆不道！"

任新我死死抱住已被怒火点燃的齐占山，向刘大勇乞求道："大勇，算师父求你，别再惹事了行不！"

刘大勇却拽开任新我："师父，您松开他，让他打。"

脱离任新我禁锢的齐占山立刻揪住刘大勇的衣领，高高举起拳头。刘大勇也反手拽住齐占山，两人互相瞪视着，杀气十足。突然，刘大勇"扑哧"一下笑了："行，你有种！齐占山，我们也算是不打不相识，你这徒弟我收定了。我要让石兴国看看，我带的徒弟是最好的。"说完，他松开齐占山的衣领，然后轻轻拍拍他肩膀，笑道，"开工吧！"

齐占山一时没反应过来，呆呆地看着已忙碌起来的刘大勇，好一会儿，才慢慢地放下了仍举着的拳头。

傍晚，一直觉得任新我有问题的田义文，正蹑手蹑脚地在他家外面窥探，忽然肩膀上被人拍了一巴掌，田义文吓了一跳，赶紧回头："队长呀，你吓死我了！"

"鬼鬼祟祟地在这儿干吗？"石兴国纳闷地问。

"哦，没事，吃撑了，溜达溜达消消食儿。你这是……"田义文掩饰着忙把话题扯到石兴国身上。

"我？我是来拜师的！来向任专家请教石油知识！有没有兴趣一起……"石兴国的话还没说完，就被田义文打断："算了，我还是去看电影吧。嘿嘿，任专家可是个出色的师父，你一定能从他身上发现一个巨大的油田。队长，你请。"说完转身就走。

"哎……"石兴国试图叫住田义文，田义文却走得飞快。看着他匆匆而去的背影，石兴国自语道，"啥意思？这话里有话呀！"

愣了片刻，石兴国敲响了任新我的房门。

矿区操场上放着露天电影。田义文走过来站在人群后面，眼睛盯着大荧幕，心里却还在想着任新我的种种表现。

电影结束，人们陆续起身离开，最后只剩齐占山一人孤零零地坐在场中。他手里拿着一根树枝，正一片一片地捃着上面的树叶，边捃嘴里边念念有词："找队长，不找队长，找队长，不找队长……"

"齐占山，你在这儿念什么经呢？"田义文的声音突兀地响起，齐占山吓了一跳，回头见是田义文，又转身快速捃掉两片树叶，树枝上只剩下了最后一片。

"找队长……"齐占山嘴里念叨着，站起身，拿着小板凳向石兴国的房间走去。

田义文一把拽住齐占山："你找队长别往那儿走啊！队长在任专家那儿拜师学艺呢。"

"又是拜师！现在我听见这两个字就烦！"齐占山的语气里充满了不忿。

"怎么？刘大勇给你难看了？"田义文试探地问。

"他不仅侮辱我，还侮辱我们尖刀队，我要跟队长说，我要回尖刀队。"憋屈了一天的齐占山气咻咻地说。

田义文摇摇头，揶揄道："呦，当年的战斗英雄，变怂了！"

齐占山气愤地抓住田义文的上衣："你说谁怂了？你再说一遍！"

田义文举起双手做投降状，笑嘻嘻道："哎哎哎……君子可是动口不动手啊！你看我一句话就把你激怒了，我想，刘大勇也是激怒你了吧？"

齐占山放开田义文："你怎么知道？"

田义文冷笑："一句话就把你击败了！你还不怂？"

齐占山一下子又瞪起眼睛举起手，做出打架的姿势，瞬间，又无奈放下。

"这就对了嘛！"田义文看着愁眉不展的齐占山，"你找队长，想好说什么了吗？"

"那还用想？就说我不想当刘大勇的徒弟，我要回尖刀队。"齐占山回答得干脆利落。

田义文指着齐占山的脑袋："你动动脑子！你要这样说，队长一句话就把你回了！"

齐占山急切地问："什么话？"

田义文模仿石兴国："怂蛋，出去！"

齐占山气愤地再次举起手："你……"

田义文厉色道："君子动口不动手，你连我这一关都过不去，就别说石队长那儿了。我今天就替石队长教育教育你！齐占山，立正！站好！你看看你还有个军人的样儿吗？你动动你的猪脑，石队长为什么派你跟刘大勇拜师？他是觉得你是他最信任的人，也是他最得力的干将。而你第一天去就被人家几句话给打败了，这叫临阵脱逃！勾践卧薪尝胆，韩信胯下之辱，大丈夫能屈能伸！石队长是让你带着脑子去拜师学艺，不是让你带着猪脑去拜师学艺。我的话说完了，你自己琢磨吧！"说完快步离开。

"田义文，你……"被劈头盖脸骂了一顿的齐占山火冒三丈，拔腿就去追田义文，追了几步，他突然停下来，一瞬间似乎明白了田义文的意思，不再想着去找石兴国，而是转身回去了。

一大早，齐占山和第一天一样，去到刘大勇的钻井队学习。刘大勇却似乎真的认下了这个徒弟，对齐占山照顾有加。

午饭时间，刘大勇和几个工人在食堂里围在一起喝酒。见齐占山进来，刘大勇伸手招呼他过去喝点。

齐占山以当兵的不允许喝酒为由，自己从窗口打了饭，坐到一个人少的角落，一个人吃了起来。

刘大勇被驳了面子，有些不高兴。他不甘心地继续叫齐占山过去，这时，一起吃饭的工友不乐意了，一个人说道："队长，人家不领你的情，咱干吗热脸贴着冷屁股啊？"

另一个人狠狠瞪了齐占山一眼："是啊，别不识抬举，给我们刘队长当徒弟，难道还委屈他了？"其他人也纷纷附和。

刘大勇笑笑，没说话，站起身朝齐占山走去。到了跟前，他俯身凑到齐占山耳边，低声说道："占山，我认你这个徒弟，你别不识抬举。"说完，转身回到座位上笑着冲工友们说，"占山说吃饱了就过来了，空肚子喝酒难受！"

齐占山想了想，狠狠咬了两口馒头，起身走到刘大勇的桌前，倒了一碗酒，举起："这酒我喝，算是我拜师了！"

刘大勇笑着招呼大家："快快快，举碗啊！"

众人举起碗，一起喝酒。

干了碗里的酒，刘大勇凑到齐占山耳边："晚上去我那儿一下，有事找你。"说完，继续招呼大家喝酒。

食堂里间的梅大妮看见齐占山跟刘大勇他们一起喝酒，有些担心，回到洗衣队就和齐大娘说了此事。

齐大娘却神色如常，淡淡说道："他要是想跟着他们学坏，谁也管不了，就看他怎么学了——学人长还是学人短。我相信他不会看不出长短来。"

"但愿吧！"梅大妮点点头。

傍晚，齐占山犹豫了许久，还是来到了刘大勇的住处。没想到刘大勇再次准备了好酒好菜，请他一起喝酒。

齐占山局促地杵在那儿，推辞说："你找我什么事？如果没什么大事儿我就走了。"说完转身要走。

"齐占山，你给我站住！我告诉你，我刘大勇好赖是矿上数一数二的打井好手，在这个矿上，有多少人想请我喝酒要拜我为师啊。你行，当师父的摆了酒，徒弟倒说走就走，这以后怎么带徒弟，我可得好好掂量掂量……"刘大勇一脸愠色。

齐占山停住脚步，愣在那里。

刘大勇瞪着眼一指桌子："让你喝酒，又不是让你杀人！"

齐占山略一迟疑，脊背挺直地坐下，对手一样直视着刘大勇。

刘大勇笑着摇了摇头，一边倒酒一边说："占山，你这个劲儿，跟我年轻时一个熊样，倔，倔得跟驴似的。"

齐占山端起酒杯，一饮而尽："谢谢，师……师父。"

刘大勇笑着摆摆手："行了，要叫不习惯，平时不用叫我师父，咱们年龄差不多，你叫我大哥就行。"

"师父……就是师父。"齐占山说着端起酒杯，"我敬师父一杯。"

"好吧，叫什么随你。"刘大勇也端起酒杯，两人碰了一下，一饮而尽。

再次倒上酒，刘大勇看着腰板挺直的齐占山："占山，其实我也挺羡慕你们当兵的！一身军装，要多漂亮有多漂亮，握着枪杆子，要多威风有多威风！"

"羡慕？以前你骂我们尖刀队是拿着枪杆子耍威风，跳起脚来要和我们干仗的时候，我可一点都没听出来你有羡慕的意思啊？"齐占山很是意外。

刘大勇尴尬地干笑两声："以前是以前，现在偏见已经正过来了。"

齐占山不解："那你怎么就正过来了？"

刘大勇喝下一杯酒，感叹道："对一支队伍的看法，有时候会因为一件事，有时候因为一个人。"

齐占山也喝下一杯酒，纳闷道："你是因为事儿，还是因为人？"

刘大勇呆呆地看着窗外："人。"

"人？什么人？"齐占山一脸惊讶，"我们政委？我们师长？那……不会是我们队长吧？"

刘大勇不断摇头，齐占山也不断更换着猜测对象。听到最后的名字，刘大勇陶醉的样子瞬间收起，拉下脸喝了一杯酒："肯定不是他，但跟他……有关系……"

"跟他有关系，那……总不会是我吧？"齐占山越发好奇。

刚喝下一口酒的刘大勇差点笑喷："行了行了，你也别猜了，以后你会知道的。"

两人又喝了一会儿，见天色已晚，齐占山站起要走，却被刘大勇又按到座位上："占山，我想打听一个人……"刘大勇有些吞吞吐吐，最后还是说了出来，"我想听你讲讲许茹，许教员。"

齐占山思索着，忽然站起来："许教员就是你说的那个……人？"

刘大勇自斟了一杯酒一饮而尽，而后叹了口气："这个矿上，像许教员这种花一样的女子，哪个男人都想多看两眼，可她为什么偏偏看上那个石兴国……"刘大勇意识到自己这样说会引起齐占山的反感，忙又解释，"我也没别的意思，就是对许教官有仰慕之心，想从你这儿听听她和你们队长的故事。"

齐占山却已明白了他的意思，气呼呼地猛灌了好几杯酒，最后把杯子狠狠往桌上一放，擦了把嘴："他们的故事就是——郎才女貌，天生一对！"然后有些趔趄地摔门而出。

醉醺醺的齐占山在静谧的矿区大院一步三摇地走着，边走边胡乱地吼着军歌，不知不觉晃到了队部门外。齐占山东倒西歪地靠在墙上自言自语："队长，我回来了……向你报到来了……"话没说完，就跌倒在地上睡着了。

队部里看书的石兴国听到外面有动静，打开房门，发现倒在门口的齐占山，一股酒气熏人。石兴国生气地扶起齐占山，刚要叫醒他训斥几句，忽然听他闭着眼睛喃喃道："我们队长，你们谁也比不了，谁也比不了，我是队长的兵，队长让我干啥，我就得干啥，不管喜欢不喜欢，愿不愿意，我都要去……都要去……"

石兴国很感动，他轻轻扶着齐占山坐在台阶上，让他的头枕在自己腿上。

一早，刘大勇来到井场，却不见齐占山。机器轰鸣中，宿醉的齐占山拖着沉重的脚步姗姗来迟，刚要悄悄混进忙碌的人群里，手拿出勤簿的记工员大喊一声："站住！叫你呢，迟到那位……"

齐占山假装没听见，快速往人群里走。记工员刚要过去抓齐占山，被身后的刘大勇一把拉住："齐占山没有迟到，刚才是我有事情交给他去办。"

记工员"哦"了一声，走开了。

下班后，工人们陆陆续续离开井场，齐占山也放下手里的活正要离开，刘大勇叫住他："占山啊，这几天学得咋样啊？"

齐占山挺直腰杆："还行！"

"这才几天，就还行了？我们这些老石油这么多年掌握的技术、经验，你几天就学会了？"刘大勇见齐占山低下头不说话了，又笑眯眯说道，"想学绝活吗？"

"当然了！"齐占山立刻抬起头，语气急切。

刘大勇朝周围看了看，谨慎地从怀里掏出一包奶粉，交给齐占山："想学东西就把奶粉替我送到许教员手上，一定要亲自送到。"正说着，几个工人走了过来，刘大勇忙将奶粉塞到齐占山手里，转身走开了。

齐占山气哼哼地看着手里的奶粉，举起来就要扔掉，想了想，又停住了。

刘大勇想尽各种办法一直不停地给许茹送各种东西，这让许茹非常困扰。她爱石兴国，不想他有什么误会。可刘大勇不仅当面送，托人送，甚至许茹不在的时候，他会直接把东西放在宿舍门口或窗台上……任凭许茹如何严词拒绝、如何原物退回，刘大勇依然照送不误。而且见许茹去找他，虽然是为了还东西，刘大勇还是会很高兴。知道了他的那点心思，许茹索性也不再去退了，就乱七八糟地堆在屋子里。

许茹想来想去，找到唐娜，托她去市里时帮忙买些东西，回来一起给刘大勇送去，就算朋友间的礼尚往来，表面上也能说得过去。唐娜没有其他更好的办法，恰巧她要去市里领一批药，就答应了许茹。

下课后，许茹回到宿舍，翻出一个小笔记本，上面记录着刘大勇送她东西的时间和具体物品，她要算算总共有多少东西，价值几何。

"一包糖，一角七分，再加上一双手套，五角二分，还有一盒饼干……一盒饼干多少钱……袋子呢？我扔到什么地方去了？"许茹念叨着在屋里翻找起饼干袋子。

这时，唐娜骑着一辆自行车，后座上带着医药箱回来了。经过许茹屋外，唐娜跳下车子，取下一个包裹放在门口，大声向屋内喊："许茹，东西我捎回来了，在门口，你出来拿。我还有急诊，先走了啊。"说着，又匆忙骑上自行车，朝家属大院而去。

东翻西找的许茹忽然一拍脑袋："想起来了！"说着走到床前，弯腰撩起床单爬到床底下，将一个饼干袋子拉了出来，"哎，你的饼干连老鼠都不吃，你说你得有多讨厌！"她正翻看着手里已经发霉的饼干，忽然听到唐娜的声音，赶紧一边答应着一边站起来，"砰"的一声，头撞到了床沿上，许茹疼得伸手捂住头，又蹲了下来……

齐占山拿着奶粉来到队部外，可是又犹豫起来。他辗转徘徊了良久，还是拿不定主意。忽然，石兴国从队部出来了。齐占山急忙把奶粉藏在身后。

"占山，你在这儿干什么呢？"石兴国看见齐占山，不禁纳闷地问。

"队长，我……我找你有事儿……"齐占山有些慌乱。

见齐占山吞吞吐吐的样子，石兴国严厉地道："现在全师上下都在学习技能，别跟我说你要回来！要是半途而废，那就是个逃兵。"

"队长，我……"齐占山刚想说话，石兴国打断他道："我们一切都是为了石油，要想成为一名合格的石油工程兵，你必须得从刘大勇那儿学到东西再回来。好了，不跟你啰嗦了，我还有事儿先走了。"

齐占山望着队长急匆匆远去的背影欲言又止："唉……"他无精打采地离开队部，迎面碰到走来的梅大妮。

"齐占山……齐占山！站住。你干吗去？"梅大妮见齐占山直直地向前走，好奇地叫住了他。

齐占山无奈站住，有气无力道："还能干吗，拜师，学艺，跑腿……"

梅大妮看看队部关着的门，问齐占山："队长呢？咦，你拿的什么？"梅大妮忽然看见了齐占山手里的东西。

齐占山下意识地把手往身后藏，声音里底气不足："没什么……"

"俺都看见了，拿出来……"梅大妮愈发好奇，转到了齐占山身后，伸手就抢。

"这奶粉……给许教员的。"齐占山边躲避着梅大妮边无奈地说道。

"什么粉？那俺更要看看了。"梅大妮说着再次上前争抢。烦躁的齐占山突然将奶粉塞给梅大妮："好了好了，看吧看吧，你看，你去送，我不管了！"说完转身就走。

梅大妮得胜地挥舞着手里的奶粉，冲着齐占山的背影喊："我送就我送！"

待齐占山走远，梅大妮忽然想到一个问题："给许教员，谁给的？对了，一定是石兴国！一定是他没空才让齐占山去送的。"想到这儿，梅大妮恨恨地将奶粉扔到地上，"行，石兴国，俺让你给许教员！"说着抬起脚就要踩，却又突然停住，想了想弯腰捡起来，拍拍上面的土，"这么好的东西，不能浪费！"

梅大妮兴奋地拿着奶粉回到洗衣队宿舍："大家快来看，俺给大家带什么东西来了？"

"什么呀？我看看，我看看。"女工们一拥而上。

"都别急！"梅大妮神气地挥舞着胳膊，给大家讲解，"这叫——粉，城里人抹在脸上的。拿剪刀来。"一名女工拿来一把剪刀交给梅大妮。梅大妮剪开奶粉袋，闻了闻，"真香！"

众人争相上前去闻。一个女工闻着香气陶醉地问："这就是城里人的香粉啊？可真好闻，甜丝丝的香，怪不得城里人一个个白白嫩嫩的。"

梅大妮故作明白："对，就是香粉！石队长送给俺的！"

"石队长送你香粉？男人送女人这个东西，可不是一般的关系！""对呀！石队长对你有意思呀！"女工们一下子炸开了锅。

梅大妮羞涩又得意地笑着，仿佛这一切都是真的。

这时一个女工拍拍头："对对对，我想起来了，我有个城里的亲戚，她女儿就擦这么香的粉。不过，那是装在一个小铁盒子里的，你这个咋就装在袋子里呢？"

梅大妮自豪地说："俺这是大包装的，你亲戚那是小包装的。"

"对对对，既然是大包的，大妮，给咱每个人都分点吧？让咱也试试这城里的玩意儿。"那个女工满脸堆笑地说着，其他女工也都紧盯着袋子跃跃欲试。

"好！分！"梅大妮丝毫没有犹豫，慷慨地将整袋奶粉都分给了大家。女人们每人手里倒了些奶粉，叽叽喳喳说着笑着往脸上抹去……

刚一上班，刘大勇迫不及待地走到齐占山跟前："占山啊，我交代你的事情，办好了没有？"

齐占山不看他，只是"嗯"了一声，继续忙活手里的工作。"你别光'嗯'啊！许教员喜不喜欢，喝了没有？"刘大勇一脸期待地追问。齐占山仍没有抬头，手里停了一下，又"嗯"了一声。

刘大勇听见了肯定的回答，顿时兴奋起来，高兴地拍了拍齐占山的肩膀："哈哈，太好了，我就知道你齐占山是个人才，要不然，石兴国也不会把他的左膀右臂给我派过来啊。那好，师父我今天就给你露两手，跟我上井台！"说着跳上了井台。齐占山迟疑了一下，跟了上去。

中午，梅大妮特意把最后一点奶粉抹在了脸上，并拿着空奶粉袋来到食堂，她想让来吃饭的石兴国看看，故意气气他。

无论是炊事班的人还是来打饭的人，看到满脸白粉的梅大妮都惊愕不已，继而又哈哈大笑，梅大妮却不屑地嘲笑他们没见识。

刘大勇来到打饭窗口，猛一见梅大妮这副模样，不禁惊呼："这……这大白天真是见鬼了！"

　　还没有人说得这么难听，梅大妮顿时火了，拿着勺子挥舞着："谁是鬼！谁是鬼！你才是鬼，你全家都是鬼！"

　　刘大勇强忍着笑问："你这脸上抹的是什么？"

　　气鼓鼓的梅大妮索性拿出奶粉袋子，得意地向刘大勇挥了挥："香粉！没见过吧？少见多怪！"

　　看到袋子，刘大勇顿时狂叫起来："奶粉！这不是我的奶粉吗？你……你哪里来的？"

　　梅大妮停住手，一脸不可思议："怎么会是你的奶粉？这明明是……石队长送给……送给俺的香粉啊！"

　　刘大勇气得直哆嗦，扔下饭盒愤怒地叫喊着"齐占山"的名字，狂奔出了食堂。

　　梅大妮愣怔地看着刘大勇的背影，百思不解。

　　齐占山正准备去吃饭，忽然见刘大勇喊着他的名字怒气冲冲过来，不明所以地问道："师父，咋啦？"

　　"别叫我师父！我问你，你把我的奶粉送给谁了？"刘大勇黑着脸问道。

　　"许……许教员啊！你不是让我送给她的吗？"齐占山一听是这事儿，有些心虚。

　　"那怎么跑到梅大妮手里去了！你是送到许教员那里了还是给了别人？"刘大勇一想到梅大妮说是石兴国给她的，心里就更气了。

　　"我怎么可能给别人！我是亲手送到许教员那儿的，她不在，我就放在了她桌上。最后怎么到了梅大妮那儿我就不清楚了！师父，要不你去问问许教员。"齐占山好像被冤枉似的，极力辩解。

　　"我……好了好了，不怪你！算我倒霉！"刘大勇冷静下来，懊恼地嘀咕着，"好多钱呢，糟蹋了！"

　　下午，刘大勇带着齐占山上到井台，让原来的司钻手去休息，他亲手给齐占山演示刹把技术。

刘大勇边操作边指点:"好好看看,看到没有?这叫作'四两拨千斤',技术不在出蛮力,而是看力道谁用得好、用得巧,关键是巧劲,钻头下得稳、准、狠,就赢了。来,你试试。"

齐占山有点激动,提着一口气接过刘大勇手中的刹把,认真操作了起来。刘大勇边看边点头:"嗯,不错,学得挺快。占山,我看好你啊!"

太阳高悬在天空,炎炎烈日下,工人们个个满头大汗。刘大勇手把手教着齐占山,也是汗流浃背。齐占山双手紧握刹把,目不转睛地盯着"突突突"钻入地层的钻杆。一旁的刘大勇见他操作得很顺利,抬头看了一眼太阳,说道:"这日头也太毒了,都能把人烤化了。占山,你坚持一会儿,我回去喝口水。"

齐占山急忙喊:"唉……这台机器我还不熟悉!"两眼却没敢离开刹把。

"没事儿,我相信你!"刘大勇摆摆手,跳下了井台,朝井场指挥室走去。

刘大勇哼着歌走进井场指挥室内,任新我见了问:"大勇,什么事这么高兴?"

刘大勇扭头往外边示意了一下:"师父,看到没有?齐占山已经服服帖帖的了,我说到哪儿他干到哪儿,我怎么说,他就怎么干。哈哈,这就叫能力!指挥的能力!哼,我就是要让石兴国看看,我刘大勇就是比他强,我不光能把他派过来的人教成钻探能手,我还能让他从心里服从我,顺从我,成为我的人。哼,在我身边放卧底,指不定卧谁的底呢。"说着,他端起茶杯,刚放到嘴边喝了一口,就听见外边一声巨响。

"噗"的一下,刘大勇刚喝进去的水喷了出来,和任新我对视了一眼,两人马上一起往屋外跑去。

井场上,巨大的泥浆柱喷涌而出,工人们慌乱地跑过来,却近不了身。

井台上浑身溅满泥浆的齐占山更是慌了神,手里的刹把由于压力太大,就快要从手中脱落。刘大勇边朝井台跑边大喊:"齐占山,别慌,稳住,下防喷器!"

任新我立刻指挥发愣的众人:"快,都愣着干什么?快抢救油井啊。"说着分别向绞车和塔台天车喊道:"关掉阀门,停机停钻。"大家反应过来,七手八脚地关阀门，拉绳索，下防喷器。

井台上，井喷不断地持续，刘大勇被溅起的泥水打得靠近不了，齐占山满身满脸的泥水，渐渐支撑不住，颤抖着大喊："我压不住了！"

刘大勇顶着泥浆冲上去，一把拉开齐占山："你能干什么？我来！"又一阵井喷，齐占山被气流冲下井台。

得到消息的石兴国和周远也跑过来救援。石兴国组织大家互相帮着一起往上冲，一拨冲上去，被气流打倒，又一拨冲上去……

突然，石兴国看到刘大勇险些被气柱打倒，大喊一声"危险"就猛扑了上去，和刘大勇一起拼命握住刹把，死死钳住，一寸一寸挪动，终于将防喷器压了下去，止住了井喷。

回到队部，又生气又后怕的石兴国对齐占山劈头盖脸就是一顿训斥。

"队长，不是我推卸责任，这真不是我的错，那台机器我根本还不熟悉，刘大勇就让我一个人在那儿盯着。他这个师父……"齐占山也是满心委屈。

石兴国不耐烦地打断他的话："不要把责任推到你师父身上，就是你学习态度不端正才造成了这次事故！还好没出人命，出了人命，你就到监狱里待着去。"

"对，是我的错！你把我从刘大勇那儿调回来吧，我受不了那窝囊气！"本来就委屈的齐占山火了。

"你是党员吗？是尖刀队的战士吗？你心里有没有石油？受一点气就受不了了？跟人学技术，能不受气吗？你，给我写出深刻的检查！"石兴国也火了。

齐占山咬着牙说道："检查我写，但是我要求脱离和刘大勇的师徒关系。"

"齐占山，这就撂挑子了？你就是个怂蛋！学不会打油，你只能回家种地！"石兴国气得直拍桌子。

"种地就种地！"齐占山冲动地脱下军装摔在了地上，而后摔门而出。

石兴国气得脸色铁青，冲门外喊道："走了就别再回来！"

齐占山气呼呼地走出队部，迎面恰好碰上田义文。

"齐大班长，听说你今天给石队长露脸了？厉害！"田义文笑嘻嘻地挪揄道。

愤怒中的齐占山一把抓住田义文的领子："你少在我面前阴阳怪气地看笑话，今天我没错！"

"古人云，士可杀不可辱。我也觉得今天的责任不在你，哪有师徒犯错只惩罚徒弟的？"田义文仍笑着。

齐占山懒得再理他，放开手快步走了。回到宿舍，齐占山没好气地坐在床上，段铁生关切地询问："占山，队长批评你了吧？"

"对了，今天的井喷，到底怎么回事啊？队长是不是要处分你？"

"是啊是啊，到底怎么回事？齐班长，我们都听说了，据说井喷后果很严重，那我们以后还敢不敢打石油了？"战士们都七嘴八舌地问起来。

段铁生见齐占山脸色越加难看，便冲众人厉声道："屁话！队长怎么会处分齐班长，齐班长可是他的救命恩人！"可又忍不住转脸问齐占山，"占山，队长不会那么无情吧？他要是真处分你，可就太不够意思了！"

齐占山黑着脸猛地站起来："够了，都别说了！"说完转身出了宿舍。众人一惊，段铁生急忙追了出去。

清晨，天刚蒙蒙亮。齐母听到外面人们的议论声，走出房门。

梅大妮一见齐大娘，立刻冲了过来："齐大娘，你怎么还在呀？"

"我……我当然在了，怎么了？"齐大娘被问得有些发蒙。

"听矿上的人说，齐占山昨晚回老家了，俺还以为你们肯定会一起走，这……这怎么把娘都给扔了。"梅大妮快言快语地说着。

齐大娘一听，脸色立马变了，立刻向外走去。

宿舍里，石兴国陪着王振华赶了过来。见到段铁生，石兴国生气地责怪道："昨晚上走的，为什么现在才报告？"

"我们也不确定是不是昨晚上走的，齐班长出了宿舍先说要回老家，又说去找他娘，我就没再跟着。一早我们发现齐班长没回来，还到齐大娘那儿看了看，齐大娘还在，就觉得齐班长没走。可是吧，又一直没回宿舍……"段铁生解释了事情的经过。

"行了行了，找，马上都出去给我找，他就是跑到天边，也要把他给找回来。"石兴国摆摆手打断了段铁生，安排战士们立刻去找。

王振华叹了口气："现在我们处在转变的关键阶段，不仅要让战士们学好技术，还要关注他们的思想，拜工人为师没错，但他们还是我们的兵，不能把他们推出去就不管了，没有组织，没有家的感觉，会让战士们产生这样那样的情绪，作为石油师政委，我也有责任呀。"

石兴国低下头："政委，这……主要是我的责任，我一定把齐占山找回来。"

王振华点点头："人要找回来，心也要找回来。"

齐占山此时正在戈壁滩上漫无目的地走着，他并非真的要走，但又不知去哪里。走得累了，齐占山找了个凹地，坐了下来。

忽然，远处传来"占山""齐班长"等各种喊声。齐占山烦躁地抱着头，将头深深埋在膝间，想把那些声音都挡在外面。

"山娃子，山娃子……"一个熟悉又嘶哑的声音突然传入齐占山的耳朵，是母亲！齐占山抬起头，远远看见母亲疾步走着的干瘦身影，顿时一阵心酸。

梅大妮担心齐大娘的身体，紧跟在后面小跑着，突然，齐大娘一个踉跄，摔倒在地。梅大妮伸出手却没有扶住，懊悔地急忙蹲下身去搀扶齐大娘。

齐占山见母亲摔倒，再也顾不上别的，跳起来疯了似的冲到母亲面前。齐大娘看着熟悉的儿子，心疼地一把抱住。

齐占山扶起母亲，像犯错的孩子一样站在母亲面前。齐大娘上下打量着儿子，见没受什么伤，这才放下心来。她上前狠狠打了齐占山一巴掌，流着泪教训道："你这个逃兵！我没有你这样不争气的儿子！"说完转身大步往回走去。

齐占山委屈地捂着脸紧跟在后面："娘……"

大家回到矿区大院，齐大娘忽然转身命令齐占山跪下，并脱下上衣。人们都疑惑地看着齐大娘和乖乖跪下的齐占山。

齐大娘从地上捡起一根藤条，就要抽下去。梅大妮赶紧拦住："齐大娘，不能打啊。"齐大娘推开梅大妮，举起藤条狠狠向齐占山身上抽去："说，你错了！"

齐占山不躲不闪，老老实实说道："我错了！"

"大声点！"齐大娘又是一鞭，抽在齐占山的背上。

"我错了！"齐占山大声喊道。

众人围成一圈看着，谁劝都不管用。一声鞭响，一声"我错了"，交替在矿区大院响起。

这时石兴国和王振华赶了过来，拨开人群走到齐大娘跟前，石兴国劝道："大娘，有话好好说，您怎么……"

刚刚过来的刘大勇也指着齐大娘质问："怎么能打人呢？"

听见刘大勇的声音，齐占山发泄似地怒吼起来："娘，继续打！我错了！"

齐大娘又举起藤条，石兴国忙夺过来："大娘，占山有什么错，我们组织上会处理，您不能这样惩罚他呀！"

"我教育儿子，犯哪门子法了！"齐大娘反驳。

"大娘，齐占山只要还是军人，就由我们来教育他吧。"王振华也开了口。

齐大娘痛苦地用手打在齐占山的背上："你这个畜生！你当兵的时候，娘是怎么跟你说的？在你爹的坟前，你是怎么给我保证的？你说你一辈子不脱下这军装，你说这是你爹的骄傲，你说你要一辈子跟着解放军，跟着共产党，现在呢？你要当逃兵？那就是打我这张老脸，让齐家列祖列宗都死得不安稳！"

齐占山声泪俱下地抱住齐大娘："娘，我知道错了！"

"你哪儿错了？"齐大娘老泪纵横。

"我不该当逃兵，我不该惹娘生气！"齐占山七尺男儿，此时哭得像个孩子。他不嫌丢人，因为他现在已经明白了，学不到技术，找不到石油那才叫丢人。

众人看着眼前这一幕，都感动地抹起了眼泪。

军人的荣誉感，让齐占山下定决心——不能给军旗抹黑，不能给石油师丢人！他向石兴国保证，无论吃什么苦，都跟在刘大勇身边，不学到本领，决不回尖刀队。

说干就干，齐占山很快收拾了行李搬到刘大勇的钻井队。临行前，战友们都跟在齐占山身后依依不舍。齐占山也留恋地看着战友们，故作轻松地说道：

"你们别这样，我还会回来的，况且都在一个矿区，咱们天天都会见面。"

"班长，咱全班大通铺睡惯了，听不到你打呼噜，真怕睡不着。"一个战士说道。

齐占山笑了："段班长的呼噜，听惯了一样睡得着。段铁生，一班就交给你了……"说着说着，笑容变成了热泪，齐占山哽咽着再也说不下去，他敬了个军礼，转身大步离去。

此时，石兴国悄悄站在队部门口，眼圈微红地看着齐占山越走越远。

12

苏联石油专家乌瓦诺夫率考察团的到来，预示着石油的勘探和开采将会有重大突破，这让大家格外高兴。油矿敲锣打鼓，举行了隆重的欢迎仪式。

田义文没有去凑热闹，而是远远地驻足观望着。刘小青看到田义文一个人站在那儿，于是蹑手蹑脚地走到他身后，突然"啊"的一声，吓得田义文一个激灵。

"田义文，你这土匪本性不改呀，不去欢迎考察团，躲在这儿偷看什么？"刘小青笑着问道。

"嘘，小声点！走，我带你去发现个秘密！"田义文反应过来后招手叫刘小青跟他走。

刘小青好奇地跟着田义文来到不远处的任新我的宿舍外，里面任新我好像正和女儿小雨吵架。

"原来你刚才不是在看苏联专家，而是偷窥人家父女吵架啊？这算什么秘密？"刘小青愈加奇怪。

"你耐心点！"田义文小声说。

刘小青压低身子，侧耳细听。任新我的声音传出来："你走，现在就离开，马上离开玉门油田！我不能让你死在这里！"然后是小雨的哭声，任新我的叹息声。

"什么意思？"刘小青疑惑地看向田义文。

田义文没有回答，而是拉着刘小青离开了。

"哎，你们土匪是不是就喜欢这么偷偷摸摸、神神秘秘的？"刘小青边走边嘟囔着。

原来任新我发现他藏得好好的笔记本不翼而飞，这让他终日惶恐不安，暴露的恐惧促使他要赶快离开这个地方，至少他的小雨要走，越快越好。

小雨却不同意父亲的决定，她认为笔记本即使遗失了，也不见得就落入有心人手里，但他们现在走了，才是主动承认自己有问题，才最冒险。父女俩为此争执不下。

刘大勇收到许茹的东西，自然明白她的意思，但却不死心，反而又有借口来找许茹。

语气冷淡、态度坚决的许茹重申了自己的观点，然后快步往宿舍走去。刘大勇却一把拉住她的胳膊，将手里的一盒润肤膏慌忙塞到她手心："这里风沙大，抹上它可以保护皮肤。"

"刘队长，你干什么！"许茹不耐烦地抽回手，润肤膏掉在了地上。许茹没去看地上的东西，绕开刘大勇想要进屋。

"许茹，我知道你喜欢石兴国。我也知道，你们早在延安的时候就认识了！"刘大勇忽然说道。

"既然知道，那就请你以后离我远一点。"许茹停住脚步。

刘大勇满脸的不服气："为什么？我哪点不如石兴国，我是队长，我是玉门技术最好的采油队长，现在不打仗了，在这里，他有的，我全都有，我有的，他能有吗？"

许茹郑重其事地说道："他有爱，我们是真心相爱！"说完，快步走进房间。

"许茹，我也爱你。总有一天你会知道，我比石兴国更爱你！"刘大勇冲着房里大吼，然后失落地捡起地上的润肤膏，一步一步走开了。

中午，许茹像往常一样，去食堂打饭。恰巧碰见刘大勇和一群工友也在食堂。刘大勇追求许茹的事在工人们中间早已不是秘密，见许茹进来，正在聊天的几人突然闭了嘴，目不转睛地盯着许茹。

许茹径直来到窗口，打完饭正准备离去，忽然，不知从哪里传出一声"嫂子"，许茹开始并没有注意，却发现有越来越多工人大声喊起"嫂子"来，而且全都冲着自己。

许茹瞬间不知所措，红着脸冲出了饭堂。

始终心绪不宁的许茹下课后跟唐娜一起漫步在矿区大院里，边走边说着话。落日的余晖金灿灿地照耀在两人的身上，显得格外美丽。

唐娜望着远方感叹："啊，第一次看到这么荒凉的落日，还挺好看。"许茹没有说话，只是叹了一口气。

"怎么了？"唐娜关切地询问。

"我有些怕……石兴国整天忙，我们都很长时间没见了，那个刘大勇……我真的怕了……"许茹一脸的无奈。

"别担心，等石兴国忙完这一段，你们就尽快结婚，两个人真正在一起了，那个刘大勇自然就会死心。"唐娜劝道。

许茹叹了口气："石兴国现在脑子里全是石油……什么时候才是个头呀。"

唐娜握住许茹的手："放心吧，一切都会好起来的。"

中午工友们的起哄让刘大勇心里更加如百爪挠心般难受，晚上，他叫来齐占山一起喝酒浇愁。

连喝了好几杯酒，醉醺醺的刘大勇"啪"的一拍桌子站了起来："石兴国，你有什么了不起的？凭什么让许茹对你那么死心塌地？我就是喜欢许茹，你能把我怎么样？我还告诉你，我一定要把许茹抢到手！"

齐占山见刘大勇已喝醉，赶紧扶着他躺倒在床上，刘大勇却抓着齐占山的手不肯松开，嘴里喃喃道："许茹，别走，我是真的喜欢你，你别走，我会给你幸福的。"

齐占山不耐烦地抽开了手，他真想立刻去告诉石兴国要提防刘大勇抢走许茹。但面对传授自己技术的师父，齐占山有些犹豫。

想来想去，齐占山还是向尖刀队队部走去。"石油神上身"的石兴国整日扎在井场和书堆里，许茹很难见到他的身影，即使见面，他的话题也永远是石油。

这本来对两人的感情就是一种考验，若再加上一个死缠烂打的刘大勇……齐占山不敢想象，他一定要去提醒一下石队长。

队部里，石兴国正安静地专心看书，一旁放着快要见底的水杯。齐占山鼓足勇气刚要进去，身后却被人拍了一下。

端着一碗粥的梅大妮笑着看向迅速转头的齐占山："齐班长，偷看什么？"

"我没偷看，我找队长。"齐占山说着，就要进去。

梅大妮撇了撇嘴："还没偷看，俺在这站半天了，你都没发现俺。自从离开尖刀队，你是不是早就成了刘大勇的人了？"

齐占山急红了眼："你别胡说！我向毛主席发誓，我齐占山不管在哪里，永远是尖刀队的人，永远是石油师的兵。心永远跟着石队长！"

梅大妮点点头："好！那你说你来干啥？"

"这话不好说……"齐占山有些为难，这事儿怎么向梅大妮说？

"一个大老爷们，扭扭捏捏地有啥不好说的？说！"梅大妮故意激他。

齐占山果然被梅大妮蒙住了，索性说道："说就说，我来找队长就是想告诉他别整天只顾着石油，再不去关心许教员，许教员就要让人抢走了！"说着就要进屋。

梅大妮愣了一下急忙拦住齐占山："齐班长，这个时候你不要打扰石队长，他现在满脑子都是石油，你把这事儿告诉了队长，他会分心的。等他找到了石油，你再告诉他也不迟。"

齐占山停住："可我憋在心里难受！"

梅大妮忙说："你已经告诉了俺，俺会瞅机会告诉石队长的，俺保证！现在石队长满脑子都是石油，你就别再给他添乱了！"

齐占山犹豫了一会儿，无奈离开。

梅大妮见齐占山走了，自己端着粥走进屋子。石兴国放下书："梅大妮，我自己来吧，这么晚了，以后你不用给我送吃的。"

"那怎么行，你说过，身体是革命的本钱，俺不能让你没有本钱。"梅大妮认真说道。

石兴国笑了："不会的。再说了，你这个炊事员，是全队的炊事员，也不能光为了我一个人吧。而且这么晚了，别人看着也不好。"

"有什么不好的，反正那个许……你那个许教员，这个也疼，那个也疼，迟早会让人抢走的。"梅大妮小声嘀咕着。

"梅大妮，你胡说什么呢。"石兴国有些不悦。

"别人让我说的，你爱信不信。"梅大妮说完，转身离去。石兴国思索了一会儿，最后还是摇了摇头，又拿起了书本。

在苏联石油专家的协助下，油矿的钻井技术很快将由传统落后的"轻压、慢钻、小排量"式出油改进为'高压、快速、大排量'的高新技术，这将是一个很了不起的进步。而且根据专家的实地考察论证，对青草湾的开发前景非常认可。周远、石兴国听说后积极准备，争取参与到这次开发中去。

油矿总结发展会议上，王振华首先总结了钻井队伍的扩大、文化技术水平的达标给油矿带来的强大力量和希望，希望石油师人大展拳脚，在玉门干出一番轰轰烈烈的成绩来。

接着由杨宇照宣布了大规模开发青草湾的决定。众人闻言很是激动。

石兴国迫不及待地站起来请命："政委、师长、杨局长，我们尖刀队愿意到青草湾去，全连驻扎，为国家打石油，请领导放心，我们一定能打出石油来。"

刘大勇也不甘示弱地站起来："青草湾，谁都想立功，当然应该让钻探技术最好的队伍上，我们玉门老石油工人钻探队技术经验最丰富，我们应该最先到青草湾去。"

还有许多钻井队表示愿意进驻青草湾。看着争相请命的各个队伍，王振华伸手示意大家安静："那咱们就打一场擂台赛吧，正好给咱们整个石油队伍鼓鼓士气，大家说怎么样？"

众人鼓掌赞同。宋豫杰、王振华、杨宇照三人交换了一个眼神，杨宇照开口道："那我说一下比赛规则——我们就选最强的两支石油队伍，刘大勇的队伍和石兴国的队伍参加这场比赛，两队谁先在青草湾打出第一口能出油的油井来，那么，他就为玉门石油的新篇章立下了汗马功劳，咱们政委要亲自给他戴上大红花！"下面顿时一片叫好声，大家都摩拳擦掌、跃跃欲试。

梅大妮听说石兴国要带队去青草湾，又想起自己早就做好却送不出去的布鞋。她从箱底里翻出鞋，唉声叹气。齐大娘进屋见梅大妮对着一双鞋发呆，关心地问道："大妮儿，你这是咋了？"

"没啥。"梅大妮急忙收起鞋。

齐大娘见鞋做得精细，不由从梅大妮手里拿过来，仔细看着："这鞋纳得真细。大妮儿，这是你纳的？想送给谁呀？你手可真巧，谁要是娶了你，那可享福了！"

梅大妮一下羞红了脸，吞吞吐吐了半天："齐大娘……俺，俺，俺想送给石队长。"

齐大娘笑了："我明白了！女人的鞋，男人的脚，只要他穿上了你的鞋，那他就跑不了。"

"真的？"梅大妮一喜，可是又马上皱起眉头，"可是，石队长他不要！"说着，梅大妮突然想到了什么，站起身就走。

"大妮，你干吗去？"齐大娘一脸迷惑。

"送鞋。"说着话，梅大妮已经到了门外。

队部里，石兴国正埋头学习。忽然，眼睛的余光中看到了静悄悄站在门口的梅大妮，忙问："梅大妮同志，这么晚了，有什么事吗？"

"俺……看你睡了没有。"梅大妮欲言又止。

石兴国有些纳闷，但还是礼貌地说道："我一会儿就睡，梅大妮同志也要早点休息。身体是工作的本钱嘛。"

"俺知道，所以俺才来……"梅大妮说着话，眼睛却看向石兴国脚上的鞋。说着说着，梅大妮走上前去，迅速弯腰脱下他的旧鞋，又拿出新鞋强行给他穿上。

"你，你干什么？"石兴国看着梅大妮一连串的动作，一时有点懵。

梅大妮将旧鞋摆放在一旁："放心，这个我不扔，你当宝贝，就自己留着。可是，为了身体，为了工作，队长同志必须要穿上新鞋！"说完，梅大妮满意地站起来，转身就走。

石兴国看着脚上的新鞋："谢谢你，大妮，这鞋我先收下了。可我是队长，全队一百多兄弟呢，等他们什么时候都穿上新鞋了，这鞋我再穿。"

梅大妮停下脚步，回头看着石兴国："好，石队长，这可是你说的，那……我会让你尽快穿上这双鞋的。"

回去后，梅大妮加班加点地纳鞋底儿、做鞋，她要给尖刀队的兄弟们每人做一双鞋，让他们都穿着新鞋舒舒服服地去找石油，这样，石兴国才会穿上自己做的那双鞋。

出发前，石兴国和刘大勇的队伍分别列队在一个新搭建起来的擂台前。擂台上锣鼓喧天，红旗招展，各位领导都亲自前来送行。

锣鼓声停止，王振华环顾了一下四周，开始讲话："同志们，这是一次特殊的擂台赛，我们不是用嘴巴比赛，而是用实际行动比赛，我们要到石油战场上去比赛，大家有没有信心？"

"有！"台下众人异口同声。

"好，你们的信心，就是我的信心，哪一支队伍在青草湾先打出了石油，我今天在这里送他们出去，那么我还会在这里迎接他们凯旋。这个擂台不会撤掉，将见证你们的胜利！同志们，出发吧。"王振华的话音刚落，两支队伍整齐地转身，雄赳赳向着青草湾进发。

北风呼啸，到处一片黄沙。两支队伍浩浩荡荡来到了青草湾，石兴国和刘大勇跳下车，看着眼前的一片荒漠，不禁都倒吸了一口冷气。

首先是选址问题，谁先选址，就有可能先打出油来。石兴国大方地把机会让给了刘大勇。刘大勇带着队伍率先进入了青草湾。

石兴国随后带着队伍在青草湾扎营。呼啸的北风似乎要把一切都吹干净，营帐往往刚支起来，又被风刮倒。战士们忙前忙后好久，还是没能成功。

"大家伙再加把劲，天黑之前，一定要让大家都睡进帐篷里。"石兴国正给大家加油鼓劲，话还没说完，"砰"的一声，大风将一顶帐篷从地上拔起，直接吹上了天。众人忙赶着去追帐篷。

"队长，风太大了，帐篷固定不了，怎么办？"周远顶着风大声问。

"用人力，我就不信这风真能把人吹上天？咱们一个一个地扎，让大家手拉手，串蚂蚱，先用身体压住帐篷，钉好了桩，再支起来。"石兴国神情坚毅。

这时田义文连滚带爬地跑过来，拉住石兴国："队长，这青草湾一根草都没有，还叫啥青草湾啊？这大风都能把人吹跑了。你瞧瞧，这帐篷总是刚支起来就给吹倒。"石兴国跟着田义文走到另一边。

刘大勇却不想与狂风正面作战，他带着队员躲在一个山丘后，静等风小后再行动。

好不容易把帐篷全部支好，战士们累得都钻进帐篷里休息。石兴国坐在帐篷内，铺开石油地图观察着，做着记号。

周远手里拿着一块热毛巾钻进帐篷："队长，快抹一把脸，还是热乎的，嗬，这风大的，不过，好在大家都安全住进帐篷里了。"

石兴国接过毛巾："咱们的水拉得够不够啊？这样会不会太浪费了？"

周远摆摆手："你就放心吧，这水啊，是大伙白天的洗脸水，我没舍得倒，澄清了烧热循环利用呢，快擦吧。"

石兴国舒服地擦了一把脸："好啊，不愧是我的好指导员！哎，对了，明天你跟我出去一趟，找几个点，把井架的位置先实地确定下来。"

第二天一大早，石兴国几人在青草湾上对着地图选点，周围到处是小丘陵一样的石堆。

段铁生气呼呼地说："队长，咱选的地方坑坑洼洼的，别说打井了，像井架和绞车等大物件怎么进进来啊？"

田义文看着远处的刘大勇钻井队，感叹道："刘大勇倒是选了个好地方。"

周远冲着田义文说道："你就别埋怨了，你这个地质学高才生，快想想办法吧！"

"在这兔子不拉屎的地方，我能想出什么办法？"田义文转身向别的地方走去。

石兴国皱眉思考了片刻："老办法，打井之前，先修路吧！"说着拿起望远镜向四处观望，一个小山村远远滑过了镜头。

说干就干，石兴国和周远很快带领战士们投入到修路中。大家有的运土，有的铲土，铁锹、镢头不停地翻飞着，一派热火朝天。

相比石兴国他们的忙碌，刘大勇的钻井队却显得无比清闲。齐占山几次找刘大勇询问什么时候开始钻井，不是找不到人就是被其他工人嘲笑"皇上不急太监急"，似乎刘大勇心里笃定绝对不会输给石兴国。齐占山虽然着急，却也没有办法，他实在不明白刘大勇心里是怎么想的。

很快，井架运过来了，不过汽车队没办法进入山口，井架被堵在了山口外。石兴国拿上绳子，带着战士们来到山口，决心即便人拉肩扛，再困难也要把井架运进来。可当众人真正看见这个少说也有几千斤重的大家伙，不由得面面相觑起来。

石兴国看了看地上的井架，指挥大家借力使力，扛的扛，拖的拖，推的推，折腾了半天，号子声震天响，但就是无法移动一丝一毫。

夜幕渐渐降临，大家都累得满头大汗，但井架始终纹丝不动。周远擦了把汗："队长，实在不行了，大伙儿没有一点力气了。"

石兴国上气不接下气地擦了擦汗，抬头看了一眼天色："指导员，你带领大家回营地，安排晚饭和休息。我去想办法。"说着收拾起绳子往外走。

"那我和你一块儿去。"周远说着，指挥田义文，"眼镜，你通知值班员带大家伙先回营地休息，我和队长去去就来。"

"我也去。"田义文急忙让旁边一个战士去通知，自己追上了两人。

夜色苍茫中，三个筋疲力尽的人努力向前走着，田义文忍不住问："石队长，我们这是要去哪里？"

"那边有个村庄，咱们去那里找老乡帮忙。"石兴国边走边说。

"你怎么知道有个村庄？"田义文充满好奇。

周远插嘴道："干了那么多年尖刀队，地形地貌还能不提前了解清楚？"

"难怪啊……"田义文感叹，"难怪胡宗南的精锐部队都不堪一击。"

"战争，不仅靠战略战术，还取决于人心向背。这打油我看也一样。等找到了老乡，我们才能解决井架的问题。"石兴国越走越快。

田义文紧跟在两人身后，看着前面茫茫荒漠，不禁问道："你说的村庄在哪里？我们不会走到天亮吧？"

"走到天亮也要走！"石兴国头也没回，脚步坚定地一直向前走去。

夜深人静，三人终于来到了小村头，脚步声惊动了村里的狗，一声两声……似乎整个村庄的狗都吠起来，陆陆续续有人家亮起了灯……

石兴国三人站在村头一家亮着灯的老乡门前，屋里的人听到敲门声出来开门。

"谁啊？"一个老大爷半开了门，探出头看着石兴国三人。

石兴国连忙上前："老乡你好，我们是附近钻探队的。"

"啊？卖锅盖的？"老大爷大声问。

周远见老人家耳背，也提高了声音："不是不是，老伯，我们是打石油的石油工人，我们想请乡亲们帮个忙。"

"帮忙，咋帮？"老大爷这次听清楚了，问道。

"老伯，咱们村有多少人啊？干农活的牲口多不多，能不能借给我们用一下？"石兴国问道。

老大爷想了一下："牲口倒是好几家都有，但这个我也做不了主啊，别人家的……"

"是，是，我们等天亮就去动员乡亲们，谢谢你了，老伯，打扰了。"石兴国说着退后两步，招呼周远、田义文离开。

三人找了一个背风的墙角坐下休息，看着漆黑的夜色不知道明天能不能一切顺利。

休息了一会儿，石兴国对着周远说道："指导员，你今晚辛苦一下，先回连队组织人，我和老田明早肯定把人给你带回去。"

"队长，可这……好吧，那就辛苦你们了。"周远犹豫了一下，还是同意了。

石兴国挥挥手："只有这样了，我们没有别的选择。你自己路上小心些。"

周远点点头，踩着月光离去。

留下的石兴国、田义文蜷缩在墙根下，看着抱着膀子缩成一团的田义文，石兴国脱下外衣披在了他身上："凑合一下吧。"

"还冻不死。"田义文装作一贯的冷硬，心里却是暖暖的。

清晨，火红的太阳从青草湾的地平线上慢慢升起……

刘大勇端着一碗饭蹲在帐篷外的一个小土堆上吃，忽然看见齐占山带着一群工人拿着绳子，急匆匆地要出营地。刘大勇停下筷子，站起身拦住他们，当得知是去帮石兴国的队伍运井架，他的脸色大变，一下将碗摔到地上："回去，都给我回去！行呀，你们吃我的，喝我的，到头来，吃里爬外，要去帮别人。谁给你们的胆，谁给的？"

工人们面面相觑，纷纷往后退去。齐占山走上前："师父……"

刘大勇转过身，一脚踢向饭碗："还知道我是师父。"

齐占山捡起刘大勇的饭碗，小声嘀咕着："师父也好，刘队长也好，我们都是为新中国打油，这个忙为什么不能帮……"

"我告诉你，这是打擂台，是比赛，别人的忙都可以帮，只有他石兴国的忙，绝不能帮！"刘大勇瞪着齐占山，斩钉截铁地说。

小山村里，石兴国挨家挨户召集了所有村民来到村口，他选了一个较高的土堆站了上去："乡亲们，老乡们，我叫石兴国，是中国人民解放军石油工程师的一名石油工人，也可以说，是一名军人，一名解放军。以前我们扛着枪打鬼子，现在我们专门负责找石油打石油。"

乡亲们新奇地看着石兴国，低声议论着。忽然有人高喊："解放军俺见过，穿着军装，威风得很。可是现在我们怎么相信你是解放军？"

"对，我现在没穿军装，没有证件证明我是解放军。"石兴国笑着，从容脱下上衣，露出了身上的伤疤，"左边的刀伤，是在中条山战役中日本鬼子留给我的；上边的，是炮弹的弹片炸的，是上党战役的时候，国民党留给我的；这胳膊上的是枪伤，是在陕南剿匪时，土匪留给我的。"

乡亲们顿时瞠目结舌。

石兴国穿上衣服，继续说道："乡亲们，现在解放了，再没有日本鬼子、国民党和土匪了。我们军人也放下了枪杆子，投入到了社会主义建设中。今天我们来到青草湾为祖国找石油，有了石油，咱中国就能迅速地建设起来；有了石油，我们可以打井，可以发电，可以开汽车……但现在，我们最需要的是你们的帮助，你们愿意吗？"

乡亲们安静了，他们互相望望，一个声音、两个声音，更多热情高涨的声音包围了石兴国……

周远和战士们早早等在了井架前，时间一分一秒地过去，转眼，太阳已经升到了天上……

偷偷溜过来的齐占山焦急地问："指导员，老乡们会来帮咱们的忙吗？"

周远始终盯着远方："不知道，队长应该跟老乡说好了吧，但愿他们能通情达理过来帮我们……"

一旁的段铁生无精打采地蹲下："哎，要是从前，咱一身军装，到哪儿，老百姓不是敲锣打鼓的欢迎呀。现在，咱们这个样子，他们不是以为土匪，就当是要饭的了，吓都吓跑了，怎么可能来呢。"

"我相信队长……"齐占山满眼期待地望向远方。

已经过了正午，战士们都被晒得口干舌燥，心里也越发焦躁不安。周远提议大家先回去吃饭，齐占山却始终直挺挺地站着，纹丝不动。段铁生招呼了齐占山两声没有动静，正准备自己走，突然，远处尘土飞扬，通讯员从远处跑了过来，高兴地喊道："来啦，指导员，来啦……队长带着人来啦！"

远处，石兴国走在前面带路，乡亲们赶着牛马骡子——黑压压一片，浩浩荡荡地走过来。

战士们瞬间欢呼沸腾起来。

刘大勇正在帐篷内研究图纸，一名工人气喘吁吁地跑来报告石兴国已经搬来了救兵。刘大勇一惊，急忙随工人冲出帐篷向山口跑去。

乡亲们赶到井架前，立刻套好牲口，众人七手八脚地用绳子将井架绑牢，领头的村长对石兴国说道："石队长，下命令吧。"

石兴国点了点头，朝整个队伍大声喊道："一、二、三，走！"众人赶牲口的赶牲口，喊号子的喊号子，千斤重的井架慢慢移动了……

刘大勇和工人们一起看着远处石兴国发动乡亲们搬动井架的壮举，一时有些发呆。

井架顺利拉回了井场，石兴国指挥战士们将一根根绳子绑在井架上，然后大家站上四面山头，四个红旗手在四面山头上挥舞着红旗，打着旗语指挥大家均匀用力。密密麻麻的工人、老乡们齐心协力，奋力拉扯着绳子，井架终于徐徐而起。

躲在远处观看的刘大勇等人，看到石兴国的队伍硬生生将井架连拉带扯固定在了井场上，不禁目瞪口呆，小声惊呼起来。

刘大勇气恼地转身对身后的工人吼道："看什么看？回去开钻！"

看着高耸的井架，石兴国再次问身边的田义文："田义文，你确定脚下的这块青草湾有石油？"

田义文挥挥手里的图纸："当然，理论上很确定。石队长，来的时候你不是也请教过那位儒雅的任大专家吗？怎么突然又开始怀疑起来了？"

石兴国笑笑："因为尖刀队从不打无准备无把握之仗，既然肯定有，那就好办，咱们开钻。"

"早就该开钻了，看到没有？山梁那边的刘大勇，也已经开钻了。"田义文说着指了指一边的山梁。

"今天调试完，明天我们就开钻！"石兴国肯定地说道。

闲了多日，今天突然开钻，齐占山脑子里满是疑惑。晚上，他来到刘大勇的帐篷，不解地问："师父，我们的油井和石队长的油井只有一道山梁相隔，而且海拔地势上也要低，地形条件也要比他们好，我们为什么要赶在人家石队长刚刚立起井架的时候开钻？"

刘大勇愣了一下，说道："哪有那么多为什么？地形那是谁占谁得，我对这里比较熟悉，所以能最先抢到这一块地形和交通都便利的地方。关于开钻，只是个巧合而已。"

"那万一……"齐占山欲言又止。

"万一什么？难道你认为我在偷他们的石油不成？"刘大勇语气不善起来。

齐占山赶紧说道："我没有那么说。"

"那就少废话！回去睡觉吧，不出意外，明天，我就让你看到石油。"刘大勇语气里有一丝得意。

调试好设备，石兴国立刻命令开钻。经过一杆又一杆地奋力操作，最后的时刻终于快到了。石兴国手里捏着图纸，和周远等人静静地望着正在工作的井架等待着，工人们也都屏气凝神，眼睛一眨不眨地盯着钻杆：这最后一杆，能不能带上来石油？

大家望着钻杆徐徐地升起，带上来的还是泥土，没有一点石油的影子。

"哎，到底怎么回事啊？活见鬼了，石油呢？"

"怎么会这样？不应该啊，咱们反复测量十拿九稳的一口井，怎么能不出油呢？"

众人纳闷着，满是疑问。石兴国和周远互看了一眼，又一起看向田义文。

田义文眉头一皱，一挥手，朝刹把手喊道："起钻。"

大家眼巴巴看着钻杆一点点升起，当钻杆完全升起时，众人傻眼了——钻具没了！钻具竟然遁入井底。

众人面面相觑。忽然，山梁那边响起一阵欢呼声。

刘大勇的井场里，井架下原油喷涌而出。工人们激动地欢呼、互相击掌，然后兴奋地冲向刘大勇，将他们的队长合力抬起来，抛向空中。

齐占山远远看着这热闹的场面，心情复杂。

尖刀队这边却是一片惨淡。石兴国紧紧攥着图纸站在井架下，脸色难看。

周远看了一眼石兴国，问道："老石，是不是井位定偏了？我们重新打井？"

田义文插嘴道："就算重新打井也来不及了，刘大勇他们已经出油了，咱们的比赛输了。"

"你少说两句。"周远小声制止田义文。

突然，石兴国额头冒汗，两眼发直，"扑通"一声双膝跪在地上，两手疯狂地在地上又挖又刨，嘴里还喃喃着："石油……石油……"

众人惊呆了，周远、田义文等人忙扶起石兴国，将他搀扶到帐篷里去休息。

王振华听到出油的消息，特意赶到青草湾来慰问鼓励。刘大勇的井场里，众人列队欢迎王振华等领导的到来。

王振华在掌声中走上一处高台，也边鼓掌边对大家说道："哎呀，不错不错，真是一个好消息。没想到刘队长第一个在青草湾打出了石油，真是为咱们所有的石油工人树立了一个非常好的榜样。来，我今天就兑现我的承诺，给刘队长戴大红花。"

人群里，刘大勇推了推身边的齐占山，拉着他一起来到高台上。王振华从身后的警卫手里接过大红花，亲手给刘大勇和齐占山戴上。众人热烈鼓掌。

王振华环顾了一下人群，问道："哎，怎么不见石兴国他们的队伍啊？"

"已经通知他们队了，马上过来。"旁边的杨宇照说道。

石兴国和周远、田义文三人背对背坐在那口废井边的地上，远处，刘大勇那边不断传来欢呼声。周远看了一眼石兴国："队长，政委他们在那边井场开表彰大会呢，要我们过去。"

田义文站起来："我觉得这事儿有点蹊跷。"

"什么蹊跷，胜败乃兵家常事。输就输了，不能显得我们没有风度！走，咱们去祝贺。"石兴国也站了起来。

"你要给他祝贺？"田义文一脸的不可思议。

"当然了，他们毕竟为新中国找到了石油，应该高兴，应该祝贺！走吧！"石兴国说着已经向前走去。

"队长说的对！走吧，老田！"周远拽着田义文也向对面走去。

刘大勇那边的井场上，王振华视察了一圈油井，满意地说道："嗯，很好啊，我这次来，不光是要表彰你们打出石油的钻探队，我还有一个更大的好消息要告诉大家。我来的时候，接到咱们唐部长的电话——唐部长给咱们承诺了，说只要青草湾真能打出石油来，咱们玉门要什么就给什么。物资上，全力支援咱们玉门油田！"

"好，太好了！"众人欢呼鼓掌。

这时，王振华看到刚到的石兴国等人，微笑着鼓励道："石兴国，这次虽然输了，但是要总结经验教训，从哪里跌倒还要从哪里爬起来。我等着你找到石油的好消息。现在，你应该祝贺你的对手！"

现场一片安静，刘大勇不屑地看了一眼石兴国。石兴国没有犹豫，缓缓走到刘大勇跟前，伸出手："祝贺你，刘队长。"

忽然，身后一阵喧闹，一群老乡拥了过来。

领头的那个老乡看见台子上握手的石兴国，兴奋地对身后的老乡说道："看，石油英雄，大家快看石油英雄！哎呀，我老汉活了这么大岁数了，我们祖祖辈辈也都在这里生活，还不知道这地底下有石油！哎，还是毛主席领导的共产党有本事啊，有了毛主席，有了人民军队，啥事都能办成！来，乡亲们，咱们都和毛主席的石油队伍握个手。"

老乡们都挤了过来，围住石兴国，都要和这位"石油英雄"握手。刘大勇反而被挤到了一边。

石兴国连忙指了指刘大勇："对不住，乡亲们，石油不是我打出来的，你们应该和那个人握手。"

前面的老乡看了一眼刘大勇，又看了看石兴国："哎，不对不对，我认得你，那天晚上，就是你找到我们说要借我们的毛驴打石油，这不，打出石油来了，咋就不是你了呢？"

"真的不是我，你们认错人了，石油英雄是他。"石兴国尴尬地再次指向刘大勇。刘大勇则尴尬地对着老乡们强挤出几丝笑意。

13

从青草湾回来，石兴国发起了高烧，嘴上还长满了水泡。他虚弱地躺在床上，周远不停地用毛巾给他降温。

段铁生坐在旁边，边摆弄手里的弹弓边说道："这下好了，石油没打出来，倒是把病给打出来了，石队长倒了，等于我们队的帅旗倒了啊！"

齐占山得知消息后气喘吁吁地赶过来探问病情。段铁生不耐烦地看了齐占山一眼，揶揄道："呦，齐大班长，是你师父派你过来猫哭耗子的吧？"

"段铁生，胡说什么，占山好不容易回来一趟，你就不能好好说话？占山，队长没事儿，就是有点上火，这不，刚睡着。"周远瞪了一眼段铁生，又跟齐占山说了说队长的情况，让他不用着急。

"那我不说了……"段铁生晃了晃手里的弹弓，竟然唱起来，"若是那豺狼来了，迎接他的有猎枪……"

齐占山又尴尬又生气，转身出了屋。

"占山……"周远急忙追了出去。段铁生却仍自顾自地摆弄着手里的弹弓……

对于青草湾打出来废井，田义文百思不得其解，他想来想去，决定还是要多多恶补石油方面的专业知识，才能准确地分析出原因。

油矿上技术水平最高、经验最丰富的当属任新我，田义文借机来到任新我家中。他简单说明来意，就满屋子转起来。任新我警惕地跟在他身后，问道：

"田同志，您想借什么资料，您说，我来帮您找……"

田义文这才走到书架前站定："哦，我先看看，还没想好。"

任新我指着一排书："我平时没什么别的爱好，就是喜欢看看石油方面的专业书，随时充充电。这些都是，里面有最新的技术、常见的问题等，田同志需要什么随便拿。"

"那我就不客气了！"田义文笑笑，然后仔细挑选了一摞书抱在怀里，"谢谢任专家，看完还您。"

"不……不客气！"看着抱着书告辞而去的田义文，任新我心里疑虑重重：他只是来借书？还是另有目的？

几天后，许茹才知道石兴国的状况，急忙到宿舍探望。石兴国沉沉睡着，许茹坐在床边，看着心里爱的这个男人消瘦憔悴的面容，心疼地流下了眼泪。

"石大哥，起来喝药……"梅大妮端着药碗走了进来。许茹立刻擦掉眼泪站起来。

梅大妮看都没看许茹，端着药碗径直走向床头的桌子，将碗放在上面，语气冰冷道："呦，这都病了好几天了，许教员才知道啊！幸亏有我在这儿……"

许茹尴尬道："我最近工作很忙，谢谢你，谢谢你替我照顾兴国。"

梅大妮不理会许茹，转脸温柔地叫石兴国："石大哥，醒醒，该吃药了。石大哥……"

石兴国艰难地睁开了眼睛。许茹关切地走到床前，眼睛里含满泪水："兴国！"

石兴国一见许茹，像是沙漠里跋涉的人看见绿洲、看见希望一般，激动地喊着"许茹"，立刻便要起身。

梅大妮伸手将石兴国按住："你是病人，不能起来。"

"许茹，你眼睛怎么了？哭了？"石兴国的眼睛仍紧盯着许茹。

许茹背过了身。

"许茹，别难过，我这就是发烧感冒，小毛病，你看……"石兴国说着就要伸出胳膊证明自己没事。

一旁的梅大妮连忙从桌上端起药："喝药了，别说话！你看你像个病人的样子吗？”

许茹立刻转过身："大妮，我来喂他吧？"

"不用，伺候人的活，俺比大小姐会。"梅大妮拒绝。

石兴国不高兴了："大妮，谢谢你。你把药放那儿先回去吧，我和许教员还有事儿要谈，药一会儿我自己喝。"

梅大妮见石兴国赶她走，气呼呼地把碗放在桌上，扭头就走。

"唉……"许茹有些不忍，想拦住梅大妮，却又不知道该说些什么，于是回头责怪石兴国道，"你怎么说话这么直接，多伤人。"

石兴国拉住许茹的手："咱们都好久没见面了，我不是想和你单独说说话嘛！"

许茹羞涩地推开石兴国，端过药碗："来，吃药了。"石兴国听话地张开嘴，两人都露出了幸福的笑容。

梅大妮并没走远，她站在窗口，想看看里面的情况，犹豫了一会儿，最后还是一跺脚，飞快地跑开了。她愤愤地在矿区大院走着，越想越难过，忍不住伤心地哭了起来："有什么了不起的，你不就是会哭吗？俺也会哭……"

边走边咧着嘴大哭的梅大妮引得路人纷纷侧目，不清楚状况的人们都远远地躲开了。

被看成叛徒的齐占山很是苦恼，时常坐在床上抱头发呆。慢慢地，他发现了很多疑点，思来想去，他决定去找田义文。

田义文自借了书后，每天都研究到很晚，他想尽快弄清楚事情的真相，找到答案。

到了田义文宿舍外，齐占山犹豫了一下，抬手敲门。屋里的田义文正准备出去，随手拉开门见是齐占山，有些意外。

"田义文，我有事儿找你，关于青草湾的。"齐占山开门见山。

"青草湾？你为什么不直接去找队长，反而过来找我？"田义文纳闷。

齐占山低下头，声音也低了下去："全连的人都把我当叛徒，我说什么他们是不会相信的。而且队长身体还没好，我不想让他再操心……"

"好好，我相信你，你说，青草湾到底怎么了？"正在追寻真相的田义文有些迫不及待。

"我怀疑刘大勇有鬼！"齐占山将刘大勇神秘的行踪、特定的开钻时间等都一一告诉了田义文。田义文紧锁眉头，想起书上介绍的相关情况，最后还是决定去找任新我求证一下他的猜测。

时间已经很晚了，睡下的任新我突然听到敲门声，不由得一惊。他犹豫了一下，起身来到门口，谨慎地问："谁啊？"

"任专家，是我，田义文。你睡了吗？"田义文在外面喊。

"这么晚了，有事吗？"任新我再问。

"嗯，向您请教点问题，开门吧。"田义文催促道。

任新我只好开了灯，小心翼翼地打开门，警觉地看着田义文："什么事啊？这么急？"

"这么晚了还来打扰，不好意思啊！我有一些专业问题想向您请教。"田义文很客气。

任新我将田义文让进屋，两人坐下，田义文认真地问道："在同一个地方，相隔不到1公里，打两口井，哪口井出油的可能性比较大？"

任新我略一思索："原则上，两口井都应该出油，但是，两口井的选址也很重要。"

"如果，两口井都可能出油，在钻头上做点手脚会不会打不出油？"田义文又问。

任新我琢磨了片刻，说道："如果设备出了问题，会打出斜井。比如油层在100米深处，正直向下，100米就有油；如果斜着打120米，其实才80米，当然出不来油了！"

田义文恍然大悟，一边表示感谢一边站起身告辞。他回去拿上资料，急匆匆地去找石兴国。

石兴国已经好得差不多了，正躺在床上看书，忽然，田义文嚷嚷着闯进房间，语气急促地诉说已经找到青草湾打不出油的证据，不仅是书本上的理论，而且还在任新我那儿得到了实际的论证，并且齐占山亲眼见到了那天晚上刘大勇的诡异行为。所以田义文建议石兴国马上向上级反映刘大勇暗中做手脚的事，不要让他奸计得逞。

石兴国思索了片刻，摇了摇头："算了吧，即便是这样，那也是因为我们没有掌握过硬的本领。老田，我知道你们输得不甘心！可我们比赛的目的是什么？我们的最终目标是什么？那就是找到石油！刘大勇和我们，谁找到石油都是一样的，都是为祖国做贡献！"

田义文激动的心情顿时跌落到冰点，一脸无奈地看着平静如水的石兴国，不知还能说些什么。

刘大勇丝毫不知道他的小伎俩已被识破，他心心念念的只有许茹。许茹下课后，买了水果和饼干准备去看望石兴国，刚出了宿舍门，迎面撞上喝得醉醺醺的刘大勇。一见到许茹，刘大勇顿时兴奋起来，举起手里拎着的酒瓶，说道："你知道吗？我在青草湾打出了石油！兄弟们在给我庆功！许教员，来，也为我庆祝一下。"

"走，你走开……"许茹厌烦地说道。

刘大勇伤心地看着许茹，一动不动。

许茹气愤地想绕过刘大勇，却被一把拽住了胳膊。

"许茹，你为什么一定要去看他？他石兴国有什么好的，在玉门，在青草湾，我才是功臣！掌声、鲜花、荣誉，都是我的，是属于我们的！"刘大勇晃着许茹的胳膊，嘴里不停地念叨着。

许茹惊恐地甩开刘大勇的胳膊："你是功臣，你去享受你的鲜花和掌声吧，这跟我没关系，我也不需要！"许茹边说边想夺路而逃。

刘大勇却突然扔掉酒瓶，从背后抱住许茹，祈求道："可我，我需要你！他石兴国根本配不上你，只有我刘大勇才会让你幸福，你知道吗？为了你，我一个月工资可以拿出一半，不，是全部拿出来，我可以让你有更好的生活。"

许茹惊叫着拼命挣扎："你放开！刘大勇，你太自私了，你只顾你自己的感受，却不问别人愿不愿意、需不需要。"

"那你需要什么，告诉我，只要我能做到的，我都会给你。"刘大勇紧紧抱着许茹，有些疯狂。

许茹怕极了，抡起手里的东西胡乱打着刘大勇，声嘶力竭道："放开我，你走！你的任何东西、你做任何事，都永远不会是我需要的！"

刘大勇愣怔了一下，许茹趁机挣脱了他，飞快地冲了出去。刘大勇一时呆了，片刻后，他一脚踢碎地上的酒瓶，痛哭起来……

许茹一口气跑到唐娜的宿舍，惊慌地关上门后靠在门边大口喘气。唐娜吃了一惊，关切地问："许茹，你怎么了？脸色这么难看？"

许茹镇静了片刻，说了刚才发生的事。唐娜气得拉起许茹就要去保卫科告刘大勇。许茹却拦住唐娜："他倒没对我做什么，就是对我表白他做一切都是为了我！"

唐娜叹了口气："也是酒后吐真言……要是石兴国能有刘大勇这个劲儿就好了！"

许茹默默靠在门上，半晌没说话。良久，她将手里的包裹递给唐娜："这是给兴国的，本来准备给他送去的，可我现在这状态……要不，你帮我送过去吧！"

唐娜接过包裹，愤愤不平道："你对石兴国这么好，他就像个木头一样不开窍，正好我去教训教训他。你今晚也别回了，就在我这儿睡吧。"

许茹疲惫地点了点头。

田义文不甘心地坐在石兴国面前，两人眼瞪着眼，却不说话。石兴国是没什么可说的，田义文却是不知道该说什么，该怎么劝石兴国。

见时间越来越晚，石兴国让田义文先回去，憋了半天的田义文站起来："我……队长，我再说最后一句，队长，我知道你高风亮节，可在青草湾，那么多兄弟们没日没夜、累死累活，你无所谓，兄弟们也无所谓吗？你还是……"

"如果谁有意见，可以冲我来。"石兴国语气平淡地打断了田义文。

田义文气结，正要说些什么，忽然响起敲门声。

石兴国打开门："哦，唐娜，找周远是吧？他去矿上查夜去了。"

唐娜走进屋子："找你不行吗？"

"找我，什么事啊？"石兴国有些意外。

田义文见他们有事要谈，瞪了一眼石兴国，开门出去了。

唐娜看了看门外远去的田义文："如果一条硬汉的累倒，全是为了工作，连自己的兄弟、亲人都不顾的话，换了是我，我倒要想一想，到底有没有那个必要。"

石兴国叹了口气："我是军人，是党员，是钻井队长，现在我最关心的，就是能不能打好一口井，井里能不能出油。"

"可你也别光想着你的石油，石队长，也得关心关心你的许茹吧。"唐娜给了石兴国一个白眼。

"许茹她……没事吧？"提到许茹，石兴国担心起来。

唐娜将包裹重重地塞到石兴国怀里，说道："她还好，这个，她让我送给你，让你补补身体。"

石兴国抱紧东西，舒了一口气："哦，她没事就好。"

唐娜摇了摇头："身体还行，只是……她真的很需要你。"

"我……我知道，可我确实抽不开身，我想她会理解的……"石兴国也很无奈地说道。

唐娜见石兴国依旧顽固不化，真想教训他一顿，但最后还是把冲到嘴边的话又咽了回去，改口道："你好好养病吧！"说完，愤然离去。

看着突然生气走掉的唐娜，石兴国很是不解。

玉门油田在青草湾取得的巨大成绩，得到了石油局的表扬。经过专家考察，柴达木盆地也发现了油砂层，而且估计是个比玉门油田还要大的大油田。据说国民党政府也曾经提出过要开发柴达木，但由于内战，终是耽误了。局里非常重视这次发现，提出要尽快进行开发。

接到任务，矿区领导马上召开了会议，大家听说要开发柴达木都很兴奋，如果啃下这块大骨头，就等于抱了个金娃娃，一定能缓解新中国的石油荒。

不过柴达木不同于青草湾，那里海拔 2800 多米，地广人稀，自然环境极其恶劣，去了就不是十天半个月，有可能是一年两年，甚至是三年五年，所以必须选一支技术、作风过硬，能吃苦不怕死的队伍才行。

现在油矿有 49 支钻探队，其中实力最强的要数刘大勇和石兴国的队伍，而杨宇照认为刘大勇刚刚立功，干劲十足，并且是经验丰富的老石油人，因此推荐让他带队前往柴达木。

周远听到这个消息后急匆匆地来找石兴国。正在床上看书的石兴国听完周远的话,猛地坐了起来,兴奋地问道:"消息准确吗?"

周远喝了口水:"我从黎明干事那儿听说的,消息确凿,绝对没错!"

石兴国急忙就要下床:"我去找政委请战!"

周远一把将他按住:"现在都几点了,政委该休息了。再说你病还没好,等好了再去也不迟。"周远坐下,接着分析道,"柴达木海拔高,条件恶劣,而且地广人稀,想找到石油,恐怕不是件容易的事儿,也许一去就要好几年,这些你考虑过吗?"

"我们就是为了找石油,苦怕什么?"石兴国斩钉截铁,丝毫没有考虑其他。

"我知道你不怕苦,可你考虑过许茹吗?"周远停住,想了想,试探地问,"兴国,我可听唐娜说,最近有人在追求她……"

"我相信许茹,找到石油我就和她结婚。"石兴国无比肯定。

周远反驳道:"到了柴达木,你能保证马上就找到石油?许茹年龄不小了,她等不起啊。"

"你们这些文化人整天把儿女情长挂在嘴上,革命信念哪儿去了?革命斗志哪儿去了?现在最重要的是石油,石油!"心里只有石油的石兴国义正词严地教训起周远来。

周远气得直跺脚:"石兴国我告诉你,这是你人生的重要抉择,走错了你可能遗憾终生!你用脑袋好好想想吧,过了这个村,就没有这个店了!"说完,起身走了。

听到周远的话,石兴国突然沉思起来……

杨宇照找来他心目中的最佳人选谈话。青草湾的立功,刘大勇不仅给局里争了光,也让他在石油行业里小有名气,就连石油部部长都点名表扬了他,非常看好他的能力。杨宇照介绍了柴达木的情况,希望刘大勇带领最精干的队伍,再接再厉,在柴达木找到石油。这是考验,也是机会,对于一个有上进心的老石油人,人人都不愿错过这样激动人心的机会,一个在石油发展历史上留下名字的机会。

听到要去柴达木,刘大勇心里有些迟疑,但面对寄予厚望的局长,他只能尴尬地笑笑，配合地点了头。

刘大勇从杨宇照办公室出来，边走边思考，快到自己房间门口了，他突然折回，快步向黑夜中走去。他径直来到任新我家，进门就自顾自坐下，跷起二郎腿："师父，我心里堵得慌！杨宇照真不是个东西！他让我冲在前面替他立功！没门！"

"大勇，到底发生什么事儿了？一进门就气呼呼的，杨局长让你去做什么？"任新我满心疑惑。

听完刘大勇的诉说，任新我非常激动："这是好事儿呀！你在青草湾立了个大功，如果能在柴达木再找到石油，你可是为新中国的建设再立大功，你的名字也会载入史册的，我这个师父也算没白带你一回。"

看着师父的兴奋劲儿，刘大勇不高兴了："你怎么和杨宇照的想法一样啊？你知道柴达木条件有多差吗？"

任新我反驳道："搞石油哪有享福的，不都是在戈壁荒野上工作吗？是个干大事的人都会抓牢这个机会，你怎么反而心生抱怨呢？"

刘大勇连连摇头："不不，我不想干大事儿，万一找不到石油呢？我在那儿待一辈子啊？"

"那是你的事业呀！"任新我惊讶于刘大勇竟说出这样的话。

"什么事业不事业的！人最重要的是学会'安身立命'！"刘大勇不屑的语气让任新我彻底惊呆了，他诧异地看着自己精心培养的徒弟，似乎才刚刚认识一般。

唐娜从周远口中得知石兴国想申请去柴达木的消息，忍不住将这事告诉了许茹。震惊之余，许茹也明白，这就是石兴国，一门心思扑在石油上的石兴国，再难再远，再苦再累，他都不会退缩半步。她虽然理解他，但一想到他要去柴达木那么遥远的地方，以后在一起的机会就更少了，心中难免失落，原本坚定不移的心，也渐渐变得迷茫起来……

石兴国脸色依然有些憔悴，但他等不及了。特意换上一身旧军装，又刻意地整理了一番，石兴国才清了清嗓子，在王振华的办公室外大声喊了"报告"。

石兴国推门进入办公室，向王振华敬了标准的一个军礼。正在打电话的王振华点点头，指了指凳子，示意石兴国随便坐。

早就调到青海石油管理局的参谋长程孟华听说玉门油田要派一支钻井队到柴达木，想到又能见到老首长老战友，心里非常激动，正在催问队伍什么时候能到。

"柴达木自然环境恶劣，生活条件困难，我们需要挑选一支技术精湛、作风过硬、能吃苦不怕死的钻井队过去，所以需要点时间，等确定了人选，我马上通知你……好的，再见！"王振华结束了通话，手中的电话还没挂好，石兴国已经迫不及待地起立："报告政委，我们尖刀队要求去柴达木。"

"呦，你鼻子挺尖呀！我刚给你们的老参谋长打完电话，你就闻到味了？"王振华笑着说道。

石兴国一脸严肃："政委您错了！我不是刚闻到的，你们刚开完会，我就闻到了。"

王振华哈哈大笑："先别说鼻子了！说说你的病怎么样了？"

石兴国立正："我没病！身体很好！"

王振华摇摇头："你就别装了！看你那脸一点血色都没有。我早听说了——从青草湾回来你就倒下了。你这个铁骨铮铮的硬汉都倒下了，说明你已经从一名解放军战士真正地转变成了一名石油工人！来，坐下，别站着说。"王振华一边倒水一边接着说，"这不是我教育引导得好，是你的革命信念坚定，是我们老五十七师官兵的思想过硬。"

石兴国自豪地说："那当然了！要不毛主席会把这么艰巨的任务交给我们五十七师？"

王振华把水端给石兴国："你是第一个请战柴达木的。不过柴达木可是个不毛之地，比玉门、青草湾艰苦一百倍！"

石兴国接过水："我们不怕，尖刀队向来站排头、争第一！进军柴达木非我们尖刀队莫属！"

"杨宇照局长推荐刘大勇去。说实话，刘大勇是老石油，钻井技术没得说；加上最近又立了大功。他可是你最有力的竞争对手！你们两个到底谁带队去，我们会尽快决定。祖国建设发展要跨骏马，需要我们刻不容缓。"王振华说道。

"政委，您就发句话吧，我有决心也有信心把这次任务完成好，我保证。"石兴国恳求道。

王振华看着石兴国焦急又认真的样子，不由得笑了。

杨宇照信心百倍地推荐刘大勇担此重任，根据其以往的表现，其他领导都没有异议。正当决定公布之际，刘大勇竟然不慎从井架上摔了下来。得到消息的杨宇照仓皇赶到医院，见刘大勇的一条腿已然断了，心里惋惜不已，也只得好言安慰他好好养伤，不用担心柴达木的任务。

很快，王振华在会上宣布了由石兴国的尖刀钻井队去柴达木执行这次任务，大家鼓掌加油，杨宇照的心里却是五味杂陈。

月夜。许茹穿过寂静的矿区大院，来到石兴国的宿舍。"兴国，我知道我阻止不了你去柴达木。但是，在你走之前，你一定要给我一个说法。"许茹静静看着石兴国说道。

"都经过战争考验了，我们之间还需要什么说法？我是真心，你也是真心，难道你还要让我承诺什么？"石兴国依然木头般不理解许茹的心思。

许茹委屈极了，激动地说道："石兴国，从延安到汉中，因为你要打仗我们没法在一起。我每天在后方为你提心吊胆，每天在电报室期待着你的战报，希望你平平安安，你知道吗？后来你留在了玉门——我哥嫂为了不让我跟来，把我关起来，我绝食，最后偷跑出来，一路步行来到玉门，差点死在这戈壁滩上，你知道吗？终于在一起了，你又为了石油，疯子一样没日没夜地学习、研究……来玉门这么长时间了，你主动找过我一次吗？我们在一起聊过天吗？你知道我心里想什么吗？你知道最近我……"

"许茹，你，你到底怎么了？"石兴国发现许茹的表现不寻常，关切地问道。

许茹的眼泪扑簌簌落下，哽咽道："现在你又要去柴达木……这一去，不知道什么时候能回来……这么多年，为了你，我一路追随、默默等候，你知道我有多苦吗？难道你不应该给我个承诺吗？你还让我追你等你多少年？"

看着许茹伤心的无声抽泣，石兴国有些不知所措。

许茹突然抬起头定定地盯着石兴国："我问你，到底是我重要，还是石油重要？你知道一个女人最需要什么吗？石兴国，不要让我恨你！"

"许茹，我……"讷讷无言的石兴国最终一把将许茹抱在了怀里，"许茹，我对不起你……我对不起你……我错了，我不知道你有这么苦……找到石油，我们结婚！"

许茹在石兴国的怀里像是被融化一般，她的唇慢慢凑近石兴国，石兴国紧紧抱着许茹，心情复杂地闭上了眼睛。两人的唇终于凑到一起，许茹触电一般紧紧抓住石兴国的后背。两人喘着粗气，疯狂地吻着，吻着，不知不觉地相拥着倒在了床上……

石兴国突然站起身，看了一眼躺在床上一脸娇羞的许茹，艰难地背过身去。许茹从身后抱住石兴国，紧紧贴在他的背上："兴国，我是你的人，我早把自己当成是你的人了。"石兴国胸口起伏着，猛地转回身，一把抱住娇艳如水的许茹……

灯熄了，月亮躲进了云层。矿区的夜，如此寂静。

清晨，田义文抱着一摞书，慢悠悠走着。迎面碰上挂着拐杖四处晃荡的刘大勇。

"刘队长，刚立功又挂彩，真是双收啊！敬佩敬佩！有机会我得好好向您请教请教。"田义文话里有话。

刘大勇嘲讽地看向田义文："听说你是地质学高才生，还用得着向我请教？"

田义文貌似恭维，实则含沙射影道："我这个高才生，哪有您这个老石油工人有经验。早向您请教的话，我们在青草湾就不至于打出个斜井来。"

刘大勇一惊："你什么意思？"

"刘队长，没什么意思，您别多想！您应该多晒晒太阳，科学上讲晒太阳能补钙！不打扰了，告辞。"说着，田义文离开，向任新我家走去。

任新我见田义文来还书，客气地让进屋，说道："没想到你对石油还这么热爱！听说，你是西南联大的高才生，真是失敬呀！"

田义文把书放在桌上，连连摆手："任专家，您可折煞我了！搞地质的谁不知道西北工业局大名鼎鼎的任专家！"

任新我一愣："西北工业局？你是……"

田义文笑笑："国民政府西北工业局，任专家不会没印象吧，不过那时候我微不足道，您不会认识我的。"

"哦，我们这些人，好多都是从旧体制来的，现在一样努力建设新中国……你这高才生后来是怎么跟石队长他们一起的？"任新我特意解释了一下自己的情况，连忙转移了话题。

田义文毫无保留地把他大学毕业后从军、当土匪、被俘以及王振华、石兴国怎么不计前嫌，力保他参与石油工作等经历全部告诉了任新我。任新我边听边不住点头，称赞王振华、石兴国慧眼识人，留下了一位优秀人才。

"任老师才是收了个好徒弟，青草湾给您争了光，以后一定能继承衣钵。只可惜在去柴达木的关键时候摔伤了，真是遗憾。"田义文趁机提起了刘大勇。

任新我表情很不自然地附和了一句表示遗憾，没再说什么。

"您还记得那天晚上，我请教您的问题吗？您不觉得这个问题跟青草湾很像吗？"田义文决定说出实情。

任新我恍然大悟："你说的是青草湾？你是说有人在你们的设备上动了手脚，你们打出了斜井？"

田义文点头："我们开钻前一晚，齐占山发现刘大勇悄悄到过尖刀队。这件事儿石队长也知道，但是他没打算追究，我们大家都是石油工人，都是为祖国打石油。"

"我真是瞎了眼！看错了人！"任新我痛苦自责后，又说道，"石队长真是大丈夫胸怀！这次他主动请战到柴达木，我就觉得此人是干大事的人，佩服，实在是佩服！"

"我们毕竟经验不足，希望任专家能够多帮助他。"田义文说道。

"一定，一定！"任新我满口答应。

田义文道过谢后告辞离开。

刘大勇一瘸一拐地在矿区大院闲逛，忽然看见许茹迎面走过来。他欣喜地刚要上前，却看见石兴国从另一边走过来，两人大方地手牵着手并肩走远。刘大勇恨恨地将拐杖扔到地上，却一个站立不稳，倚倒在了墙壁上。

两人手牵手回到队部，石兴国坐在桌前看书，许茹在一旁削苹果，然后亲昵地一小块一小块地喂到石兴国嘴里。吃完苹果，许茹又拿出一件织了一半的毛衣，在石兴国背后比画。石兴国忽然转身抱住了她，许茹的脸顿时羞红一片……

窗外，来找石兴国的梅大妮恰巧看到这一幕，气得一跺脚跑走了。

那日后，田义文、石兴国两人一有空就到任新我家里讨教。任新我毫不保留地教了他们很多关于石油、关于柴达木的知识。这天，任新我热情地送两人出门，恰好被挂着拐杖四处溜达的刘大勇看见，等两人走远，刘大勇气呼呼地闯进任新我家。

刚关上门的任新我，见刘大勇破门而入，着实一惊。不过还没等他说什么，刘大勇倒是先开口质问起来："师父，你怎么和他们在一起，还教他们……我才是你的徒弟！"

任新我诧异道："我为什么不能教他们？难道你是我的徒弟我就只能教你吗？你未免太狭隘了！"

"石兴国是我的对手，工作中、生活中都是我的对手！教谁都不能教他！"刘大勇摆出一副伤心模样。

看着他的无赖相，任新我愤怒了："大勇，这就是你的不对！为什么要树敌？为什么不能是朋友？自从你当了我的徒弟，我只知道教你技术，却忘了教你做人，这是我的失误！以前，我很少批评你。今天，我要好好说说。青草湾，石兴国他们为什么没有打出油？你能给我个解释吗？是不是你做了手脚？"

刘大勇一惊："师父……"

"别叫我师父！"任新我痛心疾首地说道。

"原来，你们在合伙对付我！"刘大勇大声道。

任新我嗤笑一声："别以你的小人之心度君子之腹！人家石兴国知道你做了手脚都不与你计较，你还在这儿执迷不悟！"

刘大勇不忿："师父，你完全站在了他们那边！"

"我是替正义说话！还有，你这腿是怎么回事儿？我和杨局长都希望你去柴达木，可在关键时候你却……这不是巧合吧？"任新我盯着刘大勇。

"我……"刘大勇支支吾吾说不出话来。

"你太让我失望了！你走吧！"任新我下了逐客令。

刘大勇拄着拐杖，脸色难看地从任新我家里出来，边走边咬牙切齿道："石兴国，我跟你没完！"

行期越来越近，石兴国许茹两人愈发珍惜在一起的时间。月夜，二人坐在山头仰望星空。许茹靠在石兴国的肩膀上，幽幽地说："真希望时间停止，我就这样靠在你肩上，永不分开。"

石兴国搂住许茹的肩膀："看这星空——我到了柴达木也会是一样的星空。当我想你的时候，就会对着星空找最亮的那一颗星星，那就是你，看到你对我眨眼，我就不孤单了！"

许茹听到这里把石兴国搂得更紧，然后一只手指着星空："我帮你找……这一颗是我，那一颗是你。记住了啊，最亮的那颗是我，旁边那颗不亮的是你——有你，我才会最亮！"

石兴国笑了，两人幸福地相拥在一起。

邱建设忙着准备钻井队去柴达木的琐碎事情，保卫科却忽然找到他，要他调查工人偷石油到市场换干肉的事儿。邱建设想到刘大勇在养伤有时间，于是委托了他去查这件事。刘大勇很积极地答应下来。

队伍即将出发，齐占山看着昔日的兄弟们都在准备行装，心里很不是滋味，他多想和他们一起去战斗，但知道刘大勇一定不会放他走，只要对尖刀队、对石兴国有利的事，刘大勇都不会同意。

齐占山找田义文打听尖刀队出发的具体时间，也说出了自己心中的苦闷。田义文听后，意味深长道："也好，你留在刘大勇这儿，看着他点，省得他再干什么坏事。只是可惜，咱兄弟有一段时间不能在一块儿了。"

不料两人分开后没多久，田义文竟被保卫科两名干事从房间铐上带走了。石兴国匆匆赶来据理力争，保卫科的人员却说有人反映田义文这几天吃过牛肉干，不管到底是不是用油换来的，邱处长指示一定要带回去调查清楚。

石兴国没有理由阻止人家正常调查，只得无奈让步。

出发的时间不能耽搁，好几辆装满物资的大卡车已经准备就绪。梅大妮却鬼鬼祟祟地在卡车周围转来转去，不知意欲何为。

齐占山悄悄站在尖刀队宿舍门口羡慕地看着忙碌的战友们。

段铁生手拿弹弓，大声招呼着："同志们，把东西都收拾齐全了，这一走，还不知道什么时候回来呢！"

战士们纷纷答应着，更加仔细认真起来。忽然，段铁生看见门外的齐占山，"齐班长！"段铁生走出宿舍，齐占山却转身就走。

段铁生边追边喊："占山，不管别人怎么说，我知道你一直是我的兄弟，一直是尖刀队的兵。"

齐占山停下脚步，却没有回头："铁生，告诉同志们，好好打油，好好听队长的话！"说完，大步离去。

"对不起，之前我对你态度也不好……"段铁生站在那儿，泪眼模糊，"占山……全班盼着你回来呢，占山……"

一列车队整齐地停在矿区大门外。许多工人分列站道路两旁欢送尖刀队。战士们一个个登上卡车，周远回头深深地看了一眼欢送人群中含泪的唐娜，招了招手，登上汽车。

最后上车的石兴国——和欢送的领导握手告别。王振华紧紧握住石兴国的手："柴达木是个艰苦的地方，一定要发扬我们石油师的优良传统，争取早日为祖国找到石油。田义文的事你放心，保卫科正在调查，如果他是清白的，我们一定会秉公处理，尽快让他去找你报到。"

"谢谢政委，请政委放心，一定完成任务！"说完，石兴国向欢送的领导和工人们敬了个军礼，转身上车。

石兴国在上车的一刹那，回头寻找人群中的许茹，却没有发现。周远拉了一把石兴国，石兴国登上了卡车，车队缓缓远去……

这时，许茹拿着一件毛衣追了出来，见车队已启动，她疯狂地在尘土飞扬的路上追赶着："兴国，等等……"

装着物资的卡车一角，听到喊声的梅大妮伸出了脑袋……

14

田义文在隔离审查室关了几天，每天闹着要自由、要去柴达木。这天，邱建设终于宣布已查清了事情的真相，用石油换肉的是油矿老运输队的人，与田义文无关。迈出审查室的田义文急切地询问去柴达木的队伍是否已经出发，得知石兴国他们已经走了好几天，田义文气哼哼地大步离去。

田义文找到齐占山，两人来到一个小饭馆，边喝酒边聊。

齐占山倒上酒，将杯子举到田义文面前："本来还说要送你的，现在，就我们两个了。"

田义文端起酒杯一饮而尽："够狠，明明知道我们是石队长的左膀右臂，非把我们拆散……"

齐占山又倒了一杯："队长说了，只要能打石油，在哪儿跟谁都一样。"

田义文盯着齐占山："真一样吗？"

齐占山眼圈红了，端起酒壶倒满酒，一饮而尽。

"行了，光把自己灌醉没用，关键是要想办法离开这里。"田义文挡住齐占山又要倒酒的手，"我们去柴达木，去找石队长。"

齐占山眼睛亮了一下，又暗淡下来："柴达木，上千里路，怎么去？"

"只要想去，总会有办法的。"田义文信心满满地说道。

尖刀队已经到达柴达木，战士们在野外支帐篷钉板房。梅大妮拿着一块木板递给石兴国，石兴国没有理她，扭头走开。发现她偷偷跟来，石兴国非常生气，却也没有别的办法，只好以沉默表达不满。

"石兴国！来这儿多少天了，你，你一句话也不跟俺说，你啥意思？"忍气吞声了几天的梅大妮忍不住了，气愤地将木板扔到地上，大声嚷嚷。

旁边的战士们都向他们这边看过来。石兴国忙转身回来，瞪着梅大妮："你抽什么风！谁让你来的？"

梅大妮理直气壮道："你！你答应的，你到哪儿，俺就到哪儿，不管什么时候，什么情况。"

"你！你属狗皮膏药的呀，简直不可理喻。"石兴国一脸无奈。

"对，俺就是狗皮膏药，这辈子，就黏上你了，怎么着。"梅大妮反倒神气起来。

石兴国见多说无益，转身大步离去。梅大妮得意地冲着石兴国远去的方向大声喊："俺会做饭，俺会洗衣服，俺会干活，俺会让你过得比谁都强！"

许茹下课后往宿舍走，半路忽然发现刘大勇尾随在后面，她加快脚步，小跑着回到宿舍，进屋后迅速关上了门。

刘大勇追到许茹屋外，见她已经进去，于是站在屋外对着门说道："许教员，我，我这次来是向你道歉的……上次的事情，对不起，是我喝多了，说的醉话，但也是……真心话。所以，以后，请许教员不要躲着我，我也不会再纠缠许教员了，我保证！我刘大勇对毛主席保证，以后，绝不会让许教员为难，也不会让你生气，但是，我也希望许教员能听听我的心声，许茹，我刘大勇对你的心，天地可鉴，绝对真诚，如果我有半点虚假，天打雷劈！"

屋内，许茹竭力控制着自己紧张的情绪，没有出声。

"许茹，许茹你听见没有？你要是不相信，我还可以发毒誓，我，我……我要是欺骗了你的感情，就不得好死！"刘大勇说完，望着屋内等了会儿，见许茹依旧没有任何动静，便离开了。

许茹背靠在门上，一手抚着胸口，一手紧捂着嘴巴。直至听到刘大勇离开的脚步声，她才长出了一口气，又从门缝偷偷向外观察，见刘大勇确实离开了，才放心地离开门，坐到床边的椅子上。突然，许茹一阵恶心，干呕起来。许是惊吓过度？许茹心里想着，没太在意。

矿区医院里，唐娜正在护士室兑着药水。许茹下课后过来找她，见她一个人，就跟她说了昨天晚上刘大勇找自己道歉的事。

"真的？他咋说的？"唐娜很是意外，放下手中的药追问。

"他说以后不会再纠缠我，也不会再惹我生气，更不会喝醉了来找我闹了。他说得很诚恳，希望他是认真的。"许茹说道。

唐娜点点头："听起来倒像人话，要是真的，那就太好了……哎呀，这样看来，你和石兴国的事情，很快就能成了，等他从柴达木回来，你们就可以结婚了！那个刘大勇，大概也明白他是不可能得到你的心的。"

许茹笑笑："其实他也不是坏人。"

"你呀，就是太善良了，眼睛里就看不到一个坏人，我看啊，那个刘大勇，根本就不是个省油的灯，你还是小心点为好。"唐娜提醒着许茹。

许茹点点头，不置可否。突然，她又感觉一阵恶心，急忙跑出屋，在一棵树下呕吐。

唐娜追出来帮她捶着背："许茹，你怎么了？"

"我……可能是闻不了你那药水味儿吧！"许茹掩饰地说着，心里却隐隐感觉不安。

暂时没什么事的田义文在矿区随便走着，一辆汽车驶过，田义文忽然想到了刘小青，立刻向运输队走去。

运输队里，刘小青从一辆汽车的驾驶室里跳下来，拍拍手，对着车说："好伙计，给我老老实实地听话啊……"

田义文笑着走到旁边："青哥，又在教育你这些小兄弟了。"

刘小青望着车队："这些家伙，年纪还没我大，动不动就给我罢工，都是欠收拾。说吧，找我什么事？"

田义文看着拿着大扳手的刘小青："没事，就来看看……"

刘小青看了看田义文："看我还是看车？"

田义文哈哈一笑:"看来什么也瞒不过青哥,你这车能跑多远?"

刘小青挥了挥扳手:"带上这家伙,几千里没问题。可惜呀,柴达木去不了。"

田义文心里刚刚一喜,听到后半句话却是一愣:"你说什么呢?"

"尖刀队全连都走了,就剩你和齐占山了,你当然是盼着早离开这里了。"刘小青一副了然于胸的表情,笑看着田义文。

田义文伸出大拇指:"兄弟,有你的。"说着一把搂过刘小青的肩膀,掏出一沓钱,"你要帮我这忙,这些钱,就拿去买点小酒喝吧。"

刘小青拨开钱:"对不起,司机不能喝酒,这是规矩。"

"那也没事,攒着将来娶媳妇用。"田义文调侃着,硬将钱塞到刘小青手里。

"还是给你娶媳妇用吧!"刘小青没好气地把钱扔还给田义文,田义文愣了一下,只好作罢。

西北石油局下来通知,玉门石油局要提拔一个副局长,邱建设得知消息后积极行动起来。

他找到自己最初能留在玉门的引荐人刘大勇,热情招待叙旧,说起初来玉门承蒙刘大勇及兄弟们的关照和帮助,邱建设很是感慨:"我邱建设有今天,思来想去,都源于当年大勇兄在我走投无路时的大力引荐。这一晃,咱们在一起朝夕相处,一起工作、一起战斗,都好几年了……"邱建设看了一眼坐在那儿喝水的刘大勇,仔细斟酌着说道,"最近呀,老哥哥还有一事相求。我们局不是要提拔一个副局长嘛,杨局长一直很看重我,组织上过些天也要来进行审查,群众威信这一块儿,你是钻井队队长,手下带着几十号兄弟,我是希望你在兄弟们中间跟他们好好说说,到时候多替我美言几句……"

其实刘大勇早就猜到邱建设要说这件事,他痛快地站起来打包票道:"没问题!我那些兄弟就听我的,我说什么是什么,这事儿包在我身上了!"

"太好了!我就知道大勇是个爽快人!你就是我的福星啊!"邱建设激动道。

"不过,邱处长,我也有一事相求。"刘大勇迟疑了一下,说道。

"什么事儿?别说一件事儿,十件事儿都没问题!"邱建设依然沉浸在兴奋中。

"兄弟我也老大不小了,在咱们矿上辛辛苦苦干了快十年,算是玉门油田的老人了。现在,到了结婚的年龄,想尽快把婚事了了,好专心为祖国找石油……可是,我喜欢的姑娘不是个一般人……"刘大勇慢吞吞说着,裹着一丝愁绪。

邱建设一听是这事儿,立刻热心地张罗起来:"大勇,这是好事啊,你在咱们矿是数一数二的优秀人才,喜欢的就应该不是一般人,你说是谁?我去做她的工作。"

"许茹。"刘大勇干脆地说出两个字。

听到这个名字,邱建设顿时语塞:"许……茹?石兴国那……未婚妻?"

刘大勇不高兴:"没结婚,就不能算。"

邱建设支吾着:"对,按理说,倒也是……"

"怎么样,邱处长,如果为难的话,我打一辈子光棍也无妨,反正非许茹我不娶!邱处长,你忙,井上兄弟们还等着我呢!"说完,刘大勇转身要走。

邱建设急忙拉住他,笑道:"大勇,你既然看得起我,这个红娘,我就当当试试。"

"那谢谢邱处长了。"刘大勇也笑了。

傍晚,任新我正在宿舍看书,忽然,桌上自制天线的收音机"嗞嗞嗞"地响了几声。

任新我警觉地站起来,朝屋外望望,然后迅速关上门,戴上耳机,开始接收机密消息。他一边听着一边在纸上飞快地写下一行数字。

夜色渐浓,任新我叫过女儿小雨,用手语跟她说明情况,然后嘱咐道:"小雨,这是我们最后一次机会,不管他们下达什么样的命令,你都要假装答应下来,我们只有配合政府抓住他们,我们才能在政府那里赎罪,才会有我们的安宁……"

小雨懂事地点点头,用手语比画着让爸爸放心,她一定能做好。然后父女俩谨慎地一前一后向矿区外走去。

从外面喝酒回来的田义文刚走进矿区,就看见任新我父女俩有些神秘地往外走。这么晚了，他们去哪里？去干什么？田义文想着，赶紧在一块大石头后藏了起来。

出了矿区，任新我搂住小雨的肩头，再次叮嘱女儿要注意安全。小雨点点头转身消失在黑夜里。任新我站在原地，久久看着小雨远去的方向，好一会儿，才转身回了矿区。

田义文从大石头后出来，远远跟在任新我身后。

任新我刚回到宿舍，就听见有人拍门，接着田义文的声音传进来："任专家，我看您屋里灯亮着，一定还没睡吧？"

"没……没，马上就来。"任新我慌乱中只换了一只拖鞋，又迅速解开了衣服扣子，才打开门，然后刻意装作睡眼惺忪的样子："义文啊！这么晚了，有什么事儿？"

田义文上下打量着任新我，立刻发现他脚上左右不同的鞋子，却不露声色地说："哦，睡不着，想和您聊聊天。"

任新我也发现了自己脚上鞋子的错误，刻意收了收脚："那……进来吧。"

田义文进屋坐下，环顾着房间四周。任新我坐在田义文的对面，显得很不自在。

"任专家，不舒服吗？"田义文笑着问道。

任新我刻意咳嗽了两下，说道："是啊，有点伤寒。"

田义文一副关切的样子："那任专家一定要多注意，最近的风太大。"

"是啊，年纪大了，经不起风寒呀！"任新我说着，又咳嗽了两声。

"小雨呢？每次来都看不见她，这么晚不会去玩了吧？"田义文忽然问。

任新我一惊："啊，小雨？她睡了。"

田义文惋惜道："小雨一看就是聪明的孩子，可惜呀，这到底是……"

任新我叹了一口气："唉，小雨自幼命苦，出生不久，她母亲便撒手人寰，留下我们父女相依为命。在她三岁那年，突然高烧不退，后来就这样了！小雨可以说是我唯一的寄托，如果失去了她，我也就无法活下去了！"

"去医院看过吗？"田义文真心同情起这个苦命的小女孩。

任新我点点头，痛苦地说道："治好她的病，是我毕生的愿望，能让她开口说话，能让她听到声音，我情愿少活几年……可是……"

田义文连忙安慰："任专家，您别难过，奇迹会发生的。没想到勾起了您的伤心事，实在抱歉！太晚了，我就不打扰了！"说着起身告辞。

任新我客气了两句，送走了田义文。

回到宿舍，田义文鞋也没脱，头枕双手仰躺在床上。他眉头紧锁，思考着刚刚发生的事……

第二天在食堂，田义文忽然看到刘小青和刘大勇有说有笑地在一起，问了旁边的工人，田义文才知道两人竟是兄妹！田义文一时呆住，片刻后，转身离开食堂。

刘大勇正嘱咐妹妹出车时一定注意安全，刘小青漫不经心地应着，忽然一回头，看到田义文转身离去。

"田义文！"刘小青急忙喊了一声追了过去。远处，田义文听见喊声，却故意加快了步伐。

快步回到宿舍，田义文关上门，坐在床上发呆。片刻后，急促的敲门声响起。

"门没锁，进来吧。"田义文迟疑了一下，说道。

刘小青推门而入，冲着田义文就喊："见了我，怎么像老鼠见了猫，撒腿就跑？"

"我……不舒服！"田义文黑着脸。

"不舒服？是不是病了？"刘小青关心地就要上前摸田义文的额头。

田义文伸手拨开，突然质问道："刘大勇是你什么人？"

"你问他干吗？他是我哥，你不知道？"刘小青不解。

"为什么不早告诉我？这次我去不成柴达木肯定就是他陷害的！既然他是你哥，你们就是一类人……"田义文激动起来。

刘小青的脸气得铁青，气愤道："田义文，我告诉你，刘大勇是我哥，我是他妹妹，但我们不是一个人，他刘大勇是刘大勇，我刘小青是刘小青；你连人都分不清楚，你田义文就是混蛋！王八蛋！"说完摔门而去。

"青哥……"田义文伸手想拉住刘小青，却拉了个空，他愣愣地看着悬在半空的手，突然一脸茫然。

自石兴国他们走后，许茹最常去的地方就是通讯室。有人开玩笑说许教员快把通讯室当成课堂了。许茹笑笑，依然非常勤快地往通讯室跑，生怕错过石兴国的电话。然而似乎柴达木的通讯有问题，她始终也没等到过石兴国的电话，打过去更是很难接通。

一次次失望，一次次落空，许茹心里的失落渐渐变成担心。

邱建设得到刘大勇的帮助，也非常"尽心"地帮他解决难题。他想出了一个计策，向刘大勇保证说一定能帮他追到许茹。刘大勇犹豫了一下，还是听从了他的主意。

食堂内，打饭高峰期间，众多工人熙来攘往，非常热闹。刘大勇扫了一眼食堂，给一旁的工人使了个眼色，那人便站起来敲着碗大声说："各位，各位，你们有没有听说啊？上级领导要把柴达木开发建设成第二个玉门，所以啊，那些跟着石兴国队长到柴达木去的人都扎根在那里不回来了。"

"什么？是真的吗？我怎么没听说啊？"

"哎，不管怎样，这都是好事啊，看来，咱们国家的石油要遍地开花了啊。"

工人们听到消息，不禁议论起来。

"哎，停停停，重点不是这个，以前洗衣队的那个梅大妮，知道吧？自从跟石队长走后，他们俩在柴达木就成家过上日子了。现在呀，估计孩子都快生出来了。"那人又眉飞色舞地说了一通。

立刻有人回击道："瞎说，这才多少天呀。"

"多少天？以前人家就好着呢，要不，为什么人家双双去了柴达木？"那人理直气壮。

"我可听说许教员才是石队长的未婚妻。"又一人质疑道。

那人不屑："许教员柔柔弱弱的，石队长早就不打算跟她好了。"众人似信非信。

食堂一角的齐占山匆匆吃了几口饭，一言不发，起身离去。

食堂里传出来的消息迅速蔓延。许茹走在路上，总有人对她指指点点，小声议论。

隐约听见他们的谈话，许茹很想拉住一个人问清楚，但所有人看见她都赶快躲开了。正郁闷中，齐占山走了过来，许茹连忙拉住他："齐班长，他们，他们都说什么呢？大家怎么都在说一些奇怪的话？是不是石兴国在柴达木发生了什么事？齐班长，你一定知道，快告诉我！"

"许教员，别人的闲话就不要听了，我相信队长不是那样的人。"齐占山回答得简单明了。

许茹怔怔地望着路上来来往往的人们，一些字眼钻进她的耳朵，眼泪不争气地慢慢溢出。她失神地去找唐娜，刚走到屋外，忽然蹲在地上大哭起来。唐娜从屋里出来，惊讶地看着许茹，继而愤怒道："是不是刘大勇那个王八蛋又骚扰你了？哼，欺人太甚！走，我陪你找领导去！我就不信，光天化日的，他刘大勇敢怎么样？"

许茹哭着拉住唐娜，胡乱摇着头："不，不关刘大勇什么事。"

"不是刘大勇，那还有什么事，走，到屋里说。"唐娜说着，拉许茹进屋。安置许茹坐下，她拿过来一条毛巾，又倒了杯热水，让许茹先慢慢平静下来。

渐渐止住哭声的许茹向唐娜说了外边人们的议论，唐娜一听，立马斩钉截铁地说："一定是造谣！许茹，你想，石兴国结婚这么大的事儿周远能不知道？周远知道了，他能不告诉我？所以，这一定是造谣！有人故意想拆散你们。"

许茹心里一动："你是说刘大勇造谣？"

唐娜肯定地点头："一定是他！"

"这个刘大勇！可是，我还是有点担心！石兴国是梅大妮的救命恩人，梅大妮一直就喜欢他。梅大妮突然不见了踪影，我怀疑她跟着去了柴达木！"许茹皱着眉说道。

唐娜笑道："你担心过头了！不可能！石兴国怎么能和梅大妮好呢？你不相信他，还不相信你俩的感情吗？你就把心放在肚子里，就是梅大妮跟去了，石兴国也不会和他好！"

突然，许茹又开始恶心。唐娜忙为她捶背，然后试探着问："许茹，你不会……"

许茹急忙摇头："不是不是，我就是最近胃有点难受。"说着跑出屋子去呕吐。

唐娜若有所思地端了一杯水跟了出去。

刘大勇急切期待着与许茹的婚事，竟在许茹不知情的情况下，向局里打了结婚报告。他希望组织能替他做主，成全他和许茹的婚事。

杨宇照看了刘大勇的申请，不禁疑问重重，于是询问许茹是什么意见。刘大勇脸不红心不跳地表示许茹也同意，即使有意见，也要听组织的安排。

杨宇照解释说许茹虽然是玉门油田的文化教员，但她是随部队改编调到玉门油田的，现在归属石油师管理，要听组织意见，也是听石油师的意见，王振华政委这段时间一直在外地考察，所以，要等几天后王振华政委考察回来，大家商量后再给答复。

刘大勇虽然着急，但也没办法，只好失望地回去等消息。

许茹的一颗心全在石兴国身上。一方面是漫天飞的谣言，一方面又一直没有他的消息，担惊受怕的许茹决定找王振华政委打听一下确切情况。

闫竹见许久未来家里的许茹到访很惊喜，热情地给她倒水、让坐。听说许茹有事来找政委，闫竹意外地说道："你们政委出去考察，你不知道吗？"

许茹茫然地摇摇头。

"许茹，看你脸色不对，发生了什么事儿？"闫竹关切地问。

听到有人关心，许茹的眼睛瞬间红了，眼眶里浸满了泪水……

听说石兴国许久没有消息，也没打过电话、写过信，闫竹不禁骂道："这个石兴国，太不像话了！走了这么长时间怎么连个消息都没有！看我见了他怎么收拾他！唉，你们政委也是，跟石兴国一个样，干起工作来不要命，一个月也回不了几次，回来也就是吃顿饭、睡个觉，从来不说工作上的事。不过你别担心，等他回来我一定好好问问他。对了，你没去问问师长？"

许茹摇摇头："师长在汉中抓石油运输工作。"

闫竹叹了口气，感叹道："唉，你们石油师的人，工作起来都不要命！"

每天想着结婚报告的刘大勇时常躺在床上发呆。刘小青自跟田义文吵架后虽然生田义文的气,但也对这个哥哥很是不满。

这天刘小青风风火火走进屋,见躺在床上的刘大勇没理她,不禁喊道:"刘大勇,大白天的做什么白日梦呢?"

"别整天刘大勇、刘大勇的,我是你哥!"刘大勇坐了起来。

"别说是我哥!躺在那儿又在琢磨着诬陷谁呢?"刘小青翻了个白眼。

刘大勇急了:"你听到什么了?我诬陷谁了?是不是那个田义文跟你说什么了?我告诉你,他是个土匪!土匪的话你也信?"

"若要人不知,除非己莫为!好了,不跟你吵架!从小到大,别人不了解你,我还不了解?"说着转身要走。

"等等,哥有重要的事儿跟你商量。"刘大勇忙喊。

刘小青转过身:"只要不害人,你说吧。"

"怎么说话呢!"刘大勇瞪了一眼妹妹,郑重其事道,"哥要结婚了!"

刘小青扑哧一下笑了:"谁瞎了眼,看上了你?"

刘大勇很认真:"真的!我得给咱们老刘家传宗接代!就是那个许茹许教员,你看怎么样?"

刘小青惊讶地说道:"刘大勇!全矿都知道人家许教员跟石兴国很早以前就是一对,你中间插一杠子,就不怕别人笑话?"

"他石兴国算什么东西!只有我刘大勇配得上许茹!只有我才能娶到许茹!"刘大勇气愤不已。

"哥!我是希望你幸福,但这强扭的瓜不甜,这道理你应该明白。"刘小青认真说道。

"你怎么知道强扭的瓜不甜,我告诉你,瓜我是强扭的,但强扭的也一定要是甜瓜!"刘大勇信心满满。

刘小青摇了摇头出门去找田义文。

田义文正准备出门,刘小青堵住他:"为什么躲着我?就因为我是刘大勇的妹妹?"

"别跟我提这个名字……"田义文不耐烦地说。

刘小青气愤地举起拳头,又放下:"我刚和他吵了一架,你想不想知道我们为什么吵架？"

"你的家务事，关我屁事儿！"田义文语气不善。

"因为许茹。"刘小青忍着怒气说完，转身离开。

田义文急忙追上去："许茹怎么了？"

"你怎么又管起别人的家务事了？"刘小青瞪了一眼田义文，继续走。

"刘小青、青哥……"田义文在后面紧追不舍。

王振华回来后听闫竹说起许茹的事，想着忙完手头上的工作找她聊聊石兴国那边的情况。没想到开会时却看到了杨宇照交给他的刘大勇的结婚申请。

震惊过后，王振华问道："这是刘大勇队长一个人的意愿呢？还是经过和许茹同志商量写的这个报告书呢？"

杨宇照想了想："这个……应该是刘大勇意愿比较强烈。"

邱建设赶紧插言道："不过，这段时间矿上都在传言，说石兴国在柴达木结婚了，不回来了！"

"胡闹！石兴国结婚我怎么不知道？许茹同志什么意见，你们有没有听取她的意见？"王振华火了。

邱建设小声地争辩："刘大勇说她没意见……"

"刘大勇说，有没有听到许茹说……"说着王振华看向杨宇照，"杨局长，我知道刘大勇在玉门是骨干，可能油矿确实离不开他，但在前方那么艰苦的地方找石油的石兴国同志要是知道这件事，肯定会心寒的！"

杨宇照皱着眉头立刻看向邱建设："邱处长，刘大勇和许茹的事，还有石兴国的情况，尽快去调查清楚！"

邱建设连连答应着，心里却抱怨不已。

"这个报告先放我这儿了，以后再说。"王振华说着把报告收了起来。

风沙漫天的柴达木盆地，举目望去，一片荒凉。夕阳下，石兴国等人拿着探测杆和测量仪器在进行探测，强劲的风沙把他们都吹成了土人。

胡子拉碴的石兴国跪着半趴在地上测着、闻着。突然他站起来挥舞着手里的东西，兴奋地向周围的人喊："油砂！是油砂！"

队伍瞬间向石兴国聚拢过去，尘沙飞扬中众人欢呼雀跃……

回到柴达木营地，木板搭成的简陋的板房内，所有人都期待地紧盯着仅有的一部电话机。石兴国正在打电话，要把这个好消息告诉师部。风沙太大，信号不好，好半天电话才接通。石兴国握着电话，一脸兴奋，大声喊着："喂，政委，我向您报告，我们找到了油质非常好的含油油砂！柴达木马上就有好消息了！"

王振华站在办公室内的桌前握着电话听筒，也非常兴奋："太好了！石兴国，我在玉门期待你的好消息！"

"请政委放心，我石兴国在柴达木找不到石油就不回去见您！"石兴国对着话筒保证。

"石兴国，辛苦了！你那边生活情况怎么样？"王振华关心地问。

"风餐露宿，我们又回到了战争年代啊！不过，这点苦不算什么，石油师的兵什么苦没吃过！政委放心吧！"石兴国说道。

"我是想问你……"王振华停顿了一下，"你老大不小了，就没考虑过个人问题？许茹还在玉门，你们的事儿你就没啥打算？"

石兴国沉默片刻，坚定地说："政委，请您转告许茹同志，找不到石油，我绝不考虑个人问题。"

王振华思索着，语重心长地说道："许茹是个好姑娘，你要珍惜呀！错过了可就是永远……"

石兴国忽然听不到听筒里的声音了，他大声"喂喂"着，却没有一丝动静。

周远气愤地说道："电话线又让风吹断了！"

"明天我带人去修。"段铁生说。

石兴国放好电话，冲段铁生道："老段，先跟我走，让技术员去通电，今天我们必须找到石油。"说着走出屋子，众人也都跟了出去。

王振华那边同样对着电话喊了一会儿，然后放下电话打到总机，大声喊："总机，给我接柴达木……什么？接不通？给我一直接，接通了通知我！"

……

计算着时间，王振华来到石油学校，刚好碰到下课出来的许茹。许茹见到政委回来很高兴。两人来到教室，许茹急切地问："政委，有石兴国的消息了？"

王振华点头："我们刚通过电话，他说找到了油砂！"

"真的？太好了！那他什么时候回来？"许茹很兴奋。

"许茹啊，找到油砂不一定就是找到了石油！而且他们那儿风沙太大，电讯信号非常不好，今天我们通了一半话，还断了线。"王振华说道。

许茹有些失望："他在那儿还好吗？他问我了吗？"

王振华笑笑："问了，这不让我来转告你。他说又回到了战争年代，风餐露宿。你放心，石兴国这小子能吃苦！"停顿了一下，王振华又说，"他让我转告你，找不到石油他就不回来。你是怎么考虑的？"

许茹低下头，眼泪落了下来。王振华叹了一口气，站起来走到窗户前，凝视着窗外……

和政委分开后，许茹去找唐娜，边说边哭个不停。

"你光哭有什么用！你就不想想？他这么说其实是在试探你。你这个时候如果放弃了，会后悔一辈子！许茹，给你一句忠告'错过就是永远！'要我说，你立刻去柴达木找他！亲口问问他，才能有答案！"唐娜又是劝又是出主意。

许茹擦干眼泪认真地看着唐娜："那么远我怎么去呀！"

"找政委，让他派车送你去。"唐娜干脆道。

许茹想了想，觉得可行，两人立刻去找王振华政委。

看着眼睛还红红的许茹，王振华认真问道："你真打算去柴达木吗？"

唐娜看了许茹一眼，说道："是，政委，许茹必须去一趟柴达木！你看她现在因为感情问题，沉默寡言，思维混乱，情绪起伏也很大，这样下去，在玉门当教员也当不好，所以，请政委批准吧。"

王振华点点头："好，我考虑考虑……你们回去等消息吧！"

两人道过谢，走出了办公室。

安静了一段时间的刘大勇按捺不住，专门采了一束野花，等在许茹下课的路上。

许茹见到刘大勇本能地就要绕开。

刘大勇从背后拿出藏着的野花，态度真诚地说："送给你的。知道你们读书人喜欢浪漫，我找遍了整座大山，才找到这些，你喜欢吗？"

见到漂亮的野花，许茹眼前一亮，不过她还是冷冷地说道："我不喜欢，你拿走吧！"说完，继续向前走去。

"我已经向组织递交结婚申请了！"刘大勇忽然说道。

许茹止步，背对着刘大勇："祝贺你！"

"你怎么不问我结婚对象是谁？"刘大勇有一丝狡黠。许茹却丝毫没有兴趣，继续向前走。

"是你，许茹！"刘大勇在后面大声喊道。

许茹立刻止步，沉默了片刻，突然转身快步走到刘大勇面前，夺过他手中的野花，狠狠地摔在地上："刘大勇，你有什么权力不经过我的同意就申请和我结婚？你太自以为是了！你也太自私了！你简直就是个无赖！"说完，愤然离去。

"我就自以为是！我就自私！我就无赖！我就是喜欢你！我就是要娶你！许茹，你是我的！我刘大勇的。"有些疯狂的刘大勇冲着许茹的背影嘶吼着。

路上的行人纷纷好奇地向这边张望过来。

许茹捂着耳朵仓皇逃跑，眼泪不自觉地夺眶而出，她越哭越伤心，跑到宿舍，终于放声大哭起来……

小雨几日不归，任新我彻底乱了方寸。最终他深入沙漠，几经波折找到了中弹身亡的女儿，任新我抱着冰冷的小雨欲哭无泪。他行尸走肉般地从大漠深处抱出女儿，一路上目光呆滞，如同痴傻了一般。

听到消息的田义文跌跌撞撞地跑来，看到浑身血迹面色苍白的小雨不禁哽咽："小雨她怎么了？"

任新我仿佛没有听见，只是紧紧抱着女儿，不说也不动。

田义文一把拽住任新我，怒喊道："我问你，小雨怎么了？"

任新我突然跪在地上："小雨，是爸爸害死了你！"喊出这一句后，号啕大哭了起来。

待任新我平静些后，田义文与他合力将小雨葬在了山上的一棵大树下。任新我跪在写有"爱女任小雨之墓"的墓碑前，痛苦不已。突然，他掏出一把手枪对准了自己的脑袋，站在旁边的田义文一惊，急忙奋力夺过手枪："任新我，你以为你死了，就可以赎罪吗？你以为你死了，就可以解脱吗？你就是个懦夫！我告诉你，我早就知道你是特务，所以我一直盯着你！结果怎样，连自己的女儿都被你害死了！"

"我说过，小雨是我唯一的希望，她要是走了我就不活了！"任新我说着突然站起来，疯狂地去夺田义文手中的枪，同时歇斯底里地喊道，"我要和他们同归于尽！我要杀了他们！"

田义文将枪远远抛开，紧紧抱住任新我："你冷静点！"僵持片刻后，二人筋疲力尽地靠在那棵树上。

痛苦不已的任新我懊悔地诉说着："是我害死了我的女儿！我不该为了钱，为了给女儿治病，为了让女儿听到世界上美妙的声音……我不该误入歧途，让保密局的人收买！我不该当特务！小雨，你回来！听不到声音更好，这个世界太嘈杂，太混乱，没人嫌弃你是聋哑人！小雨……"任新我低声号哭起来。

田义文拍拍他的肩："哭吧，哭出来你会好受一些。"

任新我擦了擦脸，绝望地说："再哭，我的小雨也回不来了……"

田义文顺势说道："是啊，小雨不能白死，你总得替她做点什么。所以，你还得活下去，并且要好好活下去。"

任新我沉默了。

田义文看了看他，问："老任，我一直搞不明白，你一介书生，为什么会做上这个？"

任新我回忆着："小雨小时候患病成了哑巴。多年来我一直没有放弃为她治疗。可治疗需要大量的钱，所以，国民党撤走的时候，保密局找到我，让我替他们做内应，炸掉油矿，只要成功就给足够的钱，我就可以带女儿治病，并远走高飞。可是我把他们给我的炸油矿的地图给弄丢了。我知道我错了，错得离谱！这段时间以来，我一直良心不安，可又不知道怎么办才好。这次小雨去联系他们，是想利用最后的机会赎罪，可是，万万没想到……是我害了小雨，小雨！"

"你傻啊！保密局的话你也信？"田义文说道。

任新我突然擦干眼泪，坚定地说："不行，我得找他们，我要报仇！"

田义文摇头："你这样去报仇？你这是以卵击石！你知道他们在哪儿吗？他们在暗处你在明处，你还没见到他们的人影，就已经横尸街头了！仇是要报，但得想想怎么报。"

任新我不解。

田义文看看他，说道："还有一种报仇的方式，就是不让他们的阴谋得逞！他们不就是想破坏油田，不就是想让新中国经济崩溃吗？我们就要保住油田，而且要帮助共产党、帮助石兴国找到石油！"

任新我惊讶地看着田义文，陷入了沉思中……

15

王振华决定派出慰问团去柴达木，顺便带上许茹。得知这个消息，许茹非常高兴。政委办公室里，许茹坐在沙发上，期待地盯着桌上的电话，等待着那个遥远的人的消息。

电话铃突然响起，许茹紧张地站了起来。王振华急忙拿起电话："喂，兴国吗？"

"政委，是我。"那端的石兴国对着电话喊。

王振华看着许茹，半开玩笑道："你们的电话可真难打呀，我都快把总机室的接线员给熊哭了。"

许茹略带羞涩地低下了头。

"对不起政委，柴达木的风沙大，电话线老是被吹断，修一次很麻烦！"石兴国认真解释着，站在一旁手里还拿着接线工具的段铁生由衷地点了点头。

王振华说到正题："兴国啊，告诉你一个好消息，近期我们要派慰问团到柴达木去，有什么要求和需要赶快提，我们尽全力满足。"

"什么？玉门要来人慰问？太好了！"石兴国兴奋地冲着身边的段铁生做着夸张的表情，段铁生听到这个消息也激动得差点跳起来。"我们最缺的就是水和食物，还有帐篷，来的时候带的帐篷，好多都让风沙吹跑了。如果可以的话，能给我们带一些防风镜吗？有时候遇到风沙，我们连眼睛都睁不开！最重要的是，我们想念玉门的同志们，在这里生活单调寂寞，连个陌生人都看不到！"听着石兴国的话，旁边的段铁生禁不住红了眼圈。"不过请政委放心，这些都打不垮石油师的战士们，我们下定决心，找不到石油绝不回玉门！"石兴国最后的话信心十足，铿锵有力。

王振华十分感动："兴国，你们辛苦了，我代表石油师，代表玉门油田向奋战在柴达木一线的官兵们致敬！"然后他看向许茹，半开玩笑地问，"兴国，你自己有什么愿望吗？我们一定会满足你！"

石兴国停顿了一下，许茹期待地盯着电话。

"我最需要的就是一个人——"石兴国的声音传过来，许茹已经站起来，眼泪在眼眶里打转——她期待着接下来会是自己的名字。

"田义文，让他尽快过来，这里太需要他了！"石兴国刚说完，突然风沙吹开了木板房的门，段铁生急忙用身体堵住了门。

许茹失望之际再也顾不得矜持，从王振华手中夺过电话："兴国，我是许茹，这么长时间没你电话，信也没有，你给我发个电报都行啊！只要让我知道你好好的、平平安安的就行！兴国，兴国你说话，说话呀！"

石兴国突然听到许茹的声音，不过信号不好了，声音也变得断断续续，他不由拼命喊道："喂、喂、是许茹吗？许茹，许茹，说话，说话……"

电话断掉了。"队长，别急，我这就去接线。"段铁生说着，冒着风沙冲出了房间。风带着沙，猛烈地灌进屋子里。石兴国依然紧紧握着电话，呆呆地站在那儿一动不动，渐渐地，满是沙土的脸上出现了一道泪痕。

许茹看着再也没有声音的话筒，蓄积已久的眼泪也是夺眶而出。

被批准随慰问团去柴达木的田义文极为兴奋，但高兴之余，想到以后很难见到刘小青，心里有些不舍。他特意去了运输队，刘小青正在修车。田义文轻轻走过去，刘小青瞥了他一眼，故意没有理会。

田义文从背后拿出几枝野花，对着刘小青的脸晃来晃去："在路上捡的野花。不知道是谁丢的，怪可惜的……"

刘小青亮出手里的大扳手对着田义文："一边儿去，信不信我打得你满地找牙？"

田义文吓得往后退了好几步："你是女孩子吗？人家一片好意，你倒比我这个土匪还粗暴野蛮！"

刘小青再次举起扳手，威胁道："你再说？"

田义文示威似的喊："土匪！你才是土匪！"

刘小青跳下车，田义文吓得撒腿就跑。刘小青叉着腰笑道："回来！"

田义文站住，转回身："我不！男子汉大丈夫，说不回去就不回去！"

刘小青招招手："我不打你！过来吧。"

田义文笑嘻嘻地往回走："谢谢小……我觉得还是青哥好听！我觉得这是我们之间的一个特殊称呼，从我认识你那天，你就是一个特殊的人，不管是青哥，还是小青，都是一个特殊的人。"田义文说着把花递给刘小青，然后拉起她的手，"如果我去柴达木，还能见到你吗？"

刘小青望着田义文，认真地说道："我是开车的，再远，我都会找到你的。"

田义文握紧刘小青的双手，两人深情互望。

回来后，田义文在屋里整理准备带去柴达木的书籍和行李，忽然门外"扑通"一声响。田义文赶紧出门查看，只见门口赫然倒着一个衣服凌乱、酒气熏天的人，仔细一看，竟是面容憔悴的任新我。

田义文赶紧上前去扶，见任新我仍醉着，于是将他拖进屋里。

不知过了多久，任新我迷迷糊糊睁开眼，看到守在床边的田义文，不禁长长地叹了口气："哎，死都死不了，我真是个懦夫！刚才，我梦见小雨了，她死得可怜啊！我现在真是生不如死！"

田义文见任新我醒过来，倒了一杯水递给他："喝点水吧。"

任新我没有接，反而翻身背过脸去。

田义文放下水杯，连珠炮般发问："你死了就对得起小雨了吗？你死了对那些特务有什么损失吗？你死了，特务们就不会搞破坏了吗？最重要的是，你说过要给小雨报仇，你死了，小雨的仇谁来报？"

任新我懊悔地流下了眼泪："我，我……我是个罪人啊！"

田义文苦口婆心地劝道："我明天就去柴达木。还是那句话，你要想赎罪、想报仇，就跟我一起去找石兴国，帮助他找石油。用你的知识、你的才能建设新中国，让新中国变得更加强大，那些特务们的阴谋就不攻自破了！"

任新我的眼睛里似乎看到一丝希望……

许茹终于要去柴达木了，唐娜真心替她高兴，要不是医务室人太少，实在走不开，她真想一起去。两人一边收拾东西一边说着话。不知为何，许茹心里除了高兴，竟隐隐有种担心，说不出担心什么，但就是有那个感觉。

唐娜笑话她是因为太爱石兴国，太在乎他了，所以才会胡思乱想，只要一见面，看一看彼此的眼神，就什么事儿都没有了。

许茹勉强地笑笑，心里默默祈祷着。

东西收拾得差不多了，许茹问唐娜："你要我捎给周远的东西，收拾好了吗？"

唐娜手里拿着一封信，指了指桌上的包袱："嗯，收拾好了，东西都在包袱里，最主要的是这封信，你替我给他。"说着，将手里的信交给许茹。

"怎么还写信？"许茹好奇地问。

"哦，这是周远喜欢的交流方式。我也喜欢，我们有些话当面说不出来，就写在信里——别看周远那样，其实肚子里文绉绉的，挺浪漫的。"唐娜说着，脸上满是甜蜜的笑。

许茹羡慕道："真好，像你们两个一样，谈一场不担惊受怕的恋爱，应该是最好的了。"

唐娜爽朗地笑道："别这样说，以前，我还羡慕你和石兴国呢，觉得周远那个人太闷了，没激情……哎，不说了。许茹，你一定要相信，所有的担心和不快乐都是暂时的，明天的太阳一定是全新的。"

许茹深吸了一口气，微笑着点点头："我相信——明天的太阳一定是全新的！"

就在将要远行的人们兴奋地准备行装时，还在一心盼着结婚的刘大勇听到这个消息后痛苦万分。他一整天都把自己关在宿舍里喝闷酒，边喝边嚷嚷着让他们都滚到柴达木去，在那里渴死、饿死，让那里的风沙把他们都埋了，这个世界就清净了。即使井上出现问题喊他去看，他都怒吼着叫人滚开。然后流着泪依旧往嘴里猛灌着酒。他要麻痹自己，想要忘掉这苦痛。

清晨，一辆贴着"慰问柴达木石油战士"标语的大卡车停在玉门矿区大门口。慰问团即将出发，王振华等矿区领导前来送行。许茹、田义文等人跟王振华及各位领导一一握手道别。

王振华特意叮嘱许茹放心地去，组织上对个人问题一定会充分尊重个人自己的选择，并祝福有情人终成眷属。许茹非常感动。

看着憔悴的任新我，王振华有些担心，再三嘱咐田义文路上要好好照顾，多多开导，让他早日从悲痛中走出来。田义文满口答应，并要政委放心，他们一定会为祖国的石油事业做出贡献。

一一送别后，大家陆续上车。最后许茹和唐娜紧紧拥抱着，两个都哭成了泪人。突然，许茹抹了抹眼泪，低声对唐娜说："我有了石兴国的孩子，这次不打算回来了！"说完，与唐娜分开，转身登上了卡车。唐娜呆呆地看着许茹的身影，思绪万千。

汽车开动，带起了一片尘沙。大家都在不停地挥手，田义文却有些心不在焉。他一直努力眺望着远方，期待刘小青的出现。却不想，他看见了躲在远处，面容憔悴的刘大勇……

唐娜仿佛刚回过神来，朝着卡车追出几步，看着已经模糊的人影，流着泪喊道："许茹保重！"

没看到刘小青的田义文，一副郁闷的样子。突然他看见远处一辆卡车带着尘土急速追了过来。车的反光镜上别着几枝野花，被风吹得弯下了腰。

田义文立刻兴奋起来，脱下上衣拼命地挥舞："小青、刘小青……"

驾驶室里的刘小青眼含热泪，猛踩油门，卡车飞速向前。不久，两辆卡车已经贴得很近。刘小青伸出脑袋，风吹飞了她的帽子，一头短发随风飘扬。

田义文傻傻地看着刘小青。突然，刘小青将头缩回驾驶室。她转动方向盘，卡车调转车头，向相反的方向开去。

发呆的田义文回过神后，看着开走的卡车大声喊道："刘小青，我一定回来娶你！"他的声音回荡在一望无际的荒漠上……

柴达木营地内，石兴国在一旁埋头研究资料，周远在屋内墙上"叮叮咣咣"地钉了半块镜子，钉完之后，问石兴国："嗨，看看，怎么样？"

石兴国没有理会。

周远对着镜子自言自语："哎呀，今天算是大有收获啊，从戈壁滩找到了这么一小块镜子，以后啊，咱也可以对着它臭美臭美了。"说着，他对着镜子用手指理了理头发，然后转身看了一眼身后的石兴国，走过去说道，"哎，我说，过几天，玉门的慰问团就上来了，你有啥想法？你上次跟政委汇报工作，就没提啥要求？比如，让许教员跟着慰问团来团聚团聚？"

石兴国突然拽住周远："昨天在电话里我好像听到了许茹的声音。只可惜还没来得及说话，电话线就又被吹断了！"

周远开玩笑道："这就是命啊！你俩注定一个牛郎，一个织女！"

石兴国懊悔地说道："关键政委问我个人有什么要求，我说我要田义文！"

"石兴国呀石兴国！我看你的脑浆被风吹干了是吧？满脑子除了石油就是石油！你问问你的心，你需要许茹吗？别不承认，你每天晚上说梦话都在喊许茹的名字！石兴国，你这种拼命法，对许茹来说，就是自私！"周远气得指着石兴国一顿数落，然后把镜子扔到跟前，"你好好照照自己，看看还是原来的你吗？"

石兴国慢慢捡起镜子——镜子里，石兴国满脸胡子，瘦骨嶙峋，仿佛一个流浪汉。他不由得伸手轻轻抚摸着自己那张又黑又瘦、带点沧桑的脸……

对于战士们来说，受苦受累倒是小事，荒原上强劲的风沙和干旱缺水才是大敌。风沙大的时候战士们个个腰上都绑着一根绳子，串糖葫芦似地一个连着一个，以免被风吹跑。强风甚至可以撼动井架，战士们用身体死死顶住，誓死保卫。沙漠上总能听到战士们雄壮、无所畏惧的歌声："风在吼，沙在叫，石油在召唤，石油在召唤，我们不怕苦和难，石油战士战斗在前线……"

大家辛苦一天灰头土脸地回到营地，一边拍打着身上的土，一边互相打趣：远看是要饭的，走近一看是石油钻探的。大家哈哈笑着，一旁做饭的梅大妮已经在喊大伙吃饭了。

周远感叹："还好有个女人跟来给咱们做饭了，要不然，咱们连饭估计都吃不上。梅大妮同志，辛苦你了。"

梅大妮四处看了看："俺不辛苦，对了，怎么没看见石队长？"

得知他已回帐篷，梅大妮不再说话，专心给围过来的战士们打饭。

大家吃完饭，收拾好锅碗瓢盆，梅大妮端着一碗面条来到石兴国的帐篷。她走到门口，停下来看看左右无人，便将碗放在一旁的石头上，然后快速解下头上的头巾收了起来，再用手拢拢头发，拉拉衣襟，才又端起碗。

石兴国正在帐篷内忙着翻石油书，看地图，研究资料。

梅大妮打了声招呼走了进来："你咋又不吃饭？"

石兴国眼睛没离开资料："哦，一时忙就给忘了。"

"你看你，到这儿来后人都瘦了一大圈，现在是又黑又邋遢，跟土里边掏出来的人一样，再不吃饭，你咋打那些比你吃饭和睡觉都重要的石油啊？这是俺给你新下的面条，你赶紧吃吧，要不然就糊了。"梅大妮将碗递到跟前。

"梅大妮同志，以后不要单独给我一个人做饭！"石兴国严肃说道。

"谁让你每次吃饭的时候都不来吃。"梅大妮反驳。

"嗯，以后我会按时吃饭的，你放那里吧，我一会儿忙完了就吃。"石兴国说完，继续埋头工作了。梅大妮看着石兴国，欲言又止，最后望了一眼那碗面条，恋恋不舍地走出帐篷。

清晨，战士们都在水车旁排队打水，梅大妮站在水车旁，用勺子一个一个地给大家接水，确保每个人的军用牙缸里只接到三分之一处，一点都不能多。战士们再把这点宝贵的水小心翼翼地倒进属于自己的一个塑料桶里，然后再把牙缸里剩的几滴水倒进嘴里。一个嘴上干裂的战士哀求着梅大妮多给点，梅大妮态度坚决："每个人一天就这么多水，一滴也不能多给。"那名战士只好无奈离开。

石兴国手里拿着水缸子，走出帐篷，看到屋外周远正站在一边漱口，他脖子上搭着一条毛巾，漱完口后又低头将漱口水吐进了手里的一个小瓶子里，拧上盖子，然后擦了擦嘴角。看到石兴国，他笑了笑，说道："我这是循环利用，不浪费。"

两人都看向不远处打水的队伍，周远说道："眼看这一车水马上就要用完了，可咱们的油井还没有开钻，这么下去，生活用水也成问题啊。"

石兴国皱着眉："是啊，钻探队没有水是不行的。周远，咱们多想想办法，除了节约，咱们还能怎么办？"

周远摇摇头："除了节约，还能怎么办？格尔木的陈寿华副局长每个月从牙缝里挤出的这点水，只够喝的，别说洗澡，洗脸都困难！总不能向玉门要水？上千公里，远水解不了近渴呀！眼下，找到水源，我们才可以在这儿扎根！可是，在荒漠里找水，好比大海捞针一样难！"

"看来在找到油之前，我们要找到新的水源，要不，我们真的只能喝西北风啦！从明天起兵分两路，钻探和找水同时进行。"石兴国思索了一下，说道。

"只能这样了，要是西北风能解渴就好了，咱们这儿就不缺西北风！"周远苦笑。

石兴国前去排队领水。前面的段铁生领到水后，直接将牙缸里的水一饮而尽，然后用舌头又舔了舔牙缸壁，确保一点不剩后，笑道："一天就这点水，喝完就不想了！"说完，唱着秦腔走开。

石兴国看着段铁生，笑道："段铁生，图了一时痛快，渴了别找我们蹭水啊。"

段铁生摆摆手，笑道："放心吧，队长！渴了我喝尿！用指导员的话，循环利用！"

旁边众人哈哈笑了起来。

傍晚，梅大妮偷偷地走进石兴国的帐篷，熟练地找到石兴国的塑料桶，然后从怀里拿出一小瓶水，往石兴国的水桶里倒去。水刚倒完，石兴国走了进来："梅大妮，你在干什么？"

梅大妮急忙把瓶子藏在身后，吞吞吐吐道："没……没干什么？"

石兴国走到梅大妮的身后把瓶子夺了过来，然后又提起自己的水桶看了看："这是怎么回事儿？为什么给我倒水，你给每个战士也分了一瓶水吗？"

"没有。你是队长，你最累，所以俺……"梅大妮还没说完，石兴国就生气地打断她，训斥道："我是队长，就特殊吗？我是队长，就可以比别人多喝水吗？梅大妮，让你管水，你竟然敢偷水！知道这是什么吗？你这是监守自盗！"

梅大妮不服气地狠狠瞪着石兴国，这时，周远走了进来。

石兴国立刻说道："指导员，明天你负责管水、分水。梅大妮同志，等玉门慰问团来了，你跟着玉门的车一起回去。"

梅大妮的眼泪终于掉了下来，然后愤然离去。周远急忙追了出去。片刻后，周远回来，对石兴国说道："石兴国，你误会梅大妮了！"

"误会？我明明看见她用瓶子给我的桶里倒水了，这是偷战士们的水给我！这要是让战士们知道了，会怎么看我？她这不是监守自盗吗？"石兴国理直气壮。

周远气得踱来踱去："石兴国，你每天只知道找油、打油，你想过哪一天没水了怎么办吗？你看看咱们的水箱。就这么大个水箱，靠每个月从格尔木用骆驼驮那么点水……实话告诉你，它从来就没满过。咱们一百多号人，一个月就这么点水，让你分你能分一个月吗？你试试，一天大家见不到水，就可能丧失生的信念。更何况有时候，遇到风沙，一个多月都不送水。可是，梅大妮做到了，哪怕每天只有一滴水，也给了大家生的希望。你说她监守自盗，我多希望她能监守自盗，为自己喝口水，可她没有！省下点水，她都给了得病的战士，知道你比别人累，偷偷地多给你一点，还不敢让人知道！你知道吗？她看着水，从来都不喝。望梅止渴、画饼充饥的典故你知道？典故里那梅是想出来哄人的，那饼是画出来骗自己的；可是，一个很渴的人守着水不喝，那得多顽强的毅力！她一个大姑娘，跟着咱们这些老爷们来到这荒无人烟的沙漠，跟着咱们风吹日晒，忍受饥渴——别说她，我有时候都受不了！你不理解她，反而误会她，还赶她走！我告诉你——你忍心，可战士们不答应！梅大妮在这儿的作用不仅仅是给我们做饭；她的作用，比我一个做思想工作的指导员还重要！在这个地方，战士可以没有了你我，但是离开了梅大妮，战士们就不能活！"

石兴国傻傻地看着周远，突然，他飞奔出了帐篷。

走进梅大妮的帐篷，看着趴在床上抽泣的梅大妮，石兴国难为情地说："大妮，我是来向你道歉的。"

梅大妮抽泣着："不用你道歉，只要你不让俺走，让俺和你在一起，俺干什么都行！"

"刚才的话我收回，我恳求你留下！在这里，我……和战士们都离不开你。"石兴国说得有些犹豫。

梅大妮却瞬间兴奋了:"真的?你也离不开俺?"

石兴国点头:"我……和战士们都离不开你!"

梅大妮又掉起了眼泪。

石兴国立刻正色道:"我命令你,不许哭!眼泪也是水!"

梅大妮感动得眼泪在眼睛里打转转,突然,她投进石兴国的怀抱,紧紧抱着他,喃喃地说:"你第一次这么心疼俺!"

石兴国没有推开梅大妮,而是伸手轻轻拍了拍她的背。因为他知道,在这荒凉的沙漠里,太需要希望了,而唯有他,才能给她一些希望。他,也只能做到这些……

水是生命之源,在沙漠里生存,没有水就等于没有生命。柴达木缺水的情况,玉门自然知晓,大家都很佩服石兴国他们能在如此恶劣的自然条件下坚持了几个月,而且丝毫不耽误找油钻井,这简直是人类挑战极限的奇迹,这完全是军人的意志力和对石油事业的坚定信念在支撑着他们。但如果继续下去,即使找到石油,没有水也打不出来。柴达木的用水问题已经迫在眉睫。宋豫杰师长在汉中组织三团的石油运输工作,所以王振华负责召集大家群策群力,希望能尽快解决柴达木的用水问题。

首先玉门的水资源也很紧张,不可能从玉门运水去柴达木,而且路途遥远,如果运水的话,运输队也会分散运力。再者,如果派人寻找水源,茫茫沙漠,找到水源的机会也是微乎其微……

众人讨论了好半天,杨宇照忽然提出向东部沿海要水的主意,毕竟西北本身就缺水。具体来说就是"一线两用",加大运输线的作用,让运输队把石油运出去,再把外边的水资源运进来,这样,一环扣一环,运输队发挥了最大作用,也解决了柴达木用水的问题,可以说是一举两得。

大家听着杨宇照的想法,都频频点头表示认可。

王振华更是高兴得一拍桌子:"好啊,就这么办,咱们就来一个'西油东运,东水西调'的大工程!"

杨宇照点头表示马上打电话给东部地区,协调调水运水问题。

没有水，卫生就很难保证。长期不洗澡的战士们衣服上生满了虱子。临睡前，许多战士都会脱下衣服，进行捉虱子比赛。

周远和石兴国住在一个帐篷里，也是边捉边报着数，比着多少论着输赢。

接连赢了几晚的周远很是纳闷，嚷嚷着："石兴国，为什么我比你讲卫生，反而我身上的虱子比你身上的多？"

石兴国钻进被窝："我洗澡了！"

周远惊讶地问："你上哪儿洗的澡呀？"

"我经常在沙子里洗澡，虱子当然不喜欢我了！嘿嘿！你还以为你的血比我的血香吧！臭美吧你！睡觉！"说着翻了个身闭上眼睛。

"你……"周远气结，而后故意大声数数，"一只大虱子，两只更大的虱子……"

夜里，石兴国提着手电筒去查夜。帐篷里，战士们似乎睡得都不安稳，睡梦中还在无意识地东挠一下西挠一下。他走近一位战士，蹲下来，借着手电筒的光，看见战士们身上全是被虱子咬出来的红包。石兴国皱紧了眉头。

中午休息时间，嘴唇干瘪、蓬头垢面的战士们，三三两两地坐在一起脱下衣服抓虱子。

石兴国问："今天谁身上的虱子最多？"

段铁生笑嘻嘻道："王大牛的，已经连续三天第一了！'大牛大牛真是牛，身上的虱子滚绣球，滚呀滚滚绣球，滚得大牛直痒痒，大牛问我怎么办？我就说——闲来没事咱捉虱子逗逗趣儿！'"

众人哈哈大笑，唯有王大牛拉下脸，骂道："你捉虱子，别拿我逗乐！"

这时程孟华笑着走过来："老远就听见大家在这儿以苦作乐呢！这个顺口溜编得不错！谁编的？"

段铁生站起来："报告老参谋长，我编的。"

程孟华竖起大拇指："没想到当年的神枪手，还能编顺口溜！厉害！"

"欢迎青海石油局副局长、我们的老参谋长，到柴达木视察！"石兴国带头鼓掌，众人也都跟着鼓起掌来。

程孟华笑着摆摆手："你们从玉门来到柴达木，我们没招待好，让你们受苦了！在沙漠工作，就是这个条件，谁也没办法！刚才我看见大家在捉虱子比赛，今天我给大家传授一个捉虱子的方法。以前，在我们格尔木的石油战士，有家属的，媳妇晚上就负责捉虱子；这没有家属的，就只能干巴巴地喂虱子；后来不知道谁发明了一个比在身上打药还管事儿的捉虱子方法，就是等太阳最红的时候，将衣服脱下来，埋在被太阳晒得滚烫的沙子里面，不出一个小时，拿出来抖一抖，虱子就全没了！"

还没等程孟华说完，大家一个个争先恐后地脱掉了衣服，往沙子里埋……

程孟华摇摇头心疼地看着战士们，喊道："同志们，不要急，现在连太阳都没有，怎么能烫虱子！等明天太阳出来大家再试验，好吗？"

众人失望地又将衣服扒了出来。

程孟华又凑到石兴国和周远跟前，低声说："这次过来，给你们带来了充足的食物……"

石兴国和周远迫不及待地异口同声道："水……"

程孟华为难道："我就知道你们会问这个。实话告诉你们，格尔木也缺水了，我们只能给你们一部分，你们省着点喝，现在玉门正在想办法，很快就会解决我们吃水的问题……"

石兴国和周远对视了一下，叹了口气，心里又期盼起来……

夜晚，石兴国一手拿着锤子，一手拿着一个罐头铁盒，敲成铁皮，钻上洞，系上绳子，举起来晃了晃，然后抬头问周远："哎，你看，我这鞋子做得咋样啊？"

周远看了一眼："哈，你还有心思玩啊？"

"这可不叫玩，你看着啊。"说着，石兴国将那两块铁皮穿在了脚上，系上带子，站起来走了几步，说道，"还不错，谁说没娘的孩子没鞋穿？我这也是鞋啊，最起码比光脚板要好吧？"

"是啊，我们石队长都会做鞋了，这可真是越艰苦越出人才啊，男人都能当女人了。"周远哈哈笑起来。

石兴国也笑了，故意叮叮当当地用力走了几步。

一天结束，梅大妮照例抱着一堆水缸子走进屋内。她拿起桌上的一个水壶，拧开盖子，然后从一个一个空空的水缸子里努力再控出一两滴水装进水壶，收集完了最后一滴水，梅大妮咽了一口唾沫，嘴里念念有词："俺不渴，俺不渴。要不要把水壶送给石队长？"

梅大妮犹豫了一会儿，又自我否定："不行，不行，不能送给他，否则他一定又误会俺，说俺是偷来的水，不行，现在还不行，等俺收集够了满满一水壶的水，说不定，到时候就能帮上大忙了……"说着，她将水壶的盖子拧紧，重新放到桌上。

又是一个太阳炙烤的晴天，战士们好不容易盼到中午休息，大家围在一起，都将上衣脱下来，晒在太阳底下。

周远在一旁看着手表，又看看天，指挥大家开始将衣服埋在沙堆里。

战士们一边埋一边不确定地问："指导员，这样能行吗？真的能杀死虱子？会不会那些虱子们觉得躺在沙子里更舒服，繁殖得更快更多了？"

"不可能，你们也不摸摸这沙子，都能烤熟一个鸡蛋了，虱子哪有鸡蛋大？一定给烤死了。"另一个战士接着说道。

马上又有人喊："哎……你们闻闻，不会是把虱子烤熟了吧？我咋闻到一股肉香呢？"

众人哄笑起来。

"你们啊，可真能瞎掰，不管怎么样吧，等一会儿就知道能不能杀死虱子了，再等等。"周远笑着边说边看着手表。

待周远宣布时间到了后，战士们集体将衣服从沙子里扒了出来，拿在手上用力抖了抖，然后穿在身上。尘土飞扬中，战士们嬉笑着表示又暖和又不痒了，这个办法真不赖。忽然一人喊道："哎，快走开！说不定这沙子里边还有活着的虱子，爬到咱们身上，就白费功夫了。"大家赶紧笑着一哄而散。

晚上，段铁生去找石兴国，一走进帐篷，就看到周远一边写信一边傻笑，不由得好奇地问："指导员，你没事儿吧？怎么一边写字儿一边傻笑？"

周远捂住信："什么叫傻笑，我这是给你未来的嫂子，唐娜同志汇报咱们'大战虱子'的趣闻乐事呢！"

段铁生赞许道："对对对！你给我未来的嫂子说，就说我说的，这柴达木的虱子，比他娘的……这他娘的就别写了！现在我也是文化人，也识字了，还能编几句顺口溜……哦，扯远了，就写比国民党、比土匪还难对付，打仗那会儿我一枪撂倒一个，那多痛快！自打来这柴达木，这虱子咬你，你不疼，你痒痒，这痒痒起来，能把你痒痒死，还不如挨个枪呢！不过再强大的敌人都不是我们石油战士的对手，最后我们还是大获全胜……指导员，你写了吗？"

周远笑道："你放心，我一定会把你的原话写进去。你找我干什么？"

段铁生抓抓脑袋："我来干什么？对了，好像就是来帮你写信的。"

"去你的吧！"周远笑骂，段铁生哈哈笑着跑出帐篷……

关于从东部调水支援柴达木的问题，王振华特意找来运输组长交代任务。见到刘小青，王振华没想到运输组长竟是一位女同志，在矿上，女同志担任运输司机的就不多，难得的是刘小青既是运输组长，还会修理汽车，让人刮目相看。

王振华交代了东水西运的重要性，刘小青兴奋地表示不管运油还是运水，运输队绝不会出任何差错。

听说妹妹有机会去柴达木，刘大勇急切地要她帮忙打听打听许茹和石兴国的事，刘小青却泼冷水道："哥，人家许教员根本就对你没有意思，你怎么还不死心呢？而且，虽然你是我哥，但我就是觉得你配不上人家许教员。"

"你……"刘大勇气得张口结舌，说不出话来。

水车旁，战士们在排队打水，眼看着梅大妮打完了最后一滴水，众人不禁面面相觑。

周远走进帐篷，泄气地说道："队长，方圆几里，咱们的战士都没有找到水源，今天水车上的最后一滴水也都用完了，现在怎么办？"

石兴国叹息了一声："不知道玉门的支援啥时候能到？"

"是啊，支援不来，咱们就没水喝，而且看这老天爷，也一点下雨星子的迹象都没有，大家都在外边渴着呢，队长，你快想想办法吧。"周远焦急地说。

石兴国看了一眼周远，起身出去，看到大家都围在门外。烈日下，战士们个个嘴唇干裂，蔫头耷脑的样子，看到石兴国，却强撑着说道："队长，我们没事，还能坚持，我们可以不喝水，只要你一个命令，我们就是死，也要拿下柴达木。"

周远心疼地看着战士们："大家都快脱水了，还怎么打石油啊？"

石兴国眼睛酸涩，说道："行了，谢谢大家，听我说，今天，不上工，休息！大家保持体力，尽量不要活动，我和指导员会尽快想办法的，不管是向玉门要水还是咱们自己找水源，一定不会让大家渴太久的。"

太阳在沙漠上空缓慢地移动，死寂的沙漠上，没有一丝风。尖刀队的一个个帐篷，像受了火一般的炙烤。

帐篷内，战士们个个汗流浃背，干裂的嘴唇让他们说不出一句话……

梅大妮从床下拿出一个军用水壶，摇了摇，失望地放下；又拿出一个，摇了摇，又放下。

"俺记得有一个水壶里，好像还有点水，俺放哪儿了？"梅大妮喃喃着，一连拿出好几个，最后终于在一个水壶里发现了仅剩的一点点水。

梅大妮犹豫片刻，最后终于鼓足勇气，走出了帐篷。

石兴国和周远两人几乎要虚脱了。周远虚弱地看着石兴国："这都第三天了，再不喝水，大家身体就扛不住了。"

"指导员，你去告诉战士们，不要着急，再等一等，玉门的支援马上就到了，实在不行，就把自己的尿，尿到水缸子里，不得已的时候，能救个急。总得先活下去吧。"石兴国无奈地说道。

周远叹了口气，走出帐篷。

正走过来的梅大妮看到周远，刚要打招呼，又看了一眼怀里的水壶，没有喊出声……

梅大妮轻轻走进帐篷，从怀里拿出水壶："石大哥，你水杯呢？俺这儿还省下了一点水，给你分点儿。"

石兴国舔了舔干裂的嘴唇："这是你的水，你自己喝。"

梅大妮坚持："俺不渴，你整天干那么多活，出那么多汗，你必须喝。"说

着，梅大妮找到石兴国的军用牙缸就要倒水，突然她发现不对，又低头闻了闻，梅大妮红了眼圈，举着牙缸对着石兴国，"你就喝的这个？！"

石兴国低着头一言不发。

"俺去找水！俺一定能找到水！"梅大妮扔了牙缸、放下水壶，跑出了帐篷。

"大妮，你去哪儿找水？"石兴国急忙大喊。

"你别管，找不到水俺就不回来！"梅大妮喊着，已经跑远。

石兴国犹豫了一下，一把抓起衣服，拿上水壶，又取下门后的一把猎枪，跑出了屋子。

太阳渐渐落山了。寂静的沙漠慢慢地披上了一件黑衣……

梅大妮跑了一会儿，看到天色逐渐黑了下来，不禁有些胆怯，改为慢吞吞地走，并不时地回头看。果然，身后传来石兴国的喊声。

"俺在这儿……石队长……"梅大妮连忙喊道。

石兴国追上梅大妮："梅大妮，你脾气咋这么倔？天都黑了，你上哪儿去找水？"

梅大妮逞强："俺不管，反正待着也是渴死，不如趁着晚上没有太阳，多赶赶路，说不定就能找到水呢。"

"那好吧，我跟你一起去找吧。"石兴国说着就要走。

梅大妮却一把拉住石兴国："俺们是去找水，不是去打土匪，你拿枪干什么？再说，你们尖刀队的枪已经上缴了，你哪来的枪啊？"

石兴国低头看了看身上的枪："哦，这个是从陈局长那里借用的，不是吓唬你，这里真的有狼，晚上动物就更多了，拿着它，防身。"

梅大妮点点头，两人一起朝前走去。

夜深了，石兴国和梅大妮在一块大石头旁燃起一堆篝火，石兴国将自己的衣服披在梅大妮身上："来，穿上吧，夜里挺凉的。"

梅大妮感激地看着石兴国，石兴国却抬起头遥望漫天的星星。

"石大哥，你在看什么？"梅大妮问。

"我在看那颗最亮的星星……"

"哪儿呢？你给俺指指。"

石兴国看着夜空，没有回应。他不知道，他的那颗"最亮的星"此刻正趴在车窗上看着星空找那颗不亮的星……

一早醒来，梅大妮看到石兴国不在自己身边，惊慌地刚要站起来去寻找，就看到石兴国从不远处走了过来。

"石大哥，你去哪儿了？刚才俺看不见你，还以为你走了，丢下俺不管了呢。"梅大妮问。

"怎么会呢？我去周围看了看路。走吧，你醒了咱们就继续去找水吧。"石兴国说道。

两人收拾东西，又上路了。

烈日炎炎，梅大妮两腿发软，几乎走不动了，石兴国站在山头上极目远眺。梅大妮声音微弱："石队长，咱们走了这么远，还是没有找到水源，要不，咱们回去吧？俺现在是又累又饿，还特别渴。"

石兴国将水壶递给她："给，喝点吧。"

已经渴得嗓子快冒烟的梅大妮完全忘了只有这么一点水，拿过水壶"咕咚咕咚"就喝，喝完摇了摇水壶，才一脸歉意地说道："对不起，石队长，俺不小心给喝完了……"

石兴国摇摇头，挤出一个笑容。

梅大妮也学着石兴国极目远眺，忽然，她高兴地一把拉住石兴国："牦牛，牦牛……石队长，你快看，是牦牛……有牦牛就有水……"

石兴国兴奋起来："啊？真的吗？"

梅大妮咧着嘴笑："嗯，是真的，俺以前听俺爹说过，说牦牛很有灵性，跟着牦牛就能找到水源。"

"太好了。"石兴国激动得差点跳起来。

两人朝着牦牛的方向跑去。越来越近了，却发现这些牦牛根本没有移动位置。两人趴在一座小土堆后，注视着牦牛群，石兴国小声问："哎，梅大妮，这些牦牛怎么不动啊？难道是在集会啊？"

梅大妮摇摇头："不知道，可能天气太热，它们也受不了，等到天黑一点，估计会动吧，再等等。"

两人继续趴着，忽然，石兴国的肚子咕咕叫了几声，接着，梅大妮的肚子也咕咕叫起来。两人互看一眼，石兴国稍微朝后缩了缩，向周围望了望，忽然看到一只野兔跑了过来。

梅大妮也看到了，一边喊着一边冲了出去。

"梅大妮！"石兴国连忙制止，却已来不及。梅大妮已经蹿到牦牛群前，牦牛们发现了梅大妮。梅大妮盯着牦牛群，顿时吓傻。

石兴国见梅大妮危险，急忙跑过去冲着远处放了一枪。本想吓跑牦牛，却没想到受到惊吓的牦牛群反而海水一般朝他们这边奔来。

"快跑！"石兴国拉着梅大妮就跑。他们在前面跑，牦牛群在身后追，场面惊险至极。两人眼看就要被牦牛群踩踏到，突然，前方出现一个断崖。他们拉着手，互看一眼，齐齐跳了下去……

跳到沟壑，两人慌忙躲进身后断崖的凹陷里，身后的牦牛群洪水般跳过沟壑冲了过去。

脱离了险境，两人都放松了下来。梅大妮忽然觉得屁股下面湿湿的，用手抹了一把，顿时惊喜道："石大哥，快看，是水！"

石兴国闻声望过去，刚好在梅大妮坐的地方，有一条极细极细的水流。

"太好了！真的是水，走，咱们去找它的源头。"石兴国激动万分。

两人顺着沟壑一直找上去。沟壑尽头，石兴国和梅大妮终于在石峰间找到了小小的一汪泉水，两人兴奋得几乎要跳起来。

"水，水，真的是水！咱们找到水了。"梅大妮一把抓住石兴国，激动地摇晃着他的手臂。

石兴国也紧紧抓住梅大妮的手："哈哈哈，太好了，终于有水了！大妮，咱们终于找到水了！"

16

慰问团的汽车开进柴达木。许茹、任新我和田义文分别跳下车，他们放眼远眺了一圈荒凉的柴达木，田义文感叹："柴达木，我们终于来了。"

远处，一群战士欢呼雀跃着向他们奔来，田义文拼命地招手，许茹也边招手边仔细搜寻着里面那个她期盼已久的人影。只有任新我淡淡地望了望人群，随即仰头去看天空中飞翔的雄鹰去了。

热情的拥抱问候后，田义文和战士们七手八脚从车上往下卸玉门带来的物资，并一一介绍着。许茹在人群中没有找到石兴国的影子，焦急中看到段铁生，急忙叫住："段铁生，你们队长呢？"

"嫂……哦，许教员，我们队长一大早带着几个同志外出勘探找油去了，估计要天黑才能回来呢。"段铁生回答。

许茹一阵失望："哦，指导员也不在？"

段铁生点点头："指导员昨天就去格尔木向程局长汇报工作去了，程孟华，咱老参谋长！"

"哦……"许茹迟疑了一会儿，片刻后说道，"你们队长住哪儿？我想……"

段铁生马上说："哦，我带你去，许教员你跟我来。"

许茹跟随段铁生来到了石兴国的帐篷外。段铁生指了指说道："许教员，这就是我们队长的帐篷。估计一会儿他就回来了，你先进去休息一下吧。"说着告辞走了。

段铁生离开后，许茹久久地看着石兴国的帐篷。片刻后，她缓缓地走近帐篷，颤抖着手轻轻地撩开了帐篷的门帘，她的眼泪盈满了眼眶，紧张、激动的她小心翼翼地走进了帐篷……

帐篷内干净整洁，两张地铺铺板上，军被叠得方方正正。

许茹放下行李，用手抚摸着石兴国用过的每一件物品。最后她发现放在石兴国铺上的那件旧军装。她坐在床上，抚摸着军被和那件旧军装。

忽然，外面传来脚步声。许茹下意识地站起来，擦了擦眼角的泪水，整理了一下头发和着装，期待着门帘的掀开……

门帘一动，梅大妮风风火火地走了进来，四目相对，两人都愣住了。二人相视而立，空气似乎凝滞。

片刻后，梅大妮打破了凝滞的气氛："听说慰问团来，俺还以为是谁呢……原来是许大教员带人来看热闹了。"

许茹看着梅大妮，淡定地说道："我是来看兴国的。"

梅大妮走到石兴国的床前，用力把许茹刚坐过的床单抹平："放心吧，兴国，俺会照顾好的。"

许茹惊讶地看着梅大妮："你……"

梅大妮一边熟练地摆放东西，一边说道："看不出来吗，大老爷们能收拾这么干净吗？"

"你……从离开玉门，你就一直跟他们在一起？"许茹的心慢慢下沉。

梅大妮看了一眼许茹："是啊，给他们做饭、洗衣、照顾他们——女人就是照顾男人的，别的咱也不会。男人在外面钻石油，回来能吃碗热乎的饭，睡觉的时候女人能给他端盆热的洗脚水，他就知足了！"

许茹眼里盈满了泪水。

"有些城里的大小姐，受不了苦，刚来这儿是不是被风沙吹得流眼泪？你看俺现在多大的风沙都不怕！你可千万别来，你这细皮嫩肉的肯定受不了！"梅大妮怪声怪气地说着，见许茹盯着两张床看，又故意拍了拍周远的床铺，说："哎哟，你看，许教员怎么说也是大老远从玉门来的客人，这屋里也没个椅子让你坐。那张床是石大哥的，男女有别，要不你坐俺这张吧。"

许茹强忍着泪水，说道："不了。"然后大步向门外走去，到了门口，许茹转过身，从口袋里拿出一封信，"这是给指导员的，麻烦让石兴国转交给他，我……我走了。"许茹把信递给梅大妮,然后飞快地跑了出去。

许茹捂着嘴,强忍着不让自己哭出声。她奔跑着穿过搭在沙漠上的一顶顶帐篷,来往的战士们好奇地看着她。她终于走出尖刀队驻扎营地,来到一片空阔的沙丘上;她跪在地上对着一望无际的沙漠尽情地哭喊,直到眼泪哭干。不知过了多久,她才恍惚地站起来,无精打采地往回走去,一片荒芜的沙漠里她显得那么的渺小……

周远回来,看见自己床上放着一封信。打开信封,唐娜的字迹跃然纸上:"周远,这次许茹随慰问团到柴达木,本来,我想一起去的,可工作太忙,抽不开身……"

周远自语道:"许茹?"

这时梅大妮端着一碗烙饼走进帐篷:"石大哥回来了?"

周远急忙举起手里的信,问:"这封信是谁放我床上的?"

梅大妮迟疑了一下:"不知道……"

"队长一直没回来吗?"周远追问。

"没有!反正俺……俺没发现有人来过……"梅大妮支吾道。

"许茹,一定是许茹……"周远说着,急忙冲出帐篷。

许茹走到营地外停着的慰问车处,又恋恋不舍地回望了一眼营地,准备上车。

"许茹,等等!"远处,周远气喘吁吁地向这边跑来,边跑边大声喊着。

许茹回头见是周远,心情有些复杂。

周远上气不接下气地跑到跟前,一把拽住许茹的手:"许茹……你怎么刚来就要走?走,跟我回去。"说着拉了许茹就走。

许茹甩开周远的胳膊:"周远,你放开我!"

周远不解地看着许茹,问道:"从玉门千里迢迢地来了,你不能连顿饭不吃、连口水不喝就走吧……你就不想见一下石兴国?"

许茹迟疑了一下,咬着牙说道:"不用了,你们那么忙……"

周远急了,质问道:"许茹,难道你来这里就是看一眼就走吗?"

许茹终于爆发了,喊道:"对,我千里迢迢来这里就是看一眼,看一眼这里的高原盆地；看一眼这里一望无际的大沙漠；看一眼你们这儿艰苦的生活环境。我看到了，我了解了，我的目的达到了，我该走了！"说完，转身上车。

"许茹，这些你都看到了，可你还有一个人没见到，你不见他一面，你会后悔终生的。"周远见许茹不理会，又提高嗓门厉声道，"许茹，即使……那你也应该在你们之间做个了结！"

许茹已经登上卡车，她转身从挎包里拿出一件毛衣，扔给周远："把这个给他。"然后坐好，催促司机开车。

"许茹……"周远想再说些什么，但终究还是闭上了嘴。

卸完物资，田义文和战士们来到帐篷，大家帮忙安置好行李后，一起有说有笑地聊了起来。

石兴国回来听说慰问团已经到了，急忙兴奋地冲进帐篷："田义文！"二人热烈拥抱，庆祝着兄弟的再次相聚。

"你看我把谁带来了！"田义文说着撇开一步，石兴国看见了坐床上默默收拾东西的任新我。

石兴国上前拉住任新我的手，激动地说道："任专家！您怎么来了？"

任新我一脸严肃："鄙人愿在石队长的带领下为祖国找石油。"

"任专家，感谢，感谢，十分感谢！"石兴国紧紧握着任新我的手，兴奋地向战士们说道，"咱们柴达木有了任专家和田义文的帮助，一定会找到我们新中国最大的油田！"

众人围着三人欢呼起来。

田义文凑到石兴国的耳边，低声说："我说你这么高兴，是不是看见许教员了？"

石兴国不解："许茹？"

田义文笑道："别装了！许茹一来就让老段领着去找你了！"

石兴国听到这话，转身就冲出了帐篷……

梅大妮正在石兴国的帐篷里给他缝衣服，见石兴国急匆匆地冲了进来，吓得急忙站了起来，怯生生问道："石大哥，你……"

"许茹，许茹来过吗？"石兴国气喘吁吁地问。

　　梅大妮装作一脸茫然地摇摇头。石兴国转身冲出帐篷。看着那急匆匆的背影，梅大妮气得直跺脚。

　　石兴国跑出帐篷，见到人就问玉门来的慰问车在哪儿。一个小战士指了指营地外的一个方向。石兴国疯了般朝那边跑去。

　　慰问车已经缓缓开动，周远无奈地看着许茹欲言又止。随着车子驶出，周远含泪与卡车并排跑着，一边不停向许茹招手，一边声音颤抖地喊着："保重！"
　　许茹趴在窗户上，也边招手边流着泪说："你们保重！"
　　卡车加快了速度，周远无力地停下。
　　"许茹！许茹！"远处，石兴国连喊带跑地过来了。他跑到周远的跟前，喊道："许茹呢？"
　　周远叹息着，用手指向驶离的卡车。石兴国一把推开周远，疯狂地向卡车追去……
　　"兴国，快追！"周远在后面拼命嘶吼。
　　石兴国跑了几步突然掉转方向，冲向旁边的一座沙丘，他四肢并用地爬上沙丘，然后急速向下滑去。远处的公路上，卡车飞速驶过……
　　车上，许茹侧脸凝望着窗外的一座座沙丘。反光镜里依稀映出刚刚翻过沙丘的石兴国。
　　石兴国连滚带爬地来到公路上，可卡车已经驶出去很远很远，石兴国痛苦地趴在地上狠命地用拳头捶打着……
　　夕阳已经被沙丘遮住了一半，驾驶室里的许茹长长地舒了一口气，疲惫地闭上了眼。最后的残阳通过反光镜折射在许茹的脸上，红彤彤的一片。

　　太阳完全被沙丘遮住了。石兴国拖着疲惫的身躯，慢慢地走了回来。
　　周远奔向石兴国，拽住他焦急地问："许茹呢……"
　　石兴国没有说话，拖着步子继续往前走。
　　周远追问："你追上她了吗？回答我啊？"
　　石兴国突然将周远推倒在地，冲着他怒吼："你为什么不拦住她？为什么让她走了？为什么都不让我见她一面！为什么？为什么？”

夜色渐渐笼罩了大地。驾驶室里，闭着眼睡觉的许茹突然觉得恶心。司机停下车，关切地询问许茹是不是晕车，然后劝她下车休息一会儿。

许茹开门下了车，仰头看见漫天的星星，曾经玉门沙丘上的一幕又浮现在脑海……“看这星空——柴达木也会是一样的星空。当我想你的时候，就会对着星空找最亮的那一颗星星，那就是你，看到你对我眨眼，我就不孤单了！”石兴国的话犹在耳边，可他恐怕已经不会再看星星了吧，毕竟身边有人陪伴胜过这虚无缥缈的星星之约。许茹的思绪纷乱如麻，想得累了，她晃晃头，重新上了车。卡车继续在星夜里一路飞驰。

发完脾气的石兴国冷静下来，与周远一起并排坐在营地外的沙丘上，仰望着星空。

“最亮的那颗是我，旁边那颗不亮的是你——有你，我才会最亮！”许茹的声音在石兴国的脑海里盘旋，仿佛她就在身边。她说希望时间停止，她说希望永远靠在自己肩上，永不分开。可是，为什么她来了都不见一面就走？

石兴国呆呆地坐在沙丘上，望着夜空，思绪万千。周远没话找话地问：“哎，格尔木的星星咋那么高，那么远呢？”石兴国仿佛根本没有听见，仍沉默不语。停了一会儿，周远无奈道：“你也别太难受了，许教员……或许有不得已的苦衷，才会离开的吧。”

石兴国沉默了一会儿，说道：“梅大妮说得对，或许，这里的条件真的不适合许茹，我是个男人，吃苦不算什么，但是，我不希望她跟着我受苦。如果，我一辈子打石油，就一辈子也不能给她一个安稳的家，周远，也许……我不应该再拖着许茹了……”

周远吃惊地扭头望向石兴国，他的脸上有些悲壮又有点凄凉。周远认真想了想，叹了口气：“这里是不适合她，最亮的星星会被这漫天的风沙所遮盖。星星永远属于星空……”

二人不再说话，长久地仰望着繁星点点的夜空。

回到宿舍，石兴国睡得极不安稳。梦里，许茹跋涉在沙漠深处，漫天黄沙遮蔽了道路。"石兴国，石兴国你在哪儿？快来救我……"迷路的许茹一边喊着石兴国的名字一边深一脚浅一脚地走着。跌跌撞撞的她突然一脚踩空，"啊"的一声从沙坡上滚了下去。

"许茹，许茹……"石兴国满头大汗，挥舞着手臂要去抓许茹，却一把抓住了给她擦汗的梅大妮，"许茹，许茹……我来救你！"

梅大妮拼命挣脱开，石兴国被晃醒，睁开眼才知道是自己做了个梦。不过看见旁边的梅大妮，他一时还没弄清楚什么状况。

"都烧成这样了，还想着她！你看看你，这样下去还打油吗？一百多名战士都等着你呢！"梅大妮手里拿着毛巾，没好气地看着石兴国。

石兴国动了动干渴的嘴唇，才想起自己在发烧，不由感激地看着梅大妮："你一直在这儿吗？"

梅大妮转身端过来一杯水，递到石兴国嘴边："大家都没日没夜地工作，俺不照顾你谁照顾你！把水喝了，俺去给你做点吃的。"

石兴国喝了水，由衷地说："大妮，谢谢你……"

梅大妮收起杯子，背对着石兴国："别想她了，来了都不见你，还想她干什么？不管谁对谁错，摆在桌面上才能让人明白。这无声无息的，让你总是揪着心、放不下，连做梦都喊着她的名字……"梅大妮又是生气又是心疼，红着眼睛向外走去。到了门口，她忽然停住脚步，犹豫了一下，说道，"实话告诉你，那天她来的时候，俺在你帐篷里……收拾屋子。"说完，跑出了帐篷。

石兴国躺在床上伤心地闭上了眼睛，有泪溢出眼角。面对柴达木的恶劣环境，他不想再做解释，只要她在玉门过得幸福……

回到玉门，许茹跑到唐娜那里大哭了一场。她泪眼婆娑地不停问着唐娜，她是不是选择错了。

唐娜却不相信，追问许茹是不是亲眼见到他们在一起了，还是只听了梅大妮的一面之词，并劝慰许茹爱一个人没有错，也许这只是一场误会，等见到石兴国，一切都会解释清楚的。

许茹幽幽地叹气："都不重要了。也许他是真的忙，不过，你觉得他会见我吗，他敢面对我吗？"说着，许茹突然觉得一阵恶心，忙跑向屋角的洗脸盆干呕起来。唐娜一边轻拍许茹的背，一边数落："你个傻子，你去干什么了？不就是为了见石兴国吗？他忙你就等，等见到他，告诉他你怀了他的孩子……"

许茹摇着头含泪说道："我不能告诉他，我不能破坏他的幸福！"

"你个傻子！你怎么这么傻呀！"唐娜紧紧抱住许茹，两个人都哭成了泪人。

清晨的阳光照射在沙漠上的一顶顶帐篷上。在梅大妮的精心照顾下，很快痊愈的石兴国走出帐篷，刺目的阳光晃着他的眼睛，他下意识地用手遮了一下。他伸了个懒腰，迈开步子，穿过一顶顶帐篷，走到井架前，眯着眼仰头看了一会儿。让那些过往，那些故事，都深深埋在心底吧，只要她好。现在，有更重要的事等着他。想到这儿，石兴国抖擞精神，掏出口哨，放在嘴上狠狠吹了一下："集合！"

瞬间，战士们从一顶顶帐篷里冲了出来，站在前面的石兴国在晨光的照射下显得十分伟岸。

休息了两天，许茹继续去上课，刘大勇看到许茹回来欣喜异常，追上前去问东问西。许茹却一句话不答，只是低头快步向前走着。

刘大勇紧跟着许茹，一副关心的模样："许茹，你脸色好难看，怎么，石兴国那小子欺负你了？奶奶的，我就知道这小子不是东西！等他回来我非扒了他的皮……"

许茹忽然停下，对刘大勇说道："没人欺负我，是去这一趟受了凉，那里真的很冷很冷……"

"我就知道石兴国是个冷血的石头，他不懂女人，不知道疼女人，他根本就配不上你。"刘大勇并未听到许茹说的什么，只是一味地按照自己所想说个不停。

许茹瞪了刘大勇一眼，抬脚要走。

刘大勇拦在前面，继续说："为什么，为什么你心里只有石兴国？他对你那样不管不顾，你却对他这么死心塌地，到柴达木那个渺无人烟的地方活受罪，糟践你自己！许茹，我喜欢你，真心喜欢你！从见到你的第一面你就住在了我的心里，赶也赶不走！你不在的时候，我这心就像死了一样，我以为你永远不会回来了，我永远见不到你了……许茹，别想石兴国了，他给不了你的，我都会给你……你……你也可以想着他，你和他的一切，我都能接受，只要你在我身边，嫁给我，我会一辈子对你好的。许茹，嫁给我吧？"

如果换个时间，许茹听到这些不会有什么想法，也许会更加讨厌刘大勇的纠缠，可在这个时候，她的心正在滴血，她的肚子里怀着一个一天天长大的孩子……想到石兴国和梅大妮在一起的画面，她心乱如麻，泪如雨下。刘大勇看着她哭着跑开的背影，有些不知所措。

这趟柴达木之行，许茹日思夜盼了多时，可没想到期望越大，带给自己的失望也越大。

她原本是那么冷冽又骄傲一人，从小在安逸的环境里长大，没有吃过多少苦，却不顾家人的反对，率性地抛弃了城市生活，独自一人艰苦跋涉地来到这玉门，只为了投奔她心心念念的恋人石兴国。

可石兴国呢？在他的眼里，永远都只有他的石油事业，一次又一次地忽略她内心真实的需求，一次又一次地舍她而去。玉门与柴达木相隔千里，无数个不眠的夜晚，她都在思念中度过。而她对他的思念却永远得不到回应，他承诺的结婚之日也总是这样遥遥无期……

许茹有时候很羡慕梅大妮，同样是女人，她却能那样热情恣意，那样不顾一切、张扬无忌地爱着石兴国。她甚至发自内心的觉得，或许梅大妮才更适合石兴国，在梅大妮的付出面前，她许茹对石兴国的爱也变得如此孤立无援，甚至是微不足道……

可肚子里的孩子怎么办呢？石兴国如果知道她怀了自己的孩子，他会不会放下柴达木的石油事业，扔下梅大妮的深情，回到玉门，给她和孩子一个安稳的家？

不，他当然不会。许茹太了解石兴国了。正因为了解，所以她才会一次又一次地失望，直到濒临绝望……

一想起在石兴国的帐篷里，梅大妮向自己宣示爱情主权的模样，许茹就心如刀绞，心痛得难以自已。

这种痛，实在太难受了，她承受不来，也挥之不去。她恨不得饮鸩止渴，以痛止痛……

几番情绪挣扎之下，她最终答应了刘大勇的求婚。唐娜听到这个消息十分惊诧："什么？你要嫁给刘大勇？刘大勇是什么人你不知道？你嫁给他，不是把自己往火坑里推吗？"

许茹却平静得很，眼睛里是一潭死水："这是命，我得给孩子一个家，就这样吧，我真的很累了。"

"那刘大勇知道吗？"唐娜看了一眼许茹的肚子，问。

许茹摇了摇头："他说他喜欢我，他也知道我不爱他，他说无论我是什么样，他都会接受我。"

唐娜皱眉："他的话你也信！等他知道的那一天，你们娘俩就有罪受了。"

许茹轻轻抚摸着肚子："我总不能让他生出来就没有爹吧。这条路，是我选的，无论怎么样，我都认了。"

唐娜心疼地抱住许茹，再也说不出什么。

刘大勇听到许茹答应了自己的求婚，简直欣喜若狂，立刻定下了结婚的日子，恨不得马上就把许茹娶进门来。

这一天很快到来。唐娜张罗着为许茹梳妆打扮，许茹却面无表情。

"今天是你大喜的日子，你笑一笑嘛！我再给你擦点腮红，显得喜气。"唐娜手里拿着腮红说道。

许茹伸手拦住唐娜："什么大喜，我笑不出来，我的心早死了。你也别擦那个，我不习惯。"

唐娜无奈："你这叫什么结婚呀！没笑脸，还不化妆！这样对人家刘大勇可不公平。"

"我人都是他的了，还有什么公平不公平的，以后跟他好好过日子就是了。唉，怎么过也是一辈子……"许茹站起身收拾随行的嫁妆，她拿起一面小镜子，犹豫了一下。

"这面镜子是石兴国送给你的吧？"唐娜问。

许茹低声道："对，在延安的时候，我过生日……"

唐娜叹了一口气。这时屋外传来锣鼓鞭炮声。唐娜急忙向窗外看去："许茹，来了，刘大勇来接你了。"

　许茹呆呆地看着手中的镜子，片刻后她把镜子捂在了胸前。

　　刘大勇穿着一身中山装，胸戴红花，在一群敲锣打鼓的工人簇拥下，兴高采烈地来到了许茹门外。

　　大家安静下来。刘大勇对着门喊道："许茹，我来接你了，开门呀！"

　　屋内无声……

　　众人起哄道："喊媳妇！"

　　刘大勇咳嗽了一下，正准备喊，许茹却打开了门。众人惊讶地看着面无表情的许茹，刘大勇有些尴尬。

　　许茹看向刘大勇，冷冷地说道："咱们走吧？"

　　刘大勇勉强笑着，上前一步，抱起了许茹。

　　敲锣打鼓声继续，一众人向食堂方向走去。跟在后面的唐娜忍不住掉下了眼泪……

　　布置成了婚礼现场的食堂显得热闹喜庆。刘大勇和许茹站在中间，邱建设负责主持婚礼。

　　杨宇照笑着走上前致辞："今天，是咱们油田的刘大勇和石油师的许茹大喜的日子，也是我们油田和石油师大会师以来的第一对新人，我衷心地祝福你们，祝你们新婚愉快，白头偕老！新中国刚刚成立，你们为了石油走到了一起，又为了石油结为夫妻。我希望，你们今后在夫妻生活中，团结互助、相敬相爱，再为了石油添砖加瓦，早生贵子！"

　　众人欢呼鼓掌。刘大勇笑得无比灿烂，许茹则继续面无表情。

　　邱建设煞有介事地说道："生命诚可贵，爱情价更高，若为自由故，二者皆可抛！下面，让新郎新娘为大家发喜糖。"

　　刘大勇和许茹拿着放着糖的托盘走到前来祝贺的人们中间，给每一位工人发喜糖。到了齐占山跟前，齐占山冷冷地盯着许茹。许茹眼神飘忽，不敢直视齐占山。

　　刘大勇看看二人，故意道："占山，喊师母。"

　　齐占山犹豫了片刻，喊了声"嫂子"。

这时闫竹拿了一张毛毯走了进来。

杨宇照和邱建设急忙迎上来。杨宇照问道："闫大姐，王政委没来吗？"

邱建设也说道："昨天晚上，我和大勇可是亲自去送的请柬，石油师人嫁给油田，这娘家人不来怎么能行呢。"

闫竹笑笑："他有事儿，托我捎来礼物。"说着走到许茹面前，把礼物交给了她，并拉住她的手，真诚地说道，"祝你们幸福。"

"谢谢闫大姐，谢谢政委！"许茹百感交集。

夜里，许茹坐在床上，手里拿着那面镜子发呆。见喝得醉醺醺的刘大勇走了进来，许茹急忙将镜子放进口袋。

刘大勇晃晃悠悠地走到许茹跟前，俯身想要亲许茹，许茹站起来躲开："你喝醉了，早点休息吧。"

刘大勇扑了个空，不甘心地又凑过来："今天是我大喜的日子，还没洞房花烛，怎么能睡呢？"

许茹急忙躲闪。

"跟我玩捉迷藏呢？"刘大勇说着，一把将许茹抱在了怀里，强行亲吻，"你是我老婆，你得陪老子睡觉！"

许茹挣扎着，推搡中那面镜子掉在地上摔碎了。许茹奋力一把将刘大勇推开，赶忙跪在地上捡镜子。

"这什么东西这么宝贵？"刘大勇仔细看了看，"镜子呀！明天我给你买十个。来，陪我睡觉！"说着，去拉许茹。

许茹将刘大勇甩开，喊道："这不是一般的镜子。"

刘大勇突然清醒："不是一般的镜子？哦，这是石兴国送给你的？怪不得不离手呢！"说着，伸手打掉许茹刚刚捡起来的镜子，然后用脚使劲儿地踩上去。

"你现在是我老婆，从现在起，石兴国的一切东西，别让我看到，也别让我知道！"刘大勇说完，强行将许茹拉到床上，许茹一直死死盯着地上那面镜子，最终绝望地闭上了眼。

深夜，安静的矿区大院里，白色的月光钻进窗户，温柔地洒在许茹身上，抚摸着她凌乱的头发。她手上拿着那面破碎的镜子，努力地想粘起来，却怎么也不能成功。她含泪望了望床上打着呼噜的刘大勇，内心一片死灰。

消息传到柴达木，石兴国的心痛得不能自已。他一刻不停地疯狂工作，想用劳累麻木自己。狂风中，他一个人跑到井台上工作，时刻关注着他的梅大妮见此情景，也不顾危险地往井台上爬去。

段铁生和战士们都纷纷赶来，想要冲上井台，却被周远拦住。大家站在狂风中呆呆地看着石兴国和梅大妮……

梅大妮好不容易爬上井台，冲石兴国喊道："石大哥，这么大的风，咱回去吧？"

石兴国毫不理会，继续工作。

"石兴国，人家结婚了，成了刘大勇的老婆，你再糟蹋自己，也成不了你石兴国的老婆了！"梅大妮继续喊。

石兴国突然跪在地上，痛苦地抽着自己的耳光。

梅大妮吓坏了，忙上前拉住石兴国的手："石兴国，俺错了，那天俺不该让许茹走！俺错了，你别这样，别这样……"

石兴国暴怒地挣脱开梅大妮，大喊："滚！"

"你让俺滚？俺就不滚！"梅大妮伤心地哭了起来，边哭边拿起石兴国刚刚扔在地上的工具开始干活，嘴里还不停地念叨着，"俺不滚。俺滚了，谁照顾你？谁心疼你？谁能大老远地跟你跑到这儿活受罪！没水了，俺不喝留着给你喝；没吃的，俺饿着给你吃；你病了俺不睡陪着你……俺活着就是要和你在一起，俺活着就是要照顾你一辈子！石兴国你别想让俺滚，俺不滚。俺爹走了，你就是俺的亲人，你让俺滚，俺就去死……"梅大妮越说越伤心，哭声也越来越大。

石兴国无奈地去夺工具，却被梅大妮一把推开："你去找你的许茹！她能给你做饭？她能给你洗衣？她能陪着你吃苦受累？"委屈的梅大妮说着说着又抱住了石兴国。

石兴国任由梅大妮抱着，静静地，只有眼泪汩汩地流淌着……

井架下的周远、段铁生和战士们也不由流下了眼泪。

医务室内，石兴国躺在病床上输着液，手里还拿着许茹给他织的毛衣。他已经三天没吃东西了，周远和段铁生满面愁容地守在床前。梅大妮又做了新的饭菜送了过来，却看见上一次的还一动不动地摆在那儿。

周远把梅大妮拉到一边，低声说："大妮，他这是心病，这心里的坎一天过不去，他一天就吃不下饭。这个得靠你，只要让他彻底对许茹死了心，他这病就好了！"

"让他死心……"梅大妮琢磨着，喃喃自语着。

周远向段铁生使了个眼神，又冲石兴国说道："兴国，我先回去了，矿上不能让田义文一个人盯着。你好好养病，钻井队的事儿交给我们！"

段铁生不舍地说道："队长，你得吃饭，人是铁饭是钢，一顿不吃饿得慌，你慌我们都跟着你慌！"

"段铁生说的有道理，你是我们的主心骨，没有你我们慌！"周远说着，将段铁生拽出病房。

梅大妮坐在病床上，打开饭盒："你不吃饭，那喝点汤行吗？"

石兴国一言不发地看着窗外。

梅大妮把饭盒重重地放在桌上，低吼道："石兴国，你还有个大老爷们的样吗？你知道当初俺为什么喜欢你吗？就是因为你像个男人，像个爷们，当年从土匪头子那儿把俺救了出来，你是俺心中的大英雄……可你现在像个狗熊，你这样下去，别说战士们看不起你，就连俺都看不起你！"

石兴国眼里盈满了泪，突然坐起来，端起桌上的汤，大口大口地喝起来，眼泪和着汤，洒落到身上，湿了衣襟……一口气喝完，石兴国放下饭盒。

梅大妮默默地拿过毛巾，给石兴国擦着嘴和衣襟。石兴国推开梅大妮的手，梅大妮又倔强地回来继续擦，来回几次后，两只手最终抓到了一起。梅大妮感受到石兴国握紧自己，瞬间泪奔。冲动之下，石兴国答应娶了梅大妮，以后两个人一起安心过日子，一起努力找石油，再不会为其他事情分心。

简单举行了仪式，深夜，梅大妮一脸幸福地坐在帐篷里，看着石兴国始终静静地坐在那儿，她主动一颗一颗解开衣扣，背后的大红喜字，映衬着她愈发红彤彤的脸。

石兴国矛盾地低下头，桌子上一根红线串起的军装纽扣映入他的眼里。看着熟悉的纽扣，石兴国拿起来，转头看向梅大妮。

梅大妮此刻也正深情地凝视着他。

两人四目相对，往事一幕幕浮现在石兴国的脑海。这些年，他一直心系许茹，完全没有将梅大妮放在眼里。可梅大妮就如同空气一般存在于自己的生活里，陪着他一同吃苦，事无巨细地打点着他的生活，可以说为他付出了很多……他当然也知道，如果不是因为他石兴国，她一个年纪轻轻的大姑娘，又何至于在大好的年华里，放着安逸的生活不要，而与他一同长途跋涉到柴达木，跑到这荒无人烟的沙漠里吃苦？他当然不傻，她为他的付出，他都看在了眼里，他也曾发自内心地感激她，但只是不够爱她，一直不能放下许茹而去接受她……

可现在，许茹已经嫁给了刘大勇，而她，也已经成了自己的妻子，可能这就是所谓的命中注定吧。

他石兴国，也只能认命了。

梅大妮看着石兴国手中的纽扣，红着眼圈解释："你是俺的恩人，俺的命是你救的，俺抓住这颗扣子那会儿，俺就想一辈子伺候你，当你的女人。"

石兴国很受触动，将纽扣递到梅大妮手里："大妮，不管怎么说，成了亲，你就是我石兴国的媳妇，以后，跟着我，不管是苦，是甜，我都不会把你丢下的。"

"兴国！"梅大妮流着泪，紧紧地抱住石兴国。

刘大勇家里，许茹正在铺着被褥，刘大勇一把将许茹从背后抱住："老婆，今天可以洞房了吧？"说着强吻了下去。

挣扎不开的许茹咬了刘大勇一口。刘大勇吃痛地叫了一声放开许茹，往地上吐了口血水，骂道："你敢咬我？"说着，又将许茹按在床上，扒她的衣服。

许茹一脚将刘大勇踹倒在地上，惊慌地捂住肚子躲到床角："你别过来，我……我肚子疼。"

刘大勇站起来，恶狠狠地盯着许茹："肚子疼？哄谁呢？今天，我还偏要……"说着，上前强行撩开许茹的衣服，他忽然想到什么，试探地问道，"不会是怀孕了吧？咱俩还没同房呢！"

许茹吓得缩成一团……

"你不说话，就是承认了？"刘大勇看着许茹瑟缩的样子，恍然大悟，上前拽住她的头发，骂道，"你这贱货，怪不得不跟我上床，原来是有了野种！这孩子谁的？是不是石兴国的？！"说着，狠狠打了许茹一巴掌。

许茹倒在了地上，嘴角淌出了鲜血……

"石兴国王八蛋，老子跟你没完。"刘大勇边骂边拽着许茹的头发往门外拉，"你这个贱货，给我滚！"

许茹被狠狠地推出门外，倒在地上。

远处，齐占山路过这里，看到蜷缩在地上的许茹，急忙喊着"嫂子……"跑了过来。

许茹听到齐占山的喊声，急忙艰难地爬起来，装作没事的样子对齐占山说："你走吧，我没事，我们只是吵了几句嘴。"然后敲门，"大勇，大勇开门……"

齐占山默默走开，不时回头注视着许茹狼狈的身影。

茫茫戈壁上，运输大队的车队艰难地行驶在破败不堪的道路上。

驾驶室里，陆万里驾驶着汽车骂道："只要进了咱们这破地方，就没一条好路，就这路能不出事吗？"

旁边的副驾驶对陆万里说道："陆队长，听说这次回去，咱们运输队要换总指挥了？"

"换谁也照样出事儿！从东到西，从西到东，来回差不多上万里路，就俩司机轮班倒，再加上这破烂路，能不出事吗？"陆万里憋着一股气说道。

"队长，要不喝口酒提提神？"副驾驶说道。

陆万里摇头："算了，最近抓得紧，咱后面还跟着个外人，那个玉门来的丫头片子，别让她抓住把柄……"

车队后面的刘小青想着即将见到田义文，心里暗自高兴。

副驾驶的司机见刘小青眉眼里满是笑意，不禁问道："青姐，你还高兴呢？那个陆万里开车不如你，而且还带头喝酒，为什么让他打头？"

"人家是这里的队长，路况熟，有句话，强龙不压地头蛇，以后你说话注意点。"刘小青正说着，突然一个急刹车，差点撞到前面的卡车。刘小青急忙跳下车，"怎么回事？我差点撞上去！"

走到前面卡车的驾驶室外，刘小青见那个司机刚刚从方向盘上睡眼惺忪地抬起头。刘小青不耐烦地打开车门，喊道："老王头，醒醒！你又喝酒了吧！"一股酒味扑鼻而来，刘小青皱起眉头，捂住口鼻。

这时陆万里和几个司机从前面跑过来。陆万里喊："怎么回事儿？怎么不走了？"

刘小青指着老王头："他又喝酒了！"

老王头清醒过来，争辩道："陆队长，太困了，一晚上没睡觉，喝点酒提提神！"

陆万里皱眉看看老王头，吩咐副驾驶来开车，又摆手让围观司机赶紧上车赶路，最后瞪了一眼刘小青，转身向车队前面走去。

汉中三团新的一批司机训练才刚开始，石油东运的任务又很紧张，司机人员短缺。马上又到了雨季，是车辆事故的频发期，所以，格尔木方面急需一个有能力的运输总指挥，带领运输队渡过这个难关。宋豫杰打电话询问王振华的意见。

王振华立刻想到了正在柴达木的石兴国，眼下当务之急，是石油东运，减少事故，为国家降低损失。这个救火队长非他莫属。

宋豫杰想了想，也只能如此。过一阵，他再腾出时间亲自去格尔木和程孟华一起抓这件事儿。

石兴国很快接到立刻进驻运输队的命令。想到田义文这个高才生鬼点子多，石兴国决定带上他一起去。

经过石兴国向领导的争取，任新我正准备去北京进修。田义文帮忙收拾好了行李，拍了拍他的肩膀，说道："老任，这个机会来得太不容易了。去了北京后就好好进修，争取学到最好的石油技术，回来给咱打更多的石油。"说到这儿，田义文小心地朝左右看了看，然后凑近任新我耳旁，压低声音，"老任，我打听了，现在你们的组织彻底瓦解了，你不用担心了。眼前，是大好的新中国新社会，咱们只要大踏步往前走就行了。"

任新我一愣，然后郑重地握了握田义文的手："田义文同志，谢谢你，你也保重。"说着，拎起行李，向外走去。

刚送走任新我，段铁生气喘吁吁地跑来："田义文，队长叫你收拾东西去运输队……"

"去运输队干什么？"田义文一脸疑问。

很快，一辆吉普车来接石兴国他们。营地外，石兴国带着周远、田义文、段铁生上车。石兴国坐在副驾驶上，周远和田义文、段铁生坐在后面。

帽檐压低的刘小青坐在驾驶位，故意粗着嗓子："去哪儿？"

石兴国还没说话，田义文急忙问道："你不是来接我们的吗？怎么还问我们去哪儿？"

刘小青继续伪装："本司机是来接大名鼎鼎的石队长，你们是谁？都把证件拿出来我看看。"

"我们没有证件，小兄弟，我们不会骗你的，你就开车吧，我们还赶时间呢！"周远恳求。

刘小青忍住笑："没有证件，请下车！"

几人都有些着急，田义文冲段铁生使了一个眼色："老段，咱把他弄下车，我们自己开着去！"

段铁生刚要动手，刘小青转过脸："我看你们谁敢动手！"

"刘小青！怎么是你！"几人都吃了一惊。

田义文激动得说不出话："青……青……青……"

刘小青努力板着脸："青什么？请你下去！"

"……青哥……不对，小青！"田义文说着急忙站起身，"队长，咱俩换换位置！"不等石兴国答应，就已经蹿下了车。

田义文坐到副驾驶上，呆呆地看着刘小青。

刘小青冲田义文一笑："领导，去哪儿？"

"格……格……格尔木运输队！"田义文依然有些语无伦次。

刘小青加油门急转方向，车上传出"啊——"的惊叫声，田义文更是被甩得连忙抓住了把手。刘小青看着田义文的样子，不禁偷笑起来。

陆万里等格尔木运输队的司机们听说石兴国要来当总指挥，都嗤之以鼻。

一个门外汉，怎么能来领导他们？他们决定给石兴国来个下马威。

运输队门外，陆万里带着一群司机堵住了吉普车的去路。石兴国等人从车上下来。田义文低声问石兴国："这是欢迎咱们呢？"

"这是给你们下马威！"刘小青瞥了一眼田义文。

段铁生不屑："老子就不怕来硬的！"

本着和睦相处的原则，周远笑着上前："同志们，我们是从柴达木钻井队过来的，请让我们进去好吗？"

一个司机不客气地说道："哪位是石兴国？让他说话。"

石兴国伸手把周远拽到身后："我就是石兴国，大家堵在这儿是不想让我们进去？"

老王头站出来："我们陆队长想要跟你比试一下。看看你能当得起我们的总指挥吗。"

石兴国笑道："比什么？"

"运输队的总指挥，当然是比开车了！咱俩驾驶卡车在这没有路的沙漠里跑，绕过远处那个沙丘，谁先回来谁就赢。怎么样？"陆万里发起挑战。

后面的田义文低声对石兴国说道："让我来跟他比，我什么车都会开。"

"不用，当年我开车追你的时候，你还是土匪。"石兴国开着玩笑，自信满满。

两人分别上了两辆并排停着的卡车，陆万里透过车窗挑衅地看了一眼另一辆车上的石兴国。

老王头站在两辆车前，向下挥动了一下手中的衣服，两辆车同时急速驶出。

两边的人都大声喊着"加油"，为自己的队长鼓劲助威。

片刻后，两辆车绕过了沙丘，不见了踪影。众人停止了加油，静静地期待着两辆卡车的再次出现。

段铁生大摇大摆地走到运输队司机们面前："你们知道我们队长以前是干什么的吗？我们队长曾经是中国人民解放军第一野战军十七路军五十七师尖刀连连长！"

一个司机不屑地道："连长算什么？在这儿谁开车好谁就是老大！"众人附和。

"你们这些没打过仗，没见过死人的就是鼠目寸光！我告诉你们，我们队长，当年十几岁就跟着八路军打过日本鬼子，后来又到了延安，就住毛主席隔壁。解放战争参加过保卫延安战役，又从山西打到陕西，还有陕南的土匪，全是我们队长给消灭的，不信你问他。"段铁生说着指向田义文，"他就是我们队长俘虏的土匪头目。"

田义文不爱听了："段铁生，你瞎说什么？"

众人"哈哈"大笑，老王头揶揄道："土匪头目早枪毙了，还跟着你们？你就吹牛吧！"

"我吹牛？！"段铁生拽过田义文，"你告诉他们你以前是不是土匪？是不是？"

"我……"田义文涨红了脸。

"你这不是哪壶不开提哪壶吗？"周远看不下去了，呵斥段铁生。

"哪壶不开了？我说的是事实！"段铁生不服气。

周远想了想，冲司机们说道："他说的没错，不过现在田义文同志已经参加了人民队伍，而且为我们石油工程做出了很多贡献！"

司机们起哄："切！谁信呀！"

段铁生还要理论，远处，一辆车从沙丘后驶出。

"来了来了……"众人喊着，都眯起眼紧盯着那辆车。

"是陆队长的车！"老王头首先喊出来，司机们立刻欢呼起来。

片刻，沙丘后又驶出一辆卡车。段铁生急忙喊道："队长，加油……"

周远、刘小青、田义文也都攥着拳头，默默地呐喊："加油！加油……"

石兴国加大油门奋力追赶。陆万里得意地从反光镜里看着被自己甩在身后的石兴国。这时前面忽然出现一个小沙堆，陆万里没来得及转方向，一下冲了上去，车子斜着冲过沙堆，一个车轮陷进了沙里……

后面的石兴国驾车绕开沙堆，反超了陆万里。田义文等人欢呼起来。

陆万里此时却是满头大汗，他越加油门，车轮陷得越深。石兴国从反光镜里看到情况不对，立刻掉头驶了回去。

众人看傻了眼。"不好，可能遇见流沙了！"周远说着第一个跑了出去，众人也急忙跟着奔向了那两辆车。

17

驶回沙堆旁，石兴国跳下车，冲陆万里喊道："陆队长，赶快熄火下车，是流沙！"

陆万里熄了火，喊道："不行，人在车在，我不能丢下车不管！"

"命重要还是车重要！"石兴国又急又气。这时周远和段铁生、田义文最先跑了过来。看到这个情形，大家都急着想办法。

随后赶到的刘小青和司机们都纷纷要陆万里赶快出来，他却坚持要把车一起弄出来。

拖车要用绳子，现场并没有，回去取也来不及了，大家不禁焦躁起来。忽然，田义文边脱上衣边喊："快，让大家脱衣服！"石兴国恍然大悟，一边命令大家脱衣服，一边让脱完衣服的人尽量拖住车，减缓流沙将车陷进去的速度。

田义文、周远等人迅速将衣服绑在一起，然后将两辆车连起来。

石兴国跳上车去，加大油门，在大家的呼喊声中，陆万里的车终于被拖出来了。众人一片欢呼。

经过这件事，陆万里对石兴国佩服有加，表示以后一定听从石兴国的指挥，指哪儿打哪儿。

石兴国笑了，拍了拍陆万里的肩膀："陆队长别客气，这以后的运输工作，我还指望你呢。我们一起为运输队的安全运输努力吧！"

陆万里连连点头，办公室里，两个人相对而坐，对以后的运输工作做详细的规划。

石油东运，路途遥远，两个司机轮换倒班难免会出现疲劳驾驶，所以需要在沿途有供应站，供司机们休息缓冲。但是原有的供应站大多已废弃，要想利用起来，必须得找人修整重建。可是钻探队那边要重新打井，重新开钻，人手是不能撤的，运输队这边的司机也丁是丁卯是卯，不敢挪用，要想建供应站只能另外找人。这可是个难题。两人商量了一会儿，石兴国提出能不能招一批附近的老乡来就近参加供应站的建设，这样既能缓解人员不足，又能快速方便地建好供应站。

陆万里听到这个建议非常赞同，认为可以马上试试，以加快建设的速度。接着石兴国又详细了解了运输队每一名司机的具体情况，包括年龄、驾龄、出过多少次车、有没有出过事故以及家庭情况等等。

两人聊着聊着，不知不觉已经很晚了，旁边的周远、田义文等人不停地打着瞌睡，直到陆万里也开始打起呵欠，石兴国才意犹未尽地让大家都去睡了。

宋豫杰一抽出时间，就立刻赶到了柴达木。与程孟华见面后，马上找石兴国了解情况。

听石兴国汇报了对每个司机进行详细了解并登记造册和发动老乡参加建设供应站等事，宋豫杰连连称赞："好，这些事办得好。不过，下一步还是要把车队的纪律抓好，他们没当过兵，要你去，就是让你以军人的纪律要求他们。马上就到雨季了，事故频发期就要来临，你还得研究如何预防各种事故，这可是当务之急的重要任务！"

石兴国行了一个标准的军礼，表示一定完成任务。

汇报完情况，石兴国又马不停蹄地去巡查供应站的情况。

刘小青驾驶着一辆旧吉普车，石兴国、陆万里等坐在车上。他们来到一处供应站，几个老乡正在搭梯子、铺瓦片、撒茅草，这个供应站看起来已经面貌一新了。陆万里为石兴国介绍道："这一带是最让咱们司机头疼的地方，前不着村后不着店的，供应站能用的也只有这一个，但不是缺这就是缺那，司机们别说吃饭了，就是休息，四面透风的供应站还不如窝在车里舒服。不过，我找了几个老乡来帮忙，他们都很热情，说干就干，已经收拾得差不多了，请石总指挥过去看看吧。"

石兴国感叹："想不到陆队长办事效率这么高。"

陆万里无奈道："没办法啊，得抢时间，这马上要到雨季了，一到了雨季，这里就是个死地方，外面的车队进不来，里边的石油也别想运出去。"

几人说着下车走进供应站，石兴国与正在忙碌的老乡们热情握手，并真诚地说道："乡亲们，辛苦了，我代表柴达木石油局运输队，谢谢你们了。"

一个老乡说道："不辛苦，支持你们石油队运输，也是建设新中国嘛。"

大家都笑了。石兴国转了一圈，说道："嗯，还不错，不过，炕要大一些，能睡好几个人的那种，炕洞烟道要顺畅，这样火才烧得旺，炕才热，咱们的司机们才睡得舒服。"

旁边的一个老乡惊奇地问："领导，这个你都知道啊？"

石兴国笑了："这咋能不知道？我还知道啊，这个烧炕，可就得像你们这样有经验的老乡来烧，那烧出来的炕是又热乎又舒坦。"

老乡连连点头："是，我一定给咱们的司机同志把炕烧得热热的。"说着又指着屋角的一捆干草绳，说道，"领导你看，这是熏蚊子的，咱们这儿啊，雨季蚊子和牛虻是又大又多，要被它们咬了那是奇痒难忍，人还浮肿，可不得了，用这东西熏一熏，司机们就更能睡个好觉了。"

石兴国高兴地说道："太好了，老乡，你可帮了我们大忙了，咱们供应站就是要创造一切条件，保证司机的睡眠，只有休息好了，原油东运才有希望啊。老乡，你把供应站的人员名单给我一份，回去后，我报上级批准，给你们记工资，发津贴，以后，你们也是咱石油局的工人了。"

几位老乡都开心地笑了，似乎干劲儿更足了。

为确保在雨季之前把生产的原油都安全地运出去，回到运输队，石兴国给各人分配了具体任务。周远、段铁生负责出发前司机的后勤保障；陆万里、刘小青负责出发前汽车的维修保养；田义文负责研究雨季防滑的措施。

清晨，运输队大院里，汽车排成一条长龙，司机们以陆万里为首，都站在自己的车前准备登车。刘小青站在队伍里，得意地看了一眼满是羡慕的田义文。

石兴国亲自敲锣打鼓，为即将出发的司机同志们送行。

"同志们，锣鼓声声，预示着咱们旗开得胜。等大家安全回来的时候，我还敲锣打鼓地迎接你们。这一趟，责任重大，大家都要安全驾驶，保证我们的原油运到东部炼油厂，原油东运，靠你们了，出发！"随着石兴国一声令下，司机们一个个跳上汽车，车队浩浩荡荡地驶了出去……

深夜，运输大院内一片漆黑安静，唯有运输队办公室的灯还亮着。

石兴国站起身，扭了扭腰，伸展了一下身子，看了一眼墙上滴答响着的时钟，继而抓起一件大衣扔给周远："走。"

周远揉揉疲惫的双眼，一脸茫然地看着石兴国。石兴国已经走向门口，回头说道："走吧，去视察工作。"

周远慌忙披上大衣跟上石兴国，边走边嘴里嘀咕着："这个点视察工作？大半夜的想一出是一出。"

运输路线在夜色中更显坎坷。石兴国驾车在安静的夜色中颠簸着。车子在一个拐弯处停了下来，石兴国打开车门，下了车。周远也跟着下来。寒风呼啸而过，周远将大衣裹得更紧了些，看了看周围，问："还不到供应站呢？"

"不能吵醒咱们的司机，走吧。"石兴国说着也裹紧大衣，两人抵着寒风沙土往供应站走去。

供应站门口，燃着一堆草绳，一明一灭地冒着青烟。两人绕过火堆，轻轻推门走进去。屋内，呼噜声此起彼伏，一排司机在通炕上睡得正酣。

老乡细心地用扇子驱赶着蚊蝇，看到石兴国，忙站起来。

石兴国做了个噤声的手势，示意他们不要说话，老乡点头将嘴边的话咽回肚里。石兴国转了一圈，把老乡拉到门边，低声问道："三班倒还适应吗？"

"适应，司机出发后，我们不耽误休息。"老乡说着用手指了指一旁的钟表，略带自豪地说，"你看，我们还按你的指示弄来了钟表，看着时间，到点儿就把他们叫起来，掐点不误。"

石兴国感激地握了握老乡的手；"为了保证司机的休息时间，为了石油的安全运输，这段时间辛苦你们了。"说着从怀里掏出一个信封，塞到老乡手里，"我向上级申领了津贴，这是给你们的补助。"

老乡握着石兴国的手："谢谢队长，以后我们也是同志了，这些都是应该的。能够实实在在地做一点事，帮一点忙，让石油运输能顺利进行，是我们每个人的心愿。"

石兴国真诚地说道："有你们在，我就放心了。你们帮了运输队的大忙。这次整改之后，俺们运输队的事故率大大降低，这里有你们的功劳啊。老乡同志，我就不打扰你们工作了，辛苦了！"二人走出供应站。

几天后，石兴国接到东部提炼厂的电话，车队已经提前把原油运到了油厂，没出任何差错。

大家都非常高兴，石兴国盘算着问周远："照这个速度，雨季之前，不知道还能不能再抢运一趟？"

周远想了想："我看够呛啊。"

石兴国深思熟虑地道："事在人为，我们要一鼓作气。这样吧，你先给师团部挂电话，汇报一下工作，然后再看看待运的石油有多少。"

周远点点头朝电话走过去。

戈壁滩上，回程的运输车队在黑夜中缓慢地行进着。跟在后面行驶的刘小青看大伙都累了，按了按喇叭，询问陆万里能不能停下来歇会儿。

陆万里打开地图看了看，说："这里没法歇，再往前走一走，到了咱们的供应站，大伙再好好休息一阵。"

刘小青点点头，转身对着大伙喊道："大家打起精神，再坚持一段路，前面就是供应站了。"

大家纷纷鸣笛表示知晓，刘小青、陆万里两人跳上车，车队继续开动。

不久，车队便来到供应站外，站内的接待人员纷纷走出来迎接。

供应站内早已经准备好了热水、饭菜，并升起了一团篝火，司机们舒服地吃喝着，一片热闹。

吃饱喝足后，刘小青见大家都睡下了，才拉开车门，进到自己的车里睡觉。

刘小青打了个盹儿，很快醒过来，她晃了晃头，下车朝供应站内走去。

站内，地上的小火堆还燃着，司机们并排睡在炕上，挤得满满的。刘小青巡查了一遍，喃喃自语道："这个老王头，又跑哪儿去了？"

刘小青刚要退出屋子去找人，脚下碰倒一个水壶，忙弯腰捡起来，却有一股酒味传出。刘小青生气地皱了皱眉头，刚准备倒掉，这时听到外面有脚步声，刘小青赶紧把水壶放回原处，躲到了门后。

老王头往手心里哈了口气，夹紧衣服，猫着腰，推门进来。他径直坐到火堆旁，搓了搓手，拿起一旁的酒壶自言自语："这鬼天气，撒个尿也能冻死人，还好有这宝贝，可以喝两口暖暖身子……"说着，仰起头正要喝酒，刘小青悄悄从门后走过来，一把抢过酒壶，低声道："老王头，人赃俱获，这下，你还有什么好说的？"

老王头看到刘小青，一下子跳起来，拒不承认："我没喝，我只想闻一下……"

刘小青压低声音："你嚷什么？大伙儿还要睡觉呢！我亲眼所见，难道是假的？我看你不是想闻一下，你是喝了大半天了吧？"

"我没有，绝对没有！"老王头大声申辩，众人一下子被吵醒，大家纷纷揉着眼睛起身。

陆万里走过来，问道："老王头，又是你，酒瘾又犯了？"

老王头嘴硬："这个女人说的话，你们不要信，我说我没喝就是没喝！"

陆万里看了一眼老王头："我还不了解你，实话实说吧，别把事情弄复杂了。"

老王头说得斩钉截铁："我再说一遍，是她诬陷我，我没喝酒。"

"那好吧，你不承认我也没办法，我们到石队长那里去讲理！"刘小青说着就去拉老王头。

老王头依然嘴硬："去就去，谁怕谁。"

陆万里皱眉招呼大家："大伙都别睡了，立刻回运输队。"

到了运输队，刘小青和陆万里两个人押着老王头来到办公室，石兴国看到三人，一脸疑惑："怎么回事啊？提前回来了？还说要敲锣打鼓迎接你们呢。"

陆万里不好意思道："石指挥，不用了，我的人犯了错，疏于纪律，屡教不改，给你送来处理。"

石兴国和周远互看了一眼，了解了事情经过后，石兴国拿着刘小青递过来的酒壶看了看，问老王头："这是你的？咱队里已经明令禁止运输期间喝酒了，你不知道吗？"

老王头爽快道："酒壶是我的，我也知道咱队的规定。"

"那你还明知故犯？"石兴国皱眉。

"我一直严格遵守上级禁令，没喝酒！酒壶我只是随身带着，酒瘾来了闻闻解馋的。你们也不能因为我带着酒壶就诬陷我喝酒吧！"老王头理直气壮。

石兴国耐心地道："老王同志，你也是运输队的老同志了，大丈夫敢做敢当，知错就改，我们严查严抓这也是为了你的安全着想。"

老王头却一口咬定他没喝酒，是被刘小青这个黄毛丫头诬陷的。刘小青正欲发火，田义文手里拿着一个插着小管子的圆形玻璃瓶走进来。他走到石兴国跟前，得意地介绍着手里的东西："队长，这叫酒精测试仪，我研究的专门测验人们是否喝酒的仪器。"

正为真相发愁的石兴国眼睛一下亮了："真的能测验出来吗？"

"瞧我的！"田义文说着拿着酒精测试仪走到老王头面前，"老王，这样吧，你既然一口咬定自己没有喝酒，那好，咱们用事实说话。你咬住这根管子，往里边吹气就好了。"

老王头有些心虚，但不得不按照指示往瓶子里吹气。

"呀，快看，水变红了！"刘小青惊奇地喊了起来。

田义文信心十足："好了，已经证明你喝酒了。"

老王头不服气："什么？这……这怎么就能证明了？"

大家也是一头雾水。田义文向解释道："我这是个科学实验，人只要一喝酒，往我这瓶子里吹气，水就变红，而没有喝酒的人吹气，水就不会变红。来，陆队长，你试试。"

陆万里将信将疑地试着吹另一个瓶子，里面的水果然没有变红。

"大家看，陆队长没有喝酒，所以水的颜色没有任何变化。"田义文拿着不同颜色的两个瓶子展示给大家看，铁证面前，老王终于低下头："咳，我错了，石指挥，我喝酒了，你罚我吧。"

陆万里说情道："石指挥，同志们知道不能喝酒，不过这天寒地冻的，喝点酒能保暖提神，已经成了我们这些司机的习惯。老王喝酒归喝酒，还真没出过事。"

石兴国态度严肃："陆队长，我们不能因为以往的侥幸经验就掉以轻心。酒后驾车很危险。之前，咱们运输队出的事故里，有三成是因为喝酒误事，酒驾造成的车毁人亡，也给国家的原油造成了损失。咱们石油局领导们，三令五申禁止司机喝酒，为的就是保障司机的生命安全。"

"石指挥，我懂了，我以后保证再也不喝酒了。"老王头保证道。

"我希望你说话算话。"石兴国深深地看了一眼老王头。

大家散去，刘小青追上田义文，一把夺过他手中的酒精测试仪。

田义文吓了一跳，佯装生气："你能温柔点不？"

"温柔是什么意思？难道这样吗？"刘小青一边夸张地学着淑女的走路姿态，一边拿腔拿调地说道，"田大哥，我可以看一下您伟大的发明吗？小青真的好崇拜！"

田义文一个激灵，慌忙摆手："得了得了，你还是爷们一点吧，我汗毛都竖起来了。"

刘小青哈哈笑着瞬间转型，一只胳膊像哥们一样揽住田义文的肩膀，另一只手把刚才出其不意地从他手中夺来的仪器拿到他眼前晃："快告诉我，你怎么做到的？太神奇了！"

"这有啥，很简单的。这里面的水不是一般的水，是石蕊水。"田义文耐心地解释道，"石蕊是一种生长在高海拔地区的地衣，我采集来，提取里边的化学成分，溶于水里，然后做酒精测试，像老王头那样喝了酒的人，肚子里有酒精，酒精和食物以及胃酸黏液混合，呈酸性，吹一口气进去，水就变红了，就这么简单。"

刘小青听得一愣一愣的，然后一脸崇拜地道："我越来越崇拜你了，你还懂这个啊？"

田义文洋洋得意："那当然，我上大学的时候学的。"

刘小青笑眯眯地说："这么说，你可真不是一般的土匪。抽空多教教我呗。"

"可以，但是以后你得听我的，不然不教你。"田义文趁机提出条件。

刘小青将仪器塞到田义文手中，爽快说道："成交。"

田文义得逞般笑看着刘小青，那张阳光灿烂的笑脸深深印入他的心底。

多日没有石兴国消息的梅大妮又是担心又是想念，这天，她千方百计搭车来到了运输队，不巧的是路上竟下起了大雨。下了车，望着漫天雨雾和地上小河般的积水，梅大妮犹豫了一下，拿起手中的塑料袋顶在头上，就冲进了雨中。

运输队办公室里，周远看着地图，田义文在一旁制作量雨水的标杆，而石兴国却望着窗外的大雨愣神。

周远边看地图边说："队长，这场雨下得可太不是时候了，咱们的运输线上，布满了盐碱地，一下雨，全变成了沼泽地，对咱们的运输汽车来说，那可就是一颗颗地雷啊。"

石兴国依然看着雨水沉思，没有言语。

田义文接过话头："今年雨水比往年要早得多。"

周远叹了口气："唉，这老天爷也和人过不去，这雨越下越大，运输汽车要怎么过啊，这次的运输任务估计要延误了。"

石兴国忽然转回头，语气坚定地说道："不能延误，人定胜天，有条件要过，没条件创造条件也要过！"说着站起身。

窗外，有人顶着一只塑料袋子朝办公室方向跑来。闯进办公室的刹那，刚好跟正要出门的石兴国撞了个满怀。

梅大妮把袋子拿下来，浑身湿淋淋地往下滴着水，脚下立刻湿了一小圈。

石兴国皱了一下眉头。

周远和田义文见是梅大妮，分别打了招呼，梅大妮却不理会，只直勾勾地看着石兴国。周远见状捅了捅一旁的田义文，两人悄悄走出办公室。

石兴国扯过一条毛巾给梅大妮："下这么大雨，你来干什么？快擦擦，别感冒了。"

梅大妮不说话，眼睛里闪着泪花。"那你先在这里坐坐，俺现在得出去一趟。"石兴国见她不说话，着急心里的事情，抬脚就想走。

"石兴国，你还当俺是你媳妇不？"梅大妮突然跑过去，从背后一把抱住石兴国。石兴国一愣，慌忙去掰梅大妮的手："你这是干什么？大妮，快放开，这是办公室，让别人看到笑话。"

身后，梅大妮抱得更紧了："谁爱笑话就笑话去，俺不怕，兴国，俺想你……你说话啊，你跟俺就这么没话说吗？你难道不想俺不想咱们的家吗？俺是你的人啊，可你不给俺打电话，也不给俺信儿，你知道俺有多想你，多担心你！"

"大妮，这儿不是你任性胡闹的地方，我还有任务，我现在命令你回去！立刻，马上！"石兴国没有回头，强行掰开梅大妮的手，朝办公室外走了出去。

梅大妮含着泪紧咬嘴唇，气得直跺脚。

玉门的雨也不急不缓地下着，雨滴噼里啪啦地敲打着窗玻璃。许茹坐在桌前专心备课。

一旁的刘大勇猴蹲在椅子上，目不转睛地看着许茹。

许茹累了，闭上眼仰起头，转动白皙的颈部，用手敲打着肩。忽然感觉到另一双手的加入，许茹一惊，前倾身体，躲闪开刘大勇的手。

刘大勇没理会许茹的动作，双手将她的肩拉靠在自己的胸前，继而环抱住许茹："我咋感觉这一切都像是在做梦一样？你真的是我的妻子了！"

许茹想用力挣脱开刘大勇的环抱，同时找着借口："不早了，累了吧？我去给你倒洗脚水。"

刘大勇用力把许茹的脸扭向他："我不用你给我倒洗脚水，我就想看到你笑。"

"我累了。"许茹低头躲避着刘大勇的眼神。

看到许茹有意躲闪，刘大勇的愤怒抑制不住地涌上心头，他狠狠捏着许茹的下巴："笑！给我笑！为什么不笑！从结婚到现在我就没见你对我笑过。"

许茹挣扎着说："你放手，我真的很累了。"

"开玩笑，你在石兴国那个混蛋面前怎么不累？你是不是心里还想着那混蛋？！说，你们是不是还有联系！"刘大勇因愤怒而扭曲的脸显得格外狰狞。

许茹又惊又怕，尖着嗓子喊道："没有！我从没跟他联系过。刘大勇，我现在是你的妻子，我希望你信任我。"

"信任？！"刘大勇放开许茹，困兽般一把将她的备课本狠狠地摔在地上，继而将桌上的水杯也用力摔向地面。同时，几声巨大的雷鸣，响彻天宇。

许茹吓得捂起耳朵，瑟缩着躲向角落里。

发泄了一阵的刘大勇似乎清醒过来，上前抱住受惊吓的许茹："我信你，你是我女人，我信你，你要相信我能一辈子对你好。"

雨后的沼泽地，坑坑洼洼，分外泥泞。周远、田义文和石兴国三人拉着同一根棍子，一步一步艰难地在沼泽里行进。

走几步，田义文就把自己制作的标杆插一个在地上，然后看看降水量。和以往记录的降水量数据相比，今年的降水量格外多。这给运输工作带来巨大困难。

沼泽地是关键，如果能有什么法子，让车轮子不被陷进去，问题就解决了。但是要突破这个难题，谈何容易。大家开玩笑说只能让汽车插上翅膀，飞过这片死亡之地。

大家黔驴技穷的时候，石兴国忽然想到光靠自己闭门造车不行，不如发动发动群众，听取一下他们的建议，祖祖辈辈生活在这盐碱地沼泽地上的老乡们才最有发言权。

石兴国、周远、田义文三人都拖着两条泥腿，半身泥泞地回到办公室。宋豫杰正等着他们。听到石兴国说要发动群众想对策，宋豫杰很赞同这种集思广益的做法，众人拾柴火焰高，没准儿就能有什么新发现、新突破。

石兴国立刻让田义文去车队，通知刘小青和陆万里，尽早拿出雨季模拟运输方案；又让周远负责去和老乡们聊聊，看老乡们能有什么好办法。

两人走后，宋豫杰提出要进驻车队，这样也可以多帮他们一些。

石兴国连忙道："我打算这段时间亲自住到车队去，和大家一起想办法，师长就回去办公室，等我的报告吧。"

"好，石兴国，我要的就是这句话，看到你们准备得这么扎实，相信今年的雨季运输不会出娄子。我这个主管运输的师长也可以放心地向上级领导交代了啊。"宋豫杰爽朗地笑了。

回到宿舍，石兴国见梅大妮坐在桌前一声不吭，就一边找东西一边说："我晚上还有工作，你早点休息吧，运输队太艰苦了，你明天早点回石油局去，我在这里搞运输，没法照顾你。"说着，找到一本笔记本和一支水笔，就要出门。

梅大妮跑过去，挡在门口："石兴国，今晚说什么俺也不能让你出去，俺是你媳妇，俺和你都结婚了，你不能这么对俺。"

石兴国皱着眉头："你咋不会听话呢？你知道现在工作有多紧张吗？我恨不得有分身术，你应该理解我才对啊。当初你不也是说要支持我搞石油的吗？"

梅大妮委屈地道："是，俺支持，可俺也是你石兴国的人，你一天到晚全是石油，你光要石油不要俺了，你干脆去和石油过日子好了！"

"大妮，我是个石油工人，我的工作你又不是不知道，你咋这么不可理喻呢？"石兴国有些焦躁。

"俺不听，俺不听……反正，俺今晚就是不让你出去。"梅大妮捂住耳朵，紧靠在门上。

石兴国见梅大妮任性不讲理，与之对视了几秒，直接用力拉开她，走出了门。梅大妮气得一下子坐在地上放声大哭起来："石兴国，你欺负人！"

石兴国快步来到运输队宿舍内，司机们围坐在一起，热情高涨地讨论着各种方法、点子。石兴国坐下，鼓励大家积极发言，然后认真地在笔记本上记录着……

周远也连续几日不停地走村串户，虚心与老乡交谈，听取意见……

运输队办公室，周远推门进来，发现石兴国累得靠在椅子上睡着了，记录本滑落在地上。陆万里和刘小青紧随其后，也走了进来。他们无声地互相点点头，不想惊醒好不容易休息会儿的石兴国。不想，石兴国却立刻警醒，看到大家都来了，立刻精神焕发地组织开会讨论。

几人坐在桌前，分别打开笔记本。听完周远的汇报，石兴国意气风发道："很好！现在有用的方案总共加起来大概有三十多种，我们立马行动，去试行每一种方案，看看行不行得通，希望能找到最佳的雨季运输方案。"

刘小青补充道："我准备从我们车队挑几个车技较好的司机来配合方案的试

行。"大家信心十足地纷纷点头。

雨季运输关键在抢时间，石兴国又交代了周远，让他负责保证好司机们的伙食，大家开始分头行动。

梅大妮不甘心地在运输队里待了几日，始终见不到石兴国。这天一大早，她煮了一碗面条，特意加了一个鸡蛋，小心翼翼地端到运输队办公室，却还是没见到石兴国的影子。

听一个负责打扫卫生的工人说，石兴国一早就下车队亲自试行雨季行车方案去了，梅大妮一脸失落，顺手将手里的面递给了那位工人。工人既惊讶又高兴，端起碗大口大口地吃起来。

梅大妮坐在办公室门口发了一会儿呆，忽然看到一辆卡车开了过来。刚吃完面的工人热心地告诉梅大妮，这辆车也是去试行雨季运输方案的。梅大妮灵机一动，拿起空碗，瞅准位置，扔在了卡车必经的路上。卡车开过来，一下压碎了那只碗，听到动静，司机赶忙下车查看，梅大妮趁机从另一边上车，钻进车内。

司机查看完，丝毫没觉察出什么，上了车继续向沼泽地开去。

沼泽地里，石兴国亲自驾驶着一辆汽车，卷着泥浆没开多远就陷进了泥里。大伙齐力推车，周远赶紧在工作本上记录。

一二，一二……推了半天，车子纹丝未动，车轮倒是陷得越来越深。石兴国跳下车，前后看了看，见车轮都快要被泥浆埋没了，便问旁边的人："拿绳子了吧？把绳子绑在车头上，咱们分两组，前拉后推，看能不能把车弄出来。"说着，石兴国又跳上车，将车子发动，众人围着车一阵拉推，汽车却始终不动。

这时田义文跑过来，喊道："停，停，都停下。轮子底下的泥浆越来越稀，越来越滑，这样根本没用。"

石兴国又跳下车，看了看："有办法了，大家都脱掉工衣……"说着率先将自己身上的石油工衣脱下来，将工衣垫到车轮子底下。众人明白过来，接着纷纷将衣服一件一件扔过来，垫到车轮底下，铺开一条长长的衣服路。

看差不多了，石兴国迅速跳上车，发动车子，其他人推的推，拉的拉，终于将汽车从泥沼里弄了出来。众人擦擦脸上的汗水，松了一口气。但石兴国望着泥浆里的那些衣服更加发愁了。

周远也愁眉不展地走过来，说道："队长，看来还是不行，这都第二十九种方案了，还搭上了工人们的衣服，哎，这可怎么办？"

"是啊，理论上可行的方案，到了这沼泽地上，一个都不行，看来还得想别的办法。"石兴国说完，田义文提醒石兴国这辆车的油已经耗得差不多了，要换另一辆车试行最后的方案。

石兴国点头，招手叫另一辆卡车。车子开到眼前，梅大妮从车上跳下来。大家看到梅大妮，都愣了。

石兴国走到她跟前，问道："不是叫你回钻探队吗？怎么跑这儿来了？"

"你不让俺来，俺有腿有脚，自己来！俺看出来了，你躲着俺，但是俺就要跟着你，俺就想在你身边照顾你，看，俺给你带馒头来了，你先吃一个。"梅大妮说着，从身上掏出一个馒头递给石兴国。

一旁的周远、田义文等人不禁笑了，石兴国尴尬地一把将梅大妮拉到一边："你知不知道你这样是在妨碍我工作？赶紧回去，不然，我就在这沼泽地住下，永远不回去了。"

梅大妮认真道："你说的是真的？不是吓唬俺？你是不是嫌俺思想不先进？"

石兴国也严肃道："是真的，以后不许再这样闹了，再这么闹下去，思想肯定就不先进了。快回去吧。"

"队长，看样子又要下雨了，这天也快黑了，咱们都回吧，明天再继续试行其他方案。"周远在旁边喊。

石兴国看了看天，点了点头，大家拖着疲惫的身子往回撤去。

走着走着，刘小青脚底打滑，一个趔趄，突然朝前扑去，她不由自主地一把抓住前面的田义文，两人一起跌倒在泥水里。田义文赶紧爬起来去扶刘小青，刘小青却坐在泥地里哈哈大笑。原来田义文的眼镜被泥浆糊住，那滑稽的样子让刘小青忍俊不禁。

田义文摘下眼镜在衣服上找了块干净的地方擦了擦，重新戴上，伸手去拉刘小青："你还笑。"

"哈哈哈，你那个样子实在太好笑了！"刘小青仍笑个不停，在田义文的拉扯下，歪歪扭扭走了几步，看到周围茂盛的青草，她突然停住了笑，"等一下，我有办法了。"

刘小青说着，将周围的青草拔下来一些，几下搓成一根草绳，在鞋子上绑了几圈，然后给田义文看："你看，这样就可以防滑了，来，你也绑上，省得咱们再跌一跤。"

田义文将刘小青递给他的草绳拿在手里，翻来覆去地看着，忽然惊喜地说道："太好了，太好了，刘小青，你太有才了！"

刘小青得意地道："嘁，大科学家也有羡慕我的时候啊，看来我这一跤没白摔，别说了，赶紧系上吧，咱们就要掉队了。"

田义文赶紧绑上草绳，走了几步，试了试，回头对刘小青说道："太好了，果然很稳，不滑了，哈哈哈，这下问题解决了！走，快走！"

田义文说着，拉起刘小青跑了起来。

"哎……怎么了？走那么快干吗？眼镜你怎么了？"刘小青不明所以，边跑边问。田义文顾不上说话，只是低头快跑。见他紧紧拉着自己的手，刘小青闭上了嘴，脸慢慢红了。

回到运输队办公室，石兴国翻开笔记本，反复斟酌一套套方案，看问题都出在哪里。忽然，田义文拎着两只鞋一下子闯进来，一脸兴奋地将绑着草绳的鞋放在桌上，对石兴国说道："看，新方案！石队长，咱们有办法了。"

周远连忙凑了过来："什么办法？赶紧说说。"

"看着啊。"田义文再次把那双鞋穿上，演示给两人看，"草绳和地面的摩擦力很大，如果我们把草绳绑在汽车轮胎上，是不是也防滑呢？"

周远拍手道："妙啊，真是个好办法，谁想的点子啊，立了大功了。"

田义文嘿嘿一笑。

石兴国笑着指那双鞋："点子很巧，不错！田义文，我看你这双鞋应该供起来了！"

"是啊是啊，简直是菩萨指路啊。"周远也附和着。两人说得田义文一脸美滋滋。

既然有了方案，时间不等人，石兴国马上通知人连夜割草，连夜搓草绳。并且先在原地做试验，看看效果。

运输队大院内，一辆辆汽车打开车灯，围成一个大圈，灯火通明中，一堆人坐在一起搓草绳。看差不多搓够一辆车的草绳了，石兴国迫不及待地让人把草绳绑在汽车轮胎上。

汽车开动，大家眼巴巴地盯着轮胎上的草绳，可惜，没走多远，"啪"一声，草绳断了。

周远想了想："草绳不够牢，换麻绳试试。"

石兴国点头："嗯，找咱队上最粗的麻绳来，对了，田义文，你通知大家停止割草。"

两人分头行动。

听到好消息，宋豫杰也赶到运输队，看石兴国亲自演示防滑效果。粗麻绳果然不容易断了，大家松了一口气。石兴国跳下车，大家鼓掌庆祝。

宋豫杰不住地点头："嗯，不错！石兴国同志，你又攻坚克难立下一功啊！"

这时田义文忽然发问："石队长，咱们的沼泽地范围多大？路程多长？"

石兴国回答："方圆五百里，路程长上百公里。"

田义文想了想，摇摇头："恐怕麻绳也不牢靠。麻绳容易吸水，增加汽车本身的重量，如果防滑不成，反倒成了拖累，那就麻烦了。"

宋豫杰思索着："方向应该没错，想想可不可以在材料上改进。"

田义文琢磨着："草绳不行用麻绳，这个麻绳……啊，想到了，铁链！要是有铁链就好了，道理和麻绳一样，但更牢靠，只要能套在轮胎上，不就完美了吗？"

宋豫杰摇头："不行，这个方案坚决不行。"

石兴国接着说道："你以为这是美帝国主义撑腰的老蒋的胡宗南部队啊？要什么有什么？！别忘了，咱们目前的新中国，既缺乏石油更缺乏钢铁，我们打石油，可不是为了给国家添困难，是要自己想办法解决困难的。"

田义文蔫了："那怎么办？好不容易想到了一个好办法呢。"

宋豫杰忽然说道："竹子怎么样？"

田义文一拍脑袋："对啊，竹子柔韧性好又耐水，我怎么没想到！"

石兴国沉思着："竹子，可问题是，咱们柴达木盆地根本就没有竹子啊。"

宋豫杰一笑："这个好办，还记得张大海师长吧？张师长在四川带着咱们的另一支石油师人南下找石油，那里，竹子可是要多少有多少啊。"

"太好了，我现在就给张师长打电话，请求支援。"石兴国兴奋得一溜烟跑向办公室。

竹子很快运过来，经过多次试验和不懈努力，他们终于发明出了新型轮胎防滑竹链，大家称之为竹罩。这个前无古人的创举，给雨季的石油运输提供了强有力的保障。

雨中，每只轮子上都罩有竹罩的汽车队，浩浩荡荡地驶出格尔木，一路"咔嚓""咔嚓"声，显得愈加壮观……

雨季结束，程孟华翻看着石兴国送上来的工作汇报表，不住地点头："石兴国，不错啊……工作很有成效，工作能力也必须肯定，雨季运输困难很大，但是你完成得很好。石兴国，你这样的人才，我可舍不得放你走啊。师长去省里开会了，但是下达了电话指示，再次任命你为柴八井的钻探队长，马上开工！"

石兴国结束了临时调任的运输队总指挥职务，又回归到了钻探队工作。

18

柴达木油田发展很快，各个井场机器轰鸣，一片繁忙景象。

石兴国和周远欣慰地看着井场上不停工作的钻井机感叹："别看这大家伙没血没肉还挺丑的，可就这么轰隆轰隆几下，把活都干了。所以国家要走工业化道路，工业化是社会发展的大势所趋。现在我们已经比欧美国家落后很多了，一定得加倍努力才能赶超他们。"

回到办公室，石兴国专注地研究着厚厚的几摞资料。"啪"的一声，窗子被一阵突如其来的强风刮开。风吹乱了资料，挟裹的沙尘迷了石兴国的眼。

石兴国正在揉眼睛，一个工人推门而入："队长，周指导员说快变天了，得提前采取措施，早做打算。"

石兴国看着窗外沉思片刻："我这就去井上，你立刻通知田义文，让他尽快赶到井场来。"

工人走后，石兴国迅速披上外套，戴上帽子，拉开门走了出去。外面已经黄沙肆虐，遮住了大半个天。石兴国用手压住帽子，快步冲进风沙里。

铺天盖地的黄沙压过来，井场上可见度极低，隐约只看到井架上几吨重的大滑车在狂风中晃动。

几个工人从矿井上下来，走到石兴国身边。刹把手扭头对石兴国大喊："石队长，风沙太大了，吹得人睁不开眼，仪表数据看不清了。"

周远也说道："队长，怎么办？太危险了，关机器吧？风沙不知道啥时候结束，大家都等你一句话。"

石兴国皱紧眉头，拳头越攥越紧，思索片刻后坚定地说道："再等等，无论如何，机器不能停！"说着，把衣服脱下来，努力去擦仪表盘。刚擦过的仪表盘，瞬间就被黄沙又盖上一层。

刹把手也迅速脱下衣服，为石兴国和表盘遮挡风沙。此时，田义文气喘吁吁地跑过来："这天气太不咋样了！我看沙尘暴后面，不是暴雨就是泥沙雨！"

"不行，这样太危险了，必须停止打井，保护机器。"周远对石兴国说道。

石兴国却顶着风沙爬上了钻台。顷刻间，飞沙走石夹杂着豆大的雨点劈头盖脸地砸下来，石兴国大声喊："让其他人撤，我在井在机器在，我就不信沙尘暴能把我吹跑了！"

"你在，我们在！"周远感动地说着，继而朝身后大喊一声，"大家一起上！"工人们全部跳上井台，打压的打压，扛沙袋的扛沙袋，灌溶井液的灌溶井液，工作照常进行。

黄昏时分，阳光终于从云中透出来，天空渐渐恢复了蔚蓝，环境清亮起来。挂满沙尘的机器仍在继续工作着。

石兴国和工人们满身是沙，有的捂着胸脯喘着粗气，有的使劲抖着身上的沙土，泥人般的石兴国看着轰隆隆工作的机器，深呼了一口气，露出欣慰的笑容。

晚饭时间，大家都端着饭碗，蹲在一排营房外吃饭。周远走过来，敲敲自己的饭盒，说道："大家今天辛苦了，来，趁吃饭这个时间，我给大家念首诗。"

这时，田义文夹着饭盒朝食堂走去，周远忙喊住他："喂，田义文，先别走，听我这诗写得咋样。"

田义文站住，只见周远从身上掏出一张纸，念道："雨把钻台当鼓擂，风把井架当琴拉，我为祖国找石油，风算老几雨算啥！"

段铁生立刻站起来："我为祖国找石油，风算老几雨算球！"话一出口，逗得大家哈哈大笑。

田义文笑着摇摇头，朝食堂走去，周远追上去："高才生，你快说说我这诗写得怎么样？"

"画龙点睛一个球。"田义文笑道。

周远白了一眼田义文："那也是我前面的铺垫做得好。"

食堂门口，一辆满载着土豆白菜等各种食材的采购车停下来，司机师父背着一个鼓鼓的帆布包，跳下车来，向着来吃饭的工人们打招呼：来信了，来信了，大家伙来拿信啊……

大家一听，都拥了上去，将司机师父围了个水泄不通。司机跳到车前盖顶上，一个一个地念着名字：赵二虎、王大牛、李小军……被念到名字的人欢天喜地上前拿过信，迫不及待地拆开看。

信没一会儿就发完了，司机师父举着最后一封，朝周围人群喊："段铁生，段铁生，谁叫段铁生？！"

一个工友朝着一旁正用衣服擦汗的段铁生喊："铁生！铁生！有你的信！"

从来没收到过信的段铁生将衣服往肩膀上一搭："我的信？你听错了吧。"

"难道咱队里还有第二个人叫段铁生！"工友说着催促段铁生快去。

段铁生将信将疑地走到车前，司机师父将信递给他："你是段铁生？这是你家里来的信。"

段铁生点头接过信，疑惑道："俺爹娘不识字，咋会写信来呢？"虽然纳闷，但第一次接到家信的段铁生还是很兴奋，有工友路过，他忙有些炫耀地晃了晃手上的信。

拿着信走到路边，段铁生把双手使劲在衣服上擦了两下，才笨拙地、小心翼翼地将信封拆开，打开有些泛黄的信纸："我儿铁生，见信如……七日……见你……一……"不认得几个字的段铁生一脸茫然，看不明白信里到底写了什么。

这时田义文走过来："哟，家里来信了啊？说的啥？"

段铁生尴尬地掩饰道："嗯……就是那一套，说想我了，想见我啥的。"

田义文夸赞道："深藏不露啊，没想到你一扛枪铁汉还识不少字。会写吗？他们回信都找我帮忙，你如果需要，我也可以帮你回。"

正在发愁的段铁生一听，立刻把信递过去："那你帮我看看这信怎么回。"

田义文已经看出段铁生在不懂装懂，于是笑着接过信，看了两眼，不禁皱起眉头，然后抬头看着段铁生，语气沉重道："铁生，你爹，你爹病逝了。"

段铁生一时没反应过来："啥？你说啥？"

田义文低头念信："我儿铁生，见信如面，你爹病故，七日后下葬，娘没有指望，希望你见你爹最后一面……"

段铁生愣在原地。突然，他抢过田义文手中的信："不可能！不可能！田义文，你骗我！你别以为就你认字！"

田义文拍拍他的肩膀，劝道："铁生，你冷静点，节哀。我帮你写个假条，你回家奔丧吧。"

"不，不，信上肯定不是这么说的，我爹身体好着呢。"段铁生仍不肯相信，拿着信给围过来的工友看，"你们快帮我看看信上到底怎么说的？"

工友们有的沉默不语，有的拍拍他劝他节哀，更有人见他这样忍不住侧过身子抹眼泪。

段铁生突然安静下来，仔细地将信收起，默默地放进口袋。其实他心里早知道田义文不可能骗他，可他不愿相信，也不甘心，多年未见的老父就这样突然和自己阴阳两隔……

段铁生默默离开人群，走到远处，"扑通"一声朝着家所在的东南方跪倒在地，重重地磕了三个响头："爹，儿不孝，这第一个头，您老收着，走好；爹，儿无能，这第二个头，不能给您养老送终了，别怪俺；爹，儿给石油尽忠了，这第三个头，下辈子，我再当您的儿子，对您尽孝给您养老……"

磕完头，段铁生擦了擦眼泪，起身朝上工的方向走去，身后远远看着的工友们已经泣不成声。

田义文心情复杂地走进石兴国的办公室，一屁股坐在凳子上，嘴里念叨着："汉子啊，咱们石油工人都是铁骨铮铮的汉子啊。"正在统计数据的石兴国抬起头："老田，怎么了，看你这表情，是不是有什么事？"

"段铁生爹病故了，刚接到家里的来信，他娘想让他回家送终，他却选择留下来，继续打石油。"田义文的几句话让石兴国和旁边的周远都沉默了，过了一会儿，石兴国从身上掏出十元钱，放到桌上："写封信慰问一下铁生娘，让她替铁生爹办个像样点的丧事吧。"

周远也拿出了十元。

"我没家没拖累，我出二十元吧。"田义文说着也往外掏钱。周远又提议可以发动工友们来一次募捐。

石兴国忙阻止："不不，咱们工人都不宽裕，说不上啥时候家里就需要用钱，就咱们三个吧，这次先这样，以后，每个月都给段铁生抠出来一点，你们看这样可以吧？"

两人都点点头。石兴国将这件事交由田义文去办，田义文先写了封信，然后拿着钱去了邮局。

在全体战士的不懈努力下，柴达木油田取得了巨大成绩，一张大红的喜报，让全矿区都喜气洋洋，仿佛过年一般。

工人们兴高采烈地围在石兴国办公室门前说说笑笑。有人瞪大眼睛大声念着喜报：柴达木油田，总共 21 口井，每一口油井油产量都维持在高产状态，总产油量达到日产 500 吨，年产量预计达到……

石兴国兴奋地伸手示意大家安静，说道："这张喜报是咱们工人集体取得的成绩，这些小油井的胜利，为我们柴达木盆地描绘了辉煌的未来！我们不仅要向工业部汇报，还要向党中央汇报，大家一定要再接再厉！再告诉大家一个好消息，今天，食堂改善伙食，有红烧肉！"

众人愈加欢呼雀跃起来。

柴达木油田当年打井、当年投产、当年出油并维持高产量的奇迹，不仅得到了工业部部长的肯定和表扬，主席和总理也亲自作出指示，要好好奖励这支合格的优秀的转业石油兵队伍。

宋豫杰接到唐国恩副部长的电话，高兴地向大家传达了党中央和国务院对柴达木石油局的表扬。工作成绩得到肯定，这让大家无比兴奋。办公室里，石兴国、周远、程孟华等人激动地鼓掌，由衷地相视而笑。

"但是，我们必须时刻保持革命的理性主义，不能骄傲。俗话说，打江山容易守江山难，咱们有了成绩，就要保持住，力争超越，你们有没有信心？"宋豫杰微笑着看向大家。

石兴国抢先信心满满地说道："有，师长放心，我们一定把柴达木建成第二个玉门！"

"好，要的就是这句话，咱们柴达木有支'打不烂、拖不垮'的石油队伍。哈哈，柴达木成为第二个玉门指日可待啊！"宋豫杰爽朗地大笑起来。

为了更好地宣传石油队伍，周远提出组织一次汇报演出，展现大家辛苦努力取得的成绩，同时也能增强队伍自身的荣誉感和凝聚力。

宋豫杰点头表示想法不错，鼓励周远好好编排节目，争取能反映出石油工人的新精神和新面貌。

晚上回到家，石兴国依然忙着查资料看报表，挺着肚子在一旁泡脚的梅大妮没话找话："哎，今天你去汇报工作，领导有没有表扬你？"

石兴国"嗯"了一声。

"嗯是啥意思？"梅大妮又问。

"表扬了。"石兴国依然没有抬头，说完几个字后又不吭声了。

梅大妮心里抱怨着，又找话题："哎，你说，你喜欢儿子还是女儿啊？"

"都喜欢。你生啥我就喜欢啥。"石兴国总算多说了几个字。

"那俺就生个儿子，将来和你一样打石油。"梅大妮喜滋滋地说。

"好，听你的。"石兴国的眼睛仍盯在资料上。

"哎，你给俺脚盆里添点水吧，俺身子不方便。"梅大妮故意说道。

石兴国起身过去拿起水壶，往盆里倒水："大妮，我现在工作忙，顾不上照顾你，你要好好照顾自己和咱们的孩子，不要胡思乱想，也不要动不动就生气，对孩子不好，知道吗？"

从来没听石兴国软语温存过，看着倒水的石兴国，梅大妮愣了一下，顿时感动得眼泪汪汪。石兴国笑着给她擦去泪珠儿："好了，傻大妮，别哭了，以后等日子好过了，我把欠你们娘俩的都补上。"

梅大妮含泪笑着，使劲儿点头："嗯，那俺就等着日子变好。"

石兴国蹲下来帮梅大妮擦了脚，又把她的双脚轻轻抬起放到床上："好了，早点睡吧。"

梅大妮上床躺下，看着端起洗脚盆出去倒水的石兴国，一脸幸福。

一出门，石兴国看见隔壁的周远坐在黑乎乎的院子里，他将盆里的水泼掉，走过去问道："指导员，这么晚了，你不睡觉在院子里坐着干吗？"

周远仰着头："你看看这天，不觉得很美吗？今晚的月亮格外大，周围还有几圈月晕。海上生明月，天涯共此时。此刻不知道是不是有人跟我一样在看这同一个月亮。"

石兴国抬头看了看月朗星稀的夜空，笑道："周远同志，雅兴很高啊。"

周远低下头，声音喑哑："有点想家了。"

石兴国拍了拍他的肩膀："等国家摆脱贫油的限制，我们完成了使命，就能回家了！"

周远不置可否："或许吧，也或许这里就是我们此生扎根的家了。"

"别太多愁善感了，你继续看你的月亮，记得早点回去睡觉。我还有工作没做完，先进屋了。"石兴国笑笑，转身往屋子走去。

"好，你也早些休息，别累坏身子。"周远说完，又抬起头，专注地望月怀远了。

清朗深邃的夜空中，浮动着几片流云，也许它们会替他传递这深深的思念吧。

半夜醒来，梅大妮推了推身边熟睡的石兴国，几下之后还是没有反应，梅大妮只好跨过他，披上衣服，拿起桌上的手电筒，自己出去方便。走到不远处的草丛里，梅大妮将手电筒放在地上，刚想解腰带，突然，草丛里传来扑簌簌的声音，梅大妮吓了一跳，仔细一听，周围其他地方也出现了同样的声音。

梅大妮弯腰轻轻拿起手电筒，屏住呼吸，紧张地盯着四周。忽然，刚才发出声音的草丛里，一条蛇的尾巴露了出来。其他地方也簌簌抖动着，仿佛有千万条蛇随时会爬出来。

梅大妮"哇"地惊叫一声，掉头就跑，一把拉开门进了屋，惊魂未定地用力推醒石兴国："哎……哎……你快醒醒……俺看到蛇了，好多蛇……好多好多，吓死俺了。"

石兴国："没事，荒郊野外的，有蛇很正常。"

梅大妮："不是的，不是的，俺看到很多蛇，真的很多，吓死俺了。"

迷迷糊糊的石兴国一下子坐了起来："好多？在哪儿？"本来荒郊野外的有蛇很正常，可怎么会有好多？

按照梅大妮的指引，石兴国果然看到厕所旁边的草丛里有成群的蛇在游动，吓得他赶紧后退了几步，拎着手电筒去找田义文。

被叫醒的田义文披着衣服开了门，石兴国焦急万分地说道："走，跟我去看看到底咋回事，好像蛇过套呢！"

一脸懵的田义文被石兴国拉着向草丛走去。离得近了，两人开始小心翼翼地踢着草，一步一试探，手电光下，一条条蛇影在草丛中闪过。

田义文看了看地上，又仰头望了望天，思索了一会儿说道："我看，有三种可能的情况，第一，咱们石油局的钻探，引起地壳变动，从而导致地下动物大规模迁徙；第二，可能是蛇蛙灾害，像那种蝗灾鼠灾的；还有第三就是，我们最担心的，可能要地震了。"

"什么？地震？"石兴国一惊。

田义文点点头："嗯，这是地震前的先兆，青蛙换土蛇出洞，哦，就是你刚才说的什么蛇过套。"

石兴国焦急道："那万一真的是地震，可就麻烦大了。不行，情况太紧急了，田义文，赶紧给大伙通知一下，这些天晚上注意点，别睡得太死了。"

田义文点头答应。

又一天的夜里，石兴国正在写工作日记。突然，他眼前的台灯晃了起来，接着桌子也开始摇晃，帐篷里叮叮当当响了起来。石兴国甚至感到脚下的地也在动，他刚支撑着站起来，就听见外边有人大喊："地震了……"

石兴国一边迅速抓起手电筒，一边对梅大妮说道："你赶快到外面找个空地，别乱跑，我出去看看情况。"

梅大妮一把抱住石兴国："俺害怕，你别走。"

"快，快，来不及了！"石兴国焦躁地抽开梅大妮的手，跑了出去。

屋外，一片漆黑，哭喊声不断，工人们毫无头绪地各个方向乱跑，混乱中互相冲撞，哭喊，尖叫……

石兴国拿着手中的手电筒晃了晃，大声喊道："大家别慌……都别慌……"

几个工人也拿着手电筒朝这边跑过来："队长，队长……地老爷发威了，是不是要把我们给活埋了啊？队长快想想办法救救我们！"

"不要慌，大家先不要慌，听我指挥。周远，周远呢？"听见石兴国的呼喊，周远从人群中挤了出来。

说话间，井架发出怪异的嘶吼声，让人毛骨悚然……

"周远，你带人守住值班室，把女人和孩子，家属里身体弱的人全部集中到矿场开阔的空地。田义文，点火把……其他人，跟我去保护井架，抢修电路。"石兴国有条不紊地快速分配完，带着人朝井架跑去。周远也指挥着一部分人向空地跑过去。空中传来隆隆的雷声，很快下起了淅淅沥沥的小雨。

石兴国等人跑步来到井场，黑夜中，井架发出一声声怪叫，上面甚至冒出了点点火星……

"大家放心，井架倒不了，地震很快就会过去。现在，我们必须先抢修电路，想办法通电。共产党员请出列！"石兴国用手电筒照了照井架，沉着地指挥着。

人群里共产党员都上前了一步。

"同志们，哪里有危险，哪里就有咱们共产党员，我命令你们就地组成抢修突击队，跟我上！先稳定脚架！"石兴国命令道。

共产党员们听从指挥，冲上去用身体牢牢抱住井架的脚架，石兴国将手电筒咬在嘴里，徒手往三十多米高的井架上爬去。

此时，田义文领着几个人举着火把跑过来，见石兴国已经快爬到电线冒火星处，急忙喊："快关电闸！危险……"

"已经关了，那是雷电引起的磁场自流静电……"有工人回答道。

"那也太危险了。"田义文说着朝井架跑去。幸好，等他跑到井架下仰头看去，已经不再有火星冒出了。

矿场空地上，惊慌失措的工人家属们都集中在一起，叽叽喳喳地围在周远身边，不停地问怎么办怎么办，还有小孩的哭喊声夹杂在其中。

周远大声反复地安慰大家不要怕，告诉众人地震只有三五分钟的时间，现在已经过去了，只是还有些余震，不会有事的。

忽然，周远注意到梅大妮不在人群里，周围找了找也没有，问过其他人也都表示没见过她。周远忙叮嘱大家不要乱走，然后朝宿舍区跑去。

石兴国出去后，梅大妮在屋子里又惊又怕，屋内的所有东西都在晃动，外边是一片嘈杂混乱的奔跑声、吵嚷声，强烈的不安感使她想尽快离开屋子，但拖着沉重的身子，她步履蹒跚，好不容易才跟跟跄跄地冲出了屋子。

这时，周远赶到了宿舍区，看到了瘫坐在地上痛苦呻吟的梅大妮。

井场上，爬上井架的石兴国检查了线路，找到故障处，熟练地接好，然后拿手电筒朝地面晃了几下，田义文会意，命令工人打开电闸。

电闸打开，井场一下子明亮起来，大家一片欢呼。

爬下井架，石兴国鼓励大家握紧拳头，战胜地震。老天爷无情，要跟石油工人斗一场，咱石油人天不怕地不怕，一定不能输，一定要把地震给打回地底下去。众人不再慌乱，信心十足。

为防余震，石兴国命令大家打开机器空转，保持压力平衡，确保每一个井口畅通，用机器自身的平衡来对抗余震，然后带领党员突击队去检查每一个井口，其余人留下守住井架。

田义文追在后面喊："石队长，我不是共产党员，能不能也算我一个！"

石兴国回头看了看田义文，郑重地点点头。大伙扛着铁锹等工具跟着石兴国大步朝下一个井口走去。

细雨中，石兴国举着火把仔细在一个井架下查看，发现井下开关卡在地缝中不能动了，随即把火把塞给旁边的人，自己跳到井架下，亲自带领大家抡起铁锹开始挖掘，直到挖出开关，重新安装好。

他们每到一处井口，都详细查看、询问里面的情况，没问题的继续保持机器空转，有问题的立刻抢修、解决，然后嘱咐值班人员一定不能离开，天亮之前都要保证机器正常空转。

最后他们赶到柴七井，一直奋战到黎明才排除了险情。清晨，雨停了，火红的太阳从东方喷薄而出。满身泥浆的石兴国、田义文等人从井口被吊了上来，机器终于开始转动。大家这才松了一口气，累得瘫倒在地上……

震后的柴达木矿区，一片狼藉。人们忙着重新搭建帐篷，清理垃圾……

病中的宋豫杰打着吊瓶赶到矿区，正在忙碌的人们迎了上来，感动于师长的关心，也关切地询问着师长的病情。

宋豫杰无奈地看了一眼身边小心翼翼举着吊瓶的小护士，苦笑道："放心，没啥大碍，都是医生小题大做。"

"师长，你的心意我和柴达木矿区的兄弟们心领了，你赶快回去把身体养好，这里有我们呢，你放心！"周远上前说道。众人也七嘴八舌地附和着要师长赶紧回去养病。

宋豫杰看了看吊瓶，伸手一下子拔掉针头："你们不用劝我，这个时候我怎么能掉链子呢！带兵打仗这么多年，这点小病不算什么，我必须跟你们并肩作战。时间紧迫，我们开工吧！"不等别人再说什么，他已经开始动手搭起帐篷来。

一直脱不开身的王振华一挪出时间就坐车赶往柴达木，颠簸到半路，忽然发现前面的路已经断了，王振华下车，坚持与司机一起走路到柴达木。一路泥泞，等终于到了柴达木，两人的鞋子已经变成了四只大泥球。

宋豫杰和石兴国等人在忙碌着，宋豫杰悄悄停下来，用手压着胸口做了两个深呼吸，然后背着人偷偷拿出药片，没有喝水，直接放到嘴里咽下。抬眼间看到往这边艰难走来的王振华。他装作抬手擦汗的样子，向王振华摆摆手打招呼。

见政委来了，石兴国赶紧过去敬礼、握手，当看到王振华脚上已不成样子的泥鞋，石兴国很是感动："政委辛苦了……"

王振华充满歉意："是你们辛苦了！我来晚了，早该来的，但一直有任务抽不开身，同志们受苦了！"

这时大家纷纷围上来，仿佛见到了亲人，有的忍不住掉下了眼泪。

"大家放心，有党和政府在，你们的生活会重建起来的，石油开采也会继续下去的，大家不要太难过，对灾后重建，千万要有信心。"王振华安慰大家。

"政委，请到办公室吧，听听我们的具体汇报。"石兴国说道。

"等等，先看看大家的生活情况，我不称职，来得太晚了。"王振华痛心地看着满目疮痍的柴达木。

宋豫杰陪着王振华到处查看。最后，王振华把大家召集在一起，鼓励道："同志们，告诉大家一个令人振奋的消息，总理今天亲自给我们来电话了！总理让我传达他对同志们的深切慰问，国务院和党中央很挂念我们，地震对我们来说是一次考验，我们不负众望，经受住了这次考验！主席了解我们的表现后也很欣慰，认为我们是合格的军人，也是当之无愧的优秀石油工人！总理还提出厚望，让我们要努力建设新油矿、新家园，全力以赴把柴达木建成第二个玉门！"听到这儿，大家都很激动，热烈地鼓起掌来。

"中央已经在第一时间拨发了救灾物资，我们很快就可以领取到了。毛主席说，人定胜天，地震震塌了路，我们可以修；地震填埋了油井，咱们可以重新打。只要石油工人的士气在，就一切都不可怕！我们打起精神来，重整旗鼓，一定不辜负党中央的信任和厚望！"王振华继续说着，"咱们是拖不烂、打不垮的石油雄狮！没有什么可以挡住我们前进的步伐！你们是一支真正的石油铁军！我宣布，这次参加抢险救灾的工人，每人记三等功！"大家又是一片掌声。

夜色渐浓，宋豫杰和石兴国还在一刻不停地搭建、修理帐篷。两人各拉住帐篷一边的一条麻绳："一、二、三！"两人一起用力，硕大的帐篷从地上立了起来，但是还没来得及固定，宋豫杰忽然嘴唇发紫，呼吸困难，刚拉起的帐篷轰然倒下。

"师长，怎么了？先休息一会儿吧。"石兴国关切地问道。

"没事，来，一、二、三！"宋豫杰又开始用力。石兴国赶忙跟上。帐篷终于再次立起。宋豫杰的额头上渗出豆大的汗珠，他咬着牙忍着痛，用力将绳子在桩子上拴好。突然，他痛苦地捂住心脏，趴倒在了地上。

"师长！师长！快，叫医生来！"石兴国慌忙大喊。

很快，宋豫杰被送到矿区卫生室，经医生抢救后，挂上了吊瓶。众人关切地围在病床边。

瓶子里的药液一滴一滴落下，宋豫杰终于睁开了眼睛。

"师长醒了！"

"师长，你可吓死我们了！"

大家悬着的心这才放了下来。

宋豫杰强撑着露出一个微笑："硬汉一个，整天把死挂在嘴边像什么话！"

刚刚走进来的王振华有些心疼又有些恼火："师长同志，刚才医生跟我说了你的病情，你想瞒我们到什么时候啊？你这么不爱惜你的身体，怎么给队员带个好头？不好好待在医院，为什么还要跑出来？"

宋豫杰满不在乎："你看你说的，好像我做了什么坏事似的！医生都是小题大做唬人的，你别听医生瞎说！"

"法洛四联症！还小题大做？！不住院是会要你命的啊！一会儿医院的人就来接你。"王振华脸色发青，眼圈微红。

石兴国也赶紧劝道："师长，身体才是革命的本钱，灾情严峻，你的病情也很严重啊，还是赶紧回医院安心养病吧，这里有我们。赶快把身子养好了，我们都需要你的领导！"

宋豫杰却坚持不肯走。

人群中突然传出抽泣声，段铁生哭着说道："师长！求求你，回去吧！你身体好好的，才能指挥我们打石油仗啊。生命太脆弱了，我父亲就是因为生了病不当回事，然后说走就走了。师长，我求求你，一师不能无长，为了我们，为了我们石油雄狮，求求你回去好好治病吧！"

段铁生的一席话，让许多人感同身受，都抹着眼睛劝师长赶快回去。

宋豫杰闭上眼睛，无奈地点了点头，眼角有泪滴下。

听说了柴达木地震的消息，急于知道情况的齐占山一遍遍重复拨着电话，但始终打不通。

这时许茹大腹便便、步履蹒跚地走来，略显焦急地询问齐占山是不是在给青海那边打电话，那里地震严不严重，现在情况怎么样了。

心里始终有个坎儿的齐占山挂上电话，冷冷说道："电话都没打通，还能怎么样？"说完，转身离开。

许茹凝视着电话黯然神伤。

刘大勇拎着两只暖壶去水房排队打水，忽然听到身后有人小声议论许茹，结婚才半年就要生产，这让许多人充满好奇。刘大勇气愤地转过身去，正说着的两人忽然看到前面的刘大勇，忙闭上嘴，顾不得打水，提着暖壶转身就走。刘大勇攥紧拳头，"咣"的一声，将暖瓶摔在水房里，然后气愤地离开。

刘大勇冲进家门，却没有看到许茹，他环顾四周，墙上两人的结婚照让他愈加愤怒，冲动中一把将照片扯下来，狠狠摔在地上。摔完怒火并没有平息，桌上的茶杯、盘子也相继被摔碎，最后干脆直接掀翻了桌子。

挺着肚子的许茹，推着自行车朝院里走来。有女邻居笑着跟许茹打招呼，并关心地询问产期，嘱咐她要安心在家养胎，说第一胎千万马虎不得。

许茹礼貌地道着谢，然后走到家门口，将自行车靠在墙根，掀门帘进屋。

房间内一片狼藉，瓜子皮、破碎物品、脏兮兮的工衣、挂着泥的雨鞋混杂着堆满了一地，洗脸架上的半盆污水里，一条毛巾里一半外一半地搭在那儿。许茹先是一惊，待见到刘大勇猴蹲在凳子上，一边嗑着瓜子一边眯着眼睛摇头晃脑地哼唱着戏文，心里就明白了。她什么都没说，开始艰难地收拾。刘大勇却故意把瓜子壳吐得老远。

许茹把一件件脏衣服拾起来，刘大勇又把身上的衣服脱下来，扔在地上。许茹扫干净地上的碎片和瓜子皮，刘大勇接着又随口将瓜子皮吐满地。

挺着肚子不停收拾的许茹忽觉腹痛，她用手扶住肚子，额头上冒出豆大的汗珠。面对满脸痛苦的许茹，刘大勇视而不见，反而突然站起来，愤怒地将整包瓜子全部洒在地上，瓜子在两人中间簌簌而落，接下来是死一般的寂静。

良久，许茹首先开口："大勇，你没事吧？"

"什么事，你自己心里清楚。"刘大勇语气不善。

"我……我是你媳妇，我都嫁给你了……"许茹自然明白他为什么发火，这样闹也不是一次两次了。

"行，是我媳妇，给我做饭去，我饿了。四菜一汤，再给我打两壶酒来。做好了去老李家叫我。我很饿，快点！"刘大勇说完，摔门扬长而去。

许茹忍痛抚着肚子，深呼吸，调整了一会儿，她感觉疼痛减轻了许多，于是将菜篮子挂在自行车把上，推车出门。走了几步，她尝试着骑上自行车，却一个趔趄摔倒，自行车砸在了她的身上，顿时一阵剧痛袭来，许茹险些疼晕过去。

19 　　邻居帮忙把许茹送到矿区医务所，唐娜吓了一跳，忙问怎么回事，并责问刘大勇为什么没在，说着就要去找他理论。许茹死死拉住唐娜的胳膊，恳求她千万别去。忽然阵痛袭来，一脸痛苦的许茹被推进了产房。

　　不久，产房内传出一声婴儿的啼哭声，在门口焦急地来回踱步的唐娜终于露出了笑脸。

晨曦照亮了柴达木盆地。

浴火重生的柴达木矿区到处贴满灾后重建的标语——"地震无情人有情""石油工人力量大，灾后重新再安家""石油铁军钻石油，打败困难争上游"……人们的生活渐渐走回正轨，重新变得井井有条。

柴达木矿区医务室内，历险后的梅大妮躺在床上，一位女医生细心地给她检查身体。检查完，梅大妮急切地询问孩子的情况。医生微笑着说："不用担心，胎儿很健康，经历了地震，又遇到了各种突发状况，你能保住孩子，还这么健康，真是奇迹啊。"

梅大妮欣喜道："那八成是个男娃！医生，你能看出来是男娃还是女娃不？"

医生微笑着："你生出来是啥就是啥。"

梅大妮幸福地抚摸着肚子，自言自语道："俺要生男孩。"

井场上机器轰鸣，石兴国和大家一起忙碌着，一切都恢复到地震前的样子。

病房里，许茹一边满脸慈爱地逗着孩子，一边收拾东西准备出院。唐娜提了一兜苹果走进来，询问许茹都收拾好了没有，然后小心翼翼地抱起孩子，嘴里叫着"干儿子"，喜欢得不得了。

"哎，刘大勇怎么到现在都没来过？结婚前他是怎么答应你的，现在……"唐娜忽然想起刘大勇，不由生气地说道。

"他这几天可能忙吧。好了好了！走吧。"许茹打断唐娜，从她怀里接过孩子往外走去。

唐娜忙拿起床上的大包，跟了出去："唉！你呀，就是爱自己撑着！你说你生孩子这么大的事，怎么不让刘大勇陪着你！你们现在毕竟是夫妻啊！"

许茹低头看看孩子，把被角又掖了掖，若有所思地问了句："哎，你家周远怎么样啊？你俩什么时候结婚？"

唐娜叹气："唉，谁知道呢！他们那儿前段时间地震了……"

"地震？严重吗？"许茹立刻问道。

"你是想打听石兴国吧？"唐娜看向许茹。

许茹赶紧否认："说什么呢？我都结婚了！"

唐娜笑笑："没事了！周远来信说，地震虽然造成了一些损失，但是没有人员伤亡，放心了吧？"

"哎，前面是尖刀队以前的宿舍吧？"许茹装作没仔细听的样子，抱着孩子走向那片宿舍区。

唐娜无奈地跟在后面。

齐占山正准备出去，见到许茹她们抱着孩子进来，有些诧异："嫂子？你生了？你们怎么到这儿来了？"说着，上前看孩子，"男孩还是女孩？叫什么名字？"

唐娜抢着回答："男孩。对了，许茹，还没给孩子起名字呢？"

许茹看着石兴国昔日的宿舍，然后说道："就叫……小石头吧。"

"刘石头……"齐占山若有所思地念叨着。许茹没说话，抱着孩子，径直走出了宿舍。唐娜忙追了上去。

不多时，全国的军队开始进行整编。

唐国恩副部长召集了宋豫杰、王振华等一些石油师领导，到北京开会，传达了石油师必须改制的命令。听到这个突如其来的消息，每个人的心里都五味杂陈。从扛枪打仗的军队转业为石油师，但一直是军队的编制，说起来还是一个兵，这次要彻底脱下军装，确实有些让人觉得难以接受。

见大家都不说话，唐国恩又强调说回去要做好大家的安抚工作，和第一次转业一样，这次是军队编号的整体变动，整编幅度较大，可能会引起一些问题，需要及时处理好。

回程的路上，宋豫杰、王振华坐在一辆吉普车上颠簸前行，不知道是因为路的颠簸还是身体原因，宋豫杰一直紧锁着眉头。两人商量着如何传达这个命令，才会让大家心理上更容易接受些。最后决定先给表现一直不错的石兴国通通气，看看他的反应如何。

两人正说着话，宋豫杰忽然痛苦地捂住胸口，不住的深呼吸。

"你怎么了？没事吧？"王振华急忙关切地询问。

"没事没事，老毛病！可能最近没休息好，犯得比原来勤了。"宋豫杰紧皱眉头，却竭力轻描淡写。

王振华一再叮嘱他要多注意身体，不要什么都不当回事，然后让他赶紧休息会儿。两人不再谈话，车子一直向柴达木盆地驶去。

柴达木盆地一望无际的荒漠里，石兴国和田义文站在井架前，这口前几天刚出油的井受损比较严重，两人正研究有没有什么办法能尽量减少损失，最好能找到抗震的有效办法，以防止地震再次来袭。

这时，宋豫杰和王振华下了车，朝他们走了过来。二人看到师长和政委，忙激动地迎了上去。

宋豫杰询问了震后恢复生产的情况，石兴国简单回答后，将两位领导请到办公室，他还要汇报下一步的开采计划。

石兴国先倒了两杯水递给师长和政委，然后说道："师长、政委，我们这次虽然因为地震受到了很大的损失，但是，整个士气并没有因此而衰退！相反，更加坚定了我们要在这里开辟出一片油田的信心！"

石兴国说着，把桌上的图纸拿给王振华："政委，您看，这是这段时间我和田义文他们勘察了周围地矿后制定的下一步目标。"

"嗯！很好！兴国，你这战斗队长想不到在石油上也是一把好手啊！哎，你有没有想过以后的打算？"王振华一边看着地图，一边引出话题。

石兴国却没明白政委什么意思，一脸疑问地看向王振华。"就是你自己对未来有没有什么想法，比如……有没有想过脱下军装？"王振华把话说得更明白了。

石兴国立刻道："政委，我没有其他想法，以前在尖刀队，跟敌人作战我不怕死！现在虽然不在战场上，可我一样是拿命来打井的！"

"你先别急！我的意思是，你有没有想过脱下军装，做一个真正的石油工人？"王振华再次解释。

"政委，我穿着军装也一样可以打好油啊！"石兴国越来越不明白王振华到底想说什么了。

"是，这个我绝对相信！但现在接到上级通知，咱们石油师需要再次整编，要脱下军装，专职当一名石油工人。"王振华索性摊开说了。

石兴国愣了一下，然后淡淡说道："我明白了。"

"那你们个人有啥想法没有？"王振华看看冷静的石兴国，又看向旁边的周远、田义文。

没等其他人说话，石兴国干脆道："我们坚决服从命令！"他的回答让其余几人都惊讶至极。

田义文开玩笑道："现在我们是一样的身份了——老百姓！"

周远急忙说道："是工人！工人、农民、解放军，工人排第一位！"

王振华放下心来，笑着说道："是啊！工人阶级领导革命嘛。"大家都笑了。

石兴国看看大家，目光又落回到宋豫杰、王振华身上，动情说道："师长、政委，打从跟着你们的那天起，我就把自己交给了国家！哪里需要我，我就到哪里去！现在，这里需要我，我愿意为石油事业献出一切！打仗的时候，上阵杀敌是保卫国家。现在不打仗了，我们翻山越岭找石油，也是在保卫国家。假如我真回到了部队，手里握惯了刹把，我怕我的手也一定会发痒吧，所以还是让我待在这里找石油吧，这几年，我已经和石油分不开了，我还想为咱们国家找到更多的石油，看着咱们国家不被美帝国主义国家欺负，一天天强大起来！"

大家不禁频频点头称赞，王振华由衷地夸奖道："好，不愧是我尖刀队的队长啊，有志气！党和国家没白培养你！"

晚上回到办公室，石兴国一个人静静地坐在桌前，拉开办公桌的抽屉，从里边拿出一份已经陈旧发黄的名单册，上面写着"尖刀队花名册"。

石兴国翻开第一页，看着一个个熟悉的名字跃进眼帘，仿佛又回到了当初转业的时候。

窗外，一轮明月透过窗户，仿佛在窥探着里面人的心事。

宿舍里，昏黄的灯光下，周远不舍地一遍又一遍抚摸着他的军装，见田义文走进来，他收起衣服，整齐地放到枕头边上。

"哟，指导员！干什么呢？我一进来你就藏啊藏的，让我看看你拿的什么？跟宝贝似的。"田义文说笑着坐到床边，看见叠得整整齐齐的军装，不由问道，"哎，这军装你是要收起来啊？把它送给我吧？我穿过国民党的少校军官服，也穿过土匪的杂牌军服，就没穿过解放军的军装，用刘大勇的话说，穿着军装，耀武扬威的。"

"解放军的服装穿上是要为人民服务的，不是用来耀武扬威的。"周远说着拿起衣服放进了箱子里。

田义文也严肃起来，深有感触地点点头。

黎明，太阳刚刚出现在天边，灿烂的朝霞映红了半边天。

宁静的柴达木矿区，突然被清脆的号角声唤醒，血红的朝阳下，一身戎装的石兴国举着军号对着天空鸣响了集结号。

随着号声，一个个穿着军装的战士迅速走出屋子，朝大会场走去。

会场上，"中国人民解放军石油工程第一师"的旗帜高高飘扬，所有转业石油兵都穿上了干干净净的军装，队列整齐地站在一起。

宋豫杰和王振华站在队伍前列。石兴国投去询问的眼神，王振华点了点头，石兴国按照军人的标准动作跑步到会场前，望着一张张熟悉的脸庞，发出口令："立正，向右看齐……"

队伍整理完毕，石兴国转身朝宋豫杰和王振华敬了个军礼："报告首长，中国人民解放军石油工程第一师驻柴达木盆地的官兵集合完毕，应到 621 人，实到 621 人，请指示。"

"稍息。"王振华严肃地望着整齐的队列说道，"同志们，这是我们最后一次以军人的身份集合在这里，我相信你们和我一样，对我们的军装有着特殊的感情。但我们是军人，我们要服从命令！哪里需要我们，我们就要战斗在哪里！党让我们干什么，我们就干什么。过了今天，原中国人民解放军石油工程第一师就不复存在，站在我面前的，只有石油人，一支新中国勇往直前的石油队伍，你们是真正的石油工人！无论穿军装，还是不穿军装，我们的誓言永远存在。"

"一切为了祖国！一切为了石油！"众人振臂高呼。

"对，这就是我们永远不变的誓言。此刻，战斗在其他地区的石油师部队，也和你们一样，都进行了最后的整编。同志们，让我们向军旗敬礼，庄严地向过去做一个告别，告别我们的军人身份，告别我们枪林弹雨的过去，迎接波涛汹涌的石油之战！"王振华有些激动。

一双双饱含热泪的眼睛注视着迎风招展的军旗，众人庄严地抬起右手，向军旗敬礼。

与此同时，四川油田、玉门油田、新疆油田，所有石油师领导和战士们都在庄严地向军旗敬礼告别。

"降旗。"王振华郑重发出指令。中国人民解放军石油工程第一师的军旗在军乐声中，在指战员的泪光中，缓缓降下。

队伍解散，石兴国带领尖刀队的弟兄们继续奔赴工作岗位，面对大家的失落，石兴国鼓舞士气道："兄弟们！今天，我们虽然脱下了军装，成为一名真正的工人，但是我们不要忘记，我们曾经是个兵，不要忘记我们曾经穿过的这身军装，我们是五十七师的兵，我们是石油师的兵，军人的基因已经融入我们的血液里，我们永远是个兵……"

众人含着泪大喊："我们永远是个兵……"

任新我从北京进修归来，田义文作为代表去接他回家。两人并肩走在回矿区的路上，田义文好奇地不停问东问西，让任新我讲讲北京的见闻、北京的变化。

如今日新月异的北京实在让任新我不知道该从哪儿说起。想了想，他边比画着边描述起雄伟壮观的天安门城楼。说着说着，任新我忽然叹了口气："只是我们找油的工作任重道远啊！你不知道，北京的公交车每辆车顶上都顶了个大煤气包，就是为了减少油量消耗！要保障好汽车的运行，就需要更多更多的油……"

田义文点着头，两人边走边聊。

根据工作安排，王振华将被派到新疆主持采油工作。宋豫杰感慨五十七师最后的两个老家伙也要分开了，这一别，不知道什么时候能再见面。而石兴国由于出色的工作能力，新的任命书也已经下发。

正当石兴国决心一定不辜负领导的期望，要领着大家拼命大干一场时，得知王政委即将赶赴新疆进行新的开采工作，顿时心动不已。现在的石兴国已经成为一个真真正正的石油人，一想到新疆可以找到更多的石油，就有些迫不及待地想立刻奔赴那里，在广袤无垠的大地上去探寻去开采，他一点儿不觉得辛苦，反而已经变成了他的乐趣，让他有一种满足感和成就感。

从宋豫杰办公室出来，石兴国兴奋地对王振华请求道："政委，听说新疆那儿有可能是个大油田，我也想去，带上我一起去吧！"

王振华马上摇头："哎，那可不行！你的任命书刚下来，你就好好在这儿给我当局长吧。而且，你爱人马上就要生了，她很需要你！"

"不不不，政委，你是最了解我的，我天生就不是当局长的料啊！我只想找石油，多多的找石油，找更多的石油！我一定要到新疆去！政委，带上我吧！"石兴国态度坚决。

王振华犹豫了："这……说实话，我也确实需要你！要不这样吧，咱们先回去，你的意见，我会向唐国恩副部长汇报的，你也再和你爱人商量商量。"

两人说着话上了一辆吉普车，车子颠簸着向柴达木驶去。

车上，石兴国还在不住地表示他一定要跟着去新疆，也不用商量，梅大妮什么都听他的。只要能多打油，多出油，一切都是值得的。

王振华看着兴奋的石兴国："你真的考虑好了？到了那儿可就是去吃苦的。"

"石油工人哪有不吃苦的，不多吃苦，能多打油吗？"石兴国理所当然地说道。

"你小子，现在满脑子全是石油了。哈哈，有了你的加入，我对新疆之行更有信心了！"王振华注视着这个几乎是自己看着成长起来的青年，这个骨子里都烙下了军人印记的年轻人，由衷地感到高兴。

转眼间，吉普车开到了石兴国的办公室门口。两人下车，正准备往屋里走，梅大妮挺着大肚子过来了："石兴国！你去哪儿了？回来得正好，走，回家吃饭去吧。"

王振华与梅大妮打了招呼，然后说道："石兴国，你先回去吃饭吧，咱们回头再说，我也先回去了！"

"政委！别！"石兴国叫住了王振华，转过头对着梅大妮，"吃什么饭，你先回去吧！我还有事。"

"那饭俺给你留着啊！"梅大妮答应着，忽然看到了停在办公室门口的吉普车，高兴地走了过去，拉开车门挺着肚子就坐了上去。

石兴国一看，忙喊："梅大妮！你干吗呢？快下来。"

"怎么了？俺这不是没坐过么！哎！石兴国，俺给你说，等你当了局长，俺要天天坐大汽车！"梅大妮一边说着，一边摸摸这儿，摸摸那儿，喜欢得不得了，"呀，别说，这汽车啊就是舒服！你看！俺挺着个肚子坐在这儿也没觉得不舒服！哎，兴国！你说，将来咱儿子生出来，俺们娘俩是坐后面呢？还是坐前面呢？"

"瞎说什么呢！你赶紧给我下来！"石兴国过去想把梅大妮拉下来。

"俺不！俺就不下！俺跟着你吃苦受累，俺说过啥！这会儿你要升官了，还不让俺跟着享福！石兴国！俺坐个车怎么了，俺就是坐了！等以后你当了大官，俺还要坐更大的汽车！"梅大妮坐在车上不肯动。

"那是工作用的，不是谁想坐就能坐！就是当了领导，那也是工作用车，让你坐，就是贪污。"石兴国说着又去拉梅大妮。

梅大妮扶着石兴国的手下车："好好，不坐了，就你能坐！石兴国你真没良心！哼！"

石兴国没工夫跟她计较，嘱咐她赶紧回家，他跟王政委还有事谈。

梅大妮刚要走，忽然问道："是不是让你当领导的事？"

石兴国不语。

"怎么了？到底是不是啊？！人家外面的人可都知道你要当局长了！"梅大妮追问道。

"别瞎说！我不当局长，我要跟政委去新疆。"石兴国只好如实地说。

一听这话，梅大妮急了："什么！？石兴国！你再说一遍！你怎么能这样！"说着又跑到王振华面前，一把抓住他的胳膊，急切地求证。

王振华点了点头，说道："梅大妮同志，这件事情，你们俩可以再商量商量！"

"不！政委！你别听她瞎胡闹！我一定要去！"石兴国急忙说道。

"石兴国！你个没良心的！你还要不要俺们娘俩！你傻啊！放着好好的局长不当，去那鸟不拉屎的地方！不行！石兴国！俺不让你去！哎呀！俺怎么那么苦命啊！"梅大妮越说越来劲，最后竟大声哭号起来，全然不顾这是在公共场合。石兴国一脸窘迫，恨不能立刻把她拉回家去。

"兴国，先让车送你们回去吧！大妮挺着个肚子可别动了胎气！这事啊！你俩再商量商量！"王振华看向石兴国。

石兴国也怕梅大妮有个闪失，赶紧扶她上了车。然后转身语气坚定地道："政委，我一定要跟您去！请相信我！"

王振华无奈地看着石兴国，深深叹了口气。

两人回到家，梅大妮又开始一把鼻涕一把泪地控诉石兴国。从当初承诺是苦是甜永远不会丢下自己，到后来的时常不回家，又到现在的不管不顾执意要走……梅大妮不停哭闹着，石兴国既气愤又无奈，面对一个怀着孕的女人，他又能怎样？

田义文和任新我听说石兴国要跟政委去新疆，也想跟着一起去。两人商量着来找石兴国打听情况。刚到门外，就听见屋内传来争吵声，间或伴着梅大妮的哭声。

　　"呜呜……你就不能为俺娘儿俩着想一下啊？你说你安安稳稳当个一官半职的，多好，俺也能过几天舒心日子。你说，俺跟了你，除了受罪，还有啥？呜呜……"

　　"够了！梅大妮，你就不能理解理解我？！我再说一遍，我是个石油工人，天生就不是当官的料，我也不会当什么局长，你就别指望当那个局长夫人了！"石兴国再也忍不住，冲着梅大妮吼完就气冲冲地摔门而出，根本没看见外边还站着两个人。

　　田义文张嘴想喊石兴国，又停住了，看了看屋里大哭的梅大妮，清了清嗓子大声说道："老任，新疆好啊！新疆有哈密瓜、大葡萄，可甜了！嫂子使劲哭，哭完了给你吃啊！哭吧哭吧！这哭的声音越大，咱去新疆啊就越有可能！"

　　任新我一头雾水地看着田义文："你这都什么逻辑啊！"

　　这时梅大妮抹了把眼泪，从屋里冲了出来："田义文你个狼心狗肺的东西，你再说一句试试！俺家石兴国就是被你带坏了！你忘了俺天天给你们烧水做饭了？！你这是破坏俺们家庭……有本事给俺回来！"

　　一见梅大妮出来，田义文赶紧拉着任新我就跑，很快不见了踪影。

　　刚生完孩子的许茹没有奶水，饿得孩子整天"哇哇"哭个不停。她又没经验，也没人照顾，生活整个陷入一团糟的状态。

　　唐娜买了奶粉和奶瓶赶过来时，许茹正抱着哭闹的孩子手足无措。唐娜见地上脸盆里泡着衣服和尿布，再看看家里到处乱糟糟的样子，不禁急了："你怎么还敢洗衣服？你可在月子里啊？刘大勇呢，他死哪儿去了？"

　　"他上班衣服容易脏，还有尿布，我不洗咋办？哎呀，唐娜，你就别说他了，赶快帮忙给孩子冲奶吧！"许茹没心思理会刘大勇，催着唐娜冲奶。

　　唐娜气呼呼地去倒水，提起暖壶来竟发现里面连一滴热水都没有。唐娜彻底愤怒了，一边动手烧水，一边恨恨地骂道："真是瞎了眼了，你怎么跟了这个混蛋王八蛋！"

　　洗衣队里的妇女们凑在一起时，最喜欢聊些乱七八糟的新鲜事。自许茹生了孩子，她们就开始议论孩子长得既不像许茹也不像刘大勇，再加上他们结婚才半年多就生了孩子，大家不禁开始猜测各种可能。有知道原来许茹和石兴国定过亲的人就一口咬定孩子像原来的队长石兴国。

从不参与这些议论的齐大娘见她们越说越离谱，不禁皱起眉头劝她们别瞎说……

她们的议论倒提醒了齐大娘，回到家，齐大娘拿出家里仅有的几个鸡蛋，煮好放在碗里，等齐占山下班回家后，要儿子带她去看看许茹。

齐占山并不想去，齐大娘叹了口气劝道："石队长以前对你多好，咱不能忘了啊。是，娘知道你心里不舒服，谁心里都……可这个时候能帮就帮帮她吧……娘是过来人，女人不到万不得已是不会把自己随便嫁了的，你要知道许教员的难！"

齐占山想起许茹出院那天抱着孩子去尖刀队宿舍的事儿，想起她给孩子起的名字——小石头，似乎理解了娘话里的意思，于是跟着娘一起来到刘大勇家。

许茹见齐大娘和齐占山来了，急忙抱着孩子站起来招呼着两人坐。

齐大娘把手里的篮子放到桌子上，笑着对许茹摆摆手："快坐下，听说你生了个大胖小子，我这儿有几个鸡蛋，给你送过来补补身子，这月子里的女人可得好好保养，要不会落下一身毛病……"

许茹感激地笑着："谢谢齐大娘！"

这时齐大娘看见桌上堆着没洗的碗筷，地上盆里泡着脏衣服，知道没有人伺候许茹月子，刘大勇也并不尽心照顾她们娘俩，不禁心疼道："许教员，我在这儿除了给工人洗洗衣服，别的没啥事儿，以后我没事了就过来帮你带孩子，你家在外地，我来就算是娘家人给你伺候月子了！"

许茹感动得眼里泛起泪花，边说"谢谢"边站起身给齐大娘鞠躬。齐大娘急忙上前扶住许茹："闺女，咱们石油师是一家人，一家人不说两家话！"

"嫂子，你就别客气了！我娘给你做做饭、洗洗衣服又不是什么重活。对了，刘大勇呢？是不是又去老李那儿喝酒了？"齐占山问。

"他……他有事儿出去了。"许茹支吾着岔开话题，"占山，最近有柴达木的消息吗？"

齐占山点点头："石油师改编成工人后，听说石队长他们要跟着政委去新疆。"

许茹瞪大眼睛："去新疆？又去找新的油田？！"

"可不是嘛！听说柴达木油矿让石队长当局长他都不干，非要跟着政委去开辟新的油矿。他这人就是闲不住……"齐占山说着，许茹看着怀里的孩子，心中有个大胆的想法渐渐冒了出来……

夜深人静，许茹在床上哄孩子睡觉。刘大勇拿着瓶酒，摇摇晃晃地破门而入："做饭了吗？老子还没吃饭呢。"

许茹吓了一跳，惊慌起身道："我以为你不回来吃了，所以没做。"

刘大勇看见了桌上的鸡蛋："鸡蛋？哪来的？"

"齐占山和齐大娘下午送来的。"许茹拍着刚要睡着又被惊醒的孩子说道。

"呦，徒弟孝敬师父的。"刘大勇说着拿起一个鸡蛋就吃。

孩子没有继续睡，反而突然哭起来，许茹忙从床上抱起。刘大勇愤愤地将没吃完的鸡蛋摔到地上："别哭了！烦死了！再哭给我滚出去。"

受到惊吓，孩子哭得更加厉害，许茹惊慌地抱紧孩子："他，他还是个孩子。"

"孩子？那也是杂种，跟我没关系。"刘大勇气咻咻地说着上前就去抢孩子。

许茹拼命紧紧护住："大勇，你干什么，求求你了，孩子是无辜的。"

"赶快让他闭嘴，别吵着老子睡觉。"刘大勇停了手，狠狠瞪了一眼许茹，躺在了床的中间。

许茹抱着孩子躲到一角，看着占据了整张床的刘大勇无可奈何……

月光透过窗子，柔柔地照在许茹身上，试图抚平她那颗伤痛的心。

经过深思熟虑，许茹准备好了材料，一过满月，就抱着孩子来到杨宇照的办公室。

杨宇照见许茹过来有些意外，不过马上热情地站起来招呼许茹坐下，并走到跟前逗着孩子："刚出满月吧？你看我忙得都没时间去看你。大勇是咱矿上的功臣，你给他添了个大儿子，我也代表矿上谢谢你。有了小家伙了，生活上有什么困难吗？有啥困难你尽管说。"

"没，没有困难……"许茹犹豫了一下，拿出口袋里的材料，交给杨宇照，"报告局长，我……我想组建一个女子采油队，我也想找石油！"

杨宇照惊讶地接过材料，看向许茹的眼神尽是难以置信……

眼看去新疆的日子就要到了，田义文约了周远、任新我、段铁生一起去了石兴国的家，想谈谈去新疆的事。几人进屋，看着梅大妮不停地在眼前晃，大家面面相觑，不知道该怎么开口。

"队长，我们几个想找你说点事。"周远最先说道，边说边向石兴国挤眼睛。

石兴国自然明白他的意思，于是说道："哦！好，你们说吧。"又冲着梅大妮，"大妮……我们谈工作，你……"

梅大妮明白石兴国是想让她回避，却故意一屁股坐到跟前："你们谈呗，俺是你老婆，还怕俺听见呀？"

石兴国见梅大妮这样，只好让大家别在意，尽管说。

几人互相看了看，任新我作为代表，说道："是这样，我们几个商量了一下，都想跟着你一起去新疆。"

石兴国一听，激动万分："太好了！"

梅大妮却拉下了脸："好什么好！谁说让你去了！你是俺丈夫，俺就是不让你去！"

"哎，嫂子，别急别急，要不咱这样吧！咱们举手表决！你看怎么样？"田义文见梅大妮还是以前的态度，想了想，出了个主意。

"啥叫举手表决？"梅大妮问。

田义文有些小得意："就是同意的就举手，不同意的就不举手啊！"

哪知道梅大妮立刻就反应了过来："俺傻呀！你们这些人当然是一回事儿了，俺一个人就算加上肚子里的孩子，也没你们人多，俺不干！"

"梅大妮！我们在谈工作，你要不回屋睡觉，要不就别插嘴。"石兴国板起了脸。

梅大妮看看生气的石兴国，知趣儿道："好好好，你们谈工作，我给你们倒水！"说着起身向角落里走去。

看着梅大妮终于离开，石兴国兴奋地回头对几人道："我还以为你们不愿意跟我去呢，这下好了，我们又可以并肩作战了。"

"我给你们共产党干活，本来就是冲着你石兴国的，你要是走了，我跟谁干去？他们再把我当土匪给毙了，那我还不死不瞑目？！"田义文开着玩笑说道。

周远笑道："也就只有我们不把你当土匪。你看你现在还是一身匪气！"

田义文反驳："这叫义气！"

大家都笑了起来。

"石队长，我和义文都是冲着你的人品来的，在你的手下干活痛快！"任新我说道。

段铁生接话道："就是，队长，我们连老多兄弟都要吵着跟你走，这不派我这个代表来请示，是否能把我们都带着。从当兵到现在，跟着你挨骂、挨熊习惯了，你要是走了，没人熊我们难受！"

听着他们真诚质朴的表达，石兴国既感动又欣慰，仿佛一下子全身有使不完的劲儿。

"老伙计，和你搭班儿这么多年，被你耳濡目染的我都没有一点书生气了，你这个影子我看我是甩不掉了！"周远说着从口袋掏出一份报告，"这是我们一起打的报告，愿意跟你走的人都签上了名字，你就跟领导争取一下吧！"

石兴国激动地接过报告，眼圈有些发红。一直在旁边听着的梅大妮也被大家感动了，端着水走过来："把俺的名字也签上，你们离不开石队长，俺更离不开俺们家老石！"

一句话引得众人"哈哈"大笑起来……

很快，领导批准了大家的申请，离开的日子也到了。柴达木矿区的大门外，除了程孟华、陈寿华等领导外，工人们也都自发地来送别王振华、石兴国一行人。

任新我等人已经上了等在一旁的汽车，梅大妮挺着大肚子，拎着包袱，边走边恋恋不舍地回头看着营地。

车上的段铁生喊道："嫂子，别看了，新疆有更好的家！"

后面的田义文也笑着说："嫂子快走吧，到了新疆，多少哈密瓜、大葡萄等着你吃呢！"

梅大妮擦了把眼泪："俺算明白了，俺们哪有家？哪里有石油哪里就是家！"

石兴国和领导们一一握手告别后，赶过来扶着梅大妮上了汽车驾驶室。

磨蹭在最后的田义文终于看到了刘小青，连忙站住，往回走了几步。刘小青过来伸手拍拍田义文的肩膀："哥们儿，多保重！听说新疆更艰苦，在我去之前，你会活着吧？"

田义文看着刘小青："为了还能看见你，我也得好好活着。"

"等着，我会去找你们的！"刘小青说完，潇洒地转身离开。

田义文呆呆地看着刘小青的背影，直到听见众人在车上的催促声，才猛然清醒过来，返身飞跑着上了车。

汽车缓缓驶出，人们不舍地互相挥手道别。梅大妮看着熟悉的营地越来越远，不禁啜泣出声……

一望无际的柴达木盆地上，一条孤独的道路上孤独地行驶着一行大卡车……车上却热闹非凡，大家齐声唱着歌，憧憬着即将到来的充满挑战的新生活……

杨宇照非常重视许茹提出的成立女子采油队的想法，特意找来刘大勇征询意见。毫不知情的刘大勇翻看着杨宇照递过来的一沓材料，越看心中火气越大。

"你爱人许茹啊，真是个好同志！思想觉悟很高，又积极要求进步。大勇，你真有福气！娶了这么个好媳妇！工作上、生活上都不甘落后！一个女同志，能够这样，那真是女中豪杰！让我这个男人都钦佩不已！你可不要被落下差距，拖人家后腿啊！"杨宇照没有注意到刘大勇的神色，在旁边不停夸着。等了一会儿，见他紧握着材料，没有吭声，才不由问道："怎么了？大勇？你不同意？"

刘大勇强压怒火站了起来："不！杨局长，我没啥意见！领导咋决定我就咋接受。"

"哦，很好，那就没事了，你回去让你爱人不要着急，她的这个提案，上级领导也很重视，会慎重讨论的。你们两口子啊，平时也多交流交流石油技术，互相学习嘛！"杨宇照说道。

刘大勇点头，强忍着火气走出办公室。刚一走远，刘大勇就再也憋不住了，火冒三丈地飞快往家里赶去，紧攥的拳头捏得嘎巴嘎巴响。

到了门口，刘大勇一脚将门踹开。正在做饭的许茹吓了一跳，忙回头看了一眼刚进门的刘大勇，见他浑身冒着火气，呼吸粗重地把帽子摔在桌子上，知道情况不妙，忙将孩子抱起来放到门口外一张自制的小摇床上，轻声说道："小石头乖，一个人玩会儿，妈妈做饭。"然后转身进屋，并顺手关上门，对屋内的刘大勇说道，"大勇，当着孩子的面，不要发这么大的火。"

刘大勇哪里听得进去，指着许茹的鼻梁大声质问："你说，你眼里还有没有这个家？你是不是从来不把我当你男人？你是不是一直都瞧不起我？"

许茹看了一眼刘大勇，又望了望屋外的孩子，顿了顿对刘大勇说道："虽然我不知道你为什么发这么大火，不过你有什么话就都说出来吧，说出来心里也就痛快了。"

"好，那今天我就把话说个明白！你瞒着我在领导面前要成立什么女子采油队，你安的啥心？"刘大勇恨恨地问道。

"大勇，请你理解我。我没有故意跟你作对的意思。你们男人为国家做贡献，采石油，我们女人也不能吃闲饭，能为国家做点贡献就做点贡献，矿上，不光我一个女人这么想。"许茹平静地说道。

"你放屁，你以为我不知道你的那点花花肠子？说什么做贡献，我看就是借口！姓许的，你是不是后悔和我结婚了？现在孩子生了，绿帽子我戴了，然后你就以找油为借口，拍拍屁股离开我，去找你那个心上人石兴国啊？你以为我傻吗！外边人天天闲言碎语的！你去看看那个野种，有哪点像我，你说？你给我指出来！"刘大勇越说越愤怒，过来一把揪着许茹的头发把她拖着向门口走。

许茹忍无可忍，哆嗦着一巴掌搧在刘大勇脸上。

冷不防挨了打的刘大勇瞬间撒开了手，捂住脸半天没反应过来。好一会儿，他转过脸，不可思议地抹着嘴角的血丝："你打我？"

"我，我……"许茹吓得不知该说些什么。

"好！你不是要成立什么狗屁女子采油队么！我让你弄……"刘大勇冷笑一声，抓起桌上许茹重新补充的材料，就要扔进灶台里。

许茹赶紧冲过去抢夺材料，不料却被锅里刚烧开的水烫到了手。许茹惊叫一声缩回手，同时一个站立不稳，摔倒在地。门口的孩子被巨大的声响吓得大哭起来。一时间，大人孩子，哭喊声一片。

刘大勇看也不看地拿起桌上一瓶酒一饮而尽，然后挥袖离去。

20

许茹独自抱着孩子来到诊所，唐娜笑着迎过来，欢喜地抱过小石头。不过当她看到许茹被烫伤的手时，便立刻愤怒起来："刘大勇就是个畜生！你们又因为什么事吵架？"

"不是，不是他，是我自己不小心，烧水的时候烫的。"许茹掩饰道。

唐娜把小石头放在一旁的床上，拿出医药箱，给许茹包扎。

"许茹，别再瞒了，你瞒我有什么用？不要总是把自己弄得那么辛苦。你告诉我你到底怎么想的，我也好帮你啊。"唐娜边包扎边说。

"只要能成立女子石油队，再大的苦都不算啥。"许茹目光坚定。

一旁躺着的小石头忽然哇哇哭闹起来。许茹不顾手上的伤跑过去抱起孩子，疼惜地晃着。

唐娜叹了口气："你不为你自己想，也应该为孩子想一想吧。"

许茹眼中有泪，背过身去。

唐娜想来想去，能帮许茹劝劝刘大勇的大概只有齐占山了。晚上，她特意来到宿舍找齐占山，跟他讲了许茹现在的难处。

正埋头专注学习钻井知识的齐占山放下书本和笔记，叹了口气。他佩服许茹成立女子石油队的勇气，也鄙视刘大勇作为一个男人，动手打女人的无耻行为，可要他劝刘大勇不阻挠许茹的计划，却没有什么信心，只能尽力试试看。

转天工作休息间隙，齐占山看到刘大勇坐在一旁擦汗，忙走过去掏出一根烟递过去："师父，来根好烟，解解乏。"

刘大勇接过烟，笑道："哟，小子有进步，会来事儿了。"

齐占山笑笑，帮刘大勇把烟点上。刘大勇深吸了一口，看着齐占山："说吧，找我什么事儿？"

"没啥事啊，师父，就是看你累了，过来坐坐。上次那事是我错了，你别放心上。"齐占山维持着脸上的笑容。

刘大勇挥挥手："算了算了，我又不是记仇的人。"

齐占山做出一副不经意的样子："对了师父，听说嫂子想成立一支女子石油队？"

刘大勇立刻警惕起来："你听谁说的？"

"大家都在传这个事情啊，都说嫂子不愧是个文化人，顾全大局，若是这个队伍真成立起来，我们这帮大老爷们能省不少心……"齐占山早就想好了词儿。

刘大勇眼睛一瞪："是许茹让你来找我的吧？去去去，没门儿。"

齐占山连忙否认，同时又不解地问："为什么不同意？多好的一件事啊？多有面儿！"

刘大勇怒目看着齐占山："你就别蒙我了！她什么心眼儿我能不知道？谁要替她说话，谁就给我滚蛋！永远别再出现在我面前！"

齐占山彻底无语，只气得攥紧拳头，恨不能上去给他两下。

新疆戈壁滩上，枯黄的野草零星生长着，一头驴到处啃着地皮，试图寻找更多的嫩草。不远处，放驴少年黄雨田躺在地上呆呆地望着天空。忽然，他听到地上传来一阵车轮声，忙一轱辘爬起来，撒腿朝远处的山头跑去。

黄雨田气喘吁吁地跑上山头，只见山下一行车队卷着尘土，浩浩荡荡地朝戈壁滩驶来。在这个人烟稀少的地方，很少看见这样的情景，少年不由兴奋得手舞足蹈，并朝着车队大喊大叫起来。

车上，石兴国他们看到了远处山头上的黄雨田，大家有些好奇地也使劲儿朝他挥着手。

　　傍晚，一行人抵达新疆石油管理局，局长林木海热情地接待了大家。

　　办公室里，王振华、林木海两人寒暄过后，林木海仔细打量着石兴国，问道："这位是？"

　　王振华笑着点头介绍道："这就是我们石油队的队长，也是原尖刀队的队长。"

　　林木海忙上前握手："久仰大名，久仰。石兴国，政委不知道跟我提你提了多少次了，我们新疆马上要进行一批小油井实验，以后就全靠你了啊。"

　　石兴国谦逊地道："局长过奖了，我们就是冲着油井来的，必定全力以赴！"

　　林木海点头："那就好，我看到希望了！大家一路上辛苦了，先休息休整吧，工作会议咱们放到明天再说。"

　　这时，王振华忽然剧烈地咳嗽起来。石兴国、周远异口同声地问："政委，你还好吧？"

　　王振华努力克制着咳嗽，摆手道："没事。"

　　林木海赶紧说："你们太辛苦了，我安排了住处，先带你们过去住下吧。政委你好好休息，听说这次嫂子跟孩子一起来了，我特地给你准备了一间大点的房间。咱苦点没事，不能苦了老婆孩子。"

　　王振华又猛烈咳嗽了两声，勉强笑着："唉，她不放心我，非跟着来，给你添麻烦了。其实不用这样的，咱搞石油的人，什么苦都能吃，什么艰苦条件都能受，家属也都习惯了。你这样特别对待，我有点不安心啊。"

　　"别这么见外，再说也没什么特别，就是床大一点。走吧，我带你们去住处。"林木海说着起身带他们向住处走去。

　　王振华还是不停地咳嗽，闫竹给睡熟的大宝二宝盖好被子，然后拿出随身带的药和输液用品，熟练地给王振华扎上针开始输液。

　　"你看你，身体都成这样了，还硬撑着。我现在都角色转换，变成你的卫生兵了。"闫竹嘴上抱怨着，却心疼地看着丈夫。

　　"我这不也是没有办法嘛，新疆的石油工作刚刚开展，千头万绪，咱们新中国太需要石油了，我也太想打出石油来了。"王振华说着笑起来，"倒是锻炼了你的能力，现在除了能当学校教务主任外，还能当医生了。"

闫竹扑哧一声笑了："是啊，跟着你这个大首长，我不得不什么都会啊，你看，先是教书，后来搞后勤，现在还成医生了！没办法啊，谁让我也是你的兵呢？"

王振华知足地看着妻子笑了："辛苦你了，跟着我这么东奔西跑的。"

"我没事，你放心，我现在也不用你做思想工作，我支持你打石油，但是有一点，你不能这么倒下，要不然，我和孩子们怎么办？"闫竹说着拿起桌上的药，"你这老毛病，平时多加注意，药一定不能停了，要记着吃。"

王振华接过药："哎，好，我答应你，以后一定注意身体，按时吃药，不让你操心。"

吃完药，闫竹扶王振华躺下，让他好好睡一觉，她则静静地守在床边。

清晨的阳光唤醒了辽阔寂静的新疆。大戈壁滩上，石油工人的营房看起来那么渺小。

周远和石兴国信步走出宿舍，望着远处一望无际的戈壁，周远感叹："队长，我们可真是一支征战全中国的石油兵队伍啊，从玉门到青海，现在，又到了新疆。打石油和打仗没有什么区别嘛，只不过是只流汗不会流血牺牲了。"

石兴国点头："是啊，想起以前打仗的日子，真的是太遥远了。"

"队长，到了新疆，一切都得从零开始，咱们在玉门和青海的成绩都不管用了。新疆这么大，你有信心吗？"周远问道。

石兴国望着远处的戈壁沙滩，沉默了片刻后说道："这就是我们的挑战。但是我相信，尖刀队不管穿不穿军装，都能打胜仗！"

两人极目远眺喷薄而出的朝阳，心中充满了希望。

宿舍里，田义文拿着一个收音机左看右看，不住叹气，他鼓捣了一晚上也没能修好，不甘心地又拿出来仔细端详。这时任新我恰好从田义文面前走过，看到他手里的收音机，脑子里"轰"的一声，一把夺过来，质问道："你哪来的这东西？"

田义文一惊，抬头看向任新我："哦，这不是你的吗？你去北京的时候，我一个人无聊，就给翻出来了，正好来这荒无人烟的地方能派上用场，不过，看样子坏了，又不是什么宝贝，你至于这么夸张吗？"

任新我默默将收音机放进自己的抽屉，然后说道："以后，你不要乱碰我的东西，我需要应有的空间和尊重。"

田义文怀疑地看着任新我，说道："老任，既然我们已经选择了共同的目标，我希望你能够信任我，也希望你信任你自己。"

任新我迟疑了一下，没有说话，走出了宿舍。

放驴少年黄雨田好奇地跑到工人宿舍外，探头探脑地一间间打量，看到任新我走出宿舍，迎上去喊了一声："叔爹……"

任新我一愣，差点以为小雨在叫他"爹"。一抬头，看到黄雨田一脸纯真地站在自己面前。

"你……你刚才叫我什么？"任新我的声音有些发颤。

"叔爹啊！叔爹，我叫黄雨田，是在这儿放驴的，你们真的是来打石油的吗？"黄雨田满脸好奇。

任新我的声音有点哽咽，缓和了半晌，才"嗯"了一声。

黄雨田瞬间绽放出灿烂的笑容："太好了，我早就听说你们要来了，我还没见过石油工人呢，这一回总算见着了。叔爹，你教我打石油好不？"

任新我笑了一下："孩子，这个我说了不算，再说了，你还这么小，还是回家好好孝敬你爹妈吧。"

黄雨田脆生生说道："我没有爹妈，我只有一头小毛驴和我爷爷，叔爹，要不，你当我的亲人吧，我就能跟着你打石油了。"

任新我看着黄雨田，仿佛看到了他的小雨，忙摇摇头，走开了。

"哎，叔爹，你干啥去？"黄雨田追了两步，沮丧地站住，望着任新我的背影发愣。

新奇感很快过去，梅大妮百无聊赖地在矿区乱逛着，看到愣神的黄雨田，走过去从头上拍了一巴掌："喂，臭小子。"

黄雨田回头："你打我干啥？"

梅大妮嘻嘻笑着："看你喘不喘气呀。你们这新疆，跟见鬼了一样，到处一个人影都不见，人呢？都哪儿去了？"

黄雨田不满地瞪了一眼梅大妮："我不是人吗？"

"你这个小鬼，还嘴硬，俺问你，这里到市上，远不远？市上有没有啥好吃的东西？"梅大妮又问。

黄雨田上下打量了一下梅大妮，心想："这个姐姐好奇怪，这么远去市上就是为了买好吃的？"

梅大妮似乎猜到了少年的心思："看什么？不是俺吃，是俺肚子里的宝宝吃，快点说，远不远？"

黄雨田故意拉长声音说道："你听好了啊，从这里，骑驴呢，要绕过这座山，翻过那道梁，走上三天三夜还到不了一半。如果你会开汽车的话，一天时间兴许能到。"

"啊？这么远啊？这不是要俺的命嘛。"梅大妮嘀咕着自顾自走开了。

黄雨田摸摸脑袋看着这个奇怪的姐姐走远。

连续几天，黄雨田总泡在矿区里转来转去，认识了好多人。这天傍晚，小家伙见石兴国和周远回到队部，立刻跟了进去，张口就说他和他的驴也要打石油。石兴国和周远看了看眼前的少年，不禁笑了。

石兴国耐心问他叫什么名字，都会干啥，为什么要打石油。

黄雨田认真做了回答，当说到会放驴，还会学驴叫时，石兴国、周远两人忍不住哈哈大笑起来。

黄雨田有些羞涩地低下头："我是什么也不会，但看你们石油工人真好，我也想当……"

周远温柔地摸摸小家伙的头，安慰道："这样吧，你先回去，先把驴拴好，然后和你的父母商量一下，等你长大了，就来我们油田，到时候一定让你当石油工人。"

黄雨田抬起头："我没有父母，家里只有爷爷，还有一头驴。"

周远和石兴国交换了一个眼神，然后说道："好孩子，你的志气很令我们钦佩，我们可以教你，但是当石油工人是一件很苦的事情。"

黄雨田挺了挺胸脯："俺不怕苦。"

"好，好孩子啊。"石兴国由衷地说着，与周远互相点了点头。

终于穿上了梦寐以求的石油工衣，虽然有些宽大，黄雨田还是每天乐不可支。这天他乐呵呵地给驴圈重新围着栅栏，田义文由此经过，看着阳光灿烂的黄雨田，不由问道："当石油工人，有那么高兴？"

黄雨田骄傲地抬起头："当然了，我可是做梦都想和你们一样打石油呢，多威风！"

田义文笑了。不远处的任新我走过来，也和黄雨田打了个招呼。看着这个早早没有了父母的少年，任新我心里不由得生出一种疼爱的情绪。

知道石兴国他们已去了新疆，齐占山的心乱了。他也想去新疆，去追随石兴国开创自己的一片天地，但又不忍心让上了年纪的母亲跟着他一起受苦。这让他左右为难，不敢表露自己的心事。

知子莫若母，历经世事的齐大娘怎会不知道儿子的想法？看着每日心事重重的齐占山，齐大娘不愿拖累儿子，思来想去，她托人写了封信放在自己屋子里，一个人悄悄离开了。

晚上，下了工的齐占山疲惫地推开母亲的房门，里面却漆黑一片，空无一人。他纳闷地打开灯环顾四周，看到床上有一双新鞋，鞋下压着一封信。打开信封，纸上写着：儿啊，娘回老家了，你不用牵挂。这样，你也能放开手脚好好干，成为像石队长那样的石油英雄，打出更多的石油来。娘等着你的好消息……

"娘！"齐占山握着新布鞋泪如泉涌，他知道娘是怕拖累了自己，是怕自己不让她走……

悲伤过后，齐占山决心一定不辜负娘的期望，立刻申请去新疆。他一刻也等不了了，风风火火地去找杨宇照。走着走着，忽然想起杨局长这段时间并不在局里，于是向邱建设家拐去。

邱建设与刘大勇两人正在喝酒，说起热火朝天的石油业，说起表现突出的石兴国和新近出现的先锋队长王前进，邱建设不由劝刘大勇也要抓紧出成绩。

刘大勇却不屑地道："不急，王前进就是个愣头青，我这辈子的敌人只有石兴国。"

"哦？真的吗？难道你和石兴国之间有杀父之仇？还是有夺妻之恨？哈哈哈。"邱建设一脸八卦地哈哈笑着。

"邱处长见笑了。"刘大勇说着端起一杯酒，猛灌下去。

"那么说，大家的风言风语，看来都是真的了？"邱建设又给他倒上一杯酒，拍拍他的背安慰道，"这俗话说，女人是鞋，男人是脚，穿着不舒服，咱脱了不就好了？再说了，男人嘛，还在乎那些小节干什么？来，咱们喝酒，等我以后当了玉门油局副局长，这个处长的位子一定给你坐。"

刘大勇道谢，两人喝酒。

这时，齐占山来到门口，举手敲门。听到敲门声，刘大勇主动去开门，见到齐占山站在门口，有些意外。

齐占山同样吃惊地瞪大眼睛看着刘大勇，不知道该进还是该走。

"谁啊？怎么不进来？"两人正互相大眼瞪小眼，里面传来邱建设的声音。

"哦，是我徒弟占山，我们这就进来。"刘大勇回头喊了一句，然后压低声音，"你来干什么？说话小心点！"说完，两人一起进屋。

邱建设热情地招呼齐占山："占山啊，来得正好，一起喝一杯。"

"不了，邱处长。我本来想找你说点事，看你忙着，改天吧。"齐占山有些局促，说完转身就想走。

"没事没事，又没有外人，还有什么不能当着你师父的面说的！"邱建设很热情。

"我……我……"齐占山支吾了半天，最后使劲儿攥了攥拳头，"邱处长，我要申请离开玉门。"

"离开？去哪儿？"邱建设、刘大勇惊讶得异口同声问道。

齐占山迟疑了一下："……新疆。"

刘大勇立刻冷下脸来："去找石兴国吧？"

"齐占山，你知不知道现在玉门是建设的重要时期？别以为开发了新疆，玉门就落后了，玉门，那是新中国油矿的功臣，别说开发了一个新疆，就是开发了全中国，玉门也不会关门大吉！所以，只要玉门开钻一天，你就是这里的一个石油工人，就不准离开！"邱建设越说越生气，重重地拍了一下桌子。

齐占山见两人如此态度，心里反而不担心了，不卑不亢地说道："邱处长，我是石油尖刀队的兵，自从拜师跟在刘队长这边，也有好几年了。当时，我答应过部队，什么时候学成了，我就回去；现在，我应该追随大部队，到新疆去打更多的油。"

"翅膀硬了是吧，玉门装不下你了是吧？"刘大勇黑着脸训斥。

"没有，我算什么？！在玉门，有刘大勇队长，还有王前进队长，还有许许多多的石油工人，少我一个齐占山，油照样能打。"齐占山不紧不慢地说着。

"那也不准去！齐占山，你这是什么态度？啊？你是来求邱处长的呢？还是来命令邱处长的？"刘大勇反而急了。

齐占山依然镇定自若，望向邱建设："不敢，邱处长，我是来申请离开玉门的，请你批准。"

邱建设想了想，说道："占山呀，现在，杨局长忙着在各地调研，我一个人说了不算，等过一段时间杨局长回来再说吧。"

齐占山知道他有意拖延，但也只好如此，无奈转身出屋。

刘大勇回到家，小石头已经在炕上睡着了。他走到脸盆前洗脸洗手，许茹从桌上拿起毛巾，递到刘大勇跟前，同时说道："我有个事，要跟你说一下……你要是看我和孩子实在堵心，咱们俩就分开睡吧……"

"嗯？啥意思？你这是在别人那里当了婊子，到我这儿立牌坊来了？装什么矜持！"心里本来就憋着火的刘大勇出言不逊，一边擦手擦脸，一边淡漠地说道，"我的家，我爱睡哪儿就睡哪儿，你要是不舒服，就自己看着办吧。"

"你为什么不让我申请女子石油队？"许茹试探地问。

"只要我活着，你就休想！对了，去把洗脸水倒掉，给我打点洗脚水来。"刘大勇盛气凌人地指挥着许茹。

许茹眼中含泪，端起脸盆出去……

新疆，对于王振华、石兴国来说，是一个广阔的战场。石油藏在地下不知道具体位置，所以，马上要开展意义重大的小油井实验，如果成功，将是下一步工作的指南针。这个任务交给了石兴国，他信心满满地保证一定成功完成任务。

傍晚，周远和石兴国围在地图前，连夜讨论即将进行的实验地点。周远指着地图上的几个圈出来的红点，说道："小油井实验目前定的几个点在这里，队长，你打算怎么开始？"

石兴国用手指在地图上比画着："我想过了，现在时间紧迫，咱们的小油井实验要兵分两路，你和任专家一路，带一些工人在这几个地方开始实验，我和田义文一组，在剩下的几个地点实验。这样，出成果的速度会快一些。"

周远点头表示同意。石兴国随即让周远通知大家，明天开始驻扎到实验地去，请提前做好准备。

一大早，石兴国和周远分别带队出发，开始了紧张辛苦的野外探测工作。

他们每天起早贪黑，在风吹日晒中高强度工作多日，众人都灰头土脸，疲惫不堪。小油井实验却无一例外地全部失败。

理论与实际情况的不符，让任新我头疼不已。田义文也跑遍了方圆几公里，却没有找到一块含油油砂。仿佛撞了邪一般，大家将近一个月的辛苦努力，全部付之东流。

听到这个情况，王振华、林木海等领导很快赶到小油井实验地，与石兴国等人召开了分析会。

局长林木海第一个发言："我奉上级指示，满怀期待地迎接来了从柴达木支援我们新疆石油管理局的几位同志，但是这一个多月的小油井实验全部失败，不得不说是一件让人很失望的事情。这让咱们新疆石油局全局上下都有压力，不过，有压力不能有借口，我们需要知道油井实验失败的具体原因。"

立刻有人附和："是啊，大家有目共睹，失败了就要给一个说法，我们新疆石油工人不能不给国家一个交代。理论指导实践，实践检验理论，现在实践失败，是不是技术专家应该负首要责任？"

"对，失败是铁一般的事实，这次实验，是由石兴国队长具体负责的，还有他们的技术人员，责无旁贷……"又有人跟着说道，其他人也七嘴八舌地不断问责。

一直没说话的王振华看向石兴国："石兴国，失败了就是失败了，这件事，我们要给出合理的解释……"

"是，我们对于这次失败，一定会积极寻找原因，但是目前……"石兴国的话还没有说完，就被任新我站起来打断。他看了一眼石兴国，然后说道："林局长，各位领导和同志，理论上来说，新疆的地质情况，是含油量丰富的中生代岩石，储油量是巨大的，但是小油井实验失败，也不排除钻探技术问题。"

这句话立刻引起异议，大家都不承认责任在己方，有人立马站起来反驳："这是推卸责任，我们的钻探没有问题。石油工人钻不出石油，那也和石油专家有关系，现在人人心中有疑问，由你们负责的小油井实验，第一炮就没打响，接下来，我们是该解散呢，还是该到处打干井钻老鼠洞？"

任新我气得张口结舌说不出话来。

石兴国大声解围道："大家都别吵了！任新我同志是一位很有资质的老石油、老专家，来新疆前，在北京进修期间，也和全国的专家讨论过，很多专家都一致认定，新疆地底下有石油，这是不容置疑的，大家应该相信和支持石油专家的论断。"

"石队长，你护着你的石油专家我们不反对，但是这次油井实验失败，总该有人来负责吧？"林木海皱着眉问。

石兴国一挺身："我是小油井实验的主要负责人，责任由我来承担。"

王振华挥了挥手："好了好了，大家不要打嘴仗了，都静一静，听我说，现在，不是推卸责任或者谁应该来承担责任的问题，关键是……"这时电话铃声响起，王振华回头，示意助手接听电话。原来是石油部处长高峰的电话，来询问柴达木小油井实验情况。

王振华起身去接电话，耐心解释了小油井实验毕竟是一个试验探索过程，失败的因素很多，找出原因还需要一些时间，希望能多给石兴国一些时间，相信一定可以成功找到石油资源。

挂了电话，王振华回到会议桌前，看看面面相觑的众人，说道："刚才大家都听见了，是石油部的高处长打来的电话，他很关心咱们的石油生产啊。"

林木海紧皱眉头："无论如何，我们不能交白卷，工作上面子问题不算啥，实事求是不丢人，实在不行就换人……"

王振华看了一眼石兴国，再看看大家："好了好了，这个石油藏在地底下，它和我们捉迷藏，我们一定不能自己乱了阵脚。失败是成功之母嘛，大家也都打起精神，咱们要相信科学相信专家，给我捉住这只石油大耗子！"

石兴国霍地站起来："王政委，我给你保证，再给我一个星期时间，我石兴国再找不到石油，是换人，是处分，听从发落！"

晚上，周远看到队部的帐篷一直亮着灯，走进去见石兴国熬得眼圈发红，梅大妮也陪着坐在一边打盹儿，不由劝道："队长，找石油不是一天两天的事情，你早点回去休息吧，别急火攻心，再累垮了。"

梅大妮惊醒，说道："是啊，周指导员，你帮俺劝劝他，你看他，跟发疯了一样，谁都不理，也不吃不喝，就往图纸和石油书里钻。早知这样，就不应该让他来这么艰苦又坑人的地方。"

"都别说了，你们俩不要来烦我，都走……"石兴国说着起身将两人撵出了帐篷。

梅大妮执拗着又要回去找石兴国。周远一把拉住梅大妮："嫂子，你先回去吧，你身子这样，行动不便，回去休息吧。石队长这段时间压力很大，咱们就不要添乱了，嫂子也别往心里去，走吧，我送你回去。"两人离开帐篷。

帐篷内，灯又亮了一整夜。

石油局高处长专门从北京请来一位苏联石油专家，周远陪着他去找石兴国。他们走进帐篷，却没见到人，一个工人告诉他们石队长住到井场去了，说找不到石油就不回来了。周远只好带着苏联专家朝井场走去。

　　石兴国在井场扎了两顶帐篷，住在井架下。此时正和任新我、田义文拿着图纸，对照图纸上测定的小红点，指挥工人们开钻。看到周远和苏联专家走过来，石兴国几人迎了过去。

　　周远先给专家介绍了石兴国，又对石兴国他们介绍道："石队长，这位是享誉国际的石油大专家，他了解了我们小油井实验的情况，想和你谈一谈。"

　　石兴国满脸笑容，热情地伸出手："专家同志，欢迎啊！"

　　这位专家却没有握手的意思，而是伸出一只手摇了摇，又插回口袋。

　　田义文生气地小声嘟囔："有什么了不起！"

　　石兴国没在意，笑着缩回手，用胳膊肘捅了一下田义文，问周远："他能听懂咱们说的话吗？"

　　这时，苏联专家用中文说道："你就是石兴国？听说你们的钻探遇到了困难。"

　　"原来专家会说中国话，那就好办了。"石兴国想了想，说道，"困难算不上，我们遇到过比这更大的困难。"

　　"我还听说，你是个脾气不好的人。"专家的话让大家都面面相觑，这从何说起呢？

　　周远想了想说道："他大概是要表达你比较倔强吧。"

　　苏联专家摇摇头："不不不，不是倔强，你的脾气就是不好，不尊重科学，不懂科学的人，就是脾气不好的人。"

　　石兴国听不下去了："我说专家，我们每打一寸井，都是根据科学的预测、计算和方法进行的，你怎么就说我们不懂科学了呢？那你给我们说说你们的科学是咋回事吧？"

　　"那好吧，你们一定要听我说说科学，你们跟我来看，"苏联专家说着往前走了几步，指着远处的山说道，"我们苏联很早就对你们的西部石油感兴趣了，也很早进行了测量论证，一致认定，新疆其实是个贫油的地方。但你们国家的人大多不相信科学，觉得人类可以打败上帝，你们小油井实验的失败，就是上帝用事实证明了自己。这一次，我来到你们的国家，有了新的发现，我认为，前面的这座山不会有油，你们钻错地方了，再往西，有个叫做独山子的山，那里才有少量的油存在。"

石兴国看着苏联专家，笑了笑，说道："专家同志，我们和你的论断截然相反，根据我们的测定，新疆地底下有石油，而且储量也不少，你说的独山子，我们也测量过，并没有油，而眼前的这座黑油山，有油。"

苏联专家摇摇头："不不不，你们总是相信自己，不相信科学。"

这时田义文和任新我指着图纸："专家同志，你看这是我们绘制的黑油山石油分布图，我们认为，黑油山地底下石油分布成碎片状，打个比喻，就像是把一个茶碗扔到地上打碎，还在上面踩了一脚，所以，一般情况下，会被认定是没有石油。"

苏联专家不屑一顾地看了看图纸，然后说道："全球的石油资源都是成带状或者片状分布，不存在零星的点状分布，所以，你们的图纸，根本不科学。"

任新我不服："专家同志，你们的科学要根据我们中国的国情来下定论，中国的地理国情很特殊，不能一概而论。"

见有人反驳他，苏联专家顿时恼羞成怒："无知！我没有办法和你们沟通！你们根本就不懂石油！而且公然诋毁我们的科学，质疑我的能力，我要到北京去汇报情况，让国际石油联盟制裁你们！"说着愤然离开。

"这可是专家啊，你们怎么一点面子也不给啊？"周远无奈地看了看大家，赶紧追了过去。

"什么专家啊，我看就是来蒙人的。"田义文瞪着专家的背影嘀咕道。

高峰得知这个情况后马上给王振华打电话兴师问罪，埋怨他太护着石兴国了，才造成如今这个局面。

王振华知道自己的人有错，只好放低姿态，提出请专家吃当地特色的烤牛排赔礼道歉，再把人请回来。可人家已经去了北京，要道歉也得追去北京了。高峰气愤地挂了电话。

到了北京，石油工业部的唐国恩副部长亲自出面道歉，安抚这位专家，招待他吃最好的牛排，请他看最喜欢的芭蕾舞，并送了最具中国特色的茶叶给他。这位专家总算眉开眼笑起来。

王振华放下电话后，找来石兴国训道："石兴国啊石兴国，你捅娄子怎么跟钻石油一样啊，一捅捅到国际上去了，你知不知道苏联专家已经在北京那边告咱们的状了？人家是国际友人，咱们国家刚刚开始搞国际外交，如果闹起了国际矛盾，新中国的国际关系可就让你几句话给毁了。"

石兴国解释道："政委，我知道问题的严重性，主要是苏联专家的论断不符合咱们黑油山的实际情况，他们根本不懂咱们国家的地质地理情况，所以，他们的论断存在问题……"

王振华打断了石兴国的话："我不管你怎么说，重要的是用事实说话，事情已经发生了，我也不好再说什么，我是你的领导，你也明白我的心思，人家苏联专家说咱们找不到石油，那你就找到石油给他们看看。既然你确信我们的观点和主张，那我也豁出去了，我就支持你继续在黑油山打钻，不过，目前苏联专家已经提议让我们停止钻探了，压力很大啊。"

石兴国感动于政委的信任与支持，庄严地立下承诺："政委，我已经说了，就一周的时间，我要在黑油山钻不出石油来，你就把我活埋在黑油山！"

黑油山井场上，机器轰鸣，田义文和任新我在井场指挥，石兴国和工人们一起夜以继日地奋战……

又一个黎明到来，黑油山井场上机器依然在转动，工人们累得靠在机器边睡着了。田义文走出帐篷，活动活动胳膊，到处查看着，忽然，他停了下来，抽着鼻子用力嗅了嗅空气，然后快步朝立管口走去。来到油坑，田义文一脸欣喜，接着就惊喜地大叫了起来。原来，油坑里一层黑乎乎的原油花，已经漂到水面上，还有更多的原油从地底下源源不断地冒出来。

"出来啦，出来啦……石油打出来啦……哈哈哈……"田义文兴奋得大叫。刚走出帐篷的周远听见，立马转身跑回帐篷，使劲儿推醒趴在桌子睡着的石兴国："队长，队长醒醒，石油，石油找到了，我们打出石油来啦……"

"什么……快，快去看……"刚睁开眼的石兴国有些懵，立刻反应过来，一下子从凳子上弹起来往外跑去。

听到动静的人们围满了油坑，任新我、田义文兴奋得忘乎所以。石兴国和周远跑来，一把扒开人群……

　　"石油，是石油，队长你快看。"田义文说着，趴在油坑边，双手举起一捧石油。

　　石兴国激动地伸出手去接，然后闻一闻："是石油，没错，真香啊，哈哈哈……黑油山，我们打出石油啦……"石兴国仰头对着黑油山大声呼喊着。工人们也都兴奋地欢呼起来。

21

"政委，政委，我们的黑油山打出石油来了，小油井实验成功了，而且啊，地下石油前景可观，比预计的要更喜人。"石兴国和周远快步跑向王振华的办公室，忙不迭地报告了这个好消息。

王振华一听，也兴奋起来："太好了，马上给石油部报喜，让总理放心。"

"政委，我们估计，黑油山只是新疆油田的冰山一角，这也印证了任新我同志的论断。"石兴国补充道。

"嗯，好，但愿是个大油田，黑油山可是新疆油田史上的一座里程碑啊。哈哈，石兴国，我的宝押在你身上，果然赢了啊。"王振华哈哈大笑起来。

周远也得意道："这次那苏联专家该没话说了。"

消息很快上报到石油部。唐国恩陪着那位苏联专家正在宴会厅吃西餐，听到秘书的汇报，不禁高兴得哈哈大笑。

这位专家得知是刚刚去过的黑油山打出了石油，愣了一下，倒是非常佩服石兴国，竖起了大拇指，说道："那个坏脾气的人很顽固，但却用事实打败了我，很了不起，我认输。唐部长，请你转告石兴国，以后，我想请他到我们国家的大油田去参观，并且告诉他，我不讨厌他。"

"好，好，一定转告。"唐国恩笑着痛快答应。

小油井实验成功，大家都非常高兴，人们马不停蹄地开始讨论进一步的钻探计划。

办公室里，王振华等人听着田义文关于黑油山地质储备的报告，不住地点头称赞。

"1号井已经出油，紧随其后，2号井，3号井，西南方位黑1井等等这些钻探点都钻探出了高质量含油油砂。所以即使保守估计，地质储备的前景也是非常可观的。我们真的挖到宝了！"田义文一边兴奋地说着，一边用手指着地图上的一些红色标示点给大家看。

紧接着，任新我在桌上铺开一张地层横断面油量图，用几本书和茶缸压住图纸的四个角，说道："这是关于黑油山及其附近地层油量的理论数据图，我们计算了所有参量，结论和小田刚才的论断符合，而且，1号井出油已经证明，黑油山是一座真正的石油山！"

"好！太好了！"王振华带头鼓起掌来，然后走到石兴国跟前，紧紧握住他的手，"祝贺，祝贺啊！石兴国，你果然没有让我失望！"

石兴国谦虚道："政委，要不是你一直站在我这边支持我，我也打不出石油来。这上头，政委帮我顶着苏联老大哥；这下面，都是兄弟们拼死拼活拿命找石油换来的成绩。政委，借这个机会，我要向石油师兄弟们说句话，他们一个个都是铁汉子，是就算自己吃不上饭，也要让国家喝上石油的好兄弟！"

王振华点点头："嗯，说得好，黑油山出油是一件大喜事，同志们每个人都功不可没。来，你替我张罗张罗，今晚，我要在你们的驻地，给咱们石油兄弟来个大狂欢，开个祝捷酒会！"

"真的？政委，你不会是又口头上给我们开个联欢会吧？"一旁的周远忍不住问道。

"哈哈，小周啊，你这张嘴……"王振华哈哈大笑，"是时候了，也该让咱们的石油工人高兴高兴了。石兴国，交给你了，快去办。"

石兴国答应着就要往外走，王振华又叫住他："哎，别忘了给我整得体面点，黑油山全体工人和干部一个都不能少，而且……我可是带了好东西来喽……"王振华说着，神秘一笑。

石兴国看了看周围，选定了一块空地。工人们听说要开庆祝大会，一个个都兴高采烈，热心地过来帮忙准备。

周远边忙前忙后跟着张罗，边跟石兴国一起猜测政委带来的好东西到底是什么。以两人对王振华的了解，一致认为应该是好酒。

傍晚时分，果然有工人抬着几大坛老汾酒，朝联欢的空地上走去。用几块木板和石块拼凑搭成的长桌上，已经摆满了列巴、干馕、马肠子、皮芽子（洋葱头）等等新疆特色食物，一旁的铁锅内也是热气腾腾……

工人们积极地搬来各式各样的藤条凳子、小木桩凳子等等，虽然破烂老旧，但大家围坐成一圈，一样的温馨快乐。

地上燃起了一堆篝火，联欢会正式开始。

王振华冲着大家举起酒杯："来，为了黑油山更大的胜利，干杯！"众人也都举杯，仰头喝干了杯中酒。好多人第一次喝老汾酒，都竖起大拇指赞不绝口。

大家正在喝酒欢笑，闫竹忽然从远处走了过来。王振华及所有人都很意外，矿区离井场还有一段距离，况且天色已晚。

"小闫，你怎么来了？"王振华起身问道。

闫竹晃晃手里攥着的降压药，埋怨道："老王，你又忘了拿药，你这是要吓死我啊？你血压那么高，我能不来吗？"说着，走到王振华跟前，把药塞到他手里。

原来闫竹忽然发现丈夫没带药，就嘱咐两个孩子好好在家写作业，自己拿着药出来找他。刚好，碰上几个汽车队的司机，就顺道跟着过来了。

"嗯，正好你也来感受一下我们黑油山石油工人们的热情……"王振华将药装进口袋，精神抖擞地扫视了一下周围的工人们和开着汽车大灯围成了一个圈的汽车队。

石兴国也环视了大家一圈，然后跳上一辆汽车车头，对着大家说道："大家先安静，安静一下！今晚，在咱们的大联欢开始之前，请政委给咱们讲几句，大家欢迎……"众人鼓掌。

王振华微笑着看向大家，说道："其实，也没啥说的，平时工作中说的很多，今晚，就不占用大家的时间了，总归一句话，只要看着大家高兴，我也就高兴。

来，工人同志们，我的石油兄弟们，举起酒杯，为了咱们石油工人更大的胜利，干！"说着，从旁边桌上端起一杯酒，与大伙一起一饮而尽。

喝完酒，石兴国抹了把嘴巴："大家大碗喝酒，大口吃肉，为了黑油山，狂欢吧……"

大家一阵欢呼，有人唱起了歌，有人围着篝火跳起了欢快的舞蹈，现场一片热闹。

跟着大家一起欢声笑语的闫竹忽然想起梅大妮，问王振华道："我听说黑油山只有梅大妮一位女同志，怀着孕还负责你们这一大帮人的伙食，这位女中豪杰呢？"

王振华笑了："女中豪杰……嗯嗯，也是，走，既然说到了，我带你去石兴国家看看她吧。"

两人说着离开了庆祝会，朝石兴国家里走去。

挺着大肚子的梅大妮独自一人留在家里，但躺在床上翻来覆去睡不着。隐约听见屋外大家的欢呼声，还有驴肉的香味，肚子不禁咕咕叫起来。她摸了摸肚皮，翻身下床，嘴里嘀咕着也不知道石兴国会不会给她带些好吃的回来。

她刚站到窗前，脚上的鞋还没来得及穿好，忽然感觉情况不对。"哎呀，俺的娘呀……"梅大妮低头一看，立刻大叫着不敢再动，"宝贝，你干啥，你是不是要出来了，你别急，你爹又不在，你等会儿！啊！石兴国，你个杀千刀的怎么还不回来！"

梅大妮又惊又怕，疼痛在不断加剧，渐渐地，她满头大汗地瘫坐在地上。她一手扳着床沿，一手撑地，试图让自己臃肿的身体离开地面，但没有成功。折腾了几次后，梅大妮越来越虚弱，意识逐渐模糊……

王振华和闫竹有说有笑地走到石兴国家门口，看到屋里亮着灯，敲敲门喊了两声，屋内没有任何声音。闫竹回头看了一眼王振华："咱进去看看，孕妇瞌睡多，可能睡着了。"

两人进屋，一眼看见地上的梅大妮，急忙跑上前去呼叫。汗涔涔的梅大妮睁开了眼，见到政委夫妻，心中顿时升起了希望："政委，帮帮俺……"说完，又昏了过去。

"这……怎么回事？怎么会这样？"王振华有点束手无策。

闫竹摇晃了两下梅大妮，忽然看见地上有血水流出，急忙对王振华说道："情况不太好，我看她就要生了……"

"你看她能不能撑住，我去找石兴国，去叫医生……"王振华焦急地说。

"快点。"闫竹话音未落，王振华已转身跑了出去。

"喂，醒醒，梅大妮同志，快醒醒，千万不能睡着啊！"闫竹继续呼唤着梅大妮。

"同志们，我平时不喝酒，可今天，要敬大家一杯！这酒是好东西呀，冷了，喝酒能御寒；渴了，喝酒还能解渴，更何况，今天这酒，值得喝，来，喝……"已经微醉的石兴国说着，又仰头一饮而尽。

人群里的黄雨田却端着酒缸子一动没动。

石兴国看见后挥手说道："庆功酒不喝干，可当不了真正的石油工人！"

黄雨田只好闭着眼睛喝了下去。"好样儿的。"石兴国高兴地拍着黄雨田的肩膀哈哈大笑起来。

突然，身后许多人喊起了石兴国的名字。石兴国回头，只见周远在最前面，后面还跟着一群人一边喊着一边向这边跑过来。

"队长，快，快回家，政委说嫂子要生了，大家正找你呢！"周远气喘吁吁地说道。

"什么？要生了……"石兴国愣了一下，一把将自己的酒缸子塞到黄雨田手里，往家里跑去。

梅大妮终于睁开了眼睛，闫竹吃力地将她扶起来。

"嫂子，俺是不是要死了啊？"梅大妮虚弱地问道。

"放心，生孩子不会死人的，我生了不止一个。"闫竹赶紧安慰梅大妮，"别说话，现在马上送你去医院。"说着，架住梅大妮，艰难地往外走去。

石兴国跑回家，看到痛苦憔悴的梅大妮顿时慌了手脚，呆愣在那儿不知该干些什么。

"你愣着干什么？快，把车开过来……"王振华吩咐道。

"我去！"身边的周远跑着去开车。

几个人七手八脚地将梅大妮塞进车里，突然，梅大妮大叫起来："哎哟，出来了，出来了，俺觉得孩子……要出来了……"

闫竹和王振华互看了一眼，王振华立即命令跟过来的人们都转身背着车站立，在汽车周围形成一个安全的圆圈，同时要在场唯一一个女性，自己的妻子闫竹来接生。在这种情形下，闫竹只好勉为其难地挺身而上。

车上，梅大妮大喊大叫一阵后，迎来瞬间的安静，月明星稀的夜空下，显得格外静谧。

突然，一声婴儿的啼哭声打破这寂静，大伙都松了一口气，情不自禁地鼓起掌来。满头大汗的闫竹从车里钻了出来，用自己的外衣包着一个婴儿，递到石兴国跟前："生了，是个女儿。"

石兴国激动得说不出话来，小心翼翼又笨拙地接过孩子，看着手里的小生命，又看看车里虚弱的梅大妮，只一个劲儿傻笑。

王振华走过来说道："梅大妮同志，辛苦了！又给咱们石油工人的大家庭增添了一个新成员啊。"

梅大妮扭头看了一眼石兴国手里的孩子，问道："俺生的是男娃还是女娃？"

石兴国满脸幸福："是女孩，很好看。"

梅大妮一听，却"哇"的一声哭起来："俺要生男娃，咋就生出来的是女娃啊……"

闫竹将了将梅大妮湿透了的头发，安慰道："好了好了，月子里不能哭，会把眼睛哭坏的。"

"大妮，你别哭，来，抱抱咱们的孩子，你看看多好看啊。"石兴国说着将孩子递到梅大妮手上，然后对王振华说道，"政委，谢谢你救了我家大妮她们娘俩，孩子托你的福，健健康康，政委就给她起个名儿吧？"

王振华看看孩子，又看看一个个兴奋地围着孩子的众人，说道："既然这孩子是赶着来参加咱们庆祝大捷的联欢会的，就叫祝捷吧。"

石兴国高兴地看了一眼梅大妮，点着头说道："祝捷，石祝捷，太好了，政委，就叫石祝捷！"大家也鼓掌祝贺。

"好了，大家都回去继续喝酒吃肉吧，就当这孩子的满月酒提前喝了。"王振华招呼着大家。众人渐渐散去。

在柴达木抓运输的宋豫杰听到新疆黑油山实验成功的消息很兴奋，想了想，立刻找来陆万里制定新的运输方案，增加运力。

不过当前正值冬季，冰雪路滑，增加运力也就增加了事故风险，陆万里提出可以再等一等。

宋豫杰想了想，坚持道："你提出的问题确实存在，路不好走，容易出事故，但是我们需要增加运力也是迫在眉睫的现实，之前也去过北京，情况你也都知道，我们不能让北京的汽车一直背着煤气包吧。况且，冬季，祖国东部建设更需要石油。我们做好安全行车方案，尽量避免事故发生。"

陆万里犹豫了一下，也明白确实很难做到两全，于是点头表示一定尽力做好协调调度并制定严格的安全行车方案，保证安全完成任务。

为了鼓舞士气，宋豫杰在陆万里的陪同下来到司机宿舍。看到师长亲自到来，司机们格外兴奋。

"我今天来是告诉大家一个好消息，新疆油田实验告捷了！我们的石油产业又创新高！所以我们石油运输也不能拖国家的后腿，为了增加我们的运力，大家再辛苦一下！这一次，我亲自押车，和大家一起并肩作战！"宋豫杰说道。

司机们都表示一切听师长安排，陆万里却提出反对："师长，这可不行，你身体不好，就在家好好休息吧，其余的交给我们就行。"

"我知道大家关心我，但是作为一个军人，这点事情都扛不住，还算什么合格的军人？我的病情很稳定，大家放心，而且我有药。"宋豫杰从大衣中拿出随身携带的药瓶，笑着说道，"这药就像车里的油，吃上基本上就没事了。"

众人被师长的军人风范和革命乐观主义精神感染了，都笑了起来。

运输队按时出发。路上，一大队车辆前后相连，似一道长龙，煞是壮观。司机们小心谨慎，尽心竭力，很快便顺利地将原油送到了目的地。

返程中，宋豫杰的吉普车跟在车队后面行驶，他手里拿着运输地图不断查看，一会儿又从兜里掏出药瓶，往手掌里倒了几粒药，抓起水壶仰头吃下。

司机小赵关切地提醒师长累了就休息一下，一定要保重身体。宋豫杰笑着摆摆手："我没事，那么多事情我得抓紧时间才行，尤其这次考察收获很大，咱们石油运输局还有许多工作要完善，这趟回去，首先要大力提高运输效率才行。"

两人正说着话，前面的车队忽然停了下来，小赵忙紧急刹车，然后下车去前面查看情况。宋豫杰放下地图也跟着下了车。

原来前面一辆卡车的司机突然抽搐昏厥过去，幸亏副驾驶眼疾手快把车停了下来，然后招呼后面的司机帮忙。几人七手八脚地将昏厥的司机从驾驶室抬了下来，放在地上。人们七嘴八舌地猜测着，有人说老李好几天没休息了，肯定是疲劳过度，也有人知道老李有高血压，看情形怕是要中风瘫痪了。

见宋豫杰走来，陆万里着急地问道："怎么办？如果不及早治疗，老李怕是危险了。"

宋豫杰了解了情况，马上吩咐司机小赵赶快开车送老李去医院，带上副驾驶一起去照顾，救人要紧。这辆运输车由自己开回运输队，不能误了下一趟原油运输。

陆万里知道宋豫杰身体不好，犹豫了一下，但也没有别的办法，只好如此。几人搭手将老李抬上吉普车，小赵驾车很快离去。宋豫杰上了运输车，车队重新开始行进。

宋豫杰后面是刘小青驾驶的汽车，看着师长和他们一起开着运输车，刘小青不禁感慨："咱们师长实在太拼命了，我之前听说他病得很严重，不能太过劳累，怎么能跟我们一起运油呢。"

"师长那脾气你还不知道啊，什么都亲力亲为，而且认准的事谁也劝不了，是条铁骨铮铮的硬汉。"旁边的副驾驶满是敬佩。

宋豫杰全神贯注地驾驶着卡车，平稳地行驶在路上。忽然，他感到心口一阵疼痛，急忙以手抚胸，车子却偏离了路线。宋豫杰急忙猛打方向盘，车子转了回来。

疼痛在加剧，宋豫杰忍了一会儿，没有丝毫好转，才满头大汗地去兜里摸药瓶，情急中却怎么也摸不到……

宋豫杰的视线开始模糊，好几次疼得趴在方向盘上，又挣扎着抬起头，紧紧握住方向盘。车子开始歪歪扭扭……突然前面出现一个急转弯，没有一丝力气的宋豫杰使劲儿打着方向盘，车子却不听话地继续向前，一下冲入山谷。

后面的刘小青眼睁睁地看着宋豫杰的车跌入山谷。"师长！师长！"小青大叫着刹住车，跳了下来，却已经于事无补。车队戛然而止，司机们纷纷跳下车，惊慌失措地呼喊着他们的师长。

王振华听到这个消息简直不敢相信，他实在难以接受这么多年一起摸爬滚打的老战友、好兄弟就这么走了。回到家，他像个孩子似的抱住妻子大哭，闫竹理解他的感受，紧紧抱着丈夫不停地安慰："他为石油事业奉献了大半辈子，他是我们的楷模和榜样，他这一生是有价值的，我们都节哀吧。"

第二天，王振华办公室外面站满了石油师人。石兴国带头请求道："政委，我们都听到了师长的噩耗，我们石油师人请求去送送师长。"

众人也都纷纷要求去送送老师长，有人边说边抽泣起来。

王振华也是眼含热泪，说道："大家静一静，听我说……先听我说。咱们的师长，半生戎马，为国家为石油鞠躬尽瘁，他走得不遗憾，如果看到你们这样，也一定会欣慰的。但是，咱们是石油工人，目前，最要紧的是替师长在新疆打出更多的石油来，你们一定要记住，咱们石油师的宋豫杰师长，是为石油而牺牲的！咱们就要用更多的石油，来祭奠咱们的师长！"

大家默默含泪点头，人群渐渐散去。

为了纪念老师长，表达大家的哀思，新疆矿区召开了庄严肃穆的追悼会，王振华和所有石油师的老部下，都眼含热泪前来送行。看着宋豫杰的遗像，大家肃穆而立。

同时，柴达木的追悼会上，一面鲜红的军旗覆盖在宋豫杰的棺椁上，无数人轻声抽泣。四川的张大海，玉门的杨宇照也都组织工人表达了最深的哀思。

这位历经了西安事变、中条山抗战、百团大战等众多战役的老兵，再到石油师改编，亲手给石油战线培养了一支石油运输野战军，也正是这支钢铁队伍，为我国石油工业的发展做出了不可磨灭的贡献。

此时，运输队里，所有车辆同时按动喇叭，汽笛长鸣，送别这位可敬的老师长。他曾领导的八千石油子弟，也在各自岗位上，为中国石油，继续着老师长未竟的事业……

几经波折，齐占山终于随着刘小青的车队来到新疆。石兴国等人看见昔日的老战友终于归队，都是欣喜万分，纷纷上来拥抱、问候。

田义文顾不上与齐占山叙旧，激动地去车上找刘小青。

"眼镜，转过来给我看看，看你是不是缺胳膊少腿了？我说过我来之前你得好好活着。"终于又见到田义文，刘小青也很激动，却掩饰地开着玩笑。

田义文挽起袖子，亮出肌肉："看吧，结实着呢。"两人相视而笑。田义文上了大卡车，两人坐在车上亲密交谈。

刘小青看着周围的一切，感叹道："想不到石队长这么能干，在这荒无人烟的戈壁滩，也打出石油来了。更神奇的是，我还能和你坐在这车里聊着天。"

田义文看着刘小青，也不由发自内心地说道："是啊，我也不知道，我土匪田义文，也有今天……"

儿子离开了玉门，齐大娘既高兴又难过，她自然舍不得儿子去那么远的地方辛苦受累，但又希望他能按照自己的内心去生活，去实现他的理想和抱负。

许茹路过齐大娘的房间，见房门开着，疑惑地走了进去，竟然发现齐大娘就在屋子里。许茹惊讶地问："大娘，你不是走了吗？还让我帮你写了封信呢。"

齐大娘叹了口气："我能上哪儿去呀。不过我不说走，占山就会一直记挂着我，哪儿也不去。占山是个孝顺儿子，又想着石油，又想着我。我这当娘的，不能拖累他，就出去躲了几天。"

"大娘，难为你了。"许茹很是感动。

齐大娘笑着："能跟着石队长打石油，占山出息了，我比谁都高兴……"

许茹回到家，还没进门，就听见小石头的哭声，许茹一把掀开门帘进了屋，只见小石头光着屁股趴在凳子上，刘大勇正狠狠地扇他的小屁股："小杂种，叫你不听话，叫你不听话……"

许茹一下子扑上去，护住小石头："刘大勇，要打你就打我吧，不要伤害孩子。"

刘大勇伸到空中的手停住了，骂道："以后，你们不要出现在我眼前，你也少哭，看着心烦！"骂完，转身出去了。

许茹抱住小石头，两人哭成一团。

黑油山巨大的储油量逐渐被大家探知，王振华觉得若想全面开采，现有的人力肯定是不够的。于是打电话给玉门石油公司总经理高永亮，想请玉门过来人支援。

高永亮听说黑油山要大干一场，也很高兴，答应尽快统计出愿意去新疆的职工人数。

很快，高永亮在玉门石油公司车间内，召开了一个动员大会。台上醒目的挂着"到黑油山去，开发黑油山，支援黑油山"的横幅。高永亮坐在主席台上，向台下一千多名工人讲了新疆油田的开发和前景，动员大家不怕苦不怕累，积极加入到黑油山的开发中，那里，将是公司的下一个大本营。

职工们听了讲解，都踊跃报名，希望早日投入到新疆的战斗中。

刘大勇回到家，许茹正在喂小石头吃饭。一听到刘大勇的声音，小石头吓得立刻推开面前的饭，浑身哆嗦着跑到床角，一点动静都不敢出。

见缩在一角的小石头，刘大勇的气就不打一处来："这小兔崽子，我是你爹，你躲什么！养不熟的狼崽子！"

许茹过去抱起小石头："小石头，快，叫爸爸。"小石头瞬间哇哇大哭起来。

刘大勇抬手就想打小石头，许茹紧紧用身体护住。刘大勇只得作罢，对许茹说道："现在正确定去新疆的人选，邱处长要我告诉你明天去趟他办公室。早点去，你不想进步我还想进步呢。"

第二天上午，许茹一走进邱建设的办公室，邱建设就笑眯眯地站起来迎接，并紧紧握住许茹的手。

　　许茹看着被邱建设紧攥的手微微皱了眉，不动声色地抽出来问："邱处长，你找我什么事？"

　　邱建设热情地按住许茹的肩，将她按坐在沙发上："坐下来，我们慢慢说。"然后挨着许茹坐下，说道，"许茹呀，现在矿上的人都想去新疆，你不是想建一个女子钻井队吗？眼下可是个机会。"

　　邱建设说着，不住地向许茹身上靠。

　　许茹觉察到不对，一下子站了起来："邱处长，女子钻井队的事，我会跟杨局长汇报的。"说着就想离开。

　　邱建设急了，一下子挡在许茹前面："哎，别，别啊，你看，你可是我们玉门的一朵花啊，但是最近脸色怎么这么差，是不是有什么困难？跟我说说。"说着，就伸手想摸许茹的脸。许茹再一次躲开，并后退了好几步。

　　"这女人啊，就是该用来疼的，男人要是不疼自己的老婆，那他就不配做一个丈夫。你看你嫁给刘大勇，吃了多少苦，受了多少罪，这矿上，谁不知道你受的罪啊，我是看在眼里，疼在心里呀。"他说着就要抱许茹。

　　这时刘大勇过来想看看许茹与邱建设谈的结果如何，刚走到门口，就听到里面的推搡争吵声，不由停下脚步。

　　"你干什么？你放开我……"许茹用力挣扎。

　　"呸，破鞋，装什么正经！"邱建设依旧试图搂抱许茹。许茹急了，伸手打了他一个巴掌，然后借机拉开门，冲了出去。她并没有看见门后的刘大勇。

　　刘大勇望着许茹的背影，有些失魂落魄。

　　夜晚，小石头已经睡着了。

　　床上，许茹主动帮刘大勇脱去了外衣。也许受到白天的刺激，此刻，她想要一个她和刘大勇的孩子，为了日子，为了生活，为了堵住别人的嘴……

　　许茹主动从后面环抱住刘大勇，刘大勇没动，轻声说了一个字："滚。"许茹含着泪："大勇，我们再要一个孩子吧，我们的孩子。"

　　刘大勇转身看着许茹，突然一把反身抱住了她。

　　看着新中国日新月异的变化，任新我决定和昨天正式告个别。他挑了个没人的时间，一个人躲进宿舍，偷偷从床底下拿出装在小木盒里的那个简易收音机。他动作娴熟地接通了电源，戴上耳机，拧了拧开关，开始信号很弱，吱吱听不清，慢慢地，播音开始清晰，这是一条新华社消息："新华社电，潜伏在大陆的国民党特务已经全部被赶到了台湾，全国社会主义建设一片形势大好，海峡两岸人民是一家，蒋介石的特务梦已经彻底破灭……"

听到这里，任新我关了收音机，长出了一口气。他刚摘下了耳机，却被背后的声音吓了一跳。

"任专家，你在干什么？"黄雨田不知什么时候站在了他的身后。

任新我看着黄雨田，没有解释，而是快速地收拾起收音机，问道："你来干什么？"

黄雨田也没有回答他，而是指着收音机追问："那是什么好玩的？"

任新我合上了小木盒，转过身，再次问黄雨田："我问你来我的宿舍干什么？你看外面多热闹，怎么不去那边看看？"

黄雨田失望地摇摇头："不，热闹是他们的，我能干点什么？我什么都不会。"

任新我鼓励道："你也可以打油呀。"

"我很想学习钻探石油的技术，将来成为像任专家一样受人尊敬的人。可是他们都嫌我小，任专家，你不要讨厌我，你教我吧，我一定会好好学习，不会给石油工人丢脸的。相信我，过不了多久，我黄雨田就会变成一个新的自己。"黄雨田期待地看着任新我。

任新我若有所思地咀嚼着少年的一番话："新的自己，是呀，这一天，等了很久了。"

黄雨田不解："等……等我 ？"

任新我笑了笑："就算是吧。"

傍晚，任新我一个人来到远处的一片胡杨林。里面有一棵枯死的胡杨，看上去又老又粗，树干上，还有一个神秘的黑洞张开着，像一张可以吞噬一切的大嘴。任新我看了看，将手里的小木盒扔进了黑洞里，然后拍了拍树干："老家伙，永别了，半辈子的罪孽，也该放下了。以后，我就是一个没有特殊身份，也没有秘密的石油人了。"说完，转身离开了胡杨林。

黑油山丰富的石油储量吸引了各方面的关注，记者也是一拨接一拨地前来采访报道，搞得石兴国直抱怨接待不过来。记者们刊登的报道，也有很多偏差的地方，各说各的，搞得这里的石油工人仿佛就像是打游击的土包子，不是正规军一般。

王振华注意到了这个现象，想了想，决定召开一次记者会，给黑油山重新定位，这个"石油黑娃子"也该有个正式响亮的名字了，就像人一样，有了名堂，就要有一身好衣裳相配才行。

记者们新奇地坐在会场，猜测着记者会的主要议题。王振华看了看大家，说道："记者朋友们，欢迎你们参加我们石油局的会议。我们今天主要就是想请你们做个见证，我们黑油山，规模已经超越了玉门，目前作为新中国最大的油田，需要一个响彻全世界的名字，比黑油山更好听、更响亮、更有希望的名字。"

与会者都点点头，有记者发言道："黑油山在新疆，何不干脆叫"新疆大油田"呢？"

王振华点点头："这个名字很好，但是其他人还有没有更好的意见？咱们集思广益，多多益善，大家踊跃发言。"

任新我说道："黑油山当初也是暂定名，这座山，其实维吾尔族人民不叫黑油山。"

石兴国忽然想起来曾经听过的名字："对对对，我有一次听到一个老乡管黑油山叫做……什么妈什么姨来着。"

大家哄堂大笑。

"哦，想起来了，是叫'克拉玛依'！"石兴国终于想起了这个名字。

王振华点点头："嗯，这个名字不错，克拉玛依就是维语黑油的意思，克拉玛依，克拉玛依，很洋气嘛……"

大家笑了，然后仔细琢磨，都觉得这个名字不错。

一个记者问道："那这个名字我们就发出去了，克拉玛依，首长，定了吧？"

"定了定了，就是克拉玛依了，大家没意见吧？"王振华问道。

众人鼓掌，表示没有意见。从此以后，克拉玛依这个名字响彻了新疆，响彻了北京，响彻了新中国的每一个角落。

克拉玛依大油田初步探明含油面积达到 290 平方千米，实际石油储备量预估可达千万吨，是新中国真正意义上的第一个大油田，1956 年产油量 1.6 万吨，1957 年产油量已达到 83 万吨。

石油工业部专门召开了会议，研究决定马上加大对克拉玛依大油田的开发力度，这也是加快国家经济建设的必然要求。

会后，唐国恩向王振华通知了这个好消息，并且说已经和全国各地的大油田打了招呼，让他们尽快派出最好的队伍到克拉玛依来参加会战。

早就盼着这一天的王振华非常高兴，申请给予充分的自主权，一定会组织好这次石油大会战。

玉门石油局早就做了动员，眼下更加快了筛选、组织工作，争取早日把人派过去。杨宇照和邱建设商量了一下，提出要派最好的人员、最好的队伍，第一个定下来的就是钻井速度最快的王前进，其他的就交给邱建设负责具体组织挑选。

邱建设走出杨宇照的办公室，正寻思要带什么人去克拉玛依，冷不丁被突然冒出来的刘大勇给吓了一跳。

"邱处长，回办公室啊？正好找你有事呢。"刘大勇说道。

邱建设停住脚步，看了一眼刘大勇，又回头看了看杨照宇的办公室："刘大勇，你不是找我有事，是找杨局有事吧？"

刘大勇一笑："反正都一样，邱处长，那咱就明人不说暗话，克拉玛依那边，我想知道邱处长打算让谁去啊？"

"这个，还没定，不过，你的消息倒是挺灵通的啊。"邱建设纳闷地说道。

"那是，我的耳朵灵嘴巴也不严，比如，有次邱处长对我家许茹说的什么话，我可是都听在耳朵里了……"刘大勇盯着邱建设故意说道。

邱建设脸色一沉，低声问："你说吧，到底想干吗？"

"在玉门，我是最好的队长，去克拉玛依，我也是最合适的人选！邱处长如果认为我不合适的话，我可以直接找杨局长说说。"说着，刘大勇故意转身朝杨宇照办公室走去。

邱建设一把拉住刘大勇："不用不用，你回去准备准备……杨局长那里，我去说。"

回到家，刘大勇就急急忙忙从床底下拉出一个大箱子，开始收拾东西。

许茹站在门口看着："你去了，我们怎么办……"

刘大勇没有回头："跟我没关系，别多嘴，知道吗？"

许茹摸了摸腹部，心里一片冰冷，犹豫了一下，还是问道："……啥时候走？"

"明儿一早，大伙恨不得都飞到克拉玛依去，我也不能落后。"刘大勇回头看了一眼许茹，"以后，咱们各过各的，我去哪里，干什么，你不用管！"说完，拿着收拾好的箱子出了门。

望着被刘大勇甩得乱晃的门帘，许茹心如死水。

共和国
血脉

雷献和 ◎ 著

THE PIONEERS
OF CHINA OIL INDUSTRY

下

SPM 南方出版传媒·广东人民出版社
·广州·

22

克拉玛依矿区大门外，一辆辆汽车，插着红旗，打着"支援克拉玛依石油大会战"的横幅，朝矿区大门不断驶来。

门口锣鼓喧天，站满了迎接的人。

王振华带领着全体工人和领导，在矿区门口敲锣打鼓，列队欢迎从全国各地来支援克拉玛依大会战的石油战线志愿大军。

一辆辆汽车从远处开过来，已经下车的支援者们列队整齐，精神抖擞地走进矿区。

"欢迎，欢迎你们来到克拉玛依大油田，一路上辛苦了……"王振华一边说一边走上前和工人们握手……

石兴国和齐占山站在分散的人群中，不时地张望每一个从车上跳下来的支援者们。

刘大勇一下车，刚好看到了齐占山。

"师……刘队长？"齐占山有些意外也有些郁闷。

"占山？一到克拉玛依就能遇上你，咱师徒可真是太有缘分了。"刘大勇却很高兴，"行，占山，你就算是给我们玉门打头阵啊！"

齐占山勉强笑了笑："这回玉门来了多少人？"

"将近两千呢！"刘大勇兴奋道，"占山，就让咱们玉门兄弟再聚在克拉玛依，一起干一番轰轰烈烈的大事儿！"

石兴国看见远处齐占山正在和人攀谈，也走了过去。

刘大勇一愣，有些尴尬，但很快恢复了笑容："石队长，好久不见，你这里挺热闹啊。"

石兴国谦逊地笑着："还不是各个矿区给我们的大力支持。怎么，不握个手吗？"

刘大勇犹豫着，伸出手，两只手握在一起。他们都知道对方心里因为许茹感觉别扭，但都没有说破，两只手用力地握着，眼睛注视着对方，尽管微笑着，但内心都在较着劲。

这时齐占山打破这诡异的氛围："石队长，我先给刘队长他们安排宿舍去了。"

石兴国松开手，叮嘱道："好的，告诉指导员，尽好我们的地主之谊。在玉门时，刘队长也没少照顾我们。"

刘大勇脸一红："应该的，应该的……"

集体宿舍内，刚到克拉玛依的支援者们兴奋不已，叽叽喳喳谈论的都是克拉玛依和石兴国。

"哎哎，你们知道吗？这个石兴国队长啊，就是让人佩服，我听说，他干起工作来不要命，身上附着'油神'呢。"一个人说道。

另一个人附和着："怪不得，连苏联专家都不相信会有石油的新疆戈壁滩，石兴国就能打出石油。"

"嗯嗯嗯，我还听说啊，石兴国是个有骨气的人，钻探的时候，当场把苏联专家气得吹胡子瞪眼差点没背过气去，后来是吃了咱中国的牛排，才活过来的。"这个人说得实在有点夸张，逗得大伙都哄堂大笑起来。

不过工人们还是纷纷表示要向如此厉害的石兴国队长多多学习。

大家兴致勃勃地聊着，刘大勇却皱着眉头，在床上翻来覆去，想睡却睡不着，最后爬起来吼道："烦死了，别吵了，还让不让人睡觉啦？"

旁边的齐占山朝刘大勇靠过来："刘队长，集体宿舍就是这样，迁就一下吧。"

"这里吵死了，我心里烦，睡不着。"刘大勇烦躁地说。

"不然咱俩出去散散步、聊聊天吧？我也正好给你介绍一下克拉玛依这里的情况。"齐占山提议。

刘大勇看看墙上的挂钟，点点头。二人起身离去。

两人来到外面，齐占山边走边跟刘大勇大致介绍了一下克拉玛依。走了一会儿，两人坐在一处高地上休息。

齐占山犹豫了一下，说道："咱都是从玉门来的，在克拉玛依也算一家人，不再斗了吧？"

刘大勇板着脸，突然笑道："我知道。你师父是那种小心眼儿的人吗？我没事，就怕那石兴国……"

齐占山忙解释："可是石队长从来就没跟你……"

"好了，好了，我知道该怎么做，来克拉玛依，我就是要让大家记住刘大勇，让所有人知道，我刘大勇是个爷们。"刘大勇攥紧了拳头，狠狠砸在地上。

他们刚要起身回去，后面却闪出一个熟悉的身影，是石兴国。石兴国笑着走过来："我从政委那里回来，正好看见你们……你们在聊什么呢？"

齐占山有些尴尬："哦，刘队长说，我们都是从玉门来的，是一家人。"

石兴国点点头："那就是一家人，你师父是个很有本事的人，你要好好跟他学习。今晚政委找我，就是商量让你回到玉门支援队的事，你两边情况都很熟悉，正好在刘队长身边发挥作用。"

刘大勇一愣。

"连长……我……"齐占山突然听到这个消息，满心的不情愿。

石兴国不置可否，命令道："战士，就要服从命令！"

"是……"齐占山没办法，只得同意下来。

晨光微露，一曲激昂的音乐从电线杆上的大喇叭里传出，引来大家纷纷驻足倾听。

随后，喇叭里传出一个柔美动听的女声："同志们，克拉玛依的每一位石油工人们，今天，我们来到了克拉玛依大油田，这里的石油在地下沉睡了几千年，现在，是我们唤醒这条地下油龙的大好时刻！工人同胞们，热情的克拉玛依在召唤你们，投身到克拉玛依大油田的怀抱吧，去开发，去建设，工人同胞们，为伟大的克拉玛依献出你们宝贵的青春吧。"

王振华听到广播，抬起头来，正在纳闷儿，邱建设站在门口敲了敲门，走了进来："早啊，政委同志。"

王振华看到邱建设，又望了一眼窗外不远处的大喇叭，问道："这是邱处长的杰作吧？"

邱建设笑了笑："没错，这打石油，咱们的工人们太辛苦了，尤其是像克拉玛依这样正在成长中的新油田，石油文化可不能不抓啊。玉门各方面人才济济，所以我就顺道带了几个过来，丰富丰富咱们石油工人的业余生活嘛。"

王振华笑着连连点头："果然是邱处长想得周到，那实在是太感谢你了，以后，有了这大喇叭广播站啊，咱们开会通知也就方便多了。"

"哎，政委言重了，这也是对克拉玛依的必要支援嘛，呵呵。"邱建设做出一副谦虚模样。

食堂内，刘大勇正在吃饭，梅大妮一屁股坐到了他对面。看清楚了是刘大勇，梅大妮吃惊道："刘大勇？"

刘大勇抬眼一瞧是梅大妮，忙将身体向后缩去，准备撒腿开跑。梅大妮却抬起胳臂，把手搭在刘大勇肩上，将他按在座位上："把俺忘了？俺是梅大妮，石兴国的媳妇儿！刘大勇，你来克拉玛依干什么？"

刘大勇无奈地老实回答："来带领玉门支援队工作。"

"支援队？那……你把媳妇儿、孩子也带来了吗？"梅大妮担心起来。

"许茹大着肚子来不了。"刘大勇赶忙说道。

梅大妮终于松了一口气，说道："哦、哦……那你吃饭吧，俺就不打扰你了，这里条件艰苦，多吃点啊。"说完，梅大妮重重拍了拍刘大勇的肩膀，起身离开。

许茹不愿放弃女子采油队的计划，挺着大肚子还在挨家挨户去和家属院的妇女们沟通。筋疲力尽的她和最后一位女家属打完招呼后，跟跟跄跄地往回走着，几乎要晕倒在地。

唐娜从不远处经过，正好看到这一幕，赶紧上前去搀扶，将她带去了诊所。

休息了会儿，许茹好多了。唐娜劝她大着肚子就不要这么操劳了。许茹却坚持道："我就是想成立女子采油队，但杨局长觉得玉门还不具备条件，所以就回绝了。我只好回来动员那些有意愿的妇女同志。你不用劝我，其实我是觉得，身体受点累我才能感觉到我是活着的，不然，我都不知道这样的日子怎么过下去。"

听着许茹的话，唐娜满是心疼，叹气道："唉，刘大勇那人啊，干工作是个能手，就是不知道心疼老婆，啥时候才能对你好点啊。"

"从一开始我就没指望，这种婚姻，也不是他想要的。"许茹强装淡定。

唐娜看着许茹不经意间露出的一丝落寞，问道："许茹，你心里是不是还惦记着石兴国？"

许茹凄怆一笑，摇了摇头，眼中却已经泛起泪花。

"什么都别说了，这事我一定帮你……跟我去克拉玛依吧！我申请调到克拉玛依，过几天应该就能批下来，到时候，你跟我一起去吧。那里缺人手，说不定你就能把女子采油队给组织起来。"唐娜突然说道。

许茹挺着肚子，看了看在旁边乖乖吃糖的小石头，犹豫了："你让我考虑考虑……"

国务院和石油部非常重视克拉玛依大油田的开采和建设，并给予全力支持。不仅技术支持，而且还提供人力支持，又专门从国外引进了最先进的石油探测机器，给克拉玛依第一个使用。

机器运来时，正是食堂开饭时间，大家都说说笑笑地往食堂走着，忽然看见一辆汽车载着一个用大红布遮盖着的神秘东西，驶进矿区大门口。这引起了工人们的好奇，许多人随着汽车走了过去。

车子停在大院里，石兴国在大家的瞩目中跳上汽车，一把揭开了红布，一台崭新机器出现在大家面前。

人们指指点点地问着："石队长，这是什么机器啊？怎么以前没见过？""是啊，是啊，应该是先进机器，石队长，你会用吗？"

石兴国对大家笑笑，拍拍机器，说道："这个机器是刚从国外进口回来的油井探测机器，帮助我们打井开采石油，据说外国人用这个机器，每天的产油量都要翻一番，明天咱们就可以试行了。你们来到克拉玛依，可是赶上了好时候，同志们，我们一定要在克拉玛依干一番轰轰烈烈的大事！"

众人都兴奋地叫好鼓掌。人群中的刘大勇却狠狠瞪了石兴国一眼，转身朝食堂走去。

克拉玛依各个井场上，井架并立，红旗飘扬，机器轰鸣，一支支参加克拉玛依大会战的石油队伍干得热火朝天。

尖刀钻井队，石兴国正亲自给大家示范操作新机器，工人们都兴奋地围在机器周围，仔细观察，认真学习着。

"石队长，这机器真是太神了，能提高出油量不说，操作也简单多了。这老外就是厉害，发明了这么好的机器！"一个工人感叹。

"是啊是啊，这几天我天天都梦到自己跳到原油里洗澡呢。"另一个工人的话惹得大家哈哈大笑起来。

许茹左思右想，拿不定主意去不去克拉玛依。这天她挺着肚子边给小孩准备衣物边问身旁给她帮忙的小石头："我们也去克拉玛依，好不好？"

小石头点点头："好。"

"那，妈妈也去采石油，好不好？"许茹再问。

"好。"小石头又天真地点了点头。

说话间，唐娜推门走了进来，问许茹想好了没。

许茹有些犹豫不决："小石头也同意，那……我就去吧……"

唐娜笑了："小石头知道克拉玛依是什么，你去哪儿他跟着去哪儿就是了。那赶紧收拾下东西吧，明天就走。"

见许茹身子不便，唐娜索性下手帮忙收拾起来："没用的东西就别带了，在哪里安家还不知道呢，说不定什么时候又回来了。"

许茹点点头："也没什么东西，就是孩子的东西多带一些。"

一大早，唐娜过来接许茹母子，她们一人背着小石头，一人拎着包，出了家门。

见许茹挺着肚子坐上了副驾驶，开车的刘小青说道："嫂子，没想到你也要到克拉玛依去，我哥知道吗？"

"不知道，是我自己决定的。"许茹说着，拉了一下小石头，"小石头，快叫姑姑。"小石头怯生生地望着刘小青，不发一言。

许茹笑笑："这孩子见人少，认生。"

"嗯，嫂子，我知道我哥脾气不好，对你和孩子关心得少，你们结婚这么多年，嫂子受苦了。"刘小青真诚地说道，"以后生活上有什么难处，就跟我说。"

"没事，都是一家人，不说那些了。"许茹说着低下头，假装给小石头整理了一下衣服。

落日余晖里，车子行驶在去往克拉玛依的路上。越来越颠簸的路面，让许茹感觉有些腹痛难忍，随之呼吸逐渐急促，脸色也难看起来。忍耐了一会儿，许茹呻吟着："我感觉……要生了……"

刘小青闻言急忙停下车，腾出地方让许茹躺下。唐娜赶紧给许茹检查了一下，面色凝重："可能要早产！"

"我……我们掉头回去吧？"刘小青慌了神。

"来不及了！只能在这里接生了。小青你赶紧把我的医疗包拿来。"唐娜说道。刘小青手忙脚乱地跳下车打开后箱，去拿医疗包。

车厢内，许茹呼吸急促，声音颤抖："我感觉很不好……"

唐娜安慰道："我检查过了，不碍事！你深呼吸，放轻松，我来帮你接生。"

身旁刘小青已经把医疗包递到唐娜手里，紧接着把睡着的小石头抱下了车。

一阵忙乱，一个哇哇啼哭的小生命等不及地来到了世间。几人欣喜地看着粉嫩的小娃娃，一颗心终于落了地。

汽车继续前行，黄沙蔽日的戈壁上，一个鲜活的小生命开始了她的成长之路。

得到消息的刘大勇等在矿区门口。车停下，刘小青抱着孩子下车，刘大勇小心翼翼接过孩子，仔细端详着。随后脸色蜡黄的许茹一脸疲惫地下了车，刘大勇却全然没看一眼，只顾紧紧盯着孩子。

一家人回到狭小的宿舍，折腾了一路的小石头很快睡着了。刘大勇抱着刚出生的女儿，左看右看，甚是喜爱。忽然他眉头微皱，转头看向裹着大衣蜷缩在旁边的许茹:"怎么又早一个月? 说实话这孩子到底是不是我的?"

许茹听到刘大勇的话,眼眸中闪烁着泪光,轻声叹了口气,一言不发。

"哎,我说,你是不是福气受不住啊? 让你在玉门待着,偏偏跑克拉玛依来。"刘大勇又说道。

"我们是一家人,我不想分开……"许茹沉默了一会儿,轻声说。

刘大勇盯了许茹良久:"但愿你说的是真的。"

"我也想组建女子钻油队,都说这里缺人手,有机会。"许茹不想瞒他。

"你倒没忘了这茬事儿,我说你们女人就应该老老实实待在家里哄孩子,少出来掺和这些事! "刘大勇提高了声音,不满道。

听说许茹来了,而且刚刚生了孩子,石兴国心里五味杂陈。有心去看看,又怕梅大妮多想,犹豫了许久,跟梅大妮商量道:"听说刘队长家生孩子了,大妮,你说我们夫妻俩要不要过去看看?"

听到"刘队长",梅大妮好一会儿才反应过来,不禁皱起眉头:"刘队长不就是刘大勇,他媳妇不就是许茹吗? 去看什么看,没安好心。"

"这不是叫你一起去吗? "石兴国争辩。

"俺才不去呢,让俺去丢人是吧? "梅大妮白了石兴国一眼。

石兴国不再说话,抬腿要走,梅大妮赶紧堵住门口:"你也不许去! 石兴国,你那点心思俺知道,俺劝你还是早点死了那份心的好,免得大家都不好过! 真不知道你那个心上人千里迢迢跑到这里来,是不是想把玉门的丢人事也抖到克拉玛依来啊?"

石兴国懒得搭理梅大妮,淡淡说道:"周指导员结婚,我喝杯喜酒去。"

"那俺也去。"梅大妮忙说。

石兴国见梅大妮也要跟着,犹豫了一下:"那还是算了吧,让人家小两口好好洞房吧。"说完,走到床边,侧身和衣躺下。

"哼,没让你去看许茹,难受是吧? 难受你就受着! "梅大妮看着略显不耐烦的石兴国,恨恨地说道。

石兴国没心思和梅大妮争执,索性装睡……

一大早，石兴国带领着石油工人说说笑笑正往井场走去，矿区大院里忽然响起了广播："喜讯，喜讯，下面播送一则喜讯……"

大家都驻足倾听。

"现在播送一则《石油工业报》最新消息，特大喜讯，玉门油田钻井先进模范王前进同志提出了'班上千，月上万，一年打上十五万'的宏伟目标。制定了全年的石油钻探计划，上了这一期的《石油工业报》头版头条，为我们的石油事业又树立一座新的里程碑，这是多么豪迈的雄心壮志啊！这是石油工人的号角声，我们一定要向王前进同志学习，向伟大的工人阶级致敬！"

随后，广播里传来激昂的音乐。

段铁生扭头问石兴国："王前进是谁？又不是三头六臂，怎么能随随便便嘴上跑火车？我倒要见识见识他有什么真本事。"

石兴国想了想："不是三头六臂，但我看人家没有吹牛皮。"

田义文站出来说道："人家敢说，敢定目标，咱们就敢超越！你说呢，队长？"

石兴国思索了一下，紧走几步，站到一块大石头上，对着百十来号人喊道："弟兄们，王前进能'班上千，月上万，一年打上十五万'，我们也一定要'比、学、赶、帮、超'，不能输给人家，大家说是不是？"

"是。"众人齐声喊道。

这时，刘大勇带着上工的队伍从旁边经过，故意对石兴国撇了撇嘴："切，班上千，月上万，一年打上十五万算什么？看我们的……听好了啊……"说着，刘大勇对着队伍喊，"一、二、三……"

工人们立刻接着喊道："月上万，年翻翻，输了就是王八蛋！"

段铁生被刘大勇的故意挑衅气得够呛，冲着喊着口号走过去的队伍骂道："呸，你才是个吹牛皮不打草稿的王八蛋！"

石兴国不甘落后，走到队伍前面："兄弟们，加油钻，学习王前进，赶上王前进，超过王前进……"工人们肩扛工具，喊着口号朝井场走去。

井场上，机器轰鸣，尘土飞扬。石兴国看着一寸一寸打进地下的钻杆，内心激动不已……

克拉玛依油田的产量不断提高，让石油工业部格外重视。唐国恩副部长特意亲自带队到克拉玛依慰问大家。

王振华陪同唐国恩一行人边介绍边带着他们参观了克拉玛依油田的井场、矿区等地，最后，他们来到石兴国领队打井的井架下。唐国恩朝石兴国招招手，石兴国满身泥浆地从井台上跳下来，来到唐国恩面前。

"你就是石兴国吧？"唐国恩说着伸出手。

石兴国的手伸了一半，又缩了回去，不好意思地笑着："对不起唐部长，我手太脏了！"

唐国恩笑呵呵地道："哎，什么话哟，工人阶级和劳动人民的手怎么能说脏呢？你这双手，可了不起啊！"说着，他双手握住石兴国的手，亲切地问道，"怎么样？有没有赶上王前进？往咱们脚底下钻了多少米啊？"

"报告部长，我们1202钻井队7月份日钻探891米，8月份日钻探1081米，已经提前四个月完成了年上十五万的钻探目标！"石兴国挺起胸脯汇报道。

唐国恩满意地点着头："呵呵，好啊，那么说，已经超过王前进了？"

"是的，我们彻底赶上和超过了王前进同志的'班上千，月上万，一年打上十五万'的钻探计划。"石兴国肯定地回答。

"好，那看来，人家王前进也没有吹牛皮嘛，而且你们1202钻探队啊，不光是用事实证明了人家的口号，还创了新高。我就是来听这个好消息的，依我看，这个'钢铁钻探队'的称号，应该给你们！"唐国恩兴奋地说道。

石兴国也激动地使劲握了握唐国恩的手："谢谢唐部长。"

石油工业部的汇报总结大会上，王振华对克拉玛依油田的工作汇报，得到了领导和各大油田代表的高度赞赏。唐国恩也提出：希望接下来，全国各大油田继续支持克拉玛依大会战，直到大会战取得最后的胜利。

各地来支援克拉玛依的石油工人越来越多，虽然王振华等矿区领导组织人力建立了家属院、生活区、矿区医院等，为大会战做了很多前期工作和后勤保障，但是目前大会战还是不能很好地开展。主要问题在于井上天南海北的石油工人各自为政，不能统一起来，土办法、洋办法一起上，比较混乱，也给管理造成很大困难。

基于这种状况，王振华在大会战指挥部召集了大家开会，商讨解决办法。

邱建设提议石油工人不能群龙无首，应该选出一个有能力、有威望的人来组建一支采油精英队伍，然后统一化、正规化、系统化管理，这样说不定采油效率也会大幅提高。

王振华琢磨了一下，点点头："嗯，这确实是一个好办法。那你们觉得这支规范的采油精英队伍，由谁来带领好呢？"

大家面面相觑，一时没人发言。邱建设瞪着圆溜溜的眼睛看了大家一圈，又开口说道："这个我们说了不算，要工人们自己说了算！我们让工人们自己选，公平、公正、公开地竞选大队长。"

王振华一喜："好，这个主意好，工人们自己选出自己信任的大队长，而不是我们领导指派，这个主意，我同意。"

在座的几位也都点头称是。王振华看了看大家，说道："那我看今天的会就到这儿吧。会后，你们几位队长回去准备准备，到时候参加大队长竞选。"王振华点了下在座的几位队长，宣布散会。刘大勇狠狠地看了一眼石兴国，走了出去。

许茹独自在家带着两个孩子，本来就有些手忙脚乱。恰巧不知什么原因，两个孩子都病了，一个小脸红扑扑的不停咳嗽，一个浑身发烫地倒在了地上。许茹焦急地将小石头绑在背上，又抱起小女儿，向医院赶去。

从医院出来，许茹正匆匆赶路，忽然一个熟悉的身影挡住了她。许茹身体一颤，眼前之人，正是石兴国！石兴国见到许茹，也是一愣。

许茹想躲，石兴国却有意无意地堵在她面前。两人相顾无言，许茹低下头，已是眼泪盈眶。忽然，怀里的孩子"哇哇"地啼哭起来，许茹忙轻轻地边拍边摇晃着哄孩子。

"你……还好吧？"石兴国看着憔悴的许茹，试探地问。

"还好。孩子有点不舒服，去医院拿过药了。你呢？家里嫂子还好吧？"许茹强装镇定。

"挺好，她人挺好的。刘大勇待你还好吧？"石兴国又问。

许茹的泪又涌了出来："挺好，就是他挺忙的。"

"忙了好，忙了好啊！"石兴国说着，习惯性地抬手想帮许茹擦拭她眼角的泪水，忽然，藏在身后观察多时的刘大勇和梅大妮蹿了出来。

刘大勇脸色非常难看，握紧了拳头……

梅大妮则气愤地拖了石兴国的手就走："俺和孩子等你回家吃饭呢，你赶紧给我回去！"

石兴国很不情愿地被梅大妮拖了回去，听着身后刘大勇那一声声"贱货"的怒骂声，心里默默地在流泪。

梅大妮扯着石兴国回到家中，一进屋就问："刚才，你和那女人说什么了？"

石兴国不耐烦道："你能不能好好说话？什么那女人那女人的，她有名字。"

梅大妮态度强硬："俺不喜欢叫她的名字，你告诉俺，你们俩刚才到底都说什么了？"

石兴国无奈："啥也没说，孩子生病上医院，在门口碰上了，你不是都看见了吗？"

"俺不信，俺不信你们一句话都没说。今儿你得把话说清楚，不然哪儿都别想去。"梅大妮晃着石兴国的胳膊，不依不饶。

"好了好了，我俩真的没什么。大妮，我知道你的心思，你看咱俩都结婚了，还有了孩子，你就不要抓着过去的事情不放了，成不？"梅大妮的胡搅蛮缠，令石兴国无比烦闷，却只能耐着性子解释。

梅大妮的态度忽然软了下来："老石，俺人也嫁给你了，娃也给你生了，这辈子也没求过你什么事，今天求你了，以后不要见她了好不好？一看到她，俺这心里头就不踏实，求你了，以后，别再见她，好不好？俺跪下求你了！"说着，梅大妮就屈下双膝，石兴国急忙扶住，然后无奈地叹口气，点了点头。

食堂内，齐占山端着饭盒找位子，忽然看见梅大妮对着饭盒里的菜左挑右拣，嘴里絮絮叨叨着，表情极为不快。

齐占山好奇地上前搭话："嫂子，谁惹你了？这么生气。"

"还能有谁，有夫之妇了还勾引你们队长，今天更是在路上把你们队长给拦下了，这真是……"正没人倾诉的梅大妮愤愤地说道。

"事实不是那样，许教员的情况我有所耳闻，她在玉门日子过得凄苦，刘大勇对她不管不顾，她一个人挺着大肚子，身边连个照应的人都没有。"齐占山连忙截住梅大妮的话头解释。

梅大妮反驳道："那俺问你，她为啥这么可怜，刘大勇为何待她不好？"

齐占山一下愣住了。

"她分明是想法太多了，石油师改编前，石兴国是战斗英雄、尖刀连长、全师的骄傲，哪个女人不喜欢，可改编了以后呢？石兴国到处打油受罪，她许茹跑哪儿去了？在柴达木，你们连长发高烧，都快不行了，她许茹在哪儿呢？她恐怕正和刘大勇结婚吧。俺告诉你，她就是那种不想吃苦，又想得好处的人。"梅大妮似乎完全忘了自己欺骗许茹的事儿，头头是道地说着许茹的不是。

齐占山虽然说不出什么，以前也一直对许茹有意见，但听梅大妮这么说她的坏话，心里总归是不那么舒服，不由说道："可刘大勇一直待她不好，还经常打她。"

"要是我，我也会打她，吃刘大勇的，用刘大勇的，心里还那么多花花肠子寻思别人，你说这种女人该不该打？"梅大妮越说越气，用筷子在饭盒里使劲戳来戳去，"啪"，饭盒被掀翻了，梅大妮一惊，急忙起身收拾。

齐占山借机起身离开。没走几步，刘大勇过来轻拍了他一下，说道："有件事需要你帮忙。"

刘大勇拉着齐占山坐到了一个没人的角落，压低声音说道："占山，咱师徒一场，我也没求过你什么事，这件事你得帮我。就是关于我爱人——许茹的作风问题，我想让你写信举报她！"

齐占山倒吸了一口凉气，一下想起方才梅大妮的那些话："许教员，她可是你的爱人啊！"

刘大勇叹了口气："我……我是待她百般好，她却天天闹着找石兴国，我和石兴国都是队长，我们总不能为了一个女人撕破脸皮吧？你是你老连长的兵，为了石兴国好，也为了断了许茹的念想，我这也是没办法，试问哪个老公愿意说自己的老婆是破鞋的？哪个男人愿意说自己戴着一顶绿帽子？"

"对不起，刘队长……"齐占山怎么都觉得不妥，刚要推辞，刘大勇又说道："占山，我跟你师徒的情谊咱就不用说了。这些年，我没亏待你吧？还有，在玉门时，你犯下那些技术错误，要不是我替你瞒过去，你肯定早就坐牢了……最近井队队长缺人，矿上正让我给他推荐一个人，我觉得你最合适。"

"我不需要什么长……"齐占山仍然推辞。

"可你想眼睁睁看着我，还有你们石队长，两个家庭，几个孩子，就这么毁了吗？我不是坏人，相信我，我就是想让许茹断了这个念想。这个，只有你能办到。"刘大勇说着掏出一封信，塞给齐占山，"信我已经替你写好了，你只需交给组织就行了。"

见刘大勇说得诚恳，齐占山半推半就地接过了信。

清晨，初升的太阳温暖的照耀着大地。许茹掀开门帘，抬头看了看天，然后朝食堂走去。

路上，许茹和往常一样，微笑着跟碰到的人打招呼。大多数人却不应答，只躲躲闪闪地盯着她窃窃私语……

许茹不知道发生了什么事，但感觉所有人都在对她指指点点。她疑惑地继续朝食堂走去。

食堂外的告示栏前，众人挤成一团，看着上面的大字报窃窃私语。许茹站在人群后眺望上面的内容，白纸黑字赫然写着："举报玉门女教员许茹生活作风问题严重，她本身革命意志不坚定，勾引男人，未婚先孕……"

许茹只感觉天旋地转，一个趔趄，摔倒在地。许多人围了上来，议论纷纷，却没人伸手帮忙。直到周远和唐娜路过，才赶紧将许茹送进了医院。

面色惨白的许茹躺在病床上，呼吸很不均匀，身旁的唐娜和周远焦急地看着她。医生推过药来，为她输上液。

唐娜面色关切地叫住医生询问病情，医生解下口罩："看她样子好像是刚刚生产完不久，身体还很虚弱，加上过度操劳心力交瘁，所以情况很不乐观。"

齐占山从宿舍出来，看见迎面而来的梅大妮，正欲打招呼，谁料却被梅大妮一把揪住衣领，他忙喊："嫂子，你这是干什么？"

梅大妮气呼呼道："谁是你嫂子，你眼里还有俺这个嫂子吗？"

齐占山不明所以："是不是有什么误会啊？"

"我还真没误会，你在告示栏贴的大字报举报许茹和俺家男人通奸，上面都署了你的名字，这还能有误会？"梅大妮生气地道。

"啊？"齐占山顿时懵了。急忙跑到告示栏旁，这才明白自己被刘大勇利用了，不由攥紧拳头，面色发青，咬着牙，一个字一个字地从牙缝里挤出，"刘……大……勇！你个王八蛋！"说完掉头就往刘大勇家跑去。

到了刘大勇家，齐占山径自而入，把正要出门的刘大勇堵在门口，上前揪住他的衣领，将他推靠在墙上："你不是答应我，只有举报信吗？那署名是我的，大字报又是怎么回事？"

刘大勇满不在乎："有区别吗？举报信上面署名也是你，而我只是将信上的内容公之于众罢了，反正这事大伙早晚都要知道。"

这话确实有几分道理，齐占山顿时哑口无言，半天没吭出一个字来。刘大勇轻蔑一笑，推开齐占山，径直出了门。

梅大妮看齐占山的反应，知道真正的幕后凶手应该是刘大勇，想了想，也跟着向刘大勇家走去。还没到他家，就看见刘大勇一副得意的样子走了过来。

梅大妮上前挡住了刘大勇："刘大勇，你站住，俺有话要问你。今天那张大字报，是不是你写的？"

"不是我啊，上面不是署名齐占山嘛。"刘大勇摊了摊手。

梅大妮冷哼了一下，恶狠狠地盯着刘大勇："也就只有你能干出这种事来，人家说家丑不可外扬，你倒好，给自己女人贴大字报，你怎么管教你的女人俺不管，但是你不要把俺男人也扯进去。"

刘大勇趾高气扬地看着梅大妮："我说梅大妮，你现在是飞上枝头做凤凰，也算是有身份的人了，你说话要讲证据啊！"

"你就是造谣了！"梅大妮气得咬牙切齿，恨不得将刘大勇生吞活剥。

看着梅大妮气不过的样子，刘大勇心里暗爽，故意挑衅道："不瞒你说，我不光写了大字报，还交给领导一份举报信。我不是造谣，你打听打听，玉门哪个人不知道你家那口子的破事。"

梅大妮怒不可遏，猛地扑向刘大勇厮打起来。

"好，好……好男不跟女斗，好男不跟女斗。"刘大勇捂住脸，落荒而逃。

办公室内，王振华眉头紧锁，背身立在窗前。一旁坐在沙发上的邱建设叼着烟斗，看着手里的举报信，抬眼偷偷瞄着王振华的脸："这封信是石兴国的老部下齐占山写的，言辞凿凿，真名实姓的，看来十有八九是真事。政委，石兴国以前是你的手下兵，现在也一直跟随在你身边，所以你最了解这个人，这件事，你看……"

"胡说八道！"王振华气愤道，"我找你来，就是想听听你的想法，这是出于什么目的，如此的造谣生事！"

邱建设想了想："依我看，举报人的目标是石兴国，如果石兴国的生活作风真有问题，思想觉悟不够高的话，那这一次的大队长竞选，可能会失败。政委，你想啊，如果让石兴国当了大队长，工人们会不服气，影响一定很恶劣，而且，搞不好，也会连累政委你，给咱们克拉玛依大油田抹黑。"

看着事情迅速发酵，刘大勇得意于自己的杰作，一个人哼着小曲儿，就着花生米，坐在家里悠闲自得地喝酒……

从医院赶回来的唐娜推门进屋，看到自得其乐的刘大勇，不禁皱起了眉头："许茹生病住院了，四处找不到你，想不到你却在这里这般悠闲自在。"

"哦，病了？"刘大勇无所谓地问了一句。

唐娜见他这副态度，怒道："许茹都快死了，你却不闻不问，你还算是她男人吗？"

"唐大夫，许茹病了就该找医生，找我干吗？如果病了找我有效的话，那还留你们这些医生干吗？"刘大勇故意找茬。

"你……"唐娜被刘大勇说得哑口无言，顿了顿，又说道，"不管怎么说，许茹都是你的妻子，现在病得很严重，你总该负起一个丈夫的责任，去医院看看她！"

刘大勇装作认真的样子："唐大夫，我身为玉门支援队的队长，身负重任，不能因为家庭琐事而荒废公务。你想当年大禹治水时，还三过家门而不入呢！"

听到这话，唐娜气得浑身发抖，没再说什么，径直摔门而去。

病房内，输完液的许茹收拾好了东西，在唐娜的搀扶下步履蹒跚地一步一步往外走。听闻消息早就赶过来的石兴国并未进病房，只是站在门口悄悄凝望着愈发憔悴的许茹。见她们出来，石兴国连忙转身离开，却看见身后默不作声的梅大妮。梅大妮看了一眼石兴国，没说什么，转身而去。

回到家，石兴国低着头，沉吟不语，只是烦闷地在原地不断徘徊。

梅大妮劝道："占山是着了刘大勇的道。刚才俺遇上了刘大勇，他亲口承认是自己张贴的大字报，还交给领导举报信。俺觉得吧，咱不能一味地任他胡说。赶明儿你去找政委讲清楚。不！现在就去。"

石兴国面色凝重，紧紧攥着拳头，一言不发地推门出去。他没有去找王振华，而是找到了刘大勇。

石兴国揪住刘大勇，径直将他拖进了一个废弃已久的车间里。刘大勇边挣扎边喊："你想干什么？"

"和你说几句话。"石兴国站定，面无表情地松开手，问道，"大字报和举报信都是你弄的吧？你到底想干什么？"

刘大勇嘴角一扬，露出一丝得意的笑容："不错，是我弄的，话说你整天惦记我老婆，我老婆也整天惦记着你，这可是不争的事实吧？我又没捏造是非。"

"你个混蛋，用自己老婆做文章，你这样做还是个男人吗？"石兴国咬牙切齿，怒不可遏。

眼见石兴国生气，刘大勇越发得意："她是我老婆，你管不着！我爱怎么着怎么着，想打就打，想骂就骂……"

"你……"没想到刘大勇竟会无耻到拿许茹做威胁，石兴国顿时蔫了，半天没说出话来，缓了一下，才问道，"你制造了这么多事端，到底是为了什么？"

刘大勇上下打量着满脸焦虑的石兴国，昂首挺胸道："事到如今，我也把话摊开说了，我就是想当大队长！"

石兴国呆住了，冷冷地盯着身旁皮笑肉不笑的刘大勇。片刻，石兴国回过神来，他面色宁静地低下头长叹了一口气："好吧，我答应让出大队长的职务。"

刘大勇却依然摇了摇头："另外，还要麻烦石队长写个检查，保证以后不会再纠缠我老婆。"

"你，刘大勇你别欺人太甚！"刘大勇的得寸进尺再次点燃了石兴国的怒火。

"许茹是我老婆，却和你不清不白，你不觉得这个检查写得很应该吗？"刘大勇理直气壮。

石兴国低头沉思良久，最终叹了口气，向刘大勇妥协道："我答应你，不过你也得答应我两个条件。"

刘大勇趾高气扬道："什么条件？你还有资格跟我谈条件？"

石兴国低下头："好吧，只要……只要你以后你对许茹好点，像个男人，关心她，爱护她……"

"这个你不用管了，她是我老婆，只要她听话，我以后自然不会为难她。"刘大勇打断了石兴国的话。

"还有，你当上大队长之后，你要保证不改变目前的钻探计划，认真执行下去，咱们工作归工作，个人恩怨归个人恩怨，两码事。"石兴国最后说道。

刘大勇见目的达成，心情大好，痛快地答应道："这个你可以放心，我干队长也不是一年两年了，打油的事，不用你提醒。"

23

王振华和邱建设在办公室商量大队长的人选问题，而石兴国在这个节骨眼上闹出这么一档子事，让王振华无比惋惜。

正谈话间，石兴国敲门进来。

两人对望了一眼，邱建设首先开口："石兴国，你来得正好，你被人举报无组织无纪律，乱搞男女关系，生活作风严重有问题，可有此事？"邱建设边说边抖着手里的那张举报信。

石兴国低着头递上手里拿的检查："我辜负了领导的信任，会深刻反省自己的错误，这是我写的检查。"

王振华一惊，怒其不争地望着石兴国："你……竟然……石兴国啊，你还想不想竞选大队长了？"

"事到如今，我……我放弃。"石兴国低声叹了口气，将手里的一沓资料放到王振华桌上，"这是我制订的工作计划，希望下一任队长能用得上。"

邱建设眼睛骨碌一转，故意凑到王振华身旁："我说石兴国，你卸职之后，有谁可以接替你？"

石兴国低下头，不情愿地一个字一个字说道："刘——大——勇，他在工人中也很有威望，可以胜任大队长。"然后将手里的资料放在桌上后，对着王振华鞠了个躬，转身离开。

邱建设看着石兴国走出门去，嘴角挂着一丝冷笑："这年轻人，办事没点分寸。"

王振华则脸色难看地背转过身，长叹了一口气，一只手重重地拍在桌子上。

石兴国垂头丧气地回到家，翘首以盼的梅大妮忙上前询问："和领导说得怎么样？"

"我辞职了。"石兴国轻声说道。

梅大妮皱起眉头，蹿起身就要开门出去。石兴国一把拉住她："干什么去？"

"找刘大勇算账！"梅大妮气呼呼道。

"不许去！给我坐下！"石兴国厉声说道。

见石兴国生气，梅大妮回身过来，眼角浸着泪光，抽噎道："你好大的脾气，你有脾气到外边儿撒去，在家冲着俺发火算什么？俺看你就是俺爹说的，洞里赤链蛇——尽会窝里横！"

"我就是洞里赤链蛇怎么了？谁让你是我老婆呢。"石兴国故意不讲理地笑着道。

梅大妮一下扑进石兴国的怀里，啜泣着："俺是你媳妇儿，俺就是不能让你受欺负。你……你说你委屈不？"

石兴国轻轻抚着梅大妮的后背："不委屈，不委屈，这是我们男人的事，不能让你操心。"

在刘大勇的要求下，石兴国当众念了他写的检查。众人鸦雀无声，所有人的眼睛都盯着石兴国，仔细听着他说出的每一个字。

"我石兴国因为思想觉悟没有及时提高，过去犯过一些生活上的错误，连累了许茹同志，破坏了许茹同志和刘大勇同志的家庭幸福。所以，在此做出深刻的检讨和反省，以后，请广大的工人阶级同胞监督我的工作和生活，保证改过自新，做一个合格的石油工人。"

石兴国念完，深深鞠了一躬。

人群里，刘大勇满脸尽是得意之色，高兴得几乎要跳起来。忽然，一个鸡蛋迎面砸过来，正中刘大勇的面门。

远处，梅大妮又抬手扔出一个鸡蛋，再次砸在刘大勇脸上。然后她狠狠朝地上吐了一口唾沫，拿脚使劲儿地踩："人在做天在看，小人！你迟早要遭报应的！"

"你敢扔我？！"刘大勇瞧见是梅大妮，怒气冲冲吼道。

"俺还要打你呢！"梅大妮说着抄起一根碗口粗的棍子，朝刘大勇扑打过去。

周远见事不好，连忙带着几个人跑过去阻拦。众人夺下了棍子，梅大妮却扑到了刘大勇身前，揪着他的头发厮打起来。刘大勇捂着头四处逃窜。

石兴国马上反应过来，对周远等人说道："还愣着干什么？快把你们嫂子送回去。"

周远和那几人一起架着梅大妮往外走。梅大妮撅着屁股使劲往后扭着身子，大喊着："刘大勇，你早晚要遭报应的！"

梅大妮被众人架走，刘大勇也捂着脸灰溜溜地跑了。

众人纷纷散去，边走边议论着刚才的事。有人鄙视响当当的工人模范竟真有生活作风问题，真是知人知面不知心；也有人敬佩这样的石兴国，是个敢作敢当的真汉子；还有人一脸暧昧地笑说钻井能手在女人身上也是钻探高手……

许茹站在自家门后，听着屋外过路人对石兴国的议论，对他的冷嘲热讽，不禁痛苦地闭上了眼睛。

老伙计们对石兴国所受的委屈都愤愤不平，田义文更是将这恨意不自觉地牵扯到刘小青身上。

大大咧咧的刘小青在路上碰到田义文，跟往常一样打招呼，田义文却似乎没听见似的头都没有回。

刘小青纳闷地追了上来："嘿，我喊你你没听见啊？怎么不理我？"

田义文不看刘小青，也不吭声，继续往前走。刘小青上前拍了拍他的肩膀，田义文却一耸肩，刘小青的手滑落下来。

刘小青火了，箭步向前，霍然出手摘下了田义文的眼镜，攥在手里："我说田义文，我惹你了？怎么不理我啊？"

田义文停下来，从刘小青手里夺回眼镜，擦拭干净，又戴了上去，斜睨着面前的刘小青："问你哥去。"

刘小青丈二和尚摸不着头脑："我哥？他能把你怎么样啊？"

田义文不再理她，径直往前走了。

田义文到了石兴国家，看到周远等人都在。屋内气氛凝重，大家都一言不发。

"让我进去，我要见队长！"忽然门外传来熟悉的声音，打破了这凝重的气氛。

齐占山扛着背包卷站在门外，被段铁生拦住了："你还有脸回来，你再不滚，我就请走你。"齐占山仍旧喊着往里闯，段铁生一把将他推到，举拳就要打，不料手腕被身后一人拉住，正是石兴国。

见到石兴国，齐占山一下扑倒在地，泪流满面说道："队长！这次都是我的错，我千不该万不该信了刘大勇的鬼话。你就原谅我这次，让我回石油师吧！我不想再待在刘大勇那里了。"

段铁生怒斥："滚！滚回去当你的中队长吧！"

齐占山跪在地上，任凭身后的段铁生往后拖，就是一动不动。

石兴国俯下身来，双眼静静地盯着齐占山："我现在什么都不是了，你跟着我做什么？"

"在我眼中，你永远都是我们尖刀连的连长，我永远都是尖刀连的兵！"齐占山声泪俱下。

"啪！"一记耳光打在齐占山的脸上，石兴国怒吼："你既然还认我这个连长，就不该忘了我给你的任务！还记得我给你的任务吗？"

齐占山愣了一下，回答道："跟刘大勇学技术，学本事！好好为尖刀连，为石油师，为国家做贡献！"

石兴国扶起齐占山，用手抹去了他脸颊上的泪水："我知道这次你遭了刘大勇的暗算，被他利用了，我没怨你，也没有赶你走的意思。但现在我们打油更重要，你要记住，无论你走到哪里，都是我们石油师的人！"

齐占山抽噎着连连点头。周远拍拍他的肩膀："占山，听队长的，你还是先回去吧。刘大勇正小人得志，我怕他又借题发挥，到时找你的麻烦。"

苏联进口的新机器在使用方面有一些问题，向石油部反映后，两位部长很重视，特地邀请了专家从北京过来指导。

专家乌瓦诺夫到了克拉玛依后，听说已经换了当初合作的大队长，心里很是不满，他对石兴国的能力是非常认可和信任的，在王振华的再三解释下，才答应去见现在的队长刘大勇。

乌瓦诺夫和翻译来到井场，却没看到刘大勇，不禁皱了皱眉头。经工人指点，他们朝指挥室走去。

指挥室内，刘大勇正指挥工人将石兴国的东西搬出去，然后把他自己的办公用品一件件搬进来，其中一个老式沙发尤其显眼。

乌瓦诺夫和翻译走进指挥室，翻译向刘大勇介绍了乌瓦诺夫及其来意。没想到刘大勇听说后，态度冷淡地道："你告诉专家不用麻烦了，我们已经暂时停止使用那些仪器了。"

乌瓦诺夫一脸惊诧，用生硬的汉语问道："什么？不用了？为什么不用了？"

"经过数据比对之后，发现使用新式仪器，我们的采油量非但不增，反而有所减少。为了维持产油量，我们不得不暂时停止使用这机器。"刘大勇有理有据。

"刘队长，乌瓦诺夫先生就是特地从北京赶来，提供仪器的技术指导啊！而且……"翻译急忙解释。

刘大勇挥手打断翻译的话，说道："这技术指导等过几天再说，啥时候我们用这仪器再找你，我这儿还有事，不能好好招待专家先生了。"

乌瓦诺夫见刘大勇已经在撵人了，气愤地道："你这个人不行，我也没什么跟你好说的，我们走吧。"说完和翻译愤愤离开。

井场上，工人们都在忙碌着。忽然，机器发出巨大、怪异的声音引起了齐占山的注意，他跳上井台，问道："怎么回事？"

刹把手在齐占山耳边吼道："压力太大，机器吃不消。"

"钻压多少？转速多少？"齐占山问。

"十三吨。八十。"刹把手答。

齐占山马上打开手里的图表，看了一眼，然后命令刹把手："停下来，不能这么钻，谁让你这么钻的？这上面明明写着钻压稳定在八吨，转速每分钟不超过六十，谁让你擅自修改钻探计划的？"

"刘队长亲自下的命令。"刹把手答。

齐占山紧皱眉头，焦急道："快停下，很危险，这样钻下去，钻头吃入地层太多，会堵住水眼造成憋泵，是很危险的！如果钻头滑眼，后果不堪设想！"

刹把手无奈："我说了不算啊，刘队长不让停钻。"

"那我找他去！"齐占山气得一拍大腿，跳下井台，朝指挥室跑去。

指挥室内，刘大勇正坐在桌前写工作计划。齐占山气喘吁吁地跑进来："刘大勇，工人们正在违规操作，必须停下来！"

刘大勇漫不经心地道："什么违规操作啊，这不钻得好好的吗？我正在做整个大队的工作计划，你别打扰我。"

齐占山继续强调："以目前咱们的机器来说，正常钻压必须小于十吨，转速要低于六十，但是你让工人们违反规定操作，这很危险，必须立刻停止！"

"我说齐占山啊，你也太胆小了，我这也是为你好，要是咱们早日打出石油，我保证，功劳有你一份。"刘大勇笑嘻嘻说道。

齐占山眼见刘大勇蛮横操作还不讲理，顿时怒不可遏："刘大勇！超负荷运作机器，损害了机器不说，万一，万一要是引发火灾，就不得了了！到时候给国家造成了损失，你担待得起吗？"

刘大勇本来心情还不错，却被齐占山浇了这一盆冷水，顿时皱起眉头："齐占山！我看你就是胆小怕事！这里我是大队长，出了事我担着！你怕什么！你个小小的队长哪有资格对我指手画脚！"

"科学不是谁说了算！钻井打石油不是闹儿戏！刘大勇，既然你这么说，老子我不跟你干了！"齐占山说完头也不回地走了。看着他远去的背影，刘大勇怒吼一声，将桌上的计划书撕碎，扔在地上。

井场外，周远和田义文边走边聊，听着井架里传出怪异的轰鸣声，田义文不禁皱了皱眉头："今天怎么回事？井架怎么会发出这种响声？"

周远想了想："不会是刘大勇在搞什么名堂吧？我去井场看看。"周远说完，三步并作两步进了井场，正好碰见齐占山气冲冲地往外走，两人撞了个满怀。

齐占山见是周远，问道："你怎么来了？"

"井场怎么了，井架怎么响声那么古怪？"周远反问道。

"刘大勇加大了钻压，提高了转速，严重违规作业。"齐占山气呼呼地说。

周远急道："你傻啊，怎么不劝劝他？很危险的！"

齐占山气恼地摇了摇头："那人刚愎自用，不听劝啊！我没办法了，只能回去找石队长想办法了。"

周远瞄了一眼不远处刘大勇的办公室，低声叹了口气："要知道，为了大字报这事，石队长和刘大勇已经闹得水火不容了，他俩未必肯见。这样吧！我叫来刘大勇，你去找石队长，咱先把这俩人凑一块，再商量这事该怎么办。"

齐占山点点头，两人健步如飞，分头行动。

石兴国在家收拾东西，梅大妮眼睛一眨不眨地盯着他。收拾完正要出门，却被梅大妮堵在门口，石兴国不解："我要去上班啊！干吗拦我？"

梅大妮不依："你别去，那刘大勇本来就看你不顺眼，现在又当了大队长，他肯定会整你。"

石兴国无奈："哎，和你没法说，这是我的工作，我不能不去啊！"

"不是俺说，你咋这么死心眼儿啊。"梅大妮正说着，外面传来"咚咚咚"的敲门声，随之齐占山的声音传了进来："队长不好了，井场那边出事了！你快去看看。"

石兴国一听，急了，拉开梅大妮执意往外走，梅大妮却反手抓住了他的胳膊。石兴国焦急中用力一把将梅大妮甩开，推开门跑了出去。

梅大妮摔倒在地，望着石兴国远去的身影，怒气冲冲地捶打着地板："石兴国你个傻子，给俺回来。"

石兴国与齐占山飞跑着向井场赶去。另一边的刘大勇被周远拉扯着往井场外走。两边人在井场外刚见面，还未来得及说话，忽听"轰"的一声巨响，井场蹿出几十米高的火苗，随之卷起滚滚浓烟。

几人顿时呆若木鸡。齐占山喃喃道："坏了，真出大事了……"

刘大勇一屁股坐在地上，又连忙爬起身撒腿往后跑。石兴国等人也一脸惊惧地朝井场方向飞奔。

梅大妮闷闷地抱着孩子坐在床头，还在生石兴国的气，忽然听到井场传来的爆炸声，她浑身一颤，霍然起身，大喊着："石兴国！"放下怀里的孩子，就推门飞奔而去，留下孩子独自在床上哇哇大哭。

"兴国你可不能有事啊，要是有个三长两短，你让俺们娘俩往后的日子咋过啊！"梅大妮边跑边胡思乱想着，猛然，一个骑着自行车的人影摇摇摆摆冲过来，双方都来不及躲闪，一下撞到了一起。

梅大妮"哎哟"着看向那人，竟是刘大勇。原来他回井场后，见火势太大，吓得慌忙趁乱逃了出来，没想到正撞上梅大妮。梅大妮这会儿却没工夫管他，挣扎着爬起来就又往前冲去。

刘大勇重又骑上自行车，慌张地去找邱建设。事发突然，出了如此大的事故，邱建设也是一筹莫展。他坐在办公桌前，叼着烟斗深吸一口烟，看着面前的刘大勇急得像热锅上的蚂蚁一样来回不停地转圈，皱眉说道："你在这儿来回走也不是办法，现在具体损失情况还不清楚，要不你先回去等消息吧。"

刘大勇哭丧着脸："这回你一定要帮帮我啊。"

邱建设站起身把刘大勇往外推去："行了，行了，有事我会通知你的，你先回吧，回去吧！"

这时的井场已经变成了火海，到处火光冲天浓烟滚滚，熊熊大火烧得人无法靠近，工人们都逃出来，不知所措……

石兴国和周远跑到井场，冲进人群挤到最前面，看见新机器也在火海里，石兴国不管不顾地蹿入熊熊大火，试图保护住那台机器。

"快，快灭火，保护机器。"周远也赶忙指挥工人们去拿水桶、脸盆、水管、铁锹等工具来灭火。

石兴国先是用自己的衣服去扑打，接着又冲出来，看到旁边钻杆跟前扔着一床脏兮兮的棉被，石兴国一把捡起来，扔进泥水里，正反两面浸湿，然后抱着湿棉被往机器上压去。

井场上一片混乱，大喊大叫声、杂乱脚步声、水桶撞击声……乱成一团。

脸上被蹭得乌七八糟的周远冲着大火里的石兴国大喊："兴国，火势控制不住了,让大家撤吧!"

石兴国没听见一样,拼命地从火海里往外推那台机器。见石兴国不撤,周远也只好冲进火里去帮忙。

机器已经被烧得很烫,石兴国的手抓在机器边缘,手背被火烧着,冒出一股焦味。他咬着牙,又用肩膀去扛去推,肩膀上的衣服,也瞬间被机器烧焦,他顾不得这些,使出浑身力气,"啊"的大喊一声,脸上憋出了青筋……

梅大妮跑到井场,浓烟大火中,她根本看不见石兴国在哪儿,混乱中,她不停地喊着跑着……终于,看到火海里正奋力推机器的石兴国,梅大妮擦了一把眼泪,二话不说,就冲进火里。

"大妮,快躲开,危险!"石兴国看见梅大妮,急忙喊。

"不,俺不走!"梅大妮说着,就去推机器。

周远把自己的衣服扔给梅大妮:"嫂子,用衣服把手包住。"梅大妮接过衣服按在机器上一起推。但是三个人根本推不动机器。周远赶忙招呼大伙齐心协力,连推带拉,机器终于动了。

好不容易把机器拉出了火海,还没缓过气来,就听见井架嘎吱吱作响,有人大喊:"井架要塌了,快跑啊!"

石兴国一转头,井架顷刻间倒了下来,而梅大妮还在他身后。石兴国不顾一切地扑向梅大妮。

井架倒塌,卷起漫天尘土。

"队长!"周远疯了一般挣扎着爬向倒下的井架。众人愣在一边,齐占山、田义文赶过来架住周远,不让他再向前。

众人望着倒下的井架,欲哭无泪。

"不要拦我,让我去救队长,不要拦我!队长就在架子下面,不要拦着我!"周远在田义文、齐占山的拖拽下,仍不断喊着挣扎着。

两人痛苦地摇着头,泪流满面。其他工人也都默默地低下了头。

突然,废墟后,一个黑影步履蹒跚地走了出来……

"石兴国!""石队长!""老连长!"大家呼喊着冲向石兴国,纷纷上前拥抱着,喜极而泣。

石兴国艰难地挣开众人,向旁边走去。那里,梅大妮躺倒在血泊里,毫无声息。

"大妮……"石兴国喊着，泪流满面。

周远看见躺在地上的梅大妮，忙领着几个人，把梅大妮抬上担架，石兴国一把拉住周远："周远，我就不去了，你替我把大妮送到医院吧。"

"嫂子伤得这么严重，你得在她身边啊！"周远喊。

石兴国擦去眼角的泪水："我不能离开这儿，医院那儿有护士、医生，我去了也没用，快，你快送大妮去医院！"

周远感动地点点头，带人抬着梅大妮急速往医院赶去。

到了医院，医生指挥着大家直接将梅大妮抬进了手术室。不一会儿，一位医生两手沾满了血，面色凝重地从手术室走出来，解下口罩问道："请问哪位是病人家属？"

周远赶紧上前："我是病人的朋友，病人家属不在。"

医生严肃道："病人受伤严重，需要做手术，快去通知病人家属来签字，耽误了时间，如果伤口感染了，恐怕会终身残疾，严重了甚至要截肢。"

"这……"周远顿时呆住了，下一秒，他疯了似的往回跑去。

火灾过后，经过清查估算，给油田造成的损失非常巨大。王振华看着手上的一摞资料数据，暴跳如雷。立刻让人把石兴国和刘大勇叫到办公室，冲着他俩晃了晃手里的资料，然后重重摔在桌子上："看看，看看，你们俩都给我看看，这次的损失巨大，这些个数据，怎么给国家交代？你们都是老石油工人了，个个经验丰富，怎么会发生这么重大的事故呢？如此严重后果，咱们谁都扛不起！"

石兴国和刘大勇低着头，都没有说话。刘大勇用眼角斜睨了一眼坐在一旁沙发上的邱建设，邱建设会意，说道："火灾事故必须要有人负责，石队长和刘队长刚做完交接，就发生了这么重大的事故，我看……"

刘大勇眼睛骨碌一转，立刻抢着说道："我觉得这不关我的事，我这个队长也只是按照石兴国同志制订的钻探计划开钻的，出了这么大的事，我想问题不在我。"

王振华看了看石兴国："石兴国，你有什么话说？"

石兴国平静道："对于这次事故，我有一定责任。"

王振华长叹了一声，皱起眉头，转身对邱建设说道："这次事故原因，给我好好调查清楚。"

想着医院里刚做完手术的梅大妮，石兴国回家做好了饭，背上孩子，去看梅大妮。到了病房，石兴国刚弯腰把饭菜篮子放在地上，梅大妮恰好醒了过来。

"大妮，你醒了？"石兴国高兴地走上前。

梅大妮一脸茫然地环顾了一下四周，然后看向石兴国。

石兴国赶忙说道："大妮，你去火里救我，受伤了，这里……是医院。"

梅大妮点点头，想起当时似乎砸到了腿，就用手去摸，却一下子惊叫起来："腿……俺的腿呢？"

"还在呢，还在，你摸摸……"石兴国连忙安慰着把梅大妮的手拉到她受伤被吊起的腿跟前，轻轻摸了摸，然后吞吞吐吐说道，"大妮，可能……你的腿伤得有点重，不过你放心，已经保住了，但是以后……可能以后走路，会有点问题。"

梅大妮望着石兴国："你是说，俺要变成瘸子了？"

石兴国痛苦地点点头："医生为了保住你的腿，不得不这么做，大妮，你不要难过，一切都会没事的。"石兴国不敢看梅大妮的眼睛，一边说着一边把篮子里的饭菜摆到床边小柜子上。

梅大妮听完石兴国的话，眼睛里透出惊恐，接着大颗大颗的泪珠涌了出来："都是你害的，石兴国，这都是你害的，俺的腿，你赔俺好好的腿……"梅大妮咆哮着将饭菜全部打翻，石兴国背上的孩子也吓得哇哇大哭了起来……

石兴国一时手足无措，只能一边晃着孩子一边环抱住痛哭的梅大妮，轻声安慰。梅大妮趁机揪住石兴国的胳膊狠狠咬了一口。

许茹去食堂打饭，正巧看到周远和田义文拦下邱建设谈论火灾问题，许茹放慢了脚步，仔细听着。

"你要相信我，这次的事故原因绝对是刘大勇私自篡改数据造成的。"周远急切地说道。

田义文跟着解释："刘大勇私自提高了钻头压力和转速，才导致了这次事故。当时正在运行机器的技术人员都可以作证的！"

邱建设摆摆手："现在说什么都为时已晚了，石兴国已经一个人把事故责任都承担下来了。这次，石兴国估计要受处分了。"

两人闻言俱是一惊，周远愤怒地道："刘大勇那家伙敢做不敢当，我们石兴国队长，可是拼了命地保护井架和国家财产，到头来，却还要受处分，这算什么道理！"

许茹听到这里，手里的饭盒"哗啦"一声掉到地上，大家都转过头来。许茹慌慌张张蹲下身去捡饭盒，捡了几下却哆嗦着怎么都捡不起来。许茹突然站起来，扔下饭盒不管，转身快步跑出食堂。

许茹回到家中，刘大勇正在床上蒙头大睡。许茹走上去一把揭开被子，质问道："刘大勇，你起来！我问你，这次的井场火灾事故，是不是你引起的？！"刘大勇一动不动，也不吭声。

许茹上去推他："刘大勇，你说句话啊，到底是不是？！"

刘大勇一下子从床上翻起来："你胡说八道什么？"

许茹不甘示弱，大声道："外边都传开了，说你是事故责任人，结果害人家石兴国要受处分！"

刘大勇白了一眼许茹："谁承担责任谁就受处分，你别听别人瞎说，再说了，我是你男人还是石兴国是你男人？我一天都没吃饭了，你打的饭呢？你都不管我，还想着石兴国呢？"

许茹被刘大勇噎得一句话也说不出来，顿了顿，满腔怒火道："你，刘大勇，你还算不算个男人？你要是个男人就应该承认错误。"

刘大勇无赖道："我有什么错误？他受处分，那是他活该。"

"你！"许茹实在气不过，想也没想就抬手给了刘大勇一个耳光。

刘大勇顿时火冒三丈，抓住许茹的头发撞到墙上："你心里从来没有我，尽是想着石兴国！是不是希望我受处分，然后好和石兴国偷鸡摸狗啊？"

一星期后，梅大妮终于出院了。石兴国搀扶着她慢慢走着，还不住地提醒："慢点，前面有台阶，你慢点……看着点……"

梅大妮吃力的一瘸一拐走着，突然一个趔趄差点摔倒，幸亏被石兴国一把扶住。梅大妮扑进石兴国的怀里，哭了起来。

石兴国轻轻环抱着梅大妮，眼里尽是柔情："别哭，别难过，你放心，就是你两条腿都不能动了，我也会陪着你的。"

回到家，梅大妮哄睡了孩子，石兴国端着一碗面条走过来轻声说："这是我刚煮的面条还有一个荷包蛋，快趁热吃了。你的伤还没好，需要营养。"说着，石兴国把碗端到梅大妮面前，挑起一筷子面条，仔细地吹着，然后一口一口喂给梅大妮吃。梅大妮依偎在石兴国怀里，依然高兴不起来，只是面无表情地吃着。

石兴国抬头看了看表，把碗递给梅大妮，站起身来穿外套："时间不早了，井场那边还需要我带些资料过去，我先走了。记得趁热把面吃完。"说完匆匆推门出屋，有几页资料却遗落在桌子上。等梅大妮发现，石兴国已经走远。梅大妮叹了口气，拿起资料，硬撑着出了门。

井场上，石兴国迎面遇上许茹，未等说话，许茹朝着石兴国就是一鞠躬。石兴国赶紧去扶："你这是干什么？"

"我是替大勇来向你道歉的，井场明明是因为他才出事故的，他却推卸责任，害你替他顶了罪。"说完，许茹又是一鞠躬。

石兴国凝望着许茹的脸颊，眉头一皱："你……你脸上怎么回事？"

"不小心磕的……"许茹说着，眼中却闪出了泪花。

石兴国立刻就明白了，痛心地伸出手要去抚摸许茹脸上的伤口，快触到脸颊时，又霍然停住。许茹慢慢抬起头，四目相对，似有千言万语要汹涌而出，但两人却只是凝望着彼此的眼睛，默默无语。

梅大妮手里拿着资料，拄着拐杖一步一步移到井场，正巧远远看到了这一幕。她脸上的表情瞬间凝固，眼睛里喷出怒火，正欲跑过去指责二人，然而一抬脚，却心有余而力不足地一下摔倒在地。

待石兴国回到家中，看到地上一片狼藉，梅大妮则抽抽搭搭地侧身坐在床上。

石兴国一惊："大妮，家里这是怎么了？这……难道是遭贼了？大妮，你没事吧？"

梅大妮回头，恶狠狠地盯着石兴国："是，遭贼了，真是家贼难防！"

石兴国弯腰捡起地上的碎纸片："这，这不是我的石油资料吗？大妮，这到底怎么回事啊？"

梅大妮一扬头："俺撕的！"

石兴国一头雾水地看着她："大妮，你疯了？你知不知道这些东西对我多重要，你为什么要撕？"

梅大妮恨恨地道："是，都重要！你心里，除了石油，就是那个狐狸精，哪个都比俺和孩子重要！石兴国，你当俺是傻子还是死人啊？你怎么能这么对俺？石兴国，你太欺负人了！"

石兴国一头雾水："大妮，你这话什么意思？"

"什么意思？你看俺腿瘸了就当俺眼睛也瞎了吗？俺亲眼所见，看得清清楚楚，你们两个就快亲上了！是不是睡了觉才不算误会啊？也太欺负人了……"梅大妮说着哭了起来。

"大妮，你胡思乱想什么？"石兴国皱眉。

"胡思乱想？石兴国，你个没良心的，白眼狼，狼心狗肺！你就这么跟俺过日子啊？俺给你生孩子，俺去火里救你，俺的腿瘸了，你就不喜欢俺了，俺知道，你们巴不得俺死了，然后在一块儿，是不是？"梅大妮说着，豁然起身挂起拐杖就要往外走，"哼，我得去找那个狐狸精算账去！"

"你敢！"石兴国忙用身体去挡，两人推搡中，梅大妮跌倒在地，顿时号啕大哭起来："石兴国，你打俺？为了那个狐狸精，你现在打俺，俺不活了！这日子，没法过了……"说着，挂起拐杖，摔门出去。

"大妮，大妮……"石兴国刚追出屋子，孩子在屋内忽然厉声大哭起来，石兴国又忙跑回屋里，抱起孩子。

梅大妮哭着走出屋子，过了院子，朝井场走去。

石兴国抱了孩子返身又出来追梅大妮，却已不见了踪影，他边走边焦急地喊着梅大妮的名字。正巧周远夫妇从对面走过来，问清楚情况后，周远说道："嫂子受了伤行动不便，万一遇上意外可就麻烦了，我看还是大家一起找吧。"

"让人看见了，笑话……"石兴国犹豫。

"找人要紧，孩子给唐娜吧。"周远说道。

唐娜接过孩子："来，我看着孩子，你们快去找嫂子吧！"

这时，周围聚集过来了一些人，周远大声喊："大家都来帮忙找人……"众人都积极帮忙寻找起来。

梅大妮一直走到井架子下，回头看石兴国没有找来，恨恨道："石兴国，你的心真狠，既然你不拿俺当人看，俺就死给你看，让你后悔，俺，俺……"说着四下张望，看到脚下有根绳子，"俺就死在你的井上，让大家都知道你石兴国不是人！"说着拿起绳子，往井架上爬去。

工人们四下搜寻，却不见梅大妮的影子。周远建议大家分头去找，正说着，一个工人跑过来："不好了，井场有人上吊了！"

石兴国一听，撒腿就往井场跑。周远及众人也都跟着跑了过去。

井场上，工人们朝着井架上的梅大妮喊："喂，快下来，危险！"

"你们不要管俺，俺不想活了！"梅大妮晃着手里的绳子。

"我看出来了，但你别往这儿死啊！井上要是死了人，晦气，打不出来油，可就麻烦了！你快下来，下来咱再商量怎么个死法。"一个工人故意说道。

"你走开，俺不听你的，俺下来会被石兴国给气死。"梅大妮说着开始系绳子。

"哦，那正好啊，快下来吧！"另一个工人飞快地接话道。

梅大妮愣了一下才反应过来，正哭笑不得间，远远地看见一群人朝井场跑来，石兴国第一个跑到井架下："大妮，你干什么？快下来！"

梅大妮牢牢地抱住井架："俺不，俺要死给你看！"

"大妮，别闹了，你别吓唬我。哎，你抓牢啊，千万别掉下来，你等着，我上去啊。"石兴国边焦急地说着边要上井架。

"你别上来，你上来俺就死！"梅大妮做出一副要松手的样子。

石兴国只好连连晃手："好好好，我不上去，那你下来……"

"石兴国，俺知道你是猫哭耗子假慈悲，俺告诉你，俺做鬼也不会放过你，俺偏要死给你看！"梅大妮说着，一拉绳套，就挂了上去。地下的人都吓坏了，石兴国大喊着梅大妮的名字急忙往井架上爬。众人七手八脚合力救下梅大妮。

石兴国将梅大妮背回家，在床上安置好，回身去冲了一碗糖水端到床前："大妮，大妮……"

梅大妮没有动静。石兴国只好从床上把梅大妮拦腰抱起，让她靠在自己身上，然后拿起碗，往梅大妮嘴里灌糖水。

梅大妮偷偷睁眼看了一眼石兴国，然后又赶紧闭上眼，假装昏迷。石兴国喂完了糖水，又把梅大妮放倒在床上，盖好被子……

这时，一个工人来通知说王振华找他去趟办公室。

王振华见石兴国来了，开口问道："听说，你家庭闹矛盾了？"

石兴国点了点头。

"这可不行啊，石兴国，火灾事故之后，你知道我日夜惦记的是什么吗？那就是你什么时候能重新站起来，全身心地投入到工作中来。我知道你爱人和你的家庭为咱们的石油事业做出了巨大牺牲，所以今天找你来，就是要和你商量一件事。咱们今年有个到海边疗养院休养的名额，要不，我们就安排梅大妮到疗养院去休养一段时间，你也好专心开展油井重建工作，你觉得怎么样？"王振华说出打算。

"这……这么好的机会，还是让给其他同志吧。"石兴国推辞。

王振华挥挥手："梅大妮同志也是为油田受的伤，这是应该享受的待遇。你先回去跟她通个气，到时候我们以组织的形式再正式通知她。"

石兴国想了想，说道："疗养，我怕她闲不住。"

王振华笑道："那就让疗养院适当给她安排点工作，我会安排好的，放心吧。"

石兴国高兴地点头接受了。

回到家，石兴国连忙跟梅大妮说了这个好消息。没想到梅大妮却误会石兴国是在故意赶她走，顿时一边嚷嚷着一边噼里啪啦地又摔又砸。

石兴国赶紧拦住梅大妮，解释道："大妮你千万别多想，这是组织安排的疗养，机会很难得，是政委特意照顾才让你去的。"

梅大妮愤怒地道："呸！黄鼠狼给鸡拜年没安好心！你不就是想赶俺走，好和那个狐狸精鬼混嘛？俺才不上你们的当呢，说来说去，你不就是跟俺过够了吗？你个没良心的，想当年，在玉门，在柴达木，俺是怎么对你的……"

石兴国家屋外，围满了看热闹的人，刘大勇混在其中，听着屋里激烈的争吵声，咧开了嘴角，笑着走开。

不一会儿，周远陪着王振华走了过来。

王振华招呼道："散了散了，都散了！两口子吵架，有什么好看的，谁家不吵架啊？别看了，都干活去……"大家让开，王振华二人进屋。

梅大妮看到王振华进来，哭得更凶了。王振华开口就批评石兴国："怎么回事？石兴国，堂堂一个大男人惹女人哭，这种事说出去，丢死人！"

"王政委，我……"石兴国有口难言。

梅大妮哭得更厉害了。

"你什么你？我看，就你有问题！让大妮受了这么大的委屈，还不出去给我反省去？"王振华说着，给周远使眼色，周远连忙拉着石兴国出去。

到了屋外，石兴国站那儿不动了，周远推着他："哎呀，走吧走吧，咱们去散散步，换换心情，放心吧，嫂子没事。"又对旁边的齐占山说道，"占山，你在这儿放哨，听着里边的动静，有消息到屋后那个小山坡找我们。"说完拉着石兴国往屋后走去。

屋内，梅大妮看石兴国出去了，渐渐停止了哭泣，对王振华说道："领导，俺知道你是来劝俺的，你不要劝俺了，俺想好了，死也不和那石兴国离婚，俺不会让他称心如意的。"

王振华顺着她的意思，说道："你既然这么想，我给你先安排一个好的去处——沿海地区石油工人休养所。在那里可以休息，把身体养好，这样才有力气看着石兴国不是？当然这也是你应有的待遇，奖励你在火灾中的英勇行为。另外，你要闲不住，还可以给他们做饭。海边风景那个美啊，你可以在那里好好地散散心，把这些不愉快都忘掉。"

梅大妮想了想，觉得政委说得不错，点点头："俺……那行，俺这就走……"

王振华迟疑了一下，点点头："好，你收拾一下，我这就安排。"

看到政委如此顺利地劝好了梅大妮，齐占山忙跑去告诉石兴国和周远。

两人听完齐占山气喘吁吁的叙说，对他们的政委都佩服不已。石兴国听说梅大妮立刻就走，立马朝矿区大门跑去。

矿区大门口，一辆汽车刚刚开动，石兴国隐隐看到车窗前梅大妮抱着孩子的身影。

待石兴国跑到近前，汽车已远远地驶出去，卷起一路尘土……

王振华站在门口望着远去的汽车，见石兴国跑来，开玩笑道："哎呀，总算没了后顾之忧啊，你得好好感谢一下我。"

"政委，还是您有办法啊！"石兴国由衷地说道。

王振华笑看着石兴国："我说石兴国啊，你这个丈夫太不合格了，连个老婆都不会哄，我让大妮去沿海地区石油工人休养所，在那里边做饭边休息，也好让她去散散心，不和你闹了。你小子，要不是周远赶来通知我，你打算怎么收场啊？"

石兴国叹了口气："政委，家家有本难念的经。"

"这话不假，但是女人哄哄就好了，不要和婆娘一般见识嘛。好了，都回去吧，回去好好工作。"王振华心情不错地挥了挥手。

"谢谢政委。"石兴国说完转身离开。

24

井场内，工人们在大火之后的废墟上进行重建。新挖地基、搬运钻杆，喊着号子将笨重的机器拖进井场……

新疆石油管理局处长高峰陪着乌瓦诺夫朝王振华办公室走去，跟着的翻译手上捧着一个大纸箱子。

几人走进办公室，王振华正和邱建设商谈重建井场的问题，看到苏联专家，立马起身相迎："专家同志，谢谢你专程赶过来啊……"

乌瓦诺夫摆摆手："能回到这里，帮助克拉玛依重建，我很荣幸……"

"乌瓦诺夫同志这次是有备而来啊，不仅带来了我们重建克拉玛依的希望，也带来了具体的前景规划。"高峰说着，对乌瓦诺夫伸手做了一个"请"的手势。乌瓦诺夫点点头，身后的翻译将纸箱子放在桌上。

王振华纳闷地看着箱子："专家同志，这是什么？"

邱建设围着纸箱绕了个圈："不会是一颗苏联卫星吧？"

大家哈哈大笑起来。笑声中，助手揭开了纸箱，一个构建巨大而辉煌的油井模型呈现在大家眼前。

王振华等人都看呆了。邱建设马上鼓掌赞道："漂亮！这简直太漂亮了。"

王振华也激动地再次握住乌瓦诺夫的手："乌瓦诺夫同志，太感谢你了，这真是雪中送炭啊，来，你快给大家讲解讲解。"

乌瓦诺夫微笑着点点头，并从身上大衣口袋里拿出几张图纸，铺开在王振华面前的桌上："这一张，是矿区重建的图纸；还有这一张，是新测定的油井位置图，你们看看。"

王振华看着绘制得非常详细的图纸，激动地说道："谢谢你们啊，乌瓦诺夫同志，谢谢咱们苏联老大哥的帮助，这对我们矿区的重建意义重大啊。"

"不用客气，我很愿意为你们的石油工业做一点贡献，这也是我来中国的目的之一。不过，这一次，我有个条件。我希望看到石兴国担任油井大队长，因为我很欣赏他。"乌瓦诺夫说道。

王振华和邱建设、高峰几人互看了一眼。

邱建设说道："专家同志，这个问题，恐怕我们暂时没有办法给你答复。"

乌瓦诺夫认真问道："那，有什么困难呢？"

"呵呵，专家同志，这样吧，你的这个条件，我们需要开会商量一下，然后给你答复，你看怎么样？"王振华笑着说道。

"那好吧，你们商量好了给我答案，我希望听到好的消息。"乌瓦诺夫又对高峰说道，"高处长，我还想再到井上去看看，我们走吧。"

高峰和王振华几人握手，然后陪专家离开。

送走了苏联专家，王振华回头对已经升职了的邱建设说道："邱副局长，石油部对咱们克拉玛依的重建工作很重视，这次有了苏联专家的援助，我们的生产能力，一定要尽快恢复到火灾之前的，专家同志的要求也在意料之中，我希望你能先做做石兴国和刘大勇的工作。这次火灾，虽然石兴国承担了责任，但是刘大勇也有不可推卸的责任。"

邱建设做出认同的样子："是，我也这么认为，而且，以我对刘大勇同志和石兴国同志的了解来看，这次重建，是一次解决咱们内部工人阶级矛盾的契机。"

王振华点点头："那好吧，你先去了解一下情况，回头咱们再议。"

高峰陪乌瓦诺夫考察完井场，送专家上了一辆吉普车。挥手告别后，高峰转身回到王振华办公室。

王振华看到高峰，问道："老高，你怎么回来了？咱们的专家同志呢？"

"我送乌瓦诺夫同志回驻地休息了。老王啊，我有个主意，你看这样行不行？"高峰在王振华的示意下，坐到沙发上，接着说道，"克拉玛依是咱们新疆石油管理局唯一的招牌，但是火灾之后，各支援部队抽回了自己的人手。尤其严峻的是，眼下重建和打井需要同时进行，人手不够啊。要尽快找到石油，咱就必须将合一处，集中兵力战斗，你看怎么样？"

王振华沉思了一会儿，抬起头："你是说……将相和？"

高峰一拍大腿："是啊，我就是这个意思！你看啊，刘大勇个人素质是有点不够高，但是目前石兴国在火灾中受的伤还没痊愈，加上我听说他家里后院又起了火，牵扯了精力，我怕他不能胜任大队长的工作啊。但是专家又点了他的将……"

王振华点头："嗯，这个顾虑，我也在考虑，我已经让邱副局长去做具体的工作，很快我们就能知道答案。"

邱建设办公室门前，刘大勇一只手揣在怀里敲了敲门，进屋后，径直走到办公桌前，从怀里掏出一瓶酒，放到邱建设眼前，谄笑着："邱局长，忙呐？您为咱油田做的贡献，我们都是有目共睹的，这是我代表每一名普通石油工人，对您的敬意。"

邱建设看到刘大勇的礼物，脸上笑成了一朵花："既然是群众的意思，为了不辜负群众的一片热心，那我就恭敬不如从命啦！"说着，将酒收了起来，然后说道，"这次又有个机会，你一定要抓住……"

善于察言观色的刘大勇听出了邱建设话里有话，立马接话茬打包票道："邱局长放心，我刘大勇一直苦于没有机会，还好，遇到了邱局长，承蒙邱局长提携，只要邱局长能给我一个机会，我保证不让邱局长失望！"

邱建设干咳了一下，对刘大勇示意了一下门口："那好，你把门关上再说。"

刘大勇关上门："邱局长放心，我来这儿没人看见，我特意晚上过来，连我家许茹都不知道。"

邱建设点点头："很好，这可不是一般的谈话，这一次，我打算再保你当重建大队长。"

刘大勇很是惊喜："真的吗？邱局长，你是说我还能当大队长？"

邱建设得意地说道："当然能。而且，我看啊，这克拉玛依就你当重建大队长最合适。调查报告已经出来了，石兴国主动在报告上签了字，被认定为火灾事故的主要责任人，这已经是板上钉钉的事情，你为什么不能重新当你的大队长呢？"

"太好了，邱局长，只要我当了大队长，一切都听邱局长的。以后，一定为邱局长鞍前马后，鞠躬尽瘁。"刘大勇高兴地连连说道。

邱建设会意地笑笑。

办公室里，王振华几人聚在一起商量大队长人选问题。王振华强调重建一事非同小可，关于这次大队长的人选，是不是可以在全矿召开一次会议，听听工人们的意见。

高峰还是觉得应该集中优势兵力，攻下重建这一难关，石兴国和刘大勇可同时担任重建大队长一职，关键问题是谁正谁副。

王振华表示支持高峰的意见："这样做，也符合了苏联专家的要求，我个人觉得是个不错的主意。我们的油矿重建不像打油井比赛，我们要尽快恢复生产力，为国家找石油。"

邱建设听了，心中略一盘算，马上笑着说道："这当然好啊，我没什么意见，一切以油矿的集体利益为重嘛。而且石兴国的家庭矛盾也已经解决了，刘大勇本身是个以工作为重的人，让两个人团结合作，是一件好事。不过，我建议让刘大勇当正的大队长，石兴国担任副的大队长，这样比较合理，毕竟，这次的事故，石兴国有不可推卸的责任。"

"事故责任具体怎么认定，还没有最后定论呢！"王振华严肃地说道。

"石兴国当时就在现场，事故责任非常明显，调查报告上，他也是签过字的。"邱建设说着递上调查报告。王振华和高峰互看了一眼，无奈地点了点头。

高高的井架上，"支援克拉玛依大油田的重建"等几条横幅迎着风猎猎作响。好几处井场同时开工，工人们热火朝天地展开重建工作，手拉肩扛地将打井机器运到井场，用绳索和双手，重新竖起一座座高耸的井架……

苏联专家乌瓦诺夫在现场亲自监工，不时查看图纸并和石兴国交流意见。

远处，王振华来到现场查看情况，石兴国与乌瓦诺夫打了声招呼走了过去。

王振华看着大家的劳动成果，夸赞道："重建工作进展很快呀！"

石兴国点点头："有乌瓦诺夫亲自指导，是很快。"

王振华拍了拍石兴国的肩膀："你也做了大量的工作啊。这次让你给刘大勇当副手，是我们几个领导一起研究决定的，主要是考虑到上次事故，和你家庭的原因，怕你不能全身心地投入工作。希望你能正确认识，不带着情绪工作。"说到这儿，王振华看周围没人，压低声音，"你傻呀，那调查报告为什么签字？是不是邱建设让你这么做的？"

"我……我不想影响更多人。"石兴国支吾了一下，立即调整了状态，"政委，是我自己的决定。而且，我石兴国真的没把职务看得很重，只要能让我打油，我就心满意足了！其他的我没想那么多。请政委放心，我一定会配合好刘大勇同志的工作，早日完成重建，恢复生产。"

王振华重重地拍了拍石兴国的肩膀。他不会明白，石兴国为了保护许茹，一次次忍辱负重，主动承担起事故责任。在那种情况下，石兴国也许只有通过这种方式，才能尽量避免让许茹受到伤害。但在刘大勇心中，石兴国的忍让，只能让他更加肆无忌惮……

集市上，刘大勇戴着墨镜，竖着衣服领子，把脸挡得严严实实。他把一辆卡车停在路边，从驾驶室跳下来站在车旁。

人来人往的街上不时有人围过来和刘大勇交谈。交谈之后，刘大勇神神秘秘地朝周围看看，然后掀开车上的遮布，露出属于油矿的铁钻杆和牛皮条、绳索等物资。刘大勇接过对方的钱，点数清楚，就快速把东西递给买家，然后飞快地重新盖上遮布。

晚上，邱建设悄悄来到车队停靠的地方，看看前后无人，便迅速走到一辆车前，拍了拍车门。车上的刘大勇听到声音，打开车门。邱建设将一张清单塞进车内，刘大勇将一沓钱交给邱建设……

他们在干这些的时候，石兴国依旧在兢兢业业地巡视井场、熬夜写工作笔记，即使身体不适，他也依然坚持着……

生产虽然繁忙，大家也没有中断学习，石兴国也不例外，一有空就和任新我、田义文等人一起学习石油知识。

晚上，从井场回来的工人们聚在一起，任新我专门给他们量身定做了通俗易懂、由浅入深的课程，深受大家的喜欢。

这天下课后，工人们都夹着书本，说说笑笑地走出学习班。任新我收拾完书本，一抬头，看到地上还有一个工人坐在小板凳上，认真地抄着笔记。

任新我好奇地走过去，发现是黄雨田："你怎么在这儿？"

黄雨田马上站起来，认真地说道："叔爹，啊不，任专家，这次您不能赶我走，是石队长同意让我来上课的。"

任新我笑了笑，看了一眼他手里的笔记，见他抄得很少，不禁问道："跟得上吗？怎么记这么少？"

黄雨田嘴巴一噘，嘟囔道："又不是驴吃草，一口吃一大把，我没有多少文化，任专家您又讲得那么快，我看我是当不了石油工人了……"

任新我赶紧安慰他："好了好了，都是男子汉了，慢慢学，你一定是一个好样的石油工人！"

黄雨田一听，高兴了："真的吗？任专家，您真的觉得我能当好石油工人吗？"

任新我肯定地点点头，然后说道："别老叫我什么专家了，就叫我老任吧。对了，你今年多大了？"

黄雨田干脆地答道："我今年十六岁，上个月还入了团呢。"

任新我摸着黄雨田的头，感叹道："哦，真好啊！好好干，下一步，争取入党。我女儿要在的话，也跟你一般大了……"

"是吗？她现在哪里？"黄雨田问。

"她啊，去很远很远的地方了……不提她了，你有什么不懂的地方吗？"任新我很快转移了话题。

黄雨田正巴不得有人专门给他讲讲呢，忙问："这个法兰是什么意思？"

任新我放下手里的书本，耐心地给黄雨田解释起来。

一个烈日炎炎的中午，地面被太阳烤得发烫。井场上，工人们忙着打井，一个个汗流浃背。

突然，"噗"的一声，一股气体从地下蹿出，"突突突"地冲向天空……

"不好了，井喷了……"工人们的喊声随之传来。

正在办公室的石兴国接到电话，立马就要往外赶，却被突然出现的刘大勇挡在了门口："石兴国，你有把握控制住井喷吗？克拉玛依可不是柴达木！"

石兴国一愣，什么话都没说，拨开刘大勇就往井场跑去。

井场上，热气逼人，气雾泥沙漫天。井口"突突突"地往外喷射着泥浆与气体，工人们都被逼到了一边，难以靠近。井上只有齐占山和田义文死死地压着刹把，周远回头冲着跑到井架下的石兴国喊道："队长，井下冲击力太大，法兰通道出现裂痕，钢圈沟槽有憋破的危险！"

"共产党员先上！快，加大泥浆比重，关闭封井器，抢装井口！"石兴国指挥着众人，自己率先冲了上去，随之十几个工人一起跑向井架，几十双手死死钳住闸门，其他人握紧刹把，将封井器推向井口，但又被井喷的气流推了回来……

田义文吼道："队长，井喷力量太大，重晶石也不管用，压不回去啊。"

井口气柱威力越来越大，气体夹杂着四溅的泥浆，劈头盖脸打下来。

刘大勇此时也来到了井场，但却远远地站在一边指手画脚，像个啦啦队长一样，不断吆喝："快，快上……"

石兴国朝身后大喊："快，用牛皮条……"

这时，全部的干部、技术人员都冲进泥浆四溅的井场，几个人抱起牛皮条冲向井口……

"不够，再拿！"石兴国喊。

突然，一个工人喊道："牛皮条不够用！"

石兴国厉声道："怎么会不够用呢！"

站在一旁的刘大勇紧张地吩咐："就……就是，快去找啊！"

这时，人群里的黄雨田突然奋不顾身地扑向井口："让我来！"他企图用身体挡住井口，就像黄继光用身体挡住机枪眼那样。但是井喷威力太大，气流一下子将他冲了起来，抛向空中，然后重重地摔到了地上。任新我眼睁睁看着黄雨田被摔下来，箭一般冲了过去一把抱住他。

石兴国回头看了一眼任新我怀里的黄雨田，继续忙碌。一捆捆牛皮条随后塞进井口，大家眼疾手快地对准井口，齐心协力将封井器压了上去。奋战了大半天，直到傍晚，才算是制服了井喷。

石兴国跳下井台，径直跑到任新我跟前，却看到任新我慢慢地将黄雨田的眼睛合上了……

一旁的刘大勇趁人不注意，从地上抓起两把泥浆，抹在脸上……

矿区的黄昏，一片静谧。井场上，大家围着黄雨田，一动不动。

任新我抱着死去的黄雨田，像是在自言自语："他才十六岁，刚入了团，他说，还想入党……"说着说着，伸手抹了两把泪，工人们都难过得低下了头。

"队长，现在怎么办？"周远问道。

石兴国语气沉重："抬回去。"

周远刚要指挥几个人将黄雨田抬走，刘大勇突然从人群里跳出来制止："先放着，让领导来看看事故现场。"

"人都死了，放着干什么？"周远质问。

石兴国也说道："死者为大，先抬回宿舍吧。"

刘大勇却挡在石兴国身前，诘问道："石兴国，死了一个人，你怎么解释？"

石兴国静静说道："井喷就是灾难，灾难面前，总会有牺牲，黄雨田同志为了石油事业献出了宝贵的生命，是一位伟大的制服井喷的英雄，值得我们每一个人学习。"

刘大勇嗤之以鼻："石兴国，你这高调唱得还真好听，那是一条命！你害死了一条命！"

石兴国抬头看向不断叫嚣的刘大勇："刘大勇，灾情就是战争，有战争就有牺牲，你问问这些人，你身后的这些石油工人们，哪一个是贪生怕死的懦夫？要是贪生怕死，今天的井喷，就又是一次大火灾！"

刘大勇振振有词道："你不怕死，你们当过兵的不怕死，可是我怕！我们石油工人一心想着为国家做贡献，而不是想着去死！再说了，每一个石油工人身后，都站着一个个家属，他们死了，家人怎么办？你当队长的要怎么交代？怎么负责？！"

石兴国反问："我是副队长，你是大队长，制服井喷，处理突发事故，不是队长的首要职责吗？"

刘大勇愤愤道："可是，你当我是大队长了吗？要是依我看，发生井喷，首要任务是保护工人的人身安全，撤离井场，疏散群众，而不是像你这样蛮干！"

"我是为了保护国家的石油资源！现在国家最缺的是什么？石油工人一切为石油，井喷如果引起大火烧毁一切，给国家造成多大的损失你知道吗？"石兴国据理力争。

"你这是推卸责任！你不要命别人还要呢，我至少不会害死人！石兴国，你等着。"刘大勇气势汹汹。

两个人正吵得不可开交，任新我突然大吼一声："好了，都别吵了！"两人安静下来。任新我抱起黄雨田的尸体，朝井场相反的方向走去……

这时，王振华、高峰和邱建设急匆匆地赶来，拉住了任新我。王振华含着泪抚摸着黄雨田的脸庞，对身后的高峰说道："彻查事故原因，让逝者瞑目。"说完，从任新我的手里接过这个用生命热爱着石油的少年，向天边的夕阳走去……

调查结果很快出来，造成这次井喷急救失误的最主要原因，就是急救物资牛皮条突然短缺造成的。王振华听到高峰的报告后，不禁问道："急救物资怎么会短缺呢？"

"这些物资在不发生事故的时候常年堆放着，所以有人……盗卖物资……"高峰的语气沉重。

王振华气得拍案而起："蛀虫！我们石油工人那么辛苦地生产，流汗、流血，甚至牺牲生命，竟然有人敢盗卖急救物资！高峰，你负责，给我彻查到底！找出这个盗卖物资的人是谁！"说着一拳打在桌子上，眼含热泪，"一个年轻的生命就这样白白地没了……"

听到风声的刘大勇焦急地去找邱建设："邱局长，你快救救我，他们已经在查盗卖物资的人了！邱局长，这可是你让我干的，万一查到我这里，我可保不准说出……"

邱建设慌忙站起身将办公室门关上："大勇！这件事你先扛着，大不了就是个处分，只要有我，队长的位置你随时可以回来，我要是也牵连进去，咱俩可都完了。你是聪明人，不用我说你也明白……"

刘大勇看了看邱建设："邱局长，我……"

"只要我没事，我会力保你的。到时候你就按我说的做……"邱建设上前对刘大勇耳语一番……

经过走访调查，事件的矛头很快指向刘大勇。王振华简直不敢相信作为一队之长，竟然做出盗卖物资的事情！

王振华气愤地让人找来刘大勇，刘大勇却辩解道："王局长，你冤枉我！我盗卖物资的钱并没有落在自己的口袋，我全都给工人兄弟们发福利了！在咱们克拉玛依，工人们的生活条件差，我看那些物资常年丢弃在那里没人用，所以就换点钱，为工人们发了福利，这个你可以问大家！"

邱建设在旁边帮腔："这个，刘大勇同志说的是真的。"

王振华看了一眼邱建设。

刘大勇继续委屈地说："谁知道会出现井喷！早知道就让兄弟们多吃点苦，不给他们发福利了！局长，你处分我吧！我甘愿受罚！"

王振华肯定道："处分是肯定的！我要发现你把盗卖物资的钱装进自己口袋，就把你送进监狱！我们已经决定了，撤销你这个队长的职务，记大过一次。"

"我完全服从组织的决定。"刘大勇假惺惺地哭道，"对黄雨田同志的不幸牺牲我负有不可推卸的责任，我是个罪人……"

王振华听到"黄雨田"的名字伤心地闭上了眼，然后对刘大勇不耐烦地说道："你回去吧，我现在不想见到你！"

"对不起，对不起……"刘大勇连连鞠躬退出了办公室。

刘大勇走后，高峰走到王振华的跟前："局长，这个队长是不是应该由石兴国担任？"

王振华点头："副队长接替队长职务。刘大勇降为普通工人，留队查看！"

邱建设转着眼珠说道："最近，咱们矿上连连发生事故，一定是在管理上存在问题。最近，石油部给了个考察全国石油的名额，不如让刘大勇去，给他一次戴罪立功的机会，把别的油矿的先进经验带回来……如果让他留队查看，他和石兴国之间的矛盾，不仅不会起到积极的作用，反而会影响石兴国的工作！你看……"

王振华思考了片刻后，说道："也是，就安排他去考察吧！"

邱建设立刻笑容满面。

胡杨林里，任新我一个人蹲坐在地上，背靠着那棵枯死的胡杨树干，眼神晦暗地眺望着远方，望着望着，已是泪湿衣襟……

身后，石兴国静静地走过来，和他并排坐在地上，看了一眼天空："这里，可真荒凉啊……"

任新我没想到石兴国会突然出现，赶紧拭泪。石兴国并没有回头看他，而是望着远处，继续说："天那么高，高得让人喘不过气来……老任，我知道你对黄雨田的感情，他可真像当年的小雨啊。"

"可是他们都走了……"任新我哽咽地道。

石兴国叹了口气："是啊，因为咱们是石油工人，想想过去，是我们选择了石油，可现在，是石油选择了我们，我们在这块土地上的汗水、泪水，还有牺牲，感觉一切都像梦一样。"

任新我问："石队长，你后悔过吗？"

石兴国沉默了一会儿，摇了摇头，接着说："老任，你换个环境吧，我一直觉得你心理负担太重了。听说西南那边石油勘探也展开了工作，我希望你去那边转换一下心情，这边马上要入秋了，很干。四川是盆地，气候湿润，适合你的肺，就当去疗养一下。"

任新我沉默了一下，说道："谢谢石队长，克拉玛依刚刚恢复到以前的生产力，这次事故，你的压力也挺大，我还是留在克拉玛依吧。"

"老任，我不是要你离开克拉玛依，我是希望你去四川看看，然后再回来。人，只有清空了内心的负担，才能在这么荒凉的地方继续活下去。"石兴国说完，任新我微微点了点头。然后两人又都望向了寂寥的远方。

没过几天，任新我离开了克拉玛依，同时离开的还有刘大勇。

刘大勇根本不觉得自己有错，他把一切都怪罪在石兴国身上，发誓哪天回来一定要让石兴国一败涂地。他自己在家收拾东西，将衣服、洗漱用具、饭盒等都塞进了包里。想了想，又拉开许茹放钱的那个抽屉，将所有的钱都装进兜里，连最后几枚硬币也没放过。

被许茹留在家里的小石头在一旁愣愣地看着这一切。

"滚开！"刘大勇不耐烦地瞪了一眼小石头，拎起包出了门。

晚上，许茹回到家，看到被刘大勇翻得乱七八糟的家，看了看空空的钱盒，一声叹息……

小石头走过来扯了扯妈妈的衣服，拉着她坐到床上："妈妈，爸爸走了，你怕不怕？"

许茹看着懂事的小石头，摸了摸他的头："不怕，妈妈有小石头和妹妹，还有那么多的工人叔叔和阿姨，妈妈什么都不怕……"

小石头奶声奶气地说："嗯，小石头很快会长大，长大了保护妈妈。"

许茹微笑着将小石头揽入怀中，心里有了自己的打算。

第二天，许茹哄睡了小女儿，拉过小石头，叮嘱道："小石头，妈妈要出去办点事，你不要乱跑，在家里照看妹妹，好不好？"

小石头仰着小脸问："妈妈要去采石油了吗？"

许茹点头："嗯，妈妈要像那些工人叔叔们一样，去采石油，给小石头做榜样，好不好？"

"好，那你去吧。"小石头乖巧地点点头。

许茹眼圈红了，扭头拭泪，然后又说："那妈妈把门锁起来，省得坏人进来，好吗？"

"嗯，妈妈放心吧，小石头一定听妈妈的话。"小石头边说边向许茹挥了挥小手。

许茹心疼地亲了亲小石头，转身出去，在外边反锁上了门。

来到王振华办公室，许茹递上材料，并说了自己成立女子采油队的想法。

王振华边听边翻看着材料，最后说道："你的想法很好，你送来的材料也很全面，我会重视这件事的。毕竟，在新中国，妇女同志的地位提高了，各行各业都有妇女带头人，不过，石油工业毕竟是个重体力活，我回头再跟上级领导请示一下，如果可行，我会尽快通知你的。不过……大勇走了，你这又弄孩子又想工作……"

许茹一笑："习惯了，有他没他都一样！一直是我一个人……"

王振华感叹："许茹，你受苦了！"

许茹笑了笑，走出了办公室。

家中，睡醒了的小婴儿不停地哭闹。小石头看着妹妹，不知所措。他跑到门边，趴在门缝处用尽力气大声喊："妈妈，妈妈，妹妹哭了！你快回来！"喊了几声，小石头见妈妈还是没有回来，就趴在了地上，试图从门底下探头看看妈妈在哪儿，没想到瘦小的小石头竟然从缝隙中慢慢挤了出来。他的一只鞋被门洞挂住，掉在了屋内，他左右看看没有妈妈的影子，来不及去捡起鞋子，就跑出去找妈妈了……

许茹回到家，一开门就看见地上有一只鞋子。她快步走到床前看见熟睡的女儿后，心里稍稍放心，便回头喊小石头。喊了几声没有动静，许茹忙找遍了屋子，却没有小石头的踪影。她焦急地再次来到门口，看见那只鞋子，急忙捡起来，疯了般冲出家门。

"小石头、小石头……"许茹一边跑一边喊。

远处，闫竹提着菜篮子迎面走来。得知情况，忙安慰许茹别着急，孩子小肯定走不远，两人分头去找，应该很快就会找到。

二人分开，不停喊着："小石头……"

没走多远，许茹捡到了小石头的另外一只鞋，心急如焚的她抱着一双鞋疯狂地跑了回去……

片刻后，路过的人们纷纷加入到寻找小石头的行列，一群人喊着"小石头"的名字向各处走去……

小石头赤着脚迷迷糊糊走到了井场。天色渐渐暗了下来，小石头漫无目的地一边走一边惊慌地喊着"妈妈……"

石兴国从井架上下来，突然听见小孩子的声音。循声而来，见走累了的小石头蜷缩在一个角落里，哆哆嗦嗦地颤声喊着妈妈。

石兴国轻轻地走到跟前："小朋友，你在这儿干什么？"

小石头抬起头："我找妈妈。"

"你妈妈叫什么？"石兴国问。

"许茹。"小石头的回答让石兴国惊讶至极。石兴国颤抖着声音再次问道："你妈妈叫什么？"

听到孩子嘴里吐出的那个名字，石兴国一把将小石头抱在了怀里，痛苦地哽咽出声……

人们打着手电筒还在四处寻找。心力交瘁的许茹抱着小石头的鞋痛哭不已，听闻消息赶过来的唐娜在她身边不断安慰着。

"都怪我，不该把他锁在家里。"许茹不断重复着这句话。

"你就别自责了，现在还不知道结果，那么多人去找了，说不定一会儿他就回来了。"唐娜极力劝解。

突然，外面传来小石头的声音："妈妈……"

"小石头……"许茹激灵一下站了起来，下一秒就冲出了屋子……

许茹冲出门外，突然愣住了……

远处，石兴国抱着小石头快步走来，小石头在石兴国的怀里拿着把木头枪，笑得很开心。

小石头看见了许茹，高兴地喊："妈妈……"石兴国将孩子放在地上，小石头飞快地奔向许茹的怀抱。

许茹紧紧抱起小石头，上下打量着抚摸着，然后问："谁给你买的玩具枪？"

小石头回头指向石兴国："叔叔……"

许茹站起身看向石兴国，二人相视而立，却一时默默无言……

闫竹和唐娜站在门口看着他们，不禁泪盈于睫。

闫竹急匆匆地提着菜篮子回到家，王振华坐在沙发上一边看报纸一边说道：

"你这是买菜呢,还是卖菜?吃饭的人已经把饭吃完了,这买菜做饭的人才刚回来!"

闫竹放下菜篮子:"你们在哪儿吃的?"

王振华放下报纸:"孩子们饿了,我带着他们在大食堂吃的。你这是怎么回事?"

闫竹脱下外套:"许茹的孩子丢了,我去帮忙找孩子了!"

王振华听闻急忙问:"找到了吗?"

闫竹点点头:"找到了,你猜谁把孩子抱回来的?"

王振华配合地问了一句:"谁呀?"

闫竹坐下,有些激动:"石兴国!许茹把孩子锁在家里,孩子从门缝钻出来找妈妈,结果迷了路跑到了井场,正巧被石兴国发现,抱了回来……"说到这儿,闫竹收起了笑容,叹了口气,"你说咱们矿区的这些孩子没人管没人问的,真的挺可怜的。回来的路上,我就在想,如果咱们能有个幼儿园就好了。"

王振华突然兴奋地站了起来:"老婆呀,你提醒了我!为了给矿工解决后顾之忧,我们必须建起这个幼儿园。"

闫竹一听高兴道:"我毛遂自荐,让我当这个园长怎么样?"

王振华笑道:"这得跟几个领导商量一下。不过可以考虑。"

"太好了,我可以让许茹和我一起干,你看如何?"闫竹立刻兴奋起来。

二人相视而笑……

晨曦初绽,矿区还是一片寂静。王振华和闫竹已经迫不及待地走出家门,各自去为一件事忙碌起来。

办公室里,高峰和邱建设急匆匆赶来,不知道王振华这么早叫他们过来是为了什么事。

看见两人进来,王振华兴奋地说道:"我有个特别好的想法跟你们商量……"接着把兴办幼儿园的想法和盘托出。

高峰立刻拍着手赞同:"太好了!让工人无后顾之忧,安心生产,安心打油。"

邱建设点点头:"这样那些没带家属的工人也可以把家属带过来,就不用整天惦记着老婆孩子了。"

王振华见大家意见一致,总结道:"一来,解决了工人后顾之忧;二来,还能解决一部分家属的就业问题。一举两得!"

三人立刻高兴地拍板定了下来。

闫竹去家里找到许茹,讲了矿上想建一所幼儿园的计划。

许茹听说后很兴奋:"这个太好了!闫大姐,你怎么想到的?"

闫竹笑道:"还不是昨天找小石头的时候给急的吗?咱们建了幼儿园,大伙上班后就不用发愁孩子了。所以,我希望和你一起来办这个幼儿园!"

"这个……闫大姐,不是我不想和你一起办,只是我最近有别的想法,一直在征求老政委的同意……所以……"许茹有些难为情,想了想又说,"不过我可以给你推荐一个人,她可以给孩子们做饭。"

闫竹好奇地问:"谁呀?"

"齐大娘,她现还在玉门,如果来帮忙的话,正好他们母子还可以团圆。"许茹说道。

"对呀,我怎么没想到呢。就这么办!"闫竹说着转身就走,许多事还等着她忙呢。

找房子、打扫、修缮、布置……闫竹凡事亲力亲为,忙得不亦乐乎。

齐占山从许茹那儿知道母亲还在玉门,心里本来牵挂着,听到这个消息非常高兴,马上托人给母亲捎了信,没几天,齐大娘跟着车队来到克拉玛依。母子见面,分外激动。

没多久,幼儿园正式开园。王振华和矿领导剪彩庆祝。

家属们纷纷把自家孩子送到幼儿园来,闫竹和齐大娘在门口热情迎接着。小石头也被妈妈送来幼儿园,看到有好多小伙伴可以一起玩,小石头高兴坏了……

没有了后顾之忧,许茹又来找王振华催问组建女子打油队的事。王振华说道："我跟几个领导商量了，他们没什么意见，但是要通过常委会研究决定。你下一步需要拿出几套方案，我们好在会上通过。"

"太好了！我这就回去整理方案！"许茹说着就要走。王振华急忙叫住她："许茹，你考虑清楚，钻油可不是一件简单的事情，有的老爷们儿都受不了，你个女同志……"

"局长，你放心，我一定比老爷们儿强！"许茹说完，兴高采烈地走出了办公室。

在王振华的记忆里，好像第一次看到这个文弱的女孩，笑得如此开心。他隐隐约约地感到，这个女孩身上有一种倔强。这种倔强，是对生命的一次抗争，对命运的决斗，对自我的挑战……她，也许终于找到了自我……

矿区指挥部里，临别的乌瓦诺夫将厚厚的一摞资料交给石兴国，用不标准的普通话说道："你是我在中国最好的朋友，也是我最敬佩的人。这是我在中国搜集的关于地质、石油的所有资料，我不打算带回去，我决定交给你，我最好的朋友。"

石兴国郑重地接过资料："非常感谢乌瓦诺夫专家，克拉玛依所有的石油工人都会记住你！"

乌瓦诺夫点点头："我们是永远的朋友！"

石兴国感动地上前紧紧握住乌瓦诺夫的手……

矿区门口，一条"欢送乌瓦诺夫专家回国"的横幅悬挂在中央。

乌瓦诺夫从夹道欢送的队伍中流着泪走了出来。他一一与王振华、田义文、任新我等人拥抱，最后来到石兴国面前，笑着一拳捶向石兴国的胸前，而后二人深深地拥抱在一起。

片刻，乌瓦诺夫突然与石兴国分开，跑上了早已等在路边的吉普车。吉普车绝尘而去……

众人挥手，石兴国追了几步，依依不舍地挥着手……

25

1958 年，中共八大二次会议，正式通过了"鼓足干劲、力争上游、多快好省地建设社会主义"的总路线，新中国的经济，进入到了"大跃进"时期。油矿区的领导人事也发生了变动，现任局长是由王振华政委兼任的。

全国上下，到处都是高举标语、大喊口号支持"大跃进"的人们。克拉玛依也不例外，矿区墙上，贴满了各式各样、各种颜色的标语，邱建设还在不断指手画脚着说标语也要体现"大跃进"，要多多益善，要醒目亮眼。高音喇叭里，播音员每天情绪激昂地宣讲："'人有多大胆，地有多大产'，咱们社会主义国家，拥有无穷无尽的力量，工人阶级斗志昂扬，我们力争让'新中国各行各业的经济，三年内赶上英国，五年内超过美国'，任何困难，都难不倒工人阶级。克服困难，我们的未来一片光明。我们要高举社会主义旗帜，跑步进入共产主义……"

广播回荡在井场上空。正在作业的工人们边干活边议论，有的受到鼓舞，情绪高涨；有的懵懵懂懂看不清方向。只有段铁生最实在："他奶奶个腿，老子为什么还吃不饱？想吼两嗓子秦腔都没力气。老子就是个粗人，把肚子填饱那才叫好。"

齐占山笑骂道："你个狗日的，肚子顶个橡皮胃，整天在这里叫嚷嚷，也不知道小点声，不怕被抓起来？有那两口唾沫星子，还不如去吹你的唢呐呢。"

"我看啊，啥时候吃上饱饭，喝上好酒，到那时候，我再给大家伙好好地吹一个，唱一段，哈哈哈。"段铁生的话引来大家的哄笑。

笑过后，旁边的周远也不禁迷茫道："大跃进，天天大跃进，大跃进到底吹的是什么风啊？"

石兴国接话道："管他什么东西南北风，只要井上红旗不倒，我们手上的刹把就得握牢！"

田义文也皱着眉头说道："最近全国上下都在进行大跃进，大家这种猛扎堆的态势，我还真有点担心！"

"都别给我想那么多，啥风也吹不倒社会主义，别忘了，毛主席教导我们说，与天斗其乐无穷，与地斗其乐无穷，现在我们就是与这些困难斗！越斗越猛、越挫越勇，才称得上是我们真正的石油人。大家风风火火干起来，我们石油工人干的就是实际工作，说多少大话、废话都没用。"石兴国大声说道。

众人都赞同地点了点头，手上的动作更加沉稳起来。

为了贯彻国家的方针政策，正确理解对待"大跃进"，石油部特意召开了一次会议，王振华、高峰和其他地区油矿的领导人集中在一起，讨论关于"大跃进"的目标和计划。

唐国恩主持这次会议，他先谈了他个人对"大跃进"的理解。中央提出经济建设"大跃进"的方针，"大跃进"，就是大踏步前进，这是一次对石油工业的鞭策。在全国上下建设社会主义热情高涨的情况下，各地油矿的领导也都说了他们的想法和切实的对策。

有的油矿打算壮大石油队伍，扩建石油基地规模，不仅石油工人翻倍，石油产量更要翻倍。有的油矿打算建立石油产量"大跃进"突击队，响应国家号召，大幅度提高产量。

到了王振华发言，他与高峰交换了一下眼神，说道："唐副部长，我们的态度是，说得好不如干得好，制订石油产量目标，以国家政策和自身能力两方面来考虑，不能光喊口号。"

唐国恩赞许地点点头："嗯，好，非常好，克拉玛依的态度很切合实际，我之所以要让大家表态，就是想看看大家怎么理解我们国家的'大跃进'政策。政策是好的，但是，这个'但是'很重要啊，我要求大家，咱们的石油工业，要稳扎稳打，不能急躁，更不能急功近利，大踏步跃进，是要走好路，不是走歪路，更不是要你们插上翅膀飞！我希望各位回去后，在抓具体工作的同时，时刻保持火热的心，冷静的头脑，执行好国家经济建设的政策。咱们新中国的社会主义经济建设，是摸着石头过河，目前，各项政策也很灵活，但是万变不离其宗，我要求你们老老实实打石油，认认真真大跃进，明白吗？"

大家纷纷点头。

借着"大跃进"的风，许茹建立女子采油队的计划很快被批了下来。邱建设心里打着他的如意算盘，特意来到许茹家通知这个消息。

许茹正在家中哄孩子，突然看到直接推门而入一脸笑意的邱建设，赶紧站了起来："邱副局长？您怎么来了？"

"作为领导，当然要关心同志们的生活了！最近怎么样？"邱建设说着向许茹靠近，许茹向后退了退。

邱建设收敛了一下，坐在凳子上："许茹同志，刘大勇不在，你一个人带孩子不容易。我不知道能帮你什么？毕竟，咱们都是从玉门来的，算是老相识，如果有什么要求尽管和我提，我一定会满足你。"

"谢谢邱副局长关照，我一切都好。如果没有什么事情，还请回吧。孩子要睡觉了。"许茹找借口想把邱建设打发走。

邱建设见状，忙说："我差点忘了，有个好消息要跟你说一下。你不是向组织提出建议要成立女子石油队吗？恭喜你，组织上已经同意了。你现在的任务就是加紧组建的步伐，响应全国工业大跃进的号召，实现石油工业的腾飞！"

许茹愣了一下，犹豫道："这次批准的速度还真快，我还没有做好准备！"

"领导开会都说了，大跃进，大跃进，就是大胆地向前进！所以你得抓紧时间了，这种好的机会不是每次都会有的。如果有什么困难尽管和我提，我一定会尽力帮助你的！千万别跟我客气。"邱建设说着，已经走到许茹身边，伸手就要拉她的手，许茹本能地躲开。

邱建设看许茹不上钩，干咳了一下，又坐回到凳子上："许茹同志，大跃进这趟顺风车，你要是搭上了，就是咱们克拉玛依第一位石油女功臣，还在犹豫什么？"

"谢谢领导的肯定。这段时间，我学习了有关石油知识和钻探的一些理论，发现自己的知识还很缺乏。所以，我想等自己充分掌握石油知识，通过考试，合格以后，再建立女子采油队。"许茹斟酌着回答。

邱建设提议道："我知道你做事情想要稳妥，但是这件事不能耽搁。我建议，你最好先成立女子采油队，然后号召大家一起学习，一起进步，不是更好吗？"

许茹只好微笑着答应："谢谢邱副局长的提醒，我会慎重考虑。"

"经济建设靠实际行动，一定要迅速，不要考虑了，尽快办，顺应大潮流，大趋势！"邱建设摆出一副官架子。

"既然领导这么相信我，那我会努力的！"许茹无奈地说道。

"好，既然你的态度已经明确，我就回去了。我很看好你，好好表现！"说着，邱建设起身离开。

任新我突然从四川回来，大家都很高兴，围着他不停地问东问西。任新我也有些激动地跟大家打着招呼："总算回来了，大家都还好吧？"

田义文笑嘻嘻道："没你的日子，大家都很好。"

"石队长，我要告状，小田说没我的日子大家过得很好，这是严重歧视同志。"任新我笑着转头对石兴国喊。看得出来，经过这次远行，任新我变得开朗了许多。

石兴国也笑了："田义文每天都在念叨你，就是这张嘴硬。对了，四川那边情况怎么样？"

提到四川，任新我立刻激动起来："四川的前景一片大好，四川龙女寺2号井、南充的3号井和蓬莱的1号井相继喷油。大家都沉浸在喜悦之中。就连毛主席都来视察了！"

"真为巴蜀人民感到高兴，我们也得赶紧追上他们的步伐，让克拉玛依再创辉煌。"石兴国也很兴奋。

"对了，你怎么突然说回来就回来了？"田义文问道。

"这次回来是特地请我们王振华局长去四川的。原石油师副师长张大海现在是四川石油局局长，在那里主持大局。我就是奉张局长之命回克拉玛依，将他的亲笔信交给王振华局长。毛主席在四川说，要让咱们的石油事业全面开花，所以，四川，马上就要成为第二个克拉玛依了。"任新我兴奋地对大家解释。

大家都愣了一下，然后石兴国抢先说道："就是说，要进行第二次石油大会战了？"

"对！四川石油大会战，就在眼前了。"任新我无比肯定。听到这个振奋人心的消息，大家都激动起来。

王振华马上召集主要负责人召开了会议。办公室里，任新我站在一块小黑板前，手里拿着粉笔，边画边给大家介绍四川油田的情况。王振华坐在办公桌后，邱建设、石兴国等人围坐在小黑板前，认真听任新我讲述。

"目前，四川的龙女寺 2 号井、南充的 3 号井和蓬莱的 1 号井都已经相继喷油，而且，据估计，这里……"任新我说着，在四川地图的中央画了一个圈，"川中地区，已经探明，沉睡着一条条石油带。打个比方，整个巴蜀盆地，就像是一块吸附着石油的海绵，等着我们去榨出石油来。"

大家听到这话，都欢欣鼓舞。王振华感叹："四川，果然是一个聚宝盆啊！"

任新我点头："是的，据探测，四川地底下不仅埋藏着石油，还有天然气。前不久，毛主席亲自视察了四川的隆昌气矿，对四川油气资源的前景非常看好。"

邱建设赶紧表态："现在是大跃进时期，咱们石油工业也要响应国家的号召。积极努力，共同打好四川的大会战。"

"但是，四川也是一块难啃的骨头。目前，正面临技术的难关，事故频发，四川石油局的张大海局长还专门给王振华局长写了信，说明了具体的问题和要求，请求支援。"任新我说道。

这时王振华掏出信，摆在大家面前："大海在四川不容易呀。信里说急需我们去支援。但是，凡事不能马虎大意。虽然全国生产建设都在大跃进，但是我们不能贸然前进，就像过去打仗一样，必须搞清敌情，稳扎稳打，要汲取大冒进的教训。对于参加会战的具体方针，我们还需要慎重制订，不能辜负领导对我们克拉玛依石油人的期望。今天关于四川油田的主题会议，就先开到这儿，大家回去好好想想，有什么好的建议，可以随时来找我，散会吧。"

大家纷纷散去。任新我收拾好手中的资料，也走出了办公室。邱建设紧紧跟随任新我出了屋，伸手拍拍他的肩膀："任技术，好久不见。四川那边气候应该不错吧？看你咳嗽好多了，肺病是不是也好了？"

任新我虽有些意外，但还是赶紧客气道："好多了，谢谢邱副局长关心。"

邱建设干咳了两声，左右看看，又压低声音说道："我听说，四川石油局的张局长曾经是咱们王振华局长的手下，是不是真有这么一回事？"

任新我点头："是呀，他是石油师副师长啊。所以，这次大会战，张大海局长非常希望王振华局长能过去主持大局，他还向部里打了报告。"

"那就是说，咱们王局长马上就要调走了？"邱建设尽量控制着内心的狂喜。

"可能吧！邱副局长，我还要到高处长那里报到，就不跟你聊了！"任新我说道。

"好好，那你去吧！"邱建设满心欢喜地说着，心里已有了打算。

办公室里，王振华反复看着密密麻麻三页纸的信，看着里面的描述，似乎看到了正在苦干、大干的油井工人们，看到了打着腰鼓为油田欢呼沸腾的巴蜀人民，但似乎也看到了一个个困难……

突然，办公室电话响起，王振华接起电话，原来是唐国恩副部长特意打来询问川中大会战的事。

唐国恩说道："老王，还记得汉中拜将台嘛，当初我请你入伙搞石油，是拜了将的。现在四川会战，余部长又点了你的将，担子很重啊。你一手领导和开发了克拉玛依油田，克拉玛依大会战取得了很大的成功，这些经验，可以借用到川中油田嘛。"

"是，我服从组织安排。"王振华对着电话说道。

"好啊，你这个常胜将军，一定要马到成功啊。哦，对了，还有一件事，就是关于你离开克拉玛依之后，你觉得由谁来接替你的工作，担任局长好呢？"唐国恩问道。

王振华略一思索："我觉得高峰同志很合适担任局长。"

唐国恩沉吟一下："哦？是吗？我听说你那个副局长，邱建设，工作能力很不错，但你要这么考虑的话，就让两个人都写一份工作计划出来，我和余部长商量商量再定。"

"好的。"王振华若有所思地放下电话。

王振华家门口，拎着一网袋罐头、水果和两瓶汾酒的邱建设，敲了敲门，毕恭毕敬地喊："嫂子……嫂子你在家吗？"

闫竹打开门，看到邱建设，有些意外："邱副局长，你怎么来了？"

邱建设满脸堆笑："哦，我过来办点事，顺道看看嫂子和孩子们。"

"那太辛苦你了，快请进来吧。"闫竹说着，把邱建设让进了屋。

屋里，两个孩子在写作业，邱建设将礼品放到桌上，环顾了一下屋子，说道："这王局长平时太忙，顾不上家，嫂子辛苦了，这一点心意，让孩子们吃吧，孩子们学习，也挺辛苦的。王局长是山西人，爱喝两口汾酒，这两瓶汾酒给局长喝吧。"

闫竹连忙说道："你看你，还这么客气，以后可千万不要带东西过来了，老王要是知道了，会大发脾气的。"

"没啥，一点点心意，嫂子千万不要过意不去。"邱建设笑着说道。

"谢谢你了，可东西不能收。"闫竹说着回头对孩子们说，"快谢谢你们邱叔叔。"

"谢谢邱叔叔。"两个孩子异口同声。

邱建设露出慈爱的笑容，对孩子们说道："不用谢，不用谢，要是喜欢吃，叔叔下次再给你们买，不过要好好学习啊。"

闫竹笑笑，倒了杯水，递到邱建设跟前："邱副局长，请喝水。这次过来，应该是有什么事吧？"

邱建设抿了一口水，笑着说道："嫂子真是明白人，一眼就看出来了，那我也就不藏着掖着，跟嫂子明说了。实话说，眼下，四川大会战在即，以王局长在克拉玛依的突出贡献，这一次大会战，王局长势必要亲自主持。所以，接下来，克拉玛依石油局局长接任的事儿，我希望嫂子能在局长面前给我说说好话。"

闫竹明白了他的来意，推辞道："这样啊，其实，邱副局长，你太抬举我了，我是个女人，你们工作上的事情我不懂。而且，老王的为人你也很清楚，一年难得回几次家，好不容易回家和我们团聚了，也不给我说工作上的事情，所以，我也不好说什么。邱副局长，恐怕你要白跑一趟了。”

邱建设心里不快，脸上强堆着笑：“话是这么说，但是嫂子毕竟不是外人，说句话，肯定比一般人管用。”

闫竹不好意思地摆摆手：“不好意思啊，邱副局长，我真的是无能为力。”

见闫竹极力拒绝，邱建设只好尴尬地笑笑：“没事，没事，我也是顺道，顺道……那嫂子和孩子们待着，我回去了。”说着，起身要走。

闫竹忙从桌上拿起礼物：“等一等……邱副局长，这些东西，你还是带回去吧，我不能收。”

邱建设说道：“嫂子，这是何必呢？一点水果，小意思。”

闫竹摇头坚决推辞：“我不是那个意思，你知道老王的原则，回头他要问起来，我不好交代，你还是带回去吧。”

“这……”邱建设犹豫。

“那邱副局长好走，我还有点事，就不送了……”闫竹笑着做了个请的手势。

“你忙，你忙……”听闫竹这么说，邱建设忙尴尬地接过东西向屋外走。出了屋子，邱建设生气地朝地上吐了口唾沫，悻悻离去。

晚上，王振华回到家，闫竹已经准备好了饭菜。王振华坐到桌边就狼吞虎咽地吃起来，二宝看着爸爸吃饭的样子扑哧笑了：“妈妈妈妈，爸爸像一只好多天没吃东西的大灰狼。”

“你这孩子。”闫竹笑嗔了一句，然后对坐在板凳上看书的姐姐说道，“大宝，带弟弟去屋里玩，我有事要和爸爸说。”

“不嘛，不嘛，我想跟爸爸玩捉迷藏。”二宝噘起嘴。

大宝虽然嘟着嘴不情愿，但还是站起来拉住弟弟：“走啦，爸妈有事，别捣乱了！”

二宝挣扎：“你才捣乱。”

“好了好了，我把我的弹珠给你，好不好？”大宝哄着弟弟。

“姐，你答应我的啊，可不许反悔！”二宝高兴了，蹦跳着跟着姐姐向里屋走去。

看着两个孩子欢乐的背影，闫竹笑了起来。

"怎么了？有什么事情要和我说？"王振华也笑着问。

闫竹反问道："老王，四川是不是也要搞石油大会战了？"

王振华一脸惊奇地问道："你怎么知道？我正准备告诉你呢，你倒是未卜先知了。我媳妇有长进呀！"

闫竹笑道："没正经儿的，跟你说正事儿呢。邱建设今天来我们家了。他知道你要去参加四川大会战了，不知道什么时候再见到你，特地给你带了你最爱喝的汾酒。知道你是个倔脾气，一定不会收的，所以就交给我了！"

王振华一皱眉："你收了？"

"当然没有！这不破坏了你的清廉家风吗？我哪敢收啊。"闫竹笑着瞪了一眼王振华。

王振华笑了："没有收就对了，此风不可长啊。"

闫竹不以为然："不就两瓶酒嘛，有那么严重？"

王振华严肃起来："闫竹，这里面学问可大了。我和邱建设非亲非故，完全是上下级关系，他送我酒非感情交往，而是必有所求。这就是权钱交易了。今天收两瓶酒，明天就会收两条烟，后天又会收其他什么，久而久之，就刹不住车了。古人说，千里之堤，溃于蚁穴。就是这个道理。"

听着丈夫开始长篇大论，闫竹赶紧说道："我知道啦。黎明不是爱写字嘛，明儿我就请他写幅字贴在大门口：欢迎来访，拒绝送礼。以后就是你的那些老部下来看你，我也照此办理。"

"这样最好，这样最好。"王振华说着，放下筷子，想了想，"这个邱建设，肯定是冲着局长的位置来的。这个人虽然工作能力不错，但是我总感觉他心里藏着事，看不透，没有高峰踏实，今天我已经向部里推荐高峰了。"

"那邱建设呢？"闫竹问。

王振华抹抹嘴，站起来："我自有办法！"

根据王振华的推荐，唐国恩副部长特意来到克拉玛依考查接替王振华的人选。

王振华热情接待了唐国恩，然后陪同他一起来到尖刀钻井队井场。尖刀队的旗帜下，石兴国带领工人们正在热火朝天地作业。

王振华望着大家："同志们，唐国恩副部长看望大家来了！"

大家整齐划一地热烈鼓掌。

唐国恩笑着说："还是石油师的作风啊！"

石兴国立正敬礼："报告首长！军装脱了，我们的心没有变；番号没了，石油师的魂永远在。我们永远是石油师人！"

"说得好，你们尖刀队过去打仗是尖刀，现在打油还是尖刀。同志们辛苦了。"唐国恩说道。

"为人民服务。"大家的声音响亮有力。

石兴国接着说道："报告首长，我们石油师的誓言就是，一切为了祖国，一切为了石油！为了给国家打出更多的油，我们要永远当尖刀。"

唐国恩点头："不容易啊。我知道在这样恶劣艰苦的环境中，大家还要坚持作业，为祖国多打油，你们付出了很多。我代表党和政府感谢你们。你们的功劳，祖国不会忘记，人民不会忘记，会永远铭记在心。"说着，唐国恩走过每一位工人，一一和他们握手。走到高峰面前时，王振华介绍道："唐副部长，他就是我跟您提的高峰。"

高峰立正："唐副部长好！"

唐国恩上下打量着高峰："认识认识，汉中时咱们就见过嘛。"

高峰笑笑："是，部长。"

王振华问："今天，又到井场来学习了？"

段铁生插话道："高处长天天都和我们在一起，每次危险都冲在最前线。局长您也劝劝高处长，不能总是这样。我们皮糙肉厚的，没有关系，可是高处长是领导，要指挥全局，不能跟我们一样。是不是？"

高峰马上谦虚道："谢谢大家关心，我也是队伍中的一员！更何况我是来向大家学习的，纸上谈兵只能懂得理论，实践才是检验真理的唯一标准。所以，我必须和大家一起工作，才能真正掌握科学的管理方式。请大家不要嫌我麻烦。"

"高处长，千万不要这么说。"工人们纷纷说道。

　　王振华紧跟着说道:"同志们,高处长说得好,做得对。过去战争年代,打仗我们提倡干部要冲锋在前;现在和平年代,搞建设我们要提倡领导吃苦在前。我们领导干部就需要深入到群众中去,坚持走群众路线。"

　　唐国恩微笑着点了点头。

　　这时,邱建设匆匆地赶来,满脸堆着笑:"唐副部长,我到处找您,没想到您到这儿来了!"

　　王振华给唐国恩介绍:"他就是邱建设。"

　　唐国恩看着邱建设:"嗯,邱建设,名声很响啊。"

　　"谢谢部长夸奖。部长,这么热的天您还到井场来,是我们的榜样啊。我以后要多向部长学习,深入到群众队伍当中,真正做到走群众路线。今儿天气太热了,我特意给您准备了用天山红菊泡的降暑凉茶,请您过去尝一尝吧。"邱建设连珠炮般说着,自觉表现良好,天衣无缝,一定会给领导留下个好印象。

　　谁料唐国恩却说道:"这些一线工人比我要辛苦,不要吝啬你的那些凉茶,拿出来让大家一起分享嘛。"

　　旁边的齐占山笑着说道:"邱局长的凉茶一是自己喝,二是给领导喝,哪有咱们小工人的份啊。"

　　众人都被逗笑了。

　　"我这就去拿,这就去拿。"邱建设尴尬地跑走了。

　　看着邱建设的背影,唐国恩轻声对王振华说道:"你说得没错,邱建设同志协调能力非常强,善于和人打交道。我同意让邱建设跟你一起去四川参加大会战,负责后勤保障工作。川中大会战就靠你了,我和部长等着你们的好消息。"

　　"请您和部长放心,我们一定打好这次大会战。"王振华说道。

　　唐国恩点点头:"你去,我就放心了,把家中安顿好,尽早出发。"

　　确定去四川的人们都在紧张地准备着出发前的行囊。听说田义文也要去四川,刘小青特意跑去了宿舍,见田义文正在收拾东西,就倚门站着看他来来回回地忙活。

　　田义文见刘小青来了,请她进来坐。刘小青摇摇头:"不了,就是听说你也要去四川,过来看看。这一去要多长时间?什么时候回来?"

"不知道，得听领导安排。"田义文边收拾边说道。

刘小青想了想，嘱咐道："去了以后，要好好照顾自己，别整天为了工作，为了你的那个石队长，啥都不管不顾的。谁要是欺负你了，写信告诉我，我立马杀过去让他好看！"

田义文扑哧笑了起来："知道了，没想到你一个大老爷们儿，也会这么体贴。"

"什么？你竟然说我是大老爷们儿，让你大老爷们！"刘小青气得冲上前，一把掐住田义文的脖子。

田义文连忙求饶："好了好了，我不敢了！"

如此近距离地看着田义文的脸，刘小青突然觉得有些脸红心跳，想要赶紧放开，心里又有很多不舍，纠结了一下，她干脆松开双手，拉起田义文的袖子，低声说道："田义文，我喜欢你……"

田义文顿时惊得张大了嘴巴："啥？"

刘小青闭了闭眼，鼓足勇气大声说道："我说我喜欢你，因为你要去四川会战，不知道什么时候回来，我怕再不说就没有机会了。"

田义文暗笑道："你还是个姑娘吗？这不应该是大老爷们儿的事吗？"

"我就问你喜不喜欢？！我现在一个黄花大闺女跟你表白了，你给一个痛快的决定呗。"刘小青彻底扔掉了羞涩，大大方方地说道。

田义文看着眼前的刘小青，心里波澜起伏，他想靠近她、了解她，给她温暖、给她保护，但这一去，充满未知的前方在等着他，他不能承诺给她什么……许久，他终于说道："等我回来再谈，好不好？"

"好了，给你时间考虑！四川会战回来，一定要给我答复！"刘小青有些负气地说道。

这时，外面有人喊："田义文，快点！都等着你呢！"

"来了，来了！我去了，你好好照顾自己！"田义文说着提起行李跑了出去。

刘小青望着田义文的背影，泪水掉落了下来："大笨蛋！"

矿区大门口，车队整齐地排列着，车上站满了赶往四川大会战的石油工人。高峰等人带领留在克拉玛依的工人们，集体送别王振华一行人。

王振华握住高峰的手："克拉玛依就拜托你了……"

高峰使劲儿点着头："老首长，保重……我们等你们的好消息。有什么需要，尽管打电话回来，我们全力支持川中大会战。"

"一定一定。放心，咱们石油师，从来都是无坚不摧，无往不胜，等着我们的好消息吧！"王振华说完，看向旁边的闫竹和孩子。他宠溺地抚摸着孩子们的头，对闫竹说道："孩子就交给你了！"

闫竹眼睛红红的，强装坚强："放心去吧，我们永远都支持你！"

大宝二宝也奶声奶气地齐声说："我们永远支持爸爸打石油！"

王振华眼眶陡然噙泪："乖，记住，你们要听妈妈的话。大宝你要好好地照顾弟弟。二宝，爸爸不在的日子，你可千万不要调皮，不然妈妈会很累的，知不知道？"

二宝抹着眼泪："爸爸，我一定听话，你打完油早点回来啊。"

"好，爸爸一定早点回来！"王振华说着向闫竹点了点头，然后朝身后的人挥挥手，"同志们，再见。"

"局长，早点回来。"工人们纷纷喊着。

"出发……"王振华 扭头跳上了车。

闫竹追在后面大喊："在那边好好照顾自己！"

轰鸣的马达声淹没了她的声音。车，开动了；车队，走远了。克拉玛依人还站在那儿，向远去的车队挥手……

从1952年石油师改编，经历了玉门、柴达木、克拉玛依会战，这支曾经在战场上屡建奇功的部队，已经成长为石油战线一支突击力量。红旗飘飘映彩霞，英雄扬鞭催战马。面对巴山蜀水，在又一次大会战面前，等待他们的将是更严峻的考验……

车队进入四川峡谷路段，车子在河床一样的峡谷里颠簸……忽然前面的卡车停了下来，石兴国跳下车，察看了一下，向王振华报告："政委，前面没路了，可能方向有点偏离……"

王振华在车上朝左右看看，然后下车查看地形，周围峡谷进入了一条狭窄的道路，车子实在无法前行了，不由感叹："自古都说蜀道难，难于上青天，真

是一点都不假啊……"他转身对着身后的车子喊道，"大家都下车，车子先停在
这个地方，我们走过去！"说着，王振华和石兴国率先向前走去，大家纷纷跳
下车徒步跟上……

崎岖陡峭的石路上，一大群人背着行李，扛着探测器材，艰难地向前走着。
路越来越难走，任新我和石兴国在前面带路，不停地招呼着大家注意安全，别
掉队。

张大海、高永亮等人计算着时间差不多了，就领着一支迎接队伍，穿过竹
林，去接王振华等前来支援的人们。

道路由窄变宽，王振华等人脚下的路终于好走了一些，众人松了一口气，
边走边抬头望向前方。忽然看见远远的有一群人走过来，渐渐走近，原来是前
来迎接的张大海、高永亮等人。

戴着斗笠、披着蓑衣的张大海紧走几步，上前握住王振华的手，激动地道：
"老首长，你们终于来了……"

王振华看着张大海两鬓的白发，很是感慨："大海啊，你老了……"

"是啊，玉门一别，多年不见，我们的华发已被野外的风霜催白了啊……"
说着，张大海将身上的斗笠和蓑衣取下来，放到王振华手上，"老首长，披上这
个，这里湿气重，你看你们的衣服都已经被打湿了。"

王振华这才发现，自己身上像是淋了雨，大家身上也都一样，然后笑着说
道："我们在大西北缺水习惯了，到这里，还真是不适应，像是在洗澡一样，不
过没事，我自己都快暖干了。大海，还有多久才能到矿上？"

"快了，前面不远就是。这一路，大家辛苦了！"张大海说着指了指前面，
不远处，隐隐约约能看见冒出尖来的一个井架。

"有人是辛苦了……"王振华看了一眼累得快不行，只剩喘气的邱建设，继
续说道，"那我们回矿上再慢慢聊。"

张大海点点头，领着众人向矿区走去。

到了四川会战指挥部，张大海先安排众人休息。王振华拿起准备好的湿毛
巾擦了把脸，就走到地图前，急切地让张大海讲解四川油田的情况。石兴国擦

了把脸，也跟了过来。

张大海感动于大家的敬业精神，认真讲了起来："政委、兴国，四川油田目前处于大规模探测阶段，前景乐观，但是开发技术很落后，尤其是唯一几个出油的油井，呈点状分布，加上自然条件的限制，给开发和开采带来极大的难度。"

石兴国插话道："不对啊，我可是听任专家说过的，四川油田形势一片大好啊……"

"兴国，先听他们介绍的情况。"王振华打断了石兴国的话。

高永亮介绍道："政委，形势是一片大好，但这只是我们估测，凭以往的经验推断这一定是个能产大量油田的好地方。但是因为技术落后，再加上我们的经验匮乏，所以，大海局长不得不请老首长您来主持大局，对我们的开采进行指点。"

王振华皱了一下眉："那先说说你们的困难。"

"我们现在是举步维艰。去年，巴9井连续发生两次火灾和一次井喷，造成损失巨大，大海局长这手，就是在那次事故中受的伤。"高永亮说着指了指张大海受伤的左手。

王振华痛心地点点头："嗯，我也听说你受伤了，还被处分了？"

"处分倒是没什么，就是觉得我在这里打不出石油来，给咱们八千名石油师人丢脸，给政委丢脸……"张大海说说着眼圈红了。

王振华拍拍他的肩："大海，不用担心，这次我带来三千名石油精兵，都是在克拉玛依大会战中成绩突出的打井能手，特别是石兴国的尖刀钻井队，是全国石油战线的'尖刀'，一定能在四川打出石油来，后续部队还在后面，替你战胜这巴山蜀水！一定让咱们石油师人在这里扬眉吐气！"

张大海点着头："哎，好，我就指望着老首长了。"

王振华看着地图："除了地图上标注的这些，你们还在什么地方打了井？"

"这里，这里，还有这里……"高永亮指着地图上的几个点说道。

张大海接着说道："我们连续打井，但是百分之八十是干井，且大多出过事故，明天，我带你们去看看。"

"好，兴国，我们一定要仔细查看这些井，说不定就能找到问题出在什么地方。"王振华说着看了一眼石兴国，石兴国郑重点头。

晚上，狭窄潮湿的宿舍让来自干旱地区的众人很不习惯。邱建设、石兴国、周远、田义文、齐占山等人挤在一个宿舍里，邱建设拒绝睡在潮湿的席子上，于是将大家的行李都拉过来，横在屋内当床铺，引起了大家的不满。

田义文首先看不下去了："邱副局长，彼一时，此一时，在这里，大家一视同仁，您这样子，让别人怎么休息？"

邱建设假装没听见，不理睬，继续睡觉。

周远也说道："邱副局长，您起来挪一挪，这里比较潮湿，我们大家一起想办法……"

邱建设耍赖道："我是想挪，可我这腰实在动不了，要不，周指导员，你们再想想办法……"

这时田义文坏笑着凑近邱建设耳边，小声说："办法嘛，倒是有，邱副局长，您信不信等晚上你睡着了，我把您给扔出去。"

邱建设一下子坐起来，指着田义文的鼻子："我是副局长，有你这样和我说话的吗？"

"我……我说什么了？邱副局长，我是一个土匪，一个领导跟一个土匪大吵大闹的，是不是影响您的领导形象呀。"田义文故意装作委屈地嚷嚷起来。

"我……田义文，好，你们最好给我早点打出石油来，不然，咱们走着瞧！"说完，邱建设气哼哼地搬着行李挪开。

第二天，王振华走出指挥部，看到三三两两聚集在油矿上的工人们都没精打采的样子，不像一个有战斗力的石油队伍。他随意地在矿区转了转，看到打井工具随意乱丢，机器零件也是到处可见，工人们工装不整，甚至没有时间观念，大清早的就哈欠连天。

王振华眉头紧锁，看到后边过来的石兴国，说道："石兴国，你通知大家都到指挥部来开会。"

石兴国答应着走了。王振华转身往指挥部走去。

没多久，几位主要负责人来到指挥部，大家围坐在桌前开会。

王振华率先开口："大海啊，我看矿上大家的士气很低迷，个个提不起精神来，我觉得在开展大会战前期工作以前，有必要给咱们全体的石油工人开个会，理一理思想，抓一抓士气，这样下去不行啊……"

张大海低下头："老首长批评得是，前几次发生的事故严重打击了工人们的信心，因为人力不足、技术落后，又缺乏支援，大家在面对苦难时出现了怠惰心理，导致士气低下。现在你们来了，又让我看到希望了！"

"现在矿上管理无组织，生产无秩序，肯定是要出问题的。这样吧，把大家集合起来，先开动员大会。你这边矿上有多少工人？"王振华问。

高永亮回答道："大概不到一千。"

王振华略一思索："加上克拉玛依援助的三千工人，这些人，需要一个总指挥，你们有没有合适的人选？"

张大海摇头："目前没有，老首长你来任这个总指挥吧。"

"不不，你和我还有更紧迫的工作要做。"王振华说着看向高永亮，高永亮刚要站起身，邱建设抢先站起来："要不，我来吧，这个总指挥我做，一定会让各位领导满意！"

石兴国首先提出反对意见："我觉得高副局长对这里的情况比较熟悉，还是高副局长合适。"

邱建设生气地一屁股坐下。

"老政委，支援我们的都是你们的技术人员和工人，总指挥还是由你们来派吧。"高永亮说道。

王振华想了想："也好，既然邱建设积极主动请求担任这个职务，说明他已经做好奋战的准备。那就由邱建设同志来担任总指挥一职，负责这次大会战。高永亮同志和石兴国同志，一个熟悉情况，一个是钻探能手，你们任副总指挥，负责具体工作实施。咱们人尽其才，地尽其用。"

邱建设一听，高兴起来，马上保证道："谢谢领导的赏识，我一定会顺利完成任务！"

"好，大家分头准备，集合队伍去大会场。"王振华说完，大家纷纷起身离开，各自去做准备。

陈旧破败的储物室里，田义文捂着鼻子，从满是灰尘的屋内拖出一只陈旧的破鼓，用鼓槌敲了一下，顿时灰尘飞扬，呛得田义文咳了半天。周远从旁边找了两个铁脸盆，拿在手上，当作铁刹，两人将锣鼓铁刹拖去会场。

石兴国爬到房上，拔下几支插在一角的红旗，扔给院子里仰头接着的任新我，然后两人抱着红旗，朝大会场走去。

几人很快布置好会场，田义文、周远亲自充当了乐手。场上红旗飘飘，锣鼓喧天，气氛热烈。

驻地水管旁，邱建设把一掬水抹在了头发上，将头发抹得油光锃亮。身边朝大会场走去的工人，对这个油头粉面的人指指点点，不停议论。但邱建设却不理会，整了整衣服，雄赳赳朝大会场走去。

工人们很快集合完毕，大家席地坐在主席台下，等待开会。

掌声中，王振华、张大海、邱建设等领导走上主席台。

锣鼓声没停，红旗不停地舞动着。王振华刻意保持了一分多钟沉默，等大家都被锣鼓声震得精神抖擞时，才示意停止敲打，然后环视了一圈大家，开始讲话："同志们，今天把大家集合起来，用这锣鼓声声，敲开咱们四川油田的新面貌。今天的会，非开不可，我们几个领导，也要对大家有个交代，给大家树立一个良好的开始。我知道在过去的一段时间里，大家遇到了很多技术上的难题，但我希望大家不要因此而失去信心。在困难面前，我们与其逃避，不如去勇敢面对它，战胜它！"

听到讲话，大家都纷纷低下头，有人开始默默整理衣帽。王振华的讲话还在继续："我知道，这里发生过井喷，也发生过火灾，但这不能让我们的石油工人失去斗志，我们是石油工人，我们的任务就是为祖国找石油。俗话说得好啊，吃一堑长一智，新中国的石油工业是摸着石头过河，我们在工作上犯错误是难免的。但是，我们不能因为发生了井喷就不敢打井了，不能因为发生了火灾就放弃打井了，干工作不能畏首畏尾！发生了事故，是我们工作中出了问题，我们必须停下来检查，找到问题，解决问题，更好地前进，大家同不同意？！"

"同意！"台下众人齐声回答。

"毛主席教导我们，干工作要实事求是，脚踏实地，既然我们是石油工人，既然我们来到了四川，那么我们就要问，为什么我们不拿出石油师人的宝贵精神来？为什么我们打不出石油来？"王振华环视了一圈静默的人群，继续说道，"下面，请你们的张大海局长讲话。"

大家鼓掌。

张大海起身，却朝主席台下走去。他走到一位石油工人跟前，亲手将他领口的扣子扣好，接着，帮第二个人扶正了帽子，给第三个人掸去了肩上的灰尘……这样整理了一排，张大海才回到主席台上。

后面队伍的人自觉地再次整理了一下工装。

张大海走上主席台，看了看大家，然后对着台下深深地鞠了一个躬，沉默了几秒，才开始说道："对不起，各位四川油田的工人兄弟们，我张大海领导不善，先给大家鞠个躬。四川油田，辜负了大家的期望，耽误了生产，违背了组织上的工作原则，没有结合四川盆地具体的地质条件，打出了干井，让大家对四川油田失去了信心，我负有直接的责任。"

这一番话，让底下在座的人都低下了头，更有人纷纷站起来，和张大海一样主动承担错误。

"局长，各位领导，我是司钻手，我的工作失职，请组织惩罚我吧。"

"我也有错，我工作中，总是不及时检查油压，导致钻杆经常折断，钻头损坏，给国家财产造成了重大损失。"

"还有我，还有我……"

主席台的上王振华和张大海互相看了一眼，会心一笑。王振华说道："大家都冷静一下，不要激动，今天这个大会，不是要给你们哪一个人开批斗会！大家能主动承认错误，找出工作中的问题所在，为我们以后的工作开了个好头，大家都很有勇气。但是，我跟你们张局长更希望看到大家的决心。俗话说得好啊，不犯错误的兵，那就不能成长为一个好兵。我们是天不怕地不怕、困难更不怕的石油兵，我们要打一场艰苦卓绝的石油战争，新中国石油工业是重头戏，任重道远，我们这样摸着石头过河，难免犯错，但是犯了错，不能一棒子给打死，更不能否定任何一个人。眼下，川中会战在即，四川的地质条件又复杂而特殊，要打赢大会战，可以说是困难重重，但是，同志们，仗越硬越有打头，困难越多越有斗头，条件越艰苦越有干头，大家有没有信心？"

众人异口同声："有！"

王振华大声鼓励道："那就给自己鼓鼓掌！"

顿时，场下掌声雷动，石油工人们士气大振……

石兴国等人很快着手工作。他们先查看了一些废弃的干井，石兴国围着最后一口干井，走了几圈，说道："看起来，钻探的深度没有问题，但我们调查了差不多一百个井队，大家的打井方法一致，从理论上来说操作无误，但却无一出油，的确是个怪事。"

"我看他们的钻杆，有一部分在下钻的过程中倾斜得很严重，估计是地层的问题。"田义文提出了自己的看法。

任新我也说道："我分析了这里的地质构造，也计算了部分油砂岩的数据，但是还没有得到一个合理的解释。"

"我看啊，咱们是被骗到四川来的，唐部长也会忽悠人。"周远笑着调节了一下气氛。

石兴国却认真地摇摇头："唐部长一定比我们任何人都希望四川能出油，救活四川油田，是石油部、甚至是全国人民的希望啊。"

田义文坐在土堆上，摸了摸肚皮："哎呀，我已经饿坏了，这米饭不扛饿啊。"

周远笑道："你可真是个北边来的乡巴佬。"

田义文不服气地顶嘴："人是铁，饭是钢，一顿不吃饿得慌！更何况，我们走了这大半天了。"

"队长，据我这段时间的观察和分析，我一直有一种猜想，但不敢肯定……"任新我犹豫着说道。

石兴国忙问："是什么？"

任新我摇摇头："算了，等再打几口井，看看再说，还不能肯定。"

齐占山看了一眼周围："这四川盆地哪里是天府之国嘛，还不如咱们风沙漫天的克拉玛依呢，打个石油那么费劲。"

石兴国看了他一眼："那你是不是后悔参加四川大会战了？"

"不后悔，能参加石队长的尖刀钻井队，我一辈子都不后悔。哎，对了，队长，我有办法了。"齐占山忽然神采飞扬道，"不是说四川油田很怪吗？那我们就打它那个怪，咱用最笨的办法，不停地打井，瞎猫也能撞上死耗子，我就不信打不出油来！"

田义文不屑地瞥了一眼齐占山："太没技术含量了，这样不仅耗时耗力耗资源，而且，不一定能成功。"

"不怕，就算四川是块硬骨头，我们尖刀钻井队也能把它啃下来，把这里翻个遍，总能找到油吧？"齐占山丝毫不气馁。

石兴国笑着摇摇头："谁知道呢？也许只有老天知道吧！好了，今天先到这里吧，咱们回去休息，明天再战。"

一行人离开干井，往回走去。

邱建设这位总指挥自然也没闲着，很快制订出了一份油田开采计划图。指挥部里，邱建设站在计划图前认真地给大家讲着："根据我的深入研究和亲自进行的地质考察，制订了一份详细的开采计划图。大家可以看到我画红点的地方，就是开采的顺序。"邱建设用手指着梅花桩般排列的红点，说道，"只有这样遍地开花才能有效地节约时间，能够在最短的时间内找到油田，不放过一个地方！虽然人力投入较大，但是为了能够找出石油，我相信大家一定会鼓足勇气加油干，积极响应毛主席的号召。"

王振华看了看张大海和高永亮，两人都点了点头。"那就按照邱总指挥的意思去做，尽快落到实处。"王振华说道。

邱建设脸上露出笑容，保证道："一定不会辜负领导对我的期望，我这就去办！"

晚饭时间，石兴国、田义文等人一人端着一大碗米饭，蹲在地上一边吃一边讨论问题。

田义文用地上的小石头摆成一排，仔细端详着，扒了一口米饭，说道："我在想啊，开采计划图上这油井位置为什么这么奇怪？你看，这样排列起来，像一条条绳子。如今邱建设要求集中起来，你们看像什么？"说着，田义文用握着筷子的那只手将地上的小石子捡起来，迅速地排成一个圆圈。

周远思索了一下："这看起来更像一朵梅花。"

石兴国说道："这种打法存在很严重的问题，会耗费过多的人力，而且现在并不是急于去打井，而是应该找到真正不出油的原因。"

这时邱建设走了过来："怎么？对我制订的计划有疑问？"

石兴国端着碗站了起来："我正想去找您，邱总指挥，您看看这种梅花桩的打法，虽然可以遍地开花，但是根据之前油井排列的位置来看，即将要开采的油井应该也不容乐观。"

邱建设反驳道："石队长，我这个计划已经得到张局长他们的认可。你觉得是你懂得多还是他们了解得多？现在根本没有找到真正的原因，所以只有像计划中那样遍地开花，或许我们还有希望。"

田义文也站了起来："您这个是盲目行动，我认为在还没有调查清楚真正原因的前提下，不应该这么贸然地开采。"

邱建设不容辩驳："我等得起，可咱们的国家等不起，各行各业都在大跃进，咱们石油可不能像蜗牛一样走路啊，别再犹豫了，赶紧动起来。我是这次会战的总指挥，一切都由我说了算！"

"邱总指挥，您放心，我们一定打出石油来，让您这个总指挥建功立业。哎呀，明天打井，我可要多吃两碗饭。"田义文读懂了邱建设的心思，故意油腔滑调地说着，然后端着碗转身再去打饭，却装作不小心用力撞了邱建设一下。邱建设被撞得"蹬蹬"后退了几步，气得吹胡子瞪眼，却也没有办法。

宿舍里，任新我匆匆翻着自己的工作笔记，一会儿坐到桌前，一会儿起身查看地图。他戴着老花镜，但还是有看不清的地方，便又用放大镜，不停地对比，查看，一遍遍不停地反复研究，然后将地图上的油井用红线一个个连接起来，终于，在纸上写下了几个字"裂缝油田"……

邱建设来到任新我宿舍，看到任新我还沉浸在工作中，赞叹道："哎呀，咱们的任技术真的是为工作废寝忘食啊，连饭都顾不上吃。我看食堂快没饭了，过来通知你一声，快去吃饭吧。我这个总指挥，其实就是个搞后勤的，但也要像模像样，照顾到你们每一个人。"

"好吧，我这就去吃。"任新我说着摘下眼镜，压在本子上，出门去吃饭。

任新我走过院中，被脚下的小石头绊了一下，低头一看，正是刚才田义文摆成的梅花桩，任新我停住看了看，将梅花桩上的小石头一个一个地回复原位，连起来一看，居然是几条线，任新我站起来，立马转身朝宿舍走去。

任新我回到宿舍内，见邱建设手上拿着自己的那个笔记本，问道："邱总指挥，你都看到了？"

邱建设点点头："任专家，你必须解释解释你这个伟大的研究成果。"

"那我就直说了吧，我一直在研究四川油岩的分布，也怀疑之前所打的油井的位置，经过调查和研究，我现在可以肯定地说，四川油田，是一个裂缝油田。"任新我看了一眼邱建设，见他并不明白，又接着说道，"意思是说，四川盆地，是一块鸡肋，食之无味，弃之可惜。我们根本不可能在四川打出大油田来。"

邱建设急了："什么？！那你为什么不早说？"

"因为我一直怀疑我的论断，不过，现在我很肯定，四川就是裂缝油田。"任新我解释道。

"任新我，我劝你还是不要胡说，现在是大跃进非常时期，全国到处都在'大干快上'，你知道你这一句话说出去，就等于是给来四川大油田参加会战的所有人判了死刑！意味着无功而返，意味着失败，你懂不懂？这在政治上，是右倾！是极其错误的，你知不知道？"邱建设语气严厉。

任新我皱起眉头："可科学就是事实，我们不能自欺欺人。"

"我不管你科学不科学，总之，以后，你不要胡说，你说出去，连累的不仅是你自己，还有你敬佩的石兴国队长和王振华局长，我们所有大会战的好几千人都会被你害死，所以，你的这个工作笔记，也被没收了，你去好好工作吧。"说完，邱建设拿着那本笔记走出了宿舍。任新我望着邱建设的背影，一屁股坐在了藤条椅子上。

天色已经很晚了，邱建设思来想去，还是走出宿舍，朝井场走去。井场边，齐占山正哼着歌儿检查钻头，见邱建设过来，不禁问道："邱总指挥，这么晚了，有什么事吗？"

邱建设四处看看："没事，就是来看看，你们打井前的准备工作做得怎样了？"

"都准备好了，明天就开钻，我就不信这个邪，不信我们钢铁一样的尖刀钻井队打不出石油来！"齐占山信心十足地说道。

"好，说得好！就是要有这样的斗志。而且，我告诉你，只要你能第一个在四川盆地打出石油来，那么，你就是这次大会战的头号功臣。你想啊，那功劳，还能少得了你吗？回到克拉玛依，好歹也给你升个大队长什么的，和石兴国不相上下。"邱建设鼓动道。

齐占山兴奋地点点头："功劳不功劳的我倒不在乎，不过我这辈子最佩服的人就是石队长，我要像石队长一样成为革命队伍的中坚力量。而且，我如果第一个在四川打出了石油，也算是报答了石队长对我的栽培之恩。邱总指挥，你放心，我一定不让大家失望。"

邱建设眯着眼："那万一要是失败了呢？"

齐占山激动地道："邱总指挥不相信我？那我立军令状！我齐占山说到做到！"

"好，那咱们一言为定！"邱建设意味深长地笑了。

26

井场上机器轰鸣，工人们虽都在努力奋战着，但神态明显有些疲惫。齐占山更是脸带焦虑，埋头苦干。

任新我一脸疲惫地从井场回到宿舍，坐在凳子上歇了歇，揉了揉眼角，然后戴上老花镜，在桌上铺开信纸，开始写信。

"王局长，我，任新我，作为参加川中大会战的一分子，在明知四川盆地可能存在裂缝性油田的情况下，没有使用科学的武器，来阻止这次毫无收获的打井，间接地造成了大会战的失败……"

工人们的焦虑，再加上唐国恩不时打来电话询问进展情况，王振华心情无比沉重。

办公室里，邱建设手中拿着任新我的信，满脸鄙夷。这时石兴国走了进来。邱建设赶紧将手中的信放进桌旁的抽屉。石兴国看了一眼，还没等说话，邱建设抢先开口指责："两个月了，快两个月了，你们怎么一点成绩都没有。油呢？油呢？"

石兴国紧皱眉头："我们是按照你的计划图执行的。工人们已经非常努力了，但是十几口井下去还是没有出油。"

"你意思是我指挥错误？"邱建设有些恼火，接着态度强硬地命令道，"从现在起，你们全部转移到出过油的地方，然后遍地开花，我就不信这个油打不出来。一个星期内必须给我完成任务！"

"……那，好吧！"石兴国无奈离去。

听说还要加大开采面，任新我匆匆去找石兴国，极力劝说他不要再继续下去了，并说出了自己这段时间的考证，基本可以确定四川盆地属于裂缝性油田，如果这样盲目开采，只能造成严重的经济损失。

石兴国听了任新我的话大吃一惊，但由于邱建设作为总指挥，他必须要服从命令，不能擅自做主。况且也没有明确依据来佐证这个结果，这让石兴国很为难。

任新我急了："与其这样盲目开采，不如小范围地尝试一下，来论证它的可靠性。石队长，你是老石油人了，应该知道这样下去的后果。至于邱建设，我已经写报告给王局长了，我相信他会慎重考虑我的请求，到时候就不要再管他了。"

石兴国问道："你写报告给王局长了？"

任新我点点头："对，在报告中我已经做了自我批评，并且希望得到领导的支持，重新论证开采方案。"

石兴国脑中忽然闪现办公室里，邱建设拿着一封信放进抽屉的场景，于是摇了摇头："没希望了。局长如果收到你的报告，现在肯定找你了，要是没有的话，你的信，八成是被邱建设扣了下来。"

任新我一愣，还是坚决地说道："石队长，下命令吧，停止钻探，不要再打了，两个月来，这地上到处是窟窿，都快变成马蜂窝了。这一百多口'望天井'（干井称为望天井）就是活生生的证明，四川的裂缝性油田，确确实实存在，这是无法改变的事实，还需要其他的实验证明吗？科学不能蛮干啊……"

石兴国紧握双拳，没有说话。

任新我再次恳切地说道："队长，下命令吧……不能再打了……所有的责任，我一个人承担！"

"好吧，明天停钻！"石兴国咬着牙，一字一顿地说道。

任新我回到宿舍，坐在床上仔细思考着，然后突然走到书桌旁，拿出一张黄色的纸，迅速写信。

听说任新我鼓动停钻，邱建设立刻带着几个人风风火火地朝他的宿舍赶去。路上大家纷纷避让，不知发生了什么事。有人低声议论，也有人跟着围观看热闹。

任新我刚写好那封信，装进兜里，宿舍的门就被邱建设一脚踢开，任新我一惊，站了起来。

邱建设带着几个人闯进屋内，指着任新我的鼻子大骂："任新我，你这个右派，在矿上散播谣言，动摇人心，说什么'裂缝性油田'，打不出油来，外边都传开了，你知不知道你这是犯了严重的右倾主观主义错误？！"

任新我弄明白了他们的来意，不紧不慢地说道："邱总指挥，我不知道什么'右倾左倾'，我只知道打石油也要尊重科学事实，裂缝性油田的确存在。"

"够了！你休想再胡说八道！总之，你的言论，严重地危害了这次大会战，已经造成了很严重的后果。今天，为了我们的革命事业不继续遭受损失，我必须把你抓起来，给上级领导、给人民群众一个交代，不能让你继续妖言惑众。来人，把右倾分子任新我，给我抓起来！"邱建设指挥着几个人，上前架起任新我，推搡着出门。

指挥部里，王振华正在翻看一些油井数据记录表，张大海正在整理着资料，田义文突然跑进来，气喘吁吁地说道："局长，不好了，老任被抓起来了……"

王振华一抬头，惊问道："谁？"

田义文咽了一口唾沫："任专家，刚才被邱总指挥带人给抓起来了。"

"胡闹！"王振华说着，和张大海一起跟着田义文跑出指挥部。

院子里，任新我被五花大绑，脖子上挂着一块"右倾分子"的牌子，正被推搡着要塞进一辆车内，王振华和张大海匆匆赶来。

王振华高喊："停下，都给我松手！谁让你们这么干的？"

邱建设一看是王振华，对着手下一挥手，几人松开了任新我。邱建设满脸堆笑地明知故问："两位局长，你们怎么来了？"

王振华脸色一沉："胡闹，邱建设，你这是在胡闹！现在是什么形势，怎么能随随便便抓人呢？"

邱建设也收敛了笑容："王局长，现在是反右倾非常时期，政治形势紧张，说话都要小心了，言论很敏感的。更何况，任新我在四川油矿随意散播谣言，危害川中大会战，犯了严重的右倾主义错误，我只是把他交给上级去处理。"

"邱建设，右倾的帽子可不能随随便便戴在咱们工人阶级自己的头上，你不能任意乱扣帽子，错抓了咱们的石油工人。"王振华说道。

邱建设胸有成竹地从身上掏出任新我写给王振华的那封信，在手里一晃："王局长，我有证据，这封是他写给你的信，上面明确写了他诳言四川盆地是裂缝油田。大家也都看看，这是右倾分子任新我，蓄意破坏川中大会战的证据。"邱建设说着，得意地望着大家。

"右倾不右倾，我不知道，我只知道任新我同志是一位严谨科学的好石油技术员，为我们的两次大会战做出了巨大的贡献。如果你非要说他是右倾分子的话，那邱建设同志，你把我也抓起来好了，我更应该是个右倾！大右倾！关于'裂缝性油田'的论断，我会找其他专家论证，但是，我们的任专家，你今天不能抓走。"王振华的话，让邱建设怒火中烧。他极力压制住心中的火气，走到王振华身边，压低声音说道："王局长，非常时期，我们还是不要惹祸上身的好，他要真是右倾分子……"

王振华打断他的话："邱建设同志，我作为这次四川大会战的总负责人，有什么责任，我来承担。右倾不能马上定性，你更不能带走他，就让他待在宿舍里，等专家论证出来结果自见分晓。"

邱建设只好挥手让任新我回了宿舍，但却派了两人特意在门口看守。

田义文追着来到指挥部，询问他们会把任新我怎样。王振华皱着眉头表示只能暂时保证他的安全。现在全国的反右斗争很激烈，政策形势瞬息万变，只能尽快让北京的专家赶过来，论证四川油田的性质，如果与任新我的观点相符，才能真正救他。

王振华已经第一时间给唐副部长打过电话，联系的专家正在赶过来的路上。他叮嘱田义文把手上的第一手油井数据整理好，等专家过来以后，交给专家，以供论证使用。

田义文答应着转身出了指挥部。

傍晚，田义文端着一大碗米饭，和周远一起来到任新我宿舍外，却被门口看守的俩人挡住，扬言不许接近右派分子。

一听这话，田义文生气地嚷嚷道："右派也要吃饭，更何况，任新我同志还不是右派呢。"

看门人互看了一眼，依然不让进。

这时周远满脸堆笑地上前说道："两位兄弟，你看，大家都是工人阶级，行个方便，就让我们进去和里边的那位老同志说句话，送口饭吃。你看，你们也不能饿死了右派分子不是？要是真饿死了，在领导那里，你们也没法交代是不是？"

两个看门人互看了一眼，又互相点个头，最终允许一个人进去。田义文刚要往里走，又被挡住。一个人走过来，仔仔细细地搜了田义文的身，才放他进去。

推开门，宿舍里却是黑灯瞎火，什么都看不见。田义文在门口摸索着问："老任，老任你在哪？怎么没电？"

任新我在角落里答应了一声，说道："邱建设说我是右派分子，不能用电，给掐了。"

"这个王八犊子！太欺负人了，没事，我就知道这样。"田义文说着从兜里掏出打火机，照亮了宿舍，又将饭递给任新我，"你先吃饭，我来想办法。他这么对你，迟早要遭报应的。"

田义文边说边睁大眼睛四下看，看到角落里有一堆废旧报纸，拿过来一张一张点燃了，暂时照亮了屋子。田义文一边看着火，一边劝任新我别担心，局长和队长一定会想办法的。

任新我却淡淡说道："我这把年纪了，大风大浪也都经历过了，没啥可担心的。我唯一放心不下的，就是这四川油田，咱们这么多人，从北边浩浩荡荡南下，来打大会战，没想到是关公'夜走麦城'啊。"

田义文叹息一声："老任，当初，要是听了你的论断，也许我们能挽回许多损失，也许，能在四川地下找到油流呢。"

任新我认真道："大规模的油流那是不可能有的，四川的地质不具备，但是小规模油井还是有希望的。如果当初'裂缝性油田'能得以论证的话，我们的大会战早就应该结束了，我们也早就回到克拉玛依去了。"

"你放心，我一定要给你论证出来。我今天来，就是想听听你对于裂缝性油田关键几步的论证。"田义文还没说完，任新我忙"嘘"的一声，做了个噤声状，然后朝门口看了看，低声说道："我所有的心血，关于'裂缝性油田'的关键科学依据，都在邱建设手里的那个工作笔记本上。不过，我在第二次写给王局长的信上，复述了一部分，还没来得及交给局长，你拿去交给局长，顺便作为研究的材料。"说着，任新我从兜里掏出那封信，看了一眼门口，将信折起来，埋进还剩有半碗米饭的碗底，交给田义文。

田义文瞪大眼睛："你故意没吃完？"

任新我点点头："四川油田，就交给你们了。"

田义文站起来："老任，那我出去了，你保重，明天我一定想办法让你出来。"

地上的火快灭了，田义文转身出去。看门人朝碗里看了一眼，见只有剩米饭，没说什么。田义文和等在外面的周远一起走远后，快步朝指挥部跑去。

齐占山当时在邱建设的鼓动下立了军令状，如今，他每天都焦虑不堪，不知该如何是好。

邱建设见时机到了，特意找来齐占山，催问石油的事。单纯的齐占山以为一切都是自己的错，惭愧得憋红了脸，一句话也说不出来。

邱建设跷着二郎腿，手里玩着一个烟斗，看都没看齐占山一眼，慢悠悠地说道："齐占山啊，当初，你可是说一定会打出油来的，而且，你的军令状还在我手上呢。你要知道，因为你的原因，浪费了国家多少资源？没打出油，那可是右派。不光你是，连石兴国那小子也有危险。"

齐占山连忙说："都是我一个人的责任，跟石队长没一点关系。所有的处罚，我一个人承担。"

邱建设骂道："你傻吧，你一个人承担得起吗？别再费那个劲儿了，想想自己以后该怎么办吧？还有那个石兴国。"

齐占山着急道："邱指挥，你告诉我到底应该怎么做？我不想让石队长跟我一起受罪。"

邱建设看着齐占山："这个事不难。证明任新我是右派！"

齐占山犯难了："这……"

邱建设进一步威逼利诱："齐占山，你别忘了，你现在有把柄在我手上。我是在给你机会，你可要把握住，不然受连累的不仅仅是你一个人。你想想牺牲一个任新我，换回所有人，包括你的石队长，哪个划算？"

齐占山一狠心，咬牙问道："怎么证明？"

"只要你在这个上面按个手印。"说着，邱建设将整理好的揭发材料摆在齐占山的面前。

齐占山看了一眼："这个也太冤枉任技术员了。"

邱建设循循善诱："你别管这么多，你只要记住他保全了你们所有人，他是真正的右倾。只要他出去顶罪，我们大家就都没事了，当然，最主要的是石兴国没事了。"

齐占山咬紧牙关，在材料上按下了手印。鲜红的指印，像鲜血一样红！

齐占山从邱建设屋里出来，像丢了魂一样，没精打采地走着，迎面走来的田义文正巧碰上。

"齐占山……"田义文喊了两声，但是齐占山好像根本没听见一样，自顾自往前走。

田义文追上来，挡住他："邱建设找你什么事？"

齐占山一愣，赶紧说："没有啊，我只是路过而已。"

"路过？齐占山，你不会撒谎，你每次撒谎时眼神都不对。邱建设他不是什么好人，还记得当年他和刘大勇利用你举报许茹作风不正派，最后将老石降职的事吗？"田义文大声质问道。

齐占山如梦初醒般一屁股瘫坐在地上："完了，完了，我害死老任了，我害死老任了。"

意识到自己又犯下大错，齐占山主动找到石兴国，坦白了此事。

石兴国愤怒得无以言表，冲上前去，抬手就要揍齐占山："混蛋！我怎么带出你这么个孬种！我还不如打死你，免得在这里祸害他人。"

齐占山流着泪："队长，你打死我吧，我觉得我没脸再面对老任。我对不起他，都是我不好。"

周远死死拽住石兴国："好了！事已至此，就算打死齐占山也于事无补。现在最关键的是怎样才能救老任。邱建设那个老狐狸，一定会想办法整死他的。"

石兴国冷静下来，想了想："现在只能去找政委，或许他能帮助我们！"

"赶紧走，否则晚了就来不及了！"周远说着，与石兴国两人朝门外走去，齐占山紧跟在后面。

"你给我待在这儿，好好反省反省！"石兴国一嗓子喝住了齐占山。

指挥部内，王振华在拉着板胡，琴声透着一股苍凉。桌子上一张张报纸，都是全国反右斗争的各种报道。

听到敲门声，王振华放下板胡，站起身。见石兴国、周远两人一同过来，还以为井上发生了什么事。

待问明情况，王振华气得用力拍了一下桌子："这个邱建设！"

石兴国担心地问："政委，怎么办？"

王振华平静了一下心情："我已经把这次会战情况上报给了部里，他们派出北京的地质专家专门过来进行考证。现在只有等待他们科学论证的结果，如果四川盆地真的是裂缝性油田，就能摘掉任新我右倾的帽子。"

专家们很快到达四川，开始紧锣密鼓地进行考察论证。指挥部内，专家们围坐在圆桌前。田义文将任新我的工作笔记一张一张贴在小黑板上，给专家们讲解，专家们不停地点头。

一位老专家点着头："光从这位同志的分析上来看，很有可能四川盆地就是裂缝性油田。"

邱建设听着专家们的猜测、分析，不停地喝水。水喝完了，又不停地擦拭头上的汗，露出各种烦躁的神情。

老专家接着说："但是，我们还需要实际勘测，进行综合分析。所以还请局长派人和我们一起去现场考察，我们需要采集钻芯样本，进行试验研究，才能得出最后的结果。"

王振华郑重说道："谢谢各位专家，无论最后是什么样的结果，我们都会尊重科学，是我的责任我会主动承担。邱建设同志是这次会战的总指挥，就由他负责陪同专家们一起去进行实地考察。"

这时，邱建设突然捂住肚子："哎哟，哎哟！我肚子疼。我的头！我的头也好晕。对不起，王局长，您还是另请其他人吧。可能因为这些天总在反思指挥上的问题，好几天没吃饭的缘故，身体实在吃不消了。"

王振华皱了下眉："那你就先回去休息，由小田陪同专家去吧！"

散会后，王振华和张大海一起走出指挥部。张大海愁眉苦脸道："政委，我担心，专家来会影响生产。我们的打井速度跟不上，出油就更没希望了。"

王振华认真说道："按道理来说，我们的工作应该停下来，等专家的论证结果出来之后，我们再调整生产计划，开钻打井。"

"可是……"张大海一脸心事，欲言又止。

王振华看张大海吞吞吐吐的，便问道："大海，你是不是有什么事瞒着我？"

张大海犹豫了一下，才说道："对不起，政委，我不该对你有所隐瞒的。其实，在你来之前，我们这里的每口井出油量并没有达到十吨，仅仅只有五吨。"

王振华震惊："什么？大海，你怎么能这么干呢？部里对你这么信任，中央对四川油田寄予了那么大的希望，你说你，怎么能……哎！"

张大海低下头小声说道："我当时也是没有认真考虑。大跃进，石油工业全面大跃进，各地都在高产'放卫星'，我担心别人说我们四川局保守。所以，去年的每口井日产油量只有五吨，我报了八吨，蒙混过关之后，今年的目标，我定了十吨，给报上去了。"

王振华痛心疾首："糊涂啊，大海，你真是糊涂啊！你说你，明明只能生产五吨，你硬着头皮报了十吨，那另外的五吨石油，你让我上哪里去给你找？"

张大海终于说了实话："政委，我是太想在四川打出石油来了，所以才鬼迷心窍，一时糊涂。最后实在没有办法了，才请求唐部长点将，让你来四川救援我们的。政委，我有错在先，连累了政委，给石油师人丢脸了。"

王振华摆摆手，对天长叹："大海啊大海，你真是让我没想到啊。唉，现在你让我说你什么好啊？唉，什么也别说了。现在，想想办法吧，四川，这是成了我石油生涯的噩梦啊。"

"那专家那边,你看……"张大海迟疑了一下,问道。

王振华低头沉思了一下,说道:"这么着吧,晚上,你先安排专家休息,尽量让他们先做调研,拖延时间。我和石兴国他们商量商量,尽快组织第二次会战吧。"

说完,两人又返身回了指挥部。

邱建设从会场回到宿舍,就开始迅速收拾行李。一切准备好后,一脸痛苦地来到指挥部,以适应不了这里的环境,病情严重为由,向王振华请求回克拉玛依看病休养。

指挥部内,王振华正拿着放大镜,几乎趴在地图上查看着,听邱建设说完,愣了一下,转过脸关心地问:"这么严重?要不我和成都军区联系一下,你去军区总医院看一看吧。"

邱建设连忙拒绝:"谢谢领导关心,不用了,太麻烦了。在克拉玛依有专门给我治病的医生,他对我的身体状况很清楚,只要领导批准我回去就行了!"

王振华点点头:"那好吧,身体要紧,你打算什么时候走?"

"今晚,有出川的车,我已经联系好了。"邱建设回答道。

"好吧,我就不送了,身体要紧,回去抓紧时间看。"王振华说着与邱建设伸出的手握了握。

"咱们克拉玛依见。"邱建设握着王振华的手,意味深长。

听说邱建设走了,田义文和周远立刻来到任新我的宿舍,告诉他那只老狐狸夹着尾巴逃跑的事和恢复自由的好消息。而且局长已经下达了第二次川中大会战的命令,这一次,是按照"裂缝性油田"的理论来打,主要集中在南充和蓬莱两地。

"哦,太好了……"终于等到这一天,任新我欣慰地笑了。

王振华压力巨大,一心扑在第二次会战上,经常彻夜不眠,带病坚持工作,似乎瞬间苍老了很多。

井场上，重新被调动了积极性的工人们正在热火朝天地打井钻探。

几个专家在张大海的带领下，不停地走访调研，他们不时站在一处小山坡上，拿着地图，一边讲解，一边比划。废弃的井场内，专家们用特殊的仪器测量地下，又从地下挖出泥土来分析、化验……

一段时间过后，石兴国将一沓数据表格无力地放到了王振华面前，叹着气说道："这第二次会战，我们和龙女寺大队兵合一处，集中了最优势的打井能手，使出了吃奶的劲，打了22口井，但是真正出油的，只有9口，总出油量，合计不超过2万吨。"

王振华听完，一屁股坐到了凳子上。

石兴国继续说道："政委，我们还要继续再打下去吗？很多石油工人都不想再干了，因为根本看不到任何希望。"

王振华深锁眉头思索了一下："不到专家给出最后结论，我们还必须打井。举国上下都在大跃进，如果我们这个时候无缘无故地停下来，会引起各方的不满，认为我们没有生产的干劲。明明知道现在这种形式会造成很大的经济损失和无用的人力损耗，但是我们不得不服从命令。所以，生产还得生产，现在我们得放缓速度。希望专家尽快做出结论。"

石兴国担心道："政委，如果专家论断是裂缝油田，你是不是就会……"

王振华痛快地说道："如果真的是裂缝性油田，所有的责任由我一个人来承担。"

石兴国看着王振华，眼眶不由得红了。

王振华笑了："兴国，咱们都是军人，军人流血不流泪！当需要牺牲的时候，我们连眉头都不能皱一下。"

石兴国抹了下眼睛："政委，我懂！"

工人们看不到希望，士气越来越低迷，有的甚至放下手中的工作，蹲坐在地上闲聊。

齐占山几次着急地喊他们赶快起来干活，但以段铁生为首的工人都以几个月来看不到油为借口，拒绝再开钻。

石兴国从指挥部回来，齐占山马上告状："队长，你看看他们一个个懒散的，放在打仗那会，都是逃兵。"

"我知道，大家辛苦了。看不到油田打出油，大家着急我也着急，指挥部也很着急，现在正请专家对这块地质进行考证。希望大家能够体谅领导的苦衷，我会时时刻刻和你们在一起。"石兴国诚恳地说道。

"石队长，对不起！"段铁生不好意思地说道。大家也都低下了头。

傍晚，闫竹意外地背着行李出现在王振华面前。

"你怎么来了？孩子们呢？"王振华有些激动，又有些担心。

闫竹走进宿舍："我听说了四川这边的情况，不放心你，所以过来瞧瞧。孩子们我让许茹帮着看一下……你瘦了！"闫竹看着王振华，忽然说道。

王振华边帮妻子拿行李，边笑着摇了摇头。

"所有的事情我都听说了。这明明就是个火坑，这里根本就产不了那么多吨的油，还要你来打油，这不是强人所难吗？不行的话，别干了！"闫竹心疼地说着。

王振华拉住妻子的手，安慰道："我知道这是个坑，可我是石油师政委，这个坑，我总不能让大海、永亮，让石兴国他们跳吧……放心吧，他们都叫我石油福将，我福大命大造化大，这一关，不是鬼门关，总会跳过去的。你也累了，早点休息吧！"

经过一段时间的考察调研和实地取样分析，专家们给出了最终的调研结果。四川油田的确属于裂缝性油田，不适合大规模开采与开发，大会战投入与产出比例严重失调，在收效甚微的情况下，专家组的一致意见是停止打井。

会议室里，专家们早已离开，王振华一个人呆呆地坐在那儿一动不动。

突然，刺耳的电话铃声响起，唐国恩副部长再次来电询问大会战的情况。他已经从专家那里听说了四川的地质报告，知道这边已经停止打井，但是却接到举报，说在这之前油田一直存在谎报和虚报的问题。所以专门打电话来了解情况。

听到这个问题，王振华一时沉默了，没有说话。

唐国恩接着说:"举报说,四川的出油量一年只有五吨,可是我这里,报上来的是十吨,我问你,现在你们打出来几吨了?"

"部长,这个……"王振华支支吾吾不知该怎么说。

"王振华,你给我说实话,不要包庇张大海。"唐国恩听出事情有隐情,追问道。

张大海这时走进指挥部,清楚地听到了电话那端唐国恩的大声责问,他向王振华看了一眼,点了点头。

王振华闭了闭眼,承认了此事。

唐国恩听到真有此事,不由厉声道:"好,你转达那个张大海,马上给我撤职,写检查,他这是严重的浮夸风!绝不姑息!"吼完,挂断了电话。

王振华也慢慢放下电话,抬头看了一眼张大海。张大海没有说话,转身默默走出了指挥部。王振华坐在那里没有动,不知过了多久,地上丢弃着一堆烟蒂和熄灭的火柴头……

王振华一手夹烟,撑着头,一手从抽屉里取出纸和笔,开始写信……

矿区大院,没有了往日的机器轰鸣,显得分外萧索。唐国恩特意赶过来视察情况。车子停在矿区大院,唐国恩下车,边走边看。到处是损坏的钻井设备和废弃的钻杆等,工人们三三两两无精打采地坐在院中晒太阳。

得到消息的王振华赶了过来:"唐副部长,你来了?"

"是啊,我来看看,本想在这个地方刨出个金娃娃来,可没想到,现实与期望的差距太大啊。"唐国恩说着,将手里从地上捡起的一个钻头,扔到旁边的钻杆堆里。

"唐副部长,请到屋里听工作汇报吧。"王振华引着唐国恩向指挥部走去。

指挥部内,只有王振华、张大海和唐国恩三个人,张大海默默为唐国恩倒了一杯水递过去,然后,转身出去,并关上了门,留下王振华单独做工作汇报。

王振华将桌上整理的一些资料,放到唐国恩跟前,说道:"唐副部长,四川大会战,我失败了。这是大会战期间,花费的国家各项资源和机器损耗单。唐副部长,我愿意承担一切责任和后果。"说着拿出写好的辞职信,"请求上级撤销我的一切职务。"

唐国恩抽着烟，默默听完，说道："这个我不同意！振华啊，今天的这个结果，我早就想到了，要说责任，我唐国恩才有错。"

王振华诚恳道："不，唐副部长，是我指挥不当，盲目地对这次会战抱有绝对的信心，所以在前期地质考察阶段，没有用心尽力。所有的责任都是因我而起，所以恳求唐副部长批准我的申请。"

唐国恩叹了口气："咱们新中国的经济建设，没有模式可以遵循，石油工业也是没有路可以走，我们必须摸索自己的道路。所以，每一个重大决定的做出，会有什么样的后果，我们都不知道。今天的局面，我代表石油部，对你和你的石油师人，说一声辛苦了。"

"唐副部长，你不要这样说，这都是我们石油师应该做的。上级会对大家有什么安排？"石兴国问道。

"明天，你把大家都叫到这儿来，我宣布上级的最终决定。晚上，我再跟余部长电话汇报，商量一下。"唐国恩说道。

"请您一定要跟余部长汇报，所有的责任都是我一个人的，处分我就行了，不要牵连其他的人。"王振华再次恳请。

唐国恩不置可否："我想一个人静一静……"

王振华起身退出了指挥部，唐国恩一个人留在了办公室里。

静静思考了良久，唐国恩打电话向余秋里部长汇报了四川现在的情况。

余秋里听完叹了口气说道："看来，王振华成了一条困龙啊，被困在了川中盆地。虽然说'胜败乃兵家常事'，但是，这次川中会战，规模不比以往小，可收效甚微，说不过去。而且，咱们石油工业部，投入了大量的物资与支援，在国家经济建设这么紧要的关头，出这样的事，关系到多个方面，所以，我们要慎重处理。"

唐国恩放下电话，眉头紧锁……过了一会儿，他拿起纸笔，刷刷点点写了起来：戎马蜀川战油田……

第二天，所有大会战的队伍都集中在矿区大院里。没有了往日的歌声和笑声，工人们鸦雀无声，等待着唐国恩的讲话……

指挥部里，唐国恩似乎是一夜没有合眼，他一脸疲惫，缓缓朝门外走去。夜里写的那首诗静静地躺在桌子上……

唐国恩走到大家跟前，看着一个个无精打采的石油工人，清了清嗓子，说道："同志们……大家辛苦了，我知道，这次川中会战，你们都尽力了。但是，事实是惨痛的，在此，我代表石油工业部宣布，川中石油会战失败……同时做出决定，从这一刻开始，大家可以撤离四川了……"

人群里，齐占山低声啜泣，王振华的眼眶也红了。突然，齐占山大声哭了出来，许多人也跟着啜泣……

唐国恩哽咽着说不下去了，停顿了一会儿，才继续说道："原四川石油局局长张大海，留任四川，以实事求是的精神继续维持生产，其他支援大部队，撤离……"

此时，大家已经哭成了一片，唐国恩摘下眼镜，擦了擦眼泪，然后重新戴上，说道："四川，这块土地，会记住你们这一群人的……"说完，深深地给工人们鞠了一躬，径直朝自己的车子走去。

车前，司机拉开车门，唐国恩钻进车内。车子开动，驶出了矿区大院。看着一点点远离的矿区，唐国恩再次闭上了眼睛，夜里写的那首诗中的情景似在眼前："戎马蜀川战油田，损兵折将进退难。晴空万里落孤雁，天府之国成遗憾。满目疮痍不忍看，老将泪痕独怅然。我辈健儿岂无用？不擒油龙不出川。"

矿区大院，一支支车队，满载着工人和器材，离开四川油田……

王振华和张大海、高永亮紧紧握手，互道保重，然后带着闫竹和石兴国等人一起上车，离开了四川。

夕阳西下。在落日余晖中，一辆大卡车稳稳地驶进克拉玛依矿区大院。院中很安静，听不到生产的机器轰鸣声。石兴国和周远等人跳下车，都很纳闷儿："怎么回事？怎么这么安静？"

王振华的吉普车从大卡车后面绕出来，直接停在了局长办公室前。王振华下车，径直走向局长办公室。刚走到办公室门前，就被门两边的两个戴红袖章的警卫民兵给挡住了："站住，你是什么人，你要干什么？"

王振华一愣，但依然和蔼地回答道："我叫王振华，是这里的局长。哦……不对，我是原克拉玛依石油局王振华局长，请问，我可以见你们这里的高局长吗？"

两个警卫互看了一眼，一人说道："我们这里没有高局长，只有邱局长，不过，不能随便见，要等我们通报一声后才行。"

王振华诧异："嗯？那……麻烦你们帮我通报一声。"

一个警卫不耐烦道："那你站远一点，等着。"

王振华往后退了退，另一个警卫进了办公室，不一会儿，出来对王振华说道："好了，你进去吧。"

王振华一脸疑惑地走进了办公室。

27

办公室内，邱建设俯首贴在收音机上，一只手旋转着按钮。收音机内发出嘶嘶的响声，逐渐地一首激昂的音乐从收音机里传出，紧接着是一位女播音员用明亮的嗓音播报着大炼钢铁的新闻。

看见王振华推开门走进来，邱建设皮笑肉不笑地开口："呦，这不是我们的王振华局长吗？有失远迎，失敬失敬！没想到，我们这么快就在克拉玛依见面了。听说，你们会战失败了，我非常惋惜。但是你们的精神是值得大家学习的，我代表克拉玛依石油局向你们表示慰问。"说着故意拍手敬掌。

王振华没有理睬他的阴阳怪气，平静地问道："高局长呢？"

邱建设一挺胸："他已经被调离了，现在我被任命为克拉玛依石油局局长。"

"好，那我问你，为什么油井上大家都不工作？这是你的指令吗？"王振华质问道。

"我说老王啊，现在都什么时期了，还要继续挖石油吗？你就是看不清形势，所以才落到如此下场。毛主席说了，现在要大炼钢铁，七年超英，十五年赶美。克拉玛依当然要紧跟毛主席的号召。"邱建设一副理直气壮的样子。

王振华听到邱建设如此打算，顿时愤怒了："你这样做是破坏生产，克拉玛依是石油基地，如果大量的工人去炼钢铁，那么谁去打石油？钢铁要发展，石油也要发展，我不同意你这样做。"

邱建设趾高气扬道："现在我是局长还是你是局长？我告诉你，我会积极响应国家号召，要把克拉玛依变成第一大钢铁城市。你王振华曾经做到的，我邱建设也能做到。你们这些从四川会战失败下来的残兵败将，赶紧整顿整顿，明天就去炼钢。"

"让我们去炼钢？"王振华气结。

"对！难不成你想违抗命令？王振华同志，自己想清楚了再说话。"邱建设说着，指了指收音机里正播放的全国大炼钢铁的新闻，"听听，这才是革命的呼声。石油根本没有钢铁用处大，咱们克拉玛依要瞄准政策的红旗，跟紧祖国的步伐。"

王振华紧皱眉头，听着收音机里播报的大炼钢铁的各条消息……

忽然，外面响起激昂的口号声："踢破地球冲上天，一天等于二十年！"

邱建设打鸡血般冲了出去。

矿区里，有的人正扛着自家的废旧铁器走到大院里，在指定的地点放下。有的将自家的铁锹狠狠地砸在地上，将木头把分离开来，拿着铁铲放到指定的地点。打砸声此起彼伏，乱成一团。更有甚者，一家两口打着骂着抢夺自家的洗脸盆，最终男人将女人推倒在地，拿着脸盆放到了废铁堆上。

1958年，全国掀起了大炼钢铁运动，各地都积极响应，很快形成了一股畸形的热潮。

邱建设占据了局长办公室，拨了一间又旧又破的小黑屋给王振华，气得齐占山就要去找邱建设算账。

"回来！你这个臭脾气，当年当兵的时候，地窝子、草棚子，什么没住过，这算得了什么？"王振华急忙拦住齐占山，然后对石兴国、周远说道，"大家赶紧进屋，我有重要的事情要和大家交代。"

齐占山主动承担了把门的任务："领导们，你们放心谈事儿。谁敢从我这跨进去一步，我就用革命武器将他解决，白刀子进去，红刀子出来！"

石兴国瞪了他一眼："你以为还在打仗呢！"

三个人哈哈笑了起来。

屋子里，王振华打开收音机，大家坐在一起听着新华社的报道："社论，中央确定，要把钢铁作为全党的第一要务、新中国经济的第一大事来抓，全国人民要不惜一切代价大炼钢铁，完成年产 1000 万吨钢铁的二五计划，国民生产总值翻一番，国民经济总体要迈上一个新台阶！"

听完，王振华关了收音机，传达了余部长的指示，要求大家响应中央的号召，举国上下，大炼钢铁，一切为钢铁元帅让路。"以中国的国情来看，从抗日战争到国内解放战争以及抗美援朝，摧毁了大批新中国的重工业。百废待兴，新中国经济建设的哪一项都不可偏废，既然国家号召大炼钢铁，那我们只有响应。"

"这国家政策怎么跟刮大风一样？前几天还是粮食大生产，这没几天，又开始大炼钢铁了？"周远愤愤地不能理解。

石兴国感叹道："从四川撤回来，本想在克拉玛依大干一场，可没想到，国家政策又开始不稳定了。虽然工业强国，钢铁是重头戏，但是咱们的石油生产也不能停止啊，国家政策刮大风，但是我们得想办法稳住石油生产。对了，高局长调离新疆石油管理局，也是真的了？"

王振华点点头。

周远皱眉："这到底是什么歪风邪气啊？"

王振华摇摇头，说道："这话现在也不能说了。如今'黄钟毁弃，瓦釜雷鸣'，邱建设之徒可是睁大了眼睛盯着咱们呢，所以咱们以后说话办事，要慎之又慎。今天的保密会议到此结束，大家散了吧。"

矿区到处贴满了大炼钢铁的标语口号，就连食堂外，也挂上了标语："吃工人阶级的饭，炼工人阶级的钢铁"；周围的墙壁上，同样贴满了标语："倾家荡产，大炼钢铁""钢铁是经济的支柱"……

齐占山走过去，生气地一把撕下这些标语，撕得粉碎。

石兴国劝道："走吧，等这阵子风过去了，这些东西自然就没有了。"

"老连长，这到底是什么日子？现在天天喊口号，天天贴标语，大炼钢铁，就算用钢铁造出来原子弹，但没有石油，汽车跑不动，火车开不动，飞机也飞不动，照样完蛋！"齐占山气得大骂。

"现在，这一切都不好说啊。"石兴国说着，两人朝食堂走去。

平时热闹的食堂，现在冷冷清清，没几个人。矿上已经有超过一半的人被抽调去全国各地大炼钢铁了，石油工人一下子变成了钢铁工人。这让他们一下子真的难以接受。

也在食堂吃饭的任新我、田义文一边吃一边议论着不知道以后会怎么样，不知道自己还能在这食堂再吃几顿饭。

忽然，食堂里进来一个人，田义文抬头看了一眼，却惊讶得合不拢嘴了，片刻，才喊了一声："铁三？你怎么在这儿？"

光头铁三转过脸来，看见田义文，也是一脸惊讶。

久别重逢，田义文拉着铁三来到宿舍，又弄了些酒菜，两个人举杯畅饮，重逢叙旧。

田义文感慨良多："好兄弟，没想到竟然在这儿碰上你。我还以为……人活着就好！"

"放心吧，我的命长着呢……"铁三明白田义文的担心，说着两个人一仰头，杯底朝天。

田义文又给铁三和自己满上，一边倒酒一边说："当年陕南一别，还真以为是生死相隔，现在想起来，就跟做梦一样，这人生在世，世事难料啊……"

铁三回忆着当年的情形："提着脑袋当土匪的日子，我可是过够了。当年那一晚，可是死了好多人啊。算我腿长，跑得快，要不，也和那些山上的兄弟们一样，去见阎王爷了，哈哈哈……"

"你逃出来以后，这些年是怎么过来的？"田义文关心地问。

"哎，一言难尽啊！"铁三喝了一口酒，接着说道，"我逃出来以后，就下了山。当惯了土匪，突然面对外面的世界，真不知道自己能干啥。幸好我力气大，啥苦的累的脏的臭的活儿，我都干过，可我饭量大，吓跑了雇我的人，没人敢要。所以，这几年就瞎混，是一天不如一天，就差上街讨饭了……"

铁三回忆着过去，想着那些苦难，眼眶湿润了。田义文在一边不停地喝酒，醉得眼睛已开始迷离："兄弟，你受苦了，来，我再敬你……"说着，田义文摇摇晃晃举杯。铁三也端起一杯，一仰脖就灌进了肚里。田义文已经趴在了桌子上，还不停咕哝着："那后来呢，怎么就到了这里……"

铁三又给自己斟满酒，继续说："后来，就在我走投无路的时候，碰见了刘哥，刘哥是个好人，对我就像是对自家亲兄弟，让我又重新活得像个人样了。其实，我这次来，就是为刘哥打头阵的……"

田义文听着听着，不知什么时候，已经趴在桌上打起了呼噜。

清晨，田义文被矿区里的广播声给吵醒了。他一下子坐直身子，清醒了一下，发现铁三早已不知什么时候走了，桌上一片狼藉。他抹了一把口水，看了看窗外，阳光刺眼……

"通知，通知……请全体工人们到会场集合……通知，通知……"听着大喇叭里的广播，田义文起身洗了把脸，朝屋外走去。

会场上，工人们都集合在一起，等待着开会。不一会儿，邱建设满脸堆笑地陪同着一位领导模样的人和刘大勇一起朝会场走来。看见刘大勇，人们不由得低头窃窃私语，尤其站在人群里的石兴国，一动不动地盯着他看。

三人走上主席台，邱建设干咳两声，开始讲话："今天，全国大炼钢铁的王总指挥，亲临咱们克拉玛依指导工作，下面，有请王总指挥给人家讲话。"

邱建设带头鼓掌，众人也配合着鼓掌。

"同志们，来的路上我看了，克拉玛依是个好地方啊，而且，这里地形开阔，很适合建立一个大型的炼铁厂，大炼钢铁啊……"王指挥说着，伸出五个指头，"同志们，新中国五大支柱产业，钢铁是大拇指啊，最重要，是领导，是航向，只有炼好了钢铁，才能带动其他产业一起向前。新中国要强大，要用两个拳头打敌人，打败帝国主义经济封锁，钢铁工业是老大，我们要炼钢铁，造飞机，造大炮来强国……"

台下，田义文对任新我低声说道："来了个吹牛大王！"任新我微微一笑没有说话。

王总指挥讲了一会儿，给大家介绍刘大勇："这位刘大勇同志，是全国炼铁模范，还上过报纸，不知道大家有没有看报纸？"

齐占山朝地上吐了口唾沫："呸，换身皮，还是个垃圾。"

刘大勇一脸得意，站起来朝大家挥挥手："大家要全力配合国家的大炼钢铁政策，我们工人阶级团结一致力量大，一定要炼出红红火火的好钢铁来。"说完，下面的掌声稀稀拉拉，并不热烈，倒是台上的邱建设拼命鼓掌，刘大勇自己也鼓着掌，看着台下唯一一个使劲儿拍手的人。

田义文回头看了一眼，却是铁三，又看看刘大勇，似乎模模糊糊想起昨天晚上铁三最后说的话来。

散会后，大家都离开会场，田义文跑过去拦住铁三："铁三，你这到底……怎么回事啊？"

"嘿嘿，我现在啊，是刘模范，就是我刘哥的左膀右臂。"铁三带着得意憨笑着。

果然，他说的刘哥就是刘大勇，田义文急道："可是，你不知道，刘大勇他……"

"田秀才，你说的没错，这世事难料啊，我也没想到我铁三能有今天，都是我刘哥对我的造化。不说了，我一会儿还赶着去见刘哥，听他分派工作呢，回头咱再叙。"铁三打断田义文的话，说完飞快地走掉了。

田义文愣在原地，这时周远走过来："没想到，这次刘大勇不光一个人回来了，还带了个尾巴。"

"我看啊，就是一条狗。"后边跟上来的齐占山咬牙切齿地骂道。

石兴国正在办公室里翻找资料，刘大勇昂首挺胸走进来。见石兴国没理他，故意"咳咳咳"地发出声响，然后自顾自坐在凳子上。

石兴国抬头看了他一眼，没有说话。

刘大勇挑衅道："怎么？看到老朋友，也不知道打个招呼。"

石兴国客客气气地道："好久不见，恭喜你获得全国钢铁劳动模范的称号。"

刘大勇非常得意："这算不了什么！不过能让人羡慕，我很高兴。我这次回来，就是要在克拉玛依大干一场。让一些人看看，革命的队伍是需要检验的。"

石兴国点点头，意有所指："对，革命的队伍是需要检验。"

"那就走着瞧吧。"刘大勇说完，扬长而去。石兴国站在原地，愣了一会儿，将手里的资料放回到桌上，转身走出办公室。

王振华正在自家院子里拿着一个小铲子给蔬菜除草，闫竹递过来一杯水，说道："老王啊，现在政策这么紧，要不你趁这个机会退下来算了。那个邱建设现在处处针对你……"见王振华没有任何反应，闫竹忍不住喊了一声，"跟你说话呢，听见没？"

王振华手上的小铲子没有停，对闫竹一语双关道："把农药给我，有些菜爱招虫，喷点药，就能把虫都杀了。"

闫竹看了一眼王振华，摇了摇头："有些虫，啥药也不怕。"

这时，石兴国走进院子。

王振华高兴地道："你怎么来了？走，咱们屋里说话。"说着，拍拍手上的尘土，和石兴国朝屋里走去。

屋里，闫竹为两人准备好茶水之后说道："你们聊，我到外面转转。"然后走出屋子，继续在院子里给菜除草，不时警惕地看向院门口过往的行人。

王振华会意地看了看院子里的妻子，凑近石兴国，问道："矿上现在怎么样？"

石兴国一脸忧虑："一切都乱套了。邱建设请来了个什么全国总指挥给工人们开大会。政委，今天这个会，太不像话了，你真应该听听那个王指挥满口的胡言乱语。"

王振华叹了口气："不用听都知道，现在的形势，也是没办法。而且，眼下的克拉玛依，是邱建设挑头，再说大炼钢铁是全国性质的，咱们克拉玛依也不能搞特殊啊。现在我们只能静观其变。今天，我还接到唐副部长的电话，要我告假，到石油部去顶个闲差，休养一段时间，可我……就是离不开这克拉玛依啊。"

石兴国赶紧说道："老政委，你可不能丢下咱们石油师的兵，不能丢下克拉玛依啊。那个刘大勇现在有邱建设给他撑腰，我怕他什么事都干得出来。"

王振华深有感触："是啊，所以这段时间要先沉住气，观察观察，现在只有保存实力，才能等政策明朗时，再大干一场。"

石兴国默默点了点头。

刘大勇回到家就猴蹲在椅子上，听收音机里播放全国各地钢铁产量的报道，小石头走过去，刚要拧收音机，刘大勇一声吼："别动，滚远点……这一动，就动摇了钢铁旗帜。"

正忙活着做饭的许茹赶紧走过来，拉过小石头："小石头，不要打扰爸爸，快去看看妹妹醒了没有？"

小石头跑开，许茹对刘大勇说道："你看你刚回来，孩子也是高兴，想亲近你，你就给他个笑脸。你从进门到现在，连女儿都没抱一下。"

刘大勇一副高高在上的口气："你个女人，知道什么？我现在是炼钢模范，哪有时间哄孩子？现在，一切都要为大炼钢铁服务，王指挥让我主抓克拉玛依的大炼钢铁，你们都要无条件支持我。"

许茹看了看刘大勇，淡淡地道："知道了，吃饭吧。"

从王振华家回来，石兴国悄悄找了周远、田义文、任新我等人到家里开会，传达了老政委的意思，越是特殊时期，越要沉住气。目的只有一个，不管刘大勇他们练什么，都一定要抓好生产，保护好油矿。

大家散了后，匆匆往回走的田义文忽然想到，这个时候每多一个人，都会给自己的队伍增添力量。他和铁三好歹兄弟一场，不能眼睁睁地看着他成为刘大勇的奴隶和帮凶，他必须去试一试说服铁三，让他赶紧脱离刘大勇，还能有挽回的余地，也或许对保护油矿能有所帮助。想到这儿，田义文直接拐去了铁三的宿舍。

到了宿舍，铁三正一脸喜滋滋地给自己铺床，崭新的被褥，让铁三爱不释手。看见田义文来了，铁三心情不错地打招呼："田秀才，你咋来了？"

"哦，过来看看你。"田义文说着走到床前。

"坐吧，你坐下说……"铁三咧嘴笑着，指着床向田义文炫耀，"嘿嘿，头一回有自己的窝，还有这么软的铺盖，你摸摸，多舒服，还香喷喷的呢，都是刘哥给我发的，说让我好好干，好日子还在后头。田秀才，这好日子，好得都让我发晕，呵呵……"

田义文笑笑，说道："看来你的刘哥对你还真不错！那如果有人告诉你他是个坏人怎么办？"

铁三立刻瞪起眼："不可能，刘哥绝对不是个坏人，只要敢有人说刘哥一个'不'字，我就跟他拼了。"

田义文连连摆手："好了，我又没说啥，只是打个比方，看你激动的。你对这里了解多少，你的刘哥告诉过你吗？"

铁三笑笑："我只知道它叫克拉玛依，曾经因为出油非常出名！"

田义文又问："那你知不知道石油是啥？"

铁三摇摇头，一脸憨笑。

田义文耐心给他解释："石油比金银珠宝还值钱，就像人身上的血液一样，人身上没有血液不行，国家没有石油不行。"

铁三纳闷："那为什么我从来没有见过刘哥打油呢？明天我去告诉他。"

田义文说道："他比你明白，不过现在他是钢铁模范，不可能去打油。"

铁三弄不清楚其中的道理，大大咧咧说道："不管啥模范，我跟着模范有饭吃就行了呗。"

田义文皱了皱眉："不过铁三，有时候，人眼睛要亮，心也要亮，模范要是有做得不对的地方……"

铁三不愿意了："田秀才，刘大哥都是跟着党的政策走的，你这样说我可要跟你急了。"

"铁三兄弟，你先不要急着去否认我的观点。我希望你能够用心去观察，我的话说到这里，希望你能记住。"田义文说完离开了宿舍。

铁三望着田义文消失的背影有些发愣。

第二天，刘大勇带领铁三和一帮工人，开始每家每户收集自行车，铁锹铁铲，铁缸子铁饭盒，铁脸盆洗脸架，锅碗瓢盆煤铲子……只要是铁的东西，全部都收走。

一帮人洗劫了一家后，又仔细检查了每一个角落，确认再没有什么铁的东西后，刘大勇带着人又奔向下一户人家。

几人凶神恶煞般闯进去，将家里的铁质东西全部收走，又问道："还有没有废铁？都交出来！"

一个女人胆战心惊地摇摇头，拉着身边的小男孩站在一边。

刘大勇的眼睛到处搜寻着，看到门上的铁锁和铁栓子，一喜："那个也是铁，宝贵的炼铁资源，铁三，快去拔下来……"

铁三刚要去拔，那个小男孩突然跑出来，一把抱住铁三的腿，哭着说道："叔叔，不能拔，那是我爸爸亲手做的，刮风下雨的时候，用来锁门的，我们家已经没有铁东西了，求你不要拔了……"

铁三见孩子哭得可怜，不忍心去拔。刘大勇却在旁边催促道："铁三，我们这是在大炼钢铁，是国家政策，不用管他，快拔……"

小男孩拼命抱住铁三的腿，边哭边哀求："叔叔，求你了，你就给我们留下吧……"

铁三于心不忍，左右为难。刘大勇忽然走上来，一把拎起小男孩丢到一边："你个小右派！滚一边去……"然后上去一把拔了下来，甩手走了。

铁三看着被摔得鼻青脸肿的小男孩，不忍多看，匆忙走掉。

炼铁炉旁，堆满了自行车，车轱辘，锅碗瓢盆等，有些还是新的。刘大勇绕着火炉，大声嚷嚷着指挥烧火工人："火再大一点，这是社会主义的大火，要烧得越旺越好，这样才能炼出社会主义合格的钢铁来！"

工人边不停地往炉子里添煤，边问道："刘模范，这些铁根本不够炼啊，怎么办？"

刘大勇不知哪儿来的自信："不怕，开动工人阶级的脑筋，想尽一切办法。"

"这炼钢铁不比采石油，采石油是向地底下要，只要钻得深，就不怕它不出油。可这炼钢铁，没有废铁拿来炼，烧空炉子不顶用啊。"一个工人愁眉苦脸地说道。

"那就找废铁来炼啊，同志们，擦亮你们的眼睛，不放过一个铁钉，我们一定要炼出优质的钢铁来……"刘大勇正说着，一个工人跑来报告说王总指挥打电话来问今天的炼钢指标，刘大勇忙去接电话。

空荡荡的井场，石兴国和周远两个人在清理钻杆。为避免那群疯狂炼钢的人打井场的主意，他们计划把克拉玛依所有油井的钻杆都集中到一号井场，并细心地给每一根都标上了数字和记号，期待恢复生产时再送回各个井场。总之，保护好井架和井场，是保存实力的关键。

刘大勇接完电话走出办公室，看到一老一少两个工人抬着一根铁钻杆从眼前经过，顿时眼前一亮，对那两个人喊道："站住！你们这是干什么？"

那两个工人停下来，年长的工人回答道："我们也不知道，石队长让我们把各个井场的钻杆集中到一号井场去。"

刘大勇身后的小喽啰看着钻杆兴奋道："刘模范，这不是现成的废铁吗？就地取材啊。"

"好办法。"刘大勇也兴奋起来，命令那两个工人，"把钻杆抬到炼铁炉去。"

两人有些犹豫，年长的那人说道："这……石队长那里我们怎么交代？"

刘大勇挥了挥手："你们这是为大炼钢铁立功，怕什么？快去……"

两个工人互相看看，犹豫不决。这时小喽啰忽然冲上前，一下子将那个年长的工人推搡得差点跌倒在地："老东西，你敢阻拦国家大炼钢铁？"说着，还要伸手打人。

刘大勇身后的铁三一把拉住那个小喽啰的手："别打人。"小喽啰疼得喊了起来。刘大勇看了铁三一眼，对两个工人命令道："还不快抬过去！"

两人只好掉回头，抬着钻杆去了炼铁炉。

这时刘大勇才对铁三冷冷说道："放开他。"铁三松了手。刘大勇吩咐那个小喽啰赶快去叫几个兄弟，一起去井场看看。

井场内，石兴国和齐占山正用绳子将钻杆捆起来。刘大勇带着炼铁工人浩浩荡荡赶来了，他们来到钻杆跟前，刘大勇指着那些钻杆："同志们，看到那些废铁了没有？全部拿去炼钢铁！"

那些人说着就要动手，田义文一下子跳在前面挡住："干什么？你们想要干什么？"

刘大勇气势汹汹道："田义文，我劝你不要破坏国家的大炼钢铁，快闪一边去！"

田义文毫不示弱："呸，少拿大帽子压我，我才不怕呢，我也告诉你，你们休想打钻杆的主意！"

"你敢阻拦大炼钢铁？"刘大勇手一挥，身后的铁三走过来，挡在田义文面前，田义文狠狠地盯住铁三的眼睛。铁三的眼神闪烁不定，不敢正视田义文。

石兴国走过来，将田义文拉到身后，对刘大勇说道："刘大勇，你大炼钢铁，支持国家建设，我们不反对，但是，你不能拆东墙补西墙，用破坏油矿来大炼钢铁。这些钻杆，不是废铁，是宝贵的石油器材，你不能动。"

"石兴国，现在我是大炼钢铁的总负责人，矿上的一切资源由我分配和调遣，什么能拿来炼钢铁，我说了算，我说这些钻杆是废铁，它就是废铁，你再要阻拦，就是妨碍我的工作，破坏国家经济建设，这个罪名，你可担不起！"刘大勇说着，就指挥工人去搬钻杆，"同志们，快都过来抬，给我随便砸，只要看到能炼钢的东西统统给我带回去。"

"刘大勇，你不要乱来！"石兴国大声制止，"大家睁大眼睛看一看，这是废铁吗？这是新的钻杆啊，这是国家花钱买来打油的钻杆啊。"

刘大勇恼羞成怒："石兴国，你不要妖言惑众，你这是明目张胆地跟国家政策挑战，究竟是打油重要还是炼铁重要，我比你清楚。抬！"

石兴国厉声大喊："你要敢动这里的东西，就从我的尸体上跨过去！这些都是我们石油人的命根子，我是不会让你随便糟蹋的。"

周远忙劝道："石队长，你可千万别冲动。"然后又冲着刘大勇，"刘大勇，如果这里出了人命，我相信你也吃不了兜着走，到时候你将挂上一个杀人犯的帽子。"

刘大勇不屑："别拿这个吓唬人，我什么没看过？再说了，这饭可以乱吃，话可不能乱说。这是石兴国自己的行为，跟我没有任何关系。如果我不抬这些东西走，倒霉的那可是我！"

"那好，我让你一步，"石兴国指着一边的一堆钻杆，"你们只准拿那些，矿上其他的东西一律不能再碰，否则我说到做到，躺在你们面前的将会是我的尸体！"

"队长……"周远抗议。石兴国拦住周远，示意他不要再出言阻止。

"好，石兴国，就让你这次！同志们，快搬……"刘大勇得逞地指挥人迅速搬走了那一堆钻杆。

等到刘大勇一行人搬着钻杆走远，石兴国反倒松了一口气，脸上露出了微笑。

周远不解地问："老石，你没事儿吧？你这唱的哪一出啊？"

石兴国叹了口气："没办法，老政委教的，这时候，不丢个车，这帅怕是保不住呀。"

晚上，铁三喝得醉醺醺地朝宿舍走去，路上看到被拔去了铁栓子的破木门敞开着，在大风中不停地来回撞击。屋里传出女人和孩子不停咳嗽的声音和母子俩微弱的对话声。

"妈妈，妈妈。你的头好烫，是不是发烧了？"

"没关系，睡一觉就好了！你也快睡吧，睡醒了就不咳嗽了。"

"可是，风这么大，门又关不上，妈妈会不会病得更严重？"

"不要管我，你先睡，妈妈能撑得住……"

铁三站在小男孩家门口，听着他们的对话，心情非常低落。

这时，田义文从后面走了过来："看到了吗？这就是盲目大炼钢铁的后果。现在你帮刘大勇做的事情和土匪有什么两样？刘大勇现在已经被冲昏了头脑，不知道他自己到底在做什么！我劝你趁早和他划清界限，和他说清楚，不要再炼什么钢铁了。你铁三是个堂堂正正的男子汉，留在克拉玛依也好，离开克拉玛依也罢，都是一条汉子！这些天，他到处干坏事，搞破坏，你都看到了吧？你要是继续为虎作伥，你就不再是我的兄弟。"说完，田义文转身离去，留下一脸茫然的铁三。

回到宿舍，铁三躺在床上，女人和孩子的咳嗽声、破木门的相互撞击声似乎一直萦绕在耳边……

铁三用手捂住耳朵，紧紧闭上眼睛，田义文的声音又不停地回荡在他的脑海里："你现在和土匪有什么两样？你现在和土匪有什么两样？"

铁三突然坐了起来，下了床。他扛着一块木板来到小男孩家门外，只见那拔去了铁栓子的破木门依然敞开着，在大风中不停地撞击，屋内，女人和孩子仍不停地咳嗽着。铁三轻手轻脚地走到屋门前，将那一大块木板稳稳地立在门前，挡住了狂风，又端详了一阵，然后悄悄离去……

田义文来到石兴国家，见周远、任新我等人已经到了，大家开始商量如何保护井场里的机器设备。

刘大勇已经开始对井场下手，那个王总指挥急功近利，一再催促刘大勇赶快交出炼好的钢铁。但凭刘大勇的技术和仅有的锅碗瓢盆一类的废铁，要想炼出合格的钢铁，恐怕得等到猴年马月。为了交差，刘大勇很可能狗急跳墙，什么事情都干得出来。

为防止他带人做出什么过激的行为，也为了保护好油田，大家今晚必须抓紧时间，马上行动。

大家统一了思想，任新我又提出："现在还有一件头疼的事，那个驴脾气的铁三认准了刘大勇，跟着他指哪打哪，破坏性很强。我们对付的不仅仅是刘大勇一个。"

齐占山抢着说道："不过，我看他还是有点良心的，我刚才来的时候看到他拿木板帮老刘家把大门挡上了。我们应该试试能不能把他争取过来。"

石兴国点了点头："同志们，斗争最关键的时刻，我们要团结一切可以团结的力量。最艰难的战斗就要打响，你们都准备好了吗？"

"老连长，下命令吧，我们所有人都听您的！"齐占山说道。

"好，现在就走！油田保卫战，出发。"石兴国说着，带着几人走出了屋子。

来到井场外，石兴国带领工人挖了一个大坑，将钻杆埋了起来。周远佩服道："队长，你这招欲擒故纵、弃车保帅实在太高明了！"

石兴国笑笑："对于刘大勇那种人，只能动脑筋。给他废钻杆，他能交差，我们才能保住好的钻杆啊。"

大家又争分夺秒地掩埋了几台机器和其他一些铁质的工具，大家干劲十足，俨然又是一场战斗。

钢铁炉旁，有两个工人在打盹儿，火苗已经很小了。刘大勇走过去，对着两人就踢了两脚："我让你们睡资产阶级的觉！我让你们丢工人阶级的脸！快起来烧火！"

两个工人惊醒，一边赶紧往炉子里添火，一边解释："对不起，刘模范，我们刚睡着,一直在烧呢。"

刘大勇吼道:"火不够大!不够旺!怎么能炼出工人阶级的好钢铁?快去把其他人给我喊起来,工人阶级不分白天黑夜大炼钢铁,怎么可以睡觉?!"

刘大勇咋咋呼呼指挥着工人们将炉火烧旺,工人们将一根根钻杆抬进炼铁炉。

"像这样炼下去,不出几日,好的钢铁就能炼出来了。国家正看着我们克拉玛依呢,我们要源源不断地炼出保质保量的钢铁,就要有源源不断的炼铁资源。"刘大勇看着炼铁炉思索着说道。

一个工人问道:"刘模范,你的意思是我们要找更多的铁钻杆?"

"我们不是要找,我们是要拿回属于工人阶级的炼铁资源,大家跟我去井场。"刘大勇说着,立刻带领着大家朝井场走去。

刘大勇一行人来到白天抬钻杆的地方,发现其余钻杆都不见了,用手电筒四下一照,发现了远处的田义文和齐占山。

田义文发现有人,也拿手电筒对着照过来:"你们是谁?三更半夜到井场来做什么?"

刘大勇答话道:"哦,田技术员啊,你们在干什么啊?"

田义文故意道:"哦,是刘模范啊,我们正在保护井架,巡视看看有没有人三更半夜来搞破坏。刘模范怎么会在这儿?不会是来做贼的吧?"

刘大勇义正词严道:"说什么呢?!我们为国家大炼钢铁光明正大,而且,为伟大的事业起早贪黑也很正常。我问你,白天摆放在这里的钻杆到哪里去了?"

"运走了。"田义文回答。

"运走了?运到哪里去了?"刘大勇焦急道。

"运到柴达木,或者也有可能运到玉门……反正不在克拉玛依,怎么了?你找钻杆干什么?"田义文胡乱说着地点,然后明知故问。

刘大勇急了:"那是大炼钢铁的好原料,谁让你们运走的?"

石兴国走过来:"是我让他们运走的。"

刘大勇用手指着石兴国:"石兴国,又是你在搞鬼,我告诉你,你这可是破坏国家的大炼钢铁！"

旁边的周远揶揄道："刘模范，你别一口一个大炼钢铁，你都炼了这么久了，炼出什么来没有啊？"

刘大勇气急败坏："炼不出来也是你们的责任！"

"你这是拉不出来屎就怪地球没引力，刘模范，你还是好好想想下一步拿什么炼钢铁吧。"周远故意气他。

"好，你们等着，石兴国，你听到了，周远把国家伟大的大炼钢铁运动比作拉屎，这是公然蔑视国家政策，反对毛主席！"刘大勇说着就指挥手下去抓周远，"同志们，将这个工人阶级的敌人抓起来，将反对毛主席的牛鬼蛇神打倒！"

见刘大勇鼓动工人闹事，石兴国大吼一声："刘大勇，你要干什么？！"

田义文一看大伙要动手，也跑上来喊道："要打人是吧？我告诉你们，土匪可不怕打架……"

刘大勇的手下和田义文、周远等人推搡着打了起来……

石兴国跳上井架，大吼一声："住手！大家都是石油工人，都是一家人，你们这是在干什么？看看你们，自己人揪着自己人的衣领子，你们都是在一个锅里吃饭的兄弟，你们打得下去吗？"

几人愣了一下，松开了手。

刘大勇见他的人停了手，鼓动道："大家别听他的，给我把破坏分子抓起来！快啊……"

工人们互相看看都没有动。刘大勇一看工人不听自己指挥了，转而威胁石兴国："石兴国，我要上报，上报上级领导，是你们先动嘴骂人，骂国家政策，还打我们，你等着！"说完，愤愤地走了。其他人也都灰溜溜地跟着离开。

第二天一大早，刘大勇来到邱建设的办公室，添油加醋地向他汇报了情况。

邱建设一拍桌子："好一个石兴国，竟然公开跟国家的政策唱反调！真是活腻了，自己往枪口上撞！"

刘大勇趁机说道："邱局长，这个时候不处分石兴国，要等待何时？他这种行为明摆着就是右派，右派不投降，就将他灭亡。更何况还是公然跟国家作对的激进分子。"

邱建设满意地点点头:"你小子,脑子真灵光。如果把他交到上面,上面一定很高兴。"

"对呀,到时候邱局长不仅是抓炼钢的第一人,而且还是抓右派的功臣……"刘大勇的马屁拍得很到位。

"我不仅要抓住这一个小苍蝇,还要深挖他身后的大老虎。"邱建设眯起眼睛,一副志得意满的模样。

炼铁炉旁,工人们正在烧火,突然炉内"嘭"的一声巨响,工人们互相看看,不知道是什么情况。有人猜测可能是钢炼好了,其他人纷纷赞同,于是赶快派人去通知刘大勇这个好消息。

接到消息,邱建设和刘大勇兴高采烈地赶过去查看。邱建设边走边说道:"刘大勇,到时候你是炼钢模范,我是抓右派模范,在王总指挥那里,咱俩可就是克拉玛依两颗最耀眼的星星了。"

刘大勇谦虚道:"一切都是邱局长的功劳,您是月亮,我是星星。"

到了炼铁炉前,邱建设和刘大勇期待地看着炉里面。

铁三拿着铲子在里面捅来捅去,捅出来一块沥青一样黑乎乎的东西。刘大勇一看,拉下脸来。

邱建设疑惑地问:"这是什么东西?"

不明情况的铁三干脆道:"钢铁啊,咱们炼出来的钢铁啊。"

邱建设脸拉得老长:"这是钢铁吗?!"

"这是什么钢铁,是废铁!"刘大勇怒骂着,一把夺过铁三手里的铲子,不断地往煤炉子里添火,"继续烧,火加大!我就不相信炼不出来。铁三,跟我去井场继续找铁。"

铁三迟疑着:"刘哥,那里我们上次去过了,已经没有了。"

刘大勇怒道:"没有?就是挖地三尺,也要找出铁来。"

一群人跟着刘大勇和铁三再次来到井场,四处寻找着。一直在附近巡视的任新我从远处奔了过来:"你们又来干什么呀?"

刘大勇回头看到任新我:"呦,这不是我师父吗?我来井场,你应该知道我

来做什么！"

任新我态度坚决："你甭想在这个地方找到一样你想要的东西！"

"任师父，我客气一点叫你师父，你是不是存心跟我过不去？"刘大勇阴阳怪气道。

"大勇，看在我们过去师徒一场的情分上，听我一句劝。不要再胡闹了，停手吧，克拉玛依经历太多的风雨了，再也承受不起你这么折腾了，你这么下去，会毁了油矿的。"任新我语重心长地说道。

刘大勇非但听不进劝告，反而翻了脸："任新我，你的架子摆得够大啊！又是这句师徒情分，我呸！什么玩意儿！"

任新我看着昔日倾心相授的徒弟，现在变得如此不可理喻，痛心道："刘大勇，做事要适可而止！到时候自己收不了场，别怪当师父的没有提醒你！"

刘大勇哈哈大笑起来："哈哈哈，想不到一个社会主义的罪人，还能说出这样的话？任新我，我告诉你，你过去干的勾当，我心里可有一本账呢，你脚下的这片土地可是新中国，工人阶级当家做主，我现在是社会主义的钢铁模范！我有权利替工人阶级清除你这个败类，你刚才的话，是阻止我大炼钢铁，破坏国家的大炼钢铁政策，反对社会主义！你的思想还需要继续改造，我要把你关起来，来啊……"

两个小喽啰跑上来，站到任新我身后。

刘大勇命令道："把这个任新我关起来，要让他好好反省反省，什么时候不说反对社会主义建设的坏话了，什么时候再放出来！"

小喽啰不由分说，架起任新我就走。

铁三眼睁睁地看着这一幕，心里五味杂陈。

晚上，刘大勇喝得醉醺醺地走进家门，许茹正在房间里看石油知识方面的书。见刘大勇回来，起身问道："大勇，听说你今天又把任师父给……"

刘大勇劈手夺过许茹的书："什么师父，破坏大炼钢铁，那就是罪人，跟石兴国一样，都是罪人。"说着刚要把书扔了，发现书上写着石兴国三个字，顿时发起了疯，上前一把揪住许茹的头发，"好哇，你天天看着他是吧，还想着他是吧？我给你吃，给你喝，你天天想着别人是吧？"

刘大勇揪着许茹将她扔到了床上，然后拿起石兴国的书就撕。许茹起身冲上去抢夺，两个人厮打起来。刘大勇用力将许茹摔倒在地上，一阵拳打脚踢。

小石头和妹妹扒着门缝看着里面的情景，两个孩子都被吓呆了。妹妹小声哭着："哥，我怕！"

"别怕，哥带你走。"小石头领着妹妹一步三回头地离开了家门口。

走出院子，看着黑漆漆的路，两个孩子不敢再往前走。小石头搂着妹妹蹲在院门口不远处瑟瑟发抖。

这时，铁三过来找刘大勇，忽然看到两个小小的人影蹲在门口，不禁纳闷地走到跟前问道："小石头，你们俩怎么在这儿待着？你爸在家吗？"

两个孩子呆呆地看着他，没有出声。铁三蹲下身仔细一看，两张小脸上都挂满了泪水，忙问："怎么了？你爸爸又打你们了？"

小石头摇了摇头，妹妹这时大哭起来，指着家中："爸爸打妈妈……"

"为什么呀？"铁三一边问着，一边帮两个孩子擦眼泪。

小石头小声说道："爸爸平时总会打妈妈，喝醉酒的时候打得更凶，今天爸爸又喝酒了。"

"爸爸不仅打妈妈，还打哥哥，哥哥身上都是疤。"妹妹泣不成声的话刚出口，小石头连忙对妹妹摇了摇头，不让妹妹说。

铁三掀开小石头的衣服，看着孩子满身的伤痕，气愤得紧紧咬住牙关，抱起两个孩子向院子里冲去。

铁三一脚踢开屋门，见刘大勇正扯着许茹的头发，一下下狠命往桌上撞。铁三大喝一声："放开嫂子！"

刘大勇抬头一见铁三，马上吩咐："别废话，快过来帮忙，这个不要脸的女人天天想着石兴国，我要好好地教训她，不然她不知道我的厉害。"

"叔叔，快救救我妈妈呀。"小石头哭着拽铁三的衣服。

刘大勇一见，立刻放开许茹，红着双眼朝小石头走过来。铁三一把抓住高高扬起手的刘大勇，狠狠摔在了地上："我铁三平生最恨打老婆孩子的男人！刘大勇，你太过分了，我之前一直尊敬你，没想到你竟然是这种人。"

刘大勇趴在地上看着铁三铁青的脸、仇视的眼神，愣住了。两个孩子赶紧跑到妈妈身边。

铁三给了刘大勇一个鄙夷的眼神，扬长而去。

"铁三，今天的账，你给我记着！"反应过来的刘大勇对着铁三的背影大喊。

太阳从地平线升起，矿区大院的人们，又开始穿梭忙碌起来。大炼钢铁的口号声此起彼伏。

寒心的铁三收拾好行李准备离开。田义文将铁三送到矿区门口："真的决定要走了？"

铁三笑了笑："田秀才，你说得对，我是有眼无珠跟错了人！不过还好，我能及时醒悟。"

田义文挽留道："你可以留在这儿，跟我一起。"

"不了，刘大勇曾经给予我施舍，我也不能忘恩负义。"铁三拍了拍田义文的肩膀，"兄弟，你们是克拉玛依的好石油工人。"说完，大踏步离去。

田义文望着铁三的背影，大声喊道："兄弟，一路保重！"

28

大炼钢铁、反右倾运动在全国如火如荼地开展起来。铺天盖地的各类报纸头条、新闻广播，都是关于大炼钢铁的成绩宣传和某人被划定右倾分子的报道……工人、学生全部打着标语喊着口号上街游行……

面对紧张混乱、石油停产的局势，王振华来到石油工业部向唐国恩求助，希望能找出解决办法，保证克拉玛依的石油生产正常进行。

办公室里，唐国恩手里捏着半支烟，紧皱眉头听完王振华的汇报，说道："不光是咱们油矿，全国形势都很紧张，而且，反右越搞越大，牵扯的人越来越多，严重影响了各行各业。全国经济受到很大冲击，咱们石油工业面临巨大考验，我当这个石油部副部长，现在也正是最艰难的时期。"

"照这样下去，克拉玛依就不是克拉玛依了，大炼钢铁我们坚决支持，但是大炼钢铁不能以牺牲石油为代价啊。难道咱们的新中国已经不需要石油了吗？"王振华皱眉问道。

"需要！绝对的需要，这个不容置疑。至于石油和钢铁的关系，我想想啊……"唐国恩说着，又狠狠抽了几口烟，才说道，"这样吧，你回去之后，克拉玛依坚决贯彻'又让又上'的方针，坚持'钢铁插红旗，石油立标杆'，一手搞石油生产，一手给大炼钢铁的铁炉里添火，保护石油工业，顺应全国形势，两者不可偏废，能不能做到？"

王振华想了想："我一定按部长说的办！"

唐国恩斟酌着又特意嘱咐道:"一批批同志被划成了右派,有的人仅仅是说了句错话,这也是让人很痛心的事。振华同志,工作要以安全、小心为宗旨,确保大家安全。"

王振华点点头:"部长,我明白。"

炼铁炉旁,炉火烧得很旺。被铁三摔破头的刘大勇包着纱布坚持陪王总指挥视察。刘大勇指着堆放在一边的几十根钻杆说道:"王总指挥,您放心,我们一定用石油工人的铁,炼出钢铁工人的钢!"

王总指挥点头赞许道:"嗯,就地取材,资源合理利用,做得很好啊!刘大勇同志,我看你可以作为先进典型,代表咱们钢铁工人把这种伟大的创新事迹发扬光大,让其他人学习!"

"王总指挥,您是说我可以像其他模范一样,给工人们做报告?"刘大勇大喜,"太好了,王总指挥请放心,我一定好好准备报告的材料,做好全国巡回报告的准备。"

这时候,旁边跟着的邱建设突然凑了过来:"王总指挥,我有重大的消息汇报,就是关于我们刘模范的脑袋问题。"

王总指挥这才仔细看了看刘大勇的头:"对呀,你们矿上谁的气焰这么嚣张?敢公然向社会主义叫板,把刘大勇同志的头都给打破了!"

"石兴国!这事就是他指使的!"邱建设立刻说道。

"绝不能姑息,要将反对社会主义建设的一切右派都抓起来!"王总指挥气愤道。

邱建设等的就是这句话,马上挥手命令手下去抓人。

王振华打电话给高峰,告知了唐国恩副部长的指示,刚恢复工作、被任命为处长的高峰立刻组织大家召开会议。

传达完上边的指示,高峰说道:"咱们如果一手抓生产,一手炼钢铁,困难肯定不少。但大家还是要做好稳定生产、支持大炼钢铁的心理准备。多事之秋,咱们要团结一致,想尽一切办法度过这一关。这次对于我们石油师人,也是一次重大考验!"

"高处长，您放心吧，只要部里领导还相信咱们，国家还需要咱们石油工人，我石兴国就不怕困难。"石兴国说道。

"咱们石油师人，都是当年从战场上杀敌人、从枪林弹雨中活下来的，困难算什么？散会以后，我跟石大队长马上讨论，组织工人开始生产。"周远也表态道。

"嗯，你们就放心地生产吧。有什么问题，我这个处长给你们顶着，也算是在非常时期给石油工业做点贡献了。"高峰正说着，办公室的门突然被几个民兵一脚踢开，闯了进来。

"石兴国，谁是石兴国？"一个民兵看着众人开口问道。

大家莫名其妙地互看一眼，高峰问道："你们是什么人？"

"我们是保卫社会主义的民兵，保卫大炼钢铁的民兵！石兴国，有人举报你是右派，跟我们走！"一个人说着，几人上来就将石兴国押了出去。

周远大喊："哎，你们怎么随便抓人啊？这是怎么回事？"

高峰急忙起身跟出门，临走嘱咐周远："老政委从北京回来前，让大家一定要沉住气，不要给他们留下什么把柄。我去找他们，怎么说我以前也是这里的局长，他们不会把我怎么样。"

听说石兴国被带走，段铁生从宿舍门后拿过钢钎，嚷嚷着要出去跟刘大勇和那个王总指挥拼命。齐占山使劲儿拉着他，劝他冷静些，千万别冲动。

段铁生用力挣扎着："我没法冷静，这是搞的什么？我看大家都疯了，黑白颠倒，坏人当道，还不如枪毙那几个王八蛋，替天行道呢！"

"现在不是胡闹的时候，咱们要想办法救石队长，设法证明他不是右派。你再这么胡闹下去，石队长就铁定被打成右派了！"齐占山拉着他不停地劝。

"证明他奶奶的腿！这世道还有啥可证明的？我这就出去，谁说石队长是右派，我就毙了谁！"段铁生正闹着，田义文跑了过来："你们在这儿啊？队长和指导员让我找你们呢。"

齐占山一愣："队长？队长不是被带走了吗？"

"石队长没事，他让你们赶紧过去开紧急会议。"田义文说道。

段铁生、齐占山互相看看，一时摸不着头脑，又看向田义文。

"还等什么？快走吧。"田义文见他们愣神，催促着。两人随即跟着田义文快步走了出去。

许茹听说了石兴国被打成右派的消息，焦急地在窗前走来走去，不停地向外张望。远处人声喧哗，隐隐有"打倒右派"的口号声传来。随后许茹看见一群人押着一个戴高帽子的人朝矿区大门外走去，她身不由己地冲出门去，跑到人群近前，终于看清楚被押走的人不是石兴国。许茹顿时放松下来，身子一软，一屁股坐在了地上……

田义文和齐占山、段铁生来到一个偏僻的仓库门口，田义文推开厚重的大门，只见石兴国好端端地站在里面。

"队长，你没事吧？这到底是咋回事？"段铁生抢先问道。

"是啊，他们不是要抓你当右派吗？你在这儿，那谁是右派？谁被抓走了？"齐占山紧接着追问道。

石兴国叹了口气："高处长……高处长被他们抓走了。"

"这群王八蛋，高处长刚恢复工作，又被抓走了。"田义文愤愤说道。

"抓个领导，他们又能多立大功，好了，不说那么多了，咱们赶紧开会，商量一下接下来怎么办吧。"石兴国说完，段铁生主动走到仓库外去看守。

屋内，石兴国对大家说道："说了这么多，总之一句话，现在全国反右斗争浪潮很高，我们矿上不知道啥时候还会来运动，在这之前，我们要克服一切困难抓紧生产。老政委说了，部里一直支持咱们的石油生产。还有就是，听说刘大勇要离开矿上一段时间，这正好是个机会，我们可以试着恢复生产。"

田义文提出问题："那老任怎么办？刘大勇走了，刘大勇的走狗还在，我们要是让老任出来搞石油生产，说不定又变成什么派了。"

石兴国犹豫了一下："只能继续委屈老任了……"

周远点头说道："那好吧，说干就干，我先带一些工人，把机器和钻杆挖出来。"

齐占山也恨恨地说道："对，把那些本来心里不愿意炼钢铁的石油工人也争取过来，让他刘大勇成个光杆司令，看他还怎么风光！"

几人点点头，分头行动。

晚上回到家，兴奋的刘大勇就开始收拾东西。许茹抱着咳嗽的小女儿走过去对刘大勇说："孩子这两天不停地咳嗽，你能不能带她去医院看看？"

刘大勇忙着收拾东西，看都没看许茹和孩子："你有点政治觉悟没有？！不知道现在是啥时候啊？我哪里有空管孩子！现在是大炼钢铁时期！我是模范，就得为了社会主义大家庭，放弃自己的小家！再说了，我的娃，是红色的钢铁工人后代，身体健壮着呢！这点小灾小祸挡不住？倒是你！天天不求上进，思想腐化堕落！早晚和石兴国一个下场，变成毒害社会主义的资产阶级右派！"

"右派右派，你眼里还有正常人吗？"许茹十分恼火。

"有啊，一切大炼钢铁的工人同志，都不是右派。"刘大勇一边说话一边收拾完了东西，拿起行李就要往外走。

"你这又要去哪儿？"许茹在后面抱着孩子问道。

"你少管。我现在很忙，要连夜出发做巡回报告，先去喀什，再去青海，再到北京……"刘大勇边说边走。

许茹追问："你走了，不炼钢铁了？"

这时刘大勇已经走出了屋子，直着脖子向后喊："谁说的？你没看见钢铁炉里的大火昼夜不停地烧着呢吗？你以为大家的觉悟都跟你一样啊？头发长，见识短！"说着便扬长而去。

戈壁滩上，一辆运输车卷着尘土飞驰而过。

尘土里，梅大妮背着孩子艰难地行走。梅大妮被尘土呛得咳嗽不止，孩子也禁不住紧紧趴在妈妈的背上捂住了自己的脸。嘴唇干裂的梅大妮步履蹒跚地走着，不时往前面看看，又回头瞅瞅，心里嘀咕着："咋这么远啊？俺都走了一天一夜了……"

这时背上的小祝捷虚弱地喊饿，汗流浃背、有气无力的梅大妮干脆停下来歇息："好闺女，再坚持一会儿就见到你爸爸了，见到爸爸，就有饭吃了……"坐着坐着，疲惫不堪的梅大妮抱着小祝捷渐渐睡着了。

刘小青一边开着车，一边向副驾驶抱怨着当前的大炼钢铁，弄得运输队萧条一片不说，还得防着有人来偷车给当废铁炼了。

两人边说边不停叹气，刘小青突然发现前面路边好像躺着人，连忙喊副驾驶。副驾驶仔细看了看，确定有人，刘小青一个急刹车将车停住，两人打开驾驶门跳下了车。

两人蹲下来一看，刘小青"啊"了一声："大妮！梅大妮！"

看梅大妮没有反应，刘小青连忙摸了摸梅大妮的嘴巴鼻子，松了一口气："还有气，可能是晒晕了，或者饿晕了，喂，醒醒……"刘小青边喊边推梅大妮，见她还是没有反应，便叫副驾驶拿过水壶，小心翼翼地拿着水壶对着梅大妮的嘴巴滴了些水，梅大妮这才悠悠醒来："俺，俺…还活着？"

副驾驶抢着说："是我们刘经理把你救活了。"

梅大妮有些发懵地看了看眼前的人："刘经理？小青……"

刘小青点头："是我，你在这儿睡了多久了？"

梅大妮摇了摇头："俺也不知道。"

刘小青看着梅大妮一脸无奈："你啊！就是个棒槌！靠腿能走过沙漠啊？算了，我给你找辆车吧！免得你和孩子在这里受罪！"

正巧这个时候，一辆车驶了过来。刘小青连忙摆手，车子停下，刘小青趴在车窗和司机交谈。一会儿，刘小青回身走向梅大妮："还真巧了，他们正好是去克拉玛依方向的！司机答应捎你们回去。"说着转身从自己的车上拿下一点干粮递给梅大妮，"这个你拿着！估计你们几天没吃没喝了！别苦了自己和孩子！"

梅大妮感激地接过干粮："小青，你跟你哥同一个娘胎里出来的，这可真不一样。"

"行了，别提他了……"刘小青说着把梅大妮和孩子扶上了车厢……

石兴国和一班工人从井场回来，往食堂走去。一辆采购车停在食堂门口，司机看到石兴国过来，跳下车走到跟前："石队长，这有你的退款单。"

石兴国纳闷地接过来一看，是前几天自己寄给梅大妮的："怎么给退回来了？"

"听说你爱人也受牵连了，被休养所给清退了。休养所领导说了，吃右派家属做的饭坏肚子。现在你爱人已经带着孩子回来找你了，所以钱就被退回来了。没准她们都快到了吧！"司机把自己听来的消息都告诉石兴国。

石兴国道过谢，急忙往家中走去。

许茹的小女儿咳嗽越来越重，又发起了高烧，许茹跑进跑出地不停用冷水清洗毛巾给女儿降温，但似乎并没有什么效果。突然，孩子满脸通红，四肢不断抽搐，嘴角有白色泡沫流出来。许茹吓得一下扑到孩子跟前，边哭喊边用毛巾胡乱给孩子擦拭着嘴角。等她冷静了一下，才抱起女儿疯了似的往外跑去。

在院子里玩的小石头被许茹的哭喊和慌张吓得往后退了几步，惊疑地叫着："妈妈，妈妈！"

许茹似乎没有听见，一转眼就消失在去医院的路上。小石头哭着跑出院子，四下看看，犹豫了一下，胡乱朝着一条路追了下去。跑着跑着，小石头忽然看见上次送自己回家的叔叔，不由高兴起来："叔叔，叔叔……"

石兴国急着回家看大妮母女俩是否已经回来，忽听小石头喊叔叔，他站住，回头看到小石头朝自己跑来，忙喊："小石头，别跑，小心摔着……"话音还没落，小石头一下子就扑倒在地，大哭起来。石兴国赶紧跑过去，抱起小石头："小石头，你没事吧？"

小石头摇摇头，不停地哭："叔叔，你快，快救救妹妹……妈妈……妈妈抱着妹妹去医院了……"

石兴国抱着小石头赶紧往医院跑去。

医院门口，许茹抱着孩子急得团团转。孩子抽搐得越发严重，四肢剧烈抽动，眼睛翻着，已经人事不省。许茹哭喊着去掐孩子的人中，去擦拭孩子的嘴角："……快醒醒，你别吓妈妈……"

石兴国抱着小石头远远地看见许茹，三步并作两步跑了过来，看了一眼孩子，焦急地问："你咋不进去啊！"

许茹"哇"的一声哭了起来："我，我没钱……"

"有钱没钱救命要紧！快！快进去！"石兴国说着放下小石头，接过许茹手里的小女孩，就往医院里面跑。许茹赶忙拉着小石头，跟着跑了进去。

将孩子送进急诊室，石兴国和许茹、小石头焦急地在外面等待着。过了一会儿，里面一位中年女大夫走出来。

许茹赶紧走上前："大夫，我是病人家属，我女儿怎么样啊？"

女大夫皱着眉说道："是高烧引发的癫痫，再晚送来一会儿就没命了。现在暂时稳定了，救不救得活还不一定。先去办住院手续吧。"

许茹一听，抓着大夫的手就要下跪："大夫，求求你，救救我的孩子，一定要救救我的孩子……"

女大夫忙扶住许茹，表示他们一定会尽力救治。石兴国也扶着许茹，说道："谢谢大夫，我们这就去办住院手续。你们这里的唐娜唐大夫在吗？"

"唐大夫去巡诊了，还没回来呢。"女大夫说完进了急诊室。

石兴国一手拉着小石头，一手搀着许茹往住院处走去。许茹边走边流着泪懊悔地絮絮叨叨个不停："我不知道怎么会这样？昨天晚上还好好的，夜里开始有点发烧，我太粗心大意了，我真不知道该怎么办了，万一，万一孩子有个三长两短……"

"别哭了，会没事的。"石兴国劝着，三人来到住院处。石兴国从身上掏出那张退款单，对许茹说道，"这里人来人往的，许茹，我不能再帮你了，这点钱你拿着，给孩子用最好的进口药，一定要治好孩子。"

"我不能要……"许茹推让。

石兴国拉住许茹的手，把单子塞到她手里："许茹，你听我说，这是给孩子治病的，你就收下。"然后看了一眼周围进进出出、向他们这边看过来的人们，说道，"啥也别说了，免得别人看见了误会，我先走了……"

许茹含泪接过钱，和小石头看着石兴国离开。

梅大妮刚到家下车，和送他回来的师父挥手道谢。车子开走后，一个妇女恰好拿着刚洗好的衣服走了过来，看到梅大妮立刻神神秘秘地凑过来，还向四周看了看，然后低声说道："你可算回来了，要再不回来啊，可就出大问题了。"

梅大妮一脸疑惑："啥大问题啊？"

"哎，我就告诉你吧，你还不知道，许茹的男人刘大勇现在是模范，到全国各地去做报告了。你看你又不在，你说，本来生活作风就有问题的两个人……"那人还没说完，就被梅大妮咬牙切齿地打断了："这个石兴国……他敢！"

"这有啥敢不敢的，今天我还在医院看见你家石兴国了呢。而且，好像还和许茹勾肩搭背、拉着手呢！"那人添油加醋说道。

梅大妮一听火冒三丈："啥？你说啥？"

那人不高兴了："你跟我发火干什么？反正医院看见的人多了去了，又不是我一个，不信，你去看看，许茹一定还在医院。"

"我，我非去撕了那个小狐狸精的脸不可！"梅大妮抱起孩子就往医院跑去。

许茹在收费处交完了钱，忙乱中将那张退款单掉在了地上，她并没发觉，拿着各种票据急匆匆往病房走去。

旁边有人捡起了退款单，看着退款单上有梅大妮的名字，忙喊："梅大妮！梅大妮！"

梅大妮恰在此时抱着孩子冲进了医院走廊，连忙跑到了路人旁边问："你喊我？"

路人将退款单递到梅大妮手里。梅大妮看着退款单，又看到前面的许茹，仿佛什么都明白了："许茹！许茹！你这个狐狸精！"梅大妮大喊一声，然后放下孩子，如同一只母老虎，冲着许茹就跑了过去。刚走出没多远的许茹不由自主地停下来回头望去，梅大妮一阵风般冲到许茹跟前，拽起许茹的头发就开始撕扯。瞬间，走廊里热闹起来，许多人都围过来看热闹。

许茹一看是梅大妮，心里暗暗叫苦，只好边挣扎边试图跟梅大妮解释。梅大妮哪里容她解释，边打边骂个不停："解释？有什么好解释的！你勾引俺男人还有理了？许茹，你个狐狸精，勾引俺男人给你花钱！你要不要脸？！"

许茹不好还手，只有拼命躲避着。旁边的护士看不下去了，上来拉架，梅大妮仍然不依不饶。那位中年女大夫忽然从病房里走了出来，一把拽住梅大妮的手："你是谁的家属？在医院里大吵大闹干什么？"

护士认识梅大妮，跟医生解释："她是尖刀钻井队队长石兴国的爱人。"

"那还不快去找他。"大夫说道。护士听了赶紧往医院门口跑去。

　　梅大妮被女大夫拉住了手，嘴上却没闲着："大家都来看看！看看这个狐狸精！趁俺不在，又来勾搭俺男人是吧？做了婊子还想立牌坊！俺告诉你，门都没有。姓许的，你给俺听好，嫁给石兴国，给石兴国生孩子、洗衣服、照顾他吃喝拉撒睡的是俺，俺梅大妮绝不会让你把石兴国从俺身边抢走的！"

　　地上的许茹挣扎着站起来："我没有……"

　　梅大妮横眉怒目道："呸，真不要脸，全医院的人都看见了，还说没有，别以为俺什么都不知道，你说，俺家石兴国是不是又给你钱了？"

　　这时走出去没多远的石兴国被小护士叫了回来，一看如此情形，赶快跑过来一把拽过了梅大妮："梅大妮，你干什么！"

　　梅大妮看见石兴国，顿时一肚子委屈地哭诉道："石兴国！好啊！俺不在家，你都跑到医院和人家鬼混了！"

　　此时已经心如死灰的许茹流着泪说道："对不起，给你添麻烦了。"说完进了病房抱起孩子急匆匆走了。

　　石兴国异常愤怒地看着梅大妮，拳头攥得紧紧的，"啪"的一声，一巴掌终于打了出去。

　　梅大妮一愣，捂住自己的脸，不敢相信地看着石兴国："你打俺？你为了那个狐狸精打俺？"说着，一屁股瘫坐在地上，蹬腿拍地，哭天抢地起来，"俺不活了啊，石兴国你这是要俺的命啊，俺和女儿都快饿死了，你竟然把俺的钱给了这个狐狸精……"

　　医生和护士都过来拉梅大妮，梅大妮倒在地上就是不起来，又哭又骂没完没了。

　　许茹抱着孩子，牵着小石头默默走在路上。唐娜从后面追了过来，拦住了许茹的去路："许茹！我巡诊刚回来，你上哪儿去……"

　　许茹泪流满面。

　　唐娜一把抱过孩子，催促许茹赶紧跟她回医院。突然，唐娜感觉有异，连忙仔细端详起来，然后贴在孩子的胸口细听。许茹的脸一下子苍白起来，害怕地看着唐娜。唐娜抬起头悲伤地看向许茹："孩子，孩子，孩子不行了……"

　　许茹一把抢过孩子，语无伦次地说着："不会的，不会的，不会这样的……"

然后将孩子紧紧抱在怀里,"乖,不怕,不怕,妈现在就去医院,去医院……"说着,抱着孩子疯狂向医院跑去。

望着许茹无助的背影,唐娜忍不住哭出了声,小石头也不知所措地跟着哭了起来。

再次从急诊室出来,许茹目光呆滞地坐在医院门口,怀里紧紧地抱着孩子,边哼歌边轻轻拍着哄她睡觉。唐娜心疼地站在旁边看着她,泪流满面。小石头仿佛明白了什么,站在妈妈身边,不停地拉扯妹妹的衣角。

石兴国从医院里走了出来,唐娜抬起头幽怨地看了他一眼。石兴国见许茹如此模样,心猛地刺痛了一下,刚要说些什么,许茹喃喃道:"不要说话,会吵到妹妹睡觉的,会吵到妹妹睡觉的。"

石兴国站在原地,眼泪突然流了出来,连忙扭过脸去。好不容易停止发飙的梅大妮抱着孩子出来,看见石兴国站在许茹身边,正想再次发作,忽然注意到许茹痴痴傻傻的样子,不禁也吓傻了,然后没遮没掩地来了一句:"不会真的死了吧……"

石兴国、唐娜愤怒地看向梅大妮,梅大妮连忙闭上了嘴巴。

听到"死"字,许茹口中忽然发出一声尖厉的哀号,俯身扑在死去的孩子身上大哭起来……

旁边的小石头,也哭得声嘶力竭:"妈妈,妈妈……"

闫竹回到家中,听闻这个消息赶来安慰许茹。悲伤过度的许茹依然眼神呆滞地坐在床边喃喃自语:"孩子,我的孩子……"

闫竹痛心地安慰着:"许茹,你别这样,你看,你还有小石头,一定要打起精神来,知道吗?"

许茹这才恍然地看了看小石头,顿时泪如雨下。闫竹揽过许茹的肩膀,让她靠在自己肩上。许茹咬着自己的手背,另一只手痛苦地紧紧抓着胸口,压抑地哭泣着……

门外,王振华和周远站在门口守着,不时有好心的石油工人和家属向这里走来,想安慰一下许茹。

王振华想了想，说道："小周啊，去跟他们说说，他们的好意，我们心领了，给许茹同志一点时间吧，别再打扰她了。我们克拉玛依对不住她啊！"

周远站起来匆匆走过去，和来人耳语了几句，大家都悄悄离开了。

王振华和周远再次回到屋门口，听着屋子里传来的哭泣声，两个大男人也禁不住擦了一把眼泪。

夜已经深了，小石头哭累了睡着了。许茹不停地念叨着"孩子，孩子……"，伤心欲绝地抱着死去的女儿整整坐了一夜，闫竹也担心地守了他们母子一整夜。

又是新的一天。一辆汽车沿着马路驶过，车顶上架着一台大喇叭，里面播放着"打倒右倾机会主义，大炼钢铁强国……"刘大勇胸前戴着一朵大红花，挺着胸膛，站在车厢里朝着眼前的克拉玛依矿区挥手致意……

对面哀乐声中，一辆系着大白花的汽车在石油工人的簇拥下，缓缓前行，挡在了刘大勇的汽车前面。刘大勇吐了一口唾沫："晦气！死的可真不是时候，好狗都知道不挡道！"

看着丧车开入矿区，刘大勇禁不住又开心起来，看了看旁边的同事，说道："看见了没？这就是为石兴国敲响的丧钟！他的一切都会彻底地不复存在了！我刘大勇赢了！克拉玛依，同志们，我回来啦！我刘大勇回来啦！"

刘大勇完全沉浸在了自己激情洋溢的情绪里，身边一个人眼尖，发现丧车停在了刘大勇家门口，连忙拽了拽他。刘大勇一看愣住了，连忙拍了拍车门："停下，快停下。"然后飞快地下车向家里飞奔而去。

家中，女儿静静地躺在床上，身上盖着白布。床边围了不少人，许茹木然地坐着。刘大勇推开门一看，手里的大红花瞬间掉在了地上。

刘大勇跑上前一把掀开盖在女儿身上的白布，不敢置信地看着："我的孩子怎么了……"说着，扑到许茹跟前，一把钳住她的两只胳膊，不停地摇晃，"孩子，我的孩子！你说，你快说啊！我的孩子到底怎么了？你说话啊……"

许茹只是不停地流泪，小石头躲在了唐娜身后，唐娜跑过去，去扳刘大勇的手："刘大勇，你冷静点，人死不能复生，你这样会让她崩溃的。"

刘大勇根本听不见唐娜说什么，猛地一脚将许茹踹倒在地。许茹一下子瘫软下去。刘大勇穷凶极恶地继续用脚踹着许茹，发出咚咚的声音，许茹却一动不动仿佛死人一样。

"你害死了我的孩子，我拿你偿命！"刘大勇踢打着，突然又停住，"我的孩子没有死！还活着，这不是我孩子！这不是我孩子！"说完，转身抱起床上的孩子就想往外扔，但当看到孩子苍白得没有任何血色的脸时，瞬间停住，发出野兽一样的嘶叫，"闺女啊！我的好闺女啊！爸爸回来了！爸爸回来了！"

刘大勇重新将女儿放到床上，轻轻地拍着。许茹趴在地上爬了过来，绝望地看着刘大勇："大勇……对不起。"刘大勇又一脚将许茹重新踹倒在地，"你去死！你为什么不去死，你替我闺女去死！你个杀人凶手，你害死了我的孩子，你去死……"

唐娜刚要去扶许茹，小石头哭着喊着扑到许茹身边。担心伤及孩子，唐娜赶紧将小石头拉到一边角落里安顿好。刘大勇仍然边骂边对许茹拳打脚踢。唐娜拼命拽住刘大勇的一只胳膊："刘大勇，你住手，许茹已经承受不了任何打击了，你这样，会逼死她的。"

"死了最好！"刘大勇骂着，一把甩开唐娜，冲出门去。

已经丧失理智的刘大勇拖了一把大锤，眼里冒火地来到石兴国家屋外，骂道："石兴国，你给我出来，一命还一命，你害死了我女儿，我要你偿命！"

梅大妮听到叫嚣声，一脸平静地从屋里出来，冷冷说道："俺男人不在。"

刘大勇吼道："是谁害死了我女儿？你让石兴国出来给我一个说法！"

梅大妮丝毫不惧："俺男人要给国家打石油，没空。你孩子死在你们家，你跑到俺家门口来撒什么野？你自己没有爹样，害死你闺女，关俺们屁事！"

刘大勇红着眼威胁道："你少给我放屁！我就找石兴国算账，石兴国在哪儿？你说不说？不说我就锤死你女儿偿命！"

梅大妮不甘示弱："你敢！俺告诉你刘大勇，别人怕你，俺梅大妮就没有怕过你！大不了一命换一命！你敢动俺闺女一根毫毛试试？俺打死你个王八羔子！俺还告诉你，刘大勇，你要是敢找俺家石兴国的茬，俺打断你的狗腿！"

"躲得了初一，躲不过十五！你就是不说，我照样能找到！"刘大勇说着气呼呼朝井场走去，"石兴国，石油是你的命根子，我女儿也是我的半条命，你害死了我女儿，我也要毁了你的命根子……"

井架是石油工人的脊梁骨，面对穷凶极恶地带人抢完钻杆又要融化井架的刘大勇，石兴国正带着一些工人，具体安排怎么保卫井架，罢炼钢铁。

工人们站成一排，听石兴国讲话。石兴国要求大家从现在开始，石油师的每一个人都要二十四小时待命，守住井架，一旦发现有人靠近，立刻围成人墙，就是死也要保住井架。

"对！死也要保住我们的脊梁！"每一个人的脸上都充满了坚定的神情。

田义文却拉着段铁生悄悄离开了人群，向宿舍走去。段铁生在田义文的指挥下，小心翼翼地用农药硝铵和木屑混合在一起，做成了一个土炸弹。

"听石队长那套没用！我们还得按照山上的规矩来！谁敢动我们的地盘，抢我们的刹把子，我们就亮真家伙，要了他们的狗命！"田义文边指挥边愤愤说道。

段铁生连连点头，又不放心地问："老田，这个真的能对付刘大勇他们？"

田义文无比肯定："怎么不能？我六叔就靠我弄的这个发家的。要不你先试试？"

段铁生将一根麻绳混合在了这一小堆药里当引子，田义文华擦了一根火柴，轻轻点燃。火花顺着麻绳飞快地蔓延，猛地一声震动，火药炸开，两个人都被熏得满脸黝黑，只能看得见眼睛。两人彼此看着对方的鬼模样，开怀大笑起来。

田义文飞快地将更多的木屑、农药、硝铵压实，放在了一个大纸箱里，并用麻绳做了引线。

刘大勇本想去井场破坏石兴国他们的石油生产，没想到却意外发现了更为严重的事。他急慌慌地来到邱建设办公室，在邱建设耳边嘀咕了几句，邱建设吃惊地看了一眼刘大勇："你确定？！"

刘大勇肯定道："邱局长，这么大的事情，我怎么敢打马虎眼！"

邱建设沉思了一会儿，猛地一拍桌子："反了他们！大勇，你马上给我联系民兵团，就说有人企图破坏社会主义建设成果！一定要彻底打压这股反革命势力！必要的时候必须武装镇压！"

刘大勇猛点头，抓起电话就联系民兵团。

不一会儿，一辆运输车驶到矿区，一队民兵从车上跳了下来。附近的矿工不明就里地围上来，议论纷纷。

井场上，石兴国带着一些工人，站成一排，挡在气势汹汹赶过来的刘大勇等人跟前。工人们纷纷拿起自己的工具，甚至有人拿起木棍。

段铁生小心翼翼地拿着自制炸药包，站在人们后面。田义文嘱咐道："如果他们真的靠近井架，下一步就看你的了！"段铁生大义凛然地点了点头。

刘大勇喊话："石兴国，你这是煽动工人闹事，阻止大炼钢铁。"

石兴国正义凛然："我没有煽动，你自己问问这些石油工人们，是想大炼钢铁还是想打井钻石油？"

工人们齐声喊道："我们石油工人誓死保卫井架，罢炼钢铁！"齐占山也特意表明跟刘大勇划清界限，只当石油工人，不做炼铁工人。

田义文更是嘲讽刘大勇技术不过关，无论拆多少井架，也炼不出钢铁来。

"好，那我就成全你们，你们一个个都反对我，那我就让你们去坐牢！来人啊，给我全部抓起来。"气愤不已的刘大勇大喊一声，指挥手下去抓石兴国等人。

石兴国振臂高呼："同志们，不能让他们拆了井架，保护井架……"然后率先跑上井台，往井架上爬去。随之却被几个民兵给扑倒，抓了起来。

尖刀队的人一看石兴国被抓，纷纷冲上去解救。刘大勇带的人数众多，工人们很快都被控制。

刘大勇得意地指了指石兴国、田义文和齐占山："把带头闹事的这三个人分别关起来！"

"刘大勇，你不能毁了油井！"石兴国悲凉地高声喊着。

刘大勇走到石兴国身边，在他耳边恶狠狠地说道："石兴国，油井不是你命根子嘛，我就是要让你看看，我是怎么拆毁油井，断了你的命根子的！给我关起来……"

正在这时，一直站在角落的段铁生突然拿着炸药包走了过来，挡在井架前，厉声喝道："谁敢上来？！谁敢上来我就炸死他！"

所有人一时都愣在了原地。

29

段铁生拿着炸药包挡在井架前，石兴国和刘大勇两方对峙着。刘大勇命令身边的工人："去，把炸药包抢过来。"

工人们都紧张地后退，没人敢上前。

"奶奶的，平时喝酒吃肉的时候比谁都能抢，关键时候犯怂了是吧？"刘大勇骂道。

几个工人试探着往前走了两步，段铁生立刻拿出火柴，将炸药包上长长的麻绳引线点燃，火花银蛇般沿着引线蔓延乱窜。

工人们吓得四散而逃。

这时一辆汽车驶进了井场。唐国恩坐在车上，看着乱成一团的人群皱紧眉头。

"快，停车。"同样坐在车上的高峰喊道。

人们都掉头看着驶来的汽车，见领导亲自前来，刘大勇一方都忙放开了手。田义文则立刻飞快地上前将麻绳引线从炸药包里拽下来，然后闪电般从段铁生手上拿起炸药包扔到地上，胡乱用土掩盖住。

汽车停下，王振华、高峰陪着唐国恩走下车来。

王振华看着眼前的场面有些痛心疾首："同志们！唐副部长来克拉玛依看我们了！"

唐国恩站在井架前，看着眼前的石油工人们，接着说道："同志们，王振华局长去北京见到了余部长，汇报了情况。余部长将克拉玛依的情况原原本本汇报给周总理，总理狠狠批评了王指挥和刘大勇同志的错误做法，并下达了最新指示。总理说，克拉玛依不能乱！我们是石油工人，大炼钢铁不适合油田建设！"

工人们听到这儿都情不自禁地鼓起了掌。

唐国恩环视了一下周围的工人，继续说道："现在我宣布，根据部党组研究决定，撤销邱建设职务，高峰同志恢复局长一职，负责克拉玛依的全面工作！撤销刘大勇所有职务，石兴国任采油大队大队长。"

石兴国等人面对突然来临的光明欣喜若狂，拼命鼓掌。刘大勇等人却都耷拉下了脑袋。

见情势不利，刘大勇干脆决定离开这个地方。他想来想去，想到了许茹老家那边的油矿，于是让许茹跟家里联系，看能不能立刻过去。

许茹本不同意刘大勇的想法，但耐不住刘大勇的软磨硬泡，只好带着小石头和刘大勇来到电话局。

刘大勇主动牵过小石头："儿子，跟爸爸在这里玩，让妈妈去打电话，好不好？"

小石头害怕地看着刘大勇，紧紧拽着许茹的衣角不肯放手。刘大勇上来就猛掰小石头的手，小石头的小手都被掰红了，却吓得不敢哭，只是往许茹的身后躲去。

刘大勇面露不悦，许茹连忙抱起小石头朝电话机走去。刘大勇尴尬地看了看许茹，走出电话局。

等在电话局外的刘大勇百无聊赖，嘴巴里叼着一根狗尾巴草，蹲在地上。路过的人们见是曾经风光一时的刘模范，受过他欺负的人们不禁指指点点、冷嘲热讽起来。

"哟！刘模范今天怎么这么有空，没去全国汇报经验啊？"

"就是，刘模范，为了炼钢造卫星，你可是把我们的宿舍都给扒了，你那颗卫星咋还没有动静啊？！难道早飞天上了？"

几人互相看看，哈哈大笑起来。

刘大勇听着他们的话，气得张口结舌，只好指着他们的背影，赌咒发誓："你们等着！等老子飞黄腾达了，非扒下你们那身人皮不行！"

许茹从电话局走了出来，刘大勇连忙恢复笑脸迎了上去，一把从许茹怀里抱过了小石头，谄媚地看着许茹："怎么样？那边的油田有希望吗？"

许茹摇摇头。

刘大勇急切道："你不是说你哥一家现在都到了油矿了吗？让他介绍个人，不是很容易吗？你也看到了，这一群王八蛋，看到我刘大勇墙倒了，不仅不扶一把，还都跑来推，真是孙子！我在这里一刻也待不下去了，必须离开。"

"可是我说了你的情况，人家那边不缺工人，而且，你非要去山东的话，算是工作调动，人家需要这边领导的介绍信。"许茹解释道。

刘大勇眼睛一瞪："什么屁话？老子上哪儿搞介绍信去？"

"那要不，你暂时就留在克拉玛依吧？"许茹试着劝说。

"要留你自己留，我非走不可。"刘大勇说完，再没有刚才的耐心，丢下许茹和小石头，转身愤愤地走掉了。

被关押了多日的任新我终于重见光明，由于身体受到伤害，第一时间被送去了医院。经过一番检查诊治，确定并无大碍后，石兴国、田义文亲自去接任新我回来。

田义文、石兴国搀扶着任新我从医院走出来。到了吉普车前，任新我停住了，他仰起头看着碧蓝的天空，感叹道："今天的天气真好啊。"

"是啊，乌云都过去了，咱们工人阶级的热情像太阳，又是光芒万丈！就等你了！"石兴国说道。

任新我没有说话，三人相视一笑，上了车。

矿区大门外，王振华、高峰、邱建设等带领工人们站在那儿，翘首以待。看到远处驶来的吉普车，齐占山、段铁生等人也都兴奋起来。

邱建设看看王振华，王振华点点头。邱建设朝身后的人一挥手，早已准备好的人们立刻敲锣打鼓，热闹起来。

"声音再大点，大家再热情点，咱们要让石队长和任专家在车上都能听见……这锣鼓，不仅仅是为了庆祝我们的老同志任专家出院，也是庆祝我们克拉玛依将在石队长的带领下重新起航！"邱建设早已转换了嘴脸，激情洋溢地说道。

众人答应着似乎更卖力了，锣鼓声愈发震天动地。

许茹没有走近人群，只是站得远远地看着车子驶进大门，驶近欢迎的人群。石兴国探出车窗，兴奋地向大家挥着手。

许茹怔怔地望着，恰好这时候梅大妮领着女儿走了过来，看着愣神的许茹和小石头，阴阳怪气地说道："哟，这不是许干事吗？怎么，后悔了？后悔当初没有把我们家老石策反成功啊？"

"大妮妹子，你胡说什么呢？"许茹回头看见梅大妮，有些尴尬。

梅大妮尖酸地道："俺可没胡说，当初你勾搭俺男人给你花钱，现在看俺家老石又起来了，又眼巴巴地琢磨怎么使坏吧！哼！"

许茹一言不发，低下头领着有些害怕的小石头匆匆离开了。梅大妮则领着女儿趾高气扬地走了过去。

走了一会儿，许茹拉着小石头忍不住扭过头往后望去。梅大妮一脸幸福地站在石兴国身边，不住地替石兴国整理着衣裳。

一股酸楚涌上心头，许茹大颗大颗的泪珠夺眶而出。

小石头看着妈妈，伸手要替她抹眼泪："妈妈不哭，妈妈不哭……"

许茹擦了擦脸，挤出了个笑容："好，妈妈不哭，妈妈永远不哭！"

两人回到家中，许茹打发小石头一个人去一边玩，然后看了一眼躺在床上装睡的刘大勇，说："任师父回来了，大家都在外边欢迎呢。他毕竟是你师父，要不，你也出去看看……"

话还没说完，刘大勇一下子翻身坐起，骂道："看什么看！他如果真的是我师父，会落井下石和石兴国穿一条裤子？会专门和我作对？"说着，刘大勇忽然恍然大悟道，"我明白了，你是想让我去看看你那个老情人是怎样耀武扬威的吧！看看我是怎么输给你那个老情人的吧！让别人都看我笑话，你好偷着乐吧？"

许茹叹了口气："你想错了！我嫁的是你，不是他！他好他不好，都跟我无关！我只是想你能出去转转，和大家把话说开，不要再这样被孤立了。"

刘大勇不相信地看着许茹："真的？"许茹认真地点点头。

吉普车停在了矿区大门口，任新我和石兴国一前一后从车上下来，一一与王振华握手，田义文跟在后面。

"任老，委屈你了！"王振华真诚地对任新我说道。

任新我连连摇头，眼睛里闪着泪花，激动道："不委屈，不委屈，为了克拉玛依，值了。"

王振华拍拍任新我的肩膀，安慰道："回来了就好，大家都盼望着你能早点回来，克拉玛依可等着你回来工作啊！"

大家都笑着挤上来和石兴国、任新我握手说话，邱建设也夹在中间，一脸堆笑地寒暄着。

工人们一双双殷切的眼睛，一声声"石队长"和一只只伸过来的手，让石兴国激动不已。望着大家的热情，感受着大家的厚爱，石兴国转头对王振华说道："政委，我有一个请求。"

王振华含笑看着石兴国，一挥手，身后，四个工人扯着一面石油师军旗站了出来。

石兴国惊喜道："政委，你都想到了？！"

王振华笑着："你的心思，我能猜不透？你了解石油，可是你小子，我了解你啊！"

众人都欣慰地笑了。

石兴国又兴奋又激动："我在车上就已经想好了，我想和大家一起宣誓，只要我石兴国还能站在克拉玛依，只要我的双脚重新站在克拉玛依的土地上，我就一定要和大家一起，让克拉玛依恢复到原来的样子！"

王振华庄重地点点头。

石兴国肃然命令道："石油师，集合！"

所有石油师人迅速集合到一起。石兴国举起右拳，大家也举起右拳，庄严宣誓："我宣誓……"

晚上回到家，自觉扬眉吐气的梅大妮不停念叨着要石兴国去找政委，把许茹和刘大勇夫妻赶出克拉玛依，好给她出一口恶气。

石兴国脸色不悦地看着梅大妮："大妮，我和许茹、刘大勇之间，并没什么深仇大恨，也不是阶级敌人，咱们不能干这落井下石的事情。"

梅大妮理直气壮道："怎么不能？刘大勇过去有多坏，你不是不知道。他那么对你，你都忘了？反正，俺都记着呢。刘大勇现在成了过街老鼠了，别让俺看见，看见俺就朝他扔一只臭鞋过去！"

石兴国摇摇头，不再理会她，伏到桌上整理石油资料。

刘大勇思来想去，自己写好了一份介绍信，让许茹模仿领导的笔迹签字。许茹拒绝。

刘大勇心急火燎地道："你不是会模仿吗？就赶快签了吧，这实在是没办法了！我绝不可能去求石兴国给我写介绍信，我咽不下那口气！还有王振华，活脱脱一个石兴国的爹，更不可能给我这个后娘养的开介绍信了。现在，邱建设也倒了霉，没什么用处了，想来想去，只能这么办了。签吧，又不是写你自己的名字，怕什么？"刘大勇说着，又把介绍信往许茹眼前推了推。

许茹叹了口气，问："就算我签了，也需要盖单位的公章，你怎么办？"

"这个你不用管，到时候我自有办法。反正，你快给我签，必须给我签。"刘大勇说着，将笔放到许茹眼前。

许茹无奈，只得拿起笔，刚要签字，突然，"啪"一声，从窗户里飞进来一块砖头，砸到屋内。

"王八蛋！"刘大勇大骂着追出屋去。追到一个十字路口，前面的黑影忽然不见了。

刘大勇停下来四处查看，矿区的灯光照射过来，却看不到一个人影。就在刘大勇不注意的时候，忽然从他身后扑上来几个人，一人用麻袋套住了他的头，接着一把将他推倒在地，几个人对着他一顿拳打脚踢……

刘大勇鼻青脸肿、一身屎臭味回到家中。许茹正在打扫地上的碎玻璃，看到刘大勇的狼狈样儿，惊讶得说不出话来，刚要询问怎么回事，刘大勇有气无力道："石……兴国，在背后对付我……"说完，跌倒在地上。

许茹赶紧过去扶，却被刘大勇一掌推开："别猫哭耗子假慈悲！老子就是被你那个奸夫害的！"许茹被他推得后退几步倒在碎玻璃上，手掌被划开了几道口子，鲜血直流。刘大勇一看许茹流血了，愣住了，连忙跌跌撞撞爬了起来。

小石头害怕地凑过来，被许茹鲜血淋漓的手吓哭了，边哭边拼命地帮许茹按住伤口，却无济于事。

许茹苍白着脸安抚小石头："没事，没事，妈妈包一下就好了！"

小石头一边哭一边慌乱地摇头："妹妹，妹妹死了，妈妈，你不要死。"哭着哭着，小石头忽然转身往外跑去，"妈妈，你等着。我，我去找人来救你。"

许茹伸手去抓，却没有抓住，小石头一溜烟地跑没了影。

受不了家中梅大妮的叨咕，石兴国索性朝办公室走去。路上看到人们三三两两地在窃窃私语，有的甚至在窃笑，石兴国一头雾水，不知道发生了什么。他朝人群走去，大家却迅速散开了……

小石头一边哭一边跌跌撞撞地跑着，一个没注意撞到了正满脑子疑问的石兴国身上。石兴国连忙扶住小石头，看着他满手鲜血吓了一跳："小石头，你，你的手怎么了？"

小石头哭诉："家里……家里被人敲碎了玻璃，爸爸……爸爸还被人打了，回来，回来又把妈妈打了，妈妈的手被玻璃划破了，都是血。叔叔，你快点救救我妈妈吧！要不，妈妈会死的。"

石兴国一听，连忙抱起小石头往刘大勇家跑去。跑了没多远，迎面碰到出来找小石头的许茹，石兴国跟紧问道："许茹？你怎么样了？"

许茹看到小石头，放下心来："没事，就擦破点皮。"

石兴国把小石头放下来，小石头哭泣着小心翼翼地看着许茹用破布包起来的手掌。

许茹摸了一下小石头的脑袋："妈妈没事了，你看不流血了。"说着故作轻松地挥舞了一下自己的手，小石头破涕为笑。

一股鲜血却再次浸红了破布，顺着手腕流了下来，许茹暗暗握紧了手掌。石兴国心疼地看着，一把拉过许茹："走，先上医院。"

石兴国陪着包扎好的许茹走出医院，心里松了口气，才追问究竟发生了什么事。

许茹却大步走着，一直说没事。

石兴国脸色难看："没事？没事手怎么会受伤，我听小石头说了，有人砸了你家玻璃，还把刘大勇打了。"

许茹脚步慢了下来，低下头："他说……是你派人打的。我知道这是误会，可是刘大勇心里对你有更大的误会，所以，我希望你能去看看他。"

"真的？怪不得……"石兴国这才明白大家为什么背地里交头接耳如此兴奋了，不过想到许茹的请求，石兴国犹豫道，"只是，我去了，刘大勇也未必欢迎。"

"可是，我不希望你们俩人之间误会越来越深。而且……"许茹欲言又止。

石兴国看出了许茹的担忧，劝解道："你别担心，这件事我来处理。我知道现在大家都对刘大勇有不满情绪，我必须找机会给大家做做工作。你先回去等消息，我一定会给你们一个交代。"

办公室里，石兴国满脸严肃地坐在椅子上，看着低头站在办公室里的齐占山、段铁生和田义文等人，质问到底是谁领人打的刘大勇。

大家互相看看，谁都不说话。石兴国再次厉声追问，段铁生冷哼一声："我是想打来着，没想到还没等我动手，就有人先下手了！"

田义文也解气地说道："谁让他仇人那么多，招人恨，活该！"

石兴国黑了脸："你们这都说的什么话？我们是石油工人，不是土匪强盗！不能公报私仇！更不能下黑手！"

田义文不耐烦地嚷嚷起来："土匪怎么了？强盗怎么了？我是土匪，这事就算我头上得了！我就是揍他刘大勇，也算得上英雄好汉！克拉玛依所有人见到我，都竖这个！"田义文说着竖起了两个大拇指。齐占山和段铁生忍不住笑了起来。

石兴国气得脸色铁青："田义文，你给我收起那个土匪脾气！今天，不管是谁干的，我们都必须要给刘大勇一个交代！这涉及原则问题。"

田义文不忿："打坏蛋还有原则问题了？那他迫害好人的时候，怎么没有人讲原则问题？"大家纷纷响应。

石兴国生气地一拍桌子："都别嚷嚷了，马上到大广场集合！"

不一会儿，大广场上人头攒动。刘大勇带着伤，由许茹搀着站在台上，工人们集中在台下，议论纷纷。

石兴国站在台上，示意大家安静下来，然后开始讲话：

"昨天晚上，咱们矿上发生了一件性质非常恶劣的打人事件。我知道，打人者就在你们中间，我也知道打人的原因。但是今天，我要告诉大家的是，现在不是清算历史旧账的时候，也不能把历史的错误算到一个人身上。刘大勇同志虽然有错，但组织上已经进行了处理，这个事就算结束了。"

这些话让大家再次议论起来，纷纷指责刘大勇是罪魁祸首，是他把克拉玛依祸害成今天这副模样。还有人大声喊着要打死刘大勇，开除刘大勇，他罪有应得……

"大家静一静，听我说，大家要冷静……"石兴国努力维持着秩序，试图给大家一个合理的解释。

人们好不容易静了下来，又有人喊："石队长，他也害过你，你不记仇吗？"

石兴国愣了一下，看了一眼台上的刘大勇，刘大勇正气呼呼地看着石兴国。石兴国转过头来对大家说道："同志们，大家千万要冷静。就像你们所说的，一切都已经过去了，而现在，尽快恢复克拉玛依的生产，才是重中之重。大家知道，刘大勇同志是打油好手，曾经为我们的石油事业，做出过很大的贡献。虽然他犯了错误，但是我们要听毛主席的话，容许人犯错误，也要容许人改正错误。我和刘大勇之间，并没有私人恩怨，我尊重刘大勇同志过去的成绩，也希望大家允许刘大勇同志用实际行动来弥补过错，以大局为重，尽快让克拉玛依的石油从地下喷薄而出，为我们社会主义建设服务。大家说，好不好？"

人们先是沉默……接着，陆陆续续鼓起掌来……渐渐地，掌声愈发热烈。

石兴国笑了："我建议，刘大勇同志休假一个星期，等伤好之后复工。大家说，好不好？"

大家面面相觑，任新我率先喊道："好……"

石兴国再次问："好不好？"

台下众人齐声喊："好！"

许茹已经感动得热泪盈眶，刘大勇却依然无动于衷。

石油部大院，唐国恩秘书手上拿着一份报纸走向办公室。报纸上面赫然写着：总理的一份试验田，打下了全国各地的假卫星。

办公室里，唐国恩看完这份扭转时局的报纸，微微一笑，立刻拨通了王振华的电话。

唐国恩声音振奋："浮夸风过去了，全国各地的卫星都掉下来了，咱们石油部的卫星最小，破坏力不是很大。老王啊，能恢复的尽量恢复，年底，我要听到你们克拉玛依的汇报……"

王振华也很兴奋："请领导放心，也请转告余部长放心，我们克拉玛依只要有我王振华和石油师在，有石兴国在，就一定能恢复到原来的样子。"

听到石兴国的名字，唐国恩说道："好啊，石兴国现在可是名人啊，总理都亲自指示要奖励他。他在石油工业最困难的时期，依然坚守岗位，保护设备，咱们石油工业有这样的人才，很难得啊！"

"是，石兴国的工资一定补发，生活方面也给予照顾，请部长放心。"王振华说道。

"好，我等着你们的好消息。"唐国恩说完挂上电话。

这天黄昏时分，邱建设手里拎着一网袋水果，手里拿着一个红色信封，朝石兴国家走去。

石兴国正翻看着一堆石油书和一些图纸，见邱建设进来，忙招呼道："邱局长，你怎么来了？有什么事吗？"

邱建设有些尴尬："什么时候了，还什么邱局长，叫我老邱就行了。"说着举了举手里的水果和信封，放到桌上，"这不，给你送慰问品来了，还有组织上给你补发的工资……"

旁边正在缝补衣服的梅大妮一看，立刻喜笑颜开："哎哟，邱局长，太麻烦你了……"

邱建设再次纠正："叫科长吧，我现在是后勤科副科长，以后后勤方面有什么需要帮忙的，你们尽管开口。"

梅大妮接过东西："那多不好意思呀。"

石兴国却从梅大妮手中拿过东西又递还给邱建设："邱科长，不用。油田就是我的家，哪有回家了，亲人还给我送礼的？"

邱建设使劲儿摆手，拒接东西："话可不能这么说，该怎么样就怎么样，咱们油田也有制度啊！那你们忙，你的工作还多着呢，我就不打搅了。"说着转身往外走去。

石兴国、梅大妮忙说着谢谢，送出了邱建设。

回到屋，石兴国透过窗户望着落日余晖里邱建设几近佝偻苍老的身形，感叹："过去了，都过去了……"他一直望着邱建设在夕阳中远去，一些往事飘忽而来，似乎又随风飘散了。

梅大妮却是放下手里的活儿，忙去翻网兜，摸摸苹果，闻闻梨子。早就觊觎良久的小祝捷跑过来嚷着要吃，梅大妮一下子拿起两个苹果和一个梨，都塞到孩子手里："吃吧，多着呢，够你吃。"小祝捷高兴地一手一个苹果，多出的梨子只好先放在一边。

梅大妮放下水果，又拿起信封，打开看里面有多少钱。

石兴国走过来，将那个多余的梨子拿过来放回口袋，绑上袋口。梅大妮一看不乐意了，一把抓住他的手腕："石兴国，你这是干啥？咋不给孩子吃呢？"

"你也吃一个吧，剩下的都拿去给工人们分了吧。"石兴国淡淡地道。

"分？为啥？人家领导都说了，这是专门给你的慰问品，凭啥要分给外人？石兴国，你舍不得让自己的孩子吃，不会是要……"梅大妮猜测着。

石兴国忙说："你别胡思乱想，这些东西平时大家都舍不得买，咱给大伙都分一点尝尝。"

梅大妮仍不满地嘀咕着："俺不信，你又在骗俺。俺知道，你心里想的是她，你从自己孩子嘴里抠东西送给外人，石兴国，这种事，只有你干得出来。"

石兴国有点恼火："你这人，怎么还这样？为了过去的事，你哭也哭了，闹也闹了，我还不是在你身边？我说分点水果给大家，是为了感谢大家对我的支持，你也看见了，克拉玛依不是我一个人的克拉玛依，靠我一个人也恢复不起来，我石兴国只有靠大家，靠所有的石油工人们，才能把克拉玛依重建起来，你明白吗？"

"俺明白，你心里就是没有俺！"梅大妮负气道。

"不管你怎么说，这次，必须这么办。还有这钱，你都拿着吧，明天再去多买点东西回来，每一个工人都要分，挨家挨户地送。包括刘大勇家，他是有过错，但以前是个好队长……这事就这么定了。好了，你先睡吧，我再整理整理明天上工的东西。"石兴国说完，忙自己的去了。

梅大妮气得没办法，只好拿出一个苹果，赌气地狠狠咬了一口。

两鬓斑白、眼睛也有些花的任新我，趴在桌上吃力地看着书。田义文见状，找到一个放大镜，递过去："老任啊，这一回，你可要好好大干一场了。"

任新我接过放大镜："哎，不行了，关起来的日子我才发现我真的是老了，眼睛也更不好使了。"

两人正说着话，忽听宿舍门口有人敲门。"眼镜……"刘小青叫了一声，等在门口。

任新我看了田义文一眼，起身想要避出去。田义文忙伸手将他摁回板凳上："你在屋里看书，我们出去聊。"说完，拉开门走了出去。

刘小青见田义文出来，也不说话，扭头一直走。"哎，你咋不说话？你去哪儿啊？"田义文只好跟在后面不停地问。

刘小青一口气走到小山坡上才站定，后面的田义文累得够呛，见刘小青停下，也站在原地，两手撑住膝盖，不停地大口喘气。刘小青回头说道："眼镜，我有话问你。你是不是把那事给忘了？"

田义文摸摸后脑勺："啥事啊？"

刘小青气结："看吧，我就知道你给忘到九霄云外去了。你想想，去四川的时候，我跟你说过啥话？让你考虑啥事来着？"

"四川……"田义文忽然一拍脑门，"想起来了。"

刘小青突然脸一红："真想起来了？那你想好没？"

田义文故意摇摇头："我是想起来有这么回事，可我就是想不起来你到底说了啥话啊？"

刘小青收起羞涩，叹道："我就知道是这样。我是刘大勇的妹妹，现在，我哥倒霉了，大家都对他白眼相看，对我也敬而远之。我能感觉得到。以前，你就嫌弃这个，现在，你也和大家一样势利眼。"

田义文见刘小青认真了，问道："你叫我出来，就为这个？"

刘小青点头。

"我的妈呀……"田义文叫了一声，瘫坐在地上，"你哥是你哥，你是你，这还用问吗？"

"那你这几天，咋不理我了？"刘小青不相信地问。

田义文眼珠骨碌一转："你也坐下，坐下我告诉你。"

刘小青微蹙眉头，坐到田义文旁边。看着她幽怨的眼神，田义文嘻嘻笑道："看不出来啊，假小子也有这样的眼神，来，给我看看……"

"啥？你还拿我取笑？"刘小青瞪起眼。

"不取笑你的话，我一忙，你就说我不理你，要和你绝交……那我就时不时取笑你一下好了……"田义文理直气壮地气人。

"你……我让你取笑！"刘小青又气又笑，抬手就要打田义文，田义文起身就跑。两人在山坡上互相追逐嬉闹起来。

黎明，天边刚刚露出鱼肚白，就有工人陆陆续续走出家门，自发地朝石兴国屋外走去……

天空，透出一丝金色朝霞。石兴国醒来，刚走出屋外，准备伸个懒腰，就看到工人们扛着一杆旗，整齐地排成队，站在自己家门口。旗帜随风飘扬，上面"尖刀钻井队"几个大字格外醒目。

"你们这是……"石兴国一时愣住。

齐占山开口说道："石队长，你别见怪，这都是大家自发的。不好意思敲门打扰你，就等在你家门口了。"

段铁生也抢着说："大家心里着急，都想快点把倒下的井架扶起来，都想再闻闻石油花的香气。我们打出石油的这双手，早就痒痒了！"

石兴国看着精神抖擞的工人们，很是感动。他从齐占山手里接过队旗，举起来："克拉玛依有你们在，不怕恢复不起来！目标，井场，出发！"

队旗如火。石兴国带领着工人们雄起赳地朝井场走去。

尖刀队的井场热火朝天，人们齐心协力将被推倒的井架重新架起来，把被填埋的油井重新挖开……经过一段时间忙碌，看着已经初步恢复的井场，工人们欢呼不已。

"石队长，下命令吧……"段铁生急切地说道。

石兴国看着大家期待的眼神，站到一处高地，大声宣布："同志们，开钻！"

克拉玛依矿区门口，一条写着"石油铁军钻石油，打败困难争上游"的红色横幅格外显眼。一个个井架，陆续在无边无际的油田林立起来，井架上，数不清的工人忙碌着。一个个出油管，相继喷吐出黑色原油……

梅大妮不甘心，却也没办法，为了石兴国，她必须去送这水果。于是她挑来拣去，挑了个头最小、数量最少的一网袋水果，不情愿地送去了刘大勇家。

刘大勇回到家，见小石头手里拿着一个苹果正在吃，桌子上还放着一些水果。得知是梅大妮送来的，刘大勇一下夺过小石头手里的苹果扔出去老远："这是药耗子的，你也敢吃？"

小石头吓坏了，"哇"的一声哭了起来，边哭边跑去捡苹果。

听到动静，许茹连忙跑进屋子："怎么了？孩子好好的，你吓唬他做什么？"

刘大勇面红耳赤："我这叫吓唬他？我是怕你那个老情人的老婆听到啥风言风语，想毒死这个小野种。"

许茹生气地拽过小石头："当着孩子面胡说八道什么！这苹果是梅大妮送来的不假，可矿上人人都有份儿。"

刘大勇不相信地看着许茹。

"不相信你自己出去问问。"许茹拿起一个苹果递到小石头手里，"出去玩儿，妈妈和爸爸说会儿话。"小石头拿着苹果懂事地出去了。

许茹从地上捡起那个被扔的苹果，擦了擦狠狠地咬了一口："你怕有毒，我不怕！我没有做亏心事，我不怕别人下毒！再说了，克拉玛依又出油了，也该吃吃苹果庆祝庆祝了。"

看着许茹吃苹果，刘大勇也负气地拿起苹果啃了一口："不吃白不吃！没有扳倒我刘大勇，他至于请客吗？我这是吃我自己的呢，我怕啥！"

许茹看了一眼刘大勇，没吱声。

石兴国家里，石兴国正在核对数据表。梅大妮侧卧在床上，看着石兴国，看着看着，情不自禁地扑哧笑出声来。

石兴国回头，看着掩嘴而笑的梅大妮，问道："咋了？"

"当家的，今天啊，俺才知道，你这么做是对的。"梅大妮笑着说道，"就是俺去送水果的时候，大家都夸你人好，不计较过去。不但对刘大勇好，对每一个人都好，听得俺心里欢喜得不得了。"

石兴国微笑道："这下知道了吧？咱们石油工人是一家，这矿上的每一个工人兄弟，都是亲人。"

梅大妮一副幸福的表情："俺可没你那么思想觉悟高。反正啊，俺就是觉得，嫁给你，是嫁对了，这辈子，值！"

石兴国微微一笑，继续埋头工作。

一大早，石兴国拿着一沓报表兴冲冲地走出办公室，迎面碰上特意早早赶来的周远。周远问道："我听眼镜和老任说了，这段时间咱们的成绩不错，到底咋样？"

石兴国晃了晃手上的资料："这个，我昨晚上统计出来了，正要去向政委汇报呢，走，和我一起去。"说着，两人朝王振华办公室走去。

办公室里，王振华刚刚放下电话，见石兴国二人到来，热情地招呼他们坐下，然后说道："刚刚唐国恩副部长打来电话，传达了党中央和国务院对咱们克拉玛依石油局的表扬，肯定了咱们的恢复重建工作，认可了咱们的工作成绩，真是个好消息啊！"

石兴国和周远听了很是兴奋。

王振华又说道："但是，我们不能骄傲，俗话说，打江山容易守江山难，咱们有了成绩，就要保持这个成绩，你们有没有信心？"

石兴国站起来保证道："政委请放心，克拉玛依就是新中国的第二个玉门，更大的玉门！"

"好，我要的就是这句话，咱们克拉玛依只要有你石兴国，就有无限的希望啊，哈哈哈……"王振华爽朗地哈哈大笑起来。

1960 年初，东北松辽油田勘探出巨大储量的石油，全国人民扭着秧歌欢庆这一振奋人心的发现。国家非常重视松辽地下油龙的崛起，党中央决定，调集全国各油田优势兵力，集中力量，不惜一切代价尽快组织石油大会战。石油工业部马上召开了全国各地油矿领导人会议，展开讨论大会战具体事宜。

唐国恩主持会议，首先给大家介绍了松辽油田的具体情况，然后说道："这是我们石油人的又一大幸事。余部长委托我在这里传达周总理的指示，中央要求我们尽快组织开展大会战。下面请大家说说自己的意见。"

杨宇照率先开口："唐副部长，我代表我们玉门油田先说两句。我们玉门是老油田了，当然要无条件支持大庆会战，工人技术人员任挑，设备任调。"

柴达木的程孟华紧接着表态："我们柴达木也一样，全国石油工人是一家，玉门是咱们的兄长，当大哥的都说话了，那我们也没啥好说的，要啥给啥。"

听着如此朴实的发言，唐国恩和大家都笑了起来。

"好，大家反响都很热烈，那我就放心了。王振华，你们克拉玛依元气恢复了，也没问题吧？"唐国恩点名。

王振华想了想说道："问题是没有，但是，唐副部长，我提一个要求，能不能让我们石油师的这些老伙计也去松辽，为新中国再打一个大油田。"

唐国恩哈哈笑道："你说了我想说的话。王振华，你不去我也要让你去，你可是西部一线的总指挥，我们石油战线的一员福将啊。再说了，你看看在座的各位领导，有几个不是石油师出来的？我不让你去挂帅，谁去？"

众人互相看看，都笑了："老政委，你就带着我们上吧！"大家看着王振华，热烈鼓起掌来。

王振华回到克拉玛依，立刻找来石兴国探讨松辽油田的事。

石兴国也听说了松辽的消息，并做了一些分析，于是说道："松辽勘探出大油田是一件大喜事，我觉得松辽油田比起克拉玛依，前景应该更加广阔。"

王振华频频点头："是啊，据我所知，松辽包括黑龙江、辽河、通辽，各地都发现了高质量油砂。据保守估计，松辽地下有这个数……"王振华说着神秘地伸出了几个手指头，"现在全国各地都争相前往松辽。唐部长在会议上讲了，中央决定要在松辽开展一次石油大会战。"

石兴国顿时兴奋起来："太好了，老首长，下命令吧，咱们的石油工人都准备好了。"

王振华笑道："你小子别急啊，唐部长这两天会下来，到时候，参加会战的人选就确定了。"

石兴国激动地站起来："政委，我们尖刀队一定得上！"

30

1960 年 1 月，王振华被调往东北，先期赶赴松辽油田主持工作。王振华接到命令立即拖家带口向东北进发。西北荒原，荒无人烟的路上，一辆吉普车载着王振华、闫竹和他们的四个孩子，在崎岖的道路上颠簸前行。

车子马上进入山西境内，王振华感慨万千，算算他已经离开山西老家十八年了。时间过得真快，十八年弹指一挥间就过去了；时间又是漫长的，十八年，王振华都不敢想象，父母、父老乡亲都变成什么样子了。

闫竹提议顺道回老家看看，孩子们还没见过爷爷奶奶，正好也该认一认叔叔伯伯等亲人了。

王振华想了想，从司机手里要过地图，仔细看了看，确定是顺路，再加上他们已经走了十来天的路，也该好好休整一下了，于是决定带妻儿回老家看看。

车子刚一驶进老家村头，就被一群小孩子围住了。司机不停地按喇叭，可孩子们就是不走开，欢呼着围着车子，有的在前面跑，有的跟在后面追。

车上的王振华和闫竹看到孩子们围着车打闹，不停地嘱咐司机慢点开。他们的几个孩子，也透过车窗好奇地看着外面这些追车的孩子们……

司机小心地开着车鸣着笛，问道："王政委，这就是你的家乡啊？这路也太难走了。"

王振华一直盯着车窗外，说道："是啊，还和十八年前一样，没有什么变化啊。就停这儿吧，以防压着孩子们，我们下车走过去。"

司机靠路边停了车，王振华一家人下车朝村子里走去。孩子们一窝蜂地跟在他们身后，笑着，闹着。

一家人正走着，迎面一个二十岁刚出头的小伙子走过来，看见王振华，上下仔细打量了一番，惊喜地喊了一声："二叔？！"

王振华一愣，仔细观察这个年轻人，眉宇间确实和自己有些相像，迟疑了一下，问道："你是？"

年轻人嘿嘿笑了："您是二叔吧？我是您大侄子，我叫守义，二叔，我看过您的照片，我认得您。"

王振华恍然大悟，高兴道："是吗？那太好了，没想到一回村就碰上亲人。哦，这是你二婶，这是你弟弟妹妹。"王振华给他介绍家人，王守义憨憨地笑着，摸摸弟弟妹妹的小脑瓜："二叔，你们怎么突然回来了？走，咱们赶紧回家吧，爷爷奶奶知道了肯定高兴坏了。"

"哦，我路过山西，顺道回家看看，你婶子也想来看看。"王振华说着与一家人跟着侄子向老家中走去。

王振华陈旧的老家中，屋内挤满了人，院子里也站满了人，乡亲们都来看这位大领导到底长什么样。

屋内，王振华的父亲拉着多年不见的儿子的手，激动不已："这么多年你可算回来了，让我好好看看你，也让大家好好看看你，你可是咱王家第一个有出息的人。守义啊，你去买点煤油来，今晚把灯点得亮堂堂的，和乡亲们好好唠唠这些年你叔叔在外面的经历。"

王振华百感交集，拍拍父亲的手："爹，别激动，先让乡亲们都回去吧，我这次回来，打算住两天再走的，还有时间。"

王守义也说道："爷爷，您糊涂了，咱家的煤油票用完了，今晚我给二叔点一堆篝火照明。"

王振华疑惑地问侄子："买煤油还需要票吗？"

"是啊，二叔，咱们老家太穷了，煤油供应很紧张。"王守义说道。

"哎，我这个石油师政委，竟然不知道你们是这样的情况，真是失职啊！"王振华说着起身朝院子里走去。

王振华来到乡亲们中间，看着一张张朴实的脸，心里很是惭愧。他踩到一个木墩子上，大声对着乡亲们说道："乡亲们，我是王振华，是给咱国家打石油的，今天回来看看大家。我才知道大家连照明的煤油都不充足，我对不住你们。咱们国家太缺乏石油了，打不出来石油，也就没有煤油，是我的工作做得不够啊。乡亲们，你们相信我，今后我一定要打更多的石油，不光让你们用上煤油灯，还要用上电灯。有了电灯，就等于把月亮挂到了咱家房梁上！"

大伙憧憬着以后的好日子，呵呵笑着一片叫好声。看着淳朴憨厚的乡亲们，王振华感动不已，同时责任感更加强烈。

夜里，王振华睡不着，于是走出屋子，坐在院子里的一块木墩上望着月色沉思。身后，闫竹也从屋子里出来，给王振华披上一件衣服。

"孩子们都睡了？你怎么也出来了？"王振华问。

闫竹坐到旁边："孩子们都睡着了，我看你今晚心事重重的，出来看看你。是不是十八年没有回过家，回到家感觉太陌生了？"

王振华沉重地摇了摇头："不是，我是太痛心了。小闫，我是石油师政委，我的老家，竟然连煤油都供应不上，我实在是有愧于我的父老乡亲啊！"

闫竹理解地点点头："嗯，我知道你的心思，那我们探亲的计划，应该改一改。"

王振华犹豫着："我也是这么想的，只是又觉得对不住你和孩子们，孩子们才刚来，亲戚都还没认全。"

闫竹笑着安慰道："没事，以后有的是探亲的时间和机会。"

王振华看了一眼妻子："那，我想明天就出发赶往松辽。早一天打出石油来，早一天让我的父老乡亲用上煤油，你有没有意见？"

"还说这种话，都跟你来了，就都听你的。"闫竹嗔怪道。

王振华由衷地笑了，拉起闫竹的手一起走进屋去。

第二天黎明，听说王振华马上要走，老村长组织大家在村头摆上酒桌，桌上放了一坛坛老汾酒……

王振华跟年迈的父母告别后，从家里出来，刚要上车，守候在一旁的老村长喊住了他："王政委，请留步。"王振华一扭头，看到众多父老乡亲们举着酒碗，朝他走来。

老村长端着一碗酒走在最前面："王政委，咱们村出了你这么个大官儿，是咱们村的骄傲。请喝了这一碗乡情酒，今后就有力气代表咱们父老乡亲为国家打出更多的石油来！"

王振华激动地接过酒碗："父老乡亲们，我王振华没有打出更多的石油，没有让大家都用上石油，我对不住大家，这一碗酒，我干！从今以后，我会打出更多的石油来，让父老乡亲都用上石油！"

"干……"众人举杯，和王振华一起仰头饮酒。

喝完酒，王振华将酒碗交给老村长，并与他用力握了握手，才钻进车内。车子在乡亲们的挥手送别中渐渐远去……

暂时还留在克拉玛依的石兴国跟梅大妮说了要去松辽的想法，梅大妮一听就急了，死活不同意。一气之下，石兴国夹了一床棉被，愤愤地走出屋子。身后，随着一阵噼里啪啦的声响，传出梅大妮的声音："好，石兴国，有种你就永远都别回来！"

石兴国没说话，阴沉着脸头也不回地朝办公室走去。进了办公室，石兴国将棉被扔在凳子上，站在原地发呆。转头看到地图，他走了过去，用手指在地图上寻找松辽和大庆的位置："松辽、大庆……不知道局长他们到了没有？"

冷静下来后，石兴国担心梅大妮有事，又回到家中。一进门，看见梅大妮正趴在床上委屈地哭着。石兴国心里也不是滋味，便上前劝慰。

梅大妮一下子从床上坐起来，望着石兴国："俺没有哭，俺就是觉得命太苦了。石兴国，你说过会对俺和孩子好，俺就问你，你说的话还算不算数？"

石兴国点头："当然算话。"

梅大妮咬了咬嘴唇："那你能不能不去松辽？"没等石兴国说什么，梅大妮又哭了起来，"俺知道俺留不住你，可是一想到你又要离开俺，俺就觉得很委屈。"

石兴国叹了口气："大妮，咱们都老夫老妻了，上一次，我从柴达木到克拉玛依你就死活阻拦，这一次我真不想和你吵架。你也知道我的心思，你先一个人冷静地想一想吧，我还是去办公室睡。"说着，拿起衣服和枕头，又返回了办公室。

梅大妮望着石兴国的背影，又是委屈又是无奈。

想来想去，梅大妮还是忍不住抱了一床被子来到石兴国办公室外，她敲了敲门，说道："孩子他爹，你回家睡吧，俺，俺……"

屋内，正在查资料的石兴国听到是梅大妮，停下来说道："大妮，你早点回去睡吧，我没事，我住这边工作还方便，省得打扰你和孩子。"

梅大妮抱着被子内心挣扎着说道："俺知道，你生俺气了，俺也是为了咱们这个家好。俺想过了，反正也拦不住你，俺不和你吵了，你回来吧。"

石兴国心里有些感动："今天太晚了，孩子也睡了，别吵醒了，明天再说吧。"

梅大妮只好把被子放在门外一块大石头上："那俺回去了，俺又拿来一床被子，怕你冻着，你拿进去盖吧……"说完，恋恋不舍地离开了。

晚上，许茹回到家中，看到刘大勇又在鼓捣那个破收音机，便没有理会，将手里拿的一份报纸放到桌上，招呼小石头洗漱，然后给他脱了衣服，娘俩径自躺床上睡下了。

刘大勇看了一眼侧身躺着的许茹，拿起桌上的报纸，松辽平原地下原油的报道映入眼帘……

吉普车进入松辽平原，载着王振华一家在冰天雪地里颠簸行驶。了解到油田附近没有学校，为了不耽误孩子的学业，经过两人商量，决定把四个孩子留在萨尔图地区唯一的一所学校上学。

车子碾过雪印，停在这所学校门口。两人找到学校的顾校长，说明情况，请求顾校长允许孩子们住在学校，代为照顾。

顾校长看了看孩子们，又看向王振华夫妻："王局长，你们真的打算将孩子们留在这里？照顾孩子们没有问题，问题是你们舍不舍得将孩子留下。"

王振华看了一眼闫竹，说道："为了能够上学，只能让他们暂时留在这里。等我们在松辽勘探出石油，建起一座石油城，就来接孩子们。"

顾校长点点头："那好吧，你们放心吧，孩子们先住我家。现在还没开学，等开学了，孩子们就可以住校了。"

"顾校长，麻烦你了。"闫竹说着，眼圈红红地望着四个孩子。

王振华拉了拉闫竹："走吧。"

闫竹和王振华一起走出教室，在风雪中上了车。孩子们和顾校长站在教室门口，一直望着车子远去。

汽车来到安达办事处。这是个过度站，只有一间狭窄低矮的茅屋，条件相当简陋。办事处的工作人员热情接待了王振华夫妇。

进了屋，王振华脱下大衣交给闫竹，迫不及待地和工作人员查看起地图来。

工作人员指着地图上的几个星标点介绍道："王局长你看，距离咱们最近的杏一井、萨一井和喇一井，这三口井出油量可观，是新发现的松辽地区的浅土层油井，所以，我们预计，这里，咱们脚底下，可能有大油田。"

王振华看着这些点，说道："嗯，应该亲自去看看，实地考察一番。"

工作人员点点头："所以我们一直在等王局长的到来啊。对了，王局长，今晚你们的休息地安排在萨尔图，距离此地两公里多，雪天路滑，咱们要赶紧出发了。"

王振华看了一眼手表："那就走吧，听你们的安排。以后就有得忙了，大部队还在后头呢。"

几人出了屋，帮忙把王振华一家人的行李都搬上了一辆牛车，几人推着车在雪地上一步一步向远方走去……

清晨，唐国恩站在大庆石油局门口，等待着王振华。王振华疾步走上去，握住唐国恩的手。

唐国恩笑呵呵说道："我说过，咱们在大庆见，你终于来了。"

"是啊，唐部长，我听说，松辽前景很是乐观啊！"王振华开口就说到关键点。

"哈哈，何止是乐观，是大有希望！"唐国恩哈哈笑着。

会议室里，王振华和大庆的几位领导坐在圆桌前，听唐国恩宣布这次松辽会战的人事任命。

根据石油部的指示，任命王振华为这次松辽会战领导小组副组长，协助唐国恩开展松辽石油大会战，同时兼任萨中指挥部书记、第三探区第一书记、会战指挥部副部长，主抓生产办公室、生活办公室和会战一线工作。

宣布完任命，唐国恩看向王振华："怎么样，振华？任务很重啊！"

王振华站起身："唐部长，压力越大动力越足，我一定全力开展这次大会战。"

唐国恩点头："好，咱们不打无准备的仗，振华，你就披挂上阵吧。"

接到上级通知，高峰立即召集石兴国等人开会。看着大家，高峰激动地站起来说道："各位，咱们石油师人的时代到来了。领导指示我们，全力支持石油大会战，具体措施，让各大油田自己商量决定。现在啊，不光是我们，其他油田也都争先恐后，所以我们今天必须召开这个会议，商讨出人选问题。铁人王前进扬名全国，我们克拉玛依派去的人，一定要和王前进的能力一般上下。"

周远立刻说道："听起来，全国各地的石油人才，都想到大庆去一展身手，咱们克拉玛依一定不能落后。论能力，肯定是石队长最强，石队长一点不比王前进差。"

邱建设想了想："可咱们就只有一个石兴国，要是走了，咱们克拉玛依的石油生产，会不会受影响？"

高峰思索了一下说道："说的是啊，但是，余部长对咱们克拉玛依寄予厚望，所以，我们克拉玛依支援大庆的原则是，要人，我们给最棒的，要设备，我们给最好的，要什么我们就给什么，什么时候要我们就什么时候给！"

邱建设点点头："那就只能舍小家为大家了。"

高峰望向众人："综合来看，石兴国历经玉门、柴达木、克拉玛依，是一位经验丰富的石油师人，是支援大庆会战的不二人选。石兴国，你个人什么意见？"

石兴国站起来："我个人的能力，不能王婆卖瓜自卖自夸，克拉玛依的成绩，是所有石油工人一起努力的成果。但是，去大庆，我只有一个想法，只要能给祖国找更多的石油，我石兴国就义不容辞！"

高峰微笑点头："好，石兴国，就选定你率领克拉玛依钻井队，开往大庆参加石油大会战。散会！"

人们陆续走出会议室。高峰叫住了走在后面的石兴国。

高峰和石兴国并肩走在矿区小路上。高峰边走边说道："石兴国，其实，让你去大庆，也是王政委的意思。王政委先期已经抵达大庆，说松辽地下油量可观，希望你能过去协助他开展大会战。大庆会战，有可能是我们石油史上史无前例的壮举啊！"

石兴国高兴道："那真是太好了。"

高峰拍了拍石兴国的肩膀："石兴国，看你的了。"

石兴国郑重地点头。

克拉玛依矿区大院里的报名处，想参加大庆会战的石油工人们拥在一起，争着抢着报名，生怕晚了失去机会。报名处的工作人员费力地维持着秩序，大家好不容易排成了队，一条长龙逶迤盘旋，甚为壮观。

不远处，田义文拉着任新我去报名。任新我自觉年龄大了，不想去和年轻人抢机会。

田义文劝道："听说这次会战规模很大，可是立功表现的好机会，咱们跟着石队长一起去继续奋战……"

听到石兴国也去，任新我立刻来了精神："石队长真的去？"

"那当然，今天高局长开会已经决定了啊。你没听说？"田义文反问。

"那我还有什么不想去的？！快走，报名去，不然晚了就没名额了。"任新我快步走到前面，这时倒比年轻人还敏捷了。

齐占山虽然早早报了名，心里却还是不放心。经过一番准备，他特意来到石兴国办公室外，昂首挺胸喊了一声"报告"。

等了一会儿，里边没有回应，齐占山又响亮地喊了一声。

石兴国一把拉开门："占山，怎么不敲门，又开始喊报告了？什么事？进来说。"

齐占山走进办公室，石兴国才发现他穿着一身整洁的旧军装，手里还拿着一个红色证书，于是问道："看你这番打扮，别有用心啊，说吧，到底什么事？"

"报告连长，我有一个请求。"齐占山仍然保持着军姿。

石兴国摆摆手："占山，有话就直说吧，咱们早已经脱离了军队体制，不用喊我连长。"

齐占山不慌不忙地将红色证书打开，放到石兴国办公桌上："队长，你看，我是克拉玛依石油钻井能手，这是我的荣誉证书，这说明我有资格去参加大庆石油会战；还有，我这身衣服也能证明我是和连长一起打过仗、出生入死过的，所以连长你去大庆，可不能丢下我啊！"

石兴国一听原来是这事，笑道："看你说的，要去大庆，报个名就好了，何必弄得这么夸张？"

齐占山忙说："我是第一个报名的，可我怕你把我留在克拉玛依坚守岗位。再说，你走了，刘大勇一定会再当队长的，我已经和他划清界限了。"

石兴国走过来，拍了拍齐占山的肩膀："占山，我记得你说过要和王前进一决高下，是吧？"

齐占山点头："是，我说过，那时候，王前进还不叫铁人。"

"嗯，那就没问题了，我不带你去和王前进一较高下，还带谁呢？"石兴国笑道。

"真的吗？太好了。"齐占山高兴得差点儿蹦起来。

报名处还有人陆续在报名，刘大勇远远地看着，想要去打听，又不好意思上前。刚好，眼前经过两个工人，边走边议论。

"你报名了没？"

"报了啊，支援大庆，能不报名吗？"

"我听说这次支援的队伍定名为克拉玛依先锋队，由石兴国队长率领，一定很风光……"

听到又是石兴国带头，刘大勇满脸的不屑："东风吹完了西风吹，石兴国去大庆有什么了不起的？我还当过劳动模范，去过全国做报告呢，哼……"边嘀咕边掉头走了。

许茹手里拿着材料正要出去，看到刘大勇回来，赶紧将材料藏到了身后。

刘大勇已经看见了她快速背到身后的手，狐疑地问："你干什么去？你手里拿的什么东西，是不是也要报名去大庆？"

许茹本想先不让刘大勇知道，但见他已经看到，索性拿出材料说道："我也不瞒你，这是材料，我想去找领导问问，现在条件应该成熟了，我还是想成立女子采油队。"

刘大勇一改往日的口气："我现在也不管你了，你想干什么都随你，不过……你如果想去大庆，也挺好的，我支持。"

许茹见刘大勇如此通情达理，反倒愣了一下，呆立片刻后才拿着材料向高峰办公室走去。

办公室里，许茹开门见山地问道："高局长，现在咱们矿上是不是有条件成立女子采油队了？我们妇女同志都准备好了，这男同志们都报名去支援大庆了，我们妇女同志也想给石油大会战做点贡献。"

高峰招手让许茹坐下，说道："条件是很成熟，但是，许茹同志，我们正想找你，想交给你一项更加重要的工作。你有文化，所以组织上打算派你去大庆做参观采访，和咱们的支援队伍一起出发，把大庆的精神面貌带回克拉玛依，你看怎么样？"

许茹有些为难："可我只是个石油工人家属，我去，恐怕不合适吧。"

高峰解释道："这个你放心，你不是以个人名义而是以组织名义，作为咱们的文化代表去的，而且这次的任务很重要。"

许茹犹豫了，端起面前的水杯，喝了一口："高局长，这个，我暂时没有办法回答你，我想回家和我爱人商量一下再做决定，可以吗？"

高峰点头："也好，那你先回去和你爱人商量一下，商量好了，再来找我。至于你的女子采油队，先推迟一下，等你回来之后再成立，怎么样？"

"嗯，我听领导的安排。"许茹答应着起身出了办公室。

许茹心事重重地回到家中，吃饭也是心不在焉，刘大勇一边扒饭，一边问道："你怎么了？是不是也想去大庆了？"

许茹一愣，叹了口气，说道："不是我想去大庆，今天我去找领导问女子采油队的事儿，领导说采油队先放一放，让我代表克拉玛依去大庆做采访，我不知道该怎么办，想和你商量一下。你要是不愿意，我就不去了，我其实也不想去。"

刘大勇一反常态："为什么不去？我不是说了吗，不怀疑你和石兴国了。"

许茹摇头："也不全是这个原因。去那么远的地方，我不放心小石头。"

刘大勇积极地道："你不是说嫁给我刘大勇就会相信我嘛。你去吧，我会照顾好小石头的。你去大庆是好事，我举双手赞成，支持你的工作。"

许茹简直不敢相信刘大勇的突然转变，又追问道："你今天早上说如果我要去大庆你就支持，为什么会突然这么说？那时候我还不知道领导让我去大庆呢，是不是领导找你谈过话了？"

刘大勇摇头："没有，我就是看大家都在报名去大庆，觉得你心里也一定想去，我怕你瞧不起我，不会开口询问我的意见，就直接告诉你我的态度呗。"

许茹感激地看着刘大勇："大勇，谢谢你。"

"一家人还那么客气，来吧，吃饭。"刘大勇第一次给许茹和小石头夹了菜。

克拉玛依规模浩大的汽车队，整整齐齐地排列在停车场。刘小青正钻在汽车底下修车。田义文转了一圈没找到刘小青，问了一位司机师父，才向那辆车走过去。到了车前，田义文探着脑袋看去，满脸油污的刘小青正从车底下挪出身体来，田义文扑哧一下笑了。

刘小青纳闷："你笑什么？"

"没什么……来，我拉你一把……"田义文说着，拉刘小青起来。

"你是来找我的吗？什么事？"刘小青一边问，一边拍打着身上的尘土。

"嗯，想跟你说几句话。"田义文说着回头看看，修车队的几人都挤眉弄眼地看着他俩。

刘小青摘下手套，往屁股口袋一塞，冲他们挥舞着手臂："去去去，都去干自己的活，看啥呢？"然后回头对田义文说道，"说吧，甭理他们。"

田义文迟疑道："能不能跟我到别的地方去说？这儿，我说不出来。"

刘小青哈哈笑道："眼镜，你吃错药了吧？头一回听你这么说话，害什么羞啊？有话就说。"

"那算了，我不说了。"田义文转身要走。

"好了好了，我知道了，肚子里墨水多的人真麻烦，走吧……"刘小青说着，跟上田义文。

两人离开汽车队，朝山头走去。田义文先登上去，转过身，伸出手去拉后面的刘小青。刘小青一愣，还是把手交给田义文，让他拉了上去。

此时，夕阳西下，火红的晚霞涂抹了半个天空，无比漂亮。

"啊，还真没发现，这儿风景这么好！"田义文感叹。

"你又想写诗了？不过我看还是快说什么事吧，我还忙着呢。"刘小青笑道。

田义文也笑了："不是，我是说实话。"然后从兜里掏出一个东西，攥在手里，递给刘小青，"给，这个送给你。"

"什么？"刘小青看不到什么东西，不由问道。

"你自己看……把手拿出来……"田义文说着，将一枚小圆镜放到刘小青伸出来的手里。

刘小青一愣："这是女人用的东西吧？"

田义文脸有些发红："对，就是你们女人用的，专门送给你的，你看看。"

刘小青拿起镜子一看，看到自己的大花脸，顿时大叫一声："你怎么刚才不告诉我？怪不得看见我就笑呢。"说着，急忙用袖子去擦油污。

田义文傻呵呵地看着刘小青："刚才人多，不好意思……"说着拉住刘小青的手，"不用擦，没事，这样也好看，我就想好好看看你。"

夕阳下，刘小青第一次羞涩地低下了头。两个人半天没有说话，就这么手拉手静静地站着。

良久，田义文说："我报名去大庆了，不知道什么时候才能回来。"

刘小青"嗯"了一声，没说什么。

"你别光'嗯'，你表个态啊。"田义文看着刘小青。

"你都已经报名了，我表态有啥用？"刘小青不解。

"可是，可是我……你到底是不是女人啊？"田义文着急刘小青不懂自己的心思。

刘小青故作恍然大悟状："噢，我懂了，眼镜，你是不是后悔报名了，所以找我来唠叨？"

田义文又急又不好意思，结结巴巴道："啊……我是想，你能不能等我回来，回来以后，就，我们也不小了……就……你自己想……"

早已明白他心思的刘小青见他憋到如此狼狈也说不出口，干脆道："好吧，就娶我，对不对？你放心去吧，我等你。"

看着豪爽的刘小青沐浴在金色的夕阳下，显得格外迷人，田义文痴痴地看着，看得呆了。

刘小青拍了一下田义文："怎么了？是不是很难看。"

"别动……"田义文说着，凑近刘小青轻轻亲了一下。

刘小青反应过来，一下子将田义文扑倒，顺手摘掉他的眼镜扔到一边……

天色渐渐暗下来，月亮悄悄爬上了山顶。田义文和刘小青两人手牵手躺在山坡上看星星。

"小青，等我从大庆回来，我就娶你，以后哪儿也不去了，好好跟你过日子。"

"到时候，我给你生一堆男娃娃女娃娃，长大了，跟你打石油。"

"小青，你真好……"

"怎么好了？"

"怎么都好……"

这甜蜜的呢喃声让静谧的夜也抹了蜜般甜……

眼看就要出发了，梅大妮给石兴国的行李里吃的穿的用的拼命塞了一大包。

石兴国皱着眉全都掏出来："带那么多干吗？用不上，我是去打油，又不是去逃荒。"

梅大妮却不依，又往回装："俺知道你去打油，但是那里条件差，啥也没有，你多带点，不然俺不放心。"

"你就放心吧，带多了车上也装不下。这些东西，留着你和孩子吃吧，我走了你自己照顾好自己，这些年，你跟着我东奔西跑的，苦了你了。"听石兴国这么说，梅大妮只好少装了一些："俺说了，俺跟了你，不图享福，你去了大庆，那俺啥时候也能去？"

"你不去，和女儿在这里等我回来。我是去支援大庆采石油，你去了，人家大庆人还要招待你，这不是给组织上添麻烦吗？"石兴国劝道。

"麻烦麻烦，俺咋就成麻烦了呢？"梅大妮生气道。

石兴国停下手里的活，开始哄她："好了好了，大妮，以后，我走了，你不能像个孩子一样总是发脾气，知道不？"

梅大妮低着头落泪："俺不想让你走……"

石兴国给梅大妮拭泪："好了，别哭了，我是石油工人，你是石油工人的家属，咱们那么多风风雨雨都经历过来了，怎么能随便哭鼻子呢？你看，你再哭，吵醒女儿，都要笑话你了……不早了，你早点休息吧，我自己收拾收拾就行了。"

队伍即将出发，等不及的大庆石油局局长王海龙打电话过来催问高峰，问他要的人到底给不给。

高峰哈哈笑着揶揄他的急脾气，然后保证派去的人都是精兵良将。王海龙听到果然是石兴国带队，这才放下心来。

克拉玛依矿区大门口悬挂着一条横幅，上面写着"热烈欢送克拉玛依石油工人支援大庆会战"，留守的人们都站在大门两侧欢送英雄出征。

齐占山、周远、田义文、任新我同坐在一辆车上，大家兴奋地说着笑着，憧憬着即将到来的新生活。田义文却一直没说话，周远回头见他一脸甜蜜，问道："眼镜，有啥好事偷着乐呢？"

田义文不说话，指一指远处的山头，周远探头看去，山头上，刘小青正在不停地挥手……

送别的人群里，刘大勇只顾东张西望，渐渐丢下了小石头。唐娜往前挤着送周远，忽然看到眼前的小石头："小石头，你怎么在这儿？你爸爸呢？"

"我要去送妈妈。"小石头用小手指着前边的卡车。

唐娜一把抱起小石头："阿姨抱你去送你妈妈……"

许茹和其他工人在另外一辆车上。她不住地朝人群里张望，终于看到了唐娜和小石头，挥手喊道："小石头……"

唐娜看见许茹，赶紧指给小石头看："小石头，快看，妈妈在那里，快跟你妈妈再见。"

小石头使劲儿朝许茹挥着小手，口中大声喊着"妈妈"，许茹忍不住落下了眼泪。

唐娜朝许茹大喊："放心吧，我会照顾小石头的。"

许茹在车上感激地点点头，车子渐渐远去……

车队的最后一辆车，梅大妮拉着石兴国的行李包不肯撒手，石兴国着急地安慰着："大妮，快撒手，来不及了。咱昨晚不是说好了吗？你咋变卦了呢？"

"俺不想让你走了，石兴国，你别去了，成不？留下来，咱们一家三口，好好在克拉玛依过日子，俺再也不闹了。你答应过俺，要在克拉玛依给俺和孩子一个稳定的家的。"梅大妮眼里噙着泪。

"大妮，我知道我对不住你和孩子，但是，我是石油工人，祖国哪里需要就要去哪里。我答应你，等我从大庆回来，一定和你好好待在克拉玛依，待在家里，行不？"石兴国见前面的车已经开动，心里愈发着急。

梅大妮却固执地道："不，俺不信，俺想来想去，就是觉得不应该让你走。"

最后一辆汽车也开始发动，石兴国着急道："大妮，你看，车都走了，再不走就赶不上趟了。"

"那俺也跟你去。"梅大妮孩子气地道。

"瞎说，你跟我去了，咱女儿咋办？"石兴国头都大了。

这时司机探出头来催促："石队长，走不走？"

"来了来了，马上上车。"石兴国抢过行李扔到车上，紧跟着跳上了车。梅大妮见实在拦不住，只好流着泪恋恋不舍地与石兴国挥手告别。

矿区门口，梅大妮望着已经远去的车辆，一脸失落。见邱建设走过来，她抱怨地说道："为啥不能安定下来啊？克拉玛依从啥都没有到今天这番模样，多不容易，俺们也都在这里扎稳脚跟了，这又要走，俺不能理解……"

邱建设安慰道："梅大妮同志，你放心，大庆地下有更多更好的黑金子，石队长一定会在那里给你建设一个又大又漂亮的家，你就放心吧……"

梅大妮似乎在喃喃自语："俺觉得俺就是这苦命，这辈子已经不指望享石兴国的福了，谁让俺嫁的是石油人呢！"

邱建设接不上话，转身离开了。欢送的人群陆续离开，梅大妮还呆呆地站在原地。刘大勇走过来，瞅瞅梅大妮，又瞅瞅远去的车队："梅大妮，还在看呢？这，人都走没影了，你送鬼呢吧？"

梅大妮没好气地瞪了一眼刘大勇："刘模范，俺送的又不是你，你管不着！"

刘大勇故意道："巧了，我才没空管你送谁，我也是来送人的，我家许茹也去了大庆，你大概不知道吧？"

梅大妮瞪大眼睛："你说什么？刘大勇，你不会又胡编乱造骗俺吧？你又想玩什么花样？"

刘大勇摇摇头，故意叹气道："这么大的事，你怎么会不知道？难道石兴国没告诉你？哎，果然有猫腻，我们家许茹也是偷偷摸摸打算背着我去大庆的，要不是我打听出来，也不知道是跟石兴国一起去。哎，梅大妮，我看咱们两个人，又被那两人给耍了，太憋屈了，啧啧……"

梅大妮脸色越来越难看，心里也开始怀疑为什么石兴国铁了心要去大庆，但她脸上依然强装镇定："俺不信！"

"不信？不信你可以去问问刚才在这儿欢送的家属，有没有看见许茹？不是我怀疑啊，这也太巧合了，为什么偏偏是他们两人一起去呢？我敢肯定，石兴国是故意瞒着你的，你啊，就不应该让你家石兴国走掉，哎……"刘大勇火上浇油。

梅大妮一听这话，抬头看看只剩个影子的汽车，撒腿就追。车上的石兴国模模糊糊看见梅大妮一瘸一拐地追来，以为梅大妮实在不舍，于是拼命挥手大喊："大妮，保重，快回去吧，我会给家里写信的……"

"石兴国，你回来，你给俺回来……"梅大妮边跑边喊。可惜距离太远，他们根本听不到彼此在说什么。跑着跑着，梅大妮一下子摔倒，她坐在地上眼睁睁看着车子没了踪影，不禁趴在地上大哭："石兴国，俺又被你骗了，你个大骗子……"

梅大妮垂头丧气地回来，刘大勇又突然出现了："没追上？哎，人怎么能追得上车呢？更何况你的腿也不利索。"看着梅大妮愤怒的表情，刘大勇接着煽风点火，"哎，我算是看明白了，石兴国本来心里没有你，再加上你的腿残废了，肯定不想要你了。那个姓许的，虽然和我是名义上的夫妻，可心里一直想着你家石兴国，现在，又在咱们两个眼皮子底下，唱了一出私奔大庆的戏来。他们肯定是背地里偷偷摸摸商量好了一起去大庆。这哪里是去支援大庆会战，分明是撇开咱们两个眼中钉去偷情了啊！"

梅大妮被刘大勇说得一下子崩溃了，又坐在地上哭了起来："石兴国，没想到你这么对俺……原来你是不想和俺过了啊……这日子，还叫俺咋过啊？"

刘大勇见时机已到，做出一副同病相怜状："是啊，早知道这样，你就该拦着他。哎，大妮妹子，你也太可怜了，我也一样不甘心，但是哭也没用啊。你要是相信我，我有个主意，他们要去偷情，咱们就得想办法不让他们得逞。你这就去找领导提要求，让领导答应你也去大庆，这样才能看住他们两个，才不会坏事！"

梅大妮顿时眼前一亮："好，俺这就找领导去。"

高峰正在办公室里办公，梅大妮风风火火闯进来，一屁股坐在地上就大哭起来。高峰吓了一跳，慌忙问："梅大妮，你这是怎么了？"

梅大妮捶胸顿足："哎呀，领导啊，你可要给俺做主啊，俺被石兴国给骗了啊，他这是撇下俺去干对不起俺的事去了啊！"

"梅大妮同志，有话好好说，你先起来。石兴国是去支援大庆石油会战，不是去干坏事，你要相信他，作为家属，你要支持他的工作。"高峰说着去扶梅大妮，梅大妮竟然疯了似的拿头去撞桌子。

高峰一惊："……快，拦住她！"几个人跑过来将梅大妮拖到沙发上。梅大妮一下子抱住高峰的腿，哭喊着："俺活不下去了啊，领导，你让俺也去大庆吧，石兴国是个大骗子。你看他把俺害成这个样子，就扔下俺不管了啊，没有石兴国，俺的日子没法过了啊。苍天啊，谁给俺做主啊，领导同志，俺求求你让俺也去大庆吧。"

高峰无计可施，只好先答应："好好好，梅大妮同志，我答应你，你别哭了，先起来吧……"

梅大妮立刻止住哭声:"真的?"

高峰点点头:"真的,等石兴国他们先期到大庆稳定之后,就安排你们家属过去,你看怎么样?"

梅大妮一下子站起来:"谢谢领导,谢谢领导。"

31

石兴国一行人辗转坐上了开往大庆的火车。冒着浓烟的火车载着这群石油人离开熟悉的克拉玛依，穿山越岭，奔向他们下一个目标。

白雪覆盖的茫茫原野上，疾驰而过的火车车厢内，石兴国、周远、田义文、任新我等人，或坐或卧在车厢内的干草上，聊着天。齐占山兴奋地趴着车窗往外看："队长，我长这么大，还是头一次坐火车，这铁皮房子，会跑会动，冬暖夏凉，比我家祖房不知要好上多少倍呢。"

周远笑笑："火车算什么，有了石油，人们还能坐飞机，坐火箭，能上天呢！"

齐占山惊奇了："真的吗？以后真的能上天吗？"

任新我插言："那还有假？飞机上不就有人？"

石兴国也感叹："是啊，咱们新中国的建设是芝麻开花节节高，以后，要啥有啥，想啥是啥，好日子还在后头呢！"

齐占山一脸希冀："那这么说，咱们到了大庆，也能住上好房子了？"

周远看着齐占山："大庆，大庆，光这名字听着就喜庆，是个好地方啊！"

田义文也一脸期待："咱们早点到大庆，好好参加石油大会战吧，这一回，咱们尖刀队又该立大功了。"

一车人都笑了。角落里，许茹微笑着望着石兴国。石兴国看了一眼许茹，转过头去。

经过几个日夜的颠簸，大家都一脸倦容，没有了刚刚上车的兴奋。忽然，汽笛声长鸣，火车在一座山脚下的小车站停了下来。车厢门打开，北风挟裹着雪花打了进来，大家顿时都打了个冷战。大家互相看看，石兴国看了一眼手表，是下午五点。

齐占山站起来："到了？这就到大庆了？"

周远想了想："这时间也不对啊。"

"走，下去看看。"石兴国说着，迎着风雪跳下车。

齐占山也跟着下了车，望着眼前一片白茫茫的荒野，又看看身后的队友，有点不相信："这就是松辽油田？"

田义文站在车上诗兴大发："真是千里冰封、万里雪飘的北国风光啊，银装素裹，原驰蜡象，引无数石油英雄竞折腰……"

齐占山摇摇头："我看啊，不是折腰，是折脚底，今晚，要受罪咯……"

段铁生也下了车，眺望着远处，惊奇道："在新疆，见过火焰山，到了这里，又看见了一座冰山，真是稀罕，稀罕……"

田义文还留在车上，看着外面说道："不对啊，怎么连个人影都没有啊？咱们是来支援会战的，没有锣鼓队总得有个领导吧，没有领导再怎么也得来些人拖运设备吧？"说着，指了指井架，"不然，咱这些大家伙怎么办？"

石兴国扫视一眼车厢，目光在许茹脸上停留了一下，交代道："大家活动活动手脚，不要冻坏了。这冰天雪地的，先适应适应气候。指导员，咱俩去通讯室给大庆油矿挂电话。"周远点头，两人朝通讯室走去。

车厢里所有人都跳下车。许茹最后一个从车厢走出来，看着冰天雪地的原野，冻得打了个哆嗦。她赶紧往手心里哈了哈气，不停地搓手，但是脸上却露出了欣喜的微笑，新奇地打量着这银装素裹的冰雪世界。

石兴国和周远走进通讯室，抖了抖身上的雪花，向周围看了看。周远疑惑："咋连个人都没有？"

石兴国一挥手："先不管这些，挂电话。"可当周远拿起桌上的电话听筒拨号后，却没有半点声音。他正对着电话又拍又喊时，通讯室的门被推开，一个五十多岁的老人走了进来："听不见，别喊了……"周远询问："啊？电话坏了？"

老人指了指屋外的电话线："不是电话坏了，是电线坏了，一到大雪天，就信号中断。"

石兴国赶忙走到老师父跟前，解释情况："老师父，我们是石油工人，要到大庆去，必须打通电话。"

老师父点头："知道，这里来的都是石油工人，这个车站，也就是为你们石油工人建的。"

周远和石兴国互看了一眼："那我们怎么办？联系不上大庆油矿，火车又提前到达了，这荒山野岭的，也没个落脚地。"

石兴国再次询问："老师父，这里距离大庆油矿，还有多远？"

老师父伸出一个手指头："还有十里地。"

石兴国和周远倒吸一口凉气。石兴国朝屋里四处看了看，看到屋内有一捆粗绳，顿时豪气万丈："咱走到大庆去！咱们是来支援大庆会战的，有困难，我们自己解决，不能给大庆添麻烦。"说着，扛起屋里的绳索，出了门。

回到火车旁，石兴国严肃地看着大家："同志们，电话线断了，咱们和会战指挥部没办法联系上。我和指导员商量了，咱们是来参加会战的，不是来做客的，所以，我们要自己拉着设备走到大庆。"

众人一惊。

田义文看了看井架，又看了看外面的雪野："这，能行吗？"

石兴国坚定地道："对于一般人不行，可对于我们石油师人，能行！政委不是常常说，有条件要上，没有条件创造条件也要上。现在，咱们就是要创造条件，把装备设备运到工地！大家有没有决心？"

众人齐声大吼："有！"

大家立即行动起来。工人们合力将钻井机从火车上往下卸，石兴国站在火车上指挥，工人们用一根根圆木当滑梯，拉的拉，推的推，一起齐心协力搬动机器。齐占山和田义文、段铁生等人跑到机器底下，用肩膀抵住，后面的人慢慢地放下绳索，机器终于从火车上搬了下来，然后，大家挥了挥汗，又套上绳索，往前拉。

石兴国跳下车，看到任新我肩膀上的衣服扯破了，皮肤都被蹭破，忙说道：

"老任，你到队伍后头去，我来拉。"说着，就要接过任新我手里的绳索。任新我却一把推开他："没事，你快去协调指挥吧，天都黑了。"

石兴国点点头，在队伍前后看了看，大声喊起号子来，"同志们加把劲啊""同志们坚持住啊""同志们齐努力啊"……工人们嗨哟嗨哟的声音响彻云霄。

起风了，天上飘起了雪花，转瞬雪花飞舞，漫天皆白。风雪中，众人抬着机器，顶着风雪，一步一步缓慢地往前移动。

大雪原，大风雪，一队石油军，用原始的劳动工具，抬着笨重的井架，一步一步往大庆走去。

老天震怒了，似乎在和这支队伍较量，风越刮越猛，雪越飘越大，人们的脚步越来越沉重，但是，唯有粗犷的号子，仍然那么倔强、那么响亮！

许茹看着这群汉子，流下了眼泪。她咬了咬牙，紧紧跟在队伍中间一步不落。

队伍一寸一寸地向前移动着……

风雪停了，太阳无力地挂在半天空。雪地里，抬着井架走了一夜的石兴国等人已经筋疲力尽，但仍摇摇晃晃地深一脚浅一脚，坚持推拉着设备往前走。

许茹掉在队伍后面，石兴国走过去，将自己的大衣脱下来，披在她身上。

许茹感动地望着他："我没事，你留着自己穿吧。"

石兴国安慰道："披上吧，我不冷，你再坚持坚持，很快咱们就到大庆了。"说着，石兴国朝拉机器的队伍走去。

许茹停下来顺着队伍望着远处，前方白茫茫的雪野上，响起汽车声，有几个小黑点慢慢地靠近了。许茹苍白的脸上露出欣喜的笑容，喊道："来人啦，来人接咱们啦。"众人顿时精神抖擞起来，雄壮的号子又在雪原上响起来！

大庆油局局长王海龙亲自带人开着拖拉机，前来迎接石兴国的队伍。两队人马会合，王海龙惊奇地跑过来看了看机器设备，又看了看这一队疲惫不堪的队伍，激动地握住石兴国的手："不简单，真的不简单啊！石兴国同志，这么笨重的设备，你们人扛肩挑就把它从火车上弄下来啦？"

石兴国疲惫地笑了笑："电话打不通，同志们都说不等了，大家伙就你抬我推地干起来啦！"

王海龙称赞："尖刀队不愧为尖刀队，你们不等不靠，自力更生打赢了会战的第一仗，我代表指挥部，代表王振华同志欢迎你们！"

迎接的队伍整齐地喊了起来："热烈欢迎克拉玛依尖刀钻井队！向尖刀钻井队学习！"

尖刀队的同志们都不好意思起来，一晚上战风斗雪的疲惫，似乎一扫而光。

石兴国看了一眼前来迎接的队伍，感谢道："王局长，谢谢，天下石油工人都是一家人，你们太客气了……这大冷的天，大家辛苦了……"

"说得好，天下石油人都是一家人，咱们走，回家！"王海龙指挥着拖拉机挂上设备拉上人，大家一起向大庆驶去。

同志们没有将路上的颠簸放在心上，心想到了大庆就好了。可当终于到了大庆，大家却惊讶了——极目望去，一片旷野，除了井架，竟然看不到一座房子！尖刀队的同志们被带到一座牛棚前，齐占山将行李扔在地上，难以置信地看着眼前的牛棚："啊？这就是给咱住的地方？！"

田义文扇扇空气："怎么一股屎尿味儿？真臭……"

任新我摇摇头："已经不错了，至少能挡风遮雪的。"

齐占山却非常气愤："住马厩，把咱都当牲口了！"

周远安抚着大家："看起来，大庆比我们想象的还要艰苦啊。不过，既来之，则安之。"

任新我点头："嗯，来，收拾收拾，歇会儿吧。"说着摊开行李，一屁股坐了上去。

其他人也纷纷摊开行李，赶快坐下来休息。齐占山不满地嘟哝着作势要走，田义文跟在后面边追边劝。马厩外，齐占山大步流星越走越快，田义文追着小跑起来，跑了没几步，迎面就和一个头戴火车头大暖帽、裹得严严实实、抱着一捆柴火的大汉撞了一个满怀。田义文被撞得蹭蹭倒退了几步，打了一个趔趄。站稳后，他抬头推了推眼镜，才看清楚对面的那个人，竟然是铁三！"铁三？你怎么在这儿？你不是走了吗？"田义文惊讶地问。

铁三也一脸惊讶："田秀才！咋又是你？！我走了以后，想着跟刘大勇破坏了那么多油井，就想给油田干点事儿。可俺没脸再回克拉玛依，就跑回了玉门，后来，就在王前进队长手下打油了。这不，就是他带咱们来这儿参加大会战的。你呢，也是来参加会战的吧？"

田义文兴奋地点点头。铁三不由分说，上来就拉住田义文："太好了，走，这一回，我要好好和你喝上一盅。"田义文被拉着朝远处走去。

齐占山也并不是真想走，只是心里不是滋味。见田义文被铁三拉走，自己干脆去找石兴国了。

石兴国和王海龙去了简陋的办公室，和几位领导一一握了手。

王海龙有些惭愧："你们一路辛苦了，咱们大庆，条件更艰苦啊……"

石兴国摆摆手："石油工人没有吃不了的苦，王局长就放心吧。"

王海龙笑了："那就好，那就好，大队长这话，说得太符合实际了。现在的大庆，啥都缺，就是不能缺热情。大队长，大庆最需要的就是你这样的人啊！"

石兴国豪爽地道："我们也是等不及了，大庆是聚宝盆，有国家急需的石油啊！手下的那些弟兄们，都是争着抢着要来大庆。这不，火车提前到站后，就马不停蹄赶过来了。"

王海龙赞叹道："是啊，你们是石油师人嘛，在咱们石油系统可真是脚杆子上绑大锣，走到哪儿，响到那儿。尤其你石兴国的尖刀钻井队，更是锣的响点，鼓的中心。"

石兴国谦虚地摇摇头："哪里，那也是领导指导得好，我们初来乍到，一切听从指挥部安排。"

王海龙笑了："那咱们就尽快给你们安排，让你们走马上任，一展身手。哦，对了，有啥困难，就找这位，"王海龙指向一旁的黎明，"这是咱们的后勤大总管，唐副部长亲自指定的。当然了，也是咱们大庆会战指挥部副总指挥，黎明同志，你们石油师的老人。"

石兴国向黎明敬了个礼："老领导好。"

黎明亲热地握住石兴国的手："王局长开玩笑了，我其实只是代管，大庆的党委书记孙延民同志亲自管理这块儿，孙延民同志去北京开会了，过两天回来。"

石兴国信赖地握住黎明的手："都一样，都一样，我一定服从领导的管理，不给领导添麻烦。"

王海龙知道大家都太累了，提议让大伙赶紧休息，明天再开始讨论具体的工作情况。

石兴国点头同意，忽然又想起许茹来，问道："王局长，我们有位女同志，住宿问题不知道有没有困难？"

王海龙立刻说："那没问题，咱们有女同志的集体宿舍。"

石兴国放下心来："领导想得真周到，谢谢领导。那我走了。"

王海龙点头："那好，早点让大家休息。"一群人送石兴国出门。

石兴国却又转过身来，望着王海龙，欲言又止："其实，我还有一件事……怎么没看见铁人王前进？"

王海龙哈哈大笑："就知道你是冲着铁人王前进来的。他啊，正在工作呢！"

石兴国一脸希冀："能不能让我们去见见？我手下的这几个人，非常想见王前进同志。我们在克拉玛依听说了王前进同志的事迹，很佩服他啊！"

王海龙马上走向门口："完全可以，我这就领你们去。"

来到王前进的办公室，王前进正在查看地质图。王海龙叫他："王前进同志，这位是从克拉玛依来支援咱们大庆石油会战的石兴国同志。"

王前进抬起头来看到石兴国，立即走过来，热情地握手说道："哈，又见面了。"

石兴国也兴奋道："是啊，玉门的时候，只见过一面，时间过得可真快啊！"

王海龙见他俩聊得热闹，说道："既然你们认识，那我就不多介绍了，你们自己聊吧。"

齐占山也挤到石兴国身边："你好，王前进同志，我叫齐占山，是石大队长队里的，我们都很佩服你。石油工人一声吼，地球也要抖三抖！"

王前进笑着："好同志，不要佩服我，我没啥本事，要佩服就佩服石油师，正是你们石油师人带来了部队的好传统、好作风，我们石油战线才有了灵魂！有了精气神！你们是闻名的尖刀钻井队，大庆，早就盼着你们来啊！"

"我们也迫切地想到大庆来啊，想和铁人见面，学习取经。这不，终于来了。"石兴国说道。

　　王前进看看大家，满眼希望："大家都是来参加石油大会战的，热情这么高，大庆石油会战，大有希望啊……"

　　齐占山忽然想起他们住的地方，不禁问："王队长，支援大庆的石油工人，都要住马厩吗？"石兴国一听忙捅了一下齐占山。

　　王前进却笑着拍拍齐占山的肩膀："我们石油工人为了大庆石油做牛做马，住什么都无所谓。"

　　齐占山看了一眼石兴国，又问："王队长，全国人民都知道你的名字，都知道你很厉害。现在，你是大庆的一面旗帜，你在大庆做出的成绩，我们能不能看一看？"

　　石兴国见齐占山有些失礼，拉了拉他，低声嘱咐他说话要注意点。

　　没想到王前进却爽朗一笑，说道："没事，没事。其实也没啥，成绩都是大家伙干的，既然想看看，那我先带你们去个地方。"

　　王前进领着几个人，走出办公室。正好遇到周远和任新我赶来，石兴国看了两人一眼："来得正好，铁人王前进同志正要带领大家去油井走走看看，大家一起去参观参观吧。"

　　这样，参观的队伍又壮大了。一路上，王前进带着大家边走边看。映入眼帘的，到处是一片荒原……

　　走着走着，大家来到一处枯井前，大家都围着枯井站立，不明白王前进为什么带大家来到这里。王前进不慌不忙地指着眼前的枯井说道："你们看，这就是我最大的成绩。"

　　大家看着这口枯井，面面相觑。齐占山嘿嘿笑着："王队长，你也会讲笑话啊？"

　　王前进一脸严肃："不，我没开玩笑，这是我在大庆打的第一口无油井。现在，大家都叫我铁人，但是谁都不知道，我王前进的钻井岁月里，有这么一口枯井。"

　　齐占山奇怪了："那为什么不填埋掉？"

　　王前进摇摇头："不能埋啊，这是咱失败的活例子。我留下来，有两个用意：第一，这口枯井，一直警示我、告诉我，任何人都会失败，也会打枯井。我王前进虽然是铁人，但还是人，不是神，也会犯错，每当我犯错的时候，我就来

看看这口枯井，鞭策自己。第二，我留下这口枯井，就是想告诉每一位来大庆

打石油的工人们，时刻要以失败为教训，时刻要和唯心主义作斗争，这样，才
能实事求是，尊重科学，在大庆打出更多的石油！"

大家都敬佩地为王前进鼓掌。

石兴国感慨："铁人王前进，果然不是一般人！"

王前进解释："这是我打过的唯一一口无油井，每当有新的石油工人来了，
我都要领他们来这里看看这口枯井。当然，效果还真显著，再也没有人犯过我
这样的错误了。"

周远笑着说："看来，齐占山的这个问题是问对了啊！"

王前进点头："是啊，也问得及时。好了，请大家回去休息吧，整个大庆都
传开了，说你们人抬肩扛，硬是把设备从火车站运到工地，不简单啊……"

石兴国点点头对周远说道："老周，你带大伙先回去休息，我和王前进同志
再聊聊。"

周远答应着与王前进道别后，带着人走了。

回到马厩，周远见铁三正里里外外地忙着，赶紧道谢："铁三同志，费
心了。"

铁三笑着说道："不费事，呵呵，咱们王队长说了，先对不住大家了，等有
了房子，头一个让你们住进去，我们打地铺。"

田义文赞道："你们王前进队长人不错。"

铁三点头："是嘞，是好人。"

周远转头对铁三说道："回去告诉你们王队长，谢谢他想得这么周到。"

铁三没说话，而是走到齐占山跟前："小子，刚才是你要跑吧？"齐占山没
说话，瞪着铁三。铁三继续说："我看你小子，要是多长了一条腿，就跑一个看
看。有本事，冲着地下的石油来，有力气，也冲石油出，别说些没用的。大庆，
要的是我们队长王前进那样的英雄，不要你这种怂得没人样的狗熊！"

齐占山愤怒了："你说什么？"

铁三理直气壮："我说你怂！"

"你敢骂人？你骂谁怂？你骂谁呢？"齐占山像头斗牛似的冲到铁三面前，

就去揪他的衣领，两人互相撕扯起来。众人一看这种情况忙上来劝架。

这时，石兴国回来了，一看赶紧大喊："都给我住手！"

石兴国先是骂齐占山："你丢不丢人？你不丢人我还觉得丢人！你忘了你是为啥来的大庆？"齐占山不说话了。接着石兴国又安抚铁三："铁三同志，咱不打不相识，都是石油兄弟，今天让你笑话了，你也早点回去休息吧，以后，咱们打交道的日子还长着呢！"

铁三放松下来："嗯，好，石大队长，你的人，要都像你这样就好了。"

石兴国说道："放心吧，离这一天不远了。回去吧，谢谢你送来的柴火。"

临走，铁三又嘱咐大家："那你们早点睡吧。天冷，半夜掉个头，以前我们睡这儿的时候，都是王队长站岗，半夜喊醒一次，掉头睡。不然，会冻出毛病来的。"说着，从脖子上取下一个哨子，递给石兴国，"给，石大队长，这个比较省事，一吹，大家伙都知道。"

石兴国感激地道谢："谢谢铁三同志提醒，谢谢你的哨子啊，一定照办。"

铁三走后，石兴国的脸沉下来："全体集合，升旗！"周远集合起队伍。齐占山没好气地对段铁生说道："耳朵塞驴毛啦，拿队旗去。"

段铁生瞪了齐占山一眼，拿来队旗，套在一根竹竿上，"尖刀钻井队"的旗帜在夜色中升起，随风飘扬。

石兴国郑重地讲话："同志们，这面队旗在玉门飘扬过，在柴达木飘扬过，在克拉玛依也飘扬过。它经历过狂风，经历过暴雨，经历过烈日，也经历过严寒！它都挺过来了，始终没有褪色，更没有衰落。它给我们带来荣誉，但更带来了责任，带来了希望。今天，我们刚刚来到大庆，一切要从零起步，从头开始，让我们再次向队旗宣誓。"说着，握拳面向队旗，"一切为了祖国！一切为了石油！"

尖刀队全体队员握拳宣誓："一切为了祖国！一切为了石油！"

队旗在夜色中飘扬，雄壮低沉的吼声，飘过寒冷的北国大地，在天空回响！

女宿舍内，许茹抚摸着石兴国的那件外套，发现了几处破洞，于是找出针线，缝了起来。一边缝着，一边回忆着与石兴国的点点滴滴。而此时，石兴国正披着一条麻袋，一个人蹲在马厩门口，守着火堆打盹儿……马厩里，工人们和衣而卧。马厩两边都是敞开的，风打着忽哨，一阵阵吹过。

工人们先是头朝外，睡到半夜，石兴国的哨子声一响，大家起来，掉个头，将头朝里，脚朝外，继续睡。

后半夜，石兴国靠在马厩门栏上，也睡着了……

大家都在睡梦中的时候，风雪肆虐，一场大暴雪席卷了整个油田……

第二天，太阳发出耀眼的光芒，石兴国被刺眼的阳光照醒。醒来一看，马厩的屋檐上，倒挂着白色的冰凌，大家的双脚都被埋进雪里，举目望去，一片冰天雪地。他推了推身边的任新我，没有醒。石兴国焦急地挨个摇醒大家，然后又回到任新我身边继续喊着："老任，老任……"任新我还是昏昏睡着，石兴国赶忙摸了一把他的额头，很烫，已经发烧了……

大家醒来，个个打喷嚏、流鼻涕，大多数都感冒了。人们"哎哟"叫唤着翻身起来，石兴国看了一眼大家，吩咐齐占山："快，齐占山，带大家到仓库旁边的草棚去烤烤火，以防手脚冻僵。"

齐占山忙拖着沉重的身子站起来："大家跟我来……"其他人挣扎着爬起来，走出马厩。

石兴国继续在任新我身边喊着："任技术，老任……"任新我慢慢转醒，但舌头已经僵硬，说不出话来了，只发出支支吾吾的声音，听不清说的是什么。

见任新我醒来，石兴国忙说："别说话，我看看。"说着，用手托住任新我的下巴看了看，然后转头对田义文说道，"田义文，咱俩扶老任去食堂，给他灌点生姜水，驱驱寒。"田义文马上站起来："哦，好。"两人扶着任新我朝食堂走去。

进入食堂里面，田义文不停地给任新我搓两只胳膊，石兴国抱住任新我的上半身，给他灌了一碗生姜水，旁边还放着两碗。

田义文关切地问："怎么样？老任，好点没？"

石兴国想了想又说："再搓一搓脚，把鞋脱了……"

田义文脱了任新我的两只鞋，两人轮流抱住两脚又是哈气又是搓，折腾了半天，任新我全身不再僵硬，也能说话了："队长，我给大家添麻烦了……"

听到任新我的声音，石兴国顿时放了心，安慰道："放心吧，没事了。"

田义文也放了心，重重地吁了口气，累得坐倒在地上，开玩笑道："老任，你可真的是一个'老人'了，昨晚差点给冻死。"

任新我叹着气："是啊，我这现在是一副棺材板儿，哎，真不应该来大庆。"

田义文忙劝道："来都来了，还说这样的话，而且，是我让你跟大家一起来大庆的，所以你放心，我一定让你活着来，活着回去。"

任新我又看看石兴国："队长，我又捡了一条命，这在大庆打石井钻石油，不光要力气，还差点要人命。"两人都被逗笑了。任新我接着又说："队长，我没事，说实话，我冻死也没多大事，可咱们其他的工人兄弟，这天寒地冻的怕是扛不住，得尽快想办法啊！"任新我说着，挣扎着站了起来，"我和小田回队伍里，石大队长，你想想办法，咱们石油工人靠的是双手来打井，可不能冻坏了啊！"

石兴国重重地点头："嗯，我知道。田义文，你送老任回去休息，我这就给咱们解决住宿问题去。"石兴国站起身，奔向王海龙办公室。

来到办公室，见黎明、王海龙、黄建国、王前进等人都在。尤其看到王振华，石兴国惊喜地叫道："老政委，你什么时候来的？"

王振华笑着道，"一早就到了，听说这边遭了雪灾，就赶过来了。"

王海龙感叹："唉，没想到昨晚一场大暴雪来得那么猛，大家有没有冻伤？"

石兴国回答："暂时还没有，不过，我就是为这事来的，请王局长想想办法。"

王海龙连忙招呼："这不正在想呢，你过来看看，副总指挥带来了宿舍建筑图纸，我们正在研究，你也来看看，出出主意。"

石兴国马上走过去看图纸。

王振华又向大家解释："这是修改过的房屋设计规划图，这种房子，在松辽，老乡们叫作'干打垒'。我走访了很多地区，发现这种'干打垒'非常实用，而且，建造难度不大，也适应高寒气候，我们必须尽快多多建造这样的'干打垒'，给咱们的石油工人们垒个窝。"

其他几位领导人都点头表示同意。

石兴国高兴道："太好了，政委，工人们的住宿是头等大事，只要解决了住宿问题，接下来的工作就好开展了。"

王振华赞同："说的是啊，我的办事处也搬到了大庆，和大家一起准备大会战，首先，必须给大家解决好住宿问题。"

王前进问道："总指挥，你就说话吧，要啥材料？我这就去准备。"

"这种房子材料很简单，不用和泥，先打墙，冻土也没事，只要能立起来就行，然后，再找一些干柴棚顶就成。"王振华说道。

"好，我这就去准备。"王前进立即转身出去了。

王振华回头对石兴国说道："工人们适应得怎么样？"

石兴国回答："其他没啥问题，就怕扛不住冻。新疆够冷的了，没想到东北的冬天不比新疆暖和。"

"是啊，一定要注意防冻。走，和我去看看工人们。"王振华说着走出办公室，石兴国也跟了出来。

许茹拿着缝好的石兴国的大衣，来到马厩想还给他，却看到已被雪掩埋的马厩里一个人都没有。她到处找石兴国，都没有找到，只好往回走。路上，意外地碰到了闫竹，很是惊讶。

闫竹见许茹没精打采的，手里拎着一件衣服，便问道："许茹？这么冷的天，衣服不穿着，拿在手里干什么？"

许茹打起精神："闫大姐，你也来啦。"

闫竹点头："老王也来了，这搞石油的，男人走到哪儿家就在哪儿。哎，这衣服，不是你的吧？"

许茹笑笑："闫大姐，你这会儿干啥去？"

闫竹举了举手里的材料："我是专门来找你的，给你送石油材料来了。老王说，那个叫什么'懦夫'的苏联专家过两天要来，你这次的任务是做翻译。"

许茹微笑一下："是乌瓦诺夫。"

闫竹笑着点头："对对对，就是他。"

"闫大姐，那我们去宿舍谈吧。"许茹拉起闫竹的手，两人朝宿舍走去。

王振华随着石兴国低头走进大家烤火的小草屋。大家看到王振华，都激动地站了起来，七嘴八舌地打着招呼："政委好""局长好""总指挥好"……

王振华也热情地跟大家打着招呼，示意大家都坐下继续烤火，但大家都围着王振华，叽叽喳喳地说："政委，大庆太冷了！""政委，给我们发棉衣吧！""局长，我们啥时候能住上不透风的房子？"……

王振华连忙安慰大家："同志们，我来晚了，让大家受苦了。大家听我说，目前，大庆的条件很艰苦，让你们受罪了，但是，你们别担心，房子，我们马上就开始建，棉衣棉鞋我都向部里提要求了，很快就会给大家发下来。大庆，会好起来的。"

工人们点点头，王振华继续说道："同志们，当前我们只有战胜艰苦的条件，打出了油，才有出路。在座的都是石油师的老人，我们是不穿军装的军人，是最不怕苦和累的石油战士，我们建设了玉门，建设了柴达木，建设了克拉玛依，我们还要像建设克拉玛依一样建设我们的大庆，大家有没有信心？"

工人们齐声回答："有！"

"好，要的就是这句话。同志们，根据勘探，松辽平原地下埋藏着丰富的原油，这是个比克拉玛依要大得多的大油田。拿下大庆，就可以彻底甩掉贫油的帽子。同志们，希望很大，压力很大，困难也很大。但是，只要我们有决心，在这冰天雪地的大庆，我们就一定能够战胜一切困难，取得会战胜利！同志们，请记住我们当初的誓言，一切为了祖国！一切为了石油！"王振华鼓舞着大家的士气。

队员们热烈鼓掌，跟着豪气冲天地喊道："一切为了祖国！一切为了石油！"

而此时远在万里之外的克拉玛依，石油人的家属们也在牵挂着远征的家人。

自石兴国走后，梅大妮每天都掐着时间盼邮递员，盼着石兴国能有信来。这天，她走出屋子，看了一眼天上的太阳，自语道："这都啥时候了？"正琢磨着，身边响起一串"丁零零"的自行车铃声，随着声音，一辆自行车从她身边驶过。

梅大妮手疾眼快，一把拉住了自行车。邮递员一惊，差点摔倒。梅大妮两手钳住车把，笑嘻嘻地看着邮递员："有俺的信没？"

邮递员无奈地摇头："我说，同志，你拉拉扯扯的这是干啥嘛？没有你的信！我是送信的，不是写信的，我要是能写，一定给你写一封。你天天截我的道，我都怕你了。"

梅大妮不相信："一定有，把你的包给俺看看。"

邮递员一把捂住包裹："不给，你一定又给我翻乱了，我又得忙活大半天。"

梅大妮理直气壮："那就是有俺的信，你给藏起来了。"

邮递员无可奈何："真没有，求你了，大婶，你就放过我吧……"

梅大妮一听不乐意了："什么？大婶？你这小子，不长眼啊。"说着，举起手就要打，吓得邮递员一缩脖子扔下自行车绕着电线杆跑。

梅大妮边追边喊："给俺站住，把包给俺看看。"

邮递员边跑边叫："不给，坚决不能给。"跑着跑着，趁梅大妮腿脚不利索，瞅准机会一把扶起地上的自行车，骑上就跑。气得梅大妮气喘吁吁地对着邮递员的背影骂道："小兔崽子，下次别给俺逮着……"

梅大妮手叉着腰在原地站了半天，喃喃自语道："这个石兴国，不给俺写信，不给俺打电话，去了这么长时间了，是不是忘了自己还有个家啊？"

其实梅大妮还真是冤枉了石兴国，石兴国夜以继日地带大家建设他们赖以遮风挡雨的新家，实在腾不出时间来思念自己远方的亲人。

大庆工地上，工人们满身泥浆，挑土的挑土，夯墙的夯墙，弄棚顶的弄棚顶，一片热火朝天的场面。功夫不负有心人，身后，一排排干打垒建了起来……

王振华手里拿着建房图纸，看看图纸，又看看干打垒，不住地点头。石兴国走过来，和王振华交流意见，指着远处的干打垒一边比画一边解说，身上，穿的是许茹缝补过的那件大衣。

大家经过许多个日日夜夜的辛苦劳动，终于在离开克拉玛依之后，在大庆也有了自己的家。但这只是为石油大会战做的准备，以后还需要大家继续努力，为祖国的石油事业奋勇向前。

这段时间许茹也很忙，她剪了精神利落的短发，整天窝在女宿舍内，一边学习石油材料，一边写笔记。手边，放着一本俄语字典，以便随时查阅。

很快，苏联专家来到大庆矿区，许茹作为翻译陪同乌瓦诺夫在矿区到处考察。接着，两人昼夜翻译石油材料，不停地交流意见，乌瓦诺夫对许茹频频点头，对她的表现很是满意。

这天晚上，许茹在宿舍整理好了一份石油材料，累得伸了伸懒腰。闫竹走了进来，将一双棉袜放在许茹桌上："给，你要的东西，我给你捎回来了。"许茹欣喜地表示感谢。

闫竹笑着问："送给谁的？"

许茹很自然地回答："礼尚往来。来大庆的路上，石兴国对我很照顾。到了这边以后，大妮嫂子又不在他身边，你说这冰天雪地的，我怕他冻脚，所以，就想着送他一双袜子。"

闫竹感叹："许茹妹子，你真是一个好人啊！"

许茹笑笑："一切都过去了。都是石油改变了我们，改变了我们的过去，现在，将来。"

"哎，啥也不说了，你忙吧，我就不打扰了。"闫竹站起来告辞。

许茹看着桌上的袜子，拿在手里仔细检查了一遍，然后拿起桌上的石油资料，走出宿舍。她来到石兴国住的干打垒外，敲了敲门，听到石兴国的一声"进来"之后，推门进去。

屋内，石兴国正趴在一堆资料里，埋头工作。许茹一直走到他身边，将袜子放到他眼前，石兴国才抬起头，看到许茹，有些诧异："哦，是你？"

许茹劝道："歇会儿吧，看你这几天都没好好休息过。"

石兴国笑笑，看到袜子："这是……"

许茹笑道："送给你的，穿上吧，不冻脚。"

石兴国点头："谢谢啊，那你呢？"

许茹摆摆手："放心吧，我有，再说了，我不像你，一天到晚在冰天雪地里跑，我没事。"

石兴国微笑着看着许茹："看你最近脸色好了很多，看来在大庆，你适应得很快。"

许茹感慨："是啊，我觉得这里的天，每天都很蓝，也很高，空气呼吸起来也新鲜。所以，渐渐地人也就变了。哦，对了，这是乌瓦诺夫同志从他们苏联带过来的一些最新的石油资料，我刚翻译完，给你拿过来了。你看看，对你打井有帮助。"

石兴国高兴地接过来："这正是我们急需的！"

许茹朝屋里扫了一圈，看见石兴国的脏衣服堆在一起，便伸手拿了起来："以后，脏衣服不要堆着了，拿给我洗吧。"

石兴国不好意思地伸手想要拿回衣服："不不不，不用了，你每天要翻译大量的石油资料，挺累的。再说，衣服也不脏，就算脏了，穿起来也抗冻，没事。"

许茹不同意："你们男人就是这样，糊弄自己。没事，我去给你洗洗，就当是脑力工作之外的体力锻炼，劳逸结合。"

石兴国还是摇头："那也不行，你看你身体刚恢复得差不多，要是万一累出病来，病倒了，就麻烦了。不用洗，不用洗。"

两个人正一人拉着衣服的一端争执不下，齐占山过来找石兴国，走到门口，听见屋内有说话声，就好奇地偷偷掀起门帘看了看，见许茹和石兴国两人正拉着衣服望着彼此，便悄悄退了出去。屋里的两个人都没有发现这个无声的访客……

一番争执，终于还是许茹先放了手，石兴国拿回了衣服，藏在床底下，然后看了一眼许茹，两人都有些尴尬地笑了笑。许茹起身往外走，走了两步又回头对石兴国说道："哦，对了，你抽空给克拉玛依打个电话吧，来大庆这么久了，估计大妮心里挺惦记你的，你别让她太担心了。"

石兴国点头应着："嗯，我知道，我怕一打电话，她又到高峰局长那里闹着要来，现在哪有时间照顾她呀。等忙完这一段再打吧。"

许茹一想也是："那你记着尽快打吧，总不能让她担心吧。好了，你忙吧，我走了。"

"你路上慢点，外边路滑，天又这么黑。"石兴国说着要送许茹。

"你去忙吧，不用送，我自己能回去。"许茹拦住石兴国，出了屋子。夜色中，许茹又回头看了一眼屋子，一步一步离开。忽然，一束光照亮许茹脚下的路，许茹回头，石兴国拿着手电筒静静地站在门口。

许茹心中的感动油然而生，却只是挥了挥手，离开了。拿着手电筒的石兴国仍凝神伫立在门口。

夜色漆黑，宿舍内，工人们都在睡觉，任新我却翻来覆去睡不着。旁边的田义文眯着眼睛说道："老任，睡吧，这都几点了……"

任新我有些烦躁："快天亮了。"

"那你还不睡？一整晚，跟烙煎饼一样……"田义文嘟哝道。

任新我侧着身不说话。沉默了一会儿，田义文问道："老任，你的伤好点没？"

任新我叹了口气："好了，我现在没病没灾没事了，所以才睡不着啊。"

田义文奇怪了："那是为啥？"

"不为啥，你睡吧，别吵醒了大家伙儿。"任新我说着，起身穿上鞋，朝屋外走去。

天渐渐地亮了。任新我蹲在门口，望着远处一排排干打垒，不停地叹气，身后，田义文也带上门出来，蹲在他身边："老任，我知道你为什么睡不着了，这段时间，我看你是身上的病好了，心里的病又出来了。"

任新我看看田义文："是啊，我着急啊，你看大家都在热火朝天地为大会战做准备，我却成了一个没用的人。这一排排的房子，我连一铲土的力都没出上，我心里能不难受吗？"

田义文拍拍他的肩："不要这么说，这不你的伤才刚好吗？慢慢来，不着急，等咱们盖好了房子，做足了准备工作，大会战就万事俱备，只欠东风了。"

任新我望着遥远的天际："小田，我和你不一样，你好歹是改造过来的人，可我，还是一个有着深重罪孽的人，我要给国家赎罪，我不能让国家养着我，不能成了大家的负担。"说着，任新我朝不远处的仓库走去。

田义文忙追上去："老任，你干啥？"

任新我来到仓库内，打开一个箱子，从里边取出测量仪器来。田义文跟进来，劝道："老任，我知道你来大庆是想早日投入工作，可是，也不急在这一时啊，俗话说，'磨刀不误砍柴工'，等大家都准备好了，到时候，有的是机会。"

任新我一边往外走，一边坚定地说道："我不是要立功，我就是不想当一个废人。"

田义文迟疑着："可，可你也不能太冲动，这大庆的地形，你也不是很熟悉。"

任新我自信地说："没关系，测量我还是能做得来。小田，对我来说，来大庆，也许是我这辈子最后一次为国家做贡献了，我打算大庆会战胜利后，就……"

任新我忽然停住，没有再说下去，然后转了话题："放心，我没事。"说完，朝矿区外走去。

田义文抬头看了一眼天空，灰蒙蒙的很阴沉，忙追上去："我和你一起去。"

两人一前一后走在雪地上，身后，歪歪扭扭、深深浅浅一连串的脚印，从矿区里一直延伸到远方。

雪地上，田义文和任新我固定好测量仪器，任新我便开始测量起来，一边测量，一边在手里的小本子上做记录。田义文环视了一下四周，从包里掏出地图，打开看了看，走到任新我跟前："老任，这里是长垣地区的中心，从这里测量，一定不会错。"

"是的。"任新我没有抬头。

田义文又提出自己的意见："我看我们有必要扩大测量范围，你看，这长垣外围，这地形……"田义文说着，指着地图上的一块地域给任新我看，"这地形，肯定含有石油。如果我们在长垣中心以及外围探测的话，发现新油田的可能性极大。"

任新我点头："嗯，很有这个可能性。"

田义文说完，卷起了地图，说道："老任，你在这里等我，我去外围那一带看看，一会儿回来。"

任新我应着："好，你自己注意安全。"

田义文答应着，揣起地图朝外走去。

田义文翻山越岭，一路插下地标，来到一处峡谷。此时，他抬头看了看天，天阴沉沉的，像是要掉下来，他皱了皱鼻子，嗅了嗅空气，一粒雪不偏不倚落在他的鼻尖上，他忽然说道："不好，大雪暴要来了……"田义文立刻朝峡谷外跑去。

这时，天上已经开始下起了雪粒……

田义文着急地跑出峡谷外，爬上一块大岩石，才发现峡谷外已经是风雪漫天，雾蒙蒙一片了，根本看不见地标，也看不见路，更看不见任新我了。田义文急切地大喊："老任……"没有任何回应。田义文只好迎着风雪，用袖子挡着脸，冲进风雪里，跌跌撞撞朝来时的路跑去。

这时候，任新我同样在风雪中被吹得睁不开眼睛。他跪在雪地上，一手扯着仪器包，一手将笔记本紧紧攥在手里，周围风雪呼啸。眼看机器要被吹跑，任新我赶忙趴在机器上，两手紧紧抱住。他回头向四周看了看，大雾弥漫，只有自己一个人，不由着急地大喊："小田……田义文……"

周围没有回应，任新我看看天气，风雪太大，为避免被大雪埋在这里，他只好抱着机器，努力往前移动。走了没几步，一脚踩空，任新我抱着机器从雪原上掉了下去……

32

　　雪原上，田义文冒着风雪爬上来，却不见了任新我，到处找都没有。他大喊着任新我的名字，却没有人回应。

　　风雪太大，他只好匍匐在地上到处转着不停地喊。忽然，田义文听到一丝微弱的回答，他朝雪原下看去，模模糊糊看到任新我的身影，他急忙连滚带爬溜到雪原下。

　　任新我额头流着血，怀里紧紧抱着测量仪器，手里还攥着测量数据的记录本。田义文焦急地问道："老任，你怎么样？"

　　任新我无力地说道："我没事，你拉我一把，我好像起不来了。"

　　田义文拉了拉任新我，几经挣扎，任新我仍没能站起来。

　　任新我无奈地道："小田，不行了，我卡在岩缝里了。给，你把这个先拿回去。"说着，把手里的笔记本交给田义文。

　　田义文坚决地摇着头："不，老任，你要起来，我们一起回去。"

　　任新我望着田义文："看样子，是大雪暴要来了，我们两个不能被埋在这里。你想办法回去，把测量数据交给石大队长。机器先放在这里吧，等你回来找我时，有可能更容易找到。"

　　田义文急得团团转，却毫无办法，最后只能无奈道："老任，那你要多保重，我马上找人回来救你。"说完拿起数据本，马上跑步离去。

　　任新我一个人待在雪原下，风雪越来越大，他将仪器抱进怀里，用体温温暖着："好家伙，我不能让你冻着，大会战，可就靠你了啊！"

　　田义文跌跌撞撞地跑回大庆矿区，远远看到铁三从宿舍里走出来，挥手刚要喊铁三，一不小心却摔倒在雪地上。他动了动嘴巴，发现嘴巴被冻得僵硬，说不出话来。他努力挣扎着站起来，又朝背对着自己的铁三踉跄跑去……

　　铁三站在宿舍门口，看着漫天风雪自言自语："大庆啊大庆，自打我铁三来了大庆，你就没给过我一天好脸色看。你说你下暴雪，就算你下刀子，我们也一样在你地皮上钻个洞，把石油给打出来！"说完，刚要转身进屋，忽然看到雪人一般的田义文蹒跚着走过来。铁三赶紧迎了过去，田义文吃力地扬了扬手，接着"扑通"一声趴倒在雪地上。铁三忙弯腰去扶："田秀才？你这是……咋了？遭打劫了？"

　　田义文蠕动着僵硬的嘴唇："快，快，快通知石大队长，去救人……"

　　铁三一听就急了，扔下田义文就跑。跑了几步，又回过头来，一把将田义文扛起来朝石兴国办公室跑去。铁三扛着田义文跌跌撞撞闯进石兴国办公室，大喊一声"大队长"，石兴国吃了一惊，问明了情况，马上召集了几个工人，随着刚刚缓过神的田义文向风雪中出发了。

　　漫天风雪笼罩着整个矿区。风雪中，石兴国带着铁三等工人把绳索绑在腰上，一个连一个，防止走丢和掉队。绑好后继续在风雪中艰难前行。

　　风雪太大，石兴国把嘴贴近田义文的耳朵："田义文，具体在什么方位？"

　　田义文也用力吼道："在长垣中心附近，队长，我们快一点，老任快撑不住了！"

　　石兴国招呼着："大家快！拉紧绳索，跟我来……"

　　经过一番艰难的跋涉，黄昏时分，石兴国等人终于找到了雪原下雕塑一样、全身都是雪和冰凌的任新我。大家围了过去。

　　石兴国摇着任新我："老任，老任你怎么样？"

　　任新我已经不会说话了，只气息微弱地眨了眨眼。

　　"你别动，我们把你抬出来。"石兴国说着就想去拉任新我。

　　田义文提醒道："小心，先把仪器取出来吧。"

　　大家去扳任新我的手，才发现他的手和机器已经冻在了一起。田义文看看石兴国："队长，老任的手……"

石兴国也没有其他办法："扳吧，不然，老任出不来。"

大家齐心合力，结果，任新我的手心和手掌被揭去一层皮，大家都不忍心地背过脸去。

石兴国指挥着大家把任新我拉了出来，就俯下身去要背任新我，却被铁三一把拉住："石大队长，让我来，我力气大，跑得快。"

"好，那交给你了。"说着，石兴国将任新我扶到铁三的背上。铁三立马背着任新我朝矿区走去。

一群人跟在后面，转眼被风雪吞没。大家好不容易才穿越风雪的阻隔，回到矿区，又是一阵忙碌。多处冻伤的任新我，让大家唏嘘不已，也没有别的办法，只能让他慢慢恢复。

几天后，大庆会战指挥室内，王振华、王海龙、乌瓦诺夫、石兴国等领导和专家在开会。

王振华首先说道："这段时间以来，这里的气候非常恶劣，再加上我们保障条件有限，很多同志倒下了。下一步，海龙局长，我们还是想办法给大家解决一下生活问题，尽量避免太多的非战斗减员。"

王海龙面露难色，但还是点着头："好吧，我们尽最大努力。"

王振华转头看向石兴国："兴国，任专家身体怎么样了？你们一定要照顾好。"

"哦，这段时间，田义文让铁三专门照顾老任，已经好多了。"石兴国回答道。

"好，让他多休息，别着急……"王振华话音未落，外面传来重重的脚步声，铁三气喘吁吁地背着任新我，和随后跟着的田义文一起出现在门口。铁三放下任新我，任新我看着大家说道："总指挥，石大队长，对不起，我又给大家添麻烦了。"

石兴国走上前一把握住任新我的手："不不不，老任，你身体怎么样了？总指挥要任命你为这次大庆石油会战的现场勘探专家。"

王振华忙接口："是啊，任新我同志，根据你的探测数据，以及苏联专家和几位北京专家的联合论证，证明了长垣以及外围，存在大量可开发的高质量的石油。我们的石油大会战马上开始，就在长垣打第一口井。"

任新我有些迫不及待："总指挥，让我参加吧，我能行。这些天，铁三一直照顾我，还给我熬了参汤，我现在跟小伙子一样了。"

看着有些虚弱，但精神饱满的任新我，王振华信任地点着头。

任新我眼含泪花，激动地说道："谢谢总指挥，谢谢各位领导。"

"咱们大会战万事俱备，只欠东风了。大家都回去准备准备，明天，咱们就让东风刮起来。"王振华激昂的话语赢得大家热烈的掌声。

大家都忙碌了起来，石兴国、王前进带领自己的班组研究下一步工作；许茹和闫竹等人则为大家赶制统一的工作服，尖刀钻井队的标牌格外显眼。

大庆油田的发现是中国石油工业发展史上的重大突破，使中国石油工业进入了快速轨道。1960 年 4 月 29 日，石油大会战全面展开，来自全国石油系统的各路参战大军，齐聚萨尔图草原，举行了隆重的万人誓师大会。

会场上红旗招展，其中王前进的 1205 钻井队和石兴国的尖刀钻井队旗帜特别抢眼。各路会战英豪情绪饱满，斗志昂扬。

震天的锣鼓声中，石油工人们队列整齐，尖刀钻井队和 1205 钻井队分列两边，和其他支援大庆的钻井队一起，接受了石油部领导和会战指挥部领导的检阅。

检阅场上，不时响起领导和石油大军的吼声。

"同志们好！""同志们辛苦了！""一切为了祖国！一切为了石油！""石油工人一声吼，地球也要抖三抖！"石油大军的气势震天动地。

检阅完毕，王振华望了望会场上整齐雄壮的队伍，拿起话筒，开始讲话："同志们，今天的大会，是动员大会，也是表决心大会。刚才，大家的口号喊得很好，'一切为了祖国，一切为了石油！''石油工人一声吼，地球也要抖三抖！'同志们，今天，是不平凡的一天，也是大庆辉煌未来的第一天，为了大庆会战胜利，我们要不惜一切代价！下面，我宣布，大庆会战誓师大会，现在开始……"

几挂长鞭炮炸响，锣鼓也敲了起来，台上台下所有人都热烈鼓掌。

台下，王前进被队友们抬着站了起来，石兴国也被尖刀队人抬着站了起来，两人互看一眼，王前进憨笑一下，看了一眼主席台，石兴国也望向主席台。两人一起向主席台跑去。

身后的队伍，各自为各自的队长加油呐喊。

王前进抢先一步跑上主席台，一把拿起话筒，紧跟而来的石兴国伸手去抢，却没抢到，紧接着，其他各路代表也纷纷跳上主席台来抢话筒。

被众人围追堵截的王前进死死抱住话筒不撒手，看实在躲不过，索性一下子钻到桌子底下，同时喊着："我先讲，同志们，我先讲……"

台下一阵哄笑。大家不再争抢，王前进从桌子底下钻出来，整整衣衫，说道："同志们，大庆会战，1205队要打出第一口井……"

石兴国大喊："尖刀队也绝不落后！"

又有人喊："我们要第一个完成目标！"

王前进看向石兴国："我们第一个向你们挑战……"

誓师大会热烈的场面让全体石油人激动不已。石兴国却并不知道，此时远在克拉玛依，却有人唯恐天下不乱，恶意制造着不和谐。

克拉玛依矿区食堂内，梅大妮正在刷碗，刘大勇阴阳怪气地走过来："哟，这不是一心想当局长夫人的梅大妮同志吗？怎么？局长夫人开始亲自刷碗了？我们这待遇也够高级的啊！"

梅大妮一看是刘大勇，没好气地说道："狗拿耗子多管闲事。"

刘大勇眉毛一挑，说："嘀，脾气也长了，梅大妮，我不是管闲事，我是为你好。"说着，刘大勇凑近梅大妮耳边，"我实话告诉你吧，大庆会战，没个三五年，是结束不了的，你就别指望你家石兴国能回来了。我估计啊，人家早就想和你离婚了。"

梅大妮一下瞪大了眼睛："啥？离婚？"

刘大勇一脸的得意："对啊，那不然为啥和我家许茹一起去大庆呢？你也不想想，那两个人以前是啥关系？"

梅大妮不信:"你胡说!你又骗俺!"

刘大勇狡辩:"我啥时候骗你了?上次,你找领导,不是说很快也让你到大庆去吗?可你咋还在这个地方呢?"

梅大妮沉默了。

刘大勇继续编排:"这不明摆着你被石兴国给骗了吗?领导也是向着石兴国的,只有我看你可怜,说句实话。哎,啧啧啧,一个人带孩子,挺难的吧?"

梅大妮强装镇定:"总之,不关你的事。"

刘大勇又故意打量着梅大妮:"看看,看看,这就是你的毛病。你看看你,浑身上下,除了这一身膘,哪还有一点女人味?要身材没身材,要脸蛋没脸蛋,嗓门又那么大,你说你拿什么和我家那个漂亮有文化的许教员……啊不,现在是许干事,比呢?"

梅大妮听完刘大勇的话,脸色煞白,没有说话。

刘大勇又火上浇油:"这女人啊,就要柔声细语像常春藤一样缠着男人,才会拴得住男人。我要是你家石兴国,我也不要你啊。"

梅大妮终于忍无可忍,手指食堂门口,吼道:"你给俺滚……"

刘大勇往后退去:"滚就滚,话我说明白了,想没想明白,你自己掂量着办吧。"说完,刘大勇窃笑着离去。

梅大妮的手指渐渐松了开来,手里的碗"啪"的一下掉到地上摔碎了,她仿佛没听见般站在原地只顾默默流泪。沉默了一会儿,梅大妮倔强地一把擦干眼泪,红着眼朝门口走去。

梅大妮离开食堂,一瘸一拐地朝办公区方向走去。她气冲冲地来到高峰办公室外,刚要用拳头砸门,忽然想起了刘大勇的话。刘大勇那番关于女人要温柔,要示弱的话回响在她的脑海里,于是,她整了整衣裳,轻轻地敲了敲门。

屋内高峰应答了一声"进来……",梅大妮才推门走进去。

梅大妮眼睛红红的走进高峰办公室,没有像往日那样哭闹,只站在那儿低着头不说话。

高峰惊讶地看着梅大妮,问道:"梅大妮同志,你这是怎么了?"

梅大妮可怜兮兮地说道:"俺求你一件事,求你让俺跟俺家石兴国通个电话吧。俺怀疑,石兴国要和俺离婚。"说着,泪眼婆娑的梅大妮"哇"的一声大哭起来。

高峰奇怪地问:"你这话是从何说起啊?到底发生了什么事,石兴国不是在大庆参加大会战吗?怎么会和你离婚呢?"

梅大妮牢骚满腹:"就是因为去了大庆,才音信全无啊!自打去了大庆,就没给俺来过一个电话,这不是要和俺离婚,这是要干啥?"

高峰一听笑了:"呵呵,梅大妮同志,这就是你的不对了。大庆会战有很多工作要做,我听说石兴国每天都很忙,顾不上打电话,这是很正常的,你不要胡思乱想了。"

梅大妮坚持道:"不,高局长,俺知道你们都向着石兴国。这一次,俺要亲口问问他到底心里是咋想的?还有没有俺梅大妮?"

高峰迟疑了:"可是,这……"

梅大妮紧追不舍:"高局长,俺知道你们领导有办法,你就替俺给石兴国打个电话吧,算俺求你了。"说着,又要哭。

"好好好,梅大妮同志,我这就跟大庆方面联系,你别着急啊!"高峰答应着立刻开始拨打电话。

此时石兴国宿舍内,齐占山听说马上开始打油井,非常兴奋。石兴国细心地嘱咐要做好打井前的全部准备工作。

两人正交谈着,周远走进来:"老石,政委喊你去他办公室一趟。"

石兴国抬头:"政委?什么事?"

周远摇头:"不知道,你去看看吧。"

石兴国点点头站起来朝屋外走去。

走进王振华办公室,石兴国问道:"政委,你找我?是不是关于明天开钻的事?"

王振华指了指桌上的电话:"石兴国,咱们石油工人为国家找石油,是为大家,但也不能不管小家,没有小家,大家庭的集体温暖就不能实现。以后,要多和你爱人沟通沟通。看看，梅大妮把电话都打到我这儿来了，人家对你的意见该有多大啊？"

石兴国惊诧了："是梅大妮的电话？"

王振华点点头。

石兴国有点难为情："谢谢政委提醒。"说着拿起电话。王振华摇着头出去了。

石兴国把话筒放到耳边："大妮，喂，是大妮吗？"电话里，传来了梅大妮的哭声。

高峰见梅大妮接通电话，也悄悄走出办公室，并带上了门。

梅大妮一听见石兴国的声音，立刻怨气冲天地哭喊道："石兴国，你不是人……"

石兴国一听，有点摸不着头脑："大妮，出啥事了？你先别哭啊……是不是出什么事了啊？你告诉我。"

梅大妮抽泣着："俺，俺……俺就是想问问你，你是不是真的不要俺了？要和俺离婚了？"

石兴国不解："这是谁说的？我什么时候要和你离婚了？"

梅大妮嗔怪道："那你咋走了这么久，连个电话也没有，俺还以为，还以为，你真的不要俺和孩子了……"

石兴国这才明白："你啊，就为这个啊？大妮，你别胡思乱想了，没有的事啊……"

梅大妮迟疑了一下，还是说出了心中的那个顾虑："那你告诉俺，你和那个许茹，现在到底是咋回事？"

"我和许干事，没啥事，你放心吧。虽然是一起来的，但是我是来大庆支援大会战的，人家许干事也是来大庆支援会战的，各干各的事，只不过都在大庆。大庆有上万人，都聚在这里，我能和人家许干事有什么事啊？"石兴国耐心地解释着。

梅大妮又固执地说："那你给俺保证，不会和许茹有任何问题。"

石兴国忙声明："好，我保证。"

梅大妮不依不饶："你还要保证，这辈子，就算……就算俺死了，你也不会和许茹有任何瓜葛。"

石兴国愣了愣，说道："大妮，你没事吧？什么死不死的，瞎说什么呢。"

梅大妮没完没了："你到底保不保证？"

石兴国无可奈何："好，我保证，我石兴国这辈子只有梅大妮一个妻子，不会和别的女人有任何的瓜葛，满意了吧？"

梅大妮终于满意了："嗯，好好，这样才对。石兴国，俺想你了，咱们的孩子也想你了。"

石兴国也放下心来："我知道。"

梅大妮又提出："那……俺也想去大庆，你能不能跟领导说说，让俺也到大庆去？"

"这个……大妮，你听我说，现在，大庆这边的条件很艰苦，还特别冷，你和孩子留在克拉玛依我放心，不受罪。等开了春，暖和一点了，我就接你和孩子过来，行不？"石兴国劝道。

"好，石兴国，你说话要算数。"梅大妮想了想答应了。

"嗯，算数。"石兴国许诺道。安抚好了妻子，石兴国松了一口气，告别政委就回去了。

打完电话，梅大妮从高峰办公室里出来，长吁了一口气，有些欣慰地抬头看了看天空。走了几步，梅大妮停了下来，转了个方向，朝刘大勇家走去。

来到刘大勇家屋外，见屋内亮着灯，梅大妮大声喊道："刘大勇，你给俺出来，刘大勇……"

刘大勇掀起门帘出来："喊什么喊？催命呢？"

梅大妮怒气冲冲骂道："呸！刘大勇，你个黑心黑肺黑肠子的，你见不得俺家石兴国比你好，你就挑拨离间俺们夫妻的关系。俺告诉你，你做梦，俺刚刚和俺家石兴国通电话了，他心里只想着俺和俺家闺女，没你家狐狸精什么事！以后，你少在俺面前说那些没用的，俺不听！"

梅大妮一口气骂完，刘大勇只是挖了挖耳朵，一脸无所谓。梅大妮又穷追不舍道："还有，老娘俺没身材、没文化也轮不到你来嫌弃俺！俺家石兴国就喜欢俺怎么了？俺还告诉你了，你家狐狸精温柔漂亮有什么用？你还不是守不住？刘大勇，俺看啊，你才不是个男人，连个狐狸精也管不住……哈哈哈……"

刘大勇听到这里，脸顿时黑了，转身"咣当"一声关上门，进了屋。

次日许茹捧着一面红旗，急匆匆朝石兴国办公室走来。原来，这几天许茹一直在为尖刀队绣队旗，今天终于绣好了。

办公室里，石兴国打开许茹递过来的旗子，上面"尖刀钻井队"几个字绣得非常工整。石兴国笑着表示感谢："辛苦你了，许干事。"

"没什么，以后如果还有啥需要的尽管说，我能做的一定尽力。毕竟，大会战是大家的事，能为大会战出力，我很高兴。"许茹说道。

这时周远走过来："许干事，你看我们队和王前进的1205队打擂台，你觉得谁会赢？"

许茹看着周远："那当然是希望你们能赢过铁人王前进了，再怎么说我也是从克拉玛依过来的。"

周远笑道："哈哈哈，许干事，冲你这句话，咱们就不能输给1205队。"

说话间，屋外锣鼓声震天。

周远看向石兴国："开始了，走吧，咱们的尖刀队队长，打擂去。"三人互相看看，快速走出办公室。

大庆矿区，锣鼓声震天，两支工人队伍身着工衣，头戴工帽，各自举着标语，从矿区整齐地朝井场走去。

石兴国的尖刀钻井队举着"一切为了祖国，一切为了石油"的牌子，王前进带领的1205钻井队的工人们举着"宁可少活二十年，拼命也要拿下大油田"的牌子，同时迎着北风斗志昂扬地朝工地走去。

井场上，北风呼啸，红旗飞舞着猎猎作响，工人们顶着强风依旧干得热火朝天。

田义文查看了一下仪器，压着头上的帽子跑向石兴国，他的身体在大风中几乎被吹得站不稳。他大声喊道："队长，现在西北风的风力是七级，到了晚上，估计有八到十级，这么大的风从西伯利亚北冰洋那边吹过来，恐怕又有大暴雪要来了……"

"什么？"石兴国没听清。

"我说，大暴雪，有可能是冰冻，要来了……"田义文扯着嗓子又重复了一遍。

石兴国看了一眼田义文，又转头看了看不远处的 1205 钻井队，说道："快去通知矿上做好预防大暴雪的准备，我和大家伙儿去帮帮王队长那边。"说着，朝王前进的队伍跑去。

这时王前进指挥着队伍，喊着号子，正在安底座、安钻机、装井架下钻机。

看到石兴国和他的尖刀钻井队加入进来，王前进问道："石大队长，你们这是……"

石兴国说道："风太大，先把钻机固定住再说。"于是，众人齐心合力地固定钻机。

段铁生边干边喊着"大干流大汗，北风当电扇！"惹得众人哈哈大笑。经过大家的努力，终于完成了安装固定工作，天也渐渐黑了下来。大风越刮越猛，矿区看不到一个人走动，大家都躲到屋里烤火。

大家围着一盆火，听着屋外的狂风怒吼，默默地都不说话。石兴国看了看大家，提议道："段铁生，来一段……"周远也帮腔："对，来一段秦腔。"

段铁生搔着脑袋："唱什么呢？"

齐占山想了想："五十七师好样的。"

段铁生拉开了架势，唱开了秦腔："西安城头捉老蒋，中条山上歼日顽……"

连日的西北风让气温急剧下降，哗哗流淌的河水，渐渐结冰。

这一天铁三钻出宿舍，外边一片银白，屋檐上的冰凌倒挂着，铁三伸手折了一根，放进嘴里咬了一口，骂道："这老天爷的屁眼冻坏了，下什么冰冻啊？"

大家纷纷走出屋外，有人拿盆子凿冰化水洗脸，有的拿锄头锄冰，和其他人抬一大块冰回屋，食堂的人更是拿出了锅碗瓢盆来凿冰化水。

石兴国和周远站在高地上查看冰冻情况。放眼望去，到处是一片一片的冰，真是冰天雪地了。

"老石，现在怎么办？这么罕见的冰冻，百年不遇啊，非叫咱们给赶上了。"周远发愁。

"是啊，走，去那边看看。"石兴国说着，朝河上走去。

河面上也结了厚厚的冰，两人站在上面，周远故意跺了跺脚，厚实的冰层一点动静都没有。周远感慨道："老石，老天爷让寒潮提前来了，而且，是铺天盖地的寒潮，我还没见过连地上都结冰成冻层的。"

石兴国也是一筹莫展："是啊，这就是大庆，气候让咱们摸不透啊！"

"这要是三五天化开了还好，要是化不开，恐怕咱们的吃水都成问题了。"周远又说道。

石兴国皱着眉头："回去想想办法，看看我们能不能制服这鬼天气。"周远点点头，两人向回走去。

很快，石兴国和周远、田义文、任新我等人在办公室里开会，商量打井开钻的问题。任新我站起来指着地图上的一个标点说道："从理论上来说，这一口井，对于我们的意义非常重大，虽然寒潮延误了工期，但是如果开钻，这一口井必须最先打开，而且，越早开钻越好。"

周远提出："可是，我们没有在冰上打过井啊。"

田义文却信心十足："这个不怕，我有办法，我们可以用炸药炸开冰面和冻土层，然后开钻打井。"

周远非常赞同："对啊，怎么没想到这个办法呢？好办法。"

其他人也都点点头。

说话间，齐占山走进石兴国的办公室，说道："队长，这下，吃水真的成问题了，你出来看看吧。"

石兴国和周远等人走出办公室，屋外大家都拎着洗脸盆、水缸子、空水壶等眼巴巴地望着石兴国。

"老石，占山说得有道理，不能再等了，必须要想办法。这半个月时间，咱们驻地周围二里地的冰水和雪水都给吃光了，再不想办法，我们要被渴死了。"周远皱眉说道。

石兴国立刻转身："我这就去找政委。"说着，朝王振华办公室走去。

王振华的办公室内，王海龙、黎明等人在开会。王海龙正在发言："……这样的天气，实在不适合开工。我看，还不如把队伍拉下去，撤到附近的城市，等来年开了春，天气暖和了，冰也就自然融化了，再回来打井。虽然这样有点费时费力，但确保了安全过冬。"

有人点头。

这时，石兴国敲门走进来。

王振华招呼："石兴国，你来得正好，我们正在研究队伍过冬问题。冬天提前到来了，而且今年冬天大庆出奇的寒冷，部里有的同志建议把队伍先撤下去过冬，有的同志不同意。部领导让咱们研究一下，拿出个方案。你是来自一线的，说说你的意见。"

石兴国没有多想，坚定地说道："政委，各位领导，我的想法是，坚决不能撤！"

大家一愣，互相看了看。

一位常委问道："石兴国，如果不撤，这么多人，要吃要喝要取暖，后勤保障能不能跟上？职工生活能不能有保证？这些，你考虑过没有？"

石兴国道出了自己的想法："我考虑过职工的生活，但我更考虑过大庆的开发。首先，如果撤下去，这几万人的搬迁可不是小事，这得消耗多少人力物力；其次，人撤下去了，设备怎么办，井架没有人管了，油井没有人管了，必然又是消耗。这样，咱们的大会战就会成为一场拉锯战和消耗战。现在国家、老百姓勒紧裤带支援我们会战开发，如果推迟开发时间，会给国家造成更大困难。更为重要的是……"他看了看各位领导，"开钻打井更不能等。"

"为什么？"王振华问道。

石兴国从怀里掏出地图，挂在墙上，指着地图对领导们说道："我们研究过了，这几口井，我们现在非打不可，它关系到下一步整体井位的布置，更关系到大庆以后油田面积能不能进一步扩大，所以必须尽快拿出第一手的资料来。"石兴国看了看大家，加重语气，"所以，立架开钻，一天都不能耽搁！"

王振华看了看大家，又看着石兴国："你有把握吗？"

石兴国点点头:"我们研究过,有办法。"

一位领导还在迟疑:"冰凌期开钻,没有这个先例啊!"

石兴国坚定地说道:"我们石油师有老传统,如果需要立军令状,我代表尖刀钻井队,向会战指挥部立下军令状!"

一位常委看着石兴国:"你考虑过后果没有?"

石兴国摇摇头:"开弓没有回头箭!当年红军飞夺泸定桥,没有人考虑过后果;爬雪山过草地,也没有人考虑过后果!我们的誓言就是一切为了祖国,一切为了石油!有条件要上,没有条件,创造条件也要上!"

黎明带头鼓起了掌,随之,王海龙等人也都鼓起了掌。

王振华看了看大家,下定决心:"那么,咱们就背水一战。不过,只能成功,不能失败!"说着,看向石兴国,"要说军令状,我们党委、在座的各位和你一道立!"

石兴国立正,一个标准的军礼:"谢谢首长!"

有了党委和领导们的支持,工作进展飞快。随着"砰砰"的巨响声,井场的冰面被炸飞,石兴国带领队伍开始开钻打井。

河道冰面上,工人们拉着井架和钻杆在冰面上行走,肩拉手推,钻井机器——被运到冰封雪裹的井场……

井场,机器轰鸣。

王前进走过来,握住石兴国的手大声说道:"石大队长,你的这个炸药爆破法,是史无前例啊!炸破冰块和冻土层,破冰探水,我王前进就没有想到。好,实在是好,加快了咱们的工期啊!"

"王队长,你过奖了。"石兴国谦虚道。

王前进摆摆手:"我这是肺腑之言啊。通过这一招,我王前进已经把你看成是真正的、唯一的对手了,这次的大庆会战,我一定要和你一较高下!"

石兴国笑道:"欢迎欢迎,咱们大家一块努力加油干!"

有了这个新办法,工作进度一下快起来。一望无垠的银白世界,数不清的红旗在招展,数不清的井架林立,更有数不清的石油工人在奋战……

这天，一辆吉普车驶进矿区。停车后，唐国恩从车里出来，看了看四周，目光落向前方的一个高地，对身后的秘书说道："小李，咱们去那边看看……"

秘书从车里取出大衣："部长，你的大衣，外边风大……"

唐国恩大步朝高地走去，秘书拿着大衣跟了上去。登上高地，唐国恩放眼望去，远处的荒山、井场、干得热火朝天的工人们，尽收眼底……一旁四处观望的秘书忽然上前对唐部长耳语了几句。唐国恩回头一看，王振华和王海龙等人赶了过来。

王振华笑着打招呼："唐部长，没想到您悄悄来大庆视察工作啊！"

唐国恩亲切地说道："怕给你们添麻烦，可还是给你们添麻烦了。"

王振华忙说道："唐部长哪里的话，只是我们没能及时安排接待。"

唐国恩摇摇头："接待就不必了。我啊，早就想来看看了。这个冬天你们总算熬过来了，不容易啊。总理几次提到大庆，担心你们熬不过去，可是，你们不但战胜了寒冬，还坚持开钻打井。毛主席、周总理听了都很高兴！特地让我代表他们来看看大家。"

大家都很激动，黎明兴奋地问道："毛主席也知道咱们冬天开钻了？"

唐国恩风趣地说："毛主席还知道你们创造了很多鼓舞人心的诗句。什么'宁可少活二十年，拼命也要拿下大油田'，什么'有条件要上，没有条件，创造条件也要上'，还有什么'学两论，找油田'……"

王振华不好意思了："那都是我们瞎琢磨的口号，哪能算诗。"

唐国恩肯定道："怎么不算诗？连毛主席那么大的诗人都说是诗，谁能说不是诗？好，好啊，大庆快要成为咱们中华民族的新的精神高地了。不愧是咱们的工人力量啊！"

王振华笑着说道："大会战开展以来，工人们的热情一直很高，干劲十足，涌现出了各种口号，各种奋斗目标。"

"好啊，这是好事啊。一个国家没有精神头不行，一个人没精神头也不行！你们可要坚持下去。我看哪，我们这一代石油工人喊出的这些口号，比打出的石油还金贵！要让咱们石油人的子子孙孙、世世代代都铭记在心，永远不能忘记……"唐国恩称赞道。

"对对，还是唐部长比我们想得远。"王海龙笑着说道。

唐国恩朝远处的井场工地看去，问王振华："怎么样？王振华，这么多人在一口锅里吃饭，众口难调，你这个大总管当得怎么样啊？"

王振华笑了笑："还行。万事开头难。刚开始，各地的工人们聚合在一起，工作和生活上的矛盾摩擦是不少，不过慢慢就都好了。"

唐国恩也笑了："一个槽里拴不了两头犟驴，何况这是群英荟萃呢，哈哈哈，难免的，不过有你王振华，我就知道万事不愁喽。"

王振华谦虚地摇摇头："不是我的功劳，是党委的功劳，集体的功劳。工人们一心想着大会战，劲往一处使，就不难管理了。"

几人都笑了，唐部长望着远处感叹："天气要变暖了，春暖就会花开啊，好时节就要来了，你们可要给我大干一场啊！"

王振华坚定地表示："嗯，唐部长放心，工人们都铆足了劲，整整憋了一个冬天，盯着大庆，要大干一场呢！"

唐国恩点点头："那就好，咱们大庆也来个'天翻地覆慨而慷'，怎么样？"

王振华等人不禁拍手叫好，几人爽朗的笑声传出去很远很远。

33

正当大庆人满怀激情投入新的会战时，一场预料不到的灾难降临到这片多灾多难的土地上。

在"三年困难"时期，国民生产总值连续下滑，粮食严重减产，蔬菜供应紧张，全民陷入吃不饱饭的境地。

饿着肚子的刘大勇猴蹲在椅子上，摆弄着桌上的收音机，里面传出新闻播音员的声音："……面对自然灾害的威胁，毛主席指示我们，要勒紧裤腰带，扛过自然灾害……"刘大勇没听完，一下子关了收音机，站起来摸了摸自己快要掉了的裤腰带，烦躁地紧了紧，自言自语道："勒紧裤腰带，肚子就不饿……"

肚子虽然勒紧了，但依然咕咕叫着，已经没啥可吃的刘大勇在家里翻箱倒柜起来。小石头放学回来进屋一看便问道："爸爸，你在找什么？"

刘大勇焦躁地叫嚷："找什么？能找什么？找吃的……听说你妈在大庆成了文化干部，怎么每次寄回来的粮票和钱越来越少？是不是在外边给了别的男人？"

小石头已经懂事了，自然护着妈妈："爸爸，妈妈不是那样的人，上次妈妈寄的钱，你买酒了，就没有了……"

刘大勇转过头来，恶狠狠地教训小石头："小兔崽子，你知道什么！老子什么时候买酒喝了？这饿死人的日子，谁还有心思喝酒？"说着，见小石头背着的书包鼓鼓的，几步走过去，一把摘下书包胡乱翻着，"你书包里装的是什么？是不是吃的？你妈就是偏心，是不是偷偷给你寄钱了？说！"边说边把书包翻了个底朝天，甚至每一本书里都没放过，生怕漏了什么。

旁边的小石头眼泪汪汪地看着刘大勇："妈妈没有偷偷给我寄钱……"

刘大勇又一把拉过小石头，把他身上也翻了个遍："是不是在身上？兜里有没有？给我掏出来！"见身上还是什么都没有，刘大勇生气地一把推开小石头，"臭婊子，这么心狠，不给老子吃，老子饿死这个小王八犊子！"

忽然刘大勇眼珠一转，又拽过小石头，狠狠地对他吩咐道："去，看看食堂今晚上有没有什么吃的，给我偷点来。"

"我不去，我不当小偷。"小石头向后缩着身子，坚决拒绝。

"你说什么？我看你去不去！"刘大勇暴躁地逼近小石头，挥起拳头就抡过来。小石头吓得扭头朝屋外跑去……

小石头一直跑到工地上，那里堆放着一堆井上材料，他看了看，钻进一个井圈里坐下，抱着膝盖抽泣起来，边抽泣边低声喃喃道："妈妈，妈妈你什么时候回来？小石头想你……"

突然，一只小手抓住他的胳膊摇了摇，小石头抬起头，看到眼前站着一个小姑娘，正是偷偷跑出来玩的石祝捷。

小祝捷看到小石头哭得伤心，怯怯地问："哥哥你怎么了？为什么哭了？"

小石头看了她一眼，又低下头去。小祝捷从口袋里掏出一颗糖递给小石头，关心地说："给，吃吧，你是不是饿了？"小石头抬头看着石祝捷手里的糖，没有接。

小祝捷高举起小手："我妈妈给我买的，哥哥你吃吧。"

小石头摇摇头："我不是你哥哥，我也不能吃你的糖。"说完，又低下头去。

穿得干干净净，又乖巧伶俐的小祝捷看小石头不理她，想了想说道："哥哥，我爸爸去大庆挖石油了，我都好久没见过他了。哥哥，你有爸爸妈妈吗？"

小石头点点头说："我有，我妈妈也去大庆开采石油了。"

小祝捷终于找到了理由，说道："那这样你就吃吧，咱们的爸爸妈妈都有一个不在家，你可以吃我的糖了吧？"

共同的经历让小石头顿时对小祝捷有了亲近感，刚要伸手接糖，就听见梅大妮在外面大喊："祝捷，祝捷……你在哪儿？"

"妈妈，我在这儿。"小祝捷答应着，把手里的糖塞给小石头就要出去，梅大妮循着声音三两步跑了过来："祝捷，你在这儿干什么？"说完一眼看见小石头，忙警惕地拉过小祝捷，不善地看着小石头质问道，"又是你，倒霉孩子，说，是不是骗俺家祝捷的东西吃了？"

小石头不说话，本能地把手攥紧。梅大妮看到他的动作，一下子扑过去掰开小石头的手，抢走那颗糖："俺就知道，龙生龙凤生凤，老鼠的儿子会打洞。你参刘大勇不是个东西，你也不是什么好货，就知道骗小孩子，是不是看着俺家祝捷好欺负啊？都骗了俺家祝捷啥东西？说，身上还有没有？"梅大妮说着就去翻小石头的口袋，小祝捷哭着阻拦："妈妈，妈妈，你干什么呀？"

小石头狠狠地看着梅大妮，然后一把推开她就跑，梅大妮在身后大骂："猴崽子，你给俺站住……"

这场罕见的灾难也影响到了克拉玛依的生产。工人们饿得干不动活儿，产油量大幅度缩减。运输公司的车队也就几近闲置了。但刘小青依然坚持领着司机们按时对车辆进行检修保养。

司机们饿着肚子擦车检修，免不了抱怨连连，都嚷嚷着人都快饿死了哪还有力气伺候车，车停在原地又不会饿死。还有人提议反正矿上也没啥活儿，大家与其整天在这儿看着这些不能顶饭吃的铁疙瘩，还不如干脆把车队解散，各人自己想办法活命。

刘小青理解大家的抱怨，耐心解释着这些车的金贵，解释眼前的苦难只是暂时的，大家都再坚持坚持，再苦再难，车队也不能给矿上增添困难。再说了，只有把车照顾好，生产的时候才能赶得上进度，才不会掉链子。

听刘小青的话讲得有道理，司机们都停止了抱怨，笑着点头表示一定支持刘小青，提高思想觉悟，勒紧裤带挺过这段时间。车辆检修保养完，几人说笑着走开了。

目送司机们渐渐远去，刘小青叹息着摇摇头。一回头，忽然隐约看见车尾有人影闪过，赶紧悄悄跟了过去。

原来小石头趁大伙说话没注意，偷偷爬上一辆车厢，然后迅速用麻布将自已裹了起来……

　　警觉的刘小青还以为是偷车贼，顺手拿了一根棍子，悄悄靠近车厢，却没有发现人。她又爬上车箱检查，忽然看到车厢里麻布下动了动，便踢了一脚，举起棍子喝道："出来，我看见你了，你是来偷车还是偷油的，给我出来……"

　　小石头吓得不敢动，刘小青继续威胁道："你再不出来我可要砸了啊，我告诉你，我手上可是有棍子的，对付三五个人不成问题，听见没有？"小石头吓得哆哆嗦嗦地从麻布下面探出脑袋。刘小青看清楚是小石头，吃了一惊："小石头？你怎么会在这儿？你跑到车上干什么？快出来……"

　　刘小青说着，拉出了小石头，给他拍了拍身上的土，问道："小石头，你这是干什么？告诉姑姑，是不是有人欺负你了？"

　　小石头一脸委屈，眼泪汪汪地说道："我要去找妈妈……"

　　"好端端的，怎么想起找妈妈了，你妈妈远在大庆呢。"刘小青惊讶道。

　　"我就是要到大庆去找妈妈，爸爸老是喝酒，喝了酒就骂妈妈，还打我，我想去找妈妈……"小石头抽泣起来。

　　听了小石头的哭诉，刘小青气不打一处来，拉起小石头就走："气死我了！小石头，你跟我走，姑姑找你爸爸算账去！"

　　小石头跑出家门，刘大勇非但不管不顾，而且不知把家里的什么东西拿去换了酒，一个人在家里兴致勃勃地喝着。

　　刘小青拉着小石头，气冲冲地闯进屋来，刘大勇爱答不理地看了他们一眼，继续喝自己的酒。刘小青二话不说，上去就摔了刘大勇的酒壶。

　　"你疯了？我好不容易换来的酒！"刘大勇心疼又可惜地看着地上的酒壶，却并没有酒流出来。微醉的他嬉皮笑脸地说道，"不过，刚喝完了，是空的，哈哈……"

　　刘小青厌恶道："哥，你怎么变成这个样子了？"

　　刘大勇吊儿郎当地看着妹妹："什么样子？你认不出来了吗？哈哈哈，好好看看，我还是不是你哥……"

　　刘小青看着刘大勇又是无奈又是生气："那你说，你是不是又欺负小石头了？整天就知道喝酒，跟一个孩子过不去，你这像什么样子啊？"

刘大勇被刘小青数落得不耐烦，嚷道："说的这是什么话？你就相信一个小孩子的话，来找你哥兴师问罪？你哥我就这个样子了！我家的事，你少管，自己也老大不小了，还有脸说我？管好你自己的事，找个男人嫁了，还能吃一口饱饭。像你这样的老姑娘，赖着老刘家不嫁出去，说出去都不嫌丢人……刘小青，你怎么从来就没向着过我一次啊？是不是打心眼里瞧不起你哥啊？"

刘小青不甘示弱："你这半死不活的样子，我就是瞧不起你！怪不得许茹嫂子要去大庆，你看你这家里，酒臭味熏死人，谁能待得住？"

"我的事，你少管！"刘大勇气哼哼道。

刘小青走近哥哥，眼睛一眨不眨地瞪着他："那我只问你一句话，小石头，你到底管不管？"

刘大勇不屑一顾："不是我的种，我凭啥要管？！"

刘小青被气得咬牙切齿："你！哥，这话你都能说得出来，亏你还是个男人！你不管我管，小石头，咱走！以后就跟着我出车，住车队。你喝喝喝，喝死你算了。"说完拉着小石头就走。

刘大勇瞪着眼大吼："啥？你咒我死？"

刘小青语气软下来："我是为你好，哥，你能不能争口气？"

刘大勇有气无力地摆摆手："我饿，饿得没力气争，你身上有钱就给我点，没有就赶紧给我出去，少来烦我，我没你这样的妹妹。"

"有也不给你，更何况没有。懒得理你！"刘小青说完，转身拉着小石头走了。身后，刘大勇"哐当"一脚踢上了门。

饥饿侵袭着克拉玛依，也侵扰着大庆。仅大庆油田，就有6000多人得了浮肿病。由于严重缺粮，职工体力极度透支，有的副司钻拉不动锚头，有的钻工抡不动大钳，抬不起吊卡，石兴国尖刀队有个工人甚至在井架上饿得昏倒……

唐国恩听到王振华的汇报，非常吃惊。会战队伍绝不能倒下来，绝不能饿死一个人，他在办公室来回走了几圈，下定决心要一手抓生产，一手抓生活，一定战胜饥荒。但是不能再给总理添麻烦，他想到了部队，想到了娘家人。

为鼓励大家齐心协力战胜困难，矿区大院的宣传栏里贴了一张告示："史无前例的大饥荒，需要大家同舟共济，'勒紧裤腰带'渡过难关。党中央和石油工人一条心，石油战线承担着新中国建设的重大工程，国家正在想尽一切办法，调用物资，保证石油工人的生产和生活。请大家放心。"

众人围着告示看完，脸上都有了些许笑容，知道国家没有忘记自己，内心又充满了希望。

经过王振华打电话求救，同样困难的部队倾尽全力支援了大庆六万斤粮食。粮食运到，王振华嘱咐赶紧把这些救命粮按人头分发下去。

听说要发粮，食堂门前瞬间热闹起来。案板上堆放着分好的一堆堆玉米、大豆、土豆、红薯、杂粮等，黎明站在一旁，指挥大家分配食物。工人们排好队，食堂大师父挨个给每个人发放粮食。

部里要求想尽一切办法不能饿死一个人，但这些粮食也只是杯水车薪，王振华头疼地再次召集大家开会，商量下一步怎么办。

会议室内，王振华、王海龙、黎明等人都在，每个人看起来都瘦了一圈。王振华望着大家语重心长地说道："现在矿上的情况大家都看到了，这么多人吃饭是个大问题啊。虽然咱们目前还不算是最糟，但这样下去，必定会出现饿死人的情况，我们必须做好预防准备。现在国家很困难，拿不出更多粮食，部队的支持也只能解燃眉之急，所以，我们必须立足自身。我考虑了一下，当前要抓这么几条：第一，调整队伍，老弱病职工一律到二线，一线职工每个月要按百分之二十比例下来轮休；第二，加强伙食管理，干部下食堂，提高饭菜质量，收集替代食品；第三，组织打猎队、打鱼队，猎取野兔山鸡水产，补充粮食不足。大家看看，还有什么办法可想？"

大家纷纷献计献策，有人建议发动职工家属去挖野菜，有人提出要组织开展大生产，这里土地肥沃，到了秋天，就有粮食了。

党委书记孙延民最后说道："我提醒一点，在这个时候，我们大会战的各个队伍，稳定是前提，不能乱，不能慌，才是应对大饥荒的根本态度。"

大家都表示赞同。王振华看了一眼石兴国，问道："石兴国，你最了解工人队伍，你说几句。"

石兴国想了想："总指挥，我觉得目前两班制，工人们的体力跟不上，能不能倒成三班制，这样，周期是拉得长了一点，但是可以保证职工恢复体力。"

王振华点点头，最后总结道："好。那么大家回去，各扫门前雪，做好各自的应对办法，想到什么好的方法，咱们及时交流，确保咱们的生产和生活正常进行。"

夜晚来临，工作了一天的许茹出去打了一个电话。回到宿舍，几个女人正在悄悄商量着什么，看许茹进来，都不作声了。

一人见许茹眼圈有些发红，问道："许茹，你有心事吧？"

许茹忙摇头："没，我没事。"

"哎，有啥想不开的，说出来，大家帮你出出主意。虽然咱们是天南海北的，但是既然都到了大庆，就是一家人了，有啥难处，说说。"那人一副关心的样子。

"我真没事。"许茹不想说太多。

几个人互相看了一下，使了个眼色，那人又说道："对了，许茹同志，我看你也是一个人吧？"见许茹点头，接着说，"那干脆这样好了，你不如找个人结婚。这样，夫妻嘛，就是在困难的时候相互扶持，日子也好过一点。我听说啊，明天开始，咱们矿上要分配粮食了，结了婚的分得多一些，你要是肚子里有了，就多一口人，还能再多分呢，挺划算的。"

另一个人也说："是啊，是啊，我们几个都商量着找人结婚呢，咱一个炕上睡的，也不瞒你，你也找个人这么干。我看你们克拉玛依来的尖刀队的石兴国队长，也是一个人，那人挺不错的，不如你们俩假结婚好了。"

许茹有些匪夷所思："石大队长有爱人了……"

"那怕啥，反正假结婚，到时候分完了粮食，再离婚也不迟。咱们一个宿舍的，就给你支个招，你听我们的吧，错不了。"一个人鼓动道。

许茹连连摇头："不，我不能那样，我不能假结婚，我已经有孩子了，你们聊，我睡不着，出去走走。"许茹说着，起身走了。

身后那几个女人愣了一下，然后不屑地看着许茹的背影叽叽咕咕地议论知识分子的清高、不合群，还有人担心许茹知道了她们假结婚的事会去告密，又有人分析现在这么乱，大家各顾各的，不会有人管这些闲事……几个女人你一句我一句热闹了一阵儿，终于睡了。

在饥饿的大地上，大家都在各自想办法度过困境。

克拉玛依的车队，大家围在一起开会，所有人脸上的气色、表情都不好。陆万里用力嘬了几口旱烟，说道："大家都别怨我，没办法，饥荒严重，咱们车队也不能养这么多人啊，有没有思想先进的，暂时离开车队回老家的？举个手，我记个名，到时候灾荒过去了，再把大家叫回来，这也是一种给车队给克拉玛依做贡献的办法。"

陆万里说完，看着大家，大家都低头不语，尤其是上次那两个喊着要回家的司机，头埋得更低。陆万里见没人搭腔，只好自己继续说："那好吧，我先举个手，记个数，其他人，还没想好的，回去好好想一下这个问题，明天来找我也行。还有一个问题，关于咱们车队，车多人多活少的问题，咱们想办法解决一下，怎么样用最少的人，跑最多的车，拉最多的油？"

一司机没好气道："那得是三头六臂的妖怪。"

陆万里看了那人一眼，没吭声。刘小青接着说："队长，你看能不能这样。以前，咱们是一个司机一辆车，每次只能拖一个油罐，要想实现队长的设想，就只能是一辆车上同时挂好几个油罐了。"

陆万里又嘬了几口烟，然后说道："好，这个办法好，不仅节省开支，还少费油，就是时间长点，这也无所谓，明天，我就到领导那里去提建议。好了，散会吧。"大家各自散去。

这时候，在与克拉玛依相隔万里之遥的大庆，石兴国睡了一会儿，忽然翻身起床，他撕下自己衣服上的半截袖子，比划比划，折叠成口袋模样，在灯下缝起来。一会儿缝成一个口袋，然后系在腰间，又接着上床睡觉了。

天亮了，隐在夜色中的矿区在黎明到来时现出一片荒败，工人们有气无力地拿着碗，在食堂外排队，摸着肚皮喊饿……

食堂师父给每个人的碗里盛上一小铁勺杂粮炒面（一种混合的面粉，经过炒制加工），一碗绿菜汤。

石兴国打了饭，没有马上吃，而是朝僻静处走去。后面的许茹看到，跟了过去。

石兴国将一碗汤一口气喝下，摸了摸肚皮，然后揭开衣裳，将那半勺熟面装进口袋，再系回腰间。身后的许茹看着石兴国，问道："你这是在干什么？"

石兴国转身看到许茹，赶紧系好衣裳，说道："哦，没什么……"

"给我看看……"许茹说着就来揭石兴国的衣裳。

"别看了，让别人看见了笑话。"石兴国慌忙躲闪。

"我都已经全看见了。我问你，你是不是把吃的东西都省下来了？还有上次被人抢走的那些粮食，也是你这么一点一点从自己嘴里一口一口抠出来的？"许茹心疼地质问道。

石兴国笑着拍了拍肚子："谁吃了都一样，反正我也不饿，你看，这不还饱着呢。大妮和孩子的口粮，我晚点再给寄过去。"

许茹看着石兴国，再也说不出什么，心痛地转身就走。

回到宿舍，许茹从床底下掏出一个包裹，把里边收拾好的东西拿出来，分成两份，又包了起来。身后，有其他人回来，看许茹收拾东西，问道："许茹，你啥时候回家？"

"不回了。"许茹回答。

"为啥？不是想儿子了吗？"那人纳闷地问。

"想，但有人也需要照顾。"许茹说着拎着包裹走出宿舍。

许茹拿着自己省下的口粮和一些钱来到邮局，将已经分成两份的东西分别寄给了梅大妮和刘大勇。

几天后，收到包裹的梅大妮心里却不安起来。

晚上，她照顾女儿睡下："祝捷，你先睡，妈妈一会儿就回来，好不好？"

小祝捷怯怯地看着梅大妮："妈妈，我怕……"

梅大妮安抚着女儿："不怕，祝捷乖，听话。"

"要是爸爸在，我就不怕了。"小祝捷的话让梅大妮眼圈一热。

"好孩子，别担心，妈妈一定给你把爸爸找回来，你先睡，睡一觉起来，爸爸就回来了。"梅大妮又帮小祝捷掖了掖被子，出门往唐娜家走去。

唐娜刚要脱衣服睡觉，忽然听见有人敲门，接着传来梅大妮的声音："唐大夫，俺是梅大妮。你能出来一下吗？"

"哦，好，你等一下……"唐娜披上衣服下床去开门。

打开门，梅大妮一脸歉意地笑着站在门口："唐大夫，打扰你休息了。俺，俺有点事，想请唐大夫帮忙……"

看着梅大妮吞吞吐吐的样子，唐娜友善地笑道："没事，时间还早呢，有啥事咱进屋说吧。"

梅大妮犹豫着，问道："唐大夫，你不怨俺吗？俺以前因为许教员的关系，对你也不好。"

唐娜摇头："没事，那都过去了。再说了，其实都是女人，我也能理解你，快进来吧。这样的年头，活命都不容易，谁还记得那个，进来吧，没事。"

"哎，好……"梅大妮跟着唐娜进了屋。环顾了一下屋子，梅大妮羡慕地说道："唐大夫真是个有文化的人，房子这么干净，书这么多。"

"嗨，周远又不在，一个人无聊，就看看书呗。大妮，别站着，坐吧，什么事坐下说。"唐娜热情地让座。

梅大妮迟疑道："唐大夫，俺今天收到一封信，是从大庆寄来的。以前，俺家石兴国给俺和孩子寄东西，从来不寄信，这一回，不知道咋回事，竟然有一封信，俺不怎么认字，你帮俺看看，是不是离婚书？"

唐娜笑着摇摇头："呵呵，你怎么会那么想呢？一定是叮嘱你和孩子好好生活之类的话。"

梅大妮把信交给唐娜，唐娜一边拆信，梅大妮一边说："俺是奇怪啊，以前寄的东西都不多也没信，这一次，东西还挺多，又特意写了信，俺真怕是有了这回，就再也没下回了。"

"你先别担心，我给你看看啊。"唐娜说着打开信，"咦，奇怪……"

梅大妮一听忙去看信纸，又看看唐娜："怎么了？是不是真要和俺离婚？"

唐娜看着熟悉的笔迹，心里感慨万千。

梅大妮见唐娜不说话，心急地追问："唐大夫，你看啥呢，这到底写的什么啊？"

"哦，我看看，我给你念念吧。我亲爱的大妮……"唐娜反应过来，赶紧念信。

第一句话，梅大妮就乐了："这个石兴国，啥时候还学会说这样的话了？结婚这么久了，就没对俺说过一句。"

唐娜继续读道："你和孩子都好吗？我很好，不要担心我……"念完信，唐娜把信交给梅大妮，"念完了，放心吧，不是要跟你离婚，是要你照顾好自己和孩子。"

"这个石兴国，头一回嘴这么甜，估计也是不好意思打电话说，才写信的吧。"梅大妮说完甜蜜的一笑，"哦，对了，唐大夫，还想求你一件事。俺想给石兴国打电话，可俺不知道怎么打，号码也记不住，你明天能不能帮俺给石兴国打个电话？俺想叫他回来，咱们这里一斤面能做八斤的大馒头了，能吃饱饭了，不知道大庆有没有挨饿，石兴国有没有吃饱饭。"

唐娜听了梅大妮的话，说道："这个，全国各地都在闹灾荒，我听周远说大庆饥荒也很严重，不过，石兴国能给你寄那么多生活物品来，说明还不是很严重，你就放心吧。"

梅大妮却说："俺不放心，俺就是不放心石兴国那个人，他就是个大傻子，一心只想着别人，从来不知道对自己好。俺想叫他回来，咱们克拉玛依能吃饱饭了，比哪里都好。俺也不去大庆了，让他回来也吃口白馒头。"

唐娜想了想："嗯，那好吧，明天，我也想给周远打电话，顺便给你捎带一声。"

梅大妮非常高兴："那太好了，谢谢你，唐大夫，太谢谢你了。那俺走了，唐大夫早点休息吧，谢谢啊。"

唐娜起身相送，见梅大妮走远了，唐娜摇摇头，自语道："哎，这个许茹，也是个大傻子。"

这边梅大妮正憧憬着丈夫回家、一家三口吃白馒头的美好未来，而远在大庆的石兴国却还在一口口省着自己的口粮。

石兴国再一次将一勺子熟面倒进口袋，系回腰间，然后拿着缸子来到屋外的水龙头跟前，接了一缸子水，一仰头，一口气喝完，接着又接了一缸子，咕咚咕咚地喝完，打了个饱嗝，才往回走。

石兴国回到屋内，看见许茹在等他，忙问："你怎么来了？"

许茹没有回答，看着石兴国手里的水缸子，也问了一句："你去哪儿了？"

石兴国说谎："哦，我去刷个牙，漱漱口，清醒清醒。"

许茹叹了口气，起身将身后的一碗面糊糊端过来，递给石兴国："吃吧，这是给你留的。"

石兴国摇摇头："我不吃，你看我，肚子这么圆，饱得很呐！不信，你看看。"说着，拍拍肚子，还打了一个饱嗝。

"你就吃吧，我都看见了……"许茹扭过头去流下泪来，"我看见你喝凉水了。"

还想隐瞒的石兴国见许茹说得明明白白，便低下头不说话了。许茹抹了一把眼泪："这碗面糊糊，你快吃了吧。"

石兴国想了想，端起碗说道："你看见了，我就不瞒你了，我是大人，不是小孩子。我刚刚是因为吃了自己袋子里的几口面，噎着了，才去接水喝，没别的。你放心，我要好好活下来，好好打石油，好好照顾大妮和孩子，以后回到克拉玛依，我还答应过小石头要教他采石油呢。你放心吧，我不会有事的，这是你从嘴里省下来的，留给小石头吧，给，你端回去……"

见石兴国依然狡辩着不吃，许茹生气道："石兴国，你要是饿死了，我……我看都不看就回克拉玛依去！"

石兴国笑了："你放心，我绝对不会饿死，给，这碗面糊糊，你听我的，端回去……"说着，把碗塞到许茹手里，扳转许茹的身体朝门外推，"你也回去吧，太晚了……"推着许茹出了屋，石兴国一把将门关上。

"石兴国，你就是个大傻子，大傻瓜，你不吃，我吃！"站在屋外的许茹边说边大口地吃起来，大颗大颗的泪珠儿噼里啪啦落到碗里。

站在屋内门边的石兴国也泪流满面，无言地听着门外的动静。听到许茹自己吃了面糊糊，不由会心一笑，双手抹了一把脸上的泪，朝桌旁走去。

长期的营养不良，再强壮的身体也顶不住。石兴国眩晕的次数越来越多。每次头晕时，为避免误事，他就拿笔尖扎自己的胳膊，用疼痛让自己清醒些。

这天石兴国在办公桌前正自己把自己扎得龇牙咧嘴时，周远刚巧走进来看到："老石，你在干什么？"

石兴国掩饰："哦,我头有点晕,可能昨晚没睡好,我用这个办法清醒一下。"

周远摇着头走过来："我看啊,你那是饿的,饿晕了都……"

石兴国反驳："才没呢,我这身子骨,一时半会儿饿不晕……"

正在这时,齐占山突然气喘吁吁地跑进来："队长,不好了!一个刹把手饿晕了,一头栽在井口上了!司钻手去拉,结果手被机器咬住,一只左手也没了!"

周远连忙又问："那现在人呢?"

齐占山回答："已经送医院了。"

"去看看。"石兴国急忙向外走去。

临时医院的病床上,两个受伤的人躺在那里,任新我照顾着。石兴国揪心地走到跟前打听伤势。

任新我介绍情况："都是硬伤,不要命,但就是残疾了。医生说只能做简单的处理,保住命。"

此时昏迷的两个人醒来,顾不上疼痛,嘴里喃喃着："吃的,给我口吃的……"

石兴国摸了摸空空的口袋,着急地对旁边围着的人说："快,先给他们找吃的……"

田义文等人转身朝不远处的田地里跑去。

早已经收获完的土地上,好多人撅着屁股努力地在土里刨啊刨,偶尔刨到一个土豆或者一块红薯,就会兴奋地举起来大喊大叫几声。

齐占山、田义文等人也都跳下地去,加入到刨土大军中……

34

饥荒在持续，所有人都饿得面黄肌瘦。大庆油田办公室里，领导们开会总结讨论这段时间出现的问题。

石兴国咽了几口唾沫，用手撑着桌子站起来发言："大庆会战，我们克拉玛依第一批参加的石油工人，总共三千七百九十六人。目前，浮肿人数三千七百九十人，其中，假结婚一百四十对，全部和平离婚，谎报人口的也都经过核实，给予了严厉批评，犯错误的同志们都及时改正了错误。"

脸庞清瘦的王振华点点头："嗯，大庆饥荒非常困难，但是没有出现一个饿死的人，这是大家的成绩，实属不易啊。不过，灾荒还在继续，情况不容乐观，咱们生产自救还是得抓紧。"

众人纷纷点头，表示一定会尽全力组织大家进行自救，扛过这段难熬的时间。

面临被饿死的威胁，人们想尽各种办法、找出各种东西往肚子里填。矿区组织工人支起一口大锅，里面热气腾腾地煮着牛皮条，有人在一旁拿根棍子在锅里搅动，然后捞起来给大家分发锅里滚开的水："大家快来喝牛肉汤，喝一碗一天不饿……"

饿得或坐或躺在旁边的人们被"牛肉汤"吸引，都挣扎着爬起来围到锅边，眼巴巴地望着里面，而后叹息、摇头。

还有人撕开石油工衣，扯出里面白花花的棉花，翻找里面的棉花籽吃。看

着面目全非的工衣，看着嘴角沾着棉花籽碎屑、眼神空洞的老人，看着整个矿
区荒凉的景象，石兴国既心疼又无奈。大家都挣扎在死亡线上，他不忍做过多
的苛责……

即使在应该热闹的集市上，也没有了往日的繁华，大家都无精打采地摆
着些日常用品或者拿出一些东西来准备交换，几乎看不到任何和食物有关的
东西。

田义文一只手揣在怀里，猫着腰一步一步走在集市上，饿得几乎要走不动
了，两只眼睛倒是灵活地滴溜溜不停转着，搜寻一切可以吃的东西。

前面围在一起的一堆人吸引了他，走过去扒开人群，看到一个老乡正蹲在
地上卖一盆煮熟的土豆，大家都咂巴着嘴，垂涎欲滴地盯在土豆上。

"让开，让开，我买，我买……"看到吃的，田义文激动地使劲儿往前挤。

老乡一下子将土豆捂在怀里："一个土豆一块钱，你有钱不？"

田义文顿时愣住了，灵机一动，问道："那换不换？"

老乡看着田义文："也换，你有什么？"

田义文一下子高兴了，立刻掏出一直揣在怀里的那块带链的精致怀表："老
乡，你看我这个东西值多少钱？能买你几个土豆？"

老乡眯着眼睛看了看："看你是个文化人，就换给你两个吧。"

田义文高兴地拿着两个土豆回去了。

宿舍里只有任新我一个人捂着肚子瘫坐在凳子上，似乎睁眼的力气都没有
了。听到动静，勉强睁了一下眼看了看。

田义文走到任新我身边，拿着土豆在他眼前晃了晃："有救了，有救了，老
任，有救了……"

任新我突然眼睛一亮，一把抓起一个土豆，问道："土豆？哪来的？"

"买的。"田义文撒谎道。

"太好了，有吃的了，真香啊。"任新我没注意到田义文的表情，只顾兴奋
地往嘴里送土豆。

为了避免让别人看见，田义文赶紧转身去关门。然后两人一人一个大口吃
起来。任新我边吃边问："你一大早去哪儿了？用啥买的土豆？"

田义文支吾道:"现在不开工,去哪儿都没人管,你快吃吧,别问了……"

正在此时,忽然听见身后宿舍门被人踹开,一下子冲进来好几个人,领头的人凶神恶煞般说道:"住口!不许吃……"

两人惊慌地看了几人一眼,田义文急忙一口塞下最后一口土豆,任新我吃得慢,手里的土豆还有三分之一。那人一下子冲上来,一把夺过土豆,咽了口唾沫,问道:"哪来的?说,你们怎么会有土豆吃?是不是偷鸡摸狗,偷来的?有没有损害工人阶级的集体利益?"

田义文吃饱了肚子,说话也有底气了:"你饿傻了吧?胡说八道什么?"

那人恶狠狠地说道:"早就看你小子鬼鬼祟祟有问题,今天终于被我抓住了,一定有猫腻,走,我们要到领导跟前举报你,偷吃工人阶级的土豆!"几个人说着,不容分辩地钳着田义文和任新我去找领导。

会议室里,王振华和石兴国还在为被毁工衣的事情烦恼。王振华看着堆在桌上的一堆堆白花花的棉絮痛心不已:"没想到,咱们大庆矿上已经到了这种地步。"

石兴国叹了口气:"还没来得及进行具体的统计,被毁掉的石油工衣大概不在少数。"

王海龙插言:"我听说其他矿上,因为饥荒,出现的怪事更多。"

王振华叹息道:"哎……也不能完全责怪咱们的工人,他们是因为饿啊。把工衣发下去,组织妇女同志重新缝起来吧。还有一件事,咱们大庆的情况,唐部长很重视,听说这两天要来检查工作,看望大家,咱们要做好接待工作。"

石兴国听了眉头一皱:"唐部长这个时候来?我担心唐部长看到咱们石油工人有气无力、无法搞生产的状态,会很失望。"

"我也担心这个啊,所以,我们能不能想想办法,让唐部长看到咱们大庆石油工人精神还在,相信咱们一定能顺利度过大灾荒?"王振华征询大家的意见。

王前进想了想说:"那就喊口号,嘴巴张大,使劲儿地喊,拼命地喊,让唐部长听听咱们石油工人的精气神还在,还没有给饿跑。"

石兴国点点头:"嗯,咱们石油工人一定要让唐部长放心,让祖国放心,石油师人精神是饿不垮的。"

王振华同意:"这个办法可行,嗯,我看再写几条标语,醒目一点的,你们两个下去好好组织大家,做好工作。"

说话间,办公室外传来吵吵闹闹的声音。大家奇怪地向门口望去,王前进站起身出去查看,其他几人也跟着出了办公室。

办公室外,工人们押着田义文和任新我嚷嚷着要领导出来评理。几个人七嘴八舌地控诉为什么有的人有东西吃,有的人就要挨饿,这太不公平了,也同样不能容忍这样两个没有集体意识的人在他们中间。

王前进第一个跨出门,见大家吵成一锅粥,忙劝道:"大家不要吵,一个一个地说。"

一个工人跨前一步:"王队长,我们都是来参加大庆石油会战的,全国自然灾害,为什么有的人有土豆吃,我们就只能煮牛皮条的水喝?"

王前进赶紧说:"大家都一视同仁啊,怎么回事?"

那人愤愤不平:"这两个人,背着兄弟们吃独食,这个是证据!"说着,举起了手里的半个土豆。

石兴国看着被押着的田义文和任新我,问道:"田义文,这是怎么回事?"

田义文理直气壮地为自己辩护:"他们冤枉我,给我扣帽子,仗着人多欺负人,我有什么办法?"

任新我在旁边不住地唉声叹气。

王振华哭笑不得:"看来,是一个土豆引发的上纲上线问题,好吧,田义文,你来说说到底怎么回事吧?"

田义文慨叹:"好吧,事到如今,面子不算啥。我承认,我拿了老任的那块罗马表,在集市上换了两个土豆,回来还没吃完呢,就被抓住了,这些人就说我们一定是偷了矿上的国家财产,还说什么投机倒把乱扣帽子,然后就被带到这儿来了。"

听完了这话,工人们不由地松开了田义文和任新我,都不说话了。

王振华和石兴国互相看了一眼,然后对大家说道:"好了,事情搞清楚了,大家心里都平衡了。目前是非常时期,政策是政策,形势是形势,既然是为了渡过难关，以物易物也没什么不好。这么着吧，我定一条政策，大家都可以用自己的私人物品，去集市上换一些吃的回来。只要不损害国家利益，只要是能活命，我都批准。听清楚了吗？"

工人们默默点点头。

王前进摆摆手："散了散了，大家都散了吧，保存体力，团结一致渡过难关。"

大家没了刚才的精气神，都垂着头迈着缓慢的步子散去了。走在最后的田义文拉住任新我："老任，我也是饿得没办法，那块表，以后我会赔你的。"

任新我叹息了一声："能救命就好，人活着最重要。"

田义文感激地看着任新我，两人一起朝宿舍走去。

女宿舍内，许茹和几个女同志正在灯下缝补那些被扯破的棉衣。门外忽然有人喊许茹去值班室接电话，她答应着赶紧放下手里的活儿，起身出去。

许茹急匆匆走到值班室，听值班人员说是克拉玛依打来的电话，她高兴地拿起听筒："喂？"

耳边立刻传来唐娜的声音："许茹，是我。"

"唐娜，太好了……小石头他还好吗？咱们克拉玛依怎么样？你们都还好吗？"一听到是唐娜，许茹激动地一连问了好几个问题。

"都挺好的，小石头现在由刘小青照顾，放心吧，不会有事的。对了，你不是要回来吗？怎么没动静了？"唐娜问道。

许茹一时语塞："我……"

唐娜顾不上许茹怎么回答，紧接着又问："全国大灾荒，克拉玛依也很严重，大家都没饭吃。许茹，我问你，你是不是给梅大妮寄过东西？"

许茹欲语还休："嗯……"

唐娜声音提高："这么说，真的是你？！梅大妮还以为是石兴国呢，拿来让我看你写的信，我一眼就认出来是你的字。许茹，你告诉我，你这么久不回来，扔下小石头也不管，是不是因为石兴国？"

许茹忙说："不是那样，你不要乱猜，这边的工作一时半会儿还走不开。"

唐娜似乎安心了："那就好，反正我知道，只要离开刘大勇，在哪儿你都会过得很好。我跟你说啊，你家刘大勇现在都快成克拉玛依的过街老鼠了。"

许茹一听："这话什么意思？"

唐娜解释："还能有什么意思啊？就是现在的刘大勇，偷鸡摸狗，啥事都干得出来，专门讨人骂，这不是过街老鼠是什么？"

许茹感叹："哎，他过去一直都自私自利，干出这样的事情，也不奇怪……"

唐娜又特意嘱咐道："最近我听说，他嚷嚷着要去大庆找你。家里都折腾光了，还到处败坏你的名声，你可自己多注意点。大庆也是，人多嘴杂，总之，不要让刘大勇再欺负你。"

"我知道……"听到这个消息，许茹有些心绪不宁。挂了电话，她的心里更乱了……

这个时候，梅大妮正在给小祝捷脱衣服准备睡觉。

小祝捷望着妈妈："妈妈，我饿。"

"你不是刚才喝过菜汤了吗？"梅大妮问道。

"我又饿了，妈妈，我能不能再吃一口熟面？"小祝捷可怜巴巴地请求道。

梅大妮回头看了一眼桌子上的一个铁罐子，旁边放着一个布口袋，正是石兴国在大庆日夜不离身的那个布口袋。她狠狠心，回头说道："祝捷，咱不饿，妈妈告诉你一个秘密。来，你盯着咱那个救命粮口袋和汤罐使劲看，看着它，就等于吃进了你的肚子里。这样，看一看肚子就饱了，饱了咱们就睡觉。今晚不能再吃了，袋子里是你爸爸一口一口攒下来的救命粮，要留着明天吃、后天吃，知道吗？"

小祝捷认真地点点头，乖乖答应了，一边配合梅大妮脱衣服，一边就盯着铁罐和布口袋看起来。突然窗户里伸进来一只铁钩子，慢慢移向布口袋，勾住，一点点往外拖。小祝捷瞪大了眼睛，在梅大妮耳边悄悄说道："妈妈，有人偷咱们的口袋。"

梅大妮回头一看，见口袋正被人拖着往外拉，慌忙回头低声对祝捷"嘘"了一声："嘘，别出声，妈妈去抓小偷。"梅大妮起身，躲过窗户缝，朝桌边走去。

小偷正是克拉玛依那个有名的"过街老鼠"刘大勇。屋外，他正踩着一块大石头，扭曲身体，贴近窗户，小心翼翼地用自制的铁钩子勾住那只布口袋一点点往外拉，高难度动作累得他一头大汗。他紧张地在心里不住嘀咕着："勾到了，近一点，再近一点就到手了……"

突然，钩子不动了，好像被什么东西卡住了。"怎么回事？钓到大鱼了？怎么不动了？"刘大勇奇怪地又晃了几下竹竿，忽然他一动不敢动。

原来屋内的梅大妮已经挪开了桌子，站在窗前，一手叉腰，一手拉着竹竿，怒目圆睁地看着窗户缝外的刘大勇。刘大勇透过缝隙自然也看到了梅大妮。心里正发虚，屋里的梅大妮嘀咕着："好啊，刘大勇，跟俺来劲是吧？俺让你好看！"突然双手拉住竹竿，大喝一声，"刘大勇！"

刘大勇一慌，竟然张口答应。同时，被梅大妮使劲一拽，刘大勇没有防备，硬生生被拽得砰地撞开窗户栽到屋内去了。刘大勇被摔得鼻青脸肿，躺倒在地上"哎哟哎哟"地叫着。

"刘大勇，你偷鸡摸狗，偷到俺头上来了？！"梅大妮怒目而视。

刘大勇缓了缓，不知羞耻道："那是我看得起你……"

"俺看你刘大勇看得起每一个人，这克拉玛依，哪一家你没偷过？"梅大妮一语揭穿他的本质。

刘大勇反倒很得意："偷怎么了？只要能吃饱饭，偷也是本事！"

梅大妮怒气冲冲地走过去戳着刘大勇鼻尖骂道："那你本事倒是不小啊？你个狼心狗肺的，知不知道那是俺跟俺孩子救命的口粮，是俺家石兴国从嘴里抠出来的，你知不知道？这你也来偷？还不以为耻，反以为荣！"

刘大勇开始胡说八道："哼，说得好听，什么石兴国嘴里抠出来的……我看啊，就是那对狗男女吃剩下，牙缝里剔牙剔出来的吧？"刘大勇说着，从地上爬起来，拍拍身上的土，竟然大摇大摆坐在了凳子上。

梅大妮并不相信，刘大勇却不断地添油加醋："你爱信不信！反正我是看透了，许茹去了大庆甩了我，一定是和那石兴国在一起了，要不怎么这么久不回来？连孩子也不看一眼，你不信是你不敢信！石兴国肯定已经和许茹生活在一起，不要你了。反正咱们两个局外人都不在他们身边，他们要多自在就有多自在！"

梅大妮依然很自信："你还当俺是傻子好骗啊？俺给你看，看看俺家石兴国给俺写的信，你就知道了。"梅大妮说着，找到那封信甩在刘大勇面前。

刘大勇一看，脸上的表情顿时不知是哭是笑。

"你，你这是哭还是笑呢？你什么意思？"梅大妮奇怪起来。

"笑，我笑你太笨了；哭，我哭我太傻，太窝囊。"刘大勇恨恨地说道，"这信，哪是石兴国写的啊？分明就是我家许茹的笔迹，我认得一清二楚，看吧，他们俩已经在一起了，只有在一起许茹才会替石兴国给你写信，这就是证据啊，证明石兴国已经不要你了，你还不知道，哈哈哈哈。"刘大勇狂笑。

小祝捷在床上揉揉眼睛："妈妈，爸爸真的不要我们了吗？"

梅大妮信以为真，气得一把从刘大勇手上夺过信，撕得粉碎，边撕边骂："石兴国，太气人了！为什么让狐狸精给俺写信？俺在家给你好好照顾孩子，你就在大庆风流快活，石兴国，俺饶不了你！"

刘大勇见自己的话起了作用，紧跟着撺掇道："哎，这就对了，一定要找他们俩算账，咱们一起去找。我有法子，咱先找领导，明天就去。"

第二天刘大勇和梅大妮站在邱建设面前，一脸责问。邱建设为难道："刘大勇、梅大妮同志，你们俩想去大庆的志愿很好，但是，目前我真不能批准啊。"

"为啥？你不就是管理后勤的科长吗？高局长都说了这事归你管，难道你不想管吗？"梅大妮语气不善。

刘大勇扯了扯梅大妮的衣服后襟，干咳一声示意她注意言辞，梅大妮却不理睬刘大勇，双眼仍然死盯着邱建设。

邱建设也干咳了一下，说道："梅大妮同志，你说话不要太难听嘛，这，真没法子批。你们也知道，现在大庆会战受到全国自然灾害的影响，基本上处于非常困难的阶段，你们去了，不但帮不上忙，还会添麻烦。"

梅大妮听了改口道："那俺们就不参加大会战，俺们是大会战工人的家属，理应到大庆去和家人团聚！"

邱建设依然不同意："家属更不行了，到处饿死人，你这一走，路上能不能安全到达，我不能保证啊。"

"那你凭啥把俺男人派到大庆去？影响夫妻团结……"梅大妮说着就哭哭啼啼起来。

刘大勇拉了她一把，示意她停止假哭，然后自己走上前去说道："邱科长，说句不怕你笑话的话，我刘大勇当过全国先进模范，也是个有技术的人，和石兴国钻井打石油不相上下，凭什么石兴国就可以去支援大庆，我就只能在这里混日子？"

邱建设看着刘大勇："这个嘛，石兴国是支援大庆的最佳人选，也是领导开会一致决定的。"

刘大勇摇头："不就因为他是石油师的嘛，我看是领导偏袒他，参加大庆会战，根本不是公平公正竞选出来的合适人选。"

邱建设被刘大勇噎得无话可说："刘大勇，你……"

梅大妮上来说道："一句话，邱科长，你到底让不让俺们去大庆？"

刘大勇紧跟着说："这么说吧，去大庆，对大家都好；不去大庆，对谁都不好。邱科长，你是聪明人，是不？"

邱建设犹豫了一会儿，只好无奈地道："那好吧，你们也不用在这里胡搅蛮缠了。这样吧，两位的思想觉悟都很高，都是好同志，但是请你们先回去等一等。我和大庆那边沟通沟通，看看那边的具体情况，如果条件具备，就让你们参加大庆会战。"

"那我们就回去等消息，谢谢邱科长！"刘大勇丢下一句阴阳怪气的谢谢后，和梅大妮出了办公室。

大庆的窘境，其实身在北京的唐国恩也感同身受。他积极上报情况，争取到一些上级下拨的生活补贴。知道总理非常重视石油工人们的抗灾生活，国家也是千方百计克服各种困难才调集到这批生活物资，唐国恩很感动，他即刻带着这批物资前往大庆。

矿区大门外，王振华带领着大家列队欢迎唐国恩的到来。一辆吉普车和一辆大汽车前后朝矿区驶来。队伍里一个工人却饿得发晕，跌倒了。旁边的人赶紧把他扶起来，那人咬牙坚持站好。

车子驶到跟前，唐国恩下车，王振华等迎上去。

"我来看望大家了……"唐国恩走近大家，看着大伙期盼的眼神，问道，"同志们，毛主席、周总理让我问大家，你们的生活怎么样啊？"

工人们互相看看，精神振奋，石兴国一挥手，大家齐声说道："身穿冰激凌，风雪吹不进，大干流大汗，北风当电扇！"

唐国恩眼眶湿润："好，好，好啊，大家说得好！可我知道大家这都是在说谎，总理在北京也知道你们生活很困难，惦记着大家，让我来矿上看看你们。以前，我来矿上看你们的时候，你们喊的就是这句口号。那时候，你们生龙活虎，我要你们大干一场，你们高声给我说'大干流大汗，北风当电扇'，今天，你们还说的这句话。我知道，咱们的石油工人，我的同志们，你们辛苦了，我代表总理，代表余部长，代表石油部，给你们鞠躬了……"

唐国恩深深地鞠躬，大家感动地流泪。唐国恩继续说："大家放心，总理答应我们，再难也不能难咱们为祖国做贡献的石油工人，一定想办法让大家渡过难关。为了勉励大家，总理亲自写了一副对联，让我给大家带来……"秘书拿出对联，上面写着"党是妈，井是家，听妈话，管好家"，工人们异口同声念出来。

"同志们，灾荒会过去的，以后，日子会好起来的。等日子好过了，国家第一个让咱们石油工人过上好日子！今天我带来了一车熟鸡蛋，发给大家，大家好久没吃过饱饭了，现在，大家去吃鸡蛋吧，一人两个，快去领……"唐国恩说完，工人们兴奋了，都跑过去围住汽车。司机打开车厢门，挨个分发。

王振华激动道："太好了，谢谢唐部长，谢谢总理。"

唐国恩充满歉意："国家也实在是太困难了，只能一人给两个……"

两人看着大家热闹地领着鸡蛋，心里又高兴又不是滋味。领到鸡蛋的人们紧紧握在手里，边吃边流泪。

刚才晕倒的那个工人，又虚弱地躺在了地上，王前进把鸡蛋剥开，送到他嘴边。石兴国也把鸡蛋塞到他手里："吃吧，吃饱了，就能站起来了。"

很快车里的鸡蛋发完了，每个石油工人都尝到了国家的关心。

唐国恩和王振华、石兴国来到办公室，坐下开会。唐国恩首先问道："目前国家这么艰苦，你们自己有没有什么好的办法渡过难关？"

王振华有些无可奈何："唐部长，我们矿上正在开展生产自救，石油生产就只能……只能暂时停下来了……"

唐国恩点头："难为你们了，是不得已而为之，国家知道你们矿上的困难。"

　　王振华看着唐国恩:"唐部长这次来得很及时,我们正想请示关于生产自救问题呢。我们石油工人说白了,是靠国家养,现在,国家也很困难,这么等下去,实在不是个办法。具体的生产自救,石兴国来说说。"

　　石兴国接着说道:"唐部长,关于这次的生产自救,我们制定了三项原则,那就是'一不等,二不靠,三不伸手向上要,自己劳动再创造'。新中国工农是一家,我们决定,向农民兄弟学习,我们自己要开荒种田,在矿区周围开辟生活基地试验田,种粮种菜,救活挨饿的工人。"

　　唐国恩重复回味着石兴国的话:"'一不等,二不靠,三不伸手向上要,自己劳动再创造!'好,好啊,这个原则,就和毛主席的那句'自己动手,丰衣足食'有异曲同工之妙啊。我就知道石兴国你是个人物,那具体什么时候开展计划?"

　　石兴国回答道:"我们计划现在翻地,开春播种,再挨个半年,大家就有饭吃了。"

　　唐国恩拍手叫好:"真是个好办法啊,你准备准备,明天我也下地。"

　　王振华有点迟疑:"唐部长,你亲自下地?"

　　唐国恩重重点头:"是,我要亲手给咱们石油工人的新生活翻开一块田地来!"

　　王振华和石兴国等人不由得鼓起掌来。

　　次日清晨,唐国恩随大家来到生产自救现场。一面面旗帜在蓝天下飘扬。工人们挥动工具,正在热火朝天地开田种地……

　　田垄上,唐国恩扶着铁锹放眼望去:"我好像又看见了当年的南泥湾。"

　　石兴国笑笑:"是啊,当年我和我的首长参加南泥湾大生产,那叫个红火。"

　　唐国恩点头:"你小子,一直没给你老领导丢脸啊。"

　　王振华也赞许道:"是啊,石兴国和王前进,成为咱们大庆的旗帜了。"

　　唐国恩转头看看王振华:"这都是你老王教育引导得好啊,现在,可以说石油师的种子已经真正在石油战线生根开花结果了。"

　　王振华谦虚道:"还是唐部长领导得好。"

　　"应该说,是咱们赶上了好机遇,一个天翻地覆、除旧布新的大时代。"唐国恩看了看田野上虽然被饥荒折磨但豪情不减的劳动大军，激动地说道，"多好啊，我已经看到大庆火红的未来。"

王振华信心十足："唐部长，放心吧，我们只要在地里种出了粮食，大庆这片北大荒，就一定能变成北大仓！"

唐国恩拿着铁锹弯腰铲土："说得好啊，来，咱们用手中的家伙，亲手把北大荒变成北大仓……"

矿区一角，许茹站在一排妇女跟前讲话："妇女同志们，咱们大庆现在人人参加生产自救，咱们妇女同志也不能落后，只干些缝缝补补的事情。其实男人们能干啥，我们就能干啥，现在，咱们要成立妇女自己的生产自救队，种粮种蔬菜，让咱们的石油工人吃上饭，你们同不同意？"

"同意！"妇女们齐声答道。然后有人说："许茹同志，你说吧，要我们干啥我们就干啥，都听你的，以后，你就是我们的带头人了。"其他人也都附和。

"谢谢大家的信任。男人们都下地干活了，那我们也到田里去给他们搭把手吧……"许茹带领着妇女们扛着锄头，朝田里走去。

许茹的妇女生产队来到田里，引起大家的注意。田义文远远地自语："妇女同志们是来送水的吗？"

只见许茹带领那些妇女们走到田里，卷起裤腿，挽起袖子，抡起锄头，男人们都看傻了也看呆了，半晌才反应过来……

田义文大声说："不能输给女人啊，大家伙加把劲啊……"工人们干得更起劲了。

不远处的唐国恩和王振华看着也笑了。

这时秘书跑过来，报告说部里有紧急电话，要唐国恩马上去接听。唐国恩有点不愿离开，边点着头边向许茹她们的妇女生产队走过去。

唐国恩走到许茹跟前，王振华介绍道："这位是许茹同志，玉门的文化教员，克拉玛依刘大勇队长的家属，这次是作为文化干事参加大庆石油会战的。"

"首长好！"许茹见到唐国恩，郑重问候。

唐国恩走上去握住许茹的手："许茹同志，思想很先进，你们妇女同志很了不起啊。妇女能顶半边天，你这个妇女生产自救队，成立得好，干得好，值得表扬啊。"

许茹有些激动："谢谢首长肯定，我们妇女也能为大庆做贡献！"

唐国恩回头对一旁的男工人说道："咱们妇女同志们都上阵了，男人们可更不应该落后啊。"

有人起哄："男女搭配，干活不累。"大家哄笑，唐国恩在工人们笑声里离去。

晚些时候，在大庆指挥部内，接到高峰电报的王振华向唐国恩请示："部长，克拉玛依那边来电报，说石兴国的家属梅大妮同志和许茹同志的家属刘大勇，都积极要求到大庆来参加大会战，高峰同志征询咱们的意见。"

唐国恩立即说："同意，这个同意。让他们来，咱们搞大会战，不能影响夫妻团结，家庭和睦嘛，发电报让他们来。石兴国和许茹同志都是好同志，他们的家属，一定要亲自派人送过来，路上安全很重要。"

得到部长的同意，王振华马上打电话通知克拉玛依，派人把梅大妮和刘大勇送到大庆。

接到电话的邱建设，亲自把这个好消息告诉了梅大妮和刘大勇，两人自然是欣喜若狂。颇有心机的邱建设知道大庆会战是新中国的一件大事，说不定是百年不遇、青史留名的大好事，他不想错过，又不想冒失过去，所以特意嘱咐刘大勇过去后看看情况，如果情况乐观，通知他一声，他也想办法过去。

马上要出发，刘大勇想到要把小石头带上，于是，大步朝刘小青的宿舍走去。

刘小青正在教小石头做算术，听刘大勇说来接小石头回去，不相信地说道："我才不信呢，要想接早就来了，说吧，你又有什么歪主意？"

刘大勇赔笑："哎，小青，我是你哥，你不能老拿过去的眼光和静止的思维看我。这社会都变了，三天一小样，五天一大样，你哥我思想觉悟也不能老处于停止状态嘛。"得不到妹妹的信任，刘大勇转向了小石头，"好了，不跟你废话了，小石头，你想不想你妈呀？"

小石头看着他，不说话。

刘小青奇怪了："哥，你这话什么意思？"

刘大勇得意道："明天，我就带小石头去大庆，找他妈。"

刘小青吃了一惊："什么？你不会是要去大庆胡闹吧？"

刘大勇不高兴了："大庆会战，哪是什么胡闹？跟你说不明白，小石头咱们走，回家，明天就去大庆。"说着，强行拉着小石头走了。

次日清晨，一辆汽车从克拉玛依矿区开出，车上坐着刘大勇、小石头、梅大妮和小祝捷……身后，刘小青看着车子远去，挥手告别……

每天忍饥挨饿，大庆石油人却咬着牙干劲不减。种瓜得瓜，种豆得豆，慢慢地，田地里的禾苗已经一尺来高了。

这天工人们收工回家，大家迎着夕阳边走边高兴地谈论着长势不错的庄稼，有人甚至憧憬着等到大丰收一下子收获这么多粮食怎么才能吃得完，让大家都忍俊不禁。

忙碌了半天的许茹从田里站起来，伸了伸腰，看到石兴国他们收工了，就对身后蹲在田里拔草的妇女们说道："姐妹们，收工了，你看他们收工了，咱也收工，明天再接着干。"

大家伙都站起来，收拾工具。

不远处石兴国等人走过来，喊道："许茹，你们妇女同志也累了，早点回去休息吧。"

段铁生也跟着说道："是啊是啊，这荒郊野外有狼，趁天还没黑，跟我们一起回吧。"

一个女同志笑着调侃："我看你就是那只狼吧？"

所有人都哈哈大笑起来，大伙儿说笑着热热闹闹地一起回矿上。

大家扛着锄头等农具走到矿区门口，忽然听到有孩子稚嫩的声音喊"爸爸""妈妈"，走在前面的石兴国和许茹都是心头一震，大家也都放慢脚步，寻找着声音的来源。

只见两个孩子有如快乐的小鸟般飞奔着分别扑向许茹和石兴国。

"妈妈！""爸爸！"小石头扑到许茹怀里，石兴国也抱起了小祝捷。

许茹惊喜地亲着儿子："小石头，你怎么来了？"

小石头往身后一指："我和爸爸一起来的。"

许茹抬头，看到刘大勇和梅大妮一起出现在大门口。许茹和石兴国互看了一眼，朝两人走去。

工人们见两人和家人团聚，不想打扰，纷纷打了招呼各自离开。

石兴国迎上去："大妮，你来了？"

梅大妮看看许茹，又看看石兴国："嗯，俺和孩子想你，就来了。"

许茹对刘大勇说道："怎么事先不打个电话？"

刘大勇看看许茹又望望石兴国："怎么？不希望我来是吧？事先打电话通知，岂不是打草惊蛇了？"

许茹一怔："你能不能不要这样阴阳怪气地说话？"

石兴国赶紧插话："大妮，你看你这个时候来，大庆条件很艰苦，没法安排你，今晚你就去许茹她们女同志宿舍休息，暂时和她们待在一起吧。"

梅大妮使劲摇头："俺不，俺是来看你，不是来看她的。"

石兴国哭笑不得："我知道，但是我们都住集体宿舍，我那边都是男人，你一个女人，带着孩子，咋住啊？"

梅大妮还是坚持："俺不管，俺打地铺，睡地上，行了吧？"

说话间，黎明走了过来："石大队长，不用为难了。政委有交代，都安排好了，矿上给你和你的家属腾出了一间宿舍。还有许茹同志，也分到一间。好不容易团聚嘛，一块儿说说话。"

一听这话，许茹直接拉着小石头就走，刘大勇赶紧跟着。石兴国也牵着小祝捷的手，和梅大妮走向他的新宿舍。

来到石兴国屋内，小祝捷高兴地在屋里跑来跑去，看哪里都新鲜。天渐渐黑了，小祝捷也累了，玩着玩着就睡着了。

石兴国细心地帮梅大妮收拾东西，梅大妮试探地问："俺问你，你们真的都是像那样，男人住男人的宿舍，女人住女人的宿舍，分开住的？"

石兴国笑着说："是啊，不然，一万两千多人，不这么分开居住，怎么住？"

梅大妮不放心地追问："俺是说，你没和那个女人……又有来往吧？"

石兴国正色道："大妮，给你说了多少遍了，你怎么就是不相信呢？你今天不是也看到了吗？"

梅大妮把心里的话都倒了出来："可是，刘大勇给俺说，你已经……已经和那个女人住在一起，不要俺和孩子了。"

石兴国这才明白："你就是因为这个才来大庆的？"

梅大妮老老实实地点头。

"胡闹！刘大勇的话你也信？"石兴国生气了。

梅大妮看石兴国的脸色都变了，忙说："孩子他爹，俺知道错了，俺不该听刘大勇的话，你就不要生气了……"

看梅大妮一脸委屈，石兴国也不忍心再责备，转而说道："以后，你少听刘大勇的，好了，今天你也累了，早点睡吧。"

梅大妮眼巴巴地看着石兴国，石兴国还在忙活着，她只好勉强答应一声："嗯……"

石兴国、梅大妮两个人算是暂时没事了，然而，在许茹宿舍里，一家三口却又是另一番景象。

许茹抱着累得睡着了的小石头放到床上。刘大勇悠闲地环视了一圈屋子："条件不错嘛。"

许茹没有搭腔，反问道："你来大庆打算干什么？"

刘大勇一副无所谓的态度："没打算，干不干什么的，来了再说……"

许茹追问："难道你没有想好就来大庆了？"

"想好了啊，就是不能让石兴国跑到我前头去，我这辈子，石兴国就是我的对头，我不能看着他在大庆呼风唤雨的，我不来心里难受！"刘大勇说得似乎很认真。

"你……"许茹被气得不知说什么好。

刘大勇得寸进尺："我怎么了？我是你男人，可我听着你的话，是不希望我来大庆，向着石兴国啊？"

许茹忍气看着他："刘大勇，大庆会战，人人出力，你要是思想觉悟不够高，就不要来添乱。"

刘大勇一听，越发来劲了："我来就是给你添乱了？许茹，你是不愿意让我来破坏你和石兴国的好事吧？"

"刘大勇，你不可理喻……"许茹愤怒至极，随即摔门而出。刘大勇得意扬扬，心安理得地上床睡了。

许茹走到屋外，看了看星星，朝女宿舍走去。宿舍内，女人们叽叽喳喳要睡了，见许茹推门进来，不由八卦地你一句我一句问道："许队长，今天你家属过来，你怎么跑宿舍来了？""是啊，难道是小两口吵架啊？"

许茹忙掩饰："哦，不是，我来拿个东西。"说着从抽屉里拿出一本书，走出宿舍，"你们继续睡吧，打扰你们了……"

许茹出了女宿舍，往回走了几步，实在不想回到刘大勇身边，犹豫了好半天，然后一扭头，转身朝办公室走去。

第二天，石兴国推开办公室的门，看到许茹趴在桌子上睡着了，走过去推醒她："许茹，你怎么睡这儿了……"

许茹抬起头，睡眼惺忪："哦，你来了？我找你有点事，来得早了，没想到等着等着睡着了。"

石兴国一听，忙问："找我什么事？"

许茹犹豫："我想……你能不能替刘大勇安排一个工作？"

石兴国点点头："嗯，大庆是全国大会战的先进单位，不养闲人，我也在考虑大妮在大庆能干点啥。其实，我也正想请你帮忙呢。你看，大妮闹着来了大庆，但是，我也不希望她闲着，你要是……要是不记恨大妮的过去，能不能让她加入你们妇女生产自救队？"

许茹沉默了。

石兴国见许茹不言语："要不算了吧，不为难你了。刘大勇的事，我回头问问各个劳动小组，再看看刘大勇想到哪个班上工。"

"那好吧，刘大勇就麻烦你了。"许茹说完刚要出门，又转身说道，"大队长，刘大勇有时候说话不好听，你也不要往心里去。"

石兴国了然："我知道，放心吧。"

院中，齐占山推着一车子土粪经过，刘大勇喊住了他。齐占山回头看到是刘大勇，问道："什么事？"

刘大勇走到车前，捂着鼻子："石油工人怎么变挑粪工人了？大庆会战不打石油改种庄稼了？"

齐占山听他这样说话，刚一开口："刘大勇同志……"就被刘大勇不满地打断了："嗨，齐占山，现在开始对师父直呼大名了？"

齐占山不卑不亢道："刘大勇，欢迎你来大庆参加大会战。开发自救田，种自救粮，这拉粪也是大会战的工作。你刚来不了解情况，不要说一些不咸不淡的话。"

刘大勇说话越来越难听："嗨，那好，我来拉，你来挑！齐占山，你现在是越来越有出息了，就快赶上给人擦屁股了，啊哈哈哈……"

齐占山不再理他，直接推着土粪走掉。

石兴国看到刘大勇嘲笑齐占山，走过来岔开话题："刘大勇，你来大庆好几天了，有没有考虑清楚要参加哪个班的劳动？"

刘大勇摇头晃脑地借口推脱："这个嘛，一时半会儿不好说。我是犯过错误的人，没人会要我，而且，我也乐得清闲。"

石兴国耐心给他讲道理："刘大勇，你要看清楚形势，一个萝卜一个坑，现在大庆很需要人力，每个人都应该参加劳动，劳动最光荣，不能游手好闲。"

"光荣又不能当饭吃！"刘大勇不耐烦地白了石兴国一眼。

"光荣劳动，就会有饭吃。刘大勇，这里是大庆，不是克拉玛依，不是你想怎么样就能怎么样的地方，如果你不参加劳动，就会被送回克拉玛依。"石兴国语气坚定，不容置疑，"晚上我们开会，你来参加，商量决定你去哪个班劳动。"说完转身走掉。

刘大勇还没反应过来，石兴国已经走远了。"什么？让我刘大勇听你石兴国的指挥？凭什么？"刘大勇气呼呼地一脚将地上的小石子踢飞。随后他想了想，朝着办公室方向走去。

会战指挥部一排办公室外，刘大勇隔着窗户玻璃一间间看过去。看到一间办公室内有人，走了进去。

办公室里的王前进见刘大勇进来，问道："你是……"

刘大勇自我介绍："我是刘大勇，我来是想问……"

王前进仔细看看刘大勇，一拍脑门："刘大勇？我是老王，王前进。"

刘大勇这才认出了王前进："原来是王队长啊，你现在可是全国模范啊，我们玉门的骄傲。"

王前进热情道："刘队长不也是全国模范嘛，都是玉门出来的，就别客气了。你来有什么事？"

刘大勇有些尴尬："我……那炼钢的模范就算了吧。"然后左右看看，压低声音，"我问你，这个石兴国在你们大庆到底是啥职务啊？"

"哦，他是你们克拉玛依支援大庆会战的尖刀钻井队的大队长。怎么了？"王前进不明所以。

刘大勇想了想："那我要是参加工作，就得归他管吧？我能不能到你们井队？"

王前进犹豫着："这个……我当然欢迎，可你是从克拉玛依来的，这个工作调度问题，必须经过王局长同意。"王前进从窗户里一指，"看到没有？那个门，就是大庆局王海龙王局长办公室。"

"太好了，果然是铁人同志，帮了我大忙了。"刘大勇很兴奋，忙着跟王前进告辞，朝王局长办公室走去。

王海龙的办公室门虚掩着，刘大勇刚一推开门探进脑袋，就看到石兴国也在里面。两人正讨论着土豆、玉米的病虫害消灭问题。

刘大勇想要退出来，但是门嘎吱一响，已经被石兴国看见。石兴国立刻走过去把他拉进办公室，给王海龙介绍："王局长，这就是我跟你说的刘大勇，积极要求加入劳动小组，你看他身体健康，干活肯定没有问题。"

王海龙笑着看看刘大勇："好啊，是个好劳力，你们克拉玛依来的人，我个个都看好，就交给你了。"

"那我们就回去了，王局长你忙……"刘大勇还想说什么，却被石兴国给拽了出来。

走到屋外，刘大勇一把甩开石兴国："石兴国，别以为来了大庆，就想跟我套近乎，我告诉你，做梦！你和我人格有差距，我很清楚你这么做的目的。今天，我就把话说清楚了，我不吃你那一套，我刘大勇这辈子都和你没完！"

石兴国看着刘大勇，平静地说道："刘大勇，那我也告诉你，这里是大庆，不是克拉玛依。你可以不来，但是你来了，我就必须帮你，我这么做，是拉你一把，让你走真正的社会主义正道，如果你非要脱离工农兵队伍，自甘堕落的话，晚上你可以不来开会。"石兴国说完，头都不回地走掉了。

刘大勇站在那儿，进退无措。

晚上刘大勇还是去了会议室。简洁的会议室，灯光明亮。刘大勇一脸委屈样规规矩矩坐在一边。

石兴国介绍完情况，看着大家问道："事情我大概说清楚了，刘大勇同志的工作安排，先是自愿，各小组组长有没有自愿让刘大勇加入的？"

大家你看看我，我看看你，都沉默着不说话，气氛有些尴尬。

周远轻咳了一下："刘大勇同志过去是模范和标兵，虽然犯过错误，但是，既然能自愿支援大庆会战，大家要充分给他创造机会。"

大家依然不表态。齐占山看看大家，举手："队长、指导员，过去，刘大勇同志是我的师父和队长，现在，以普通工人身份来参加大庆会战，我希望他能到我们挑粪小组来劳动。"

刘大勇一下站起来："什么？让我也去挑大粪？！"

"扑哧……"开会的人群中，有人笑出声来，但很快又安静下来。

石兴国对刘大勇说道："挑粪也是为大庆会战做贡献，为战胜大饥荒做贡献，也是为社会主义建设出力，刘大勇同志，你不会反对为社会主义建设出力吧？"

刘大勇没话说，只气得吹胡子瞪眼，其他人则暗暗偷笑。

石兴国看看大家："那好吧，大家举手表决，如果同意刘大勇去齐占山小组劳动的，就举手。"

大家都举起了手。

　　　　"表决通过，占山，刘大勇同志就给你管了，以后，在劳动上你多指点指点他。"石兴国说道。

　　齐占山点头答应。

35

刘大勇一走杳无音讯，邱建设等得心急，悄悄溜进局长办公室给大庆油田打电话找刘大勇，接线员却说大庆根本没有这个人。邱建设还想再解释，求人家帮忙找找，对方却已经挂了电话，气得邱建设骂声连连："王八蛋，刘大勇你吃香的喝辣的去了，把老子一人扔在克拉玛依……"

恰在这时，远在大庆的刘大勇接连打了两个喷嚏，一同装粪车的工人们哈哈笑着调侃"一个喷嚏有人想，两个喷嚏有人骂"，一定是有人在骂他。

刘大勇愤愤说道："什么有人骂！就是我对大粪过敏，不适合担任这个伟大的工作！"说着，将手里拿着的粪桶盖子扔到了一边。

齐占山责备道："刘大勇，你这是在干什么？"

"我歇一会儿还不成吗？"刘大勇翻了个白眼，蹲到一旁。

段铁生了解地说道："老齐，他是嫌这屎尿太臭了，受不了了。"

齐占山认真说道："刘大勇，你不要把资本主义的那一套带到大庆来。告诉你，每一个人从娘胎里出来，只要吃五谷，就要拉屎撒尿，表面上看起来干净，肚子里装着的其实都是屎！"

刘大勇却不乐意了："你少来教育我，我肚子里没有屎，没有吃上饭，哪来的屎？"刘大勇的话把所有人都逗笑了。

"来大庆是你自愿的，不管怎么样，挑大粪也是一次你为大庆会战做贡献的机会，好好工作吧。"齐占山说完又继续去忙了。

刘大勇无奈地站起来，不情不愿地再次拿起粪桶。

　邱建设被挂了电话，正恨恨地骂着刘大勇，忽然门外传来响动，吓得他急忙站起身要溜。

外面齐大娘推开门，探进头来。"我的亲娘呀，是你呀，吓死我了。"邱建设才发现自己白白紧张了。

齐大娘冲着邱建设："邱领导，请你帮个忙吧。"

邱建设连连摆手："别，我现在可算不上什么领导，有事你得找高局长，他也是你们家齐占山的老领导。先走吧，领导今天不在。"

齐大娘叹了口气，坐在门口："我想到大庆去，领导们都在忙，也不知道到哪儿找去。"

邱建设一听，气不打一处来："大庆，大庆，大庆现在成了天安门了吗？怎么你们一个个地都要往大庆跑？"

齐大娘有点伤感："邱领导，我儿子齐占山在大庆，我想去看看，再见不到，怕我这把老骨头就……"

邱建设眼睛转了转，伸手去扶齐母："好了好了，起来吧，你要真想到大庆去，就听我的。"

齐大娘忙道谢："那谢谢邱领导了。"

随后，邱建设领着齐母到井场来找正忙着的高峰。高峰听完邱建设的话，停下手里的活，为难地看着邱建设："老邱，不是我不帮忙，现在咱克拉玛依也缺人，大庆会战已经从全国各地调了那么多队伍过去了。我们已经停止人员流动了。"

"局长，我可不是为了自己。"邱建设忙撇清自己，然后指着不远处井架下坐着的齐母，"齐占山的娘，身体已经快不行了，齐占山现在又回不来，她再不去，怕是这辈子娘俩见不上了。"

高峰皱着眉："她这么大年纪……"

"所以嘛，我这次就是护送齐大娘去大庆。顺便也带去您对我们克拉玛依支援队伍的问候。"邱建设赶紧说道。

高峰迟疑："那……我问问吧。"

邱建设见计划要实现，高兴地说道："谢谢高局长，不，是替齐占山娘俩谢谢高局长了。"

由于邱建设的理由很令人感动，最终得到了领导们的首肯。邱建设和齐母终于坐上了开往大庆的火车。日转星移，火车从西北到东北跨过了祖国的锦绣山川，邱建设一直面带微笑地望着窗外。

在大庆萨尔图地区唯一的那所学校的院子里，王振华的四个孩子因为父母的到来，显得格外兴奋。他们手拿柳条，齐心协力在追赶着一头小猪仔，小猪仔受到惊吓，到处乱跑。

几个孩子像赶鸭子一样赶着猪仔，兴致很高。

闫竹从屋子里走出来，对着孩子们喊道："孩子们，快把小猪拴起来，别玩了，吃饭了，快回来。"

几个孩子将小猪围住，在小猪身上绑上绳子，拴到院子里的一棵树上，然后跑进屋吃饭。

屋里的桌上摆着几碗绿菜粥，孩子们的脸也都饿瘦了一圈。闫竹和孩子们坐在一起，小男孩问妈妈："妈妈，你这一次来，是不是不会再走了？"

闫竹看了几个孩子一眼，不舍地说道："你爸爸到哈尔滨出差办事，顺道过来看你们一眼，一会儿就得走。"

小男孩低下了头，稍大一点的女儿问道："那我们什么时候能去大庆和爸爸妈妈团聚，我不想在这里念书，这里的孩子们都叫我们没爸没妈的孩子。"

闫竹耐心地和孩子们解释："我也想把你们接到大庆去，但现在还不是时候。你们在这里还有粥喝，大庆现在连粥都很少，不过，妈妈答应你们，等大庆条件好一点了，我一定回来接你们。"

大女儿非常懂事地安慰妈妈："妈妈，没关系，你回去帮爸爸打石油吧，我会照顾好弟弟妹妹们的。我知道，大庆石油会战，总有一天会胜利的，等胜利的一天，我们一家人就可以团聚了。"

闫竹点了点头，看到孩子们这么懂事，眼里不禁涌出泪花："嗯，好的。孩子们，快吃饭吧，不然要凉了……"

几个孩子埋头喝粥，唯独小男孩一动不动看着眼前的粥，闫竹擦了把眼泪，问道："你为什么不喝？"

小男孩抬起头说道："妈妈，我不喝，我要给小猪仔喝，让小猪仔快快长大，长大了送到大庆去，这样，爸爸在大庆就能吃上肉，工人叔叔也能吃上肉，爸爸就能来接我们回去了，对吗？"说着小男孩端起碗，朝屋子外走去。

闫竹愣在那儿，不知说什么好。

这时外面响起汽车喇叭声，闫竹赶紧往外走。其余几个孩子也跟着跑了出去。原来是王振华办完事回来了，只见他一进院，就奔向小猪，想要抓住它。

最先出来的小男孩眼巴巴看着，其他几个孩子跑出来，也眼巴巴地看着。

闫竹跑上来，一把拉住王振华，说道："老王，你抓小猪干吗呢？"说着，看了一眼身后的孩子们，又看看王振华。

王振华站起来："闫竹，你也知道大庆的情况，这头猪，是头小母猪，牵回去养大了，能救活不少人呢。"

闫竹看着王振华："可是，这是孩子们的猪，难道你不想让孩子们吃一口肉吗？"

王振华看了看孩子，走过去，摸着最小孩子的脑袋："孩子，全国都在支援大庆，你能把这头小猪送给大庆的叔叔吗？"

孩子眼里噙着泪，点了点头。

王振华夸奖道："真懂事。闫竹，咱们对不住孩子们了，你就和孩子好好说说，大庆的情况很特殊，我王振华以后一定给咱们的孩子还十头猪回来。"

闫竹心里很难过："其实，这就是孩子们为你和大庆养的猪。你不知道，这头猪崽，喝的是咱们孩子们的粥，孩子刚才还说要等小猪长大了送到大庆去呢。"

王振华喉咙哽咽着说不出话来，沉默了一会儿，转身抱着小猪上了车，奔向大庆，也带走了孩子们的爱和希望。

同样奔向大庆的邱建设和齐母，日夜辗转，终于疲惫不堪地下了火车。两人没有休息，立刻爬上接站的一辆大卡车，继续他们的旅程。

旷野上，一辆吉普车停在路边。女记者辛玉站在一旁垂头丧气地自言自语：

"偏偏在这样的地方坏掉……"

司机很不好意思地边修车边对辛玉说道："大记者，实在对不住，我先修修看，如果实在修不好的话，咱们就得搭顺风车才能到大庆了。"

"顺风车什么时候有？"辛玉看了看前后荒凉的旷野，怀疑地问。

司机迟疑了一下："这个不好说，运气好的话，一会儿就能碰上，运气不好的话，等上两三天也未必有，那样，你和我恐怕就要在这荒山野岭当大王了。"

辛玉一听希望渺茫，气馁地看向远方……

太阳快下山了，辛玉越来越着急，忽然，她高兴地跳了起来："来车了，来车了，顺风车来了，太好了……喂……"辛玉跑到路中央，兴奋地挥舞着两只手臂。

邱建设和齐母乘坐的大卡车在辛玉身前停了下来。听见要搭车，司机有些为难地看了看已经坐满的驾驶室。

齐母看辛玉一个姑娘家，天又快黑了，就对旁边的邱建设说道："邱科长，看这姑娘挺可怜的，这前不着村后不着店的荒山野岭，一个姑娘家多危险啊，就捎上吧，我坐后面去。"

这时，修车的司机走过来问道："师父，问一下，这里距离大庆还有多远？"

邱建设一听大庆来了精神，立刻抢着说："大庆？你们是做什么的？也要到大庆去吗？"

辛玉急切地望着他："我是记者，他是我们报社的司机。我们要去大庆做采访。"

邱建设马上眉开眼笑："上来上来，赶紧上来吧，早知道你们是去大庆的记者，说啥也要把你们带上，快上车，咱们一起到大庆去。"

两个司机在驾驶室里，邱建设和辛玉、齐母三人都坐到了车厢里。

辛玉感激地再次道谢："非常感谢你们让我搭便车，太麻烦你们了。"

邱建设一脸和蔼："不麻烦，不麻烦，大家都是奔着大庆这个共同的目的地去的，没有什么麻烦的。"

齐母看着辛玉，又问："姑娘，你刚才说你是什么人？"

辛玉笑吟吟回答道:"大娘,我是记者,新华社的记者。"

齐母却糊里糊涂,并没有听懂,自说自话道:"好好,记着,记着,我一定记着,姑娘,你长得真俊,有对象了没有?"

辛玉羞涩地一笑:"大娘,我还没有对象。"

齐母见辛玉又漂亮又懂礼貌,心里一下就想到了自己还没成家的儿子,满心欢喜地说道:"太好了,辛姑娘,没有对象好啊,等到了大庆,好好给你找一个……"

邱建设连忙插嘴:"辛记者,你说你是记者,要到大庆去采访?"

辛玉点头。

"那你先采访采访我吧,我对大庆和大庆的工人非常熟悉,也十分有感情,你碰到我,那是碰对了人。"邱建设大言不惭。

辛玉信以为真:"好啊,我正好有一些问题要请教。"

他们还在路上颠簸,这时候,王振华带着小猪仔已经回到了大庆。刚下车,见石兴国挽着裤腿,正在牛棚里铲牛粪,打扫牛棚。王振华抱着小猪仔走到他跟前询问收拾牛棚打算做什么用。原来石兴国见田里庄稼长势喜人,已经在为大丰收做准备了,他打算到了秋收,用这牛棚来当仓库。

王振华听了很高兴:"好啊,咱们的粮食有希望了。给,再加上这东西,好好养着。以后咱们工人的伙食就靠它来改善了。"说着,将怀里的小猪仔一下子塞到石兴国手上,石兴国一把接住,小猪仔在怀里扑腾两下,他赶紧给放到地上。

石兴国惊奇地问:"政委,哪来的这宝贝?"

王振华哈哈一笑:"甭管哪来的,你只要负责给我养好就行,现在是一头,以后,就是两头、三头,这牛棚都装不下,哈哈哈。"

石兴国信心十足:"好嘞,放心吧,保证养得又肥又壮,还会开枝散叶呢。"

两人都笑着望向活蹦乱跳的小猪仔。

安置好了小猪仔,王振华回到办公室。推开门,却看到衣衫褴褛的侄子王守义坐在办公室里等自己,王振华一脸惊讶:"守义,你怎么来了?"

王守义看到王振华，差点哭出来："叔，我来投奔你来了，家里，家里……"

"不着急，慢慢说，家里怎么了？"见侄子情绪激动，王振华连忙安慰。

原来王振华的老家山西饥荒也很严重，村里饿死了好多人，家里的父母兄弟也都快饿得不行了。琢磨着王振华在大庆当了大官，特意打发王守义来看看能不能在大庆吃上一口饭。

王振华心里酸楚，叹了口气："守义啊，大庆也就差饿死人了。不过，叔给你保证，只要我有一碗粥喝，就一定有你喝的，再过些日子，大庆就能丰收了，到时候，就能吃饱饭了，你留下来吧。"

王守义很为难："叔，我想留下来，可是我爹咋办？还有爷爷奶奶，我们都好几个月没见过米粒了。我年轻，还扛得住，可我怕他们……说不定，也会被饿死的……"王守义伤心地掉下眼泪。

王振华蹙着眉，搜肠刮肚地想办法，过了一会儿说道："那这样吧，我刚从哈尔滨回来，那边正在举行广场千人吃饭大会，你过去，说不定还能吃上一口，然后我再想想办法。"

王守义看到了一丝希望，应着就要往外走。王振华看了一眼他脚上破了好几个洞的鞋子，说道："等等，守义，这双鞋子你拿着穿吧。"说着，从桌子旁边拿过来一双鞋跟儿磨去很大一部分的旧鞋子，递到侄子手上。

王守义接过鞋，看了看："叔，你这鞋也不咋的。"

"现在都困难，你就将就着穿吧。"王振华说道。王守义点点头，拿着鞋子走出办公室。

载着邱建设等人的卡车终于驶到大庆矿区门口，邱建设率先从车上跳下来，新奇地四处打量了几眼，感慨道："大庆，我邱建设来了，总算来了啊……"说着，信步朝前走去。

辛玉下了车，随后扶着齐母下车。齐母顾不上其他，急着就想见儿子："辛姑娘，你先陪我去找我儿子齐占山吧，他可是一个很好的小伙子，大娘想让你也见一见，你们认识认识。"

辛玉正在为难，没想到齐占山正要去上工，走到这儿刚好看到母亲，很是惊讶："娘，您怎么来了？"

齐母惊喜异常："哎呀，太好了，我和辛姑娘正说你呢，你就来了。来，我看看，我的孩子，你怎么黑了？也瘦了……"

齐占山也非常高兴："娘，我没事，我挺好的，您身体怎么样？您是怎么来的？"

齐母眼睛一热，差点掉泪，拉着齐占山的手说道："不说了，不说了，过去的就不说了。娘终于见到你了，太好了，来，认识认识辛玉姑娘，是一个难得的好姑娘。"

辛玉大方地与齐占山握手，齐占山反倒犹豫着问："你是……"

"我是新华社的记者，我们的车坏在了路上，就搭你母亲的车一起来的大庆。路上，你母亲说了很多你的事。"辛玉解释。

齐占山恍然大悟："哦，那你来大庆做什么？"

"我是来采访的。对了，路上我还采访了邱科长，以前克拉玛依的邱副局长，就是那位……"辛玉说着往远处一指，齐占山顺着辛玉的手指看到正在矿区乱转的邱建设。

齐占山眉头一皱："他怎么来了？"

辛玉不明白："你说什么？"

齐占山一脸的不信任："我说你的眼光真是有问题。大庆个个都是应该被采访的人，你却采访那样的人，我看你也不是什么好记者，好了，我和你认识完了，你忙你的去吧。"说完转身对齐母说道，"娘，我带您到大庆转转，看看我们的成绩……"齐占山拉着还想说什么的齐母走掉，留下辛玉一脸茫然地站在那儿，琢磨不透他刚才那番话的意思。

随意转了几圈的邱建设来到总指挥室外，看了看门上的牌子，敲了敲门。

王振华正在办公，见满面笑容的邱建设推门进来，一头雾水："老邱，你怎么来了？我们没有接到克拉玛依那边人事调动的材料啊？"

邱建设堆着笑："总指挥，我是来大庆学习的，学习的……"

王振华有点纳闷："学习？那克拉玛依那边……"

邱建设忙解释："克拉玛依那边我跟高局长打好招呼了，高局长也同意我来大庆学习学习，王局长你最了解我了，我想，这大庆是一片火红的地方，我不应该不来，对吧？"

王振华点了点头："哦，这样啊，你的想法很好，但是来得太突然了。"

邱建设赔着笑脸："这个我知道，知道。总指挥，你看，我人来都来了，您再怎么着也得给我安排个事儿干呗？"

王振华想了想："暂时没有安排。不过，可以跟你说说，这大庆是一片黑土地，地是黑的，油是黑的，但人们的心是红的，这里，确实是改造人、锻炼人的广阔天地。既然你来了，那就好好地在大庆干一番实事，钻井队那边有什么事儿，我会让他们找你的。"

邱建设有点踌躇："啊？我这把年纪了，还下井队？"

"不光你，会战期间，唐部长，还有我，我们都要下到井队。"王振华说道。

邱建设再无话可说。

齐占山领着母亲在矿区四处看了一圈，就带母亲回到自己住的宿舍。齐母还没坐稳就开始劝齐占山："山子，你到底咋想的啊？娘看那个辛玉姑娘挺好，你咋就不表个态呢？你也老大不小了，也该成个家了。"

齐占山使劲儿摇着头："娘，您不要说这些了，大庆会战还没有胜利呢，我不考虑结婚的事。再说了，人家辛姑娘是城里人，也不会看上您儿子的。"

齐母伤感地责备着："你光想着大庆会战，也不想想娘我还能活几年？娘是想看着你有个家，这样，我就算死了，也能闭上眼了。"

齐占山一听，忙赔着笑脸："娘，您放心吧，您一定会长命百岁，我一定亲自给您养老送终，您就不要担心了啊。"

齐母锲而不舍："我不管，改天，我一定找你们的领导说说，你的终身大事，该考虑了。"

齐占山吓了一跳："娘，您不能给领导添乱，您要真的去找领导，那我就谁也不见。"

齐母不敢再坚持了："好好好，我不去找，但是，那个辛姑娘，我跟人家说你的时候，人家可是认真听的，后来还老打听你的事呢。"

"知道了，知道了，我上工去了。"齐占山有点哭笑不得地说着，走出了屋子。

辛玉在矿区转了一阵子，终于发现总指挥办公室，于是走了进去。办公室里没人，辛玉好奇地看看这儿望望那儿。身后，一身工装的王振华回到办公室，看到辛玉，问："你是谁？你在这里干什么？"

辛玉见有人进来，很高兴："哦，我是新华社的记者，我叫辛玉，我来采访这里大庆会战的总指挥。"辛玉打量了一下王振华，以为是工人，接着说道，"师父，麻烦问一下，这里的总指挥去哪儿了？他是个什么样的人？"

王振华并没有说出自己的身份："哦，他是个很普通的人。"

辛玉点点头，又说道："师父，你能不能讲一些关于石油工人的伟大事迹？我需要一些新闻素材。"

"记者同志啊，我看你最应该去井场，去田头，采访那些一线的石油工人，他们个个都很伟大，故事也很真实，很感人。"王振华提出建议。

辛玉深以为然："嗯，这个主意很好，那我这就去采访他们，谢谢你啊。"说着，走出办公室。

日子一天天慢慢过去。这天，梅大妮正给石兴国洗衣服，齐母忧心忡忡地走过来。见到熟人，梅大妮热情地打招呼："齐大娘，您身体还是这么壮实。俺听说您也来了大庆，呵呵，正好看见了，还是咱们克拉玛依的人亲切啊，来，齐大娘，咱们俩好好说说话。"

齐母挤出一丝笑容："大妮啊，我都六十多了，还壮实呀？！给大队长洗衣服呢？"

梅大妮点头应着，见齐母不高兴的样子，忙关心地询问："齐大娘，您是不是有什么心事？"

齐母唉声叹气道："是啊，我操心我家山子的终身大事啊，唉，到现在，一点苗头也没有。"

梅大妮笑道："天下父母心，这个啊，您不要着急，到时候就有了。"

齐母把她当成了知心人："大妮啊，大娘我不拿你当外人，我就跟你说了吧，你知不知道大庆来了一个女记者？人很好。"

梅大妮点着头："哦，俺听说了，文化人，很好。"

齐母皱着眉头："是啊，我也觉得很好，所以我想啊，能不能介绍给我家山子，可是我家山子不积极，根本不搭理人家姑娘，我正发愁呢。"

"这是好事啊，齐大娘，您不要操心，这事，包在俺身上，到时候，俺和您一块儿想办法。"梅大妮干脆地说道。

齐母非常惊喜："真的吗？哎呀，太好了，到时候，你要是做成了这个大媒，我一定重重地谢你。"两人开心地笑起来。

许茹有了小石头的陪伴，心情好了很多。这天晚上，许茹将自己的旧军装裁剪、改制成一个绿色的小书包，小石头在一旁认真地看着。

书包很快做好了，许茹左右端详了一会儿，然后拿给小石头看："妈妈用以前的军装给你缝了一个书包，你不是说你的书包在克拉玛依弄丢了吗？妈妈给你重新缝一个更好的，看看，喜不喜欢？"

小石头接过小书包，高兴地说："喜欢，妈妈，这个书包真好看。"

许茹也被儿子的兴奋感染："来，背上看看，好看不好看？"说着拿起书包给小石头背在身上，母子两个欢喜地憧憬着未来的美好。

夜幕下，点点灯火连成一片光的海洋。

矿区一角，挑粪班的工人陆续聚拢，齐占山大声喊着："哎，注意了，注意了，挑粪班的过来点个名……"

大家纷纷围上前来，点到名字的工人都举手喊"到"。可当点到刘大勇时，刚刚还在队伍里的刘大勇这时却猴蹲到了人群外，慢腾腾地拉长声音喊了一句："来……了。"

齐占山看了他一眼，说道："都到了，今天挑粪班全勤，表现很好，但是不能骄傲。明天，咱们有五大堆土粪要送到田间地头去，同志们，为了大丰收，再加把劲，今天收工。"

工人们欢呼着散去。刘大勇刚刚站起来想走，却被快步走过来的齐占山叫住："刘大勇，一会儿各劳动小组负责人到大队长办公室开会，你也去。"

刘大勇不耐烦："奇了怪了，我又不是大便班负责人，凭什么要我去开会？我累着呢，不去！"

"会议一项重要内容是先进带动后进，你最后一个加入挑粪班，理应学习先进，晚饭后我来找你。"齐占山说完转身走了。

刘大勇看着齐占山的背影，气咻咻道："嗬，你个齐占山，挑个粪，就臭气熏天，牛气冲天，长能耐了啦，有什么了不起？"刘大勇说着，鼻子嗅到自己身上一股臭味一阵阵袭来，他忙脱下工衣，一只手捏着鼻子，一只手提着衣服，骂骂咧咧往宿舍走去。

宿舍里，许茹收拾了针线，从睡着的小石头身上取下书包，放在一边，然后给小石头盖好被子。

刘大勇掀开门帘走进来，提着臭衣服在地上转圈圈，不知道扔在哪里："臭死了，臭死了，真恶心，快给我洗洗……"

许茹回头说道："放盆子里吧，一会儿我给你洗。"

刘大勇将衣服扔下，开始洗手擦脸，一边洗一边抱怨："挑粪，开会，挑粪，开会，我看我干脆改名叫刘粪勇得了，省得被小人得志的齐占山呼来唤去……唉，真是虎落平阳被犬欺啊，我刘大勇怎么就落到了这个地步？还是克拉玛依的日子好过，到了大庆，就要给人端屎端尿，太窝囊了。哼，都给老子等着，老子这叫卧薪尝胆，总有一天，叫你们好看！"

"少说两句，吃饭吧……"许茹端出几个小土豆放在桌上。刘大勇坐到桌前，抓起一个土豆开始剥皮："我发发牢骚还不行啊？哎，真是世道变了，我过去好歹也是个钻井大队长，全国先进模范，今天却在这儿挑粪！"

坐在一边的许茹看着刘大勇吃饭，说道："大勇，你变了……"

刘大勇吃饭的动作停了一下："你说什么？"

许茹面露笑意："我说你变了，你自己都没发现，你现在虽然发牢骚，但是和以前不一样了。你虽然在挑粪，但也是为大庆会战做贡献，大庆会战胜利以后，有你的功劳。"

"我才不稀罕呢。"刘大勇狠狠地咬了一口土豆。

许茹扯开话题："你说，你都能改变，那她也一定能。"

刘大勇奇怪地问："谁啊？"

"梅大妮。我想让她也加入我们妇女生产自救队，参加劳动。"许茹缓慢地说出来。

"什么？"刘大勇吃了一惊，险些被许茹的话噎到。他盯了许茹半晌，才说道："你那高级知识分子的脑袋，又在琢磨什么呢？你说我变了，我看是你疯了！梅大妮，我比你了解她，你要是想自讨没趣就去吧，你们之间的宿怨仇恨，你自己心里清楚。"

许茹叹了口气："一切都过去了，人总得往前走，不管怎么样，我想去试试。"

刘大勇放下碗筷往外走："好了，我不吃了，我去开会，你的事情我管不着。"

走出了屋子，刘大勇不禁又回头看看，自言自语道："我变了吗？是不是许茹变了？"刘大勇想了一下，没想明白，"嗨，想那么多干啥？这日子，过一天，算一天……"刘大勇自语着，朝会议室走去。

身后，齐占山跑上来："刘大勇同志，挺早啊。"

刘大勇看见齐占山，马上问道："齐占山，我问你个事。你说，我是不是变了？"

齐占山想了想："是啊，变了，变了很多。你看啊，过去，你是队长，是我师父。在克拉玛依的时候，我还特瞧不起你，但是现在，你看，咱们都来了大庆，我是你的班长，这不是变了么？"

"也是啊。"刘大勇若有所思。两人说着话朝石兴国办公室走去。

下定决心的许茹朝梅大妮的屋子走去，一路上，脑海里不断闪现着梅大妮咒骂自己的情形，闪现着自己抱着死去的女儿号哭的情形……许茹越走越慢，梅大妮那句"报应……"不断在耳边尖厉地划过，她渐渐感觉呼吸困难，双手不由地捂住耳朵痛苦地慢慢蹲了下来。

过了好久，石兴国的声音"你如果不记恨大妮……"，唐娜的声音"你还有小石头……"渐次在脑海里响起，许茹站起来，抹了一把泪，对自己说"一切都过去了"，然后坚强地向前走去。

到了梅大妮家门外，许茹伸手去敲门，伸出的手却又停在了空中，最后，她放下手，直接冲着屋里喊道："大妮，大妮妹子，你在屋里吗？"

这时小祝捷已经在炕上睡着了，梅大妮怀里正抱着一堆东西，到处找地方藏。最后从桌子底下拉出一个小木箱子，木箱子里有一个小罐子，梅大妮打开罐子，将怀里还带着泥的土豆往罐子里装。忽然听见屋外的喊声，梅大妮吓了一跳，紧张地问是谁。当听到是许茹时，梅大妮松了一口气，又心生不快："你来干什么？"

"我找你说点事……"许茹答道。

梅大妮低头看一眼手里的土豆，赶紧全部放进罐子里，然后迅速盖上木箱，对门外喊道："你等着……"慌忙收拾好后又整整衣服，梅大妮才走出屋子。

许茹张口又喊："大妮妹子……"

梅大妮本就不欢迎许茹，又被她害得虚惊一场，于是不高兴地故意挑刺："你叫魂儿啊？"

许茹没在意她的态度，依然一脸和蔼道："我想和你商量点事。"

梅大妮拉长声音怀疑道："啧啧，太阳打西边出来了？俺没听错吧？找俺商量事，不会是又变着花样儿来害人吧？"

许茹笑笑："大妮妹子，不管过去你怎么看我，我们之间发生的一切，都过去了。现在咱们大庆，人人为大会战出力。你也看到了，连我们家刘大勇也参加了劳动，改变了很多……"

梅大妮不屑地打断许茹："哼！要是刘大勇能痛改前非重新做人，那俺梅大妮就能甩掉这一身膘，三天不吃饭！"

许茹还是没生气，轻声慢语地说明来意："大妮妹子，你听我说完，我今天来，是想请你参加我们的妇女生产自救队。"

梅大妮一听，翻着白眼说道："俺就说嘛，找俺能有什么好事！"

许茹劝道："大妮妹子，劳动最光荣，人人劳动，人人建设大庆油田，这可是最好的事啊。"

梅大妮瞪着眼睛："你说好俺就信啊？蛇鼠一窝，你家刘大勇撒谎比放屁还快，你也好不到哪儿去，你的那个什么妇女队，俺不稀罕，你走！"

许茹不跟她一般见识，继续劝道："大妮妹子，我们妇女要自强，不能靠男人们养，社会变了，我们都要往前走。"

梅大妮却得寸进尺，更加过分："呸！说得好听！姓许的，你这是羡慕嫉妒恨吧？你男人对你不好，你就看不得俺屁股闲，吃轻松饭。俺告诉你，俺男人养活俺，天经地义，俺吃俺男人劳动的饭，光荣、自豪，你少给俺添堵，以后，少到俺门上来！"梅大妮说完转身进屋，同时用力关上了门。

许茹吃了闭门羹，叹口气，只好转身走了。

梅大妮进了屋，背靠在门上，捂住胸口："俺的老天爷，吓死俺了，还以为被发现了，可千万不能被发现，要不然，石兴国又要跟俺闹了……"说着，又从门缝向外窥探着，看到许茹转身离开，才放下心来。

夜已经深了，石兴国办公室里却还在开会。其他问题讨论完，石兴国严肃地看看大家，说道："今天，把大家召集起来，还有一个最重要的问题，就是最近一段时间，田里的土豆和玉米屡次被偷，数量不小，所以问题很严重。"

大家都默不作声，气氛尴尬，只有石兴国一个人在说："这个问题，我也比较难办，因为考虑到咱们工人自己偷挖土豆的可能性最大，所以，在座的每一位，为了杜绝嫌疑，请大家互相监督。同时，我希望各个劳动小组的组长负起责任，从自己内部开始查一查，眼看就要丰收了，庄稼长势喜人，咱不能自己毁自己啊。"

齐占山首先站出来声明："队长，我们挑粪小组基本上思想都很先进，不会去偷土豆和玉米。"齐占山说完，看了一眼刘大勇。

刘大勇很反感："看我干啥？又不是我偷的。"

石兴国想了想又说道："当然，也不排除周围的老乡来偷，所以，为了抓住偷咱们粮食的大老鼠，也为了保护我们自己的劳动果实，从明天晚上开始，大家派人到地里轮流看守，直到秋收结束为止。两个人一组，一晚上派四组人，大家有没有意见？"

众人齐声同意。

石兴国又提出要求："各个组长都负好责，下去之后把各班的人数统计一下，分组之后给我一个名单，咱们把工作落到实处，责任到人，好吧？那今晚，就先到这儿，散会。"

大家起身散去，刘大勇被石兴国叫住。刘大勇站住，看了一眼身边的齐占山。石兴国又喊住了齐占山。然后走到他俩跟前，把一本石油书递到刘大勇眼前:"刘大勇,这本书你回去好好看看。"

刘大勇没接,看了一眼说道:"这是啥书?我没文化,看不懂。"

石兴国笑了:"看来,还在跟我较劲呢,占山说看不懂,我信,可你说看不懂,我不信。"

齐占山打圆场:"队长,刘大勇同志的学习积极性也正在提高。"

石兴国由衷地说道:"刘大勇,你来大庆,我不会让你一直挑粪种庄稼。咱们种田,是为了度过大饥荒,也是在为大庆石油大会战做热身。等秋收以后,大庆一定会有一场轰轰烈烈的大会战,到时候,咱们克拉玛依光有我不行,还得靠你,靠大家,才能和王前进同志保持一样的水平啊。"

齐占山附和道:"对,我们一定要战胜铁人王前进,给咱们克拉玛依争光。"

刘大勇看着石兴国:"石兴国,你怎么知道我会看你的书呢?"

石兴国平静道:"因为我看到你变了。"

刘大勇冷笑一声:"石兴国,总之,我的原则是,有我没你,有你没我,而且从来没变。打井钻石油,我有我的办法,这书,你还是省省,留着自己看吧。"刘大勇说完,转身出去。

齐占山着急地在身后喊:"哎,刘大勇,你站住……"同时一把拿过石兴国手上的书,"队长,交给我吧,我保证交到刘大勇手上。"说着追了出去。

拥有了新书包的小石头清早一睁眼,就开始寻找自己的书包,走到哪儿都要带着它。

许茹要去工作了,小石头背着新书包,牵着妈妈的手,一蹦一跳地跟在妈妈身边走着:"妈妈,我什么时候能上学?"

许茹也很期待这一天:"等大庆石油会战胜利了,你就能上学了。"

小石头又问:"那我们今天去干啥?"

许茹弯下腰说道:"今天,你跟妈妈去下地干活,看看妈妈种的粮食好不好?"

小石头欢快地答应:"好!"

矿区门口,周远和工人们也都扛着锄头说笑着往田里走。突然,一个兴奋的声音响起："周远……"

周远抬头一看竟是唐娜，简直不敢相信自己的眼睛。唐娜又喊了一声，周远才如梦初醒，兴奋地扔下锄头，大喊一声"唐娜"，便冲了过去。唐娜也向着周远跑过来，两人旁若无人地紧紧拥抱在一起。走过他们身边的工人们都笑着直起哄。

唐娜见那么多人看着，害羞了，急忙小声叫："周远，快放我下来，放我下来。"周远却不管那么许多，高兴得抱着唐娜转圈圈。

过了一会儿，周远把唐娜放在地上，看了又看："唐娜，你怎么来了？"

唐娜心里甜滋滋的，嘴上却说："怎么？只许你来，就不许我来？"

周远老实地回答："当然不是，我巴不得你来呢。"

看看渐渐远去的工人们，唐娜悄悄问："想我没？"

周远一脸的高兴："快想死了。"

唐娜带着几分调皮："我就知道，我啊，申请了工作调动，领导批准了，就来了，你看，这是工作派遣证。"说着，掏出调令给周远看。

"太好了，你终于来了。"想到以后能一直在一起了，周远又激动地抱住唐娜。

周远和唐娜终于把小家完完全全搬到了大庆，唐娜也正式参加到了大庆的生产自救工作中。

一天很快又过去了，晚上刘大勇边吃饭边问许茹："怎么了，去碰梅大妮的钉子了？告诉你了，你还不信。"

许茹思索着说道："梅大妮对我的认识还没有转变，一次两次，是不起作用的。我想再去找她说说看，在感情上她不讲理，但是涉及个人进步，应该会有用的。"

刘大勇也开始关心许茹了，劝道："依我看啊，梅大妮不是不讲理，她根本就是个糊涂蛋，尽干蠢事，你别把自己搭进去。"

许茹却很执着："我想再去试试看，我不相信梅大妮那么固执。"

说话间，齐占山在门外喊道："刘大勇……"

刘大勇搭话："听见了，别吼了。"说着要往外走。

许茹忙问:"你还要出去啊?"

"唉,吃了阎王爷的饭,跟上阎王爷转,我今晚奉命抓贼去。"刘大勇说完就出了门。许茹想了想,也起身关门出屋。

石兴国坐在桌子前统计数据,梅大妮坐卧不宁地起来又坐下,看着他一动不动,没有走的意思,不由催促道:"你今晚不去开会吗?"

石兴国答应着:"去,一会儿就去。生产总结小组会议,每天晚上得开啊。"

梅大妮似乎很关心:"那早点去吧,别让大家等急了。"

"哦,不急,还早呢,我把这些弄完还来得及。"石兴国说着愣了一下,回头问道,"大妮,你是不是困了?你要是困了,就先睡,不用等我了。"

梅大妮想了想说:"俺不困,不过,你在这儿工作,开着灯,祝捷睡不好。"

石兴国听了梅大妮的话忙收拾了书本:"哦,那好,我去开会吧。对不起啊,忘了咱女儿,你也早点睡吧。"

梅大妮送石兴国出屋,然后转回身来,在地上翻找口袋,随即也走出屋子。

许茹从不远处走过来,见梅大妮正从屋里走出来,刚要喊,就看见她迅速合上门,左右看看,鬼鬼祟祟地走了。

许茹略一沉思,跟了上去。

这个时候,夜空下,黑压压的庄稼,被风吹得哗啦啦响。奉命捉贼的工人们守在这里。

任新我和田义文一组,他们在田边走了几圈,坐了下来。

"小田,最近田里那些被偷的土豆,不是你干的吧?"任新我随意问道。

田义文瞪大眼睛:"老任,你咋信不过我呢?偷自己人,我就干过那一回,还被人捉住了。现在,我是不会再去偷的,这土豆也是用我的汗水浇灌出来的。"

任新我笑笑:"我就知道不是你,你要是偷来土豆,说啥也会跟我一起吃对吧?"

田义文点着头:"那是。"

"今晚星星可真亮啊。"任新我抬头看着夜空，感慨道，"你说，当初我为啥不抬头看天，做个天文学家，而是头朝了下，一头扎进地下的石油里边去了呢？要是当个天文学家，说不定就能过一辈子安稳日子了。"

田义文也跟着仰望星空："人啊，这还真是说不准，我当初当土匪，也不知道还能活到今天，干这么些事情呢……"两人一番感叹。

这时梅大妮一瘸一拐，但是很利索地朝田里走去。许茹一直跟着梅大妮走到田边，左右看看，疑惑地跟了上去。

田边的另一端，齐占山和刘大勇在巡守。走了几圈，刘大勇站住："齐占山，你一个人去看一圈吧，我坐在这儿等你，实在走不动了。"

齐占山不答应："再走半圈，和田技术员他们碰上头了，就休息。"

刘大勇苦着脸抱怨："这个石兴国，是不是专门和我过不去啊？谁会大半夜的来偷啊，我看是故意不让我闲着，想着法子整我。"

"大队长不是那样的人，最近出现小偷也是真的，大队长一心为了我们大家的集体财产，你就少说两句。"齐占山替石兴国辩解。

"行啊，齐占山，学会拍马屁了？"刘大勇揶揄道。

齐占山板了脸提高声音："刘大勇同志，请叫我齐班长，我现在是你的上级领导，我说的话你必须听，查完最后一圈才行。"

"那我撒泡尿，总行了吧？"刘大勇敷衍着朝田地里边走去，"肥水不流外人田……"

似乎听到了些动静，梅大妮突然蹲了下来，后面的许茹也跟着蹲了下来，只见梅大妮撅着屁股，朝田里学了几声鸟叫："布谷，布谷……"

许茹心里觉得好笑，就捂住嘴低头偷笑，一抬头，却发现梅大妮已经不见了。许茹忙站起来四处望去，都没有她的影子。想了想，许茹朝玉米田里钻了过去，边走边低声叫着梅大妮的名字："大妮……梅大妮……你在哪儿？"四周除了蛐蛐声，着急的许茹听不见任何回答。

突然，远处有人大喊抓贼。许茹听出是刘大勇的声音，不停地喊着："抓住了，抓住贼了，大家快过来，我抓到了！"

许茹跑出玉米田，看到不远处手电光晃动，急忙朝着那边跑过去。

这个时候，石兴国散会了，工人们走后，他也起身收拾了东西，拿起桌上的手电筒，走出办公室。他没有回宿舍，而是来到田边查看情况。

到了地里，石兴国碰到正抓耳挠腮的齐占山，问道："占山，有没有情况？"

齐占山抱怨道："我没情况，刘大勇有情况。他去那边撒尿了，都快半个小时了还没回来。"

石兴国笑道："懒人屎尿多啊。"

两人正说着，就听见刘大勇大喊："快来人啊，抓贼啊，小偷让我给逮住了啊！"

刘大勇拖着梅大妮走出田里，来到小路边。刘大勇高声嚷嚷着："好你个大老鼠，敢偷我们东西，被我逮个正着吧。"

田义文和任新我等听见声音也赶了过来。几道手电光聚焦在小偷身上、脸上，待看清楚小偷的模样，大伙都惊呆了。

赶过来的石兴国也看到了梅大妮，诧异道："大妮，你怎么在这儿，你怎么，怎么能干出这种事？"

这时候刘大勇来劲了："哈哈哈，石兴国，你监守自盗啊？这下，人证物证俱全，看看，看看！"刘大勇指着地上从梅大妮身上掉下来的土豆和玉米，说道，"看看，这可都是国家的粮食啊。想不到，贼喊捉贼，要不是让我给逮到了，咱们大家都被石兴国给骗了。"

"刘大勇，你胡说什么，大妮嫂子怎么能……"齐占山尴尬地想替梅大妮辩解。

梅大妮害怕了："俺没有！俺，俺只是过来看看，就被他们当贼了……"

刘大勇得理不让人："什么？！梅大妮，你是被我亲手捉到的，还敢狡辩？走，找领导说理去。"

石兴国痛心地说道："大妮，没想到你竟然背着我干这种事。好了，你也别解释了，把这些东西还回去，回家！"

"俺不……"梅大妮说着，竟然蹲地上一把抱起土豆和玉米不撒手，"俺不，这不是俺偷的，是，是俺捡的。"

石兴国生气了："捡的也不行！给我，送回去。"

梅大妮可怜巴巴地看着石兴国："俺不，俺吃不饱，孩子也饿得不行，捡一个土豆，难道也犯法？"

石兴国硬起心肠："不是犯法，是违反纪律，梅大妮，把东西给我！"

"就不给。"梅大妮耍起赖来。石兴国上前去夺，梅大妮一下子坐到地上，蹬腿号哭起来。

齐占山赶紧去扶，嘴里劝着："嫂子，嫂子你快起来。"

刘大勇却在一旁偷笑不已。

这时，跌跌撞撞好不容易走过来的许茹，看看梅大妮，再看看大家，大声说道："东西是我偷的……"

大家瞬间都把目光投向许茹，许茹平静地说道："东西是我偷的，我只是放在那里，没想到大妮妹子碰上了，你们看，我这儿还有。"许茹说着，从身后拿出两个玉米来。

刘大勇不可置信地看着许茹："许茹，你胡说什么？"

许茹不理刘大勇，继续说道："大家看见了吧？东西是我偷的，不关梅大妮的事，要罚就罚我吧，错误我来承担。"

梅大妮趁机指着许茹："对，是她偷的，俺看见了，是她和刘大勇一伙儿的，不是俺。"

石兴国看了一眼许茹，他心中明白谁是真正的贼，不由火冒三丈地制止梅大妮："够了，梅大妮，你给我闭嘴！许茹同志，你不用替梅大妮背黑锅，这里怎么回事，我清楚。"

"石兴国，你不帮俺帮外人，你不是人！"梅大妮怨气满腹地哭着跑掉，许茹立即追了上去："大妮，大妮，你等等……"

刘大勇突然哈哈大笑："精彩，真精彩，你们夫妻俩这双簧戏唱得真是太好了，哈哈哈……"刘大勇大笑着，转身走了。

石兴国蹲下，把地上的东西围拢到一起："占山，你数一数，多少土豆？多少玉米？"说着，掏出随身携带的小本子和笔，准备记录。

齐占山迟疑着："队长……今晚，大家都是自己人，就算了吧。"

任新我、田义文也都附和。

石兴国坚定地说道："不用，你们的好意我心领了。好了，大家都回去吧，这些东西送到队里，其他损失，我记在账上，秋后丰收了，分粮食的时候再从我那一部分里扣除。"

梅大妮哭着一路跑回家中，许茹也跟着跑了进去。

"俺不活了……"梅大妮哭喊着就要寻死觅活。

许茹一把拉住梅大妮："大妮妹子，不要这样。"

梅大妮怒气冲冲："石兴国太不是人了，怎么能这么对俺？俺要回去，回克拉玛依，回俺娘家，俺这辈子都不想见他，俺要离开他。"

许茹劝道："大妮妹子，你冷静点，听我说，石兴国那么做，是为你好。"

梅大妮气呼呼地说："什么叫为俺好啊，明明就是向着外人不向俺，俺跟着他，还有什么指望？"

许茹顺着她说道："对，那咱就不指望他，咱们妇女同志靠自己，活出自己的尊严！"

梅大妮突然止住哭声，看着许茹："你是不是来看俺笑话的？"

许茹轻声说道："大妮，你误会了，我们都是女人，我是真心想帮你……"

梅大妮难以置信："那……那你不恨俺吗？"

许茹摇摇头："不恨了，早就不恨你了。"

梅大妮愣愣地看着许茹："可俺，俺害死了你的孩子……"

许茹叹了口气："都过去了，孩子的事也不怪你。我的孩子，我就当是献给了石油，献给了克拉玛依。大妮妹子，你放心，我知道你一直对我不放心，今天，我给你说句心里话，我这辈子，不会从你身边抢走石兴国的，你和石兴国、小祝捷是一家，我和刘大勇、小石头是一家。往后的日子，咱们大家一起为大庆会战做贡献，一定要让大庆会战胜利。"

梅大妮不相信地追问："你真的这么想的？你心里真的不恨俺？"

许茹点点头，肯定地说道："真这么想的，我一直希望你能来加入我们的妇女生产自救队，现在，你愿意吗？"

梅大妮羞愧地低下头："俺不是不愿意，俺也羡慕你们，和男人们一样，有工作，是个有用的人。可俺，可俺一直担心你记恨俺，俺过去那么对你，俺实在，实在是没脸对你啊。"说着，又哭了起来。

"都过去了，一切都过去了……我早就忘了，你也忘了吧。"许茹安慰梅大妮。

"许茹，对不起……"梅大妮终于鼓起勇气，说出这句对不起。

许茹见梅大妮打开心结，放下戒备，高兴地拉住她的手。梅大妮也激动地扑到许茹怀里大哭起来。

36

记者辛玉在矿区随处转着，期待发现一些有价值的素材。这天，她在一个牛棚里居然看到了一头小猪，觉得有趣，想靠近仔细看看，没想到却遇到了铁三的阻拦。

"你这个人，怎么这么奇怪？我看一眼猪，有什么大不了的？"辛玉不以为然地想绕过铁三，却都失败了。

"不能看，我们'猪司令'说了，任何人不能接近这头猪。"铁三忠于职守。

辛玉大笑起来："哈哈哈，猪司令，太逗了，我今天就是冲着猪司令来的，而且，非要采访它不可，喂，你到底让不让我过去？"

铁三看了一眼辛玉，竟然在地上划了一道线，认真地说道："不让！而且，不准越过这道线，不然，我可就不客气了。"

辛玉也是个拧脾气，指着那头小猪说道："好，那我不和你说，我和它说，你告诉你身后的那头猪司令，我要和它谈谈……"

铁三回头看了一眼正在猪圈里摇着尾巴乱拱的小猪仔，哈哈大笑了起来："你真笨。我们猪司令不是猪，猪也不是司令，不过，这是我们猪司令的猪。司令是司令，猪是猪，你到底要和谁说话？"

一头雾水的辛玉茫然地挠挠头："你这是绕口令吗？我怎么没听懂？"

铁三憋不住，又笑出声来。辛玉一跺脚，一本正经地说道："反正，我今天就是冲着猪司令来的，你说，我应该怎么办？"

这时身后传来齐占山的声音："我看啊，你就别在这个地方丢人现眼了，连猪都会笑你的。"

辛玉回头看了一眼不知何时出现的齐占山，瞪着眼："又是你！"

齐占山不理会辛玉，对着铁三敬了个礼："铁三同志，今天小猪仔怎么样？"

铁三一本正经地也敬了个礼："报告齐班长，一切正常。"

齐占山再次敬礼："辛苦了。"

铁三回昂首挺胸："为人民服务！"

辛玉瞪大眼睛看着这一幕，不知是该笑还是该敬。问完情况，齐占山转身走掉，铁三依然坚守岗位，没办法，辛玉只好去追齐占山。

齐占山大踏步在前面走，辛玉跑着追上来："喂，你站住！"

"大记者，有什么事吗？"齐占山转身问道。

辛玉一脸不快："你干吗坏我的好事？好端端的一次采访让你给毁了。"

齐占山不满："哎，你这人，怎么不讲理啊？明明是你自己要采访那头猪，可是人家猪不让你采访，怎么怪到我头上了？"

辛玉漂亮的杏眼一怒，霸道地说道："反正，反正你就是个扫把星，只要看见你，准没好事。"

齐占山一扬头："那你还追我干吗？你说我是扫把星，那你呢？我看你啊，根本就不像个合格的记者，更像一个捣蛋鬼，还是早点离开大庆吧，别在这里碍眼又碍事。"

辛玉被齐占山激怒："我偏不！总之，大庆我来都来了，就一定要挖到新闻素材，还有，既然你毁了我刚才的采访，那你给我提供一个新闻素材。"

齐占山拔腿就走，边走边说："我没什么可提供的，你自便吧。"

辛玉紧追不舍："哎，我听说昨晚你们抓到小偷了？给我说说，是个什么样的人？敢偷工人阶级的劳动果实，一定是个胆大包天的人，这也是一大新闻呢，快给我说说。"

一听辛玉提到这事，齐占山三缄其口："这个，你就更不能采访了，辛大记者，我无可奉告。"说完，头也不回地快步走了。

辛玉在背后气得咬牙切齿："什么人啊？牛气哄哄的，气人！"

齐占山和辛玉一见面就吵，可齐母却一直记着这个漂亮姑娘，也记着梅大妮答应给儿子牵线搭桥这件事。梅大妮一直没有动静，齐母等不及，直接找到了她家里。不巧的是，梅大妮并不在家，齐母喊了几声，又趴在窗玻璃上看了看，无奈转身走了。

梅大妮一早就去了许茹家中。最近外面传开了梅大妮是家贼，不仅自己丢脸，还给石兴国脸上抹了黑。再加之石兴国的责备与夜不归家，这些压力的聚积让梅大妮心中惶恐不安。于是她找到许茹，抽抽搭搭地讲了自己的悔恨跟担心，让许茹帮她想想办法。

许茹给她倒了一杯水，递到眼前，安慰道："大妮妹子，不要太过自责，人都会犯错，更何况你的错情有可原，大家会原谅你的，这事也会过去的，你不要太担心了。"

梅大妮脸色黯然："可俺，俺现在……昨天晚上，石兴国又没有回家，一定是生俺的气，在办公室里睡觉了。哎，现在，连石兴国也要怪俺了，俺咋这么糊涂呢？"

许茹却打了包票："不会的，大妮，石兴国不是那样的人，他有可能是忙工作，所以才不回家。而且，他是队长，现在眼看要丰收了，地里的活和井上的工作，他一定非常忙，你就别担心了。"

梅大妮还是不放心："那要是别人问起俺偷东西的事，你会不会出卖俺？"

许茹毫不迟疑地摇摇头。

梅大妮又想起了一件事，担忧地问道："俺还听说，现在矿上的那个女记者到处找新闻，我的事，要是她写到报纸上去了，俺就更没脸见人了。"

许茹摆摆手："这个你放心，不会的，我会想办法。"

梅大妮终于放心了："谢谢你，许茹，你真是一个好人，石兴国说得没错。"

许茹微笑着送走了梅大妮，看看时间差不多，转身去了食堂。

打了饭，许茹朝周围看了看，恰好看到辛玉一个人坐在那儿吃饭，便端了饭走到她跟前，坐下来："食堂的伙食，吃得习惯吗？"

辛玉一见到有人主动和自己打招呼，很高兴："挺好的，至少有粥喝。哦，对了，忘了自我介绍了，我叫辛玉，是新华社的记者。"

许茹点头："我知道。"

辛玉纳闷："哦？你知道？怪不得。那你是怎么知道的？"

许茹笑了："你看看这食堂里、这矿上，像你这么漂亮、皮肤白皙、衣服干净整洁，一看就是刚毕业的大学生模样的有几个？更何况，我已经在大庆待了这么久，来了一个新面孔，能不认识吗？"

辛玉这才明白："也是，呵呵……"

两人边吃边聊。

许茹问道："你是刚毕业的学生吧？"

"嗯，其实，我这次是被派来大庆实习的，刚毕业不久。"辛玉点点头，终于有机会说出自己一直不明白的问题，"我怎么觉得这大庆好奇怪啊！大家都好像不愿意和我说话，都不喜欢我一样。"

许茹笑着解释："辛记者，是你多心了，而且，你要是找到了合适的采访对象，就会发现，大庆是一块充满故事的神奇土地。"

辛玉急切地说："嗯嗯，我就是冲着这一点来的，但是，我发现我根本太不了解大庆了，更不知道从何处下手开始采访。这几天，每天都生机勃勃地醒来，充满激情地去采访，但结果总是碰一鼻子的灰，让人很郁闷。"

"这不是难事，你应该先观察，而不是急着去采访。"许茹说道。

辛玉忙提出要求："那你能不能帮我一个忙，带我参观参观这大庆，好让我整体上对大庆有一个概念。"

"那，你吃完了吗？"许茹见辛玉点头，于是道，"跟我来吧。"

两人起身走出食堂。

许茹带着辛玉参观了大庆的生活区、宿舍区、井场，甚至刚刚开发出来的北大荒。许茹边带着辛玉参观边不停地讲解。

辛玉不住地点头，一边忙着拍照，做笔记……

两人回到矿上，正有说有笑地边走边聊，辛玉忽然站住，指着远处走过的王振华，问道："那个老头是谁？人挺好的，还给我指过采访门路呢。"

许茹看了一眼王振华，笑了："那可不是什么普通老头。他啊，是我们大庆会战的总指挥王振华同志，以前石油师的政委、克拉玛依的局长。"

辛玉恍然大悟："啊？原来就是他啊……"

许茹笑道："你啊，第一个应该采访的人，最应该采访的人，就是他。"

"对对对，我第一个找到的就是他，可是我没有认出来。嗯，这一次，一定不能再弄错了，一定要采访对人。"急性子的辛玉说着就要朝王振华走过去，却被许茹一把拉住："你干啥去？"

辛玉奇怪了，不明白许茹为什么拦着自己："我这就去采访总指挥啊。"

许茹解释："错了，要采访对人，还要有对的时间！你现在去，那不叫采访，那叫干扰人家正常工作，人家能让你采访吗？你啊，要学会利用时间，这样吧，我告诉你什么时间合适。你啊，晚上去，晚上一天的工作结束，总指挥也在做工作总结，这个时候采访最合适。"

辛玉挠挠头："对啊，我怎么没想到啊！嗯，那就晚上去。"

辛玉说着，看了一眼远去的王振华的背影，见他衣着普通，背影苍老，实在看不出竟然是这么厉害的人。忽然又回头问许茹："哦，对了，大姐，你这么好这么帮我，我应该怎么称呼你？还不知道你的姓名呢？"

许茹微笑："你可以叫我许茹，或者和其他人一样，叫我许干事。"

辛玉再次惊讶："怪不得。你一看就是个有文化有素质的人，那我再向你求证一件事，我听说最近矿上出现了小偷，而且还是女贼，我想大概是家属吧？到底是什么人啊？"

许茹一听这话，赶紧拦住："辛记者，这件事，我希望你不要再追究了。在大庆这个地方，每个人都经历过很多的事情，每个故事都不像你听到的那么简单。而且，每一件事情，都有它的偶然和必然性。你还太年轻，不太理解大庆，不太理解大庆的这些石油工人们，所以，我希望你把注意力转移到别的方面，好吗？"

辛玉点点头："哦，原来是这样，其实，说实话，许干事，你也不是第一个这么劝我的人，那好吧，我就不采访那条线索了。"

许茹笑着说："好，不过，作为补偿，我会提供一个新闻素材，就是你可以采访我和我打算成立女子石油队的想法，希望你能够给报道一下。"

辛玉一脸惊讶："真的吗？太好了，许干事，原来，你也不简单啊，真的是一个大惊喜。"

许茹谦虚地笑笑。

夕阳西下，一天的工作结束了。路上，工人们熙熙攘攘往回走着。

邱建设拉住了刘大勇，走到一个僻静的角落，悄悄说道："刘大勇，我找你说点事。"

刘大勇阴阳怪气道："哟，邱建设同志，我听说你也来大庆了，今天，可算是见到人影了，怎么样？有没有捞到一官半职啊？"

邱建设讪笑着："嘿嘿，我现在和你一样，都是普通工人，普通工人。"

刘大勇摇摇头："啧啧啧，这俗话说，宁为鸡头，不为凤尾，你这克拉玛依的后勤科长，再怎么说，也是个官儿，跑到大庆来，成了普通工人。啧啧啧，邱建设同志，不值啊，不值。还有，我很好奇，你找我干什么？我还以为像以前一样，邱科长或者邱副局长找我，一定是有什么好事呢？"忽然，刘大勇想起克拉玛依的承诺来，"你……你不会是来兴师问罪的吧？可你不是已经来大庆了吗？"

邱建设得意扬扬地说道："是啊，刘大勇，就算你不帮忙，我邱建设照样还是来了，但是，我今天找你，不是为了怎么来的这件事，我找你……"说着，邱建设往两边周围看了看，压低声音说道，"我找你，的确是好事。"

刘大勇随口问道："什么好事？"

邱建设用拇指和食指摩擦，示意赚钱的手势给刘大勇看："老本行，跟油有关系，你负责运，我负责卖，怎么样，我们合作吧。"

刘大勇看了看邱建设说道："真是江山易改，本性难移。不过，我刘大勇也是个喜欢尝甜头的人。邱建设同志，你现在和我是一个身份，那我就明说了吧，甜头我要，但是风险你来担。"

邱建设脸一绷："刘大勇，这话可就有点过分了啊，当然是一起做事一起担风险啊，怎么能只吃干货不下水呢？"

刘大勇听这话，丝毫没有畏惧："那我不管，反正，我就是这样，你要是觉得行得通，你就先干一趟，我看看结果。要真是神不知鬼不觉，那我也就再和你合作一回，怎么样？"

邱建设看他态度坚决，只好妥协："好，你说的，一言为定，不过，这事要是泄露出去，可就是你的错。"

刘大勇笑了："放心吧，你也不看看现在的我，整天和屎尿打交道，也该闻闻钞票的香味了。"

邱建设放心了，两人各自笑笑，分开走了。

犯了错误的梅大妮，一整天都惴惴不安，晚上焦急地来到许茹家中，急切地询问情况："许干事，怎么样？"

许茹拍拍梅大妮肩膀，安抚道："放心吧，辛记者是个聪明人，而且，她已经转移了注意力，那件事，就算过去了，你就别担心了。"

梅大妮听了这个结果，悬着的心一下子放了下来："嗯，好，许干事，谢谢你。"

许茹笑笑："大妮妹子，你就叫我许茹吧，别一口一个许干事、许干事的，我听着别扭。"

梅大妮对许茹可服气了："哎，好，俺听你的，以后，俺就多多听你的话。"忽然梅大妮一歪头，"哎，对了，俺想起一件事，齐大娘说的那个女记者，不会就是辛记者吧？许茹，你看着她人长得怎么样？"

许茹不知道是什么事，疑问地看着梅大妮："挺好的，很漂亮。"

听许茹这样说，梅大妮了然地点点头："怪不得，齐大娘看上了，想让俺给齐占山做媒呢。"

许茹有些犹豫："他俩，合适吗？"

梅大妮胖手一挥："一个没有老汉儿，一个没有婆娘，有什么不合适的？俺看合适。"

许茹看着梅大妮的样子，笑了："齐班长倒是应该有个家了。不过事情也难说，要不试试看？"

梅大妮蛮上心："嗯，那咱们俩好好合计合计，看看有啥好办法没？让这两个人接触接触。"

许茹顺水推舟地点头。

此时，辛玉看看时间，拿着相机，从宿舍出来，朝王振华的办公室走去。

路上，邱建设身着一套黑色的工服、戴着帽子，匆匆走着，边走心里边琢磨着：北大荒，北大仓，"藏"才是重点，谁知道这块黑土地上，有没有养出来的黑心仓老鼠呢？说得再好听，都不如钞票实惠，我邱建设和石油打了半辈子交道，到最后，不能一无所有，我必须为自己铺点后路……

辛玉从旁道走过来，看到邱建设，刚要打招呼，但见他步伐匆匆，而且鬼鬼祟祟的，不禁好奇地悄悄在后面跟着。

邱建设走到仓库，推出一辆自行车，自行车车把上挂着两桶油，快速地骑车朝矿区外而去。

辛玉急忙四下看看，也找到一辆自行车，骑上车子跟随邱建设出了矿区。邱建设一直朝荒郊骑去，辛玉一直尾随着。

邱建设在荒郊停了下来，辛玉远远地也停了下来，躲进旁边的草丛。辛玉看到草丛里走出来几个大汉，和邱建设进行交易，然后扛走了两桶油。邱建设警惕地四下张望。辛玉看得目瞪口呆，而后迅速拿起手里的相机，记录下这个事实，然后悄悄避开邱建设回到了矿区。

第二天辛玉拿着相机，来到王振华办公室外敲门，却没人应。问了其他人才知道王振华生病住院了，辛玉道谢后，马上赶往医院。

到了医院，辛玉手里拿着一卷胶卷，犹豫了一下，然后朝病房走去。王振华正在输液，看到辛玉推门进来，笑着对辛玉招招手，指着旁边的凳子说道："小鬼，你来啦？过来坐。"

辛玉笑着走到病床边，坐在凳子上："这一回，我没有认错人。"

王振华这次非常配合辛玉的采访。生活和工作的艰辛并没有磨灭他积极的生活态度，他以风趣的语言道出了艰难的大庆历史。王振华幽默的谈话，逗得辛玉哈哈大笑，有些不相信地问："真的吗？你们的工作真的有那么好玩吗？"

王振华点点头："是啊，要不然，大庆一万两千多人，都在那里干什么？我告诉你啊，钻井，找石油啊，不光好玩，还有好多好多的故事呢。"

辛玉一脸的期待："嗯嗯嗯，给我讲讲，都有哪些故事？"

王振华像是陷入回忆一样，长叹了一声，说道："让我想想啊……我们是石油工程第一师，我手下，有好多的战斗英雄，他们上过战场扛过枪，杀过敌人，打了很多的大仗，现在，又跟着我钻井找石油。一路走来，我们的石油工人在成长，和咱们的新中国一样在成长，每一个人，都经历很丰富，每一个地方，都有故事，太多了，太多了啊……"

辛玉点点头："总指挥，那你说，大庆有没有坏人？"

王振华感叹："你们这样的小孩子，赶上了好时候，好社会啊，不懂得真正的坏是什么样的坏。那我先告诉你，大庆的这些人，都是什么人吧。小鬼，你大概不知道大庆的石油工人都是些什么人，对吧？"

辛玉摇摇头。

王振华接着说道："他们大多数是军人，以前都是解放新中国、抗美援朝的英雄，当然，也有一部分是过去的老石油工人和新招的工人。但是，参加大庆会战，他们是志愿者，是从祖国的四面八方来的，为了大庆会战的胜利，聚集到了这里。他们不怕脏不怕苦，更不怕累，你看看他们身上的穿着，你再看看他们被风吹日晒的脸。你要知道，在大庆的每一个石油工人，都是最可爱的人，都是为祖国的石油事业立下了汗马功劳的人，你说你要怎么写他们？"

辛玉放在兜里的手，握了握那卷胶卷，始终没有拿出来。

齐占山宿舍内，一心惦记着辛玉给自己做儿媳妇的齐母用手绢包着两个煮熟的玉米棒子，走到齐占山跟前："山子，快，把这两个玉米棒子给辛大记者送去。"

齐占山怀疑地问："娘，这哪来的？不会也是偷的吧？"

齐母气恼道："这孩子！娘可没偷，今天啊，食堂破例吃煮玉米，新鲜的煮玉米，咱们北大荒自己产的玉米，快，让辛姑娘也尝尝。"

齐占山也是个犟脾气："我不去。"

齐母劝儿子："山子，你为啥不去啊？多好的机会啊，快去，要不娘亲自去。"

齐占山不满："娘，您这是干什么？人家自己有手有脚，要吃，会去食堂自己拿的，我才不去呢。"

　　齐母在齐占山背上打了一巴掌："你是缺心眼儿吗？娘这么做，还不是为了你好？你说你都这么大了，也该成个家了，你咋一点都不着急呢？"

　　齐占山梗着脖子："谁爱急谁急，我不急，我着急秋收以后怎么打井钻石油呢，才不和那个什么都不知道的女记者有瓜葛！"说着，径自走出屋去。

　　丰收在望，工人们情绪都很高，石兴国、周远也开始讨论秋收的各项问题。石兴国提出利用这次大丰收，搞一次秋收动员大会，为秋收之后的开钻打井鼓舞士气。

　　周远拍手赞成："我看行，大饥荒马上就要过去了，我们的工人能吃饱，再不怕饿肚子了，打井就更加有力气了。对了，我听说王队长那边又要和我们打秋收的擂台。"

　　石兴国信心十足："是啊，这个王铁人，就是太好斗了，打就打，这一次，咱们一定不会输。"

　　说话间，齐占山进到办公室，接上话茬："队长，让我去，我一定打赢王铁人。"

　　石兴国一见齐占山："哦，占山，你来了，来得正好，怎么样？秋收前的准备工作做得怎么样了？"

　　齐占山兴奋地说道："报告队长，都做好了，就等丰收了。大家都在盼，盼着秋收了赶紧打井，大家伙儿都说，握刹把的手已经开始痒痒了。"

　　石兴国很满意："哦？是吗？太好了，哦，对了，这个擂台的事，咱慢慢说。交给你一件另外的事情。你去把那个新来的大记者，叫辛玉还是什么的找来，关于这次北大荒的丰收，我想和她谈谈新闻报道的事情。"

　　齐占山一听是这事，使劲儿摇头："我不去。"

　　"为什么？"石兴国奇怪地问。

　　"不为什么，反正我就是不去，让指导员亲自去吧。"齐占山坚持不肯去。

　　"奇了怪了，辛大记者是老虎啊？你为什么不去？"石兴国再一次追问。

　　齐占山脸已经红了，支支吾吾道："反正，我就是不去。"

　　石兴国还要说话，周远跟他耳语一阵，石兴国笑了："这是好事嘛，占山，你怎么能不去呢？人家辛大记者要是能看上你，那是你八辈子的福气，你还拽什么？"

齐占山埋怨着："队长，怎么连你也这样，我不说了，我去做秋收准备了。"说着，齐占山走出屋，周远和石兴国都笑了。

石兴国感叹："哎，说实话，占山一直跟着我，这么多年了，是我疏忽大意了，他也应该成个家了。"

周远赞同地点点头。

辛玉走出宿舍，伸了伸懒腰，抬头看了看大庆的天空。秋日的大庆天高云淡，夕阳似火，辛玉一脸微笑地望着天空和矿区，不禁自言自语："大庆，真的是一个美丽的地方，神奇的地方啊，今天，怎么看大家都这么可爱呢？难道是老头的话起作用了？"

这么想着，辛玉不禁偷笑。

这时梅大妮匆匆走过来，不住叫着："辛大记者，辛大记者……"

辛玉看到梅大妮，问道："你是……"

梅大妮自我介绍："俺是石兴国的爱人，从克拉玛依来的。石兴国，就是石队长，和王前进一样厉害的石兴国，你知道不？"

辛玉忙点头："哦，我知道，我听说了他的故事。你有什么事吗？"

梅大妮笑着说："没啥要紧事，就是来给你送两个玉米棒子。想着你们城里的孩子，一定爱吃，这是刚从地里掰的，新鲜，快尝尝。"

辛玉连忙接过玉米并道谢。

梅大妮上下仔细打量着辛玉，赞叹道："啧啧啧，真是个好看的姑娘，有对象没？"

辛玉有些羞涩："没有。"

梅大妮夸张道："太好了，那你说说，看上谁了？我给你们牵线，你放心，这大庆的汉子，一个赛一个的身体好，一个赛一个的人好，你要是嫁给石油工人，我保证你不后悔，这是俺的亲身经验。"

辛玉非常不好意思："可是我，是来工作的，不是来相亲的，所以没有想过那个问题。"

梅大妮撺掇："现在想也来得及，公私兼顾嘛。"

说话间，齐占山从不远处走过，梅大妮看到了，一把拉住辛玉，指着远处的齐占山："你看那个小伙子咋样？"

辛玉嘴一瘪："他呀，我看是大庆最不可爱的一个人。"说完，头也不回地进了屋。

梅大妮见状，自言自语道："啊？坏了，看来这事要黄。"

矿区彩旗飘飘，锣鼓喧天……秋收工作大张旗鼓地开始了。

田间地头，工人们挑的挑，抬的抬，挖的挖……满地的土豆，成堆的玉米，一片丰收的景象。人们都在田里忙活，装满农产品的车一辆辆满载而归。

王振华、王海龙、孙延民等指挥部的领导高兴地朝大会场走去。会场内，红旗飘扬，工人们分队整整齐齐地坐着。

领导们走上主席台，王振华主持会议："同志们，今天，是咱们大庆油田生产自救丰收的日子。丰收了，有粮了，大家就不用挨饿了，大家高不高兴？"

工人齐声大喊："高兴！"

王振华大声说："好，我也高兴，很高兴。经过统计，王前进的1205钻井队和石兴国的尖刀钻井队，生产自救成绩领先。王前进队收获土豆两万三千七百公斤，玉米一万五千二百公斤，合计四万两千九百公斤。石兴国队收获土豆一万九千公斤，收获玉米两万三千九百公斤，合计起来，也是四万两千九百公斤。两个队不分上下，打成了平手啊。"

台下众人鼓掌。

"同志们，有了粮食，我们工人吃饱了饭，再也不怕挨饿了，我们的石油大会战，就要真正开始了！"王振华高声喊出石油人的口号，"石油工人一声吼，地球也要抖三抖。同志们，大庆会战的胜利，就看你们的了。"

工人高声齐呼："胜利，胜利，胜利……"

此时，王前进站起来，对身后的工人们大喊："同志们，过去，咱们是'班上千，月上万，一年进尺十五万'！现在，咱们还要比过去强，咱们'班上千，月上万，年底原油产量翻一番'怎么样？"

1205队工人们喊声如雷："好……"

王前进又补充道："咱们把石兴国他们比下去！"

1205队工人们欢呼。

石兴国也被尖刀队工人们推着站起来："你们翻一番，我们也要翻一番，照样不比你们差，同志们，你们说是不是？"

尖刀队工人们同样高声喊着："是……"

台上，王海龙对王振华说："看看，已经较上劲了，火红的场面要开始了！"

辛玉拿着相机，记录着珍贵的画面。

晚上，矿区大院里举行篝火晚会。

段铁生画了个大花脸，正在手舞足蹈，扯着嗓门唱秦腔……

工人家属们个个兴高采烈庆祝丰收。夜空下，到处是点点火光，到处是庆祝的人们，大家吃吃喝喝，说说笑笑。

辛玉夹杂在人群里，和大家一起庆祝。

石兴国朝辛玉走过去："辛记者，怎么样？这样的万人大狂欢，见过没有？"

辛玉摇摇头："太伟大了，石油工人真的很伟大，我总算是见识到了。你们艰苦奋斗，自力更生，值得我们这一代人学习，我要好好给你们写文章。"

石兴国笑着："谢谢你啊，辛记者，写文章的事咱们慢慢来。今晚，给你说点别的事情。"说着，拉着辛玉往边上安静处走去。

两人远离了人群，看看周围安静了些，石兴国说道："我听说，你是一位非常优秀的记者。"

辛玉不好意思地摆摆手："石队长过奖了，其实我刚刚开始实习。和你们石油工人比，我算不上什么。"

"哎，你是女孩子，已经很优秀了，而且，还具备谦虚的美德。不过，我们这里，刚好也有一个非常优秀的人，你往那边看……"石兴国说着指向远处的齐占山。

辛玉顺着石兴国手指的方向，看到了正安静地坐在篝火边、若有所思的齐占山。火光映红了他的脸，越发显得俊朗有型。辛玉不禁看得呆了。

石兴国观察着辛玉的表情："辛记者，我就明说吧，我们不拉郎配，但是我们也不想错过一段美好的姻缘，你们两个是很般配的一对啊。"

辛玉收回目光，有些羞涩有些犹豫："可是我……"

"齐占山跟我很多年了，战争年代，打仗勇敢，是个英雄；建设年代，专业过硬，也是英雄。你考虑考虑，我不多说了，你好好享受今晚的欢庆之夜吧。"石兴国说完走了。

辛玉站在原地，望着远处的齐占山若有所思……

大庆油田终于又恢复了生产，1205钻井队和尖刀钻井队两面旗帜在各自的井架上高高飘扬。

机器轰鸣，钻机飞旋，两支石油队伍都在紧张劳作，一场激烈的钻探比赛热火朝天地进行中。

梅大妮也正式参加了生产自救队。和梅大妮原来的洗衣队差不多大小的院落门口，特意拉了一条横幅：欢迎梅大妮同志。许茹带领着生产自救队，列队欢迎梅大妮。小石头和小祝捷两个小家伙也跟着站在队尾巴上。梅大妮站在大家面前，不好意思地傻笑。

许茹向大家介绍道："各位姐妹，这是梅大妮同志，今天正式加入我们生产自救队，和大家一起劳动，大家欢迎。"

众人热情地鼓起掌。

梅大妮有些窘迫："许队长，大家这么热情，俺怪不好意思的。"

众人都笑了。

许茹开始分配任务："好了，我们今天的劳动任务是给食堂洗三百公斤土豆，剥五百公斤玉米，大家有没有信心？"

众人齐声回答："有！"小石头和小祝捷稚声稚气的声音也混在其中，大家都笑了。

妇女们说说笑笑，开始洗土豆，剥玉米。

这时唐娜走过来，喊许茹。许茹在忙碌中抬起头来："哎，唐娜，你来了？"

唐娜笑道："我来妇女自救队报到。"

梅大妮转过头来："唐大夫，你就别来凑热闹了。"

唐娜认真道："好，我不捣乱了。我是来告诉大家，咱们大庆的医务室成立了，以后，姐妹们有个头疼脑热的，都来找我，我包你们药到病除，健健康康参加大会战。"

梅大妮随口说道："好，俺如果吃撑了不消化，就去找你。"这话一出，逗得大家哈哈大笑起来。

生产进行了一段时间，齐占山一心与王前进队比高低，连续加了几个班后又来办公室请求石兴国批准加班。

石兴国坚决反对："不行，你们已经好几天没好好休息了，今天必须休息，不能疲劳作战。"

齐占山皱着眉头："老连长，可我心里急啊。人家班上千，月上万，可咱们才开始，就被超出了一大截。我想追上去，赶上王前进。还有，我想报答老连长对我的好，没别的法子只有多打井。"

石兴国坚持自己的意见："多打井是对的，但是人不是机器。要报答，你就今晚休息，这才是最好的报答。"

这时，周远进来，看到齐占山一脸委屈，问道："怎么了？这是……"

石兴国看齐占山还不走，命令道："还不快去休息？我要和指导员研究工作了，齐占山，你要耽误我工作吗？"

齐占山这才怏怏地走了。

周远摇摇头："老石，你对齐占山态度是不是有点粗暴？"

石兴国笑笑："粗暴？没揍他就算好了，都加几个班了还不休息，会熬坏的。"

周远夸道："齐占山现在是越来越成熟了。"

石兴国叹息："可那个记者还看不上他，真不可理解。多好的兵啊。哎，老周，这个任务交给你，让唐娜在医院给齐占山物色一个。注意标准啊，我尖刀队的媳妇，可不能是'瓜菜代'，必须是一流的。"

周远连连点头："一流，一流。我回去就给唐娜交代任务。"

尖刀队的所有人都积极地投入生产。田义文和任新我站在井场，任新我查看着机器图，田义文仰头看着井架感叹："哎呀，好久没有听到机器轰鸣了，这声音真好听……"

任新我赞同："是啊，机器和人一样，是有感情的。"

田义文故意道："怎么样？还是共产党的社会主义好吧？"

任新我点点头："是啊，社会主义好，吃得饱，干得好……"

晚上周远和石兴国还在熬夜探讨生产，周远将一份油井钻探进度表递给石兴国："你看看这个数据，照这个速度打下去，不到一年，打到十五万，绝对没问题。"

石兴国很是兴奋："好啊，赶上王前进的这个速度，可是我梦寐以求的啊。"

"何止呢？我看啊，王前进队长定的这个目标，早就该改一改了，大伙儿干劲很足，大庆会战正在以前所未有的热情开展着呢。"周远更是信心百倍。

石兴国提醒周远："大家的热情很高，但你要多注意思想工作，不能出现问题。"

"嗯，我再去井场看看。"周远点头，站起来向外走去。石兴国也跟了上去。

大庆石油人的成绩早已经传到了北京。唐国恩在办公室里，看着数据报表，哈哈大笑："好，好啊，真是太好了！"

秘书看他这么高兴，问道："唐部长，什么好消息？"

唐国恩兴奋地说道："天大的好消息啊，刚刚王振华送来的数据显示，王前进的1205钻井队和石兴国的尖刀钻井队，双双年打井达到了十五万，并列第一啊。哈哈哈……"

秘书也同样高兴："真是太好了，大庆会战，胜利在望啊。"

"没错，要给他们送锦旗祝贺，好好地表扬表扬，这可是咱们石油战线上的新突破啊。我想想，锦旗上应该写什么？哦，你等一下，我给王振华打个电话。"唐国恩说着，拿起电话。

大庆办公室里，王振华接起电话就听到唐国恩爽朗的笑声："王振华，你们干得好啊，尤其是王前进和石兴国……"

王振华没来得及开口，唐国恩已经把自己的想法说了出来，和王振华讨论起锦旗上的字："我在想啊，你们石油师南征北战。战场上，用刺刀杀敌；油井上，用钻头钻石油，你们石油师手里握着一把锋利的刀啊。你觉得锦旗上面写什么好啊？"

王振华笑着说道："唐部长，写什么都是对我们石油工人的鼓励，我们都举双手欢迎。"

唐国恩想了想："嗯，既然石兴国的队叫尖刀钻井队，那我就送你们一个名字，'永不卷刃的尖刀'，怎么样？"

王振华很高兴："好，好啊，唐部长，这个名字太好了。"

"哈哈哈，那就这么定了，你等着挂锦旗吧。"唐国恩说完挂断电话。

很快，"永不卷刃的尖刀"的锦旗挂到了办公室墙上最显眼的位置。

这天，石兴国和周远正埋头工作，王振华过来商量选全国先进模范的事。石兴国和王前进都很符合要求，但只能选出一个，作为大庆会战的典型进行全国范围的宣传报道。

周远自然觉得石兴国当之无愧。石兴国却提出自己是来支援大庆的，要谦虚低调，建议这个模范应该让王前进当。

王振华听了两人的话为难了："这，可就让我难办了。人家王前进同志极力推荐你，说你是他见过的最好的钻井队长，应该选你。你说，你们两个，到底让我怎么办？"

"政委，王前进同志来大庆比我早，工作做得比我多，影响比我大，现在大家都叫他铁人，我可比不上啊，还是选他合适。"石兴国说道。

王振华看着他说："那这么说，你是谦虚到底咯？"

石兴国诚恳道："不是谦虚，是实事求是的心里话，和王前进相比，我口服心服。"

王振华点点头："石兴国，我没看错你，老师长也没有看错你。石油师的魂还在你身上。你有这样的想法，让我放心，更让我开心。"说完重重拍了拍石兴国的肩，走出办公室。

回到自己的办公室，王振华拿起电话，向唐国恩汇报了已经选定王前进作为全国宣传的石油工人典型。

机器轰鸣的井场，刘大勇躺在一堆钻杆上，听着收音机里播放的大庆油田铁人王前进的模范事迹,不满地嘟囔:"王前进,又是王前进,不知道的人,还以为是三头六臂呢。"

这时齐占山发现了正在听收音机的刘大勇,一下子奔过来:"刘大勇,你在干什么?"

刘大勇懒洋洋地说道:"晒太阳啊。"

齐占山一把关掉收音机:"刘大勇,你知不知道这是脱离岗位,很危险?"

"齐占山,我可是你师父,论技术和经验,比你强多了,你竟然对我指手画脚?何况,现在是换班时间,你别跟个催命鬼似的。"刘大勇不服气地回击齐占山。

正在这时,身后的机器突然发出了一声怪叫,两人都吓了一大跳。齐占山反应过来,迅速朝井台上跑去。刘大勇也一下子站起来,跟着跑了过去。

平台上有工人大喊:"井下压力太大,有井喷危险。"跑过来的齐占山听到喊声,三步并作两步跳上井台,查看仪表盘。仪表盘指针在乱颤,各项数据都不正常,显示地下压力太大,情况危险。

刘大勇紧跟着爬上井台,在齐占山身后询问情况。齐占山顾不得回头,大喊:"快,关掉封隔器,井要喷了。"

井台上各岗位的工人迅速反应,冲向井台。

这时,只听一声巨响,一股原油从地下直冲上来,将齐占山打飞了起来。刘大勇见状,紧急跑去关闸门。

办公室内听到外面传来的巨大声响,石兴国和周远脸色骤变,互看一眼,同时说道:"井喷……"

两人立即从凳子上弹起,朝井场飞奔而去。

被打飞的齐占山落到井架下,他挣扎着爬起来,努力再次爬上平台,用双手给封井器和井口法兰上螺丝。

刘大勇关了闸门跑过来,大声喊:"怎么样?能控制住吗?"

齐占山扯着嗓子吼道:"压力小了些,没事,师父,就差最后一颗螺丝了。"突然,"砰"的一声,一颗螺丝蹦出来,打中齐占山的太阳穴,齐占山一下子从井架上掉下来，摔进泥浆池里。

不远处，刚刚赶来的石兴国看到齐占山掉进泥浆池，大喊一声："占山！"

石兴国发疯般朝齐占山跑过去，不顾一切跳进泥浆坑，用双手去捞齐占山。刘大勇吓得一屁股瘫坐在地上。

周远、段铁生、田义文、任新我……后面赶来的人，纷纷跳进泥浆坑，和石兴国一起寻找齐占山。不知过了多久，从头到脚全是泥浆，已经成为一个泥人的齐占山被大家捞了上来，却早已没了呼吸。

石兴国抱着齐占山挟裹着泥浆的尸体，轻轻放在地上，急切地用袖子擦拭他脸上的泥浆，不停地喊着他的名字，拍打着他的脸："占山，占山你醒醒……你这是怎么了？你醒醒啊……"

齐占山完全没有反应。刘大勇突然回过神来，扒开人群冲过去，看到已经死去的齐占山，吓得再次向后退了几步。

石兴国流着泪喊："占山，醒醒啊，我是你连长，连长啊……"

围在旁边的其他人也焦急地纷纷喊着。

见齐占山始终没有丝毫反应，石兴国抱住齐占山的脸，不禁失声痛哭："占山……齐占山……"

尖刀队的人围在周围，一个个都流下了眼泪。

段铁生上前揪住刘大勇的衣领："齐班长是你害死的，是你害死的！"

刘大勇面如死灰，一个劲儿摇头。

在通往井场的路上，得知消息的铁三背着齐母一路飞奔。浑身发颤的齐母不停地念叨着："山子，我的孩子，一定要好好的啊，山子……"

终于到了现场。铁三扒开人群，扶着齐母来到躺着的齐占山身旁。

齐母见到儿子如此模样，心如刀绞，一下子跪坐在地上，一把抱住儿子，颤抖的双手摸着儿子满是泥浆的脸，一边用袖子擦拭，一边流着泪："山子，我的儿，你这是怎么了啊？你醒来，醒来和娘说说话啊，山子……我的儿啊……"

虎背熊腰的铁三站在齐母身边，哭得浑身抽搐。工人们个个都低下头无声地哭泣……

回到宿舍，刘大勇呆呆地坐在屋内，眼神空洞。

许茹从外边走进来，自语似的说道："唉，齐占山太可怜了。怎么就发生井喷呢！"

刘大勇也像是自语："齐占山死了，可是，他最后还叫了我一声师父……"

许茹看了他一眼："可惜了，那么好的一个人。"

齐占山的追悼会在食堂举行。墙上正中挂着黑色的横幅：齐占山同志追悼会。低回的哀乐，震撼着人们的心。

食堂被花圈和松枝插满了，齐占山身穿崭新的工装，躺在鲜花丛中。

大庆会战指挥部、各钻井队、各单位都送来了花圈。

铁三和任新我搀着目光呆滞、不停流眼泪的齐母站在一边，石兴国抱着齐占山的遗像，呆愣愣地似乎已经痴傻。

工人们陆续走进食堂，鞠躬告别。田义文、周远两人一起给齐占山鞠了躬。"占山，好兄弟，我们会想你的。""齐占山同志，走好啊，石油师永远都不会忘记你的。"两人眼含热泪，望着齐占山轻声说着，不忍离去。

王前进带着工人给齐占山鞠躬送行后，拍拍石兴国的肩膀："打起精神，石队长，你手下的工人，个个都是好样的。齐占山同志，不愧是战斗英雄，石油英雄！"

许茹带着小石头，梅大妮带着石祝捷，也来鞠躬送行……

辛玉跟在队伍中间，看着齐占山的遗像，默默流泪。

刘大勇躲在最后，不敢直视遗像上齐占山的眼睛。

外面响起汽车声，王振华、孙延民、黎明等会战指挥部的领导也都匆匆赶来。

王振华领着大伙，走到齐占山遗体前，鞠了三个躬。

石兴国赶过去，含泪叫了声："总指挥……"

王振华严肃地说道："不，应该叫政委。今天，我不是以会战指挥部总指挥的身份来为齐占山同志送行的，是以石油师政委的身份，来为我的好战士，好班长送行。同志们，我们在玉门送走了宋师长，今天在大庆送走了齐占山……我们石油师，为新中国的石油事业，奉献了很多，很多！"

下面响起一片抽泣声。

王振华提高了声音："可是同志们，大家还记得吗，当初我们改编时的誓言？"

全场一震，齐吼："一切为了祖国！一切为了石油！"

"对，一切为了祖国，一切为了石油！这既是我们的誓言，也是我们的准则。齐占山同志虽然牺牲了，但他的理想还在，事业还在，他的精神更要传承下去。经过会战指挥部党委研究决定，授予'尖刀钻井队'钻井一班为'齐占山钻井班'。"王振华一挥手，黎明双手捧出一面旗帜。

石兴国接过去，展开，"齐占山钻井班"几个字在鲜红的旗面上跳跃。

王振华又说道："我希望，这面旗帜像尖刀钻井队的旗帜一样，高高飘扬，引领我们石油师人继续奋斗，不断前进！"

刘大勇在食堂外远远地看着，想着……

送葬队伍缓缓地将齐占山的棺材抬出食堂，朝矿区外走去。刘大勇看着远去的队伍，突然大喊一声"占山……"跑向了送葬队伍。

刘大勇跑过来要接替田义文抬齐占山的棺材，却被田义文一把推远，骂道："你不配！"刘大勇被骂得愣了一下，接着又一把拽住在后面抬棺材的任新我："师父，让我送占山一程吧……你徒弟不争气，可我这个徒弟，没给我丢人呀。"

任新我不说话，只是两眼空洞地看着前方，机械地抬着棺材往前走，最终下巴颤动着，无言地伸出一只手，推开了刘大勇。

队伍渐渐走远。刘大勇绝望地一下子跪倒在路边，痛哭起来："占山，我的好徒弟，师父不配，师父不配啊……占山，我对不起你啊……"刘大勇终于涕泪交加，撕心裂肺地喊出了这句话。

一座新坟孤独地在山坡上隆起。

石兴国坐在坟前，拍拍坟上的土，流着泪对坟头说话："占山啊，队长把你埋在这儿了，你就安心睡吧……你看看你眼前，是咱们的油井，你睡在这里，每天都可以看见咱们队的战友们开钻打井了。你好好看着我们，见证我们把大庆的油田打出来，输送给国家，输送给部队。这里，是你用生命战斗过的地方，你是为石油牺牲的，你睡在这里就安心了。我知道你的心思，你安心休息吧……"石兴国说着，站起身来，一扭头，看见了辛玉。辛玉手里捧着一束鲜花。

"你来晚了。"石兴国看向辛玉。

辛玉擦了一把眼泪，声音嘶哑："是啊，我认识他太晚了，我好后悔……不过，他留在我心里了！"说着，走上前，把鲜花放在齐占山的墓碑前。墓碑上，"石油师尖刀钻井队班长齐占山烈士之墓"一行字在阳光下闪耀。

夕阳照耀下，山坡一片金黄。刘大勇一个人朝后山走去，山坡很小，但是浑身颤抖的刘大勇爬了好几次也没爬上去，气得他举起手猛拍自己的双腿，拍着拍着，不由趴在山坡上痛哭起来……

哭了一会儿，他爬起来，继续往山上爬。终于爬上山坡，他一下子跪倒在齐占山的坟前。

他用手摸着墓碑上齐占山的名字，倾诉着憋在心里已久的话："占山，对不起，是我害了你……在玉门，我是你的队长，你受我欺负；现在，在大庆，你当了我的队长，依然是我欺负你。但是你任劳任怨，给我顶了那么多次工，从来都是有求必应。占山，我不该上班的时候听收音机，我不该在你连续工作了十几个小时的时候，还让你去井上操作，占山，是我害死了你，我不是人，我真不是人啊……"刘大勇说着，痛苦地地扇了自己两个耳光……

刘大勇拔了一把草，放在坟头，抹了一把泪："占山，我刘大勇混蛋了一辈子，今天，终于明白了一个道理，像我这样的人，不配活着……占山，你没有白死，说句心里话，我刘大勇再不是东西，也明白了一件事，占山，你是拿命在给国家打石油啊！而我，我……我简直，简直连大粪都不配去挑。占山，我明白得太晚了，是你拿命惊醒了我这个糊涂虫、王八蛋。你要是肯原谅我的话，你放心，你以后的工作，我来替你做，让你齐占山永远活在大庆油田……你能听到我的话吗？你能原谅我吗……"刘大勇又痛哭起来。

　　过了很久，刘大勇才回到家，许茹奇怪地问道："你去哪儿了？今天食堂送别齐占山的告别饭，我怎么没看见你？"

　　刘大勇低声道："我不配吃那饭。"

　　许茹看到刘大勇的眼圈红红的，问道："你怎么了？"

　　刘大勇再无心遮掩："是我害死了齐占山，你去向指挥部告我吧。我是个杀人凶手，不配吃齐占山拿命换来的饭。"

　　许茹吓了一跳："你说什么？齐占山不是井喷事故死的吗？"

　　刘大勇低下头："井喷是我造成的。"

　　许茹惊呆了："什么？！"

　　"反正人已经死了，我也不想多说了，我很累，我要睡觉……"良心备受折磨的刘大勇说着，蒙头躺倒在床上。

　　看着毫无生气的刘大勇，许茹无力地一屁股坐在凳子上。

　　第二天，队部里大家都默默坐着，失去了往日的欢乐与热闹。

　　刘大勇穿着一身新工装走了进来。大家一愣。刘大勇也不理会，直接冲着石兴国说道："石队长，我有个请求。我是齐占山的手下，现在，齐占山不在了，我希望我能接替他的班，和工人们一起努力打井。"

　　"刘大勇，这话是你说的吗？我怎么听起来，这么不习惯啊？"田义文首先开口了。

　　段铁生也不相信地问道："刘大勇，你说的是真的吗？"

　　刘大勇看了看他俩，接着说道："石队长，我过去是个浑人，自己却一直不觉得。齐占山的死惊醒了我，我这才发现，我实在是太混了。只要你不嫌弃，我希望像齐占山一样，继续跟着你打石油。我知道我不配当队长，我只要继续在占山工作过的岗位，替占山守着，守到大庆会战胜利那一天，也算对得起他了。"

　　石兴国和周远对视一眼，周远点点头。"好，我相信你，不要对不起占山握过的刹把。"石兴国郑重说道。

　　"谢谢你，石队长。"刘大勇伸出了手，第一次和石兴国握在了一起。

37

许茹了解了事情的真相，执意要去举报刘大勇。她认为既然是刘大勇造成了齐占山的死，就应该受到惩罚。

唐娜却坚持事情已经过去了，没必要非把刘大勇逼入绝境。她不停地苦口婆心劝着许茹："是，人是死了。可那不是故意的，而且，你最清楚，刘大勇真的已经变了，变了很多，和以前完全不一样了。你为什么不给他一次重新做人、重新振作的机会呢？许茹，以前咱们是军人，现在是石油工人，无论是军人还是石油人，都时时刻刻面临着危险。这么多年过来了，你非常清楚，井喷时时会发生，死去的又不只是齐占山一个人。这一次，你为什么非要这么较真？再说了，人死都死了，我们活着的，还要互相折磨吗？"

许茹流着泪，情绪爆发："可我不能欺骗自己。唐娜，你知道我现在心里的感受吗？你知道我每天面对着刘大勇害死人的这件事，有多痛苦吗？明明知道刘大勇是凶手，却还要装作什么都不知道，我做不到，真的做不到……"

唐娜又换了个角度着手劝道："许茹，你听我说，现在重要的不是谁是凶手，重要的是大家团结一致打好大庆会战，这个，你不是比我更懂吗？"

许茹失落地说道："不，不，唐娜，你不会明白的……"

唐娜无奈道："那好，许茹，你到底想怎么做？"

许茹坚决地说："我要亲自举报刘大勇，一定要亲自举报。不然，他这后半辈子不得安生，唐娜，你知不知道，我这么做是为他好，我不能眼睁睁地看着他背上良心债。"

唐娜言辞激动，质疑地说道："许茹，那你知不知道，你这样就是亲手毁了你自己的生活，你明白吗？是，你是思想觉悟高，大义灭亲！但是高尚有什么用？道德有什么用？活着的人的现实生活才最重要，你何必玉石俱焚，用一个活人去给死人陪葬，来换取你内心的安宁呢？！你到底是在为你自己，还是在为刘大勇？！"

许茹没想到唐娜说出这么一番话，目瞪口呆地看着她，说不出话来。

唐娜继续说道："刘大勇之所以主动要求代替齐占山当班长，你看不出来他是在自我惩罚吗？！他已经在忏悔了，用行动在忏悔了，你难道真的忍心把他推向绝路？"

许茹回过神来："他那是逃避，我不希望他永远都是懦夫！再说，我心里过不去，我无法坐视不管。"

唐娜失望地摇摇头："许茹，你……你真固执，该坚持的时候不坚持，不该坚持的时候死抱着教条不放。"唐娜说完，转过身去，背对着许茹，不再看她。屋内气氛有点僵。

这时候，听唐娜的话去搬救兵的小石头领着梅大妮进了屋子。

梅大妮一瘸一拐地追着小石头跑得气喘吁吁，看了看屋内情形，还没来得及说话，唐娜气呼呼说道："梅大妮，你快说说她，简直快要把我气死了，我不管了。小石头，我们走，我带你出去玩。"唐娜说着，拉着小石头的手出了门，屋内只留下许茹和梅大妮。

许茹固执己见的抢先开口："大妮妹子，你别管了，刘大勇害死了齐占山，我一定要告诉石兴国还有上级领导，处罚刘大勇。"

梅大妮看着许茹，沉默了一下，说道："许茹，刘大勇是什么人，俺了解的不比你少，石兴国更清楚。齐占山活着的时候，替刘大勇顶过多少工？刘大勇玩忽职守引发井喷，这些，石兴国都知道。你以为死了一个齐占山，再搭上一个刘大勇，你心里就觉得公平了？主持公道就好过了？浪子回头还金不换呢，现在的刘大勇不是过去的刘大勇了，你比俺更清楚啊！"

许茹一时无话可说。梅大妮走过来，拉着许茹的手，安慰道："许茹，你要是能听得进去，就再听俺一句话。俺知道你善良，心眼好，活得明明白白。这件事，你要是觉得刘大勇对不起齐占山，就去齐占山坟上告诉他，不光刘大勇，就是你许茹也会好好替他给国家打出更多的石油。而且，你的小石头，我的石祝捷长大了，都要替他为国家打石油。齐占山为什么死？不就是为了石油吗？现在，大庆会战，正是需要人手的时候，刘大勇是个人才，正好派上用场，你看不到？你说你这么一闹腾，图个啥啊？这不都过去了吗？你不是经常对俺说，过去的事，不要再提了吗？那俺今天就用这句话劝劝你，过去的一页，就不要再翻过来了，那对谁都是伤疤。"

许茹听着梅大妮推心置腹的话，心结渐渐打开。她感激地看着梅大妮问道："那我该怎么办？"

"好办，你跟俺来……"梅大妮很有主见的起身拉着许茹向外走去。

她们领着孩子来到了齐占山的坟前。许茹泪眼汪汪地说道："齐占山同志，我替刘大勇来给你说声对不起！他一直都对不住你，我怕他没勇气来这儿给你认错，不敢来看你。今天，我替他来了，在这儿，就给你鞠个躬吧……"许茹深鞠了一躬，然后继续说道，"你要是不嫌弃，就让小石头认你做干爹，给你磕个头，也是替刘大勇赎罪。等以后，小石头长大了，和你一样当石油工人，打石油……来，小石头，给你干爹磕头……"

小石头在许茹的指引下，趴在地上认认真真地磕了一个头。

梅大妮也走上前说："占山兄弟，俺知道你一直瞧不上俺，觉得俺蛮不讲理，配不上石兴国。但是，俺这辈子，就赖着石兴国不放了，所以，你就认了俺这个嫂子吧。俺向你保证，俺也变了，还参加了许茹的妇女生产自救队，以后，还要参加女子采油队。俺也先进了，俺知道你走得不甘心，俺以后，就多多地打石油，和许茹一起打石油。我向你保证，以后石祝捷长大了，也要为国家打石油！你就放心吧。"

四个人一起哀伤地在齐占山的孤坟前深深鞠了一躬。夕阳西下，金色的阳光涂抹得一切都熠熠闪光。

痛不欲生的齐母难以接受儿子离开的事实，她在宿舍一遍遍抚摸着齐占山牺牲时穿过的工衣，一遍遍地念叨："占山，你怎么说走就走了呢？你连个媳妇都没有啊，你扔下娘，往后的日子，叫娘这把老骨头怎么过啊？占山，你说你咋就这么命苦？咱们齐家的男人咋都走得这么早呢？"

看着齐母悲痛欲绝泪流不止，一旁的辛玉也是泪如雨下，泣不成声地劝道："齐大娘，您不要伤心了，齐占山是一个优秀的石油工人，他为大庆会战牺牲，他走得值……以后，我做您的女儿吧。虽然我以前对齐占山的态度不好，但是，他是一个让我敬佩的人，能有这样的哥哥，我很自豪，齐大娘，以后，我就喊您齐妈妈吧，好吗？"

齐母眼泪模糊地看着辛玉，伸出手抚摸着辛玉的头发，点了点头，并将辛玉揽进怀里，两人抱头痛哭……

外面传来脚步声，辛玉走向门口打开门，瞬间被眼前的一幕惊住了：十几个尖刀队战士，在段铁生带领下，每个人端着脸盆，整齐地列着队站在门外。齐母也走了过来惊讶地问道："铁生，你们这是……"

段铁生恳切道："齐妈妈，齐班长是我们的班长，也是您的好儿子。我们全班都知道，班长最孝顺，他每天只要有时间，就会给您洗脚。今天，班长不在了，齐妈妈，就让我们当您的儿子吧。"

众战士齐声说："齐妈妈，儿子给您洗脚了。"

齐母泪流满面："好……好，都是妈的好儿子。"

大家鱼贯而入，整齐的脸盆一字排开。齐母看着眼前的战士，仿佛都是齐占山的模样，她摸着战士们的头，回忆起以前儿子给自己洗脚的情形：齐占山端了一盆水，一边给她洗脚一边问，"娘，您这一趟来，真不打算走啦……"

齐母像是自言自语，又像是回答儿子的问话，喃喃道："不走了，娘哪也不去，不走了……"

一旁的辛玉早已哭成了泪人。

月夜下，许茹和梅大妮并肩走着，都没有说话，梅大妮看了看情绪低落的许茹，停下来说道："许茹，俺给你道歉。"

"嗯？"沉思的许茹一时没有反应过来。

梅大妮尴尬地笑笑："以前，俺不好意思说，但是现在，占山走了，俺也想明白了，俺怕再不说，就来不及了。人这一辈子说长很长，说短也很短。你和俺都是和石油打交道的人，咱们的石油工人不容易，石油工人的家属不容易，咱们这些跟在石油男人屁股后面的女人，更不容易，许茹，你说对不？"

许茹点点头。

梅大妮又说："以前，俺总是不放心你和石兴国，害怕你们俩在一起。后来，俺受伤成了残疾人，就更害怕了，所以，拼死拼活要来大庆，还一直怀疑你们。哎，俺就是没有文化，想不开，才不停地犯糊涂。"

许茹摇摇头："大妮妹子，过去的事情，咱就不提了。"

梅大妮固执地说道："不，俺要提，俺要把俺心里的话，都说出来。这段时间，你替俺说了不少好话，让俺加入你们的生产自救队，让俺也成了一个有用的人。过去的你都不计前嫌，对俺这么好，不！应该说，你一直对俺这么好，俺欺负石兴国的时候，欺负你的时候，你都帮俺照顾着石兴国，没有一点私心，就凭这一点，俺也非常佩服你。许茹，你是一个难得的好女人，俺打心底里，把你看成是知心人了。"梅大妮说着，拉住了许茹的手。

许茹有些惊讶地望着梅大妮："大妮妹子，没想到你能这么说，我很感动，过去的事，我谁都不怨。因为，咱们都是石油师人啊！"

梅大妮看着许茹，动情地说道："许茹，咱都是命苦的人，俺是残疾人了，但是还有石兴国，还有祝捷。你看你，哎，刘大勇一直对你不好，俺又害你失去了女儿。许茹，过去，俺真是对不起你啊……"说到这里，梅大妮哭着抱住了许茹。

许茹拍了拍她的背，安慰道："没关系，没关系，你看，和齐班长比起来，咱们还都活着，好好地活着，不是很好嘛？别哭了，都过去了……"

梅大妮点点头，擦干眼泪，对许茹说道："哎，俺就是后悔，后悔以前那么糊涂地对你。"

许茹心中也畅快了很多："不说了，咱不说了，回吧。"

梅大妮又提议："对了，你要是觉得看着刘大勇闹心的话，你来和俺睡，俺陪着你，反正，石兴国经常在办公室。"

许茹想了想："不了，我还是回去吧，大妮，谢谢你。"

梅大妮诚心诚意说道："没啥，你还老跟俺客气，走吧，先回去再说。"两人慢慢走回宿舍。

许茹终于想通了，放弃了告发刘大勇的想法。刘大勇也真的痛改前非，一大早来到井架前，站在齐占山牺牲的泥坑前，抚摸着井架，自言自语道："齐班长，以前，我没有叫过你一声班长，不尊重你，一直觉得没有人能让我刮目相看，不管是在玉门、克拉玛依，还是在大庆，我都是一个眼睛里看不到别人的人。但是，齐班长，你是一个让我彻底醒悟的人啊，现在，我知道自己错了。"

刘大勇说着掉下泪来，他抬头望天，将眼泪咽了回去，长叹一声："齐班长，你放心，以后，你就是我的榜样。我刘大勇生是大庆的人，死是大庆的鬼。我就是死，也要死在大庆。活一天，在大庆奋斗一天，一定要看到大庆会战的胜利，我要替你看到大庆会战的胜利……"

队部外，一群人正在讨论班长的人选。大家都很沉闷，没有人说话。突然，田义文站起来，一脸气愤地说道："我反对！刘大勇是什么人，大家都很清楚，本来，让他待在井队，就已经高看他了，现在，还让他顶替齐占山当班长？"

周远看了一眼石兴国，石兴国没有说话，周远说道："齐占山是一个好同志，但是，他已经牺牲了，这一点，是事实。虽然我们大家心里都很难过，但是，我们的工作不能停止。一个钻井台，不能没有班长，刘大勇从能力上来说，还是合适的。"

段铁生也站起来说："那也不能让刘大勇那个王八蛋来祸害咱们，让他走，滚出大庆！"

石兴国依然没有说话。

田义文看了大家一眼，推了推旁边的任新我："老任，你说句公道话？"

任新我沉默了一下，然后缓缓说道："对于刘大勇，我比任何人都了解。在玉门，他是我的徒弟，为人处世，我都看在眼里，这么多年过去了，要说变，我是无论如何都不相信的。都说江山易改本性难移，这句话是对的，刘大勇确实很难转变，所以，才导致了齐占山的牺牲。"

周远说话了："照这么说，刘大勇不可救药了？"

石兴国终于开口了："对于齐占山的死，我就像失去了自己身体的一部分一样痛心。占山跟了我这么多年，最后，死在了大庆，唉，是我没有照顾好他啊……"石兴国的话，让大家再次沉默，田义文也坐了下来。

　　过了一会儿，周远感叹："过去，打仗的时候，他不顾自己的性命保护过连长，打石油，也是一门心思冲在前面！哎，这么好的同志……"

　　石兴国接着说道："但是，现在大庆会战到了最关键的阶段，我们不能放弃任何一个为大庆会战出力的人。占山的死，不能白死。所以，我劝大家，给刘大勇一次机会，一次戴罪立功、重新做人的机会。我相信，大庆也是大熔炉，不但会炼出油，还会炼出人。"

　　田义文依然反对："我就是咽不下这口气，不能接受刘大勇来这个班。"

　　周远想了想："那这样吧，我们调个班，田义文你和老任一组吧，这样，免得再起冲突，大家都尴尬。"

　　大家点了点头。

　　刘大勇百感交集，他下定决心，一定要在大庆干出个样子来。

　　一大早，一队石油工人排着整齐的队列，走向工地。带队的刘大勇像换了一个人，他穿着崭新的工装，喊着口令，步伐有力地带着钻井班去接岗。

　　队伍走到井架下，刘大勇喊了声："立定。"跑向一旁的石兴国，学着以往齐占山一样敬礼，"报告队长，齐占山钻井班接班准备完毕，请指示。"

　　石兴国庄重还礼："接岗。"

　　"是。"刘大勇大声答着，转身跑向队伍，命令接岗。

　　钻井班齐吼："一切为了祖国，一切为了石油！"然后迅速奔向各自岗位。

　　工地上，一个又一个钻井班在宣誓："学习齐占山，一切为了祖国！一切为了石油！"

　　大庆广阔的土地上，回响着这气壮山河的吼声！

　　井架上，在"尖刀钻井队"旁，又飘扬起一面小些的旗帜："齐占山钻井班"。刘大勇手握刹把，严肃地注视着飞旋的钻杆。

　　一个又一个井架上，学习齐占山的大标语下，刹把手们严肃地注视着钻杆。一支又一支钻杆飞旋，汇成雄壮的交响乐，在大庆奏响！

　　紧张高强度的工作，让工人们一个个都疲惫不堪。王前进喜欢骑着一辆三轮挎斗摩托车去市场，自掏腰包买一些水果等吃食，给大家改善生活。就连他经常光顾的商贩都羡慕他手下的工人有口福，不愧是全国工人代表。

王前进再次被部里评为大庆的工人标兵、全国的劳动模范。王振华特意找到辛玉，希望她能给写报道宣传宣传。辛玉满口答应。

这天，铁三从矿区大院走过，迎头正遇上王前进采购回来推着摩托车进矿区。铁三一直很喜爱王前进的摩托车，便立刻跑上去："王队长，我帮你推吧。"

王前进摆摆手："不用了，你忙你的吧。"

铁三咧嘴笑了："不忙，不忙，我就爱推王队长的铁驴子。"

王前进被铁三的话逗笑了，两人一起往矿区大院推摩托车。这时一个工人气喘吁吁地跑过来找王前进，说井场出了点问题，请他赶紧过去看看。

王前进忙对铁三嘱咐道："铁三，把车子推到食堂，这些水果让食堂师父打饭的时候给大家分配一下，我去井上看看。"说完，跟着工人朝井场走去。

铁三得了个好任务，很是高兴。他喜滋滋地推着摩托车朝食堂走去。走了没几步，他停下来回头望了一眼王前进，见已经走远看不见踪影了，便拍了拍摩托车说道："铁老虎啊铁老虎，你看我姓铁，你也姓铁，天天看王队长骑着你，多威风啊，今天，你也让老哥我威风一把吧，要不，我的手痒啊……反正，你不说，我肯定也不会说，王队长也不会知道，咱就这么说定了啊！"说着，铁三一抬腿骑上摩托车，发动了油门。

铁三是第一次骑，摸不清它的脾气，这铁老虎竟然不听话，骑了好几次，都没有成功。铁三气得跳脚，将摩托车停在路中央，对着摩托车指手画脚，生气地大骂起来："笨驴！你怎么欺负起我铁三来了？今天，要是不让我骑，我……我，我就把你晾在这儿，说不定有人就把你当废铁处理了！"骂完，铁三扭头就走，走了几步，又停下来回头看看，然后走回来转变了语气说道，"好兄弟，你不生气，我也就不生气了，最重要的是，你不能让我生气！咱们哥俩好，朝食堂出发吧。"说着，铁三又跨上摩托车，开始发动车子，这一次，还比较顺利，摩托车歪歪扭扭了几下，总算朝食堂的方向驶去了。

骑到一段坡路处，从拐角走出来几个工人，铁三一看，赶紧刹车，却发现刹车失灵了。铁三慌了，眼看摩托车越跑越快，急得大喊："快躲开，快躲开……"

工人们慌忙躲开，铁三从人群里冲了过去。

身后，吓得抱头蹲在地上的工人们并没有看清楚是谁在开车，见王前进的摩托车冲过去后，纷纷起身望着车后卷起的尘土议论："王队长今天怎么了？是不是疯了……"

食堂门前，梅大妮等一群妇女正在洗菜，地上摆着土豆、筐子、杂七杂八一堆杂物，铁三骑着摩托车大吼着"快躲开，这车疯了，快躲开，我停不下来了……"向她们冲过来。

大家被铁三惊起，东西也被撞飞，铁三大叫着拐到食堂后面去了。

梅大妮爬起来，抄起一根棍子，等在食堂的一边。铁三嗷嗷大叫着又绕回来时，被梅大妮一棍子打下来，人车分离，车子飞出老远，上面的苹果、食物等散落一地。铁三也被摔进一旁的洗菜盆里，鼻青脸肿地嗷嗷大叫着。

梅大妮怒气冲冲质问："铁三，你疯了吗？"

王前进跟工人来到井场，看了看机器，开始低头寻找什么，大家也跟着一起找。井架下，机器附近，大家一顿摸索。突然，一个工人站起来，喊道："找到了，找到了，王队长，找到了，你看，就是它！"

工人跑过来把一个螺丝钉放到王前进手上，王前进看了看，站到一处高台上，对着大家说道："同志们，看到没有，就是这个螺丝钉，差点酿成大祸。生活中，小小的一个失误，说不定就会造成巨大的灾难，给我们的国家造成损失。所以，我们要睁大了眼睛，安全生产，决不能出半点失误。"

可是王前进不知道，他此前一个小小的决定，也像这个丢失的螺丝一样，造成了一场不小的事件。

鼻青脸肿的铁三和摩托车一起回到了宿舍，那个发疯的铁老虎停在屋外。

邱建设哼着小曲儿，经过铁三屋外，看到了摩托车心里纳闷："这不是王前进的摩托车吗？怎么在这儿？"邱建设眼睛一转，计上心来，随即喊着铁三的名字，上前敲门。

没等里面应答，邱建设自顾自地推门走进了屋子，看到铁三正对着一面小镜子，擦脸上的伤。邱建设走过去："铁三兄弟，你这是咋了？破相了？"

铁三看了一眼邱建设："你来干什么？"

邱建设不满地说道："铁三，你这是不认识我了？想当初，咱们在克拉玛依，你和你刘哥，都是靠着我才当上了模范，威风了一阵子。这到了大庆，就翻脸不认人了？"

铁三没好气道："我没有翻脸，我认识你，邱……建设同志，你来找我什么事？"

邱建设笑嘻嘻说道："那就好，都说士别三日，当刮目相看，今天，我也要对你铁三刮目相看啊。"

铁三听了，不知所云，说道："有啥话就好好说，别阴阳怪气的，我听不懂。"

邱建设这才又说："那好，我就直说了，门口，我没看错的话，那应该是王队长的摩托车吧？怎么，归你了？"

铁三瞪着他："你又在打什么歪主意？"

邱建设没有生气，仍旧笑着："是的话，那就太好了，我就是奔着摩托车来的，怎么样？借我用两天。"

铁三不明白："敢情你是看上王队长的座驾了啊？你用它干什么？"

邱建设含糊其辞、皮笑肉不笑道："借用，借用，只要你不说，我不说，没有人知道。我去做点小生意，这年头，干啥都要技术，连个跑路都要一对好脚板。"说着，就要往铁三手里塞钱。

铁三一把推开他："邱建设，我不知道你又要打什么算盘，但是，摩托车是王队长的，我不可能借给你。"

"你……"邱建设气结。

"我说过了，不借！你请便！"铁三口气强硬，说完又对着镜子继续擦脸。邱建设愤然摔门而去。

出了门，邱建设生气地骂道："这个铁三，简直就是个忘恩负义的混蛋，等我邱建设出头之日，一定要你好看！"

邱建设愤愤地走着，身边路过尖刀队的几个工人，边走边议论着王前进。

"哎，我听说这一次宣传的是王队长而不是咱们石队长。"

"我看啊，那个王队长，就是比不上咱们的石队长，石队长可是从来都是平易近人的，不像他，整天骑个摩托车在矿区横冲直撞的。今天，我听说还差点撞了人呢。"

"对对对，我也听说了，好像有这么回事。要是上面领导坚持宣传王队长，我们就抗议！应该是咱们石队长才对。"

……

邱建设留神仔细听着工人们的议论，嘴角渐渐泛起一丝微笑，加快脚步朝自己的宿舍走去。到了宿舍，邱建国铺开纸笔开始写信："尊敬的领导，我要告发王前进……"

几天后，一封匿名告发信被送到了唐国恩的办公室里。唐国恩看过信后立即打电话给王振华。王振华听了唐部长的电话，回答道："是，唐部长，我一定再调查核实，绝不树立反面典型。唐部长，请放心，我一定实事求是……"

王振华挂上电话，沉思了一会儿，走了出去。

这时，食堂的采购车驶进矿区大院，停在了食堂前，辛玉从车上跳了下来。

王振华朝她走过去。

辛玉跳下车，对司机师父道过谢后，背着背包朝宿舍走去。

"辛记者……"王振华从后面叫住她。

辛玉回过头来，笑着跟王振华打招呼。

王振华问道："辛记者，你这是去哪儿了？"

辛玉说："哦，我去邮局给社里发稿子去了。"

王振华若有所思："哦，这样啊，那我能看看你写的报道吗？"

辛玉点头："能啊，原稿还在我包里呢。"辛玉低头从包里掏出新闻稿，递给王振华。然后有点不自信地说："写得不是很好，不过，这是我的第一篇新闻报道，希望王总指挥给我指正。"

王振华看了看，摇摇头，自语着说道："到底是谁呢？"

辛玉不明所以："怎么了？王总指挥，是不是我写的有什么地方不对？"

王振华忙说："不不不，你写得很好，但是，咱们矿上……"

说话间，王海龙跑过来，说道："总指挥，你快去看看吧，出大事了。这还是我头一次在大庆遇上这事，工人们都聚在一起议论纷纷，不肯上工。"

"走，去看看。"王振华霍然转身，跟着王海龙朝矿区告示栏走去。

告示栏前，一群工人拥挤着争相阅读上面贴着的告发信，互相议论着：

"这到底是谁写的啊？是不是和我们王队长有仇啊？"

"我看啊，一定是王队长的竞争对手，才会这么诋毁王队长。"

……

铁三也挤在人群里，看到田义文经过，一把拉住他："田秀才，快，你有文化，你帮我看看，那上面说的都是啥？"

田义文看了一眼告发信，说道："可恶！怎么还有这样的事？上面说王前进队长摩托车肇事，被人告发了。"

铁三一听摩托车肇事，脑袋"嗡"的一声，再也听不进田义文后面的话了，他脑袋一缩，偷偷地溜了出来，朝自己的宿舍跑去。

田义文念了念后面的内容，越念越气，骂道："什么地主富农，投机倒把，助长资本主义势力……"而后生气地离开了告示栏。

铁三一口气跑到自己的宿舍外，回头看了看，见没有人跟来，才松了一口气。他生气地对着门口停的那辆摩托车一脚踢了上去，却痛得抱起脚嗷嗷叫。想了一下，铁三脱下自己的大衣，给摩托车披上，然后悄悄推着车朝邱建设的宿舍走去。

铁三鬼鬼祟祟地推着伪装过的摩托车来到邱建设屋外，小心翼翼停放好，正准备蹑手蹑脚走开，却被邱建设叫住："铁三！"

铁三没想到被发现，心里骂了一声，一脸堆笑地转过身，看向邱建设。

邱建设问道："铁三，你这是……干啥呢？"

铁三指着摩托车："借你用用，呵呵，借你用用。"

邱建设意有所指："你不会是要嫁祸于人吧？上次你不借，这一次主动送上门，是不是摊上事了啊？"

铁三说得斩钉截铁："没有没有，绝对没有，你不是说要用用这车吗？我就给你送过来了，而且，你不说，我不说，咱俩谁都不说，你就用吧。"

邱建设却问道："王队长要是问起来，你咋说？"

铁三想了想："我就说，摩托车送去修理了。不碍事，你忙吧，我回去了。用吧，放心地用吧。"铁三忙不迭地走了。

看着铁三慌张的背影，邱建设得意地笑了。

王振华来到告示栏前，看到告示上明显的诬陷、胡说八道，顿时怒不可遏。

"可是，出现在这个节骨眼上，我们不能不重视啊。"王海龙也很是无奈。

王振华看了看围在一起的工人们："同志们，有意见可以向领导提。我们的言论始终是畅通的，不能动不动就贴大字报，更不能冤枉任何一个好同志。这件事，我一定会查清楚，给大家一个交代，大家都散了吧。"

石兴国走进王前进办公室，将大字报放到正忙工作的王前进眼前，王前进看了一眼，笑道："哈，真是知根知底啊。"

石兴国思考着："是啊，能把你和我的过去，说得这么详细的，恐怕没有几个人啊。"

王前进哑然失笑："那怎么办？看来，我们俩真的要成为对手了。"

石兴国摇摇头："打油井，你是我的对手，我很高兴，但是互相诽谤，咱们还是不要当对手了。"

王前进正色道："说得好，那你说咋办，我听你的。"

石兴国说出自己的想法："咱们联合起来，找到这个背后乱放枪的人，揪出来。这里是大庆，不是克拉玛依，现在也不是过去的那种岁月了。我看，咱们以静制动，静观其变吧。我不动，敌一定动。"

两人互相看看，会意地微笑起来。

刘大勇还不知道这件事，正扶着刹把，聚精会神地钻井。田义文气愤地走过来，口气不善地叫刘大勇赶快下来。

井台上的刘大勇不明所以地看了一眼田义文，将刹把交给段铁生，走下井台："什么事？"

田义文义愤填膺："刘大勇，你就是一个披着羊皮的狼，除非重新滚回你娘的肚子，再造一遍出来，要不然，你是害人害到底了啊。"

刘大勇莫名其妙，也火了："田义文，你吃错药了吧？我刘大勇最近没惹你啊！"

田义文认定了刘大勇就是那个惹是生非的坏人："谁干什么谁心里清楚，不要鼻孔插葱——装象。"

刘大勇不耐烦了："什么像不像的，我正打井呢，没空和你磨牙。"说着，头也不回地回到井台继续工作。

田义文指着刘大勇的背影吼道："好，你不承认，我一定会弄个水落石出的。"

站在井台上的任新我看着田义文，又看看刘大勇，一头雾水。

许茹听说了这件事，也担心是刘大勇干的。她在家中坐卧不宁地走来走去，在门口张望了好几遍，终于等到刘大勇回来，着急地上前一把拉住他，紧张地问："是不是你？今天给上级领导写告发信的人，是不是你？"

刘大勇看了一眼许茹："你也觉得是我吗？"

许茹看着自己的丈夫："我不知道，但是我希望你能给我说实话。"

刘大勇肯定地说道："不是我。"

许茹又追问："真的？"

刘大勇看着许茹没有说话，许茹一脸疑惑。刘大勇继而笑笑："是不是我又有什么关系？反正我身上已经背了一条人命，大家都觉得我是一个罪人。现在，又出来个告发信，更应该是我这个十恶不赦的人干的了。对于我来说，是与不是，都没有太大关系了。你要是觉得是我，那就是我吧。哦，对了，我还没吃饭呢，你做饭了吗？"

许茹这才想起来还没做饭，忙说："我这就去做。"

"算了，我不吃了，我回井上去，你不用做了。"内心满是委屈的刘大勇转身走出了屋子。

屋外，任新我来到刘大勇家门口，刚要伸手敲门，恰巧刘大勇走了出来，两人面面相觑。

半晌，刘大勇先开了口："师父，你也是来兴师问罪的吗？"

任新我很久没有听到过刘大勇叫他师父了。这一声师父，忽然让他有些不知所措，呆愣在了原地。

刘大勇见任新我没说话，继续说道："如果是的话，就快说吧，说完了，我好回井上去。"

任新我回过神来："大勇，你刚才喊我什么？"

刘大勇从心底里承认任新我这个师父，并遵从内心叫了出来，可他自己并未意识到，只是疑惑地看着任新我："师父，你难道不是来找我的吗？"

任新我听清楚了刘大勇的称呼，感慨万千："是，是，我就是来找你的，我不放心你啊。不过我知道，那件事不是你干的。你变了，不再是过去的刘大勇了。不对，你变回过去的大勇了，我的好徒弟，大勇。"

刘大勇几乎感激涕零："为什么？现在我已经成为众矢之的了，但是你为什么偏偏选择相信我？"

任新我看着徒弟："自从齐占山走了之后，这段时间，我一直观察你，我看到你真的变了。好几次，我看到你偷偷跑到齐占山的坟上去，我就知道，刘大勇，真的成了一个脱胎换骨的人。这一次，就算大家全都不相信你，我也会相信你。"

刘大勇还是不敢相信："那你是真的相信我了？"

任新我点点头："可是，这件事，出得很蹊跷，分明是借你的手，去伤害王队长和石队长，这个人，你觉得会是谁呢？"

刘大勇摇摇头，忽然，他看着任新我，说道："不会是……他吧……"

两人一起来找邱建设，邱建设不在屋内。

刘大勇愈发确认自己的猜测："我肯定，应该就是他，没错。他曾给我说过，要我和他一起干点事。"想了想，刘大勇又说道，"算了，现在还没有证据，等我有了证据再说。"

任新我点点头："狐狸的尾巴，总会有露出来的时候。"

晚上，王振华办公室内，各位负责人在开会。大家首先就这件事做了讨论。

"这次的事情，只是一个苗头，但是，造成的影响很不好。我觉得应该开一次大会，大家思想上的问题应该理一理、抓一抓，及时解决掉，不然，会对我们今后的工作造成更大的影响。"王振华说到这儿，看向王前进，"王队长，关于对你的举报，我相信这是一次诬陷，我一定会查清楚的，希望你继续好好工作，不要受到影响，你个人有没有什么线索？"

王前进摇摇头："我这个人打起石油来，脾气就跟井喷了一样，也许有得罪人的地方，但是，我又记性不好，不知道得罪了谁。"

石兴国笑了："王队长谦虚了，你是一心扑在石油上，所以不知道周围的人的心思。"

王前进点点头："对啊，那你给我分析分析，会是谁呢？"

石兴国摇摇头："这我也不知道，也不能随便猜测，免得伤了咱们工人们的感情啊。"

王振华很赞同："这个想法很对，咱们是一个大家庭，互相中伤和猜测最要不得，那今天咱们就先议到这儿，下面大家说说最近一段时间的工作情况吧。"几人点头开始讨论其他问题。

白天的事情，让铁三惴惴不安，晚上在屋内翻来覆去睡不着。忽然辛玉推门进来，铁三一下子从床上翻起来，连摆手再嚷嚷："不是我，不是我，我什么都不知道，你不要来采访我。"

辛玉倒是吓了一跳："你在说什么？我来是找你给我当保镖的。"

铁三这才发现自己反应失常："啊？那你是怎么进来的？"

辛玉奇怪道："你的门没关啊，我在外面敲门你没听见？"

铁三摇摇头。

"哎呀，不管了，反正你闲着，跟我去一个地方，去抓大坏蛋。"辛玉拽着铁三就往外走。

屋外，辛玉指着一辆自行车对铁三说道："给，你骑上，今晚你保护我。"

铁三一看自行车，有点紧张："啊？又是一头铁驴，我不敢骑。"

辛玉看看铁三："又不是铁老虎，也不会张嘴咬人，你怕什么？"

铁三这是一朝被蛇咬十年怕井绳："我怕又犯错误。"

辛玉听出了问题："又？铁三，你到底犯什么错误了？"

铁三不吭声。辛玉一摆手："好了好了，反正今晚你只要保护我就好了，走吧，去抓偷油贼。"

铁三有点讶异："偷油贼？"

"是的，这一次，我一定要将他逮个正着，走吧。"辛玉率先走了。铁三迟疑地跟了上去。辛玉熟门熟路地指着道路，和铁三一起来到上次追踪邱建设卖油的地方。

黑漆漆的夜色笼罩着大地。黑暗中，邱建设倚在摩托车前，等待着和他来交易的黑市的人……

铁三骑着自行车带着辛玉，在快要接近邱建设的时候，一辆拖拉机驶来，远光灯照在两人身上，辛玉赶紧跳下车："快，快躲起来……"

两人扔下自行车，朝旁边的草丛里跑去。

辛玉和铁三躲进一处草丛里，铁三小心地扒开草丛察看。不远处，邱建设站在摩托车旁抽烟，火光一明一灭。铁三惊讶地道："那不是邱建设吗？他在那里干什么？"

辛玉忙摆手，责备道："你干什么？不要吵，小心被发现，他就是偷油贼。"

铁三很意外："啊？不是吧？他哪里偷油了？"

辛玉小声说道："不知道，反正今晚就跟定他了。"

拖拉机大灯下，邱建设正和那些人握手。辛玉拿出照相机拍照。

接着，邱建设骑上摩托车，跟着那些人离开了。

辛玉和铁三站起来，铁三道："哎，你看错了吧，他怎么会是偷油贼呢？现在，人家走了，我们怎么办？"

"跟上去。"辛玉语气肯定，说着朝自行车跑去。

距离矿区很远的荒郊某废弃的仓库前，辛玉和铁三下了自行车，远远看到邱建设和那些黑市的人正在搬运一桶桶的原油。

铁三惊讶地张大了嘴巴:"原来,偷油贼就是邱建设啊,还建立了秘密基地,这还了得?不行,我要阻止他……"

"你干什么?"辛玉急忙去拦铁三。

鲁莽的铁三已经起身向仓库跑了过去。辛玉见来不及了,只好蹲下来静观其变。

铁三跑到跟前,指着邱建设的鼻子大骂:"住手!都给我住手,邱建设,你这是干什么?"

黑市的人一看到铁三,都举起了手里的棍棒,邱建设一挥手,那些人停了下来。邱建设谨慎地看了一眼周围,问道:"铁三,你一路跟过来的?"

铁三怒气冲天:"对,我就是跟着你这个王八蛋来的,你这个偷油贼,我要告诉石队长、王队长,还有总指挥,你才是大庆最大的恶人。"

一个黑大汉对邱建设交头接耳:"弄死他算了。"

邱建设轻轻摇头:"不行,不能杀人。"说着和那些人使个眼色,几个大汉冲上来抓住铁三。

铁三挣脱不开,破口大骂:"放开我,你们这些坏蛋,放开我。"

邱建设又吩咐道:"去周围搜搜,我不相信他是一个人来的。"

铁三一听,朝着草丛大喊:"我就是一个人,怎么了。"

草丛里,辛玉听到喊声,拔腿就跑,但很快被追来的几个大汉给抓住了。辛玉一着急,将手里的相机向草丛浓密处扔去,想保存证据。却被大汉看见,几人一番搜索,又把相机找了回来。

辛玉被押到仓库跟前,邱建设拿起相机看了看:"辛记者,很敬业嘛。"

"呸,少恶心我。"辛玉扭过头去。

那个黑大汉又对邱建设说道:"老邱,你要不下狠心,咱全要倒霉。"

邱建设坚决地摇头:"不行,我说了,不能杀人,先关起来。"

黑大汉一挥手,辛玉和铁三被押进仓库。辛玉挣扎再三,也是无济于事。两人背对背被绑在仓库里的一根柱子上。

一个瘦高个抽出相机里的胶卷,刚要点火烧掉,被另一个大汉一巴掌打灭,骂道："笨蛋，你不要命了？也不看这是什么地方，敢点火？"

辛玉朝周围看了看，放着很多桶石油……

那个大汉随即拿出一把刀，辛玉和铁三吓了一跳，却见大汉用刀三下两下割断了胶卷，扔到辛玉和铁三面前，然后走出仓库。仓库门被从外边锁了起来。

　

仓库外，拉油的车子开走了，邱建设刚要开摩托车，想了想，扔掉车，走回矿区……

　

第二天早晨刘大勇匆匆朝邱建设屋内走去。走到门前敲了敲，没人答应，又喊了几声，仍没有动静。刘大勇狐疑地进屋，屋里果然没人。

刘大勇刚要走，就见邱建设骑着一辆自行车回来了，不由问道："邱建设，一大早的，你干什么去了？"

邱建设装作没事人一样："哦，我去了一趟镇上，怎么？找我有事？"

刘大勇看了看周围："嗯，有点事。这儿说话不方便，进屋说吧。"

邱建设放好自行车，请刘大勇进屋。

进了屋子，邱建设喝了一口水，问："什么事？说吧。"

刘大勇悄声说道："上次你说的，要我和你一起干，我没答应。后来我想了想，觉得你说的不错，我刘大勇天生就不是走正道的人，偷鸡摸狗才是我的正当职业，再说了，能赚钱，谁不想啊。"

邱建设一听，阴阳怪气地说："哟，想通了？"

刘大勇忙点头："是啊，想通了，不知道你有没有什么好的渠道？"

邱建设却摇摇头："晚了，可惜晚了啊。"

刘大勇笑容满面："不晚，赚钱还分什么早晚？我也想早日离开大庆这鬼地方，邱科长，怎么样？"

邱建设还是摇头："对不起，我不干。上次，我也是试探你，随口说说而已。你也知道，我邱建设为人正派，和你一样正派，怎么会干出有损咱们集体利益的事情呢？再说了，这要是传出去了，可是要坐牢的啊！"

"那这么说……"刘大勇心里怀疑，但又没办法。

"就当我什么都没说过，你请回去吧。"邱建设面不改色地开始送客。

刘大勇看着邱建设，再次试探："真的？"

邱建设一脸真诚："千真万确。"

见实在找不出什么破绽来，刘大勇虽心有不甘，但也只好告辞离开。

38

井场上，一座座井架高高耸立着，连绵无边，就像辽阔的原野上，一个个警惕的哨兵，也像是灯塔，指引着航向。一面面红旗在井架上高高飘扬，工人们个个奋勇争先，为大庆会战努力着。

一片忙碌中，没人注意到失踪的两个人。

临近中午，梅大妮匆匆地来找许茹："许干事……"

许茹抬头看是梅大妮："哦，大妮，以后就直接叫我许茹好了，你喊我许干事，我觉得别扭。"

梅大妮似乎有些着急："哎，好，俺记住了，俺来问你一件事，你有没有看到辛记者？"

许茹想了想："没有，从昨天起我就一直没看到她。"

梅大妮挠挠头："是啊，奇了怪了，这说好的今天来采访俺，咋就不见人了呢？"

许茹笑笑，安慰着说道："你再等等吧，辛记者是个大忙人，说不定又去邮局发稿子什么的，等等再说。"

梅大妮少见的有点扭捏："俺其实就是想能和你一样，也上一次报纸，呵呵，说出来怪不好意思的。"

许茹笑看着梅大妮："这是好事啊，大妮，你思想真的越来越进步了。你能这么考虑，说明，大庆啊，你是来对了。"

　　梅大妮很不好意思："许队长，你尽夸俺。"

　　许茹拍拍梅大妮："看你，不让你喊我许干事，你又喊我许队长了。大妮，以后，不要这么客气。"

　　梅大妮笑了，干脆地答应："哎，好。"

　　两人哪里知道，她们等待的辛记者这时正被关在荒郊野外的仓库里，而这个始作俑者就是邱建设。

　　此时的邱建设正皱着眉头在屋内走来走去："怎么办？怎么办？好好的计划，被一个黄毛丫头给破坏了，真是意料不到啊。老子辛辛苦苦给自己谋条出路，可千万不能被发现，要不然，我邱建设这么多年的委屈就白受了，嗯，必须想一个万全之策。"

　　而被他欺骗的刘大勇回到自己的宿舍，关上了门，坐下来和任新我商议："邱建设这个老狐狸，葫芦里不知道卖的什么药，铁了心就是不上钩。"

　　任新我想了想："嗯，也有可能他真的改过自新了。大庆啊，真的是一块热土，是个人都会被它融化。"

　　刘大勇摇头："不，我不相信。邱建设这个人，他是骨子里坏了。就算他能骗得了别人，也骗不了我，他一定又在打什么算盘，我绝不相信邱建设能改过自新。"

　　任新我看着刘大勇，说道："大勇，人是会变的，你看你和我，我们都变了。"

　　刘大勇却仍然坚持自己的看法："邱建设是千年的王八变成了龟，换个名堂依然一肚子坏水。他今天不上钩，我就明天再去，总有一天，会抓到他的把柄的。"

　　日薄西山，田义文手里拿着一个碗，走到铁三门前敲了敲："铁三，吃饭了……铁三……今天都忙啥去了，怎么没看见你……"等了半天，没有人应答，田义文觉得奇怪，推门进屋。屋内一切照旧，但是不见铁三。

　　田义文在屋里转了一圈，自语道："这个铁三，跑哪里去了？"然后转身出屋，向食堂走去，想着他也可能已经去食堂了吧。

食堂里，大家都端着碗吃饭，有说有笑的。田义文走过来询问大家是否看见铁三了，大伙都摇着头说没看见。

田义文有些纳闷："到底怎么回事啊？这大庆的第一号饭桶，吃饭的时候怎么就不见了呢？屋里也不在，去哪儿了呢？"

人们自然不会知道，铁三其实早已不在矿区了。他和辛玉两人双双被绑在荒郊仓库内的柱子上。不知过了多久，铁三听了听屋内没了动静，就喊辛玉："辛记者，辛记者……"

背后的辛玉呜呜地低声哭了起来："我们，我们……会不会死在这个地方啊？"

铁三忙劝道："不会的，不会的。辛记者，你一定要坚持住，大家伙找不到咱们，就会发现邱建设的阴谋，一定会来救咱们的，你再坚持一会儿。"

辛玉还是害怕："要是邱建设跑了呢？"

铁三其实也担心，但还是劝道："那你也别担心，我一定想办法先救你出去。"铁三说着，脚底下无意中触到了一块铁皮。铁三试探着用脚勾过来，两脚互相蹭着脱掉鞋，再用脚趾慢慢地夹起来，衔到嘴巴里。

辛玉听到声音，问："铁三，你在干什么？"

铁三支支吾吾，他用力侧着头，努力将铁皮扔到自己被束缚着的手边，接着一点点够到一只手里，开始边割绳索边说话："我在救自己，辛记者，你忍耐一会儿，我们马上就可以出去了……"

辛玉一听有了希望，不禁期待起来。

天色渐晚，将仓库笼罩在一片夜色中……

夜色同样包裹着矿区。发现原油丢失的王海龙、王振华、孙延民、黎明等正在办公室里开会。

虽然没有查出偷油的罪魁祸首，不过王海龙已经组织人晚上守在油库附近巡夜，以防再发生丢失。

孙延民提醒大家这件事暂时不要张扬，免得引起骚乱。几人点头。

王振华又问到了这两天工人们的情绪怎样，王海龙说道："举报信没有再出现，工人们也很少议论了。但是我觉得这个思想政治工作会议，必须要开，而且要早开。"

王振华深有同感："是啊，我们树立的模范标兵，身正不怕影子斜。但是对于恶意诋毁的言论，我们要及时肃清，免得混淆视听，动摇人心，影响了石油生产。眼看大会战距离胜利不远了，我们不能出任何的意外。"

孙延民点头说道："是啊，这个工作该抓了。黎明同志，办公室要尽快拿出方案，尽快落实。"

黎明说话干脆利落："好，我们马上落实，明天机关各处室和各个队先开会，再上工。"王振华点点头。

同样的夜晚，各人有着自己不同的境遇。许茹和梅大妮在唐娜家里做客，三个人坐在一起，许茹很高兴："难得像这样，大家聚在一起说说话，觉得好像一家人一样。"

梅大妮感同身受："是啊，俺从来没有和谁说过知心话，也没有几个知心的人。许茹，你不拿俺当外人，你就是俺这辈子最亲最亲的姐妹。"

唐娜笑了："谁能想到，两个水火不容的人，竟然成了好姐妹，这大庆可真是个神奇的地方啊。"

三人都笑了。梅大妮和许茹都是把孩子哄睡后过来的。没有其他人，也没有孩子的打扰，三个姐妹叽叽咕咕说起了知心话。

提到孩子，许茹看着唐娜说道："唐娜，你看你和周远年龄也都不小了，是时候要个孩子了。孩子是咱们生命的延续，等我们老了的时候，我们的故事，我们的过去，都可以给孩子们讲。"

梅大妮也是同样的想法："是啊，唐医生，你为啥不生个孩子呢？这男人和女人啊，没有孩子，就跟两个光棍一样，在一起也没啥意思。这过日子啊，孩子是个盼头儿，有了孩子，这家也像个家了，要不，男人也一天到晚不着家。"

听了两人一唱一和的劝告，唐娜笑笑："不是不想要孩子，周远也想，我也想，但是，一直觉得时机不合适。你看我们都是东奔西跑打石油的，没个固定的地方，而且，周远不希望我一个人带孩子，所以，他说，等大庆会战胜利了，我们再考虑要孩子。"

梅大妮一听，摇着头："那要是又有一个大庆，另外的大油田发现了，你咋办？"

许茹也说："是啊，大妮的话有道理。这打石油可以一辈子，咱们女人的身体，可不是一辈子都能生孩子的，你要好好考虑考虑了。"

唐娜脸上浮现幸福的笑容："不知道，大庆会战胜利，说不定又会有下一个什么大会战。可是，这次不一样，我和周远商量好了，大庆会战后，就打算安定下来。周远说，给我一个安稳的家。"

许茹点点头："那就好，有打算就好，不然，真的是一辈子的遗憾。"

"对，女人没有孩子，会被人说闲话的。"梅大妮也附和道。

三人默契地相视微笑。聊到很晚，三姐妹才彼此告别回家。

许茹一进家门，就看到刘大勇穿得严严实实，还戴了一顶黑色的帽子，正要往外走，不禁问道："这么晚了，你去哪儿？"

刘大勇不想让许茹担心："哦，你别管了，我出去一下，你和石头先睡吧。"说着向外走去。

许茹犹豫了一下："我听说这两天矿上丢了石油，你不会是……"

刘大勇愣了一下，脸上的表情一下子僵了，见许茹依然不信任他，内心很失落。他背着身子，没有看许茹，说道："你放心，这里是大庆，不是克拉玛依了。"说完，头也不回地走了。

许茹疑惑地看着刘大勇的背影，心里思忖良久。

经过一天的考虑，邱建设有了自己的主意。晚上，他坐在桌前，摊开纸和笔，写起了辞职信。信很快写好，邱建设把信装进信封内，用手压了压，平放在桌上，自语道："这就是我的免罪金牌，这条退路不错。想一想，我邱建设为了新中国的石油，没有功劳也有苦劳啊。现在我不干了，合情合理合法，谁也拿我没辙。"说着，起身拿起桌旁一个收拾好的包袱，又看了一眼屋子，"大庆啊大庆，等我离开了大庆，要好好庆祝一番，这么多年了，今天老子终于把本翻回来了。"

邱建设得意地刚走出屋子，却被人叫住。邱建设一惊，回头看见角落里站着的刘大勇。

刘大勇看到邱建设拎着个包袱，疑惑地问："邱建设……你这是……要去哪儿？"

邱建设没想到刘大勇会突然出现，心中暗骂："这个刘大勇，怎么偏偏这个时候出现？真是倒霉透顶！"

刘大勇心里也猜出了几分，暗想："邱建设，我看你是干了坏事，又想开溜，今晚，你别想跑！"

本来完美的逃脱计划被刘大勇破坏，邱建设愤怒过后开始慌乱。如果不能金蝉脱壳，如果被刘大勇告发，后果将不堪设想……邱建设表面上敷衍着刘大勇，心里却快速地思索着对策。但这个时候他已经完全乱了方寸，不由想起了仓库里那个黑大汉劝他要狠下心，不然他们都会倒霉的话来。

这么想着，邱建设满脸堆笑，神秘地左右看看，压低声音说道："大勇，你来得正好，我正要出去办点事。至于这大半夜的能办什么事，你应该最清楚了，怎么样？跟我合作？"

刘大勇不相信地问："你不是已经拒绝我了吗？"

邱建设笑笑："那只是一个小小的考验，大庆这地方，人多嘴杂，不得不防啊！"

刘大勇以为自己终于被这只老狐狸相信了："那你说说，怎么个合作法？"

邱建设眼神闪烁："好说，好说，你先跟我来。"

刘大勇想了想，跟着邱建设朝矿区外走去。

仓库内，铁三已经割断了自己手上的绳索，然后三两下解开辛玉的绳索，关心地问道："辛记者，你没事吧？"

辛玉看看周围："我没事……现在是什么时候？"

"不知道，听动静，应该是晚上吧。"铁三借着月光，在仓库里四处观察着。

辛玉跑过去推门，发现门从外边锁着。辛玉很沮丧。铁三看了看那扇窗户，说道："辛记者，你过来……你从这里出去，到矿上去找人，我在这里守着，万一邱建设来了，也好有个拖延，这也是证据。"铁三想得很周到。

辛玉听着有道理，答应着走了过去。铁三奋力将辛玉托举到窗上，催着她跳出了窗户。

终于逃出来的辛玉跌跌撞撞朝大庆矿区跑去。

夜色中，邱建设和刘大勇不停走着，已经出了矿区很远。刘大勇回头看看，又看看周围的一片荒郊，感到有些不安："到了没有啊？我看这已经是荒郊野外了。"

邱建设眼神里闪过一抹狠色："不要着急，马上就到……"

两人走到仓库附近，停了下来，邱建设手指着不远处："看，就在那儿，咱们的财富就在那里，看到了没有？"

刘大勇顺着邱建设手指的方向，看到远处月光底下的仓库："你是说你把所有的原油，都转移到那个地方了？"

"对。"邱建设边说边从身上包袱里掏出了一把刀，对准刘大勇就是一刀……

刘大勇万万没想到邱建设会下这样的狠手，倏然回过头来："邱……你……"

邱建设瞪着刘大勇，咬牙切齿道："我知道，你要告发我！"说着，又狠狠捅了几刀，"天堂有路你不走，地狱无门你偏来投。刘大勇，是你自己找死，怨不得我，去死吧……"

邱建设一把推开将要倒地的刘大勇，朝仓库走去。刘大勇趴在地上，挣扎了几下，还是倒下了。

来到仓库外，邱建设听到铁三在里边用力地拍门："喂……有没有人啊？救救我们！"铁三虽然鲁莽却很聪明，这个时候，他隐瞒了辛玉已经逃走的事实。

邱建设嘴角露出阴险的笑容，一脚踢开门，从右侧的一堆草垛里拿出一桶油来，拎起来绕着仓库倒了一圈，然后，走到门口，点燃了火柴。此刻已近疯狂的他怪笑着看了看仓库，又看了一眼远处的刘大勇，大叫道："哼，大庆，石油，都见鬼去吧！"说完，将手里的火柴扔到地上，仓库"轰"的一声燃起熊熊大火。

邱建设看着火起，才转身消失在黑暗中。

刘大勇趴在地上，强忍着疼痛朝仓库爬去……看到邱建设竟然点燃了仓库，绝望地大喊一声："不！"

"砰"的一声巨响，淹没了刘大勇的声音。火光中，刘大勇极度痛苦地用手猛捶地面，嘴里发出撕心裂肺的嚎哭声……

辛玉用尽全力向矿区方向跑着。突然，"砰"的一声巨响，辛玉回头看去，身后仓库的方向燃起了熊熊大火。辛玉大吃一惊，瞬间明白过来，顿时泪如泉涌。辛玉喊着铁三的名字，泣不成声，更加疯狂地向矿区跑去："铁三……对不起，对不起……"

矿区办公室里，王振华正和石兴国谈话："兴国呀，咱们大庆会战，已经走过了三个年头，眼看就要胜利了，我们的思想不能松懈，更不能被一些有预谋、有不可告人的目的的诋毁所动摇。将王前进同志树立为咱们大庆的石油标兵，成为咱们大庆工人的一面旗帜，是王前进同志的个人努力所取得的成就，也是实至名归的，我觉得，明天开个会，给大家明确一下。"

石兴国点头表示同意。

突然，外面传来急促的脚步声，紧接着，气喘吁吁的辛玉一头冲了进来，一下子摔倒在地上。辛玉顾不上身体上的疼痛，抬头语无伦次道："快，快去救人……铁三，石油……"

石兴国忙上前去扶辛玉："辛玉同志，出了什么事？"

辛玉喘了口气，这才简明扼要地说道："快，总指挥，邱建设……邱建设偷走了咱们大庆的原油，都在那边的仓库里。还有铁三……铁三也被邱建设关在仓库里，现在，可能有危险！"

"马上组织救人。"王振华脸色凝重的立刻下了命令。

救援队伍很快组成，可铁三却已经等不及了。

仓库方向火光映天，工人们群情激奋地打着火把、手电，拿着各种锄具、铁器、木棍、叉子，浩浩荡荡地奔向仓库方向。

待人们赶到，仓库已经烧成了一片灰烬……铁三也不见了踪影。

石兴国第一个发现了不远处倒在地上的刘大勇，赶紧跑了过去。刘大勇已经昏迷不醒，身下的草地上一片血污，石兴国大喊："刘大勇，刘大勇，你怎么了？这么多血，快，来人，送医院！"

奄奄一息的刘大勇终于被送到了医院的病床上，身上插满了各种抢救的管子。石兴国站在一边，焦急地看着伤势严重的刘大勇。

不知过了多久，刘大勇醒过来，看到旁边的石兴国，立刻费力地说道："是邱建设，邱建设烧了仓库，偷走了油。"

石兴国见他醒来，高兴道："我知道，我知道，你别说话，你流了太多的血。"

刘大勇虚弱地坚持说道："不，让我说，石队长，求你救救我，我不能死，我是个罪人，我要赎罪，在大庆赎罪！"

石兴国热泪盈眶："好，我都知道。"

刘大勇担心再也见不到许茹了，挣扎着说道："我不想死。告诉许茹，我对不起她，我刘大勇这辈子，最对不起的人就是她。"说完，又晕了过去。

许茹远远跑来，听到刘大勇的话，呆愣住，泪水汩汩而出。

病房外的长椅上，唐娜安慰许茹："你也别太担心了，虽然伤势很严重，但是抢救及时，已经脱离生命危险了，恢复一段时间就能出院了。放心吧，咱们矿上已经报案了，那个邱建设一定会被抓住的……"

许茹含泪点点头。

这时，梅大妮一瘸一拐地提着一些水果，走进医院，来到许茹身边，气喘吁吁地说道："许茹，俺听说了，那个邱建设，太可恶了，要是抓住了，俺第一个要把他千刀万剐。你想开些啊？你家刘大勇，还要你照顾呢。"

许茹木然地点着头。

石兴国面对着又进入昏迷状态的刘大勇，轻声说道："刘大勇，你千万不能死，你要好好地活着，为了齐占山，为了许茹，一定要活下来。大庆会战，我希望你和我并肩站在一起，看着胜利的到来……你知道吗？你是个英雄，和你的名字一样，很有勇气，你保护了大庆的石油，所以，大庆不能没有你！"

刘大勇一动不动，石兴国继续说着："刘大勇，你不是要和我争个高下吗？你不能躺在这里和我争，一定要好起来，咱们要在井台上争，你不能让我瞧不起你……"石兴国的眼里闪着泪花，哽咽着再也说不下去了。

消息很快传到北京。听到大庆竟然发生了性质如此恶劣的事件，唐国恩愤怒地一拍桌子，立刻打电话给王振华问责。

办公室里，一脸沉重的王振华接到唐国恩的电话，表示一定抓紧调查，慎重处理。

唐国恩在电话里反复强调："这起恶性事件，是给大庆抹黑。一定要给所有参加大庆会战的一万两千多名干部职工一个交代。我们的每一次大会战，从玉门，到柴达木，到克拉玛依，再到大庆，都伴随着咱们石油工人的牺牲，这是沉痛的代价！王振华，我不希望看到更多的牺牲！"

一旁的王海龙悄悄退了出去，并带上了门。

这时，周远跑了过来，被王海龙拦住："现在不适合去打扰总指挥，什么事？跟我说吧。"

"公安局来电话。"周远说着，凑近王海龙和他耳语……

王海龙听了瞪大眼睛："哦？真的吗？走，去看看！"说着两人急匆匆地走了。

火车站内，邱建设鬼鬼祟祟地左右察看，发现一群公安人员朝火车站奔来，四处搜寻着。他赶紧往人群后躲了躲，压低了帽檐。但是，身后几名穿着便衣的公安人员还是认出了他，立刻上前控制住他，戴上手铐押走了。

田义文和铁三认识时间最长，关系也最好。看着好兄弟竟然尸骨无存，心中悲痛不已。他特意买来一个骨灰盒，上面刻上铁三两个字。田义文和眼睛红红的辛玉一起朝大火烧过的仓库走来。他用手将地上黑乎乎的土捧了几把，放进骨灰盒里，说道："我兄弟以前是个土匪，在山上安家讨营生，现在，我把他送到山上去。"说完，抱起骨灰盒朝对面的小山丘走去。辛玉跟在后面。

田义文和辛玉埋葬了铁三，然后在坟头上洒了酒水，田义文一边洒一边念叨着:"兄弟,就把你留在这儿了。你看这个地方,你还喜欢吗?队长说,要给你开个追悼会,领导说要追认你为石油英雄,但是,我知道,你无牵无挂,也没个亲人,那些都没有用。咱是土匪,活着的时候,混口饭吃,就是最大的福分。这死了啊,占个山头,做鬼也是一个山大王,风风光光,比啥英雄都要强。要是有下辈子,就好好投胎转世,从开始就做个好人。"

辛玉哭道:"铁三同志,是你救了我的命,我辛玉这辈子,都不会忘记你的。"

两个人站在坟前,久久地注视着这座新坟。

石兴国在家里的桌旁工作,梅大妮走过来主动说道:"要不,你去医院换换许茹,她一个人又要照顾刘大勇,还要照顾孩子,她那么瘦,身体怕是扛不住。你去吧,俺现在不无理取闹了。"

"不用,矿上已经安排人员去帮许茹了,我去了也是多余,不用。"石兴国欣慰地看着梅大妮说道。

梅大妮想了想又说:"那要不你去陪许茹说说话,俺们女人家,千万不能遇上事,有了事会六神无主,她现在一定很脆弱。"

石兴国站起来抚着妻子的肩膀,认真地说:"大妮,不用,你不用这样,我知道,你变了,和以前不一样了,但是不用为难自己。我这儿还有一堆工作要做,我要统计一下,咱们矿上总共损失了多少原油,邱建设造成的直接损失大概有多少,这些都需要知道。"

梅大妮听了石兴国的话,说道:"那好吧,俺不打扰你工作了。可是,俺就是想不明白,邱建设偷国家的石油,到底能干啥啊?"

石兴国思索了一下:"应该是到黑市倒卖,或者卖给附近的一些老乡们点灯照明,生火做饭,冬季取暖。反正,石油这宝贝人人都爱。"

梅大妮这才明白:"怪不得,俺就知道邱建设是个只认钱不认人的王八蛋。"

"嗯,你也早点休息吧,明天,替我去医院看看许茹和刘大勇。"石兴国说道。

"那石祝捷咋办呢?还有小石头,没有托儿所,也没有小学校,孩子们连个去的地方都没有。"梅大妮问道。

石兴国叹口气："我们欠孩子太多了。"

第二天，梅大妮带着两个孩子去了医院，刘大勇还在病床上躺着，许茹、梅大妮带着小石头和石祝捷靠在病床边。

忽然，病房门开了，石兴国陪着王振华和黎明等人走了进来。

许茹和梅大妮忙站起来打招呼。王振华点点头，径直走到刘大勇病床前，关切地问道："怎么样？"

许茹说道："还没有醒过来，医生说，脱离危险了。"

王振华点点头："那就好。许茹同志，你受苦了。"

许茹一时不知说什么好："政委……"

王振华继续说道："我都听石兴国说了，刘大勇转变了。转变就好啊，人一辈子的路很长，总会有九弯八折，只要最终能走到正道上，还是好人嘛。"

梅大妮忽然插言："政委，刘大勇现在真的变好了，我……我也不和石兴国闹了。"

王振华开心地笑了："好，听到你梅大妮这句话，看到你们两家和气相处，我真的很开心。这是小石头，这是石祝捷吧？"

梅大妮把两个孩子拉到王振华跟前："叫，王伯伯好！黎叔叔好！"

小石头和石祝捷一起听话地向王振华、黎明问了好。王振华很高兴，见到他们仿佛看到自己的孩子，关心地询问两个孩子的情况。

梅大妮直言直语："政委、总指挥，孩子们想上学，可没地方上啊。"

想到自己在远方上学的孩子，想到曾答应他们要建立学校，接他们回来念书，又看着眼前早已到了上学年龄的孩子，王振华忧心忡忡，决心把建校提上日程："这两年，咱们忙着会战，学校的事，后勤方面的事，一直顾不上，咱们欠了孩子们的账啊。再苦不能苦孩子，再亏不能亏教育。黎明同志，这个教育的事，还得交给你啊。"

"坚决完成任务。"黎明立刻保证道。

王振华笑着对小石头和石祝捷说："快来敬礼，这就是你们未来的校长，黎明叔叔。"

小石头和石祝捷赶紧向黎明敬礼："校长叔叔好。"

黎明忙回礼："小朋友好。"

王振华哈哈大笑："黎明，你当过石油师第一代人的校长、老师，现在，你又要当石油师第二代人的校长、老师，看来，你一辈子都要当石油师人的教书匠了。"

黎明笑着点头："为了一代代石油师人，我愿意当一辈子教书匠。"

人们都笑了。这时一直没有说话的石兴国说道："政委，我看您也该把孩子们接回来了。"

王振华点点头："等咱的学校一开张，马上接回来。"

新学校的建设很快，其实只是把一间简易的库房粉刷一遍，自己打些桌椅板凳摆放进去就算建成了。当然关键的是要找老师找书本。

新学校门口，人们敲锣打鼓，鞭炮齐鸣。黎明把一个崭新的大木牌子端端正正挂在门边，"大庆油田子弟小学"几个大字在阳光下闪闪发光。

小石头和石祝捷等第一批孩子，穿着崭新的衣裳，走进学校。梅大妮笑呵呵地站在门外向他们招手。

王振华和妻子闫竹也乘车去那所远方的学校去接自己久未见面的孩子们。

听说王振华要来学校，校长顾老师带领着小学校的全体老师和学生，敲锣打鼓，手举一束束野花，欢迎他们的到来。

王振华夫妇刚下车就被师生们围得水泄不通，闫竹欣喜地将几个孩子拥在怀里。

嘈杂的人群里，顾老师大声说道："总指挥，欢迎来到我们学校，我们听说了您的事迹，你们石油工人很伟大，不仅为国家打出了石油，还开发了北大荒，您是孩子们的榜样啊！今天，我们有一个愿望，您能给我们这里的孩子们讲讲石油工人的故事吗？孩子们都想听听。"

王振华爽快地答应："好，我就给孩子们讲讲我们石油工人的事迹。"

顾老师很高兴，笑着请王振华等人来到学校的一间大教室。

教室里师生满堂，王振华夫妇戴上了红领巾，在一片热烈的掌声中走上讲台。

顾老师站在话筒前，示意大家安静，然后讲话："同学们，老师们，今天，我们很荣幸，请到了大庆油田的王振华总指挥来给大家做演讲，大家欢迎。"

师生们热烈鼓掌，王振华站起来环视着孩子们，也向大家鼓掌致意，然后说道："孩子们，同学们，老师们，今天，能站在这里给大家讲我们石油工人的故事，我很高兴。我给大家介绍两个人，一个是咱们的铁人王前进。这个铁人的名头可是有来历的。大庆第一口油井打好之后，王前进的腿被滚落的钻杆砸伤了，他顾不上住院，拄着拐杖缠着绷带连夜回到井队。当时，另一口油井发生井喷，没有重晶石粉，他当机立断用水泥代替。没有搅拌机，王前进便扔掉双拐，跳进泥浆池，用身体搅拌泥浆。铁人这么一跳啊，工友们也纷纷跳进去搅拌。他们整整用两只手划拉了三个多小时啊，井喷止住了，也保住了油井和钻机，王前进身上却被碱性很大的泥浆烧起了大泡。场院里的老大娘见他几天几夜奋战在井场不回家，就感慨地说'王队长真是个铁人啊！'从此'王铁人'的名字传遍了油田，响彻了全中国。"

孩子们听得津津有味，不停地热烈鼓掌。

"我再给大家讲讲尖刀钻井队队长石兴国。石兴国打仗很勇敢，打石油也很勇敢。他们是从新疆克拉玛依过来支援大庆会战的。他们刚到大庆那会儿，正是冬天，满天满地都是大雪，火车提前到了，当时没有重型拖运设备，几十吨的设备怎么从车上卸下来？石兴国说：'咱们一刻也不能等，就是人拉肩扛也要把钻机运到井场。有条件要上，没有条件创造条件也要上。'他们用滚杠加撬杠，靠双手和肩膀，奋战三天三夜，终于把38米高、22吨重的井架迎着寒风矗立在了荒原上……"王振华的讲话再次赢得师生们热烈的掌声。

讲故事活动结束之后，学校举行了升旗仪式。五星红旗冉冉升起。戴着红领巾的王振华站在队伍最前面，对着国旗敬礼，闫竹和孩子站在王振华身后，老师和学生们站在他们身后，向五星红旗敬礼。

老师和王振华夫妇对孩子们进行了一场成功的爱国主义教育。之后，王振华夫妇就准备带着自己的孩子离开学校，奔向大庆。

学校大门口，顾老师带领师生们送别王振华夫妇和孩子们。

王振华对着全校师生说道："大家都回去吧，不要送了。孩子们好好学习，长大了欢迎你们来大庆，也当石油工人，为咱们国家的石油事业做贡献。"

顾老师挽留道："总指挥，我们非常荣幸您的孩子能在我们学校上学，如果您愿意，孩子们可以继续留下。"

王振华诚挚道谢："不了，谢谢你，顾老师，大庆油田子弟小学已经开学了，欢迎你们来大庆参观指导啊。"

闫竹也感激地说道："顾老师，感谢你帮我们照顾、教导孩子们，我们一辈子都不会忘。"

顾老师笑着说道："哪里的话，就当我也为大庆会战做贡献了。"

众人笑了。

说话间，一个八九岁的小男孩从人群里挤出来，手里还牵着一只羊，径直来到王振华跟前："等一等，叔叔……"

王振华看了一眼小男孩，亲昵地抚摸着他的头问道："什么事？"

小男孩挺直小小的脊背："我长大了也要到大庆去，当石油工人，做和叔叔一样伟大的人。"

王振华蹲下身，和蔼地对小男孩说道："好孩子，那就好好读书。长大了，到大庆来，叔叔等着你。还有啊，叔叔不伟大，和千千万万的石油工人一样普通。"

小男孩稚气地说道："那我也要当石油工人，给祖国打石油。"

王振华很欣慰："好好，好啊。"

"叔叔，一言为定，这个给你。"小男孩说着把牵羊的绳子交到王振华手上，眨着眼睛说道，"叔叔，我听奶奶说了，你们大庆很苦，没有肉吃。这头羊，您牵回去杀了吃吧，给大庆打石油的叔叔们吃。"

王振华和闫竹互看了一眼，非常感动，顾老师也上前劝说："是啊，总指挥，这是大家的一点心意，您就收下吧。"

"顾老师，真不知道怎么感谢你才好。但是，大庆的日子好过了，什么都不缺了，这羊还是留着你们自己吃吧。"闫竹拒绝。

"我知道，但这是我们的一点心意，您看能不能带走？"顾老师恳切地说着，后面师生们也是一脸真诚。

王振华夫妇又互相看看，最后王振华说道："那好吧，我就替大庆的石油工人们收下，也替他们谢谢你们。"

一家人上了车，也将小羊羔抱进车里。车子朝远方驶去。

师生们恋恋不舍地挥手告别。车子驶远了，那个小男孩还站在那儿，远远地看着。

闫竹也不时地回头看车后面一直不肯离去的师生们，几个孩子也趴在车内挥着手，小羊羔凑热闹地咩咩叫着。看着这一幕幕画面，闫竹泪眼模糊地对王振华说道："我不会忘记这个地方的。"

王振华感叹："是啊，一辈子都不能忘！"车子欢快地跑着，一路飞奔，一家人终于回到大庆，来到这孩子们梦中常常到达的地方。

晚上，闫竹和孩子们围坐在桌前。桌上，放着刚刚炖好的猪肉和猪蹄，孩子们个个馋得咽口水。

闫竹爱怜地看着孩子们："吃吧，这是专门给你们留的。"

大女儿懂事地说："妈妈，你也吃……"

闫竹眼睛湿润了："我不吃，妈妈和爸爸都吃过了。你们的那头小猪仔长大后，又生了好多小猪仔，它们再长大后，大庆的工人叔叔们就都有肉吃了。这些，是爸爸和妈妈专门给你们留的。"

小男孩快乐地说道："妈妈，我好久好久没有吃过肉了。昨晚我做梦梦见你和爸爸接我们来大庆，还让我们吃肉，就像现在一样。"

闫竹眼含泪花："嗯，今天你的梦实现了，快吃吧，孩子们快吃。"

孩子们开心地大口吃着肉……边吃边问："妈妈，我们真的可以在大庆上学吗？"

闫竹使劲儿地点点头："真的。"

"妈妈，那你和爸爸永远都不会离开我们了，对吗？"

"对，以后啊，咱们一家人都在大庆，再也不分开了。"

夜风轻拂，柔软的月光透过窗户羡慕地窥探着这一家人的甜蜜、幸福……

王振华的几个孩子来到大庆后，大庆油田子弟小学的学生队伍又壮大了。

这一天，全校师生集合在一起，举行升旗仪式。

王振华、黎明等站在队列前排。小石头和石祝捷站在旗杆旁。

雄壮的国歌响起，五星红旗冉冉升起。孩子们眼含热泪向国旗敬礼，王振华和黎明也眼含热泪向国旗敬礼！大庆油田子弟小学将会越来越壮大，也将会培养出更多更出色的石油工人。

辛玉在大庆经历了她人生中最可怕的一次意外，见证了一个鲜活生命的消失，精神上受到的打击让她有点萎靡，她决定离开大庆。临行前，她来到医院看望了刘大勇，在病房门口拉着许茹的手忍不住哭泣不止。

许茹安慰着劝着："辛玉，你是我见过的最勇敢最坚强的女孩子，为什么要离开大庆呢？你知道，那不是你的错，刘大勇躺在这里，也不是你的错，而且，邱建设已经被抓住了，认罪坐牢了。你为什么要放弃采访离开大庆呢？"

辛玉抽泣着："许干事，是我害死了铁三。那天晚上，如果不是我要去暗访，铁三就不会被邱建设害死了。"

许茹继续耐心开解："辛玉，其实，邱建设这个大恶人，能被抓回来，是你的功劳。虽然铁三牺牲了，但是你为大庆、为国家挽回了多少损失，你知道吗？所有大庆的人感激你都还来不及呢！而且，你应该留下来，看到大庆会战的最后胜利，记录那个历史性的时刻。"

辛玉还在抽泣："我做不到，我不是一个合格的记者，在这里，只会给大家添麻烦，我还是走吧。"

许茹提高了声音，严肃说道："辛记者，你听我说。如果你真的为铁三的牺牲自责的话，那就更应该留下来，把铁三的故事，我们的故事，大庆所有人的故事，都写出来，让全国人民知道大庆会战的艰辛。这是你的责任，你必须扛起来。"

辛玉抬起泪眼看着许茹。

许茹放缓了语气："留下来吧，大庆需要你，你是一个优秀的新闻记者。"

辛玉望着许茹："许茹姐，谢谢你，我，我……"

许茹拥抱住了辛玉，用手轻抚着她的背，安慰着、鼓励着。

王振华为了石油丢失和爆炸事件，已经向北京领导申请处分，并请求辞去总指挥的职务，做一个普通的采油工人。北京一直没有给他答复。

这天唐国恩亲自来到大庆，见到王振华，直截了当地责备道："大庆丢失原油事件以及恶性爆炸事件，余部长可是亲自到中南海，找周总理认的错。"

王振华吃了一惊："都惊动总理了？唐部长，那总理什么意思？"

唐国恩喝了口水："总理告诉余部长，你王振华承认错误的态度很端正，但是方法不对。大庆会战，你是一杆红旗，你这红旗自己倒了，没了主心骨，那还指望谁给咱们打这一场胜仗呢？"

王振华非常激动："我……谢谢总理，谢谢余部长。"

唐国恩话锋一转："所以，我这一趟来，是专门传达总理和余部长的指示，那就是大会战必须在今冬明春，坚决拿下。"

王振华坚定地回答："是！"

送走了唐部长，王振华立刻和王海龙奔向石兴国井队驻地。吉普车行驶在颠簸的矿区中，最后停在了一排小房子门口，王振华和王海龙下了车。

石兴国听到动静，出门见王振华两人一起到来，不禁笑道："两位大领导驾到，应该通知我们一声，我们也好给领导举行个欢迎仪式。"

王振华又气又笑地摆摆手："行了，你又不是不知道我不喜欢形式主义那一套。"

"可我更知道老政委干工作的作风。两位领导来，一定有大任务，提前通知，我好提前召集一下同志们。"石兴国认真说道。

王振华摇摇头说："不用干扰大家正常工作，今天就是想找井队的人聊聊越冬突击战的打法。"

石兴国转身："好，我去通知大家。"

晚上，田义文搓着手，和腰有点佝偻的任新我一起走出宿舍去办公室开会。两人边走边感慨大庆冻死人的冬天。听说总指挥亲自前来调研如何打好越冬突击战，两人感叹着天寒地冻中肯定又是一场硬仗。

两人边走边聊来到办公室，王振华、王海龙，以及石兴国、周远、王前进等人，已经围坐在烧得很旺的火炉前准备开会。

王振华见人差不多到齐，环视着大家："天气开始转冷了，今晚的唠嗑大会，咱就主要讨论怎么打好越冬突击战。同志们都是一线的石油工人，有啥说啥！"

石兴国看向王前进："王队长，你们可是大庆的一面红旗，越冬战你们钻井队有经验，我们今天就是来学习取经的。你就多说几句。"

王前进笑着说道："哎，我可不敢当，不过既然石队长的尖刀钻井队这么谦虚，我只好抛砖引玉了。"

一句话逗得大家哈哈大笑起来。笑声停止，王前进开始讲述自己的见解："局长，咱们要打好越冬突击战，我总结了一些经验。首先，就应该'一个屁股两炷香'。"

石兴国哈哈大笑："对对对，还要加上'四个轮子一把刀'。"

王振华疑惑道："你们这说的什么黑话？暗语一套一套的，都让人听起天书来了。"

石兴国和王前进相视一笑："这可是行业术语。"

王前进笑着说道："那我就大白话吧，一个屁股，就是稳坐生产，屁股不动，雷打都不动！两炷香呢，是指早晚的两次会议，早上生产调度会和晚上的办公总结会，必须开，每天都开，查漏补缺！"

王海龙追问："那还有四个轮子一把刀？不会是用四个轮子的大汽车，拉来肥猪一刀宰了，给工人改善伙食吧？"

石兴国笑看着王海龙："这个主意不错。不过，等打好了越冬突击战，才有的吃。我说的四个轮子，也和车有关，就是领导们不坐办公室，坐车下基层，到井场，督促生产；一把刀呢，是眼睛，不光领导的眼睛是一把刀，善于发现问题，咱们每个工人的眼睛都是一把刀，紧盯生产，严防生产事故！"

王振华和王海龙相视点头。王振华总结："大家这些方法，都很好，但关键是这些生产原则，人人心里都得吃透，生产无小事，要安全越冬！但还要保证高产越冬。今冬明春，是我们大会战的关键阶段，能不能创高产，能不能拿下大油田，石油工业部的领导在看着我们，全国人民在看着我们。"

王前进站起身："王局长，放心吧，宁可少活二十年，拼命也要拿下大油田。"

石兴国也坚定地说道："老政委放心，有条件要上，没条件创造条件也要上。"

会后，矿区一片繁忙景象，大家都在为越冬突击战做准备。

一直住在医院的刘大勇终于康复出院了。许茹挽着刘大勇的胳膊走出医院。回到家中，小石头高兴地说道："爸爸，欢迎回家……"

刘大勇看着小石头，忽然一下子抱起来旋转着，许茹在一旁惊呼："快放下，你才刚出院，小石头，快下来……"

刘大勇笑着看看许茹："没事，我已经全好了。许茹，我刘大勇今天才觉得这日子才是人过的日子。以前，我就是个混蛋，都不知道你和孩子就是我刘大勇的福气。许茹，我想好好和你重新过一遍好日子！"

许茹看着刘大勇，微笑着点头。

刘大勇伸出双手："我还要重新打油，以前这双手，在玉门，在克拉玛依，都是最好的刹把手，今天，我刘大勇在大庆，也要像石兴国，像王前进那样成为优秀的刹把手。"

许茹欣慰地看着刘大勇，笑容满满。

第二天，刘大勇身穿崭新的工作服，石兴国将铝盔递到刘大勇手中。刘大勇戴上铝盔："谢谢，谢谢大家！"

周远大声说道："刘大勇，欢迎你回来！"田义文、任新我等人热烈鼓掌。

石兴国看着大家："今天，我们在井场举行这个活动，主要的目的有两个，第一个，就是欢迎咱们的刘大勇同志出院，回来参加工作；第二，我们宣布一个决定，周远，你来说。"

周远站到大家面前："经指挥部研究决定，正式任命刘大勇同志担任钻探一班班长……"

众人鼓掌，刘大勇愣了一下，然后站起来，给大家鞠了一个躬："谢谢大家对我的信任，这个班长，我不能担任。"

石兴国看着刘大勇："大勇，凭你的技术和能力，这个位置，非你莫属。"

田义文也点着头："对，现在没有人比你更适合这个位置了。"

任新我也拍拍刘大勇："行了，大勇，你就不要谦虚了。"

　　刘大勇感动地说道："我刘大勇能有今天，非常感谢大家，感谢大庆，但是我不能担任这个班长的职位。大家都知道，这个位置是齐占山同志的，我不想担任，我想继续给占山空着，就像占山还活着的时候一样，直到他也看到大庆会战胜利的那一天。"

　　大家都沉默了，然后纷纷点着头，热烈鼓起掌⋯⋯

39

越冬突击战打响了，生产自救队的妇女们集合在一起，许茹手里拿着一把红丝带，一根根分发给每一位女同志。

分到梅大妮面前时，许茹犹豫了一下："大妮，你身体不好，这次越冬突击战，你就给姐妹们做后勤吧。"

梅大妮不服气地看了许茹一眼，转身离去。一瘸一拐地回到家，梅大妮开始翻箱倒柜地寻找东西，一旁的小祝捷问道："妈妈，你在找什么？"

梅大妮回头一看，女儿身上穿的正是一件红罩衣。梅大妮眉头一皱计上心来："祝捷，快，把你的衣服脱下来。"

小祝捷摇着小脑袋："不，妈妈，冷！"

"不冷，来，穿妈的。"梅大妮走到女儿身边，脱下自己的上衣，给小祝捷换上。而把祝捷的红罩衣拿在手里，撕出一条长带子。梅大妮看着手里的红布带，得意地笑了。

第二天早晨，许茹和她的妇女生产自救队的同志们，人人头上扎着一根红巾，大家一起宣誓。许茹举起一面"女子采油队"旗帜，领着大家宣誓："我宣誓，作为一名女子石油工人，参加大庆石油会战，用我们的石油知识，为大庆服务；用我们的石油技术，为祖国找到更多的石油……"

这时，梅大妮头上扎着那条小祝捷的红罩衣撕成的红巾匆匆赶到。"报告！"梅大妮大声喊道。

许茹等人都愣住了。

梅大妮再次喊："报告！"

许茹反应过来，笑着说道："入列。"

梅大妮郑重地站在队伍中间。

这时的井场，一片火热景象，大家热火朝天地在机器轰鸣声中打井钻探。

忽然，田义文拿着新出来的数据图表大笑起来："哈哈哈……太好了……简直是重大突破啊，队长！"田义文大喊着朝不远处的石兴国跑了过去。

井场边，石兴国和周远正对着地图，手指远处交谈着。田义文兴奋地跑过来："队长，好消息啊。你发明的快速钻探法，比过去的钻井深度每天提高了三分之一啊，具体算下来，每一秒钟，都比过去增加了三分之一米啊。"

"是吗？给我看看。"石兴国也激动地拿过田义文手里的数据表查看着。

身后，王振华、王海龙等人来到井场边。王振华拍拍石兴国的肩膀："好啊，石兴国，可喜可贺啊！"

石兴国抬头一看是王振华，有点惊讶："老政委，你们怎么来了？"

王振华笑容满面："我听到好消息，就赶过来了，顺便看看你们的工作！石兴国，你这快速钻井、井架整体搬迁、改进金刚石钻头，加起来，总共有三项创造发明了啊。石兴国不愧是优秀的'工人工程师'啊！"

石兴国谦虚道："政委过奖了。"

周远却骄傲地说道："政委，你说出了我们的心里话啊，我们的石队长，在打井上那绝对是所向无敌啊。"

大家一片笑声。

王振华继续鼓励道："石兴国，你这位工人工程师，可不能辜负油田党委的期望哦。今天，我来看望你们，就是希望你们在工作上不骄不躁，勇往直前啊。"

石兴国马上郑重表态："政委，您放心，荣誉，那都是工人们集体创造的，不是我个人的。我石兴国一门心思钻石油，这辈子只钻石油！"

王振华高兴地说道："好，我支持，荣誉归荣誉，实至名归，是你石兴国带领的好啊。"

井场外，许茹带领着女子采油队，正朝井场走来。距离井场不远处，许茹示意大家停了下来，再次给大伙加油鼓劲儿："姐妹们，拿出你们的精气神儿来，咱们要让男同胞们看看，我们也是意气风发的石油队伍！"

许茹看了看大家，开始喊口令："一二一……"带领大家英姿飒爽地继续往井场走去。

王振华、石兴国等人正说着话，忽然听见女子号令声，回头看见许茹走在女子采油队伍前面，喊着口号，整齐划一地来到井场。梅大妮一瘸一拐地跟着队伍走着，但丝毫没有掉队。大家都新奇地看着女子采油队。

许茹严肃地喊着口令，整理完队伍，走到王振华面前："报告，我们女子采油队，请求参加石油战斗。"

王振华接口："好，好啊，那石兴国，你就来发话吧。"

石兴国走到女子采油队队伍跟前，说道："女子采油队，作为男人们的左膀右臂，先从井架操作实习开始，周远，你分配她们到每一个班组。"

"是，大家跟我来。"周远带领女子采油组去井架。

石兴国向王振华说道："政委，请回办公室吧，我向领导汇报具体工作。"

王振华点头。几人向办公室走去。

回到办公室，石兴国汇报道："政委，我们通过摸排盘查，发现咱们大庆的油井，存在一部分老化井。两年前开发出来的油井，目前已经变成了老化井，几乎不产油。还有一部分是死井，本来有油，经过中间一段时间的停钻，影响了这部分井，现在没有油了，成了枯井，死井。剩下一部分，是低产井，出油不多，但是在出油，所以暂时无法关闭，成了鸡肋油井。"

王振华点头："是啊，食之无味，弃之可惜，我今天也是来听取你们的工作难题的。有什么困难，尽管说，我们想办法解决。"

石兴国想了想："目前油井问题主要是这些，其次是生活上的。"

"党中央其实也很重视这方面。你上次的书面工作汇报提到过，所以，党中央决定，不放弃！对这些油井，任何一个都不放弃，采取'老井焕发青春，死井变活井，低产井变高产井'的方针政策，救活每一口油井。"王振华说道。

"是，我们正在想办法，这方面，具体交给田义文和任新我负责。"石兴国说完，看向田义文。

王振华也看着田义文说道："好，好啊，小田同志，很是年轻有为啊。以后，你负责给油井看病，那你就是油井医生了。我看这油井医生，一定要有啄木鸟精神，就像啄木鸟给树看病一样。"

田义文保证道："是，我们竭尽所能，一定要找到更多的方法救活油井。"

王振华又转向任新我："任专家你可是进修过的，一定有很多办法配合小田同志啊。"

任新我立即表示："我尽最大的努力。"

"那就好，石兴国，你们生活上，还有什么困难？现在，吃饱饭不成问题了吧？"聊完工作，王振华又问起了生活。

石兴国听了这话，笑了："是是是，政委，吃饱饭不成问题。这吃饱了饭，就该动其他心思了。我们矿上有一批大龄男青年，他们的对象问题，还希望政委帮助解决啊。"

王振华也笑了："我已经找报社、电台大力宣传我们大庆了，要让全国各地的好姑娘了解我们的石油人，了解我们的好小伙儿，让她们到大庆来，任咱们石油小伙子们挑。"

石兴国很高兴："太好了，希望在咱们庆祝会战胜利的时候，能够双喜临门！"

田义文似乎对这个话题丝毫不感兴趣，站起身："老政委，石队长，没别的事，我先去忙了。"说完出了办公室。

石兴国见这个"大龄男青年"居然对找对象的事一点儿都不上心，不由地望着他的背影直摇头。

王振华忽然又想起一件事："对了，还有一个好消息要告诉你们。为了支援越冬突击战，唐部长从玉门、克拉玛拉又协调了一部分同志，加入到我们会战队伍里来。新来同志的工作住宿，你们也提前安排一下。"

石兴国点点头："没问题，周指导员具体负责吧。"

工作会议结束了。井场上依然是一片忙碌的景象。

井架上，刘大勇亲自指导许茹和梅大妮握刹把，认仪表仪器……妇女们干劲儿很足，认真地跟着工人们学习各种操作。

时近黄昏，工人们放工，食堂门口人们进进出出，有说有笑。

食堂内，有的工人在吃饭，有的正排队打饭。梅大妮和其他女石油工人一脸骄傲地走进食堂，男工人们看到她们，都赶紧让开，让她们先打。

妇女们开心地排队打饭，梅大妮忍不住再次向打饭师父炫耀她们石油女工的新身份。

打饭师父笑眯眯地看着梅大妮："哎，好，听说了，你们巾帼不让须眉，好样的！来，今天给你们多打一些。"

梅大妮听到夸奖，更是高兴："嗯，就是，俺们头上的红巾就是不比男人们的胡子差！"

这句话逗得周围的人们都哈哈大笑起来。

一个女队员由衷地感叹："当工人就是好啊，吃饭也有优待，男人们看咱们的眼光都变了。"

"就是，许茹队长说得对，这样活着才有尊严。"梅大妮说完，端着饭一瘸一拐地离开打饭窗口。刚进来的石兴国走上前，接过她手里的饭菜，帮她端到一张桌子前。梅大妮笑着，一脸的幸福。

许茹和刘大勇两人在家里吃饭。许茹边吃边说："早知道你技术这么好，就早点向你请教了，今天在井上真是学到不少。"

刘大勇脸上有些不自然："以前……还说啥，我就是个混蛋。"

许茹摇摇头："不提过去。对了，有个采油的操作步骤我还不太懂，吃完饭，你再教教我，给我好好讲讲。"

"嗯，好，以后教你的日子多着呢。"刘大勇快速地扒着饭。

晚上，一心惦记着田义文终身大事的石兴国来到他的宿舍。正一心研究石油技术的田义文心思全在书本上，竟没有发现进来的石兴国。石兴国也不忍心打扰他，看了半天才喊了一声："田义文……"

田义文抬头看到石兴国，惊奇道："队长，您什么时候进来的？我都没看见，呵呵，找我什么事？"

"没事，就想和你唠唠……"石兴国笑着说道。

"哦，那请坐吧。"田义文顺手收拾了一下，让石兴国坐。

石兴国看着田义文："田义文，从陕南到玉门到大庆，咱有十来年了吧。"

田义文点头："是啊，十年了。"

石兴国很感慨："当初老政委让你留在我们尖刀连，有的同志还当你是包袱，现在，你可是我们钻井队的大功臣。"

田义文也深有感触："石队长，您又见外了。我是土匪出身，您不嫌弃我，让我参加石油师，没有尖刀连，没有尖刀钻井队，就没有我田义文的今天，我这条命是石油师给的。这辈子能多打油，也是我的愿望。"

石兴国话题一转，说到重点："好，老田，你也老大不小了，其实比起别人，我更担心你的个人问题。这男大当婚女大当嫁，我这当队长的再不替你考虑，你自己都想不起来了。"

田义文赶紧摇摇头："我……不着急……"

"怎么能不着急呢？"田义文的不着急，让石兴国捉摸不透。

田义文这下倒是着急了："队长，这个真的不着急。"

"你不着急我着急，是我把你拉进这个石油队伍的，你的终身大事，我不管谁管？我知道你是文化人，选对象的标准肯定跟那些工人不一样，等过些日子，有合适的姑娘，你也见见……这个主，我就替你做了。"石兴国说完，不待田义文再说什么，转身走了。

田义文叹了口气，望向窗外的远方。

一个清晨，周远去矿区门口迎接来支援会战的工人，路上遇到去井场的石兴国。见石兴国一副心事重重的样子，周远忍不住问道："哟，我们石队长这是怎么了？"

石兴国皱着眉头一通牢骚："你说这个田义文到底怎么想的。我去找他，好心好意替他着想，问他想要个啥样的姑娘。结果，那小子就跟石佛投胎转世一样，根本不动那点心思，一口给我撅了回来。还说什么不着急，你说，他什么意思啊？是不是有什么问题啊？"

"能有什么问题？我看他是哑巴吃饺子，心中有数。"周远笑着拍拍石兴国，"队长，你就放心吧，老田是心里有人了。"

石兴国一脸不可思议地看着周远："什么人，我怎么不知道？"

周远神秘一笑："到时候你就知道了。"

石兴国瞪着周远："这家伙，还瞒着我。那人谁呀，我认识不认识？"

周远想了想："嗯，应该很熟吧。"

石兴国一头雾水："很熟？"

"行了，队长，人该到了，我得走了。"周远瞄了一眼石兴国，笑嘻嘻地走了，留下石兴国还在那儿各种猜想。

周远来到矿区门口，几辆大解放已经停在这儿了。刘小青拿着行李正跳下车，周远迎上前去："小青，总算把你盼来了。"

刘小青有些诧异："盼我？"

周远笑着说道："政委和石队长正在给单身工人张罗对象呢，你再不来，有的人可真等急了。"

刘小青不好意思地低下了头。

田义文和任新我早已开始了一天的工作，他们按着图纸，在荒草滩、杂草丛中挨个寻找废弃井……

在一处废弃的干井旁，田义文和任新我正在查看情况。

简单安置了行李的刘小青，由周远领着远远走了过来。

田义文爬在井口努力向下望着，同时头也不回地喊道："老任，工具。"

任新我应声拿过扳手，周远却一把夺过来，交到刘小青手里，并用眼神示意任新我不要出声。

刘小青憋住笑，蹲下身将扳手递到田义文手里，一动不动地看着田义文操作。

"行了，给……"田义文将扳手还给刘小青，手上却忽然感觉到哪里不对，回头看去，瞬间愣住。

刘小青握着扳手的另一端笑看着田义文，还攥着扳手一端没放开的田义文瞬间把扳手扯过来抛到地上，四目相对，两只手握到一起。

两人忽然注意到旁边一副看戏表情的任新我和周远，顿时不好意思地突然将手松开。

田义文这才开口："哟，刘小青同志，怎么是你。"

刘小青也非常正式地回答："田义文同志，是周指导员带我来的。"

周远笑着看了看任新我："行了，老任，今天的工作就先到这里吧。让这两位'同志'熟悉一下。"

任新我会意："哦……好好好，田义文同志，今天就到这里吧。"

两人一起离去。

田义文看着刘小青，重新伸出手，刘小青羞涩地低下头，伸手拉住田义文。两人肩靠肩，并排坐下。田义文眼睛一眨不眨地望着刘小青，亲热地问道："你咋来了？"

刘小青低着头红着脸："想来就来了呗。"

田义文再问："不开车了？以后还走吗？"

"铁路修好了，现在石油运输靠火车。以后我就跟着你钻井打石油。"刘小青说着有些羞涩地将头靠在田义文肩上。田义文伸出胳膊悄悄在后面搂住刘小青，脸上露出满足的笑。

不止田义文和刘小青有情人终成眷属，大庆领导们给大龄男青年们介绍对象的活动，让很多小伙子都有了自己钟情的姑娘，小伙子们干劲更大了。

井场上，工人们干劲十足，干得热火朝天。石兴国更是忘我地埋头于工作，经常不眠不休。

经过大家共同的努力，好消息不断传来……

"一号井出油！"

"二号井出油！"

"三号井出油！"

……

连绵不绝的井架，连绵不绝的报告……

令人激动的时刻终于到来了。这天，周远手里举着最新的数据报告兴奋地跑进办公室，大笑着："哈哈哈，太好了，太好了，大庆一百口油井全部投产，全部出油，大庆会战全面胜利！"

石兴国激动地喃喃自语："胜利了，胜利了……胜利了？"

周远重重地点着头："对，没错，我们胜利了，大庆会战，胜利啦！"两个胡子拉碴的大男人激动地拥抱在一起！

井场内，工人们同样在狂欢。大家互相祝贺，欢呼，更有人忘记严寒，摘下帽子，扔向天空……

汽笛长鸣，一列火车拉着一整车原油，在冰天雪地的原野上奔驰，驶向了大连炼油厂。

各大报纸的头版头条报道了大庆会战全面胜利的消息。唐部长带着北京的问候来到了大庆，为会战勇士们庆功。

庆功会上人潮涌动，周围彩旗飘扬锣鼓喧天，气氛非常热烈。

王前进、石兴国等五员大将，五位大庆会战的功臣，胸前戴着大红花骑在高头大马上，由王海龙、王振华等领导人牵着马，依次走进会场，并绕会场一周。工人们兴奋地鼓掌欢呼着。然后五位功臣整齐地站成一排，一位男记者跑到前面拍下了这个激动人心的时刻。

主席台上，唐国恩等领导人眉开眼笑地看着这热闹的场面，由衷地感到高兴，感到欣慰。

五位功臣下马回到各自的队伍后，唐国恩站起身，示意大家安静："同志们，大庆会战的每一位石油工人们，你们辛苦了！"

众人齐声高呼："不辛苦，为人民服务！"

"我代表余部长，代表国家，感谢你们，代表新中国的石油工业感谢你们。下面，我宣布，大庆石油会战，胜利啦！新中国从此永远地摘掉了贫油国的帽子，咱们的石油工业，崛起啦！"唐国恩激昂的话语刚落，工人们激动的欢呼声、雷鸣般的掌声瞬间响彻云霄！

1965 年，党中央国务院做出了加强三线建设的决定。石油部决定集中优势力量进行第二次四川会战。1965 年 5 月，王振华任国家三线建设委员会委员、四川石油会战领导小组组长兼会战指挥部总指挥，将再次率部进入四川。

听到这个消息后，急性子的石兴国马上来办公室找王振华，询问什么时候出发去四川。

正在查看地图的王振华抬头看着石兴国："我们下周出发，不过你这次就老老实实在大庆待着吧。上次三千石油大军进川，准备打场大胜仗，可到头来，损兵折将，徒劳无功。这一次，我是石油部点的将，肯定要去，但我有顾虑，万一……"

"老政委，石油师哪一次硬仗没有尖刀队参加呀。虽然大家有的各奔西东，但我这个老尖刀连长还想跟着政委去一趟四川，这个翻身仗也算是对我们尖刀队，对齐占山那样再也不能参加的同志有一个交代。"石兴国恳切地说道。

王振华目光凝重地看着石兴国，重重地点头。

再次准备出发，闫竹边叹气边帮王振华收拾东西。

已经长成少年的二宝放学回来，知道了爸爸即将去往四川，奇怪地问愁眉苦脸的妈妈："课本上说，四川气候湿润，物华天宝，自古就有'天府之国'之美誉，去这么好的地方，你叹什么气呀？"

闫竹摇摇头，看看孩子："可你爸爸是去四川打石油，那儿可不比大庆，十口井的出油量也赶不上大庆一口。"

二宝想了想，追问："那为什么还要到那里打油？"

闫竹试图给孩子解释："支援国家三线建设……说多了你也不懂，快去睡觉吧。明天还要上学呢。"

晚些时候，王振华抱着一堆资料进了门。闫竹看着资料："东西都装满了，这往哪儿放呀。"

王振华想了想："没用的衣服啥的，都拿出来，把这些干货带上。"

闫竹重新收拾着行李，和王振华聊着："石兴国这次也要去？"

王振华点头："他是坚决要求去。"

闫竹犹豫着："他们家梅大妮最近身体一直不好，我怕他要是走了，这家里……"

王振华愣住，转身出门。闫竹看着一阵风似的走掉的丈夫，在后面喊："老王，这么晚了，你上哪儿去？"

夜色中远远传来王振华的声音："一会儿回来。"

即将再一次远行，又担心梅大妮的身体，石兴国只有在走前尽量多照顾照顾妻子。但当石兴国体贴地将晚饭端到梅大妮面前时，从未见过丈夫如此贴心周到的梅大妮开口道："行了，你们老爷们是干大事儿的，有什么事你就直说，俺不会胡搅蛮缠的。"

石兴国看着妻子欲语还休，梅大妮更加猜出一定有事，再次催问。石兴国终于沉不住气了："哦，最近上边来通知，四川二次会战的事……"

梅大妮坦然道："俺就知道你有事，老石呀，你是钻井的，哪里有石油会战，哪里少不了你，去吧，俺支持你。"

石兴国看着变化巨大的梅大妮担心道："可是，现在你这身体……"

梅大妮笑笑："放心吧，又死不了，你走了，还有许茹，还有大家伙帮俺，怕什么。"

石兴国心疼道："大妮，你受苦了。"

梅大妮看了看石兴国，慢慢从脖子里掏出那颗毛线系着的纽扣："这是那年在陕南你救俺时，俺从你衣服上扯下来的，这么多年来，俺一直戴着它。从那一刻起，俺就喜欢你，就打心眼里跟定你了。俺挺不讲理，明明知道那时候你跟许茹好，可硬生生把你给抢过来了。俺脾气不好，不懂得珍惜。现在，俺懂了，嫁汉嫁汉，不是穿衣吃饭，是要懂男人的心，俺知道你的心里全是石油。四川会战，你是一定要去的。俺支持你，别人要不同意，俺就去找就去闹。在石油师，俺梅大妮可是出了名的不讲理。就是到了老政委那里，俺也要替你争取到这个名额。"

"大妮！"石兴国感动地一把将梅大妮揽到怀里，"大妮，这些年，你跟着我东跑西颠，没过几天舒坦日子，等我从四川回来，就好好陪着你，哪儿也不去了。"

梅大妮爽快地说道："行了，人去哪儿都行，俺只要你的心能留在俺这里。"

石兴国感慨地抚摸着梅大妮的背："早在了，早在这个家里了。"

突然，大滴大滴的眼泪从梅大妮脸上落下，打湿了石兴国的胸膛。

听了闫竹的话，本打算过来劝石兴国留下的王振华，在门外听到两人的对话，默默离开了。

无论舍与不舍，石兴国他们终究还是要出发了。矿区门口，几辆车上装满了物资，队伍即将出发。

王振华不断叮嘱闫竹要照顾好自己，照顾好孩子们，还要帮石兴国多多照顾梅大妮，闫竹不住地点头。

随队进川的还有石兴国、任新我以及段铁生，尖刀队的其他人都来送行。

石兴国看着大家说道："同志们，咱们大庆的生产任务非常重，所以这次四川会战，只有我、老任，还有段铁生同志一起去。在家里的同志，要好好生产，回来后，我要看到你们新的纪录。"说完，石兴国又拉过刘大勇，"刘大勇同志在玉门、在克拉玛依，都是出色的钻井队长，钻井是一把好手。我走以后，钻井队的工作，主要由他和田义文同志负责。大家对刘队长，要像对我一样，我相信钻井队在我不在的时候，一样能拿高产，一定能破纪录。"

刘大勇含着泪，紧紧握着石兴国的手："石队长，谢谢，谢谢你这么信任我。你放心，我就是豁出命，也要让咱尖刀钻井队……"

石兴国打断了刘大勇的话："大勇，我可告诉你，油井的安全问题上，可不能有任何问题。"

刘大勇郑重道："好，我答应你。"

石兴国点点头，与任新我、段铁生登上了汽车。

车队驶出茫茫雪原。石兴国和任新我坐在车上，不舍地看着窗外。石兴国喃喃道："老任呀，这次出来，怎么有种不一样的感觉。"

任新我看着窗外，深有同感："可能是上了年纪就不愿离家了。"

石兴国点头认可："是呀，我都40岁了。"

任新我眯着眼睛，忆起往事："我52岁，小雨要是活着，也该嫁人了。"

石兴国拍拍任新我:"就当嫁给石油了,我们这辈子,嫁的是石油,娶的也是石油。"

任新我笑了:"好,但愿这次到四川,能生个油娃娃出来。"

风餐露宿,日夜兼程,这一天,队伍终于到达四川。王振华、石兴国以及任新我下了车直接来到张大海办公室。正趴在桌子上看地图的张大海和高永亮听到喊声抬头看见来人,愣了许久,而后紧紧握住王振华的手:"老政委……我们可算又见面了,你能来我太高兴了,四川石油这个担子太重了,我实在担不起来了。"

王振华看着几乎满头白发,苍老了许多的张大海,也同样深有感触:"老大哥,你不担这个担子,谁担呀。我知道四川的石油开发很困难,到处都是缝缝洞洞,就像当年我们剿匪的时候一样,这里一小撮,那里一小股。他们东躲西藏,神出鬼没,到后来,还不是都让我们给消灭了吗?所以不用担心。再说了,看看我给你带来的精兵强将。石兴国,现在是副总指挥了,还有石油老专家任新我同志,所以,咱们一定要有信心!"

张大海握着石兴国的手:"进步了,进步了,咱们的尖刀连长啊!"

王振华自豪道:"是啊,咱们石油师人才辈出啊,现在是祖国哪里有油田,哪里就有石油师人!"

张大海高兴道:"说得好啊,兴国,你快说说,咱们怎么干?"

"老领导,来之前,我们仔细研究了,四川的石油和天然气,好像到处都有,又好像到处都没有,一时找不到规律。如果我们找到了四川地下油气的运行规律,就可以把它们挤出来,压出来。"石兴国说道。

王振华补充道:"大海,四川石油和天然气的勘探,除了认清地下情况外,还有两个更重要的原因,一是技术落后,二是缺乏设备。我们大庆会战积累了一些经验,还有好的设备、人才,我们可全带来了。"

"太好了,太好了。"张大海兴奋道。

高永亮犹豫了一下:"老政委,还有一个问题,那就是人们的积极性问题。我们的很多职工,原来也是咱石油师的老兵,上次会战时积极性很高,领导一声令下,什么井喷失火,都抢着往前冲。但会战下马后,四川油田到处是窟窿,遍地是枯井，职工的热情也都退去了。能不能把职工的劲头再鼓起来，也是关键。"

王振华想了想："好，我们这次来就是要一起干，从哪里跌倒咱就从哪里爬起来。咱都是当过兵的人，我相信，任何困难，在咱们石油师人的面前，都不是困难。"

"好，老政委，有你这话，我们就踏实了。"高永亮由衷说道。

接着，石兴国、任新我铺开厚厚的地图和材料，向王振华和高永亮介绍情况。任新我指着地图说道："王局长、高局长，这是我上次在四川开展地质普查时，和工作人员一起绘制的地质图。我们四川盆地一共有44条大的裂缝和19万个溶洞，在这里，我们可以直观地认识裂缝性油藏地质构造。"

王振华在旁边问道："永亮呀，你也是咱们石油师的老人了，在四川工作了这十年，你是什么意见？"

高永亮说道："老政委，我是一开始就认为四川盆地砂岩不是产油层，而是靠页岩中的裂缝出油的，1958年我也是受过批判的。"

王振华笑了："那次批判，谁没受过？余部长不是都向我们道过歉了，现在不生气了吧。"

高永亮也笑了："老政委，多少年了，早就释怀了。你们来之前，我们也开过几次会，重点研究怎么根据地层特点，搞好深层、中层、浅层油气的勘探问题，这是一些材料，看你们能不能用得上。"

王振华点点头："好，太好了，这可都是宝贵的材料呀。这次咱们一不做二不休，在四川的东西南北中全面摆开战场，就叫'五朵金花'。"

众人都充满信心地鼓起掌来。

留守大庆的人们继续努力争创新高。根据测量，刘大勇、田义文等人一致认为在一条结冰的河面下，一定有一口好油井。但是对于如何才能进行钻探，大家都一筹莫展。

刘大勇忽然想起了尖刀钻井队曾有过一次破冰钻探的记录，提议先凿冰排水，再破冰钻探，就能把井架在河面上立起来了。

田义文听了摇摇头："那太难了，水上钻探，史无前例。以前破冰钻探是在陆地上，水上根本行不通，再说，难度太大，我们的技术一旦不过关，就会造成事故。如果石队长在的话，估计也不会同意的。"

"所以我才找大家商量商量嘛。"刘大勇说着看向刘小青，刘小青对田义文说道："眼镜，你就听我哥说说嘛。"

田义文犹豫着，还是摇了摇头："这个方案真的不行，我看没有商量的余地。不过，我们可不可以从侧面打井，把地下石油引过来？"

"这个我也考虑过了，而且也测量过了，河床两边的岩石层都不一样。中间河床，地质构造容易打井，河床两边，地质比较坚硬，无法打井，准确地说，是根本引不过来，只有破冰开钻这一个办法。"刘大勇分析道。

"可是那样风险太大了，我们还是先放一放，要不等春冰融化以后，要不，就等石队长回来再做决定。反正，在我这里，是不能让你冒这个险的。"田义文说着，将手上的图纸卷了起来。

刘大勇急了："可是，眼下各钻井队都在加班加点，大干快上。石队长走的时候，把这钻井队交到我手里，今年春天的突击战中，我们要是拿不了第一，我可对不住石队长对我的信任呀。"

田义文劝道："石队长临走的时候，不是专门交代了？安全第一，河床下的这口井，有风险，我们先打好目前的井，再好好研究一下这口井的打法。你看怎么样？"

刘大勇无奈："那……好吧。"

晚上，刘小青和田义文默默地在星空下并肩走着。过了一会儿，田义文问刘小青："你怎么不说话，生气了？是不是觉得我没给你哥面子呀？"

刘小青摇摇头："才不呢，我觉得你说得对，我哥就是太心急了。"

田义文替刘大勇解释："我理解你哥，以前，他犯了很多错，也耽误了很多时间，现在，他是想急着补回来。"

刘小青看着田义文："那你说他会听你的吗？他还会坚持下去吗？"

田义文摇了摇头，有些无奈："现在石队长不在，我也没办法说服他。"

刘小青想了想："要不，我劝劝他？"

田义文还是摇摇头"在钻井方面，你是个新手，他怎么会听你的呢。要不，我们找一下王前进队长？他是大庆的一面红旗，又是跟石队长能力相当的钻井 队长，他的话应该更有分量。"

刘小青点点头："我看行。"

第二天，田义文、刘大勇等一起来到王前进的井队，大家坐下来探讨这个破冰钻探计划。

王前进听了刘大勇的想法，首先给予了肯定："刘大勇同志的想法很好，很大胆，有咱们石油工人的魄力，但是可行性值得讨论。"

田义文马上提出意见："理论上可行的往往实践操作行不通，这个王队长应该有体会吧。"

刘大勇一脸希冀地看着王前进："王队长，我希望你们能支持我，咱们国家的石油事业也是史无前例的第一次，破冰钻探，创造历史不稀奇。"

田义文还是有些担忧："我就是担心技术问题，还有会不会造成事故？"

"那我们能不能将河里的水排干呢？"周远的一句话，引起了大家的沉思。

王前进忽然兴奋道："哎，这个主意好，我有办法了，你看啊，咱们先在河上游筑坝，同时让河水改道，让原河床下游变干，变干以后，不就可以打井了吗？所有问题不就没有了吗？周指导员，你说是不是？"

周远思索了一下，点点头："嗯，这个办法可以考虑，安全又保险。那就先筑坝，改河道，后打井。"

刘大勇皱眉道："筑坝好筑，这改河道，那可不是个小工程，可能会拖得比较久，比较慢。"

田义文一如既往的谨慎："安全第一，安全生产，比什么都重要。大庆会战，我们已经失去了许多好同志，不能再冒险了。"

"既然王队长认为可以，我们就这么定了，明天开始，边筑坝拦水边打井。"刘大勇说道。

田义文连忙问："那改河道呢？"

刘大勇摆摆手："现在又不是雨季，哪来那么多水。咱们兵分几路，拦水筑坝，打井改河道，多管齐下。周指导员，筑坝改河道的工程，就请您多费心了。我们一起拦河筑坝后，我和义文就专心负责打井了。"

"好，那你们要小心。"周远同意。于是，大家开始各忙各的。

远赴四川的石兴国也是非常忙碌。隆隆的钻机声中，石兴国手握刹把，正在开钻。

任新我拿着技术资料爬上平台，问道："现在多少米了？"

石兴国面露兴奋："152米，行呀，老任，你这技术难关一攻克，一只金刚石硬钻头就能打到150米。"

任新我也很高兴："好，石队长，打下这一口井，我们就可以在川南，川西南扩大气田试验，再加上川中和川东北的深部油藏开采。王总指挥的'五朵金花'的会战部署可就全面打开了。"

"是啊，的确是太好了。"石兴国点头感叹。

留守大庆的梅大妮，虽然身体不好，但却得到了大家的关心和照顾。闫竹信守承诺，经常过来关心问候梅大妮和小祝捷，并且每次都带好些吃的来。

今天又是如此，梅大妮过意不去地和闫竹推让："嫂子，你家里也有孩子，以后，你就别往俺这儿送吃的了。"

闫竹笑着说道："大妮，我这是公事，家属委员会主任你以为是白当的？家属稳定了，石兴国才能在四川好好打油，会战才能早日胜利。"

梅大妮迟疑道："那……那就谢谢嫂子了。嫂子，他们在四川干得咋样呀？"

闫竹笑了："放心吧，你们家石兴国的钻井队，就在那些缝缝洞洞里，打低压井，搞中途测试，连100毫升原油也不放过。现在听说已经打出日产三十多万立方米的天然气和3吨原油的高产油井。照这样下去，不出一个月，这样的井，在四川油田就能遍地开花。"

梅大妮很是骄傲："俺就知道俺们家那口子是好样的。"

闫竹又安慰道："你可别着急，等那边稳定了，他们应该就会回来的。"

"俺不急，嫂子，你放心吧。"梅大妮微笑道。两人又聊了一会儿，闫竹才离开。

晚上，许茹正在收拾家务，刘大勇拖着疲惫的身子进了门。时间已经很晚了，见许茹还没睡，刘大勇意外道："哦，还没睡？"

许茹见他劳累的样子，心疼地说道："你这一天忙到晚，这个时候才回家，我哪放心呀，真怕你累倒了。"

刘大勇说出自己的心里话："我也是着急，石兴国这么信任我，把井队交到我手里。想当年，我刘大勇在玉门那也是头一号的队长，在这儿我不能丢人吧。"

许茹劝着："大勇，其实你不用这么拼。"

刘大勇感慨："我都四十多了，以前，不知道珍惜，耽误的太多，现在，我也想补呀。这段时间，咱们的石油钻探工程进展很缓慢，我新提议的河道开钻，连王前进王队长都觉得点子好。我们现在是多管齐下，我想把失去的时间都补上。"

许茹坚定地说道："大勇，我知道你是一位优秀的钻探队长，你认定的事情，我支持你。"

刘大勇笑了："谢谢。许茹，你还是那么好看。"

许茹有点害羞："行了吧，都老太婆了。"

"真的，一点没变，跟在汉中见你第一面时一样，一点没变。"刘大勇紧紧握住了许茹的手，两颗心越来越贴近了。

拦河筑坝和河水改道工作进行的比较顺利。河边，两声炮响，冰面炸开，溅起白色的水花。

刘大勇扔下了第一个沙袋，然后指挥着大家一个接一个地传递沙袋，扔下沙袋……

很快，一条堤坝如长龙一般横在河面。堤坝下，井架躺在河床上。

田义文质疑："刘大勇，河床地质层这么松软，肯定立不住井架呀。"

刘大勇主意倒来得快："那就在河坝两边钻孔，打钢钎，井架用钢缆固定住。"

田义文迟疑道："好吧，不过这安全问题……"

刘大勇赶紧打断他的话："我知道，老田，越冬突击战留给我们的时间不多了。为了多打油，占山把命都搭上了，我这个当师父的，就算替占山多挖一口井，替他多出几吨油行了吧。"

田义文想了又想，终于点头："这……那好吧。"

与此同时，周远带人正在疏通旧河道。

"还是王前进的主意好，利用老河道改造，我们的河水改道工程可以节省一半工期，争取等他们井架立起来，我们改好的河道就可以放水了。"周远正说着，一个工人兴奋地指着远处让大家看。

远处，井架正在立起。

周远赞道："这才几天，刘大勇这小子，疯了。好，我们也加把劲儿。"

又一个晨曦照亮东北大地，将矗立在河床上的井架涂上一层暖红。刘大勇正手握刹把进行开钻。

开钻的轰隆隆声中，固定井架的几根钢缆抖动着，钉在河坝的钢钎慢慢开始松动。

刘大勇聚精会神在作业，随着"嘭"的一声，一根钢缆带着钢钎弹出，甩向井台。

井架下，正在操作的田义文等石油工人看到这一幕。田义文立刻冲井台上大声喊道："刘大勇，你怎么样？"

井台上，钻机依然在响，刘大勇竭尽全力大声回答："没……没事，快，快找人固定井架。"

田义文马上行动，带人拉着钢缆，跑向堤坝。

努力固定钢钎的一位工人忽然吃惊道："田工程师，你看这钢钎上哪来的血？"

田义文看了一眼钢钎上的血，疯了似的跑向井架。

钻机仍在响着，殷红的鲜血顺着钻杆滴滴淌下。

这时，周远那边也有了进展。随着一声爆炸声，改道的河水从原来的堤坝流向旧河道。河水奔流，水流声和钻探声形成黑土地特有的雄浑交响曲。

"刘大勇！刘大勇！"田义文边跑边喊着，疯了似的爬上井台，但井台上除了钻机声，并没有回音。

刘大勇手握刹把屹立在井台上，岿然不动，如英雄屹立在战场，藐视着一切来犯的敌将。

"刘大勇！"田义文悲痛的喊声在蔚蓝的长空回响！

很快，有人飞跑着来到女子打井队，给许茹报信。许茹瞪大眼睛看着来报信的石油工人。愣怔了片刻，许茹扔下工具，撕心裂肺地叫着丈夫的名字，疯了似的向上游河边跑去。

梅大妮爬下井台，看着许茹的方向，问旁边的女工："怎么了？"

女工唏嘘道："田义文派人来报信，说是刘大勇不行了。"

梅大妮一听，立刻将工具交给那位女工，喊着"许茹，等等我"，然后一瘸一拐地追了上去。

上游远处，已经能看见河道上的井架。许茹抄近路跑向旧河床，这才发现，原来干涸的旧河道竟然有水。许茹顾不了许多，叫着刘大勇的名字踏进河床。

随后追来的梅大妮看着远处河水奔流而来，大喊："许茹，上来，涨水了，快上来。"

许茹没有听见，仍向前跑着。梅大妮着急地也从岸上滑进河床。改道的河水经过旧河床，瞬间猛涨，待许茹发现，为时已晚。大脑混乱的许茹顿时愣在了河中间。

"快走。"梅大妮拼命跑到许茹旁边，拉着她向岸边跑去。

此时，得到消息的刘小青等人也向这边跑来。河岸边，他们远远地看到旧河床中央的许茹和梅大妮，焦急万分。

河水越涨越高，几乎没到胸口。两人互相拉扯着终于挣扎到岸边，梅大妮用尽全力拼命推许茹上岸。刘小青等人赶到，伸手拉住许茹，正当再要去拉梅大妮时，一个浪头打来，后面的梅大妮被卷入河中央。

许茹回头看着梅大妮，撕心大喊："大妮，大妮！"

梅大妮在大水中露出笑脸，看着许茹："许茹，你要好好的……"

"妈妈！"随着工人赶来的小祝捷惊恐地叫着，伸出手要去拉梅大妮，被赶过来的田义文一把抱起。小祝捷在田义文怀里挣扎着哭喊着妈妈，田义文一脸悲戚地紧紧抱着小祝捷。

　　汹涌波涛中的梅大妮看着岸边的女儿，浮浮沉沉地努力挣扎着，一个大浪打来，梅大妮不见了踪影。

　　"大妮！"许茹疯了似的向河里扑去，被旁边的刘小青等人死死抱住。

　　河面上，慢慢浮起一根红毛线，那根拴着石兴国纽扣的红毛线在激流中飘荡起伏……

　　许茹声嘶力竭地大喊："大妮！"

　　其他人也哀伤地喃喃喊着："大妮！大妮……"

　　河水无言，红毛线由河面慢慢漂走，渐渐远去……

40

一切都平静了，河面的水静静地流淌着，没有任何波澜。许茹面如死灰，坐在岸边呆呆地看着河水。

河边，王海龙、周远指挥人们继续寻找梅大妮。所有工人都出动了，他们沿着河岸不停地喊着梅大妮的名字。

唐娜坐在许茹身边，轻声安慰着；刘小青两只胳膊揽着小石头和小祝捷，两个孩子眼泪汪汪的一个喊着："我要爸爸……"一个喊着："妈妈，我要妈妈……"刘小青将两个孩子紧紧抱住，眼圈通红。

刘大勇的遗体被人从井架上抬下来，依然保持着握刹把的姿势。许茹扑到刘大勇身上，边痛哭边用力捶打着："刘大勇，你说过，从现在开始要好好过日子的，为什么，为什么要扔下我们啊！"

唐娜、闫竹也泪如雨下，一同拉起许茹。许茹扑在唐娜身上仍痛哭不止，工人们无不动容。

"抬走吧。"周远悲痛地命令。工人们找来一块白布，给刘大勇盖上，抬起担架来要走。

刚刚赶过来的刘小青哭喊着扑向担架。周远示意工人停下，刘小青跪在担架边放声大哭。田义文走过来拉起刘小青，工人们抬着刘大勇的遗体远去了。

听闻噩耗的王海龙和王前进赶来，询问情况。得知找遍方圆十几里的河道都没有找到梅大妮，王前进看着王海龙："王局长，咱这……给石队长，可怎么交代呀？"

王海龙叹息一声："我先给王总指挥汇报一下。"

钻井台上，石兴国正在检查着钻井进度，段铁生手握刹把大声向石兴国汇报："副总指挥，我预测这肯定又是一口高产油井。"

"好啊，那就再加把劲，打出油来了才算数！"石兴国意气风发，爬上钻井台。抬起头时，天边一抹棉花般的白云飘过，石兴国停下，静静地看着。

这时，任新我从远处急急忙忙跑来，气喘吁吁地边比画边大喊："副总指挥，石副总指挥！电话，大庆的电话！"

天边的白云迅速散去，石兴国预感到了什么，跳下钻井台，拼命向办公室跑去。段铁生将刹把交给身旁的工人，跟着石兴国跑过去。

跑进王振华办公室，石兴国急切地看着王振华："政委……"

王振华面色凝重地指了指电话，石兴国一把抓起电话："喂，我是石兴国！"

周远哀痛的声音从电话里传出来："队长，石队长，昨天晚上，钻井拦河坝发生溃坝，嫂子被水冲走了！"

石兴国震惊："什么？！人怎么样了？"

周远吞吞吐吐地回答："嫂子，嫂子，我们正在找……"

石兴国被这突如其来的噩耗惊呆了，他握着话筒一动不动，呆呆地伫立着……半响，他的手颤抖着，默默地挂了电话。

王振华走过来，手轻轻地搭在石兴国的肩上安慰道："兴国，王局长打电话时，我给他交代了，让他们不惜一切代价，一定要找到梅大妮……"

石兴国仿佛没了魂儿般木然呆立，没有说话，而后默默转过身，走出办公室。迎面碰上跟过来的任新我和段铁生，石兴国却是一声不吭，大步离去，而且越走越快。任新我和段铁生赶紧跟了上去。

石兴国冲上钻井台，一把抢过钻工手里的刹把，紧紧握住，似乎要把全身的力气都注入钻头，打入地下。

"石队长……"钻工不解地看着石兴国。

段铁生流着泪，拉了拉钻工："就让队长来吧，让他为嫂子，最后为嫂子好好打一口井吧。"

钻机声隆隆轰鸣，石兴国紧握刹把。不久，油坑旁的工人们望着喷薄而出的原油欢呼起来。此时，石兴国停下手里的动作，抬起头，仰望蓝天，两行泪水缓缓流下！

天高风轻，白云朵朵。苍凉的四川当地民歌响起，几辆卡车行驶在美丽的川中大地。

在二次进川的半年间，王振华和石兴国的队伍开展了"攻克八大技术关键，打开五朵金花"的开气找油会战，在钻井上推广打低压井和快速打井的经验，规划四川天然气管道环网的建设。到1966年底，四川勘探控制面积三千平方公里，天然气产量11.6亿立方米。二次会战，取得圆满成功。

然而，面对这次胜利，石兴国却没有丝毫的喜悦，带着失去亲人的巨大痛苦，他们踏上了返回大庆的归途。

汽车队停在大庆矿区门口。眼窝深陷、胡子拉碴的石兴国走出驾驶室。

刘小青、田义文等人带着孩子站在门外迎接。

小祝捷奔跑着冲向石兴国："爸爸！"石兴国上前一把抱起女儿，把脸紧紧贴在孩子身上，泪流满面。

这段时间，许茹一直沉浸在失去刘大勇的痛苦中难以自拔。王振华回来后，第一时间在王海龙的陪同下去看望许茹。

走进许茹家中，只见她眼神空洞地正坐在桌旁发着呆。听见声音，许茹抬起头，愣愣地看着王振华，随后，痛苦地喊了一声："政委！"

王振华走到许茹身边庄重地说道："许茹同志，你爱人刘大勇是为石油事业牺牲的，石油工业部追认他为石油英雄，追记一等功。我们刚从四川回来，就来看你来了。"王振华把奖章放到许茹手里，关切地安慰着，"小许，节哀，多注意身体，你还有孩子，还有事业。"

许茹的眼泪夺眶而出，哀哀哭道："刘大勇，你怎么就走了呢？"

齐占山的墓旁，又添了一座新坟，墓碑上写着"石油工人刘大勇"。

石兴国带着周远、田义文、任新我、段铁生等人在坟前默默鞠躬。抬起头，石兴国像是对大家，也像是对自己说："刘大勇同志是个合格的石油工人，是最优秀的钻井队长！"

任新我叹了口气，欣慰道："他们师徒俩能在一块，也算是上辈子的缘分。"

石兴国等人转过身，刚要走，发现远处站着的许茹。石兴国默默走到许茹身边，刚要开口，许茹却向石兴国深鞠一躬，愧疚地说道："对不起，梅大妮是为了救我，才……"

石兴国摆摆手，喃喃道："梅大妮没死，一定还活着！"边说边转头望向远处的荒山、河滩还有滔滔不绝流淌着的河水。

王振华带着一些人来到河边，站在河岸望着依旧汹涌的河水，说道："这样的牺牲，太沉重了！一夜之间，我们就失去两位好同志，而且，梅大妮同志的遗体，到现在都还没有找到，想起来都让我心痛啊。"

身后的王海龙解释道："我们一直在派人寻找，都找到河下游几十里了，但是依然没有找到。"

王振华坚定地说："那就继续找，无论如何，我们也要找到梅大妮同志的尸体，给石兴国一个交代。梅大妮是一位好同志啊，不能让她死得有遗憾。"

王海龙点头领命。

这些天大庆矿区极其寂静，整个矿区被悲哀笼罩着。

1205 钻井队，井上没有机器轰鸣声，工人们集合在井场，表情肃穆，整齐地站在井架下。

王前进走到人群前，看着大家："同志们，咱们大庆，从大会战到现在，付出的代价太大了，齐占山同志、铁三同志，还有刘大勇和梅大妮同志，这些为大庆献出生命的同志们，我们要记住他们，大庆也会记得他们的。开钻前，让我们为他们默哀。"

王前进首先摘下帽子，低下了头，工人们都默默地脱帽致敬。

午饭时间，食堂内，头扎红布巾的女子石油队妇女们坐在桌前，每人眼前放着一碗白米饭。平时梅大妮坐的位子上，放着梅大妮的那只大碗，里边盛满了饭。

大家都低着头，谁也不说话。突然，领头的一个女工，率先摘下头上的红布巾，站了起来："走！"

其他人也都摘下红布巾，站了起来，走出食堂。

石兴国一件件收拾着梅大妮的东西，小祝捷哭着跟在身后："爸爸，我要妈妈，妈妈什么时候回来呀？"

石兴国看着女儿，心疼地一把拉过来，忍着悲伤，哽咽着说："祝捷，听话，妈妈去找石油了，去了很远很远的地方。"

小祝捷眼泪汪汪地问道："那妈妈是不是不回来了，祝捷以后是不是就没有妈妈了？"

石兴国沉重地点点头，小祝捷"哇"的一声大哭起来，抽抽噎噎着说："我不，我不让妈妈走，我要妈妈，我要妈妈！"石兴国痛苦地闭上了眼睛，眼角流出一行清泪。

忽然，有人推开门走进屋子，女子采油队的人们向小祝捷张开手臂："祝捷，来，我们都是你的妈妈……"

正在石兴国父女悲痛欲绝的时候，许茹母子也同样难过着。

许茹躺在床上，一言不发，像是失去了灵魂。小石头抽泣着靠在床边。

一直陪在身边的唐娜做了饭，放在许茹的床头，语重心长地劝道："吃点东西吧，你还有小石头，还有我们。"

许茹默默流泪，小石头边伸着小手给妈妈擦眼泪，边懂事地安慰妈妈："妈妈别哭，小石头保护妈妈。"许茹泪眼蒙眬地看着小石头，泣不成声。小石头继续说："小石头不怕，小石头也是男子汉，像爸爸一样勇敢，长大了也要打石油。"

唐娜爱怜地抚着小石头的脑袋："小石头真懂事。"她说着也哽咽了，搂着许茹的肩膀，靠在她肩上。

外面忽然响起敲门声，唐娜起身打开门，任新我心情沉重地站在门外。许茹看着苍老了许多的任新我颤声叫了一声："任师父。"

任新我进了屋，看了看哀伤的许茹和她面前没有动筷的饭菜，心里愈发难受，他坐在门边的椅子上，低下头，顿了顿说道："许茹同志，人死不能复生，我知道失去亲人的痛苦。我的小雨很早就离开我了，那时候，我以为我活不下去了，但是现在我还活着，还好好地活着。许茹，我今天来没有别的意思，就是来给你说一声，以前，刘大勇是我的徒弟，我和他师徒一场，恩恩怨怨，他曾经不认我这个师父，我也发过誓，再不要这个徒弟。可是，不管怎么说，他终归还是我徒弟。今天，我来，就是要跟你说一句，刘大勇是我徒弟中技术最好，也是唯一一个为了钻井才走的。有这样的徒弟，那是我的骄傲。刘大勇永远是我的好徒弟。"说完再次低下头，泪水簌簌而下。

许茹站起身，冲任新我深鞠一躬："谢谢，谢谢，我替大勇谢谢师父了！"

任新我站起身："走了的，我们没有办法；活着的，就算再难受，也一定要好好活下去。好好活着，才是对死者最大的安慰。"

"我，我知道了……"许茹颤声说完，端起饭碗，和着泪滴大口吞咽起来。

石兴国没有时间一直沉浸在悲痛里，他强打精神来到办公室，看到只有周远一个人，问道："井上机器没有声音，大家人呢？"

周远看到石兴国，愣了一下："队长，你怎么来了？"

石兴国似乎没有听见，手里忙活着收拾桌子上的各种文件资料，同时问道："长垣一号井出油情况怎么样？西坝三号井的器材到位了没有？"

周远看石兴国用工作麻醉自己，眼角不禁湿润了："队长……"

石兴国见周远没有回答问题，只愣愣地站在那儿，又问："你愣着干什么？大家人呢？"

周远低下头："大家去了河边，继续找嫂子……"

石兴国手里的一沓材料，"哗啦"一声掉在了地上。石兴国没有说话，弯腰捡起材料放好，然后默默走出办公室。

"石队长，老石……"周远喊了几声，石兴国丝毫没有停顿，朝河边大步走过去。周远从后面跟上，也来到了河边。

王海龙、王前进正指挥大家仔细寻找梅大妮。

另一个方向，田义文陪着面无表情的刘小青也向河岸走来。田义文边走边劝慰着："小青，你心里难受，要哭你就哭吧……"

刘小青一言不发，走着走着忽然蹲下身哭泣，哭着哭着却又笑了。田义文也蹲下来，握住她的肩头："小青，你没事吧？"

"哥哥死了……最后，终于做了个好人，死得不丢人，对不？"刘小青拭着眼泪问道。见田义文用力点头，刘小青继续说道："可能是爸妈死得早，哥哥从小就一直要强，有些自私，有些过分。我原来没少跟他闹别扭，可大庆改变了他，他走了，也算是对得起死去的爹妈了。"

田义文叹息道："其实，刘大哥是那种特别有能力的人，在玉门就是，还有他提出的破冰开钻，我是真心佩服。"

"好了，我们快去帮忙找大妮吧。"刘小青擦干眼泪，两人走上河堤。

河堤上，王振华望着河面，听着各路人马汇报着毫无线索的结果，心情沉重。这时，石兴国大步走到王振华面前，语气激动："你们在干什么？"后面，周远气喘吁吁地跟了过来。

王振华见他情绪不对，手一挥："石兴国，你先回去吧，周远，带他回去。"

石兴国却指着大家吼道："老政委，让他们都回去！全都回去。"

周远拉住石兴国："石兴国，怎么跟老政委说话呢。"

王海龙也劝解着："兴国呀，我们也没想到会出这样的事。我知道现在说啥都没用，但是我们唯一能做的，就是尽快找到梅大妮同志，无论她在还是不在。"

石兴国转过身望着河面，一本正经地说道："大妮去找石油了，你们不要拦着她！大妮的心思我明白，等她找到了石油，自己就回来了，大家不要打扰她！"

王振华看石兴国说话怪怪的，迟疑道："石兴国，你……"

一旁的周远也劝着："队长，队长，你回去休息吧。"

石兴国看着周远，再看看王振华："我没疯，我是来替大妮劝大家回去的。今天，矿上为什么停工了？"

说话间，许茹和唐娜、田义文、刘小青等人，全来到了河边。

石兴国看着大家严肃地说道："同志们，我替大妮谢谢你们，大妮没有走，他和刘大勇、齐占山、铁三同志一样，都没有死，都留在了大庆！他们就是在这儿看着我们，看着我们会战胜利，看着我们的油井出油，看着我们一座又一座井架竖立在黑土地，竖立在冰河，竖立在咱中国石油工人的肩膀上！"石兴国顿了顿，指着还在河里打捞的工人们，"可现在，我们这是干什么，井不打了，油不找了，我们忍心让他们失望吗？都回去！让他们失望的事，我石兴国不答应……"

这时刘小青插言："我也不答应！石队长，我要代替我哥哥刘大勇，加入石油钻探队，找更多的石油，为我哥哥找更多的石油！"

石兴国点点头。

听着两人的话，王振华突然抬起头，下令："石油师，集合！"

人们一愣，迅速列队。任新我、田义文等都站到了队列中。

王振华面对大家慷慨激昂道："同志们，牺牲，打不垮我们，所有石油师的英魂，都在注视着我们，老师长宋豫杰、优秀班长齐占山、刘大勇、梅大妮、铁三……还有很多同志，从地下挖出了石油，但也将自己的生命埋在了地下！可是，我们胜利了！一次次大会战，我们都胜利了！大庆大会战也即将胜利！在这节骨眼上，石兴国同志说得对，我们不能放下刹把。古人说过，青山处处埋忠骨，何必马革裹尸还。我相信，梅大妮同志的英灵已经化作青山，化作流水，在等待着我们胜利的消息。所以，我决定，从今天起，我们把一切力量投入到钻井战斗中去，夺取大庆会战的彻底胜利。为此，让我们宣誓，一切为了祖国！一切为了石油！"

众人都举起了右拳，一起宣誓："一切为了祖国！一切为了石油！" 这庄严的誓言像惊雷滚过，在大庆广阔的天空回响。

井上，机器轰鸣，尘土飞扬……一片热火朝天的工作场面。办公室里，灯火通明，大家也都在忙碌。

田义文拿着刚刚完成的图纸给石兴国看："刘大勇提出的冰下水下采油从理论上是可行的，但要实现起来，我们必须解决几个难题，我们现在陆地采油用的油套管要换成密封套管，这是我的设计图。另外，悬挂油管承托井内全部油管柱的重量，我们要对现在的油管进行改造，这个应该也能解决。剩下的，就是采录油压、套压资料和测压、清蜡等日常生产管理了。"

"好，那最快什么时候可以进行实验？"石兴国问道。

田义文想了想："快的话，一周之内。"

石兴国眉头舒展："好，攻克了这个技术难题，不光在河道、湖泊，就是大海里，只要地下有油，我们也可以把它钻出来，采出来。"

这时许茹推门进来。石兴国望着许茹："这么晚了还没睡？"

"你们不都在这儿吗？"许茹说着拿出一份资料，"这是我最新翻译的国外先进采油技术，国外对这种水下采油，采取的是一种叫 Christmas tree，就是水下采油树的技术。但是具体内容，现在也是在试验阶段。"

"他们试验，我们也可以试验。外国人说咱中国贫油，现在不也是打出一个个大油田。外国人可以在水底打油，咱也一样能行。你说呢，田义文？"石兴国看向田义文。

田义文激动道："好，我们抓紧时间，争取尽快实验。"

很快，河道中间搭起木板，钻井设备运到了平台上。

石兴国、任新我、田义文等人兴奋地看着这个新家伙。石兴国赞叹道："没想到我们的任专家能想出这种主意，河里架起了钻井桥。"

任新我解释："如果在海里，可以是钻井船、钻井岛，一样都可以打出石油。"

"好，大家准备，开始试验。"随着石兴国的声音，钻井工人们兴奋地登上平台。

正在此时，周远从远处跑来，通知石兴国马上去会战指挥部开会。石兴国交代任新我等人继续试验，转身向会议室走去。

会战指挥部会议室里，听到会议内容的石兴国吃惊地站起身："什么？限产？"

王振华无奈点头："是，限产我们也不愿意，全国那么多地方等着要油，我们产量一再突破。可目前，我们的运力决定了我们必须控制在一定的产量之内。"

王海龙补充道："现在，我们虽然有了铁路，但油罐车17分钟才能发出一列，这已经是最快速度了。我们只能关停三分之一的油井。钻井队暂时不要再开采新的油井了。"

听到这个决定，石兴国懊恼地垂下头。

限产命令实施后，石兴国无奈地看着空空的井架，叹着气。转身要走时，看到田义文和刘小青走了过来。

"回吧，几口高产油井都关掉了，更别说咱这试验品了。"石兴国冲着两人摆手。

刘小青自荐道："队长，以前我是搞原油运输的，我可以再组织一个运输队，解决运输问题。"

石兴国摇了摇头："现在火车都跟不上了，汽车更解决不了多少问题。"

田义文也有些无可奈何："那怎么办？"

"等着吧，政委现在正在北京开会，听说，已经被任命为石油工业部副部长了，肯定会有办法的。"石兴国说道。

几天后，王振华从北京赶回来，晚上，立刻召集大家到会议室开会。一张巨大的地图挂在会议室墙上，人们坐在桌前猜测着上级会有什么新指示。

王海龙主持会议，见人们到齐，说道："下面，我们欢迎石油工业部王振华副部长讲话。"

王振华却连连摆手："行了行了，什么部长副部长，我还是那个老王，还是跟大伙一块儿干活的。"

大家都笑了。王振华指着地图向大家介绍："同志们，这次石油工业会议，周恩来总理做出了明确指示，那就是根据我国国民经济急需石油的现状，做出铺设输油管道的重要部署。具体的方案是，从大庆铺设一条通到抚顺的输油管道——庆抚线。这样，原油可以通过管道输往秦皇岛和北京，解决全国能源短缺的问题。"

听到这个消息，大家兴奋地互相议论起来。王海龙首先问道："副部长，事儿是好事，施工队伍什么时候进入呀？"

王振华看着大家："施工队伍，就在这儿了。"

大家互相看着，有点不明所以。

王振华解释道："说是副部长，这石油管道局我还兼了个光杆司令，光杆司令可是什么也干不成呀。今天，你们在座的，除了保持正常生产的井队，其余的，都要参加到铺设输油管道工作中去。"

石兴国站起身："副部长，我们尖刀队坚决要求参加输油管道铺设。"

"我们也参加，带上我们吧。"大家都很积极。

但是面对这样长距离、大口径的输油管道，在没有经验可循、没技术、少设备的情况下，任务摆在了这群转战大江南北的石油铁军面前。一切从零开始，克服困难，自己攻关。地下长龙的铺设，无疑是石油师人对祖国大地的又一次深情丈量，他们的成功与否也关系着地下油龙能不能托起东方巨龙的腾飞。

汽车行驶在广袤的松辽大地。重新开上汽车的刘小青跳下汽车，又是一副假小子的装扮。田义文扛着器材从车上卸下，刘小青豪气地接过来："行了，眼镜，这种活，还是我来吧。"

"我帮你抬着。"田义文不肯松手。

两人将器材卸完，发现任新我正站在一旁笑眯眯地看着他俩。

田义文忙打了一声招呼。任新我笑道："田义文，真不知你是咋想的。小青这么好的姑娘，还不赶紧娶回家？"

田义文笑了，不好意思地挠挠头："本来，我们约的是会战结束。可碰上小青他哥那事，紧接着赶上管线施工。这回，只好等管线施工结束了。"

任新我看着一片荒芜的野地："唉，本来打算喝你们的喜酒呢，等管道完成，我老任还能等到那一天吗？"

"能！"三人顺着声音看去，石兴国从一旁大步走来，满脸兴奋，"告诉大家一个好消息，王副部长刚从沈阳军区开会回来。根据周总理的指示，沈阳军区肖全夫副司令员将带着他们十万大军参加到我们的管道会战中来。"

几人互相看看，都兴奋起来。

在沈阳军区部队支持下，管道会战大军克服了线路勘察、管线生产等一道道难题，很快迎来管沟挖掘铺设的会战。1970 年至 1971 年，共有近 20 万民兵部队参加了会战。

这天在铺设现场，一道刚挖好的管沟内，技术员跳下去检查刚焊接好的管道的施工质量，一旁的许茹在做记录。一阵风吹来，管沟上的沙土吹到许茹身上和脸上，许茹赶紧去擦眼睛。

这时一条白毛巾递了过来，许茹睁开眼，看着面前手拿崭新毛巾的石兴国，愣了一下，接过毛巾擦了把脸，淡淡说了句"谢谢"，又把毛巾还给了石兴国，然后转过身，继续跟着技术员检查着管沟。

石兴国接过毛巾，有些怅然地看着许茹远去的背影。

天边响起隐隐的雷声，天空中的云层越积越厚。

夜里，雨点重重地打在帐篷上，许茹坐起身，看着漏雨的帐篷正在想办法。突然，外面锣声响起，有人大喊着"民兵集合"。

许茹迅速穿上雨衣，跑到帐篷外。民兵正在集合，雨中，指挥员大喊："同志们，三公里外的河水灌了六号线的管沟，我们现在出发，用沙袋去把刚焊好的管子压住。所有人，向右转，跑步走！"雨雾中，女民兵们跑步前进，许茹紧跟在后面。

冒着大雨来到六号线，只见管沟里灌满了河水，刚刚焊接好的管子被大水浮了上来。女民兵们有的立刻跳下水扑到管子上，死死用手抱住，有的搬起 50 公斤的沙袋，筑成沙袋墙，防止管子被洪水冲走。这些巾帼英雄们奋力与洪水做着抗争。

许茹扛起沙袋奔跑着，突然，脚下一滑，沙袋掉到水中。一双大手拎起沙袋，递给许茹。雨夜中，许茹看得出那双熟悉的眼睛。

石兴国将沙袋送到许茹肩上，自己也扛起一袋，两人并排在雨中奔跑。

第二天，雨过天晴，许茹拿着资料夹走着，石兴国看见问道："怎么样，昨天有没有损失？"

许茹看了看数据："二十公里的管沟焊点，百分之九十都保住了，剩下的，老任他们正在抢修。"

石兴国放心了:"好,就剩这最后几十公里了,焊接好后,再进行一下测试,确保下个月会战胜利。"

抢修现场,两鬓斑白的任新我在管沟下与小伙子们一起进行焊接作业。年轻的焊工们看着这位技术好、速度快的老师父,很是佩服,也比赛似地更加认真努力起来。

电花飞溅中,任新我突然满头大汗地歪倒在沟内,焊条依然未熄。旁边年轻的焊工惊叫着跑上前切断电源,熄灭焊条,大喊:"老师父!老师父……快来人哪!"

田义文和刘小青正在地面,听到喊声跑了过来。田义文看到管沟里的任新我,急切地喊着:"老任!老任!"然后回头冲刘小青吼道,"快,开车,去医院。"

部队医院手术室外,除了田义文、刘小青外,石兴国、许茹等人听到消息也赶了过来。

不久,王振华也满脸焦急地匆匆赶来,看到石兴国他们,心疼地道:"这个老任,唉……我已经跟部队首长打过招呼了,让他们无论如何要留住老任。怎么样,手术怎么样了?"

田义文红着眼圈:"人没事,就是眼睛……眼睛……保不住了。"

"任师父说过,要参加我们的婚礼的,要亲眼看着我和田义文结婚的那一天……"刘小青泪流满面。许茹抱着刘小青不断安慰着。

王振华也难过地低下头拭泪,随后,抬起头说道:"好了,同志们,老任是为管道受伤的,我们只有加把劲,让管道工程按时完工,才能让老任早日听到欢庆的锣鼓,替他早日看到油龙腾飞。"

大家含泪点头,眼中都闪过一丝坚毅。

经过大家的不懈努力,各个泵站管道终于建成了。启动仪式上,唐国恩、王振华同时按下大红绸子装饰的泵站按钮,泵站油表跳动,指向正常标志。黑色的石油从管道奔流,涌向下一个泵站。

大庆矿区,锣鼓喧天,石油工人们腰扎红绸,扭着秧歌欢庆管道会战胜利;

抚顺泵站，工人们看着管道中喷涌而出的黑色石油，笑着跳着鼓掌欢呼；管道工地上，所有为之付出辛苦努力的军人、工人们激动地互相拥抱在一起，共庆这个伟大的时刻。

石油工业部部长办公室里，唐国恩接到总理的表彰电话，对输油管道如此及时快速铺设成功表示非常满意，并特意嘱托唐国恩、王振华代表自己，去大庆给这些为国家建设流血流汗的石油工人召开一个庆功会，表彰他们的辛苦付出与忘我牺牲。

记者们也蜂拥来到大庆，矿区院中一群脖子上挂着相机、手拿笔记本的记者们，到处打听石兴国的消息。在热心工人指引下，一群人朝石兴国的办公室走去。

周远刚刚一脸春风地走进办公室："贺电，贺电啊，现在全国各地的电台、广播、各大报纸争相报道咱们会战胜利的好消息，你看看……"说着，把一份电报递给石兴国。

石兴国正激动不已地看着电报，一群记者拥进来，咔嚓咔嚓就是一通拍摄。

"石副总指挥，听说你不光是这次管道会战的指挥，还是大庆会战的尖刀钻井队长，你能说几句你的感想吗？"

"石副总指挥，听说你在会战中失去了亲人，你是用什么样的革命意志完成的这几次会战？"

记者们争先恐后，纷纷提问。

石兴国沉默了一下："要说为什么取得这么多胜利，那是因为，不是我一个人。在我身后，有我们石油师的全体战友们。是他们和我一路走过来，才有了今天我们国家石油事业的一个又一个的胜利。"

记者们敬佩地看着石兴国，响起雷鸣般的掌声。

河边，许茹静静地坐在那儿，看着滔滔河水奔流不息。唐娜举着报纸跑过来："许茹！许茹你快看，你上报纸了……女子采油队队长，管道会战中的女英雄，评价真高……怎么了？这么好的消息，你不高兴？"

许茹看着河面："这么好的消息，我想让大妮、大勇他们知道。"于是掏出火柴，将唐娜递过来的那份报纸点燃，灰烬掉进河水里，随着水波流走。许茹呆呆看着，喃喃道："大勇，还有大妮妹子，今天的大庆，你们看看，女子采油队、输油管道，以后，我们还会有更多的油田，你们看到了吗？"

听着许茹的这些话，唐娜的记忆也回到了从前。唐娜伤感地劝道："许茹，忘记过去吧……"

许茹摇摇头："我这辈子，最不能忘记的，恐怕就是这片土地了。这片土地，带走了太多人的眼泪……石油师，大庆，梅大妮，大勇，这些名字，就像血液一样，已经融进我的生命里了。"

"是啊，谁又能忘却这些？"唐娜深有同感。

一番感叹后，两人久久望着河面默默无语。

过了半晌，唐娜才开了口："许茹，你和石兴国……还有可能吗？"

许茹怔了怔，随即怅然一笑，语气淡淡地道："唐娜，我和兴国，不可能了。"

"为什么呀？"唐娜惊讶地道，"你和他明明都爱着对方，就因为阴错阳差，最后没能在一起。现在刘大勇和梅大妮都……"

许茹打断了她的话："唐娜，我和兴国之间的感情不是一言两语就能理清楚的，这些年发生了太多的事情，各自的心境都有了不小的变化，已经回不到过去了。何况现在，我还欠着梅大妮一条命……"许茹低下了头，哽咽道，"大妮如果不是因为我，她也不至于死，小祝捷也不会那么小就没有了妈妈，这份良心债，我会背到老，背到死……你让我还怎样去坦然面对石兴国？"

"可你有没有想过，小石头怎么办呢？"唐娜叹了口气，"如果你一直这样瞒下去，这样对小石头，对石兴国，都不公平。刘大勇已经没了，小石头没有了爸爸，他有权利知道自己的亲生爸爸是谁。"

"小石头……"许茹嗫嚅道，"总有一天，我会告诉他的……"

"许茹，作为多年的老友，我有时候真不理解你。"唐娜无奈地摇摇头，"你聪明有学识，脑筋也活，思想也先进，但一面对感情，你就变得木讷又倔强，完全不通情理，甚至有些自作自受……我有时候真拿你没办法，既发自内心地疼惜你，又很想骂醒你……"

"你说得对，是自作自受，怨不得别人。"许茹自嘲地笑了笑，"所以我现在只不过是在承担我所有选择的后果罢了。"

唐娜见她仍旧这么固执，便又默默叹了口气，不再说话。

悲伤、忙碌过后，大家终于迎来了一件大喜事。会战结束，田义文、刘小青按照原来的约定，准备结婚。同时，矿区领导了解到还有多对新人打算在这个喜庆的时间点结合，特意组织了一次热闹、别致的集体婚礼。

这天一大早，女宿舍内，刘小青化了妆，头上还戴了红花，穿着大红外套，和其他几位新娘子一起，每人手里捧着一束塑料花，紧张地等待婚礼的开始。

大家平时看到的刘小青都是假小子打扮，今天化妆装扮好后，一群人顿时看呆了。大家叽叽喳喳地夸赞刘小青漂亮，更有人总结道："刘队长当石油工人，不比男人差；当新娘子，更是让男人们傻眼……"引得大家哈哈大笑。刘小青和其他几位新娘却是一脸羞涩。

与此同时，男宿舍内，田义文也是一身中山装，左胸前口袋里特意别着一朵红花，相当精神。其他几位新郎官也同样装扮，略显紧张地等在那里。

来帮忙的周远见田义文不时紧张地深呼吸，不由哈哈大笑："可千万别紧张啊，到时候，要是你紧张得语无伦次，或牵错了新娘子的手，那可就麻烦了，哈哈哈……"

其他人也哄笑起来，一旁的段铁生拍拍田义文的肩膀："别紧张，大姑娘上花轿，总有头一回。"

见两边都准备得差不多了，一位妇女来回跑着喊道："快快快，开始了，新人们走咯……"

一阵紧张的忙乱，大家簇拥着新人出屋。许茹、唐娜等人拥着刘小青等新娘子们出屋，周远、段铁生等男工人拥着田义文等新郎们出屋。

两行队伍会合，彼此看了一眼，新人们都很不好意思。其他人则大笑着看热闹。

周远催促："快去拜天地咯！"大家欢笑着跟新人们一起朝大会堂走去。

主席台上，唐国恩、王振华，以及大庆的各位领导全部到场。会场挤满了人，石兴国扶着刚刚从医院接回来的任新我站在一边。

新人们全部就位，王振华站起来，对着包着红布的话筒大声宣布："大庆油田第一届集体婚礼现在开始！"

工人们兴高采烈地鼓掌欢呼，同时门口数串鞭炮炸响。

王振华继续说道："今天，唐部长亲自证婚，大庆油田十一对新人举行集体婚礼，为管道会战胜利庆功大会，锦上添花。有请新人们入场！"

大家自动让开一条通道，一声悠扬的唢呐声冲天响起，段铁生边吹唢呐边走，带领着新人们步入会场中央。

刘小青和田义文手牵手走在最前面，其他新郎、新娘也都手牵着手，缓缓向主席台走去。

主席台前有女青年们递上一朵朵连接着一根根红绳子的大红花，每一对新人牵着一根红绳子，中间挂着大红花，在主席台前站成一排。

会场里的人们热烈鼓掌。唐国恩站起来讲话："恭喜这十一对新人，恭喜他们的爱情在大庆开出石油花。我代表石油工业部，代表余部长祝福你们，祝你们幸福和谐，团结互敬，永结同心，祝你们齐心协力，为祖国打出更多石油！"

然后，高规格司仪王振华开始主持婚礼："下面，一鞠躬，祝新中国的石油事业蒸蒸日上！二鞠躬，祝我们大庆油田的石油源源不断流出！三鞠躬，赶紧生娃，为祖国的石油事业培养新的接班人！"新人们连鞠三躬，最后的祝福惹得大家哄堂大笑。

"送入洞房！"王振华和唐国恩在主席台上微笑着鼓掌，大家欢笑着簇拥新人们离场。

婚宴开始了，矿区食堂，灯火通明，工人们互相举杯庆祝。田义文已经有些微醉，段铁生等人还在向他频频敬酒。

见田义文被人灌酒，刘小青豪爽地拿过酒杯："这最后一杯酒，我们想敬一个人，他本来说过，要亲自参加我们的婚礼，亲眼看着我们结婚，可他今天，却不能前来。今天，我和田义文大喜的日子，我们就一起敬……"

正在此时，食堂大门打开。石兴国扶着任新我出现在食堂门口。

"老任！"田义文冲上前，紧紧抱住任新我。

刘小青也是泪眼婆娑："任师父，我还以为你来不了呢。"

在两人搀扶下，任新我走进食堂，坐下，接过刘小青递过来的酒杯，说道："小青，义文，我虽然看不到你们热闹的婚礼，但我还能听到，能听到你们幸福的心跳声，能听到咱输油管道石油的流淌声，还有河面上，大勇筑坝的流水声，能听到咱井场开钻的钻机声。来，大家干杯，让老任听个响，听听田义文娶了咱油田最幸福的姑娘！"

刘小青、田义文和任新我碰杯。一对新人泪流满面。

石兴国扶着任新我出了门，想送他回去。任新我却心事重重地要石兴国找个安静的地方，两个人坐下说说话。看出任新我有心事，石兴国扶着他坐下，关切地询问。

任新我犹豫了一下，说道："石队长，这件事，压在我心里很多年了，大庆会战胜利了，管道会战也成功了，我再不说，恐怕没机会说了。其实……其实，我是个罪人，我要向组织上坦白，我……"

"老任，你不用说了，我都知道……"没等任新我说完，石兴国打断了他，并把他扶起来，"走，跟我回家。"

石兴国家里。任新我被扶着坐在床头，然后石兴国取出一个小箱子，从箱子里拿出一个陈旧的笔记本，交给任新我："这个，你还记得吧？"

任新我摸索着，竟然是自己当年丢失的笔记本，他一脸惊诧。

石兴国回忆着往事："这是在玉门的时候，我无意中捡到的，就留下来了。"

"石队长，那你为什么没有告发我？"任新我不理解。

"我知道你是为了小雨。你有你的难处，何况没有造成什么后果。更重要的是，你的石油技术，对新中国太有用了，所以，这个秘密，也就被我埋藏在心底了。"石兴国说道。

任新我万分感动："石队长，这么多年，原来是你一直在保护我。"

"不，这么多年，是你自己走到正确的道路上来了。其实，是你自己拯救了自己，选择了新中国。"石兴国一脸严肃。

"我……谢谢，谢谢石队长！"此时，任新我已经感动得泪流满面，激动得语无伦次。

石兴国轻轻拍着任新我的肩膀安慰道："没事了，都已经过去了。咱们石油工人什么大风大浪都经历过了。而且，你用你的石油技术证明了你的价值，你更用实际行动证明了你对新中国的忠诚，也证明了我当年的选择没有错。你为祖国做出了贡献，国家不会忘记你的！"

任新我多年的心结，此刻，终于解开了。

石兴国带着女儿来到河边，看着滔滔流水呆愣了半天。不知过了多久，石兴国对着水面喃喃道："大妮，我石兴国打石油打了一辈子，没怎么顾得上照顾你，有时候……有时候还让你生气，让你受委屈了。最后，你走的时候，也没有见上你一面，我石兴国对不起你啊！"

小祝捷也懂事地对着河水说道："妈妈，爸爸戴大红花了，可厉害了……"

石兴俯身抱起孩子："大妮，你就放心吧，咱们的女儿我会好好养大，以后，我会常带祝捷来这里看你的。等她长大后，我会和她讲我们石油人的故事，告诉她，她的妈妈勤劳、直爽又善良，是一个称职的石油工人，也是个很好的妈妈……"

离开河边，石兴国带着女儿来到不远处的墓地，这里已经建起了石油人的陵园。

刘大勇坟前，许茹带着小石头站在坟前祭奠。小石头背着书包，许茹将一束鲜花摆在墓碑前："大勇，我要走了，这个地方，留下了太多的难忘，也留下了太多的伤心。我要带着小石头到一个新的地方，那里，有你没有完成的事业，我想替你……"许茹忽然听到身后有动静，回过头，是石兴国。

短暂的沉默后，石兴国开了口："你……要走了？"许茹点点头。

石兴国又问："不打石油了？"

许茹摇了摇头，问道："我们如果离开了石油，还能睡着觉，还能过平静的日子吗？"

石兴国慢慢地摇了摇头。许茹扭过脸去："我也离不开。闻着这石油的味道，听惯了这机器轰鸣的声音，不知不觉就离不开了，要是哪天听不到这石油机的轰鸣，睡觉也会不踏实。"

石兴国感叹："是呀，我们的一切，都献给石油了。石油是我们的生命，我们的全部。"

"全部？是呀，尽管它夺去了我的爱情、我的孩子，可我的一切都是它给的，都在石油里，放也放不下。现在，山东东营发现了新的油田，组织上已经批准我参加胜利油田会战，过不了多久，我就要去山东了……这一去，不知道咱俩还有没有机会再见面。"许茹低头沉吟片刻，终于，像下定了决心那般，缓缓道，"有一件事，藏在我的心底几年了，一直想对你说，却一直找不到恰当的机会。这件事，大勇也知道。之前不告诉你，是因为担心影响你和大妮的感情……"

"什么事？"石兴国目光炯炯地看着她。

"还记得你去柴达木之前，我们在玉门的那段日子吗？那时候你和我说，等你找到了石油，从柴达木回来，我们就结婚……"许茹顿了顿，然后将一旁的小石头拉过来，轻声说，"小石头，你不是一直说想爸爸吗？虽然你的大勇爸爸走了，但你一直还有一个爸爸……"

"妈妈，我有两个爸爸吗？"小石头抬头，懵懂地问，"除了大勇爸爸，另外一个爸爸是谁？"

"他……就是石兴国叔叔。"许茹含着泪，看向石兴国，哽咽道，"兴国，小石头……他……他是咱们的孩子。"

石兴国低头看了看小石头，又抬头看向许茹，嘴唇颤抖着，激动地问："你说什么？……小石头是我儿子？"说着，他上前蹲在了石头的跟前，拉住小石头的手，仔细地打量着小石头那张稚气未脱的脸，喃喃道，"我怎么就没想到呢，这么多年……我……亏欠你们娘俩太多了。"

"爸爸……"小石头语气有些不确定地问，"你真是我的爸爸吗，石兴国叔叔？"

"孩子，爸爸……对不住你。"石兴国紧紧地把小石头揽在怀里，"我也对不起你妈妈，是我辜负了她。"说话间，石兴国已是泪如雨下。

一旁的小祝捷见此情景，手足无措地站在一旁。

良久，石兴国才用衣袖擦了擦泪水，站了起来，问许茹："你真的打算去山东了吗？"

"嗯。"许茹点了点头，"小石头也跟我一块儿走。"

石兴国担忧地看着她："去了那边，你既要打石油，还要照顾小石头，太不容易了。其实……"他嗫嚅着，"其实，你如果愿意留下来的话，我们可以一起照顾孩子……"

"兴国，"许茹轻声打断了石兴国的话，"说实话，以前在玉门的时候，我特别不能理解你，觉得你的眼里只有石油，没有我，我为此还怨过你。这几年，我一直跟着石油队东奔西跑，现在还是女子采油队的队长，我终于理解当初的你了。我们石油人，哪里有油，我们就去哪里……"

石兴国也是感慨万千："是啊，祖国哪里需要，我们就去哪里。"

一旁的小石头和小祝捷对视了一眼，齐声跟着说："我们是石油的孩子，爸爸（妈妈）到哪里，我们也到哪里。"

石兴国和许茹把孩子紧紧拥在怀里。

夕阳西下，他们融进夕阳的金辉里……

面对离别的还有周远和唐娜。临别的日子，石兴国和段铁生等尖刀钻井队老队员都前来送行。

矿区门口，段铁生看到周远与唐娜远远地走过来，立刻整理队伍："立正。"然后跑向周远，"报告指导员，尖刀钻井队集合完毕，请指示。"

周远庄重还礼："稍息！"周远走上前，和大家一一握手，这一双双大手被雨雪风霜侵蚀得分外粗糙。周远边握手边不停地说着谢谢，最后，他来到石兴国面前，使劲握着石兴国的手："老石，再见了……"

石兴国感慨："会见面的，无论多少次分别，我们都会再见面。"

周远看了看矿区，无限留恋："这一次，是最后的分别了。没想到，我这辈子，就要离开石油了。"

"是啊，组织上的调动，那边需要你。再说，你也该离开石油，追求点新的东西了。"石兴国劝慰道。

周远满是不舍："可是，我的魂留给石油了，我的心留给石油师了，我一辈子都不能忘记石油！老石，拜托你一件事，以后，每打一口新井，别忘了刻上我的名字。石油师尖刀钻井队指导员，这是我一生最珍惜的职务！"

石兴国看着周远，动情地说道："老搭档，我一定记住你的话。你也要常到咱们石油师战斗过的地方来看看啊。"

唐娜坐在车上，看着一对老战友话别，抹了抹眼泪，狠心催周远上车。周远一把抓住石兴国的手，使劲握了一下，然后大踏步上了车。车启动了，渐行渐远。大家追在后面不住地挥手告别。

周远看着老战友们，看着生活了多年的矿区，双手捂着脸，泪水从指缝涌出……

石油钻探还在继续，技术手段也在不断更新。为了更好地研究石油技术，"大庆石油研究所"在一连串的鞭炮声中正式挂牌成立。王振华、王海龙、石兴国等大庆油田领导全部到场祝贺。

新换了一副眼镜，文质彬彬的田义文在众人的掌声中，走上主席台请各位领导揭牌。

王振华和王海龙、孙延民、石兴国四人微笑着上前揭下罩在牌子上的红绸缎。"大庆石油研究所"几个大字在阳光下闪耀着光辉。众人高兴地热烈鼓掌。

"田所长，给咱们说几句……"一名研究所人员喊道。

田义文推了推眼镜，庄重地说道："一切为了祖国，一切为了石油！"大家再次鼓掌。

时光慢慢流逝，石兴国秉承着"一切为了祖国，一切为了石油"的信念，一直坚持哪里需要去哪里，他带领着石油钻探队，走遍了祖国的大江南北。

六十多年难忘的岁月，铸造了不朽的石油精神。以新中国玉门石油为起点，一代代石油人，不忘初心，传承后继，续写辉煌，用双手托起整个中华民族的光辉石油梦。我国的原油产量从解放初期的 12 万吨到六十年后的 2 亿多吨。这一切辉煌，都来源于石油师人，来源于石油前辈艰苦奋斗、勇于创新的伟大精神和坚定信仰……祖国不会忘记他们，人民不会忘记他们，历史不会忘记他们！

2012 年 8 月 1 日，石油师改编六十周年纪念大会，在中国石油天然气总公司大厦举行。

会议厅里，一条横幅横贯主席台前端，上面写着：纪念中国人民解放军石油工程师改编六十周年座谈会。主席台四周张灯结彩，鲜花怒放。

解放军总政治部代表、兰州军区代表、中石油、中石化、中海油以及各方面代表、来宾欢聚一堂。老一辈的石油师人，王振华、孙延民、高永亮、黎明、石兴国、田义文、周远等老同志坐在最前面。

中石油领导宣布："各位老领导、同志们，中国人民解放军石油工程第一师改编六十周年纪念大会现在开始，第一项，全体起立，唱《石油师之歌》。"大家起立，都站得笔直，高声唱起了《石油师之歌》……

此时的石祝捷已经成长为一位稳重干练的女子，看大会已接近尾声，轻轻走到石兴国身边搀扶起父亲："爸，走吧，他们都在等我们了……"

父女俩上了楼顶的直升机平台，直升机拔地而起……掠过辽阔的中国南海，一座座新的石油钻井平台屹立在蓝色波涛中。看着如此壮阔的场景，石兴国激动得心潮澎湃、泪眼婆娑。

直升机徐徐降落在巨型钻井平台上，当年的小石头——如今石油钻井平台总指挥，迎接石兴国走下飞机。

平台另一侧，一位白发老人转过身来。许茹，我国石油钻井平台的设计师，站在自己的作品前迎接着久违的亲人。两位石油老人看到对方的一刹那，心情激动，老泪纵横。在子女的簇拥下，在所有钻井平台工人们热烈掌声的见证中，两双饱经沧桑的手终于握在了一起……

石兴国颤声问："海上钻井平台，许茹，你最后到了这里？"

许茹轻轻点头："水下采油，是大勇第一次提出来的。这是他的梦，我要帮他圆梦。"

石兴国感慨："刘大勇、梅大妮、齐占山、铁三……他们如果能看到今天，该有多高兴啊！"

两位白发老人看着一望无际的蓝色海洋，一座座石油钻井平台一如当年戈壁滩上林立的石油井架，玉门、柴达木、克拉玛依、大庆……一幕幕画面仿佛就在眼前。

岁月如歌，中国石油事业的发展随着石油师人的脚步，在神州大地、陆地海洋不断创造着新的成就……